KB140589

孤雲集

고운집

최치원 지음 · 이상현 옮김

한국고전번역원

일러두기

1. 이 책의 번역 대본은 한국고전번역원에서 간행한 한국문집총간 제1집 소재 《고운집
   (孤雲集)》으로 하였다. 단 권2~3권에 실려 있는 일명 사산비명(四山碑銘)은 학계의
   연구 성과를 종합적으로 검토·반영한 이우성 교주본 《신라사산비명》(아세아문화사,
   1995)의 원문을 채택하여 번역하고 소주는 번역하지 않았다.
2. 번역문의 해당 원문을 찾아보기 편리하도록 권말에 원문 제목 찾아보기를 첨부하였다.
3. 내용이 간단한 역주는 간주(間註)로, 긴 역주는 각주(脚註)로 처리하였다.
4. 한자는 필요한 경우 이해를 돕기 위하여 넣었으며, 운문(韻文)은 원문을 병기하였다.
5. 맞춤법과 띄어쓰기는 한글 맞춤법과 표준어 규정을 따랐다.
6. 이 책에서 사용한 부호는 다음과 같다.
   ( )   : 번역문과 음이 같은 한자를 묶는다.
   〔 〕 : 번역문과 뜻은 같으나 음이 다른 한자를 묶는다.
   " "   : 대화 등의 인용문을 묶는다.
   ' '   : " " 안의 재인용 또는 강조 문구를 묶는다.
   「 」 : ' ' 안의 재인용을 묶는다.
   『 』 : 「 」 안의 재인용을 묶는다.
   《 》 : 책명 및 각주의 전거(典據)를 묶는다.
   〈 〉 : 책의 편명 및 운문·산문의 제목을 묶는다.

차 례

고운 선생 사적

제1권

표　表

장   狀

제 2 권

제 3 권

최치원의 저술과 고뇌, 그리고 역사 탐구

곽승훈 | 순천대학교 지리산권문화연구원

1. 최치원의 생애와 저술

신라 말의 격동기에 살았던 최치원은 여러 저술을 남겼다. 그의 저술은 재당 시절과 귀국한 뒤 관리로 재직하던 시절, 그리고 관직에서 물러난 뒤 해인사에 은거하던 시절 등 세 시기로 구분된다.

1_ 가계와 출생

최치원은 헌안왕(憲安王) 1년(857) 신라의 서울 경주에서 태어났다. 자(字)는 해운(海雲), 호는 고운(孤雲)이며, 사량부(沙梁部) 출신이다. 그의 가계에 대해서는 잘 알 수 없으며, 여러 기록을 통하여 일부 사실만을 확인할 수 있다. 〈대숭복사 비명(大嵩福寺碑銘)〉에 아버지 최견일(崔肩逸)이 사찰의 중건 활동에 관계하였다는 내용이 나온다. 형제로는 승려인 대덕(大德) 현준(賢俊)과 정현사(定玄師)가 있으며, 종제(從弟)로 최서원(崔棲遠)이 있다.

최치원의 가문은 육두품(六頭品)에 속한다. 그는 〈무염 화상 비명(無染和尙碑銘)〉에서 육두품을 득난(得難)이라고도 한다고 하여 이를 자랑스레 말하고 있다. 왕족인 진골(眞骨) 다음가는 육두품으로는 흔히 신라의 육성(六姓)으로 일컬어지는 여섯 가문이 대표적이므로, 분명히 얻기 어려운 귀한 신분이었다. 하지만 각 행정 관부의 장관인 영(令)에는 취임할 수 없는 신분이어서 능력만큼의 대우를 받을 수는 없었다. 따라서 육두품은 신라 사회에서 주도 세력의 일부라기보다는 부수적인 신분층이었다. 이러한 관계로 이들은 주로 학문이나 종교적인 면에서 크게 활약했으며, 중국 유학생의 대부분이 이 계층에 속한다.

2_ 입당 유학과 재당 시절

최치원도 경문왕(景文王) 8년(868), 12세의 어린 나이에 당으로 유학의 길을 떠났다. 그때 아버지 최견일은 "10년 안에 과거에 합격하지 못하면 내 아들이라고 말하지 마라. 나 또한 아들이 있었다고 말하지 않으리라. 가서 게을리하지 말고 부지런히 노력하라.〔十年不第進士 則勿謂吾兒 吾亦不謂有兒 往矣勤哉 無隳乃力〕"라고 하여 격려하였다. 이를 깊이 새긴 최치원은 열심히 공부하여 유학한 지 6년 만인 경문왕 14년(874) 과거에 합격하였다.

이때의 시험이 외국인들만을 대상으로 하는 빈공과(賓貢科)로 알려져 있는데, 상세히 검토한 결과 당(唐)나라에서는 빈공과가 시행되지 않았다는 새로운 주장이 나왔다. 당시 당나라에서는 지방에서 인재를 천거받아 입경(入京)하여 과거를 치르게 했다. 그 합격자들을 향공진사(鄕貢進士)라 불렀으며, 신라와 같이 이역(異域)에서 온 사자(士子)들이 급제하면 빈공진사(賓貢進士)라 불렀다. 이로 인해 '빈공'은 점점 이역의 공사(貢士)를 두고 말하는 것이 되었다.[1] 이는 여러 가지 사료를 통한 상세한 고증이 이루어진 것으로 신뢰할 수 있고 이로써 최치원의 위상이 정당한 평가를 받게 되었으니, 그의 문재(文才)로 보면 지극히 당연한 일이 아닐 수 없다.

최치원은 2년 뒤 선주(宣州) 율수현 위(溧水縣尉)가 되어 지방 치안을 맡았다. 《계원필경집》에 나타난 그의 관직 생활은 청렴결백한 모습을 보여준다. 1년여 뒤에는 대과인 박학굉사과(博學宏詞科)에 응시하고자 사직하였다. 하지만 저축한 봉록이 다함에 따라 생활고에 시달리게 되면서 중도에 포기하고 당시 회남 지역의 절도사였던 고변(高騈)에게 자신을 천거하였다. 이때 최치원은 "그러한즉 공자의 당중에도 타향의 제자들이 있었으니, 맹상군의 문하엔들 어찌 먼 지방의 사람들이 없었겠습니까?〔然則尼父堂中 亦有他鄕之子 孟嘗門下 寧無遠地之人〕"라고 하여 외국인이라도 재주가 있다면 발탁하여 쓸 수 있다고 역설하였다.

결국 고변에게 발탁되어 표(表)·장(狀)·서계(書啓)·격문(檄文) 등을 제작하는 일을 맡게 되었다. 황소(黃巢)가 반란을 일으키자 고변이 제도행영병마도통(諸道行營兵馬都統)이 되어 토벌할 때에 그가 종사관(從事官)으로서 〈격황소서(檄黃巢書)〉를 지어 문명을 천하에 떨친 일은 널리 알려진 이야기이다. 그 공적으로 879년 승무랑(承務郎) 전중시어사 내공봉(殿中侍御史內供奉)으로 도통순관(都統巡官)에 승차되었으며, 겸하여 포장으로 비은어대(緋銀魚袋)를 하사받았다. 이어 882년에는 자금어대(紫金魚袋)를 하사받았다.

그는 헌강왕 11년(885) 귀국할 때까지 17년 동안 당에 머물러 있었는데, 그동안 당의 여러 문인들과 사귀어 문재가 더욱 빛나게 되었다. 이로인하여 《신당서(新唐書)》〈예문지(藝文志)〉에도 그의 저서명이 수록되어 있지만, 이규보(李奎報)는 〈당서(唐書)에서 최치원(崔致遠)의 열전(列傳)

---

1 당인핑 저, 마중가 역, 김복순 감수, 《최치원 신연구》, 한림대 아시아문화연구소, 2004.

을 두지 않은 것에 대한 의(議)〉²에서 《당서》 열전에 그의 전기가 빠진 것은 중국인들이 그의 문재를 시기한 때문일 것이라고 하였다.

재당 시절에 이룬 그의 저술로는 대략 다음의 것들이 있다.

《계원필경집(桂苑筆耕集)》 20권
《금체시(今體詩)》 5수(首) 1권
《오언칠언금체시(五言七言今體詩)》 100수 1권
《잡시부(雜詩賦)》 30수 1권
《중산복궤집(中山覆簀集)》 1부 5권(이상 《계원필경》 서)
《계원필경》 20권, 《사륙집(四六集)》 1권(《신당서》 예문지)

《계원필경집》 서문에 수록된 내용에 따르면 《계원필경집》은 최치원이 당으로부터 귀국한 뒤, 그가 고변의 종사관이던 시절의 저작들을 주로 하고 귀로에서 지은 것까지 모아 편집하여 국왕에게 바친 것으로 되어 있다. 위 저술들 중 앞의 셋은 당의 동도(東都)에 있을 당시의 작품들을 모은 것이며, 《중산복궤집》은 율수현 위로 있을 당시의 저작으로 되어 있다. 그런데 이들 저술 가운데 오늘날까지 남아 전하는 것은 《계원필경집》뿐이다.

《계원필경집》은 고려 시대부터 조선 중엽까지 여러 차례 간행된 것으로 보이나 내력은 알 수 없다. 오늘날 전하는 것은 1834년(순조34)에 서유구(徐有榘)가 호남 관찰사로 재직 중 홍석주(洪奭周)의 집에 소장된 옛 책을 얻어 활자로 간행한 것이다. 그리고 1930년에 들어와 충청북도 음

---

2 당서(唐書)에서……의(議) : 이 글은 《동국이상국집(東國李相國集)》 권22 〈잡문(雜文)〉에 실려 있다.

성의 경주최씨문집발행소(慶州崔氏文集發行所)에서 신활자(新活字)로 간행하였다.

《계원필경집》은 고변을 위한 대필과 공식 문서가 대부분이지만, 재사(齋詞)는 당대(唐代)의 도교 연구에, 〈보안남록이도기(補安南錄異圖記)〉는 월남사(越南史) 연구에 필요한 사료로 평가되고 있다. 하지만 고변을 과대평가하여 그를 중국 역대의 영웅들과 대비시키며 칭송한 〈기덕시(記德詩)〉의 경우는 지나친 감이 없지 않다.

《신당서》에 《사륙집》 1권이 있었다고 하는데, 이것이 위의 서문에 들어 있는 책 가운데 하나일지도 모르겠다. 이외에도 미처 수록하지 못한 것이 있었을 것이다. 혹 남아 있는 것이 있다면 그 시들의 일부가 유전(流傳)되어 《고운집》에 수록되었을 것이라고 짐작할 수 있다.

3_ 귀국 후 관료 시절

헌강왕은 당나라에서 귀국한 최치원을 시독 겸 한림학사 수 병부시랑 지서서감사(侍讀兼翰林學士守兵部侍郎知瑞書監事)에 임명하였다. 당시의 신라는 이미 골품제 사회가 무너져 가는 많은 징조를 보이고 있었다. 무엇보다도 지방에서 대두해 올라오는 호족 세력 때문에 중앙 정부는 지방 주군(州郡)의 세금도 제대로 거두지 못해 재정이 궁핍하게 되어 사자를 보내 독촉하는 실정이었다. 이러한 중앙 집권적인 정치 체제의 파탄을 수습하기 위해서는 신분제의 과감한 개혁을 포함한 혁신이 필요하였다. 그러나 집권층인 진골 귀족들은 황룡사 9층탑의 중수, 창림사지 석탑의 조성, 대숭복사의 중창 등과 같은 불사(佛事)를 통한 전통적인 종교적 권능에 힘입으려는 고식적인 정책에 대체로 만족하고 있을 뿐이었다. 대야주(大耶州 합천(陜川))에 은둔한 왕거인(王巨人)이 붙였다는 괘서

(掛書) 이야기는 집권층에 대한 지식층의 반항으로 이해되는데, 최치원 또한 마찬가지 위치에 서는 것이다.

최치원은 재주가 많은 만큼 질시도 많이 받았다. 그는 이를 피하는 방편으로 외직(外職)을 원했다. 890년(진성여왕4) 전후로 태산군(太山郡 태인(泰人))에 나아간 뒤, 이후 천령군(天嶺郡 함양(咸陽))과 부성군(富城郡 서산(瑞山)) 등지의 태수(太守)를 역임하였다. 그가 지방에 내려가게 된 것은 진성여왕(眞聖女王) 2년(888) 2월에 그를 끌어 주던 각간(角干) 위홍(魏弘)이 죽은 뒤, 국왕의 총애를 받는 미장부(美丈夫)들이 정치를 마음대로 천권(擅權)하였다는 내용으로 보아 그들로부터 견제를 받은 때문이라 생각된다. 즉 이제는 그를 끌어 주던 헌강왕과 정강왕은 물론 위홍마저도 죽은 것이다. 부성군 태수로 있던 893년 하정사(賀正使)에 임명되었으나 도둑들이 횡행하여 가지 못하였고, 그 뒤에 다시 사신으로 당나라에 간 일이 있다.

진성여왕 8년(894)에 최치원은 시무책(時務策) 10여 조를 올린다. 여기에는 그의 정치적 견해가 잘 나타나 있었을 것이다. 원문이 전하지 않는 지금으로서는 그 윤곽을 추측해 보는 데 그칠 수밖에 없다. 위로는 강수(强首)나 설총(薛聰)의 전통을 이어받고, 아래로는 최승로(崔承老)의 모범이 되었을 이 시무책은 중앙 집권적인 귀족 정치를 지향했을 것으로 추측된다. 또한 국왕보다는 현명한 재상에 의해 유지되는 재상 중심의 귀족 정치 체제를 주장하였을 것이다. 이는 결국 고려왕조에서 왕족들의 정치 참여를 배제하는 문벌 귀족 사회를 이루는 계기가 된다.

최치원이 생각한 중앙 귀족이란 진골의 좁은 테두리를 벗어나서 육두품까지 포섭하는 개념이었을 것이다. 그리고 귀족층의 폭을 넓히다 보면 신분보다는 학문을 토대로 한 인재 등용을 강조할 수밖에 없었을 것이다. 이렇게 그의 정치적 개혁안은 신라의 골품제 사회보다 개방적인 성격의 것이었다고 추측되지만, 한편 그가 지방 호족에 대해서까지 개방적이었을까 하는 데에는 의심이 간다.

시무책이 진성여왕에게 받아들여져 최치원은 육두품 신분으로서는 최고의 관등인 아찬(阿飡)에 올랐다. 하지만 당시의 사회 모순을 외면하고 있던 진골 귀족들은 그의 개혁안을 받아들이지 않았다. 최치원은 호족의 편을 들 수도 없었다. 그는 당시의 사회적 현실과 자신의 정치적 이상 사이에서 빚어지는 갈등을 극복하지 못해 심각한 고민에 빠져 있었다. 이는 그가 시무책을 올리기 이전에 지은 글에 길을 묻는다는 '문진(問津)'이나 갈림길을 뜻하는 '기로(岐路)'가 자주 나타나는 것으로 미루어 알 수 있다.

최치원은 새 왕조 건설에 참여하고 싶어하지 않았다. 그가 이렇게 생각한 것은 〈지증 화상 비명(智證和尙碑銘)〉에 인용된 고사(古事)에 양호(羊祜)가 조상의 무덤에 서린 제왕의 기운을 파냄으로써 충성의 의리를 극명히 드러낸 것과 안녹산(安祿山)이 용미도(龍尾道)를 파헤친 것이 미치광이의 짓이라고 한 내용에서 십분 이해할 수 있다.

얼마 후 실정을 거듭하던 진성여왕은 즉위 11년 만에 정치 문란의 책임을 지고 효공왕(孝恭王)에게 선양(禪讓)하기에 이른다.

최치원은 문한관으로 재임하면서 왕명을 받아 표·기·소 등을 저술하였으며, 그 일은 지방관으로 재직하면서도 계속되었던 것 같다. 이들 저작을 묶어 그의 생존시에 편찬하였는지는 알 수 없지만, 그것들이 훗날 문집으로 구성되었을 것임은 자명한 일이다. 이 시기의 대표적인 저술들은 다음과 같다.

〈진감 화상 비명(眞鑑和尙碑銘)〉
〈대숭복사 비명(大嵩福寺碑銘)〉

〈무염 화상 비명(無染和尙碑銘)〉
〈지증 화상 비명(智證和尙碑銘)〉(이상《사산비명》)
〈시무십여조(時務十餘條)〉(《삼국사기》권11, 진성왕 8년)
《제왕연대력(帝王年代曆)》(《삼국사기》권4, 지증마립간 원년)

　　먼저 위의 네 비명은 진감 화상·무염 화상·지증 화상 등 세 분 선사
의 업적과 왕실의 대숭복사 중창 불사를 기리는 사적비인데, 본래는 독
립된 글이었지만 조선 시대에 들어와 하나로 묶어 유통되면서《사산비
명》이란 이름이 붙여진 것이다. 그런데《사산비명》은 왕명을 받아 저술
한 것이어서 그의 사상을 직접적으로 드러내기보다는 은유와 비유를
통해 자신의 의도를 조심스레 비추었다. 또한 이 글은 그가 혈기 왕성하
게 활동할 때인 30대의 젊은 시절에 지은 것이어서 그의 자신감과 자부
심 등을 엿볼 수 있다. 그리고 이를 통하여 그의 정치적 이상도 살필 수
있는데, 점차 신라 사회가 혼란에 이르게 되면서 고민하는 그의 모습 또
한 역력히 살필 수 있다.

　　〈시무십여조〉는 진성여왕에게 올린 것으로, 당시 현실의 문제를 논의
하고 그에 대한 개선책을 제시하였을 것으로 생각된다. 하지만 그의 정
치적 의견을 잘 알 수 있는 이 귀중한 문헌도 지금은 전하지 않는다.《제
왕연대력》은《삼국사기》의 사론(史論)에 "신라 말의 명유 최치원이《제
왕연대력》에서 모두 모왕(某王)이라 칭하고 거서간(居西干) 등을 말하지
않았는데, 대개 그 말이 야비하여 칭할 만하지 못하다."라고 하였다. 그
러므로 김부식(金富軾)이 이를 본 것만은 틀림없는데, 그 책 이름으로 짐
작건대 연표류에 속하는 것으로 보인다.

4_ 해인사 은거 시절

《동사강목》에 따르면 그는 효공왕 4년(900)에 정치적 책임을 지고 관직에서 물러난 뒤 산천을 유람하게 된다. 그가 즐겨 찾은 곳은 경주의 남산, 의성의 빙산(氷山), 합천의 청량사(淸凉寺), 지리산의 쌍계사(雙溪寺), 마산의 별서(別墅) 등이었다고 하는데, 이 밖에도 동래의 해운대를 비롯하여 그의 발자취가 머물렀다고 전하는 곳이 여기저기에 있다. 만년에는 형인 승려 현준, 정현사와 더불어 도우(道友)를 맺고 가야산 해인사에 머물렀다.

《신증동국여지승람》 권30 〈합천군 고적 독서당(讀書堂)〉에 의하면, 최치원이 어느 날 아침 일찍 일어나 집을 나갔는데 갓과 신을 수풀 사이에 남겨 두고 어디로 갔는지 알지 못하였다고 한다. 이로 인하여 그가 신선이 되었다고 전하기도 하지만, 이우성(李佑成)은 그가 고민을 해결하지 못하고 스스로 세상을 버리고 떠난 것이 아닐까 하는 의견을 주장하여 왔다. 수긍할 수 있는 주장이라고 생각한다. 그러나 그가 신라에서 실현하고자 했던 정치적 이상은 훗날 그의 문제(門弟)들에 의하여 고려에서 실현되기에 이르렀다. 고려왕조에 들어 왕족이 배제되고 재상 중심의 귀족 정치가 실현된 것이다.

최치원은 정치에서 물러나 해인사에 은거하면서도 저술에 몰두하였는데, 다음과 같이 주로 승려들의 전기를 지었다.

《의상전(義湘傳)》(《해동고승전(海東高僧傳)》 권2 안함전(安含傳) 및 《삼국유사》 권4 의상전교(義湘傳敎))

《당대천복사고사주번경대덕법장화상전(唐大薦福寺故寺主飜經大德法藏和尙傳)》(《대정신수대장경(大正新修大藏經)》 권50 사전부(史傳部))

《석이정전(釋利貞傳)》(《신증동국여지승람(新增東國輿地勝覽)》권29 고령현 건치연혁(高靈縣建置沿革))

《석순응전(釋順應傳)》(《신증동국여지승람》권30 합천군 고적(陜川郡古跡))

〈보덕전(普德傳)〉(《동국이상국집(東國李相國集)》권23 남행월일기(南行月日記))

　　앞의 두 승전의 주인공인 의상과 법장은 각각 신라와 중국의 화엄종을 대표하는 거장(巨匠)이다. 두 사람은 중국에서 화엄종의 대가인 지엄(智儼)의 문하에서 수학하였는데, 지엄은 의상에게 의지(義持)의 호를, 법장에게 문지(文持)의 호를 내렸다. 이는 두 제자의 재주를 보아 내린 것인데, 최치원이 이들의 전기를 지은 것은 두 사람을 대비시키려는 어떤 의도가 작용한 것으로 보인다. 《법장화상전》은 완전한 내용이 전하고 있으나, 《의상전》은 《해동고승전》과 《삼국유사》에 일부 편린이 전하고 있을 뿐 상세한 내용을 알 수 없다. 따라서 양자에 대한 최치원의 입장을 정확히 알 수 없음은 안타까운 일이 아닐 수 없다.

　　《법장화상전》은 대안(大安) 8년(1082, 문종36) 고려 대흥왕사(大興王寺)에서 판각되어 배포되었는데, 이것이 중국으로 건너가 송(宋) 소흥(紹興) 19년(1149) 의화(義和)에 의하여 재간행되었다. 이것이 다시 필사(筆寫)되어 일본 고산사(高山寺)에 소장되었고, 이를 바탕으로 《대일본속장경(大日本續藏經)》과 《대정신수대장경》에 활자로 소개되어 널리 알려지게 되었다. 우리나라에서는 이를 《최문창후전집》에 수록하여 놓았다. 중국과 일본을 거쳐 다시 돌아온 셈이다.

　　《석이정전》과 《석순응전》 역시 《신증동국여지승람》에 그 편린만 나올 뿐 자세한 내용은 알 수 없다. 이에 따르면 이정과 순응이 가야 왕실의 후손임을 알 수 있다. 더불어 주목되는 것으로 〈보덕전〉을 생각지 않을 수 없다. 고구려 멸망기에 활동한 보덕은 연개소문(淵蓋蘇文)이 도교를 장려하고 불교를 억압하게 되자 남쪽 완산주(完山州 전주(全州))로 망명하여 불교를 폈던 승려다. 이규보(李奎報)가 지은《동국이상국집》에 일부 들어 있을 뿐 저술 내용이 모두 전하지 않아 최치원이 이를 지은 의도를 알기 어려우나, 멸망기의 모습을 전하려 한 것 같다.

이 승전들이 저술된 시기는 정확히 알 수 없으나, 천복(天復) 4년(904, 효공왕8) 해인사에서《법장화상전》을 저술한 사실을 미루어 보면 나머지도 이를 전후한 시기에 지었다고 생각할 수 있다. 그가 많은 승전을 저술하게 된 동기는 난세(亂世)에 처한 현실 인식을 바탕으로 새 시대의 방향을 제시하고자 하는 것이었다. 해인사에 은둔한 최치원은 난세인 당시의 현실을 꿈으로 보았지만, 그 꿈을 새 시대의 도래로 인식하고 있었다. 새 시대에는 새로운 인물뿐 아니라 새로운 정치 이념이 요구된다. 따라서 정치에서 물러나 있었던 그는 이러한 시대적 요구에 부응하여 승전을 저술하는 데 심혈을 기울였을 것이다.

그가 지향한 새 시대의 모습은 뛰어난 군주보다는 훌륭한 재상이 정치의 중심에 서는 것이었다. 이는 상(商)나라 고종(高宗)이 꿈속에서 본 부열(傅說)을 찾아서 그를 재상으로 삼고 그의 도움을 받아 나라를 발전시킨 고사(《서경(書經)》《열명(說命)》)를 인용한 것에서 짐작할 수 있다.

5_ 최치원에 관련된 위서류(僞書類)

다음은 최치원의 저술로 잘못 전해 오는 것들이다.

첫째는《신라수이전(新羅殊異傳)》인데, 권문해(權文海)의《대동운부군옥(大東韻府群玉)》찬집서적목록(纂輯書籍目錄)에 일부 내용이 수록되어 있다. 또한 그의 아들 권별(權鼈)이 편찬한《해동잡록(海東雜錄)》에도 계승되어 동일한 내용이 보인다. 그러나 이것은 《해동고승전》 〈아도전(阿道傳)〉에 인용된 바와 같이 박인량(朴寅亮)의 저서라고 해야 옳다. 《수이전》의 〈최치원전(崔致遠傳)〉에는 그를 주인공으로 한 설화가 실려 있다. 이것은 저자 자신이 할 수 있는 일로는 생각되지 않는다.[3] 당시 당나라의 분위기로 볼 때 최치원 자신이 이를 저술하였을 것이라는 주장도 있지만,[4] 이 전설의 출처가 고운이 고변의 막료로 있던 선주 지방의 전설이었던 점으로 미루어 볼 때 그의 저술로 보기 어렵다.

둘째로 《경학대장(經學隊仗)》이 그의 저술로 일컬어져서 《고운선생문집(孤雲先生文集)》 목록 권외서목(卷外書目)에도 들어 있고, 최근에는 《계원필경집》과 합본으로 출판된 것도 있다. 그러나 그 내용이 성리학에 대한 것이어서 최치원의 저술일 수 없다는 것이 이미 밝혀졌다.

이외에도 《강산유가곡(江山遊歌曲)》이라는 비기농설(秘記弄說)이 화산(華山)의 소장본에 있고,[5] 또 《아양진결(蛾洋眞訣)》이 청분실(淸芬室)의 소장본에 있다고 하나[6] 모두 믿을 수 없는 위서(僞書)에 속한다.

2. 《고운선생문집》의 편찬과 역주

최치원의 저술은 《계원필경집》과 《사산비명》, 《법장화상전》만이 온전히 전하고 있으며, 나머지는 여러 책에 흩어져 그 일부만 전하고 있다. 또 위에서 서명으로 제시된 것 외에도 관료로 재직하면서 작성한 글들이 따

---

3   이인영, 〈태평통재잔권소고(太平通載殘卷小考)〉, 《진단학보》 12, 1940.

4   이검국·최환, 《신라수이전고론(新羅殊異傳考論)》, 중문출판사, 2000.

5   《나려예문지(羅麗藝文志)》 참조.

6   이인영, 위의 주3 참조.

로 묶여 편찬되었을 법한데 알 수가 없다.

1_ 문집(文集) 30권

이 책은《삼국사기》권46 〈최치원전〉을 통하여 편찬된 사실이 확인되는데, 지금은 볼 수가 없다. 이 문집이 언제 누구에 의하여 편찬된 것인지는 알 수가 없으나, 고려 초의 일로 짐작된다. 김부식이 《삼국사기》를 편찬할 당시에도 이 책이 남아 있어서 참조하였다.[7] 30권이라고 하면 적지 않은 양이므로 이것이 남아 있다면 풍부한 그의 문장을 접할 수 있을 것이다. 그러나 이 30권의 문집이 온전히 전하지 않아 세조(世祖) 5년(1459) 최항(崔恒) 등에게 명해서 12권의 문집을 편찬하게 하였는데, 이것마저도 전하지 않는다.

2_ 최국술본(崔國述本)《고운선생문집》(연세대 소장)

1926년 6월에 이르러 최국술이 악부(樂府)·《동문선》·야사(野史) 등에서 저자와 관련된 기록을 모아《고운선생문집》을 간행하였다. 본 번역서의 대본으로 서지 사항은 다음과 같다.

1926년, 목판본, 3권 2책, 10행 20자, 19.8×15.7㎝, 상하이엽화문어미(上下二葉花紋魚尾)
권수제 고운선생문집
판심제 고운선생문집

---

7 《삼국사기(三國史記)》권11, 진성왕 원년.

이 《고운선생문집》은 3권 2책으로 되어 있다. 권수(卷首)에는 서문과 목록 그리고 〈고운 선생 사적(孤雲先生事蹟)〉이 실려 있다. 서문은 노상직(盧相稷)과 책을 편찬한 후손 최국술이 썼다. 목록에는 문헌을 통해 확인할 수 있는 저자의 저술 목록인 권외서목(卷外書目)이 첨부되어 있는데, 승전류(僧傳類)는 수록되지 않았다. 사적은 《삼국사기》·《동국통감(東國通鑑)》·《동사찬요(東史纂要)》 등의 사서류(史書類)와 가승(家乘), 그 밖에 저자의 유적·사원(祠院)·치제문(致祭文)·축문(祝文)·《단전요의(檀典要義)》 등에서 저자와 관련된 자료를 채집하여 수록하였다. 내용이 광범위하여 편찬자가 많은 노력과 정성을 기울였음을 알 수 있는데, 책의 3분의 1에 해당할 정도이다.

권1에는 부(賦) 1편, 시 32제(題), 표(表) 8편, 장(狀) 6편, 계(啓) 1편, 기(記) 3편이 실려 있으며, 대부분 《동문선》에 수록되어 있다. 시는 오언고시 4제, 오언절구 2제, 칠언절구 10제, 오언율시 4제, 칠언율시 6제, 칠언시구 3제, 칠언절구 1제, 칠언율시 1제가 시체별(詩體別)로 편집되어 있는데, 재당 시절과 귀국 이후의 작품이 혼재되어 있다. 표와 장은 귀국 후에 지은 신라왕의 대작(代作)으로, 당에 보낸 국서(國書)이다. 이 가운데 〈백제견사조북위표(百濟遣使朝北魏表)〉는 백제왕의 대작으로 기록되어 있는 점으로 보아 저자의 글이 아님이 분명하다. 기 2편은 불교와 관련된 글이다.

권2와 권3에는 〈무염 화상 비명〉, 〈진감 화상 비명〉, 〈대숭복사 비명〉, 〈지증 화상 비명〉이 실려 있다. 이 네 편의 비명은 '사산비명(四山碑銘)'으로 불리는데, 귀국 후 왕명을 받들어 지은 것으로, 당시에 유행한 사륙변려문(四六騈儷文)으로 쓰였다. 이 글들은 많은 고사를 인용하여 주인공들의 업적을 비유로 설명하고 있다. 이런 까닭에 고전에 밝지 못하면 내용을 이해하기가 어렵다.

《사산비명》은 만력(萬曆) 연간(1573~1619)에 철면노인(鐵面老人 중관 해안(中觀海眼))이 《고운집》 10권 속에서 4편의 비명을 뽑아 주석을 붙여 하나의 독립된 책으로 만들었으며, 연담 유일(蓮潭有一, 1720~1799)이 내용을 덧붙였다고 한다. 이후에 몽암 매영(蒙庵昧穎, ?~?)의 《해운비명주(海雲碑銘註)》(1783년)와 각안 범해(覺岸梵海, 1820~1896)의 《사산비명》(1892년) 등으로 계승되어 주해(註解)가 보완되었는데, 이는 지금도 전한다. 이들은 모두 지리산 권역 사찰에 주석한 승려들이다. 이후 순조(純祖) 연간에 호남에 내려온 처사 홍경모(洪景謨)가 새로운 주해를 더했으며, 석전(石顚) 박한영(朴漢永)이 보다 정밀한 《정주사산비명(精註四山碑銘)》(1931년)을 만들었다.[8] 이본(異本)에 따라 주해가 약간씩 다르다. 이본은 《문창집(文昌集)》(규장각본), 《사갈(四碣)》(고려대 도서관본), 《계원유향(桂苑遺香)》(崔完洙 소장본) 등 여러 표제로 되어 있다.

3_ 최면식본(崔勉植本) 《고운선생문집》(고려대 소장)

6개월 뒤인 1926년 12월, 또 다른 후손인 최면식이 이상영(李商永)의 서(序)를 받아 역시 똑같은 이름의 《고운선생문집》을 간행하였다. 여기에는 《계원필경집》을 포함하여 권1에는 시 86수, 표(表) 20수, 장(狀) 73수가, 권2에는 소(疏) 2수, 계(啓) 8수, 격(檄) 4수, 위곡(委曲) 20수, 거첩(擧牒) 50수, 서 18수, 기(記) 2수, 재사(齋詞) 15수가, 권3에는 별지(別紙) 95수, 제문(祭文) 5수가 실려 있다.

---

8   최남선, 《조선상식문답속편(朝鮮常識問答續篇)》, 1947, 276쪽.

4_《최문창후전집(崔文昌侯全集)》

1972년에 성균관대학교 대동문화연구원에서 선생의 자료를 모아 새로이 《최문창후전집》을 간행하여 널리 보급하였다. 여기에는 위의 최국술이 간행한 《고운선생문집》과 서유구가 간행한 《계원필경집》을 영인 수록하였다. 또 이 두 책에 실리지 않은 자료들 특히 불교관련 자료들을 모아 속집을 편집하여 〈고운선생속집(孤雲先生續集)〉 항목을 추가하였다. 이 〈고운선생속집〉에는 《고운선생문집》에서 누락되었거나 새로 발견된 한시와 금석문 그리고 《법장화상전》 등과 같은 불교 관련 내용이 수록되었다. 이로써 최치원의 저술을 하나로 모으게 되었고, 불교 관련 내용이 빠진 것을 보완하게 되었다. 이 책은 이후 최치원 사상 연구에 박차를 가하는 바탕이 되었다.

5_《고운선생문집》의 역주

洪震杓 譯, 〈四山碑文〉, 《韓國의 思想大全集》 3, 同和出版公社, 1972.

崔濬玉 編, 《國譯 孤雲先生文集》 上·下, 孤雲先生文集編纂會, 1972·1973.

崔英成, 《註解 四山碑銘》, 亞細亞文化社, 1987.

淨光, 《智證大師碑銘小考》, 經書院, 1992.

李智冠, 《譯註 歷代高僧碑文》 新羅篇, 伽山文庫, 1993.

駕洛國史蹟開發研究院 編, 《譯註韓國古代金石文》 3, 가락국사적개발연구원, 1993.

李佑成 校譯, 《新羅 四山碑銘》, 亞細亞文化社, 1995.

崔英成, 《崔致遠全集 1 四山碑銘》, 아세아문화사, 1998.

崔英成, 《崔致遠全集 2 孤雲文集》, 아세아문화사, 1999.

위 목록에서 확인할 수 있듯이 최치원 문집은 일찍부터 번역이 나와 널리 알려지게 되었다. 1972년부터 1973년에 걸쳐 최준옥의 주도로 여러 전공 학자들이 각 분야별로 나누어 처음으로 완역이 이루어졌다. 상권에는《계원필경집》을, 하권에는《고운선생문집》외에〈고운선생속집〉과 사적을 싣고 역주를 달았다. 이는 대동문화연구원에서 간행한《최문창후전집》을 완역한 것인데, 여기에서도 빠진 내용을 추가로 수록하여 그 가치를 더하였다. 이는 편저자 최준옥의 정성 어린 노력의 값진 산물로, 이로써 최치원 사상을 연구하는 발판을 마련하는 계기가 되었다.

이후 최영성이《고운선생문집》의 일부를 구성하고 있는《사산비명》을 중심으로 상세한 역주 작업을 했다. 이는《사산비명》을 연구하려는 학자들에게 동기를 부여하는 데 일정 영향을 주었다.

불교계와 역사학계의 연구도 이어졌다. 먼저 정광이《지증대사비명 소고》를 출판했다. 정광은 지증대사비가 소재한 문경 봉암사(鳳巖寺)에 주석한 것이 인연이 되어 여러 해에 걸친 판독과 선학들의 성과물을 바탕으로 분석을 통하여 마멸된 글자를 복원하는 한편 우리말 번역과 상세한 주해를 곁들였다. 이외에도《사산비명》의 다른 비명(碑銘)은 물론 봉암사에 있는〈정진대사 비명(靜眞大師碑銘)〉과〈상봉대사 비명(霜峯大師碑銘)〉을 비롯하여 우리 불교와 관련된 자료들을 수록하여 불교사의 흐름을 살필 수 있게 되었다. 이어 이지관의 역주가 나왔는데, 이것은 난해한 불교 내용을 보다 잘 이해할 수 있는 계기를 마련해 주었다.

역사 학계의 원로인 이우성은《사산비명》에 대한 모든 집주(集註)와 번역본을 망라하여 정리하면서 오자와 탈자에 대한 교감(校勘)과 잘못된 주석을 산정(刪整)하는 한편 자신의 신주(新註)는 제한하고 참고할 만한 선학의 주석을 수록하였다. 평이한 번역으로 독자들의 접근이 용이하도록 함과 동시에, 원문의 용어를 되도록 많이 살려서 당시의 분위기를 전달하도록 노력하였다. 이 책은 《사산비명》을 접하는 모든 사람을 위해 객관적이고 중립적인 입장을 견지한 것이 특색이다.

이같이 새로운 역주가 시도되면서 새로운 내용이 보태져 이해를 도울 수 있게 된 것은 유익한 일이다. 《고운선생문집》에 대한 역주는 최영성에 의해 다시 한 번 정리가 이루어졌다. 최영성은 《고운선생문집》 가운데 〈고운 선생 사적〉 부분을 빼고 대신 대동문화연구원본의 〈고운선생속집〉을 추가하였다. 여기에서는 앞서의 역주에서 미진한 점을 보완 개선하였는데, 이는 학계의 발전에 또 다른 기여를 한 것이다.

이번에 역주되는 것은 세 번째의 완역서가 된다. 역주자 이상현은 이미 《목은집(牧隱集)》, 《도은집(陶隱集)》 등의 문집은 물론 조선왕조실록(朝鮮王朝實錄)에 이르기까지 여러 분야의 서책들을 역주하여 높은 평가를 받아 왔다. 그는 유학과 문학에 대한 지식은 물론 불교학을 전공하여 폭넓은 지식을 갖추었으며, 해박한 지식을 바탕으로 의미 있는 주석 작업을 계속해 오고 있다. 불교의 난해한 문구는 이해도 어려울 뿐더러 설명 역시 쉽지 않은데, 이 책에서는 이를 무리 없이 소화해 내고 있다. 가령 〈희랑 화상에게 증정하다〔贈希朗和尙〕〉에는 화엄 사상과 관련된 내용이 함축되어 있는데, 이를 상세하게 잘 설명하여 이해를 돕고 있다. 또 과거의 번역이 직역을 위주로 하여 다소 딱딱한 분위기였다면, 이 책은 문장의 맛을 잘 살려 읽기 쉽게 번역하였다. 다만 〈고운선생속집〉의 내용을 더하지 않은 것은 아쉬운 점이 아닐 수 없는데, 이는 다음 기회를 기다려야 할 것 같다.

3. 《고운선생문집》의 학술적 가치

《고운선생문집》에는 《사산비명》을 비롯하여 재당 시절과 신라로 귀국한 뒤의 저술이 모두 들어 있다. 이런 까닭에 양국의 역사는 물론 정치와 사회를 살피는 데 중요한 사료로서의 가치가 있다.

　재당 시절에 지은 한시는 당시의 중국 사회를 이해하는 바탕이 된다. 〈새벽의 노래〔詠曉〕〉는 날이 밝아 오면서 나타나는 자연 현상을 묘사하면서 뭇 인간들의 활동상을 생동감 있게 표현하였다. 이는 당시 중국인들의 생활상을 이해하는 데 많은 도움을 준다. 화정(華亭)의 학 울음소리, 파협(巴峽)의 애잔한 원숭이 울음소리, 엄격한 군율을 자랑하는 세류영(細柳營)의 조두(刁斗) 소리, 군대가 주둔한 고성(孤城)에 울리는 호각 소리 등은 엄중한 분위기를 전하는 것이지만, 다른 한편으로는 당시의 혼란한 사회상도 느낄 수 있게 해 준다.

　〈강남의 여인〔江南女〕〉에서는 사치스러운 풍조를 즐기고 절박한 생산 활동을 경시하는 강남의 습속을 비판하고 있다. 전반부의 사치스럽고 놀기를 좋아하는 여인은 당나라의 상층 문화를 상징하며, 후반부의 베짜는 여인은 서민 생활을 표현한 것이다. 최치원이 겪었던 당시의 강남은 농업 기술의 발달로 생산력이 증대되면서 경제가 비약적으로 발전하였다. 그 결과 새로운 부유층은 사치스런 생활을 영위했지만 서민들의 생활은 더욱 어려워졌다.

　국왕을 대신하여 중국에 올린 여러 표와 장은 신라사는 물론 나당교류사 연구에 필요한 중요한 사료이다.

　〈사은표(謝恩表)〉에는 경문왕이 학문을 좋아하는 군주로 〈유능한 인재를 구하는 부〔求賢才賦〕〉 1편과 〈황제의 교화를 찬미하는 시〔美皇化詩〕〉 6운을 지었는데, 유능한 인재를 구하여 등용했다는 내용과 화합을 다지며 먼 지방 사람들을 회유하는 내용을 담고 있다.

〈조서 두 함을 내린 것을 사례한 표문[謝賜詔書兩函表]〉에서는 헌강왕이 《노자(老子)》와 중국어에 익숙한 사실, 그리고 문장이 뛰어나 당나라에 보내는 상주문(上奏文)의 초고를 직접 작성한 사실 등을 전하고 있다. 당나라에 유학하는 숙위(宿衛) 학생들과 관련된 여러 편의 장문(狀文)에는 학생들의 명단과 그들의 활동상 그리고 양국이 교류한 상황과 수업 기간이 10년인 점 등 우리 사서에서 찾아볼 수 없는 사실들이 서술되어 있다.

진성여왕과 그 뒤를 이어 즉위한 효공왕을 대신하여 〈양위표(讓位表)〉와 〈사사위표(謝嗣位表)〉를 지었다. 전자에서 흑수(黑水)는 발해를, 녹림(綠林)은 궁예와 견훤을 빗대어 나타냈으며, 그들로 인하여 당나라에 인사도 못 가는 절박한 상황을 묘사하였다. 후자에서 전횡(田橫)이 왕후(王侯)로 봉해 주겠다는 한 고조(漢高祖)의 부름을 받고 낙양으로 가던 중 남의 신하가 될 수 없다고 하여 자결하였는데, 이를 들은 그의 부하들도 따라서 자결한 고사를 인용하였다. 이 같은 고사의 인용은 사실상 신라가 도저히 회복할 수 없는 극한 상황에 달하였음을 간접적으로 보여 주는 것이다.

불교와 관련된 내용에서는 오늘날에는 알 수 없는 사실을 담고 있어 신라 불교사의 공백을 메우는 데 중요한 학술적 가치를 지니고 있다. 《사산비명》에서는 선종사와 경문왕대의 불사 활동을, 〈선안주원 벽의 기문[善安住院壁記]〉에서는 순응과 이정 화상이 해인사를 창건하는 과정을 파악할 수 있다. 선덕여왕 당시 중국에서 유학하고 돌아와 신라의 불교를 빛낸 승려로 지영(智穎)과 승고(乘固)가 있었는데, 이들이 대덕(大德)의 첫 시작이었다. 더불어 대덕이라는 승려의 지위는 나이 50에 이르러야 허락되며, 임기는 7년이라는 사실을 적고 있다. 이처럼 오늘날

알기 어려운 신라의 불교 제도에 대한 사실을 알게 해 준다.

신라에서는 일찍부터 관리를 양성하는 교육 기관으로 국학을 설치해 5경과 《문선(文選)》을 가르쳤다. 원성왕 4년(788)에는 독서삼품(讀書三品)이 시행되어 졸업 성적에 따라 3품으로 차등을 두었는데, 그중 상품(上品)은 5경과 《문선》에 모두 통달한 사람에게 주어졌다. 이에 더하여 3사(史)는 물론 제자백가(諸子百家)에 능통한 자는 특품이라 하여 등급을 뛰어넘어 등용하였다. 최치원의 학문은 그것에 더하여 개인 문집에 이르는 광범위한 지식을 갖추고 있었는데, 이것은 선학들이 《사산비명》을 집주(集註)한 것만 보아도 잘 알 수 있다.

이같이 제자백가를 뛰어넘는 그의 학문과 사상이 담긴 《고운선생문집》의 학술적 가치를 필자가 제대로 설명하기에는 한계가 있다. 따라서 여기에서는 최치원의 사상을 잘 알아낼 수 있는 분석 방법론을 제시하여 연구자들의 이해를 돕는 것으로 학술적 가치에 대한 설명을 보완하고자 한다.

최치원은 글을 지을 때 고사를 인용하여 글의 주인공이나 사건에 대해 설명하여 그 의미를 빛나게 했다. 이런 까닭에 그의 글을 이해하는 것은 쉽지 않다. 그러므로 그의 글을 제대로 이해하려면 인용된 고사의 내용을 알아본 뒤 다시 본문의 문장을 살펴 취지를 파악해 나가야 한다.

1_ 각 문장에 표현된 용어의 사용

문장 속에 사용된 용어들이 갖는 의미를 분석하면 그가 어떤 생각을 하고 있었는가를 확인할 수 있다.

서로 만나 며칠 만에 또 헤어지려 하니　　　　　　　相逢信宿又分離

갈림길에 또 갈림길 보는 것이 시름겹다 　　　　　 愁見岐中更有岐

손안에 계수 향은 다 녹으려 하는데 　　　　　　　 手裏桂香銷欲盡

이제 그댈 보내면 얘기할 지기(知己) 없다 　　　　 別君無處話心期

　－〈유별서경김소윤준(留別西京金少尹峻)〉

　위 시는 최치원이 태산군으로 나간 891년(진성여왕5)경이나 그 뒤 김
준과 같이 하정사로 가기 전의 부성군 태수로 부임한 892년경에 지은 것
이다. 이 시기의 신라는 889년 농민 봉기 이후 혼란이 확대되면서 후삼
국 시대로 들어가는 길목이었다. 최치원은 자신의 능력으로 해결할 수
있다고 생각하면서도 현실적으로는 직접 참여할 수 없는 착잡한 상황
이었다. 여기서 갈림길을 뜻하는 '기(岐)'를 거듭 사용하고 있는 것으로
보아, 최치원에게 선택의 기로가 중요한 화두였음을 짐작할 수 있다. 최
치원은 당나라에 있던 시절부터 진로 선택과 관련된 글귀인 '기로(岐路)'
와 '문진(問津)'을 자주 사용해 왔는데, 이는 그가 그 당시에도 힘든 역경
속에서 지내 왔음을 보여 준다. 그런데 귀국한 뒤에도 위의 시에 나타난
것처럼 그는 계속해서 진로 선택의 고민에 빠지지 않을 수 없었던 것 같
다. 그리고 이와 관련하여 자신을 알아주는 사람을 찾는 '지기(知己)'가
사용되었음도 주목된다.[9]

　2_ 비유나 은유를 위해 인용된 고사의 원전 내용을 통한 이해

　그의 문장에서 비유나 은유를 잘 이해하기 위해서는 역주 작업이 필

9　유영봉, 〈몇 개의 빈출시어(頻出詩語)로 본 최치원의 시〉,《한문학보(漢文學報)》7, 우리한
　　문학회, 2002.

수적이다. 역주를 해야 인용 구절이 어느 책에 실려 있고, 그 내용이 어떠한 것인지를 알 수 있다.

　이것은 모든 백성들이 아이를 팔고 부인을 저당 잡혀 돈을 내게 되는 것으로 부처가 만약 이런 사실을 알게 된다면 마땅히 비통해할 것입니다.〔皆是百姓賣兒貼婦錢 佛若有知 當悲哭哀愍〕

　－《남사(南史)》권70, 순리열전(循吏列傳) 우원(虞愿)

　비록 아이를 팔고 부인을 저당 잡혔다는 비난을 받지 않으리라고 보장하더라도〔雖保無賣兒貼婦之譏〕

　－〈대숭복사 비명〉

위의 예는 남조 시대 송(宋)나라 명제(明帝)가 상동(湘東)의 옛집을 사찰로 만들어 큰 공덕을 세우고자 했을 때, 우원이 위와 같이 백성들의 곤란한 형편을 들어 도리어 죄를 짓는 일이라고 간언(諫言)한 내용이다. 이 내용은 불사에 대한 공덕은 좋은 것이지만, 그로 인하여 백성들이 괴로움을 당한다면 도리어 나쁘다는 것을 지적한 것으로, 사실상 무모한 불사의 공덕을 반대한 것이다. 이러한 고사를 최치원이 〈대숭복사 비명〉을 지으면서 인용하고 있다. 물론 신라에서 곡사(鵠寺)를 대숭복사(大崇福寺)로 중창(重創)하는 일이 위의 사례처럼 백성에게 세금 부담을 준다는 비난은 없다고 하여 최치원은 그것을 찬양하고 있다.

　그럼에도 불구하고 최치원이 이 고사를 인용한 것은 나름대로의 의도가 있는 것이 아닌가 싶다. 찬양하면서 굳이 좋지 않은 사례에 비유할 필요가 있을까 하는 생각이 들기 때문이다. 최치원은 본래 3교의 사상을 기본적으로 갖추고 있었으므로 그가 불교를 배척하는 입장에 있지는 않았다고 보는 것이 옳다. 그렇지만 그는 남조 송의 명제와 같이 백성을 괴롭히는 공덕 활동에 대해서는 역시 반대하는 입장에 있었을 것이다. 이처럼 인용문의 내용을 통해 분석해 보면 그가 지닌 사상적 경향을 파악할 수가 있다.

3_ 비슷한 뜻의 고사를 반복 인용하여 강조한 취지의 이해

최치원은 고사를 인용하면서도 비슷하거나 동일한 뜻을 담은 내용을 하나의 글 속에 여러 번 반복하여 사용하였다. 이를 잘 분류하여 살펴보면 글의 또 다른 특성을 살필 수 있다. 〈무염 화상 비명〉의 경우를 보자.

〈무염 화상 비명〉에 인용된 중국 역사 중 장량 사례

비문	원문 출전(《한서(漢書)》 권40 〈장량전(張良傳)〉)
不能致商山四老人以此	四人曰 陛下輕士善罵 臣等義不辱 故恐而亡匿
憶得西漢書留侯傳尻云 良所與上 從容言天下事 甚衆 非天下所以存亡 故不著	所與 從容言天下事甚衆 非天下所以存亡 故不著
彼文成侯爲師漢祖 大誇封萬戶位列侯 爲韓相子孫之極……果能白日上昇去 於中止 得爲鶴背上一幻軀爾	家世相韓……封萬戶位列侯 此布衣之極 於良族矣 願棄人間事 欲從赤松子游耳 乃學道 欲輕擧
圯上孺子 盖履迹焉	良嘗閒從容步游下邳圯上 有一老父 衣褐……讀是則爲王者師 後十年興 十三年 孺子見我

표에서 알 수 있듯이 최치원은 한(漢)의 개국 공신인 장량과 관련된 고사를 하나의 글에서 네 번이나 인용하고 있다. 이는 최치원이 장량을 자신의 이상형으로 생각하고 있었음을 짐작하게 한다. 최치원은 자신도 장량처럼 일을 여유 있게 해낼 수 있다고 생각했을 것이다. 그것은 두 번째 사례에서 천하의 존망 외에는 기록하지 않겠다고 한 것에서 짐작할 수 있다. 〈장량전〉 말미에 있는 이 내용은 본래 사관(史官)이 장량의 전

기를 찬술할 때에 천하의 존망과 관계된 것 외의 작은 일은 제외했다고 한 것이다. 이유인즉, 장량의 업적이 많아 이루 다 기록하기 어려웠기 때문이다. 이를 들어 최치원 자신도 그러한 태도로 〈무염 화상 비명〉을 찬술하겠다는 의지를 밝힌 것이다. 이것은 최치원 역시 스스로가 장량과 같이 천하의 존망을 좌우할 수 있는 역량을 가졌음을 역설적으로 주장하려고 한 것임을 보여 준다.

더불어 최치원이 가장 주안점을 둔 것은 역시 군주는 인재를 존중하고 대우할 줄 알아야 한다는 것이다. 양(梁)나라 혜왕(惠王)은 빛이 나는 옥구슬이 많다고 자랑하다가 제(齊)나라 위왕(威王)이 나라의 보배는 구슬이 아니라 단자(檀子)·전반자(田盼子) 등과 같은 명신들의 능력이라고 말하자 할 말을 잃었다. 조(趙)나라의 지사(志士) 예양(豫讓)은 조양자(趙襄子)를 세 번이나 죽이려 했으나 실패하고 죽음을 당했는데, 그 이유는 조양자에게 자신이 섬기던 지백(智伯)이 죽음을 당했기 때문에 원수를 갚으려고 한 것이다. 이는 지백이 자신을 국사(國士)로 대우해 주었으므로 국사로서 그에게 보답하고자 한 것이다. 전자는 군주가 인재를 중시해야 함을, 후자는 신하는 자신을 알아주는 군주에게 충성을 다해야 함을 보여 주는 사례이다. 나아가 군주는 인재들로부터 간언(諫言)을 잘 듣고 행해야 하는데, 그러지 못한 진섭(陳涉)과 항우(項羽)는 천하를 얻을 수 없었다. 이 같은 사례들을 들어 최치원은 자신과 같은 인재의 등용이 필요함을 간접적으로 역설하였던 것이다.

이상에서 살핀 바 1의 각 문장에 표현된 용어의 사용은 한시의 문장에 직접적으로 들어 있는 것이어서 어느 정도 독자들이 주의 깊은 관심을 갖는다면 그 의미를 파악할 수 있을 것이다. 그런데 2의 인용된 고사의 원전 내용을 통한 이해와 3의 비슷한 고사를 반복하여 인용한 것은 《사산비명》의 찬술에 인용된 고사들이다. 이 두 비명은 대숭복사를 중창한 것에 대한 사적비와 무염 화상의 업적을 기리는 것으로 모두 불교와 관련된 내용이다. 그럼에도 불구하고 이들 비명에서 최치원은 자신의 주장을 간접적으로 내세우고 있는 것이다. 이런 점에서 비명 찬술에 인용된 고사의 원전(原典) 내용을 찾아 정리하고 주제별로 묶어 보면 또 다른 특성을 알 수 있다. 바로 그러한 이해를 얻을 수 있을 때 비로소《고운선생문집》의 학술적 가치를 제대로 파악하게 될 것이다. 나아가 이를 위해서는 여러 분야에서의 역주 작업이 절실하다. 잘못하면 전혀 엉뚱한 해석이 나오기 때문이다. 다음은 그러한 사례 가운데 하나이다.[10]

> 그러므로 여산의 혜원이 논(論)을 지어 말하기를 "여래가 주공과 공자와 더불어 드러낸 이치는 비록 다르지만, 돌아가는 바는 한 길이다. 각각 자교(自敎)에 국집(局執)하여 (교체가 지극하면) 겸응(兼應)하지 못하는 것은 만물을 능히 전체로 받아들이지 못하기 때문이다.〔故廬峰慧遠著論 謂如來之與周孔 發致雖殊 所歸一揆 體極不兼應者 物不能兼受故也〕" 하였다.
> ―〈진감 화상 비명〉

이 기사는 혜원(慧遠)이 지은《사문불경왕자론(沙門不敬王者論)》체극불겸응(體極不兼應)에 나오는 내용이다. 문제가 되는 것은 '체극불겸응자 물불능겸수(體極不兼應者 物不能兼受)'의 설명인데, 일부 역주에서,

> "지극한 이치에 통달하였다. 능히 서로 겸하지 못하는 것은 물(物)이 능히 겸하여 용납하지 못한 때문이다."
> "극치를 체득함을 겸하지 못했음은 물이 아울러 받지 못하는 때문이다."

---

10   김지견,《사산비명 집주를 위한 연구》, 한국정신문화연구원, 1994.

등으로 잘못 번역한 사실이 확인된다. 이 부분은 위 해석처럼 각자의 교(敎)에만 국집하게 되면 불교는 유교와 통하지 못하고 유교는 불교와 통하지 못하니, 이는 만물을 전체로 받아들이지 못하기 때문이라는 뜻이다.

이 같은 오류는 역주자가 불교에 밝지 못하고 변려문의 특성을 정확히 파악하지 못한 데에서 비롯된 것이다. 그러므로 역사 문학 철학 등 여러 분야에서 역주는 물론이요, 합동으로 읽어 나가면서 새로운 역주를 시도할 필요가 있다.

4. 사산비명의 찬술과 젊은 최치원의 사상 동향

최치원의 저술에 나타난 사상적 경향은 시대의 변화에 따라 조금씩 달라진다. 여기서는 젊은 시절의 대표적 저작인 《사산비명》을 대상으로 살펴보고자 한다. 재당 시절에 저술된 《계원필경집》과 해인사에 은둔한 이후에 저술된 《법장화상전》은 본 해제의 범위를 벗어나는 것이어서 제외한다.

다음의 내용은 최치원이 《사산비명》을 찬술하면서 여러 고사(古事)를 인용한 것 가운데, 중국 역사 사례에 깊은 관심을 갖고 있는 것에 주목한 것이다. 그리고 이를 위에서 제시한 분석 방법론, 즉 인용된 고사의 원전 내용에 대한 검토를 바탕으로 살펴본 결과이다. 그 결과 그의 관심 대상이 변화함을 알 수 있는데, 그것은 당시 사회 변화의 흐름과 밀접하였다.

889년(진성여왕3) 농민 봉기 이전에 찬술된 〈진감 화상 비명〉에서는 최치원이 평소 마음에 새겨 두고 있던 의식을 짐작할 수 있다.

여기서는 먼저 군주로서 백성을 부릴 때에는 시기적절하게 해야 원망이 없을 뿐 아니라 화를 당하지 않는다는 사례와 더불어 군주의 잘못에 대하여 올바르게 간언해야 하는 신하의 도리를 살피고 있다. 다음은 해야 할 일은 할 수 있을 때 해야 한다, 그 시기를 잃으면 안 된다는 의식을 드러냈다. 이는 묵은 것을 버리고 새로운 것으로 바꾸어야 한다는 내용과도 연결되는 것이다. 이로써 보면 개혁이 필요한 때는 적극 도모해야 한다는 잠재의식이 최치원의 뇌리에 자리하고 있었음을 잘 알려 주고 있다.

최치원은 현실 문제에 대해 신라 사회에 어떠한 개혁이 필요하다고 생각했다. 그 개혁은 백성들로부터 원망을 사는 일 없이 호응을 받아야 한다. 이것은 그가 당으로부터 귀국을 결심하면서 갖고 있었던 생각이었을 것이다.

이어서 찬술한 〈대숭복사 비명〉에서 최치원은 제왕들이 사치를 억제하고 사사로운 욕심을 버리고 충신들의 간언을 잘 받아들이면 그 나라는 흥할 것이라는 생각을 보여 준다.

한 효문제(漢孝文帝)는 궁궐을 짓는 비용이 중인(中人) 열 집의 재산에 해당되므로 사치스럽다 하여 중지시켰다. 초(楚)나라 장왕(莊王)은 3년 동안 정사를 돌보지 않다가, 신하의 간언을 듣고 결단을 내린 뒤 노력을 통하여 부국강병의 기틀을 마련하였다. 자신의 사적인 욕심을 버리고 성현을 존숭한 공자 자산(子産)이 유씨(游氏)의 사당을 헐지 않은 것과 한 효경제(漢孝景帝) 때 노(魯)나라 공왕(恭王)이 공자의 집을 헐지 않은 것은 아름다운 사례였다. 이 같은 성현의 존숭을 미루어 훌륭한 인재를 찾아 중용해야 했다. 진(秦)나라 목공(穆公)은 융족(戎族)의 사신 유여(由余)가 훌륭한 인재임을 알아보고 계책을 써서 자신의 휘하로 만들었고, 그로 인하여 진나라는 융족을 물리치고 안정적인 기반을 닦을 수 있었다.

제왕들을 보좌할 수 있는 훌륭한 신하들의 활동도 중요하다. 한나라 건국 공신인 장량(張良)은 장막 안에서 천리 밖의 일을 결정지었고, 한신(韓信)은 싸우면 백전백승했다. 무제의 책문에 응하여 활동하였던 동중서(董仲舒)는 유학을 중흥시켰으며, 선제(宣帝) 때의 병길(丙吉)은 재상으로서의 직무를 잘 수행하여 나라를 계속 발전시켰다.

이 사례들은 최치원이 새로운 사회를 건설해 나가는 데에 필요한 내용들을 담으려고 노력한 일면을 보여 준다. 특히 한나라와 관련된 사실이 비교적 많은 것으로 볼 때, 그가 한나라를 모범적인 사례로 염두에 두고 있었음을 알 수 있다.

농민 봉기 이후에 찬술된 〈무염 화상 비명〉에서는 군주들의 역량에 대해 인재를 살피어 등용할 줄 알아야 함을 강조하는 한편, 장량을 비롯한 명신(名臣)에 관심을 기울이고 있었다. 지방의 혼란에 따른 대책으로 지방관에 대한 관심도 표명했다. 이는 지방의 안정에 수령의 역할이 중요함을 역설하려 했던 것으로 보인다. 일민(逸民)에 대한 관심도 보이고 있다. 그는 당에 있을 때 인재는 소보(巢父)나 허유(許由)와 같이 은둔하면 안 된다고 말한 바 있는데, 이를 〈무염 화상 비명〉에서도 다시 언급하고 있다.

최치원은 국가의 존망을 결정짓는 국가 발전이나 개혁의 적절한 모범 사례를 역사 속에서 찾았는데, 한(漢)나라가 가장 모범적이었다. 한신을 장군으로 임명할 때 어린아이처럼 부르는 행동을 말린 소하(蕭何)와 그것을 겸허히 받아들인 고조, 미워하면서도 후임 재상 직에 조참(曹參)을 추천한 소하, 재상에 올라 소하가 제정한 법을 바꾸지 않고 유지하여 혼란이 없게 한 조참, 천하의 존망을 좌우한 장량 등의 활동에서 충분히 알 수 있다. 그중 더욱 주목되는 것은 소하가 제정한 법을 조참이 고치지 않고 꾸준히 계승하여 국가를 안정시키는 데 공헌하였다는 점이다. 이는 새로 건국된 나라로서는 매우 중요한 일이었다. 법을 다시 고치게 되면 새로운 법이 시행되면서 새 왕조가 안정적인 기반을 다지기보다는 도리어 혼란이 조성될 가능성이 적지 않다.

최치원은 한나라 왕실이 안정적으로 발전하는 과정에서 나타난 단순한 미담을 살피는 것이 아니라, 중요 핵심 사안을 파악하고 탐구했다. 나아가 이 같은 한나라 초기의 발전 과정에 대한 이해는 새로 건국되는 나라가 어떻게 해야 잘 정착해 나갈 수 있는가 하는 흐름을 살핀 것으로, 최치원이 정치가와 행정가로서 역사를 바라보는 탁월한 안목을 지녔음을 잘 알게 해 준다.

그렇다면 이처럼 국가의 발전 단계를 꿰뚫고 있던 최치원이 생각하는 정치는 무엇이었을까. 그가 장량을 자신의 이상형으로 생각했던 점, 한의 건국과 발전에 공헌한 소하나 조참 등과 같은 재상들의 활동, 더불어 진(晉) 왕조에서 활동한 재상들에 관심을 두었던 점 등 여러 사례로 미루어 볼 때, 최치원의 정치적 지향점은 아무래도 군주보다는 재상의 보좌를 중심으로 하는 정치 운영 쪽이었다.

그는 신라가 진골 왕족 중심으로 정치가 운영되어 오면서 격심한 왕위 쟁탈전이 일어나는 폐단을 우선적으로 주목했을 것이다. 현명한 군주들의 활동이 전제되지 않는 경우, 재상들이 잘 보필하여도 나라가 유지될 수 있었다. 진나라의 경우, 사실상 왕권이 안정을 이룬 적이 없는데도 불구하고, 왕조가 유지된 것은 충신들의 활동에 힘입은 바가 크다. 손작(孫綽)은 권신(權臣) 환온(桓溫)의 위협에도 아랑곳하지 않고 맞서서 사직을 지켜 냈다. 군주가 아무리 현명하더라도 여러 신하들의 도움 없이는 정치가 이루어질 수 없는 것이다. 이 같은 생각에 무리가 없다면, 최치원은 군주보다는 재상 중심의 귀족 정치를 이상적인 정치형태로 보았다.

〈지증 화상 비명〉에 인용된 중국 역사 사례의 경향은 이전과는 달랐다. 최치원은 한(漢)나라 중심의 사고에서 벗어나 위진 남조(魏晉南朝)는 물론 당 왕조에 이르기까지 인식의 범위를 확대했다. 또한 주요 관심 대상에서도 군주나 재상 외에 은둔하는 일민(逸民)에게도 관심을 기울이기에 이른 것이다. 이 같은 관심사의 확대는 당시 혼란한 현실에 부딪치면서 난국 해결의 실마리를 풀어 보는 한편, 자신의 진로 선택과도 관련이 없지 않았던 것이다.

그렇다면 최치원이 살펴본 위진 남조의 흥망에서 근본적인 문제는 무엇이었을까? 우매한 군주들 때문인가, 아니면 반역을 꾀한 신하들에게 있었을까? 무엇보다도 왕조 초창기에는 권력 쟁탈이 일어나므로 안정을 이룰 수 없었음을 살폈을 것이다. 진(晉)나라의 장화(張華)는 한(漢)의 제도와 견식에 밝아 왕조의 기틀을 마련했지만, 8왕의 난 때에 희생당했다. 남제(南齊)의 사초종(謝超宗)은 간신들의 핍박을 받고 불만을 토로하다가 도리어 황제의 의심을 받았고, 결국은 죽음을 당했다. 이들은 왕조 초기에 황족과 황후 세력들 간의 권력 다툼에서 희생된 충신들이다. 불의에 반대하여 나라를 바로잡으려다가 희생되기도 하였지만, 이들의 활동으로 인하여 왕조의 수명 또한 연장되기도 하였다. 하지만 이들의 활동이 왕조를 오래 지속시키지 못했을 뿐만 아니라 안정을 이룬 것도 아니어서 희생의 대가는 결코 바람직한 결과를 가져다주지 못했다.

이같이 건국 과정에서 나타나는 흥망성쇠의 고찰을 통해 최치원은 새로운 국가 건설이 현실의 난국을 해결해 줄 수 있는 최선책이 아님을 느끼게 되었을 것으로 생각된다. 새로운 건국이 아니라, 개혁이 올바르게 추진되는 것만으로도 충분하다는 생각에 이르렀을 것이다. 그러면서도 최치원은 어디에 구속되기보다는 자유로움을 지향하고 있었는데, 이는 훗날 그의 은둔을 예고하는 조짐이었다 할 수 있다.

〈지증 화상 비명〉 찬술을 마치고 난 뒤, 최치원은 이듬해인 진성여왕 8년(894) 2월에 〈시무십여조〉를 올렸다. 그는 중국 역사를 고찰하고 고민한 끝에 판단을 내린 희망적인 견해를 제시하였다. 하지만 그것이 정치에 반영되지 않았음은 이미 알려진 바와 같다. 이에 최치원은 해인사로 은둔하러 들어간다.

결국 그는 새로운 건국을 도모하는 세력들에 협조하지 않고, 불사이군(不事二君)의 충성을 다하고 일생을 마쳤다. 최치원이 그러한 결정을 내린 것은 현실 상황에 직면하여 경서(經書)에 국한되지 않고 역사 사례에서 해답을 찾고자 했던 것과 무관하지 않다.

참고문헌

李仁榮, 〈太平通載殘卷小考〉, 《震檀學報》 12, 1940.

李基白, 〈최문창후전집해제〉, 《崔文昌侯全集》, 성균관대학교 대동문화연구원, 1972 ; 《한국고대사론》, 일조각, 1995.

崔濬玉 編, 《國譯 孤雲先生文集》 上·下, 孤雲先生文集編纂會, 1972·1973.

崔英成, 《註解 四山碑銘》, 亞細亞文化社, 1987.

金圻彬, 〈고운집(孤雲集) 해제〉, 《韓國文集叢刊解題 1》, 민족문화추진회, 1991.

金知見, 《四山碑銘 集註를 위한 研究》, 韓國精神文化研究院, 1994.

梁基善, 《孤雲崔致遠研究》, 한불문화출판, 1995.

崔英成, 《崔致遠全集 1 四山碑銘》, 아세아문화사, 1998.

崔英成, 《崔致遠全集 2 孤雲文集》, 아세아문화사, 1999.

李劍國·崔桓, 《新羅殊異傳 考論》, 중문출판사, 2000.

劉永奉, 〈몇 개의 頻出詩語로 본 崔致遠의 詩〉, 《漢文學報》 7, 우리한문학회, 2002.

당인핑 저, 마중가 역, 김복순 감수, 《최치원 신연구》, 한림대 아시아문화연구소, 2004.

郭丞勳, 《최치원의 중국사 탐구와 사산비명 찬술》, 한국사학, 2005.

郭丞勳, 〈신라 말기 최치원의 승전 찬술〉, 《佛敎硏究》 22, 한국불교연구원, 2005; 《신라 고문헌 연구》, 한국사학, 2005.

고운 선생 문집 중간 서문
孤雲先生文集重刊序

세상에서 신라(新羅)를 논할 때면 산에 대해서는 반드시 두류(頭流)와 가야(伽倻)와 청량(淸涼)을 말하고, 물에 대해서는 반드시 동명(東溟)과 동락(東洛)을 말하고, 사람에 대해서는 반드시 문창(文昌) 최 선생(崔先生)을 말한다.

대개 나라가 나라답게 되기 위해서는 명산(名山)과 명천(名川)과 명인(名人)이 있어야 한다. 그런 뒤에야 산천의 빼어난 기운을 온전히 받아 이상적인 정치를 행할 수가 있는 것이다.

이 세 가지는 또 서로 화합해야만 아름다운 결과를 이루어 낼 수가 있다. 그러한 까닭에 명산과 명천의 빼어난 기운이 두텁게 쌓여서 인재를 배출한 결과 선생이 태어나게 된 것이다.

선생도 명산과 명천에 대해서 뜻을 두지 않을 수 없었다. 하지만 이것은 선생 스스로 그렇게 한 것이 아니라 하늘이 그렇게 만든 것이었다.

가령 선생이 끝내 당(唐)나라에서 뜻을 펼 수 있었다면 선생은 당나라 사람이 되고 말았을 것이다. 또 신라에서 뜻을 펼 수 있었다면 선생의 자취는 명산과 명천에 두루 미칠 겨를이 없었을 것이다.

선생은 약관이 되기도 전에 중국 조정에서 실시한 과거에 급제하였다. 그리고 23세 때에는 절강(浙江)의 적도(賊徒)인 황소(黃巢)를 붓으로 꺾었는데, 이에 천자가 어대(魚袋)를 하사하고 천하가 그 문장을 암송하였다.

이때에는 세상 사람들 모두가 당나라의 고운(孤雲)으로만 알고 있었으니, 자기가 태어난 나라를 찾아서 다시 돌아갈 줄이야 어찌 생각이나 하였겠는가.

선생은 그때 이미 기미를 눈치채고 있었다. 그리하여 어지러운 나라에는 거주하고 싶지 않았으므로[1] 은하(銀河)에 열수(列宿)가 벌여 있는 나이[2]에 조서(詔書)를 받들고 금의환향하는 사람이 되었으니, 신라로서는 엄청난 행운을 맞았다고 해야 할 것이다.

그러나 신라는 좁은 나라였다. 그러니 사해(四海)의 제일가는 인물을 어떻게 용납할 수가 있었겠는가. 시기하는 자들이 점차 떼를 지어 일어나게 되었으니, 이렇게 해서 선생이 다시 불우하게 되고 말았다.

비록 그렇기는 하지만 나는 선생이 불우하게 된 것을 한스럽게 여기지 않는다. 다만 선생이 만난 그 시대의 운수가 길하지 못했던 것을 슬퍼할 따름이다.

당나라는 개국 이래 19명의 황제를 거치고 나서 탕산(碭山)의 부로(俘虜)[3]가 새로 하늘의 총애를 받았고, 신라의 삼성(三姓)은 49명이 왕위를 전하고 나서 보리(菩提)의 당부(堂斧)[4]가 거듭 일어나는 가운데 음탕한

1　어지러운……않았으므로 : 참고로 《논어》〈태백(泰伯)〉에 "위태로운 나라에는 들어가지 말고, 어지러운 나라에는 거주하지 말아야 한다. 천하에 도가 있으면 자기를 드러내고, 천하에 도가 없으면 숨어야 한다.〔危邦不入 亂邦不居 天下有道則見 無道則隱〕"라는 공자의 말이 나온다.

2　은하(銀河)에……나이 : 28세를 가리킨다. 열수(列宿)는 28수(宿)의 별자리를 뜻한다.

3　탕산(碭山)의 부로(俘虜) : 부로는 송주(宋州) 탕산 출신으로, 당나라를 멸망시키고 후량(後梁)의 태조가 된 주전충(朱全忠)을 가리킨다. 원래 황소(黃巢)의 적도(賊徒) 출신으로 당나라에 귀순하여 사진절도사(四鎭節度使)에 이르고 양왕(梁王)에 봉해졌는데, 그 뒤 소종(昭宗)과 애제(哀帝)를 시해하고 국호를 양(梁)으로 바꿨으나, 만년에 누차 패하면서 세력이 위축되다가 마침내는 차자(次子)인 주우규(朱友珪)에게 시해당하였다. 《新五代史 卷1 梁本紀 太祖》

여제(女弟)⁵가 왕의 자리에 올랐으니, 선생이 어떻게 한 손으로 이를 부지(扶持)할 수가 있었겠는가.

선생이 일단 조정에 편안히 있을 수 없게 된 뒤에는 해운대(海雲臺)와 임경대(臨鏡臺)와 월영대(月影臺)⁶에서 고신(孤臣)의 분개한 회포를 풀 수 있었고, 두류(頭流)의 암문(巖門)⁷에서 널리 구제하려는 뜻을 보였으며, 청량(淸凉)의 기판(棋板)⁸에서는 승패의 운수를 관찰하였고, 가야(伽倻)의 유수(流水)에서는 시비(是非)의 소리를 듣지 않을 수 있었으니, 이를 통해서 선생이 불행해지면서 산천과 조우하게 되었음을 알 수가 있다.

그 뒤 세월이 오래 흐르면서 아름다운 명성이 차츰 인멸됨에 따라 사

---

4 보리(菩提)의 당부(堂斧) : 불교의 사탑(寺塔)을 가리킨다. 보리는 깨달음이라는 뜻을 지닌 산스크리트어의 음역으로 불교를 의미하고, 당부는《예기(禮記)》〈단궁 상(檀弓上)〉에 나오는 말로 무덤을 뜻하는데, 사원의 탑이 원래 사리(舍利)를 보관하는 곳이기 때문에 그렇게 말한 것이다. 참고로 신라 문성왕(文聖王) 17년(855)에는 창림사(昌林寺)에 무구정탑(無垢淨塔)이 세워지고, 경문왕(景文王) 10년(870)에는 보림사(寶林寺)에 남북으로 두 개의 석탑이 세워지고, 3년 뒤에는 높이 23장(丈)의 황룡사(皇龍寺) 9층탑이 개수(改修)되었는데, 그 이듬해인 경문왕 14년에 고운이 당나라에서 등과(登科)하였다.

5 음탕한 여제(女弟) : 신라 정강왕(定康王)의 여동생인 김만(金曼) 즉 진성여왕(眞聖女王)을 가리킨다. 젊은 미소년을 불러들여 음행을 하는가 하면 각간(角干) 위홍(魏弘)과 사통했다는 설이 전한다.

6 월영대(月影臺) : 창원(昌原)의 남쪽 바닷가에 있는 대이다. 고운이 일찍이 이곳에서 노닐었다고 하는데, 서거정(徐居正)의 시〈월영대〉에 이르기를, "월영대 앞에 달은 길게 있건만, 월영대 위에 사람은 이미 갔네. 최고운이 고래를 타고 하늘로 올라간 뒤, 흰 구름만 아득하여 찾을 곳이 없구나.〔月影臺前月長在 月影臺上人已去 孤雲騎鯨飛上天 白雲渺渺尋無處〕" 하였다.

7 두류(頭流)의 암문(巖門) : 두류는 지리산(智異山)을 말하고, 암문은 쌍계사(雙溪寺)를 말한다. 쌍계사의 골짜기 입구에는 두 바위가 서로 마주 서 있어 대문의 모양새를 이루고 있는데, 고운이 이곳에서 글을 읽을 적에 동쪽의 바위에는 '쌍계(雙溪)', 서쪽의 바위에는 '석문(石門)'이라고 새겼다고 한다.

8 청량(淸凉)의 기판(棋板) : 청량산은 안동(安東)에 있는 산이며, 이 산의 풍혈(風穴) 입구에는 두 개의 판이 있는데, 전설에 의하면 고운이 앉아서 바둑을 두던 판이라고 한다.

람들이 단지 근거 없는 소문만을 가지고 자기들끼리 헤아리기 시작하였다. 그리하여 황엽(黃葉) 청송(青松)의 구절을 가지고 고려의 왕을 위해 상서한 것이라고 주장하는가 하면 고려의 후대의 왕도 그 구절이 태조(太祖)의 왕업을 은밀히 도운 것이라고 하여 성무(聖廡)에 올려서 제사를 받게 한 것이라고 주장하기도 하는데,[9] 만약 그렇다고 한다면 홍(洪)과 배(裵)와 신(申)과 복(卜)의 네 공신[10]이 응당 선생보다 앞서야만 했을 것이다.

종사(從祀)는 대례(大禮)인 만큼 왕이 독단할 수 있는 것이 아니요, 신하들과 의논해서 결정되는 것이다. 고려에서 신라의 현인을 종사함에 있어서는 선생이 아니면 해당되는 자가 없었을 것이다.

선생은 실로 우리 동방에서 처음으로 출현한 문학가였다. 그리고 삼천리강산에 예의의 풍속이 있게 된 것도 선생이 실로 창발시킨 공로라고 해야 할 것이다.

혹자는 선생의 문구(文句)에 왕왕 범어(梵語)가 섞여 있는 것을 흠으로 여기기도 한다. 그러나 세속에서 숭상하는 것에 대해서는 성인도 면

---

9 황엽(黃葉)……하는데:《동국통감(東國通鑑)》에 "고려 현종(顯宗) 경신(庚申) 11년(1020)에 신라의 집사성 시랑(執事省侍郞) 최치원을 내사령(內史令)에 추증하고, 선성(先聖)의 묘정에 종사(從祀)하게 하였다. 당초 태조(太祖)가 잠저(潛邸)에 있을 적에 고운이 보낸 글 중에 "계림에는 누런 잎이 지고, 곡령에는 소나무가 푸르다.[雞林黃葉 鵠嶺青松]"라는 구절이 있었는데, 이와 관련하여 "최치원이 태조의 왕업을 은밀히 도운 그 공을 잊을 수 없다고 하여 이런 명이 있게 된 것이다."라는 말이 나온다. 이 밖에《동사찬요(東史纂要)》와《서악지(西岳誌)》와〈청학동비명(青鶴洞碑銘)〉에도 청송(青松) 황엽(黃葉)의 구절이 각각 언급되어 있는데, 한마디로 청송은 새로이 흥기하는 고려를 가리키고 황엽은 시들어 가는 신라를 가리키는 것으로 고운이 비유했다는 내용으로 되어 있다. 곡령은 개경(開京)의 송악(松嶽)을 가리킨다.

10 홍(洪)과……공신:고려의 개국 공신(開國功臣)인 홍유(洪儒), 배현경(裵玄慶), 신숭겸(申崇謙), 복지겸(卜智謙)을 가리킨다.

하지 못하는 경우가 있었으니, 엽각(獵較)[11]이 바로 그것이다. 선생이 어찌 참으로 불교에 아첨한 사람이었겠는가.

　선생의 학문은 사술(四術)과 육경(六經)[12]에서 인(仁)을 근본으로 삼고 효(孝)를 시작으로 삼는 것을 종지(宗旨)로 하였다. 선생은 심약(沈約)의 "공자는 단초를 열었고 석가는 극치를 다했다.〔孔發其端 釋窮其致〕"라는 말을 변론하여 말하기를, "부처가 심법에 대해서 이야기한 것으로 말하면 현묘하고 현묘해서 끝내는 바람이나 그림자를 붙잡기 어려운 것과 같다.〔佛語心法 玄之又玄 終類係風影難行捕〕"라고 하였고,[13] 노장(老莊)과 불교가 이도(異道)라고 못 박으면서 말하기를 "공자(孔子)는 인에 의지하고 덕에 의거하였으며, 노자(老子)는 백을 알면서도 흑을 잘 지켰다. 불일을 다시 맞이하여 공색을 분변하니, 교문이 이로부터 계척을 나누게 되었다.〔麟聖依仁乃據德 鹿仙知白能守黑 更迎佛日辨空色 敎門從此分階

11　엽각(獵較) : 사람들과 경쟁적으로 사냥하여 잡은 짐승으로 제사 지내는 것을 말하는데, 《맹자》〈만장 하(萬章下)〉에 "공자가 노나라에서 벼슬할 적에 노나라 사람들이 엽각을 하자 공자 역시 엽각하는 일을 행하였다.〔孔子之仕於魯也 魯人獵較 孔子亦獵較〕"라는 말이 나온다.

12　사술(四術)과 육경(六經) : 사술은 시(詩)·서(書)·예(禮)·악(樂)의 네 가지 경술(經術)을 말하고, 육경은 《시경》·《서경》·《역경(易經)》·《춘추(春秋)》·《예기(禮記)》·《악경(樂經)》을 말한다.

13　선생은……하였고 : 《고운집》권2〈진감 화상 비명(眞監和尙碑銘)〉에 "심약의 말 중에 '공자는 단초를 열었고 석가는 극치를 다했다.'라는 말이 있다. 그는 대체(大體)를 안 자라고 이를 만하니, 이 정도는 되어야 비로소 지극한 도에 대해서 더불어 이야기할 수 있을 것이다. 그런데 불교가 심법에 대해서 이야기하는 것으로 말하면 현묘하고 현묘해서 어떤 이름으로도 이름 지을 수가 없고 어떤 설명으로도 설명할 수가 없다. 비록 달을 가리키는 손가락의 뜻이나 앉아서 잊는 경지를 체득했다고 할지라도, 끝내는 바람이나 그림자를 붙잡아 매기기 어려운 것처럼 표현하기 어렵다고 해야 할 것이다.〔沈約有云 孔發其端 釋窮其致 眞可謂識其大者 始可與言至道矣 至若佛語心法 玄之又玄 名不可名 說無可說 雖云得月指或坐忘 終類係風影難行捕〕"라는 말이 나온다. 이는 불교를 폄하하여 비판한 말이 아닌데, 서문의 저자는 이를 잘못 해석해서 이렇게 인용한 듯하다. 아래의 말도 마찬가지이다.

城]"라고 하였으며,[14] 장자방(張子房)이 적송자(赤松子)를 따라 노닐었다는 설을 배척하며 말하기를 "그가 가령 신선술을 처음부터 끝까지 배웠다고 하더라도, 실제로 한낮에 하늘로 올라갈 수가 있었겠는가. 학의 등 위의 허깨비 같은 몸이 되고 말았을 뿐이다.〔假學仙有始終 果能白日上升去 止得爲鶴背上幻軀〕"라고 하였다.[15]

이상 세 가지의 말을 가지고 유추해 본다면, 선생이 원한 것은 공자를 배우는 것이었다. 선생이 승려와 어울려 노닐었던 것은 멀리 은둔하려는 계책에서 나온 것이요, 어느 날 아침에 일찍 일어나 숲 사이에 신발을 남겨 두었던 것은 인간 세상에 다시 살지 않겠다는 뜻을 보여준 것일 따름이다. 이 밖에 또 다른 무엇이 있겠는가. 점필(佔畢 김종직(金宗直)) 선

---

14 노장(老莊)과……하였으며:《고운집》권3〈지증 화상 비명(智證和尙碑銘)〉에 "공자는 인에 의지하고 덕에 의거하였으며, 노자는 백을 알면서도 흑을 잘 지켰다네. 두 종교만이 천하의 법도로 일컬어졌으므로, 석가의 가르침은 경쟁하기 어려웠다네. 그래서 십만 리 밖에서 서역의 거울이 되었다가, 일천 년 후에야 동국의 촛불이 되었다오. 계림은 땅이 오산의 옆에 있는지라, 예로부터 도교와 유교에 기특한 자가 많았다네. 어여쁘게도 희중이 직분에 충실하여, 다시 불일을 맞아 공색을 분변하였다오. 종교의 문이 이로부터 단계별로 나뉘고, 말의 물길이 특색 있게 각자 퍼져 나갔다네.〔麟聖依仁乃據德 鹿仙知白能守黑 二教徒稱天下式 螺髻眞人難确力 十萬里外鏡西域 一千年後燭東國 鷄林地在鼇山側 儒仙自古多奇特 可憐曦仲不曠職 更迎佛日辨空色 教門從此分階城 言路因之理溝洫〕"라는 말이 나온다.

15 장자방(張子房)이……하였다:《고운집》권2〈무염화상비명(無染和尙碑銘)〉에 "저 문성후는 한 고조(漢高祖)의 사부가 되어 만호에 봉해지고 열후의 지위에 오른 것을 크게 과시하였다. 그리하여 한나라 재상의 자손으로서 최고의 영광으로 여겼으니 비루한 일이다. 그가 가령 신선술을 처음부터 끝까지 배웠다고 하더라도, 실제로 한낮에 하늘로 올라갈 수가 있었겠는가. 그런데 그것도 중간에 그만두어 학의 등 위의 하나의 허깨비 같은 몸이 되고 말았을 뿐이다. 그러니 어떻게 우리 대사가 처음에 속세를 초월하고 중도에 중생을 제도하고 마지막에 자기 자신을 깨끗이 한 것과 같을 수가 있겠는가.〔彼文成侯爲師漢祖 大誇封萬戶位列侯 爲韓相子孫之極 則倲矣 假學仙有始終 果能白日上升 去於中止得爲鶴背上一幻軀爾 又焉珽大師拔俗於始 濟衆於中 潔己於終矣乎〕"라는 말이 나온다. 자방(子房)은 한(漢)나라 개국 공신 장량(張良)의 자이고, 문성후(文成侯)는 그의 시호이다.

생의 "세상에서는 신선이 되어 떠났다 말할 뿐, 빈산에 무덤이 있는 것은 알지 못한다네.〔世上但云尸解去 那知馬鬣在空山〕"라는 시구야말로 천고(千古)의 의혹을 풀 수 있는 것이라고 하겠다.

선생은 《경학대장(經學隊仗)》[16]이라는 책 1권을 저술하여 성리(性理)를 드러내 밝혔는데, 이는 암암리에 시대를 앞서서 송유(宋儒)의 주장과 서로 부합되는 것이었다. 하지만 세상에서 모두 이를 좋아하지 않았기 때문에 선생도 사람들에게 보여 주려고 하지 않았던 것이다.

고려 시대에는 불경을 애송하는 정도가 더욱 심했기 때문에 《경학대장》을 읽지 않았을 뿐만 아니라 선생의 시문조차 읽는 경우가 드물었다. 그리고는 오직 《사산비명(四山碑銘)》 하나가 사방에 전파되었으므로 이를 통해서만 방불한 모습을 구할 수 있을 따름이었다. 그래서 고운 선생의 참모습을 사람들은 알지 못하였다.

그러다가 아조(我朝)에 들어와서는 탁영(濯纓 김일손(金馹孫))이 선생의 지팡이와 신발을 들고 시봉하며 따르고 싶다 발원하였고, 신재(愼齋 주세붕(周世鵬))가 문학을 창도한 선생의 공을 찬탄하였으며, 이자(李子 이황(李滉))가 서악정사(西岳精舍)라고 선생의 서원(書院)을 명명하기도 하였다. 하지만 그때에도 《경학대장》에 대한 말은 보이지 않았으니, 이는 선생이 또 요부(堯夫)에게 진가를 인정받지 못한 것이었다.[17]

---

16 경학대장(經學隊仗) : 《유설경학대장(類說經學隊仗)》의 약칭이다. 중국인 주경원(朱景元)이 지은 것으로, 고운의 작품이 아니라는 것이 학계의 정설이다. 《흠정사고전서총목(欽定四庫全書總目)》 권137 〈자부(子部) 47 유서류존목(類書類存目) 1〉에 《경학대장》 3권의 저자와 책에 대한 내용이 소개되어 있다.

17 이는……것이었다 : 후세에 제대로 평가받지 못했다는 말이다. 후세에 제대로 평가해 주는 식견이 높은 사람을 기다린다고 할 때, 흔히 양자운(揚子雲)과 소요부(邵堯夫)를 거론하는데, 자운은 한(漢)나라 양웅(揚雄)의 자이고, 요부는 송(宋)나라 소옹(邵雍)의 자이다.

그 밖에 많은 사람들이 불명(佛銘)을 지었다고 분분하게 선생을 비평하는 일이 아직도 끊이지 않고 있는데, 이는 실로 사도(斯道)를 보위하고 이단을 배척한 공이 불명 속에 있다는 사실을 모르기 때문이다. 창려(昌黎)가 태전(太顚)을 위해 의복을 남겨 주었지만 그의 〈불골표(佛骨表)〉는 오히려 만고(萬古)의 창언(昌言)이 된 것처럼 선생이 불교를 위해 명(銘)을 지었지만 불교를 배척하는 뜻이 은연중에 드러나고 있는 것이다.[18]

후손 최국술(崔國述) 군이 여러 해 동안 선생의 유문(遺文)을 수집한 다음 자금을 내어 간행에 부쳤다. 이는 세상 사람들로 하여금 선생이 불교를 위해 명을 지은 것은 모두 임금의 명을 삼가 받들면서 그 속에 풍간(諷諫)하는 뜻을 부치려 했다는 사실을 알게 하기 위함이요, 선생이 산택(山澤)에서 소요(逍遙)하며 종신토록 돌아오지 않은 것은 명승지에서 지내려 함이 아니라 오직 왕씨(王氏)의 조정에서 몸을 더럽힐까 염려한 나머지 처음에는 미록(麋鹿)으로 벗을 삼다가 끝내는 기러기처럼 아득한 하늘로 날아오르게 되었다는 사실을 알게 하기 위해서였다.

《계원필경(桂苑筆耕)》과 《경학대장》은 이미 각각 1책씩 간행하여 배포하였지만, 《사륙집(四六集)》은 구할 수가 없었다.[19] 그래서 이 책에 기

---

18 창려(昌黎)가……것이다 : 고운이 어디까지나 유자(儒者)로서 불교를 배척했다는 주장을 합리화시키기 위하여 무리하게 논리를 전개하며 견강부회하고 있다는 느낌이 짙다. 창려는 창려백(昌黎伯)에 봉해진 당(唐)나라 한유(韓愈)를 가리킨다. 그가 조주자사(潮州刺史)로 있을 적에 친하게 지냈던 노승 태전(太顚)과 작별하면서 자신의 의복을 남겨 주었던[留衣服爲別] 이야기가 그의 〈여맹상서서(與孟尙書書)〉에 실려 있다.

19 계원필경(桂苑筆耕)과……없었다 : 고운의 저술은 문집으로는 중국에서 지은 시문집인 《계원필경》 20권, 《중산복궤집(中山覆簣集)》 5권, 《금체시(今體詩)》 1권, 《오언칠언금체시(五言七言今體詩)》 1권, 《잡시부(雜詩賦)》 1권, 《사륙집(四六集)》 1권이 있고, 국내에서 지은 문집(文集) 30권이 있다. 역사서로는 《제왕연대력(帝王年代曆)》이 있고, 불교 관계 저술로는 《부석존자전(浮石尊者傳)》 1권, 《법장화상전(法藏和尙傳)》 1권, 《석이정전(釋利

재된 것이 이처럼 허술하게 되었으니, 후학이 함께 한스럽게 여기는 바이다.

병인년(1926) 6월 하순에 후학 광주(光州) 노상직(盧相稷)[20]은 삼가 쓰다.

貞傳)》,《석순응전(釋順應傳)》,《사산비명(四山碑銘)》 등이 있었다. 이 가운데서 《계원필경》20권과 《법장화상전》1권,《사산비명》만이 현전한다.《정구복 외, 譯註 三國史記 권4 주석편하, 한국정신문화연구원, 1997, 762쪽》고운의 문집은 고려 때부터 여러 차례 간행되었으나 모두 중간에 없어져 버렸다. 본《고운집》은《계원필경집》이나《동문선》에 실린 것과 불교 관계 자료집, 금석문 등에 산재한 것을 한데 모아 놓은 것으로, 사실상 '습유(拾遺)'의 형태를 면치 못하고 있으며, 잘못된 글자나 내용이 있음을 면치 못하고 있다.《최영성, 譯註 崔致遠全集2, 아세아문화사, 1999, 18~19쪽》

20 노상직(盧相稷) : 1855~1931. 한말(韓末)의 뛰어난 성리학자(性理學者)로, 본관은 광주(光州), 자는 치팔(致八), 호는 소눌(小訥)이며, 밀양(密陽) 단장면(丹場面) 노곡(蘆谷)에 거주하였다. 허전(許傳)의 문인이다. 성리학에 깊은 관심을 보였으며, 실학(實學)에 관해서도 저술을 남겼다. 저서로는《소눌집(小訥集)》,《역대국계고(歷代國界考)》,《역고(歷考)》,《육관사의목록(六官私議目錄)》,《심의고증(深衣考證)》,《주자성리설절요(朱子性理說節要)》가 있다.

고운 선생 문집 편집 서문
孤雲先生文集編輯序

글[文]이란 도(道)의 개화(開花)요, 일[事]의 자취이다. 도는 승침(升沈)이 있고 일은 시대와 함께 변천한다. 따라서 만나는 시대 상황에 따라 그 글이 다르게 되는 것은 그야말로 형세상 자연스러운 일이라고 하겠다.

　그러므로 전모(典謨)[21]의 시대가 지나가자 고명(誥命)[22]이 행해지고, 풍아(風雅 시경(詩經))의 시대가 종식되자 사소(詞騷)가 지어지고, 《춘추(春秋)》의 시대가 끝나자 사전(史傳)이 뒤를 이어 나오게 된 것이다.

　그런데 그 장구(章句)를 가지고 생각해 본다면 선진(先秦)과 양한(兩漢) 시대에도 이미 체재와 역량 면에서 서로 같지 않은 점이 발견되지만, 그 내용과 관련하여 귀결되는 곳을 찾아본다면 두보(杜甫)의 시에도 《시경》의 뜻이 들어 있고, 제갈공명(諸葛孔明)의 〈출사표(出師表)〉에도 《서경(書經)》의 〈이훈(伊訓)〉과 〈열명(說命)〉의 뜻이 들어 있음을 알 수 있다. 그리고 보면 글이란 언어의 구두(句讀) 사이에 있는 것이 아니요, 오직 의리의 득실 여하에 달려 있는 것이라고 하겠다.

21　전모(典謨):《서경》의 〈요전(堯典)〉·〈순전(舜典)〉을 이전(二典)이라 하고, 〈대우모(大禹謨)〉·〈고요모(皐陶謨)〉·〈익직(益稷)〉을 삼모(三謨)라 한다. 이를 합쳐서 전모라고 하는데, 보통 요순과 같은 고대 성군의 훌륭한 정치를 말할 때 인용되기도 한다.

22　고명(誥命):《서경》에 나오는 〈중훼지고(仲虺之誥)〉·〈강고(康誥)〉·〈주고(酒誥)〉·〈소고(召誥)〉·〈낙고(洛誥)〉와 〈미자지명(微子之命)〉·〈채중지명(蔡仲之命)〉·〈고명(顧命)〉 등을 말한다.

삼가 생각건대 우리 고운(孤雲) 선생은 동방 문학의 시조라고 할 것이다. 선생은 어린 나이에 중국에 유학하여 일찍 과거에 급제하는 등 천하의 선비들이 감히 앞을 다투지 못하였다. 대개 선생의 재덕(才德)은 세상에서 보기 힘든 유일한 것이었다. 따라서 황유(皇猷)를 보불(黼黻)하고 우주를 경위(經緯)하여 전해지지 않는 삼대(三代)의 정치를 이어야 마땅할 것이었다. 그런데 마침 안에서는 환시(宦寺)가 권세를 쥐고 밖에서는 번진(藩鎭)이 제멋대로 굴었으므로, 중국에서는 더 이상 도를 행할 수 있는 희망이 있지 않았다.

이에 본국으로 돌아오자 당시의 왕이 매우 존경하면서 함께 바람직한 정치를 행해 보려고 하였으나, 천운이 비색하여 왕이 또 세상을 떠나고 말았다.[23] 게다가 나라의 풍속이 불교를 중히 여길 뿐 유도(儒道)가 있는 줄은 알지 못했으므로 나아가도 용납받지 못하고 물러가도 베풀 길이 없는 상태에서 마침내는 산수에 의지하여 생을 마친 것이었다. 공자(孔子)는 바다에 배를 띄우고 싶다고 하였고,[24] 맹자(孟子)는 부득이해서 물러난다고 하였으니,[25] 이것을 보면 떠나는 것이 어찌 모두 그들의 본의였겠는가.

아, 천년 뒤에 태어나서 천년 전의 선생의 모습을 방불하게라도 찾아

---

23 왕이……말았다 : 왕은 헌강왕(憲康王)을 말한다. 고운이 28세 때인 885년(헌강왕11)에 귀국하여 헌강왕의 우대를 받았으나, 그해에 바로 헌강왕이 죽고 정강왕(定康王)이 즉위하였는데, 정강왕 역시 1년 만에 죽고 진성여왕(眞聖女王)이 즉위하였다.

24 공자(孔子)는……하였고 : 《논어》〈공야장(公冶長)〉에 "나의 도가 행해지지 않으니, 뗏목을 타고 바다로나 나갈까 보다.[道不行 乘桴浮于海]"라고 탄식한 공자의 말이 실려 있다.

25 맹자(孟子)는……하였으니 : 맹자가 제(齊)나라를 떠나면서 "천리 먼 길을 와서 왕을 만나 본 것은 내가 뭔가 해 보려고 해서이다. 그러니 뜻이 맞지 않아서 떠나가는 것이 어찌 내가 원하는 바이겠는가. 내가 부득이해서 그런 것이다.[千里而見王 是予所欲也 不遇 故去 豈予所欲哉 予不得已也]"라고 해명한 말이 《맹자》〈공손추 하(公孫丑下)〉에 나온다.

보려 한다면 선생의 글 이외에는 달리 방법이 없을 것이다. 그런데 선생의 글에 대해서 세상에서는 기려(綺麗)하다고 흠을 잡는가 하면 불명(佛銘)을 지었다고 헐뜯기도 한다.

그러나 만당(晩唐)의 문법(文法)은 원래 일정한 체재가 있어서 온갖 수용(需用)에 사륙문(四六文)이 아니면 행해질 수가 없었으니, 이것이 바로 선생이 그대로 따르지 않을 수 없었던 이유이다. 그리고 신라 말기에 와서는 무릎을 맞대고 입을 맞추며 이야기하는 것들 모두가 불교 일색인 상황에서 불명을 지으라는 임금의 엄중한 명령을 극력 사양해도 허락을 받지 못했고 보면, 선생이 어떻게 끝까지 불교 문자를 짓지 않을 수 있었겠는가. 하지만 그러는 가운데에서도 전일하게 유자(儒者)로서의 자신의 입장을 표명하며, 걱정하고 두려워하는 심정을 내면에 품고 풍간(諷諫)하는 말을 아울러 개진하였던 것이다.

따라서 선생의 글을 읽는 자들 또한 그 시대 상황을 고려하면서 그 뜻을 보아야 할 것이요, 언어에 구애되어 고언(古言)이 아니라고 의심해서는 안 될 것이다. 가령 고언을 금인의 작품에서 구하려고 한다면 《시경》의 〈화서(華黍)〉를 보완하고 《서경》의 〈탕정(湯征)〉을 이었다고 하더라도[26] 과연 본경(本經)에 모두 부끄러움이 없을 수가 있겠는가. 고인의 작품에 뜻을 두었다가 고인의 뜻을 얻지 못하기보다는 자기가 처한 시대의 말을 그대로 사용하면서 차라리 고인의 뜻을 잃지 않는 것이 낫다고 해야 할 것이다.

---

26 시경의……하더라도 : 〈화서(華黍)〉는 《시경》의 편명으로, 현재 전해지지 않고 있는 여섯 편 가운데 한 편이며, 〈탕정(湯征)〉 역시 《서경》의 편명으로, 현재 전해지지 않고 있는 5편 가운데 한 편이다. 《시경》에 그 편명만 있고 사(辭)가 없는 것은 〈남해(南陔)〉, 〈백화(白華)〉, 〈화서〉, 〈유경(由庚)〉, 〈숭구(崇丘)〉, 〈유의(由儀)〉 등 6편이고, 《서경》에 이름만 있고 전해지지 않는 것은 〈제고(帝告)〉, 〈이옥(釐沃)〉, 〈탕정〉, 〈여구(汝鳩)〉, 〈여방(汝方)〉 등 5편이다.

살펴보건대 황소(黃巢)에게 격문(檄文)을 보내어 그를 귀화하게 한 그 공로는 삼묘(三苗)의 부족을 귀순시키고 갈(葛)나라를 정벌한 일보다 못하지 않고,[27] 악관(樂官)에게 증정하며 그와 함께 눈물을 흘린 그 비애는 〈서리(黍離)〉와 〈맥수(麥秀)〉의 노래보다 더했다고 할 것이다.[28]

선생이 지은 《연대력(年代曆)》으로 말하면 해와 달의 운행을 관찰한 유전(遺典)이요,《여지설(輿地說)》로 말하면 산과 물을 다스리며 인도한 여모(餘謨)라고 할 것이다. 그리고 왕자(王者)의 덕을 말할 때에는 인효(仁孝)를 앞세웠고, 학생의 학업을 청할 때에는 오직 예악을 일컬었다. 이것이야말로 선생이 내면으로 터득한 것들이니, 이 모두는 옛 성인이 전수한 심법(心法)이었다.

선생이 글로 드러내어 후인에게 혜택을 끼친 것이 필시 적지 않았을 것이다. 그런데 세대가 점차 멀어지면서 남아 있는 것이 얼마 되지 않으니, 무엇을 통해서 선생의 도를 찾을 수 있단 말인가. 지금 전하는 것으로는 단지 《계원필경집(桂苑筆耕集)》과 《경학대장(經學隊仗)》이 있을 뿐

---

27 황소(黃巢)에게……않고 : 격문을 지어서 황소를 경악하게 했다는 기록은 있지만, 황소를 귀화시켰다는 것은 역사적 사실이 아니다.《서경》〈대우모(大禹謨)〉에 "순(舜) 임금이 문덕을 크게 펴면서, 방패와 새 깃을 손에 들고 두 섬돌 사이에서 춤을 추니, 70일 만에 삼묘(三苗)의 부족이 귀순해 왔다.〔帝乃誕敷文德 舞干羽于兩階 七旬有苗格〕"라는 말이 나오고, "상(商)나라 탕왕(湯王)이 첫 번째 정벌을 갈나라로부터 시작하니 천하가 모두 그 행동을 미쁘게 여겼다.〔湯一征自葛始 天下信之〕"라는 말이 《맹자》〈양혜왕 하(梁惠王下)〉에 나온다.

28 악관(樂官)에게……것이다 :《고운집》권1에 〈당성에 나그네로 노닐면서 선왕의 악관에게 주다〔旅遊唐城 贈先王樂官〕〉라는 제목의 오언율시(五言律詩)가 있다. 〈서리(黍離)〉는 《시경》왕풍(王風)의 편명인데, 동주(東周)의 대부가 행역(行役)을 나가는 길에 이미 멸망한 서주(西周)의 구도(舊都)인 호경(鎬京)을 지나가다가 옛 궁실과 종묘가 폐허로 변한 채 메기장과 잡초만이 우거진 것을 보고 비감에 젖어 탄식하며 부른 노래이다. 〈맥수(麥秀)〉 또한 조국이 멸망한 것을 슬퍼한 노래로, 은(殷)나라 기자(箕子)가 주(周)나라에 조회하러 가는 길에 은허(殷墟)를 지나다가 차마 아낙네처럼 울지는 못하고 시를 지어 불렀다는 노래이다.

이요, 기타 약간 편은 여기저기에서 흩어져 나와 두서가 없기 때문에 열독(閱讀)하기에 불편하다.

그래서 내가 악부(樂府)와 문선(文選)과 야사(野史)와 승전(僧傳) 등을 찾아서 모아 보았으나 겨우 3편(編) 2권(卷)의 분량에 지나지 않으니, 나의 이목(耳目)이 널리 미치지 못함을 적이 탄식할 따름이다. 행여 박아(博雅)한 군자가 널리 채집하여 완전하게 갖추어 주는 수고를 아끼지 않는다면 이 일에만 영광이 될 뿐 아니라 현인을 존경하고 사도(斯道)를 사모하는 면에 있어서도 이보다 더 축하할 일은 없으리라고 생각한다.

을축년(1925) 6월 복일(伏日)에 후손 최국술(崔國述)은 삼가 쓰다.

고운집

고운 선생 사적 孤雲先生事蹟

삼국사 본전[29]
三國史本傳

최치원(崔致遠)의 자는 고운(孤雲) 혹은 해운(海雲)이라고도 한다. 신라 사량부(沙梁部) 사람이다.[30] 공은 풍의(風儀)가 아름다웠으며, 어려서부터 정민(精敏)하고 학문을 좋아하였다.

나이 12세에 이르러 바닷길로 배를 타고 당(唐)나라에 들어가 유학하려 할 적에, 그의 부친[31]이 말하기를 "10년 동안 공부해서 과거에 급제하지 못하면 나의 아들이 아니다. 가서 노력할지어다."라고 하였다.

공은 당나라에 도착해서 스승을 찾아 열심히 공부하였다. 그리하여 당 희종(唐僖宗) 건부(乾符) 1년(874) 갑오에 예부 시랑(禮部侍郎) 배찬

---

29 삼국사(三國史) 본전(本傳) : 《삼국사기》 권46 〈최치원열전(崔致遠列傳)〉을 말한다. 본 《고운집》에 실려 있는 내용은 《삼국사기》에 실린 열전을 전재한 것이기는 하지만 그대로 전재하지는 않고, 간간이 삭제하거나 보충한 부분이 있다. 그 가운데 특히 《삼국사기》에 실려 있는 〈상태사시중장(上太師侍中狀)〉의 내용, 불교도와 친분을 나눈 내용, 고려의 태조를 은밀히 도왔다는 내용 등은 삭제되어 있으며, 《삼국사기》에는 들어 있지 않은 〈격황소문(檄黃巢文)〉의 내용은 《삼국사절요(三國史節要)》 등에서 따다가 보충해 넣었다. 또한 문투를 매끄럽게 하기 위해 수정한 부분도 종종 보인다. 《삼국사기》의 열전 부분은 기존의 번역서가 많이 나와 있는데, 그 가운데서도 이병도(李丙燾)의 《국역 삼국사기》와 한국학중앙연구원의 《역주(譯註) 삼국사기(三國史記)》에는 상세한 주석이 달려 있다.

30 사량부(沙梁部) 사람이다 : 《삼국유사》 권1 〈기이(紀異) 1 신라시조혁거세왕(新羅始祖 赫居世王)〉에 이르기를, "최치원은 바로 본피부 사람이다. 지금의 황룡사 남쪽, 미탄사 남쪽에 옛 집터가 있는데, 이것이 최치원의 옛집이라고 한다.[致遠乃本彼部人也 今黃龍 寺南 味呑寺南 有古墟 云是崔侯古宅也]" 하였다.

31 부친 : 고운의 아버지는 이름이 견일(肩逸)이며, 일찍이 숭복사(崇福寺)의 창건에 참여하였다. 《고운집》 권3 〈대숭복사 비명(大崇福寺碑銘)〉에 이르기를, "김순행(金純行)과 나의 아버지 최견일이 일찍이 이곳에서 일을 하였다." 하였다. 《정구복 외, 譯註 三國史記 권4 주석편 하, 한국정신문화연구원, 1997, 762쪽》

(裴瓚)이 주관한 과거에서 일거에 급제하였다. 그때 나이 18세였다. 선주(宣州) 율수현 위(溧水縣尉)[32]에 임명되었다. 그 뒤 성적을 고핵(考覈)하여 승무랑(承務郎) 시어사 내공봉(侍御史內供奉)이 되었으며, 자금어대(紫金魚袋)를 하사받았다.

이때에 황소(黃巢)가 반란을 일으켰다. 고변(高騈)[33]이 제도행영병마도통(諸道行營兵馬都統)이 되어 토벌하면서 공을 종사순관(從事巡官)에 임명하여 서기(書記)의 임무를 맡겼으므로, 표(表)·장(狀)·서(書)·계(啓)와 징병(徵兵)하고 고격(告檄)하는 글 등이 모두 공의 손에서 나왔다. 그중 황소에게 보낸 격서(檄書)에 "천하의 사람들이 모두 공개 처형하려고 생각할 뿐만이 아니라, 지하의 귀신들도 은밀히 죽이려고 이미 의논했을 것이다."라는 말이 있었는데, 황소가 보고는 자기도 모르게 의자에서 떨어졌다.[34] 이로 인해 공의 명성을 천하에 떨쳤다.

나이 28세 때에 희종이 공에게 어버이를 찾아뵈려는 뜻이 있음을 알고는 조서(詔書)를 지닌 사신의 자격으로 본국에 돌아가게 하였다.[34]

헌강왕(憲康王)이 공을 그대로 머물게 하고는 시독 겸 한림학사 수 병부시랑 지서서감사(侍讀兼翰林學士守兵部侍郎知瑞書監事)를 제수하였다. 공 자신도 중국에서 배워 얻은 것이 많았으므로 귀국해서 가슴에

---

32 선주(宣州) 율수현 위(溧水縣尉) : 율수현은 현재 중국 강소성(江蘇省) 율양현(溧陽縣)이고, 위(尉)는 도적을 잡고 죄수를 다루는 관직이다. 《정구복 외, 譯註 三國史記 권4 주석편 하, 한국정신문화연구원, 1997, 762쪽》

33 고변(高騈) : 당나라 말기의 문신으로 중국 섬서성 유주인(幽州人)이다. 글을 좋아하여 선비를 친구로 삼았는데, 여러 차례 반란군을 진압하였다. 황소의 난을 진압할 때 진격을 늦추자 싸울 의지가 없다고 하여 중도에 병권을 빼앗겼다. 《정구복 외, 譯註 三國史記 권4 주석편 하, 한국정신문화연구원, 1997, 763쪽》 또 '騈'의 음은 '변'과 '병' 두 가지인데, 이병도는 '변'으로 읽었고, 북한본·이재호본·신호열본에서는 '병'으로 읽었다. 한국학중앙연구원본에서도 '병'으로 읽었다.

34 그중……떨어졌다 : 《삼국사기》에 없는 내용을 편자가 임의로 추가해 넣은 것이다.

쌓인 포부를 펼쳐 보려고 하였으나, 쇠퇴한 말세에 시기하는 자들이 많아서 외방으로 나가 태산군(太山郡)[35] –지금의 태인(泰仁)이다.– 태수(太守)가 되었다.

당 소종(唐昭宗) 경복(景福) 2년(893)은 바로 신라 진성왕(眞聖王) 7년에 해당한다. 공이 그때에 부성군(富城郡)[36] –지금의 서산(瑞山)이다.– 태수로 있다가 소명(召命)을 받고 하정사(賀正使)가 되어 당나라에 들어갈 예정이었는데, 해마다 기근이 들면서 도적이 창궐하여 길이 막혔으므로 가지 못하였다. 그 뒤에도 사명(使命)을 받들고 당나라에 간 적이 있다.

진성왕 8년(894)에 공이 시무(時務) 10여 조(條)를 올리니, 왕이 이를 가납(嘉納)하고 아찬(阿湌)에 임명하였다.[37]

공이 서쪽으로 가서 당나라에서 벼슬할 때나 동쪽으로 고국에 돌아왔을 때나 모두 어렵고 험한 운세를 만나서 걸핏하면 낭패를 당하곤 하였으므로, 스스로 불우한 신세를 가슴 아파하며 더 이상 벼슬할 뜻을 지니지 않았다. 그리하여 산림(山林) 아래나 강해(江海)의 주변에서 소요하고 자적하며, 대사(臺榭)를 짓고 송죽(松竹)을 심는가 하면 서사(書史)를 벗 삼고 풍월(風月)을 노래하였는데, 예컨대 경주(慶州)의 남산(南山)과 강주(剛州)의 빙산(氷山)[38]과 합천(陝川)의 청량사(淸涼寺)와 지리

---

35 태산군(太山郡) : 현재의 전북 정읍시 칠보면 일대다. 백제의 대시산군(大尸山郡)이었다. 현재 정읍시 칠보면에는 최치원을 배향한 무성서원(武城書院)이 있다. 이병도는 현재의 부여군 홍산면 일대로 보았으나《國譯 三國史記, 을유문화사, 1983, 676쪽》이는 잘못된 것이다.《정구복 외, 譯註 三國史記 권4 주석편 하, 한국정신문화연구원, 1997, 765쪽》

36 부성군(富城郡) : 신라 웅주(熊州)에 속한 군의 하나로, 현재의 서산시(瑞山市)이다. 고려 인종 때 현령(縣令)을 두었으며, 명종이 관호를 없앴다가 충렬왕 때 서산으로 고쳤다.《정구복 외, 譯註 三國史記 권4 주석편 하, 한국정신문화연구원, 1997, 313쪽》

37 진성왕……임명하였다 :《삼국사기》에 없는 내용을 편자가 임의로 보충해 넣은 것이다.

산(智異山)의 쌍계사(雙溪寺)와 합포(合浦)의 월영대(月影臺) 같은 곳은 모두 공이 노닐던 곳이었다. 그리고 최후에는 가족을 데리고 가야산(伽倻山)에 은거하여 마음 편히 노닐면서 노년을 보내다가 생을 마쳤다.[39]

처음에 중국에 유학할 당시에 강동(江東)의 시인 나은(羅隱)[40]과 알고 지내었다. 나은은 자부심이 대단하여 남을 쉽게 인정하지 않았는데, 공이 지은 가시(歌詩) 5축(軸)을 누가 그에게 보여 주자 그만 감탄하여 마지않았다고 한다. 또 동년(同年)인 고운(顧雲)[41]과 벗으로 친하게 지냈는데, 공이 귀국할 즈음에 고운이 시를 지어 송별하였으니, 이는 대개 공에게 심복(心服)하였기 때문이었다.

그 시는 다음과 같다.

38　강주(剛州)의 빙산(氷山) : 강주는 지금의 영주(榮州)로, 고려 성종 때 영주에 강주단련사(剛州團練使)를 두었다. 빙산은 지금의 경북 의성군 춘산면 빙계리이다. 의성은 당시에 영주 소관 하에 있었다. 《정구복 외, 譯註 三國史記 권4 주석편 하, 한국정신문화연구원, 1997, 768쪽》

39　그리고……마쳤다 : 《삼국사기》 권46 〈최치원열전(崔致遠列傳)〉을 보면, "모형인 승려 현준 및 정현사와 더불어 도우를 맺었다.〔與母兄浮屠賢俊及定玄師 結爲道友〕"라는 내용이 나오는데, 이는 최치원이 말년에 불교에 귀의한 것을 말해 주는 것이다. 여기에서 이 부분을 삭제한 것은 편자가 최치원이 불교에 귀의하였던 사실을 숨기기 위하여 의도적으로 삭제한 것으로 보인다.

40　나은(羅隱) : 833~909. 자는 소간(昭諫), 자호는 강동생(江東生)이다. 당시에 시명(詩名)을 천하에 진동시키며 특히 영사(詠史)에 뛰어났으나 기풍(譏諷)이 많은 까닭으로 종신토록 급제하지 못하였는데, 난리를 피해 향리로 내려갔다가 절도사(節度使) 전류(錢鏐)에게 발탁되어 종사관으로 몸을 의탁하기도 하였다. 《舊五代史 卷24 梁書 羅隱列傳》

41　고운(顧雲) : 당나라의 시인으로 최치원과 시를 주고받았던 인물이다. 자는 수상(垂象), 사룡(士龍)이라고도 한다. 지주(池州) 사람이다. 두순학(杜荀鶴)이나 은문규(殷文圭) 등과 친하게 지내면서 구화산(九華山)에서 함께 공부하였다. 함통(咸通) 15년(874)에 과거에 급제하여 고변(高駢)을 따라 회남(淮南)에서 종사(從事)하였다. 필사탁(畢師鐸)의 난 이후에는 삽주(霅州)로 물러나 살면서 저술 활동을 하였다. 건녕(乾寧) 초에 졸하였다. 저서로는 《봉책연화편고(鳳策聯華編稿)》와 《소정잡필(昭亭雜筆)》이 있다.

내 들건대 바다 위에 세 쌍의 황금 자라[42]	我聞海上三金鼇
황금 자라 머리 위에 높고 높은 산	金鼇頭戴山高高
산 위에는 주궁패궐 황금전이요	山之上兮珠宮貝闕黃金殿
산 아래엔 천리만리 드넓은 바다라네	山之下兮千里萬里之洪濤
그 옆에 푸른 한 점 계림이 있는데	傍邊一點鷄林碧
금오산 빼어난 기운이 기걸한 인물을 내었나니	鼇山孕秀生奇特
십이 세에 배 타고 바다를 건너와서	十二乘船渡海來
문장으로 중화의 나라를 뒤흔들다가	文章感動中華國
십팔 세에 횡행하며 사원에서 힘 겨루어	十八橫行戰詞苑
화살 한 발로 금문의 과거에 급제하였다네	一箭射破金門策

《신당서(新唐書)》〈예문지(藝文志)〉에 "최치원의 《사륙집(四六集)》1권, 《계원필경(桂苑筆耕)》20권"이라고 기재하고, 그 주(註)에 "최치원은 고려 인(高麗人)[43]으로, 빈공과(賓貢科)에 급제하였다."라고 하였으니, 상국(上 國)에 이름을 떨친 것이 이와 같다. 또 문집 30권이 세상에 유행한다. 고 려 현종(顯宗) 때에 문묘(文廟)에 종사(從祀)하고, 문창후(文昌侯)의 시 호(諡號)를 내렸다.[44]

---

42 내……자라 : 동해 바다에 있는 삼신산(三神山)이 뿌리가 없어서 어디로 흘러갈지 알 수 없자 천제(天帝)가 거대한 황금 자라 여섯 마리로 하여금 그 산을 머리로 떠받치게 했 다는 신화가 《열자(列子)》〈탕문(湯問)〉에 전한다.

43 고려인(高麗人) : 신라인(新羅人)의 오기(誤記)이다.

44 고려……내렸다 : 《고려사》 권4 〈현종세가(顯宗世家) 1〉에 의하면, 현종(顯宗) 11년 (1020) 8월에 최치원에게 내사령(內史令)을 추증하고 그 동시에 선성(先聖)의 묘정(廟 廷)에 종사하게 하였다고 하였으며, 현종 14년 2월에 문창후(文昌侯)로 추봉(追封)하였 다고 되어 있다.

동국통감

東國通鑑

신라 헌강왕(憲康王) 을사(乙巳) 11년(885) – 당나라 광계(光啓) 1년 – 봄 3월에 최치원이 황제의 조서(詔書)를 받들고 당나라에서 귀국하였다.

최치원은 사량부(沙梁部) 사람으로, 정민(精敏)하고 학문을 좋아하였다. 나이 12세에 바닷길로 배를 타고 당나라에 들어가 유학하려 할 적에, 그의 부친이 말하기를 "10년 동안 공부해서 과거에 급제하지 못하면 나의 아들이 아니다."라고 하였다. 최치원이 당나라에 도착해서 스승을 찾아 열심히 공부하였다. 18세에 등제(登第)한 뒤 선주(宣州) 율수현 위(溧水縣尉)에 조용(調用)되었으며, 시어사 내공봉(侍御史內供奉)으로 천직(遷職)되었다.

이때 황소(黃巢)가 반란을 일으켰다. 고변(高騈)이 병마도통(兵馬都統)이 되어 토벌하면서, 최치원을 종사관(從事官)으로 임명하여 서기(書記)의 임무를 맡겼으므로, 표(表)·장(狀)·서(書)·계(啓) 등의 글이 모두 그의 손에서 나왔다. 그중 황소에게 보낸 격서(檄書)에 "천하의 사람들이 모두 공개 처형하려고 생각할 뿐만이 아니라, 지하의 귀신들도 은밀히 죽이려고 이미 의논했을 것이다."라는 말이 있었는데, 황소가 보고는 자기도 모르게 의자에서 떨어졌다. 이로 인해 명성을 천하에 떨쳤다.

또 상태사시중장(上太師侍中狀)[45]에 다음과 같이 말하였다.

---

45 상태사시중장(上太師侍中狀): 이 서장은 언제 올린 것인지 분명하지 않다. 《동사강목》에 의하면 "진성여왕 7년(893)에 당에 조공 가던 사신 김처회(金處誨)가 바다에 익사하였으므로 다시 부성군 태수(富城郡太守)로 있던 최치원을 불러서 하정사(賀正使)로 삼았다. 그러나 여러 해 동안 흉년이 들고 도적이 잇달아 일어나 길이 막혀 가지 못하였

"삼가 아룁니다. 동해(東海) 밖에 세 나라가 있었습니다. 그 이름은 마한(馬韓)과 변한(弁韓)과 진한(辰韓)이었는데, 마한은 곧 고구려요 변한은 곧 백제요 진한은 곧 신라입니다.[46] 고구려와 백제의 전성시대에는 강한 군사가 100만이나 되었습니다. 그리하여 남쪽으로 오(吳)나라와 월(越)나라를 침범하고 북쪽으로 유주(幽州)와 연주(燕州) 및 제(齊)나라와 노(魯)나라의 지역을 동요시키는 등 중국에 커다란 장애물이 되었습니다. 그리고 수황(隋皇 수 양제(隋煬帝))이 실각한 것도 요동(遼東)을 정벌한 것이 원인이었습니다.[47] 정관(貞觀)[48] 연간에 우리 태종황제가 직접 육군(六軍)을 거느리고 바다를 건너 천토(天討)를 삼가 행하였는데, 고구려가 위엄을 두려워하여 강화를 청하자 문황(文皇

다. 그 후에 최치원이 다시 사신이 되어 당에 갔는데, 당나라의 주현(州縣)에서 공급(供給)을 계속해서 대 주지 아니하였으므로 당의 재상인 태사시중(太師侍中)에게 서장을 올렸다.'라고 하였다.《東史綱目 卷5 上 眞聖女主 7年》

46 동해(東海)……신라입니다 : 이는 삼한과 삼국의 관계에 대한 국내의 최초의 설이다. 김부식(金富軾)은《삼국사기》권34〈잡지(雜志) 지리(地理) 1〉에서 "신라의 최치원은 '마한은 고구려이고, 변한은 백제이고, 진한은 신라이다.' 하였는데, 이 설이 사실에 가깝다고 하겠다." 하여 이 설을 받아들이고 있다. 이러한 설은《삼국유사》권1〈기이(紀異) 1 마한(馬韓)〉에서도 그대로 인용하고 있는바,《삼국유사》의 찬자 역시 고운과 같은 삼한관(三韓觀)을 가지고 있음을 알 수 있다. 조선 초기의 권근(權近)은 마한은 백제, 변한은 고구려, 진한은 신라라는 설을 주장하였다. 17세기의 한백겸(韓百謙)은 마한은 백제, 변한은 가야, 진한은 신라라는 설을 제창하였는데, 이후 지금까지 학계의 통설이 되었다. 그러나 천관우(千寬宇)는 삼한족(三韓族)의 이동설을 들어 마한이 고구려 지역에 살았던 것을 말하는 것이라고 이해해 삼한에 대한 이해의 폭을 넓혔다.《정구복 외, 譯註 三國史記 권4 주석편 하, 한국정신문화연구원, 1997, 766쪽》

47 수황(隋皇)이……원인이었습니다 : 수나라의 2대 군주인 양제(煬帝)가 대운하(大運河)를 개통하고 장성(長城)을 쌓는 등 토목 공사를 크게 일으키는 한편 사치와 주색에 빠져 백성의 원망을 샀으며, 고구려 정벌에서 크게 실패하는 바람에 국력이 급히 쇠해져 국가가 혼란해지는 가운데 신하인 우문화급(宇文化及)에게 피살되어 마침내 나라가 망하였다.

48 정관(貞觀) : 당 태종(唐太宗)의 연호로 627년에서 649년까지이다.

태종)이 항복을 받고 대가(大駕)를 돌렸습니다.[49] 우리 무열대왕(武烈大王)이 견마(犬馬)의 성의를 가지고 한 지방의 환란을 평정하는 데에 조력하겠다고 청하면서 당나라에 들어가 조알(朝謁)하기 시작한 것이 바로 이때부터였습니다. 그 뒤에 고구려와 백제가 회개하지 않고 계속해서 악행을 일삼자 무열이 입조(入朝)하여 향도(鄕導)가 되겠다고 청했습니다. 그리하여 고종황제(高宗皇帝) 현경(顯慶) 5년(660)에 소정방(蘇定方)에게 조칙을 내려 10도(道)의 강병(强兵)과 누선(樓船) 1만 척을 이끌고 가서 백제를 대파하게 하였습니다. 그러고는 그 지역에 부여도독부(扶餘都督府)[50]를 설치하여 유민(遺民)을 안무(按撫)하고 중국 관원을 임명하여 다스리게 하였는데, 취미(臭味)가 같지 않은 까닭에 누차 이반의 보고가 올라오자, 마침내 그 사람들을 하남(河南)으로 옮기게 하였습니다.[51] 그리고 총장(總章) 1년(668)에는 영공(英公) 이적(李勣)에게 명하여 고구려를 격파하게 하고 그곳에 안동도독부(安東都督府)[52]를 두었는데, 의봉(儀鳳) 3년(678)에 이르러서는 그 사

---

49 문황(文皇)이⋯⋯돌렸습니다 : 이는 사실과 전혀 다르다. 문황은 당나라 태종(太宗)의 시호(諡號)이다. 태종은 6월부터 9월까지 안시성(安市城)을 공격하였으나 패배하고 돌아갔으며, 친정을 후회하였다. 이때 살아서 돌아간 당나라 군사는 7만에 불과하였다. 《정구복 외, 譯註 三國史記 권4 주석편 하, 한국정신문화연구원, 1997, 767쪽》 고운이 이렇게 서술한 것은 외교적인 글이기 때문인 것으로 보인다.

50 부여도독부(扶餘都督府) : 이는 웅진도독부(熊津都督府)의 잘못으로, 고운이 잘못 기억하여 이렇게 쓴 것이다. 나당연합군이 백제를 멸망시키고 백제의 지역에 웅진(熊津), 마한(馬韓), 동명(東明), 금련(金漣), 덕안(德安) 등 5도독부를 두었는데, 웅진도독부가 나머지 4도독부를 통할하였으며, 몇 년 뒤에 모두 없어지고 그 지역은 신라로 귀속되었다.

51 하남(河南)으로 옮기게 하였습니다 : 백제의 유민 중 1만 2807명을 잡아다 장안(長安)으로 보냈다는 기록이 있을 뿐이다. 669년에 고구려 유민 3만 명을 강회(江淮)와 산남(山南)으로 보냈다는 기록이 《신당서(新唐書)》 권220 〈동이열전(東夷列傳)〉에 보이고 있는바, 백제의 유민도 이 지방으로 보냈을 가능성이 높다. 《정구복 외, 譯註 三國史記 권4 주석편 하, 한국정신문화연구원, 767쪽》

람들도 하남의 농우(隴右)로 옮기게 하였습니다. 고구려의 잔당이 규합하여 북쪽으로 태백산(太白山)[53] 아래에 의지하면서 국호를 발해(渤海)라고 하였습니다. 그러고는 개원(開元) 20년(732)에 천조(天朝)에 원한을 품고서 군대를 이끌고 등주(登州)를 엄습하여 자사(刺史) 위준(韋俊)을 죽였습니다. 이에 현종황제(玄宗皇帝)가 크게 노하여 내사(內史)인 고품(高品)·하행성(何行成)과 태복경(太僕卿)인 김사란(金思蘭)[54]에게 명하여 군대를 동원해서 바다를 건너 공격하게 하는 한편, 우리 왕 김모(金某)[55]를 가자(加資)하여 정태위(正太尉)에 임명한 뒤에 절부(節符)를 쥐고 영해군사(寧海郡事) 계림주대도독(雞林州大都督)의 임무를 수행하게 하였습니다.

　그러나 겨울이 깊어 가면서 눈이 많이 쌓여 번방(蕃邦)과 중국의 군사들이 추위에 괴로워하였으므로 칙명을 내려 회군하게 하였습니다. 오늘날에 이르기까지 300여 년 동안 한 지방이 무사하고 창해(滄海)가 편안한 것은 바로 우리 무열대왕의 공이라 할 것입니다. 지금 치원

52　안동도독부(安東都督部) : 668년에 당나라가 고구려를 멸하고 평양에 안동도호부를 두어 설인귀(薛仁貴)를 총독(摠督)으로 삼은 다음 영토를 9도독부, 41주, 100현으로 나누어 다스리게 하였다. 그 뒤 고구려 유민들의 잇단 반란으로 676년에 도호부를 한반도 밖으로 옮겼으며, 한때 폐지하였다가 699년에 안동도독부로 개칭, 얼마 뒤 다시 도호부로 복구하였다. 여러 번 이동이 있었으나 안녹산(安祿山)의 반란을 계기로 756년에 완전히 폐지되었다.

53　태백산(太白山) : 백두산(白頭山)을 말한다. 그러나 실제는 동모산(東牟山)의 오기(誤記)이다.《정구복 외, 譯註 三國史記 권4 주석편 하, 한국정신문화연구원, 1997, 767쪽》

54　태복경(太僕卿)인 김사란(金思蘭) : 김사란의 직책이《동사강목(東史綱目)》권4하 성덕왕 32년(733)에는 태복랑(太僕郎), 권5상 진성여주 7년(893)에는 태복경(太僕卿),《구당서(舊唐書)》권199상〈동이열전(東夷列傳) 신라국(新羅國)〉에는 태복원외경(太僕員外卿)으로 되어 있다.

55　우리 왕 김모(金某) : 성덕왕(聖德王)을 가리킨다. 성덕왕의 본명은 융기(隆基)인데, 당 현종의 이름과 같아 흥광(興光)으로 고쳤다.

이 유문(儒門)의 말학(末學)이요 해외의 범재로서, 외람되게 표장(表章)을 받들고 낙토에 조회하러 왔으니, 마음속으로 간절히 말씀드릴 내용이 있으면 모두 토로하여 진달하는 것이 예의상 합당할 것입니다. 삼가 살펴보건대, 원화(元和) 12년(817)에 본국의 왕자(王子) 김장렴(金張廉)[56]이 표풍(飄風)으로 명주(明州)에 와서 상륙하였는데, 절동(浙東)의 모 관원이 발송하여 입경(入京)하게 한 일이 있었습니다. 또 중화(中和) 2년(882)에 입조사(入朝使) 김직량(金直諒)이 반신(叛臣)의 작란(作亂)[57] 때문에 도로가 통하지 않자 마침내 초주(楚州)에 상륙하여 이리저리 헤매다가 양주(楊州)에 와서야 성가(聖駕)가 촉(蜀)으로 행차하신 것을 알게 되었는데, 그때 고 태위(高太尉)가 도두(都頭) 장검(張儉)을 차출해서 그를 감호하여 서천(西川)에 이르게 하였습니다. 이와 같이 예전의 사례가 분명하니, 삼가 원하옵건대 태사시중께서는 굽어살피시어 은혜를 내려 주소서. 그리하여 특별히 수륙(水陸)의 권첩(券牒)을 내리시어 가는 곳마다 주선(舟船)과 숙식(熟食)과 먼 거리 여행에 필요한 마필(馬匹)과 초료(草料)를 공급하게 하시고, 이와 함께 군대 장교를 차출하여 어가(御駕) 앞까지 보호해서 이르게 해 주시면 더 이상의 다행이 없겠습니다."

최치원이 돌아오자 왕이 그를 머무르게 하고는 시독 겸 한림학사 수병부시랑 지서서감사(侍讀兼翰林學士守兵部侍郎知瑞書監事)에 임명하였

---

56 김장렴(金張廉) : 헌덕왕(憲德王)의 아들이라고는 하나, 가왕자(假王子)로 생각된다. 817년(헌덕왕9) 10월에 조공사로 당나라에 파견되었는데, 풍랑으로 인하여 표류하다가 현재의 중국 절강성 영파시인 명주(明州) 해안에 도착하여 절동(浙東) 관리의 도움으로 당나라 서울에까지 다녀왔다. 《정구복 외, 譯註 三國史記 권4 주석편 하, 한국정신문화연구원, 1997, 768쪽》

57 반신(叛臣)의 작란(作亂) : 886년에 당나라에서 일어난 황소(黃巢)의 난을 가리킨다. 《정구복 외, 譯註 三國史記 권4 주석편 하, 한국정신문화연구원, 1997, 768쪽》

다. 최치원은 중국에 가서 얻은 것이 많은 만큼 가슴속에 쌓인 경륜을 발휘해 보겠다고 스스로 다짐하였으나, 쇠한 말세에 시기하는 자들이 많아 용납받지 못하였으므로 외방으로 나가 태산군 태수(太山郡太守)가 되었다.

동사찬요[58]
東史纂要

조위(曺偉)는 다음과 같이 말하였다.[59]

혹자는 의심하기를 "고운(孤雲)이 그 큰 재주를 거두어 속에 품고 동방에 돌아온 뒤에 있는 힘을 다해서 반열(班列)에 나아가 일이 있을 때마다 바로잡아 구제하며 그 궐실(闕失)을 미봉(彌縫)하고 그 문치(文治)를 분식(粉飾)했더라면, 나라의 형세가 그토록 위태롭게 되지는 않았을 것이니, 견훤(甄萱)과 궁예(弓裔)가 어떻게 함부로 날뛸 수가 있었겠는가. 그런데 이와는 반대로 산수(山水) 간에 소요하며 편히 노닐기만 하였을 뿐, 나라의 위망(危亡)을 보기를 마치 월(越)나라 사람이 살지고 여윈 것을 보는 것처럼 하였으니,[60] 이는 자기 몸을 깨끗이 하려고 하여 윤리를 어

58　동사찬요(東史纂要) : 1606년(선조39)에 조선 중기의 문신인 오운(吳澐)이 지은 역사책이다. 단군조선부터 삼국까지의 본기(本紀) 4책, 지리지(地理志)와 삼국명신(三國名臣) 1책, 고려명신(高麗名臣) 2책, 별록(別錄) 1책 등 8권 8책으로 이루어져 있다. 유성룡(柳成龍)이 왕에게 바쳐 유림(儒林)의 표준이라는 칭송을 받았던 책이다. 1609년(광해군1)에 계림부(鷄林府)에서 처음 간행했다가 1614년에 한백겸(韓百謙)의 충고로 〈지리지(地理志)〉를 첨가하고, 길재(吉再) 등 고려 말의 은자들을 추가해 개찬하였다.

59　조위(曺偉)는……말하였다 : 조위(1454~1503)의 문집인 《매계집(梅溪集)》 권4 〈제최문창전후(題崔文昌傳後)〉에 나오는 내용이다. 조위는 본관은 창녕(昌寧), 자는 태허(太虛), 호는 매계(梅溪)이다. 성종 때 도승지, 호조 참판 등을 지냈으며, 1498년(연산군4)에 성절사(聖節使)로 명나라에 다녀오던 중, 무오사화(戊午士禍)가 일어나 김종직(金宗直)의 시고(詩稿)를 수찬한 장본인이라 하여 오랫동안 의주(義州)에 유배되었다. 이후 순천(順天)으로 옮겨진 뒤, 그곳에서 죽었다. 김종직과 친교가 두터웠으며 초기 사림파의 대표적인 인물이었다. 시호는 문장(文莊)이다.

60　나라의……하였으니 : 고운이 자신과 관련된 일 이외에는 나라가 어떻게 되든지 알 바가 아니라는 식의 무관심한 태도를 보였다는 말이다. 한유(韓愈)의 〈쟁신론(爭臣論)〉에 "마치 남쪽의 월나라 사람이 북쪽 진나라 사람의 살지고 여윈 것을 보는 것처럼 무관심

지럽히는 일[61]이나 보배를 속에 품고서 나라를 어지럽게 놔두는 일[62]과 비슷하다고 해야 하지 않겠는가."라고 할지도 모르겠다.

그러나 그것은 그렇지 않다. 공이 어린 나이에 멀리 바다를 건너면서 험하고 먼 길을 꺼리지 않았고, 약관의 나이가 되기 전에 마치 턱수염을 만지듯 과거에 쉽게 급제하였으니, 그 마음이 어찌 상자평(向子平)[63]이나 대효위(臺孝威)[64]를 본받으려고 했겠는가. 그러고 보면 그가 공명(功名)의 뜻을 가다듬으면서 입신양명에 뜻을 둔 것이야말로 의심할 나위가 없는 사실이라고 해야 할 것이다.

다만 그가 당나라에서 벼슬하려니 환시(宦侍)가 안에서 권세를 독점하고 번진(藩鎭)이 밖에서 횡행하는 가운데 주량(朱梁)[65]이 찬탈할 조짐이 이미 싹트고 있었고, 본국에서 벼슬하려니 혼주(昏主)가 자격도 없는 사람에게 정사를 맡기고 여후(女后)가 음란하여 기강을 어지럽히는 가

해서, 마음속에 기쁨이나 슬픈 느낌을 전혀 갖지 않는다.〔若越人視秦人之肥瘠 忽焉不加喜戚於其心〕"라는 말이 나온다.

61 자기……일:《논어》〈미자(微子)〉에 "자기 몸을 깨끗이 하려고 하여 인간의 큰 윤리를 어지럽히고 만다.〔欲潔其身 而亂大倫〕"라고 은자(隱者)를 비평한 말이 나온다.

62 보배를……일:《논어》〈양화(陽貨)〉에 "보배를 속에 품고서 나라를 어지럽게 그냥 놔둔다면 그것을 인이라고 할 수 있겠는가.〔懷其寶而迷其邦 可謂仁乎〕"라는 말이 나온다.

63 상자평(向子平):자평은 후한(後漢)의 고사(高士)인 상장(向長)의 자이다. 왕망(王莽) 때에 대사공(大司空) 왕읍(王邑)이 몇 년 동안 그를 부르면서 왕망에게 천거하려고 하였으나 끝내 응하지 않고 안빈낙도의 생활을 하다가 자녀들을 모두 시집 장가보낸 뒤에 자신을 이미 죽은 사람처럼 여기라고 하고는 집을 떠나 뜻이 맞는 벗들과 오악(五嶽) 명산을 유람하며 종적을 감춘 고사가 있다.《後漢書 卷83 逸民列傳 向長》

64 대효위(臺孝威):효위는 후한의 은사(隱士) 대동(臺佟)의 자이다. 무당산(武當山)에 숨어서 동굴에서 생활하며 약초를 캐며 살았는데, 장제(章帝) 건초(建初) 연간에 벼슬로 부르자 이에 응하지 않고 아예 멀리 떠나 종적을 감췄다.《後漢書 卷83 逸民列傳 臺佟》

65 주량(朱梁):주전충(朱全忠)의 양(梁)나라라는 말로, 후량(後梁)을 가리킨다. 50쪽 주3 참조.

운데 아첨하여 총애받는 신하들만 조정에 가득하여 부화뇌동하며 헐뜯고 있었다. 그러니 이런 때에는 원래 자기 한 몸도 용납받을 수가 없을 것인데 자기의 도가 행해지기를 기대할 수 있었겠는가.

더구나 공의 밝은 식견은 청송(靑松) 황엽(黃葉)의 구절[66]에서도 이미 환히 드러난 바이지만, 큰 집이 무너지려 할 때에는 나무 하나로 지탱할 수가 없고, 큰물이 범람할 때에는 한 손으로 막을 수 없다는 사실을 잘 알고 있었다. 그러니 깊은 산골을 찾아 사슴과 벗을 하거나 벽라(薜蘿)를 부여잡고 명월(明月)과 노닌 것이 어찌 공의 본심이었겠는가.

아, 삼국 시대 이래로 문인과 재사가 각 세대마다 없지는 않았지만, 공의 이름이 유독 전무후무하게 사람들의 입에 오르내리고 있다. 그리하여 평소에 공의 발길이 닿은 곳에 대해서는 오늘날까지도 초인(樵人)과 목수(牧豎) 모두가 손으로 가리키면서 최공(崔公)이 노닐던 곳이라고 하는가 하면, 심지어는 여염의 평민이나 시골의 아낙네들까지도 모두 공의 성명을 외우고 공의 문장을 사모할 줄 알고 있다. 그러고 보면 공이 한 몸에 얻어 쌓은 것이 형언할 수 없을 정도로 대단했을 것이 분명한데 사람과 시대가 서로 맞지 않고 명운과 재질이 서로 어울리지 못했으니, 이 어찌 천고의 한이 되지 않겠는가.

내가 소싯적에 언젠가 "인간의 요로와 통진은 눈이 뜨일 만한 곳이 없고, 물외의 청산과 녹수는 가끔 꿈속에 돌아간다.〔人間之要路通津 眼無開處 物外之靑山綠水 夢有歸時〕"[67]라는 공의 글귀를 접하고는, 공의 회포가 표표(飄飄)하여 속진(俗塵) 속의 사람이 아니라고 생각하였다.

---

66 청송(靑松) 황엽(黃葉)의 구절 : 52쪽 주9 참조.

67 인간의……돌아간다 : 한국문집총간 1집에 수록된 《계원필경집(桂苑筆耕集)》권17 〈태위에게 재차 올린 계문〔再獻啓〕〉에 나오는 내용이다. 요로(要路)와 통진(通津)은 주요 도로와 사통팔달의 나루라는 뜻으로, 모두 현요(顯要)한 지위를 가리키는 말이다.

그 뒤 공의 평생의 행적(行跡)을 살피다가 국내에 있는 명승지마다 공의 발길이 두루 미친 것을 확인하고는, 청산(靑山) 녹수(綠水)의 글귀가 본래 우연히 나온 것이 아니었기에 공의 아의(雅意)의 소재를 알고서 더욱 탄복하였다.

삼국유사

三國遺事

고운(孤雲)의 구택(舊宅)은 신라 본피부(本彼部) 황룡사(皇龍寺) 남쪽 미
탄사(味呑寺) 북쪽에 있다.

가승
家乘

선생의 부친은 휘(諱)가 견일(肩逸)이다.

　신라 헌안왕(憲安王) 1년(857) 정축-당 선종(唐宣宗) 대중(大中) 11년-에
선생이 태어났다.

　경문왕(景文王) 8년(868) 무자-당 의종(唐懿宗) 함통(咸通) 9년-에 당나
라에 들어갔다.

　14년(874) 갑오-당 희종(唐僖宗) 건부(乾符) 1년-에 과거-예부 시랑(禮部
侍郎) 배찬(裵瓚)이 주관하였다.-에 급제하였다. 선주(宣州) 표수현 위(漂水
縣尉)-다른 판본에는 율수현 위(溧水縣尉)로 되어 있다.-에 조용(調用)되었
다. 성적을 고핵(考覈)하여 승무랑(承務郎) 전중시어사 내공봉(殿中侍御
史內供奉)이 되고, 자금어대(紫金魚袋)를 하사받았다. 황소(黃巢)의 반란
이 일어났을 때, 도통(都統) 고변(高騈)의 종사순관(從事巡官)이 되었다.

　헌강왕(憲康王) 10년(884) 갑진-당 희종 중화(中和) 4년- 8월에 황제의
조서(詔書)를 받들고 본국에 사신으로 오게 되었는데, 바닷가에서 순풍
을 기다리느라 엄체(淹滯)하여 겨울을 넘겼다.

　11년(885) 을사-당 희종 광계(光啓) 1년- 3월에 비로소 본국에 도착하
였다.-연장(年狀)에 이르기를 "무협 중봉의 해에 미천한 몸으로 들어갔다가, 은

하 열수의 해에 동토에 금의환향했다.〔巫峽重峯之歲 絲入中原 銀河列宿之年 錦還 東土〕"⁶⁸라고 하였다. - 왕이 계속 머무르게 하면서 시독 겸 한림학사 수 병 부시랑 지서서감사(侍讀兼翰林學士守兵部侍郎知瑞書監事)에 임명하였다.

12년(886) 병오-당 희종 광계 2년- 7월에 헌강왕이 세상을 떠났다. 선 생을 시기하는 자들이 조정에 많았으므로 외방으로 나가 태산군 태수 (太山郡太守)가 되었다.

진성왕(眞聖王) 7년(894) 갑인-당 소종(唐昭宗) 건녕(乾寧) 1년-에 부성 군 태수(富城郡太守)가 되었다. 소명(召命)을 받고 하정사(賀正使)가 되었 으나 길에 도적이 많아서 가지 못하였다. 2월에 시무(時務) 10여 조(條) 를 올리니, 왕이 가납(嘉納)하고 아찬(阿湌)으로 삼았다. 스스로 난세를 만난 것을 가슴 아파하며 더 이상 벼슬길에 나아가지 않고, 산수 사이에 서 자적하며 오직 시를 짓고 노래하는 것으로 일을 삼았다.

고려(高麗) 현종(顯宗) 11년(1020) 경신-송 진종(宋眞宗) 천희(天禧) 4 년-에 내사령(內史令)을 추증(追贈)하고, 선성(先聖)의 묘정(廟庭)에 종 사(從祀)⁶⁹하였다.

신재(愼齋) 주세붕(周世鵬)이 이회재(李晦齋 이언적(李彥迪))에게 다음 과 같이 글을 올렸다.

---

68 무협 중봉(巫峽重峯)의……금의환향했다 : 고운이 12세에 당나라에 들어갔다가 28세 에 귀국했다는 말이다. 무협에 12봉이 있고 하늘에 28수가 있는 데에서 연유한 것이다.
69 종사(從祀) : 대본에는 '從師'로 되어 있는데, 《고려사》 권4 〈현종세가1〉에 의거하여 '師' 를 '祀'로 바로잡아 번역하였다.

"최 문창(崔文昌)은 그 문장이 신이할 뿐더러 그의 식견과 품행은 참으로 백세(百世)의 스승이 될 만합니다. 성정(誠正)의 설에 대해서는 아마도 그가 듣지 못했을 것입니다마는, 그렇다고 하더라도 그가 구석진 나라에서 태어나 문학을 창도한 그 공은 막대하다고 할 것이니, 그렇다면 선성(先聖)에 배향할 대상으로 이 사람 말고 또 누가 있다고 하겠습니까."[70]

14년(1023) 계해-송 인종(宋仁宗) 천성(天聖) 1년- 5월에 문창후(文昌侯)라는 시호(諡號)를 내렸다.

국조(國朝) 명종(明宗) 7년(1552) 임자-명 숙종(明肅宗)[71] 가정(嘉靖) 31년-에 다음과 같이 전교하였다.
"선현 문창후 최치원은 바로 우리 동방 이학(理學)의 시조이니, 그의 자손은 귀천과 적서를 따지지 말고 먼 변방에 있는 자라 할지라도 대대로 군역의 부담을 지우지 말라."

16년(1561) 신유-명 숙종 가정 40년-에 서원(書院)을 경주(慶州) 서악(西岳)에 세웠다. 다음은《동경지(東京志)》에 나오는 내용이다.
"부윤(府尹) 구암(龜巖) 이공 정(李公楨)이 퇴계(退溪 이황(李滉)) 이 선생(李先生)에게 품신(稟申)하여 계해년(1563)에 위판(位版)을 봉안하였다. 퇴계 선생이 서원을 서악정사(西岳精舍)라고 명명하였다. 강당은

---

70 최 문창(崔文昌)은……하겠습니까 : 한국문집총간 27집에 수록된 주세붕(周世鵬)의 《무릉잡고(武陵雜稿)》 권5〈상이회재(上李晦齋)〉에 나온다.
71 명 숙종(明肅宗) : 묘호(廟號)는 세종(世宗)이다. 숙종은 시호(諡號)이다.

시습(時習)이라 하고, 동재(東齋)는 진수(進修)라 하였으며, 서재(西齋)는 성경(誠敬)이라 하고, 동쪽 하재(下齋)는 절차(切磋)라 하고, 서쪽 하재는 조설(澡雪)이라 하였으며, 앞의 누각은 영귀(詠歸)라 하고, 문은 도동(道東)이라 하였다. 그리고 누각 난간 사이에 선생의 필적을 걸어 놓았는데 임진왜란 때에 모두 불타 버렸고, 위판은 산골짜기로 옮겨 보관하였다.

만력(萬曆) 경자년(1600, 선조33)에 이시발(李時發)이 부윤으로 있을 때에 옛터에 초사(草舍)를 짓고 위판을 다시 봉안하였다. 임인년(1602)에 이시언(李時彦)이 부윤으로 있을 때에 사우(祠宇)를 중건하였으나 완전히 복구하지 못하였다. 경술년(1610, 광해군2)에 최기(崔沂)가 부윤으로 있을 때에 강당과 재사(齋舍)와 전사청(典祀廳)과 장서실(藏書室)을 중건하였다. 천계(天啓) 계해년(1623, 인조1)에 여우길(呂祐吉)이 부윤으로 있을 때에 부중(府中)의 유자(儒者)인 진사(進士) 최동언(崔東彦) 등이 상소하여 사액(賜額)해 주기를 청하자, 서악서원(西岳書院)이라고 사액하였다. 편액(扁額)은 원진해(元振海)의 필적이다. 병술년(1646)에 이민환(李民寏)이 부윤으로 있을 때에 영귀루(詠歸樓)를 중건하고, 묘제(廟制)를 동향(東向)으로 하여 홍유후(弘儒侯 설총(薛聰))와 개국공(開國公 김유신(金庾信))과 문창공(文昌公)을 차례로 모두 향사(享祀)하였다."

구암 이공 정의 〈서악정사(西岳精舍)〉 시는 다음과 같다.

우가의 몇 마디 말[72] 전해진 그 이후로　　　　　　　虞家數語相傳後

72　우가(虞家)의……말:《서경》〈대우모(大禹謨)〉의 "인심은 위태하고 도심은 은미하니, 오직 정밀하고 한결같이 하여 그 중도를 진실로 잡아야 한다.[人心惟危 道心惟微 惟精惟一 允執厥中]"라는 말을 가리킨다. 주희(朱熹) 등 송유(宋儒)가 이것을 요(堯)·순(舜)·우(禹) 세 성인이 서로 도통(道統)을 주고받은 16자심전(十六字心傳)이라고 강조한 뒤로부

만고토록 사문이 백일처럼 환해졌네   萬古斯文白日明

마음으로 계합하여 곧장 대답한 증삼(曾參)이요[73]   一唯參乎心默契

도가 형통하여 거듭 어질다 한 안회(顔回)였네[74]   再賢回也道重亨

광풍이라 동락의 종용한 뜻이라면[75]   光風東洛從容意

추월이라 서림의 감개한 정이랄까[76]   秋月西林感慨情

터, 개인의 도덕 수양과 치국의 원리로 숭상되어 왔다.

73   마음으로……증삼(曾參)이요 : 고운이 유가(儒家)의 도를 전수받았다는 뜻의 표현이다. 공자(孔子)가 제자 증삼을 불러서 "나의 도는 하나의 이치로써 모든 일을 꿰뚫고 있다.〔吾道一以貫之〕"라고 하자, 증삼이 "네, 그렇습니다.〔唯〕"라고 곧장 대답하고는, 다른 문인에게 "부자의 도는 바로 충서이다.〔夫子之道 忠恕而已矣〕"라고 설명해 준 내용이 《논어》〈이인(里仁)〉에 나온다.

74   도가……안회(顔回)였네 : 공자가 제자 안회의 안빈낙도 생활에 대해서 "어질도다 안회여. 한 그릇의 밥과 한 바가지의 물로 누추한 골목에서 사는 것을 다른 사람들은 견디지 못하는데, 안회는 그 즐거움을 한결같이 변치 않으니, 어질도다 안회여.〔賢哉回也 一簞食一瓢飮 在陋巷 人不堪其憂 回也不改其樂 賢哉回也〕"라고 찬탄하면서 두 번이나 어질다고 칭찬한 말이 《논어》〈옹야(雍也)〉에 나온다.

75   광풍(光風)이라……뜻이라면 : 송유(宋儒) 정호(程顥)와 정이(程頤) 형제가 소싯적에 주돈이(周敦頤)를 공경하여 그에게 찾아가서 배운 것처럼 자신도 고운을 스승으로 받들고서 배우고 싶다는 뜻이다. 광풍은 고상한 인격의 소유자를 뜻하는 말인데, 송나라 황정견(黃庭堅)의 〈염계시서(濂溪詩序)〉에 "용릉의 주무숙은 인품이 너무도 고매해서, 흉중이 쇄락하기가 마치 맑은 바람이요 갠 달과 같았다.〔舂陵周茂叔 人品甚高 胸中灑落 如光風霽月〕"라는 말이 나온다. 염계는 주돈이의 호요, 무숙은 그의 자이다. 동락(東洛)은 동도(東都) 낙양(洛陽)이라는 뜻으로, 낙양 출신인 정씨(程氏) 형제를 가리킨다.

76   추월(秋月)이라……정이랄까 : 주희(朱熹)가 이통(李侗)을 스승으로 모시고 가르침을 받은 고사를 인용한 것이다. 이통의 인품을 "빙호추월처럼 투명하여 흠이 하나도 없다.〔如氷壺秋月 瑩徹無瑕〕"라고 평한 말이 《송사(宋史)》 권428 〈도학열전(道學列傳) 이통(李侗)〉에 나온다. 이통은 세상에서 연평 선생(延平先生)으로 일컬어졌는데, 40년 동안 세상과 단절하고 오로지 정좌(靜坐)하여 천리(天理)를 체득하는 공부에 힘썼다고 한다. 주희가 고종(高宗) 소흥(紹興) 경진년(1160) 겨울에 여산(廬山) 서림원(西林院)의 유가상인(惟可上人)의 방에 우거하면서, 조석으로 왕래하며 연평에게 수업받은 사실이 《회암집(晦菴集)》 권2 〈제서림가사달관헌 재제(題西林可師達觀軒再題)〉의 병서(幷序)에 나온다.

벗을 모아 공부할 곳이 지금 있으니[77]　　　　　會友琢磨今有地

이 당의 이름을 정녕 저버리지 말기를　　　　丁寧無負此堂名

퇴계 선생이 이 시에 다음과 같이 차운하였다.

기자가 교화한 우리 동방 예부터 좋은 나라　　箕教吾東曾善國

문치(文治)의 교화가 빛날 천운이 지금 돌아왔소　至今天步屬文明

성인의 인재 양성도 터전이 있어야 하고말고　　多材聖作非無本

사람이 도를 행해야지 어찌 저절로 형통할까　　至道人行詎自亨

책 속의 보물 찾는 일 적막해졌으니　　　　　寥落塵篇尋寶訣

호걸들 상정을 벗어나 분발해야겠지　　　　　奮興豪傑出常情

선산의 경내에 멋지게 열린 선비들의 집　　　儒宮好闢仙山境

늙은 나도 끼고 싶은 생각이 굴뚝 같네　　　老我增思實趁名

그리고 팔계(八溪) 정종영(鄭宗榮)의 시는 다음과 같다.

은나라 기자 때부터 펼쳐진 대동의 문교　　　大東文教自箕殷

신라 시대에 명현들이 성대하게 일어났네　　羅代名賢濟濟群

흥망을 백번 겪은 뒤에 남은 산하요　　　　興亡百變餘山海

치란의 천년 세월 속에 뒤섞인 취훈이라[78]　治亂千秋混臭薰

정별하여 끝내는 바르게 표시하게 되었나니[79]　旌別終歸人正表

지휘해 선비가 운집함을 다시 보게 되었도다　指麾重見士如雲

<hr />

77　벗을……있으니 : 참고로 《논어》〈안연(顔淵)〉에 "군자는 학문을 통해서 벗을 모으고
　　벗을 통해서 자신의 인덕을 배양한다.〔君子以文會友 以友輔仁〕"라는 증자(曾子)의 말이
　　나온다.

78　치란(治亂)의……취훈(臭薰)이라 : 역사적으로 고운에 대해서 불교에 아첨했다면서 부
　　정적으로 비평하기도 하고, 동방 이학(理學)의 시조요 문학의 창도자라고 찬미하는 등
　　엇갈린 평가가 있어 왔다는 말이다. 취훈은 악취와 향기라는 뜻이다.

79　정별(旌別)하여……되었나니 :《서경》〈필명(畢命)〉에 "착한 사람과 악한 사람을 표창하
　　고 구별하여 그 집과 마을을 표시한다.〔旌別淑慝 表厥宅里〕"라는 말이 나온다.

장수[80]를 서산 아래에 의탁할 만한데   藏修可託西山下

추로에 이론이 왜 그렇게 분분했던가[81]   鄒魯曾多外議紛

김학봉(金鶴峯 김성일(金誠一))이 서악정사를 참배하며 제생(諸生)에게 보여 준 시는 다음과 같다.

서악정사의 이름은 예전부터 들었는데   西岳精舍舊聞名

원객이 만리 여정에서 지금 막 돌아왔네   遠客初回萬里程

구옹이 서원을 세운 뜻을 누가 알리오   誰識龜翁開院意

계림의 잎사귀들 모두 바람소리 내는걸[82]   雞林葉葉盡風聲

선조(宣祖) 6년(1573) 계유-명 신종(明神宗) 만력(萬曆) 1년-에 다음과 같이 전교하였다.

"문창후(文昌侯)는 도덕과 문장으로 우리 동방에서 제일가는 인물이다. 그의 후손은 비록 미천한 서얼이라도 군역으로 침해하지 말라."

광해(光海) 을묘년(1615)에 태인(泰仁) 무성(武城)에 서원을 세웠다. 태

---

80   장수(藏修) : 《예기》〈학기(學記)〉에 나오는 말로, 학습에 전심하는 것을 뜻한다.

81   추로(鄒魯)에……분분했던가 : 서악정사를 건립할 당시에 비판하는 말이 많았던 것을 가리킨다. 한국문집총간 29집에 수록된 《퇴계집(退溪集)》 권3에 〈이강이 서악정사를 새로 설치하고 시를 지어 부쳐 왔기에 차운하여 두 수를 짓다[李剛而新置西岳精舍 有詩見寄 次韻二首]〉라는 제목의 시가 있는데, 첫 번째 시의 자주(自註)에 "강이가 이 일을 경영하면서 비방을 많이 들었다.[剛而因此營作 多得謗]"라는 말이 나온다. 위에 소개한 퇴계의 시는 두 번째 시이다. 강이는 이정(李楨)의 자이다. 추로는 맹자와 공자의 고향으로, 문교(文敎)가 흥성한 지역을 가리키는데, 동방예의지국과 함께 우리나라를 뜻하는 말로 많이 쓰인다.

82   구옹이……내는걸 : 처음에는 고운의 서원을 세우는 뜻을 모르고서 비판하는 사람들도 많았지만, 지금 보면 서악정사 덕분에 유생들이 교화를 받아서 훌륭한 인재로 양성되고 있지 않느냐는 뜻이다. 구옹은 구암(龜巖) 이정(李楨)을 가리킨다.

인에 연못이 있는데, 선생이 본군(本郡)의 수재(守宰)로 있을 적에 이 못을 파고 연을 심었다고 한다. 점필재(佔畢齋 김종직(金宗直)) 김 선생(金先生)의 시는 다음과 같다.

닭 잡던 당일[83]부터 퍼지기 시작한 맑은 향기	割雞當日播淸芬
가시나무 위의 봉황이라고 사람들이 말했다오[84]	枳棘棲鸞衆所云
천년 전 읊던 혼을 어디에서 찾을거나	千載吟魂何處覓
일만 송이 연꽃 속에 일만 개의 고운	芙蕖萬柄萬孤雲

인조(仁祖) 4년(1626) 병인-명 장종(明章宗) 천계(天啓) 6년[85]-에 다음과 같이 전교하였다.

"문창후의 후예에 대해서는 비록 지서(支庶)와 천얼(賤孼)이라고 하더라도 군정(軍丁)의 일을 시키지 말라."

현종(顯宗) 11년(1670) 경술-청 성조(淸聖祖) 강희(康熙) 9년-에 함양(咸陽) 백연(柏淵)에 서원을 세웠다.

---

83 닭 잡던 당일 : 고운이 태인 군수(泰仁郡守)로 재직하던 때를 말한다. 공자의 제자 자유(子游)가 무성(武城)의 수령으로 있을 때, 조그마한 고을에서 예악(禮樂)의 정사를 펼치는 것을 보고는, 공자가 빙그레 웃으면서 "닭을 잡는 데에 어찌 소 잡는 칼을 쓰랴.[割雞焉用牛刀]"라고 농담으로 말했던 고사가 전한다.《論語 陽貨》

84 가시나무……말했다오 : 고운과 같은 현자가 작은 관직에 몸담고 있는 것을 탄식했다는 말이다. 후한(後漢)의 고성 영(考城令) 왕환(王渙)이 구람(仇覽)을 주부(主簿)로 임명하려다가 그의 그릇이 워낙 큰 것을 보고서 "가시나무는 봉황이 깃들 곳이 못 된다. 100리의 지역이 어떻게 대현이 밟을 땅이리오.[枳棘非鸞鳳所棲 百里豈大賢之路]"라고 탄식하고는 한 달 치 월급을 구람의 태학(太學) 학자금으로 내준 고사가 전한다.《後漢書 卷76 循吏列傳 仇覽》

85 인조(仁祖)……6년 : 대본에는 '仁祖四年丙寅 明章宗天啓四年'으로 되어 있는데, 병인년(1626)은 천계 6년이므로 고쳐 번역하였다.

숙종(肅宗) 22년(1696) 병자-청 성조 강희 35년-에 무성서원(武城書院)에 사액(賜額)하였다.

영조(英祖) 31년(1755) 을해-청 고종(淸高宗) 건륭(乾隆) 20년-에 대구(大丘) 해안현(解顔縣)에 계림사(桂林祠)를 세우고 영정(影幀)을 봉안하였다.-지금은 구회당(九會堂) 뒤에 옮겨 세웠다.

정조(正祖) 20년(1796) 병진-청 인종(淸仁宗) 가경(嘉慶) 원년-에 다음과 같이 전교하였다.

"문창후의 자손은 비록 지서라도 군역으로 침해하지 말라. 그리고 태강(汰講)의 예에 포함시키지 말라."

○ 또 다음과 같이 전교하였다.

"열성조(列聖朝)의 분부를 받은 대로 과연 제대로 준행(遵行)하고 있는지, 해조(該曹)로 하여금 엄히 단속하여 거행하게 하고, 이를 범하는 수령이 있으면 역시 드러나는 대로 심리하여 처단하라."

-이상은 모두 가승(家乘)에 나오는 내용이다.

여지승람
興地勝覽

합천(陜川)

해인사(海印寺) : 가야산(伽倻山) 서쪽에 있다. 신라 때 창건되었는데, 최치원의 서암(書巖)과 기각(碁閣)이 있다.

제시석(題詩石) : 해인사 동네를 세상에서는 홍류동(紅流洞)이라고 부른다. 동네 입구에 무릉교(武陵橋)가 있는데, 그 다리에서 절을 따라 5, 6리쯤 가면 최치원의 제시석이 있다. 후세 사람들은 그 바위를 일러 치원대(致遠臺)라고 한다.

독서당(讀書堂) : 세상에서 전하는 말에 의하면, 최치원이 가야산에 숨어 살다가 어느 날 아침 일찍 일어나서 집을 나갔는데 갓과 신발만 숲속에 남겨 놓았을 뿐 어디로 갔는지 알 수 없었다고 한다. 그래서 해인사의 승려가 그날을 택해 명복을 빌고, 그의 영정을 그려서 독서당에 두었다고 한다. 독서당의 옛터는 해인사 서쪽에 있다.

창원(昌原)

월영대(月影臺) : 회원현(會原縣) 서쪽 바닷가에 있는데 최치원이 노닐었던 곳이다. 석각(石刻)이 있으나 마멸되고 부서졌다.

함양(咸陽)

명환(名宦) : 최치원

최치원이 해인사 승려 희랑(希朗)에게 부친 시 아래에 적기를 "방로태감 천령군태수 알찬 최치원(防虜太監 天嶺郡太守 遏粲 崔致遠)"이라고 하였다.

서산(瑞山)

명환: 최치원

진성왕(眞聖王) 때에 이곳의 태수로 있다가 왕의 부름을 받고 하정사(賀正使)가 되었으나 도적이 창궐하여 길이 막히는 바람에 가지 못하였다.

태인(泰仁)

명환: 최치원

최치원이 중국에서 공부하며 얻은 것이 많다고 스스로 생각하고는 동방으로 돌아와서 장차 자기의 포부를 펼쳐 보려고 하였으나, 쇠한 말세에 시기하는 자들이 많아서 용납받지 못하자 마침내 외방으로 나가 태산군 태수(太山郡太守)가 되었다.

상서장(上書莊)[86]

경주(慶州) 금오산(金鼇山) 북쪽 문천(蚊川) 가에 있다. 진성왕 8년

---

86 상서장(上書莊): 이 상서장부터 아래의 가야산(伽倻山)까지는 《동국여지승람》의 기사를 근간으로 하면서 여기저기에서 모아 엮은 것이다. 상서장에 대해서 이곳에서는 고운이 진성왕(眞聖王) 때 올린 시무 십조(時務十條)의 상소문을 이곳에서 썼으므로 상서장이라고 하였다고 하였는데, 《신증동국여지승람》 권21 〈경상도 경주부〉와 한국문집총간 198집에 수록된 《성호전집(星湖全集)》 권7 〈해동악부(海東樂府)〉에는 "고려 태조가 일어날 때, 고운이 '계림황엽 곡령청송(鷄林黃葉 鵠嶺靑松)'이라는 구절을 이곳에서 지어 올렸으므로 상서장이라고 하였다." 하였다.

(894)에 선생이 상서(上書)하여 시무(時務) 10여 조를 진달하였는데, 그 글을 작성한 곳이 바로 이곳이다. 고을 사람들이 지금 건물을 세워 수호하고 있다.

이종상(李鍾祥)[87]의 시는 다음과 같다.

중국의 막부에 노닐 적에도 생각났을 상서장	西遊高幕憶書莊
막막히 동방에 돌아와서 뜻이 더욱 깊었으리	漠漠東還意更長
한번 가야산 들어간 뒤로 소식은 들리지 않고	一入伽倻消息遠
뜬구름 지는 해만 고도에 오늘도 바쁘구나	浮雲落照古都忙

독서당(讀書堂)[88]

경주(慶州) 낭산(狼山) 서쪽 기슭에 있다. 선생이 글을 읽었던 곳으로, 옛 우물이 아직도 남아 있다. 후세 사람들이 예전의 초석(礎石) 위에 집을 짓고 그 안에서 학업을 닦았다. 유허비(遺墟碑)가 서 있다.

월영대(月影臺) - 달그림자가 바다를 비추는 넓이가 97억 3만 8천여 자가 넘는다고 한다.

고려 정지상(鄭知常)의 시는 다음과 같다.

아득히 푸른 물결 위에 우뚝 솟은 바위	碧波浩渺石崔嵬

---

87 이종상(李鍾祥) : 1799~1870. 본관은 여주(驪州), 호는 정헌(定軒), 경주 출신이다. 서양학문이 국내에 번지자 이를 근심하고 이 사설(邪說)을 금지시켜야 한다고 주장하기도 하였으며, 1866년(고종3)에 미국의 배 셔먼호가 침범하자 이를 토벌하기 위하여 경주진 소모장(慶州鎭召募將)이 되어 의병을 모으기도 하였다. 저서로는 《정헌문집(定軒文集)》이 있다.

88 독서당(讀書堂) : 고운이 글을 읽었다고 하는 독서당은 여기에서 말한 경주 낭산(狼山)에 있는 것 이외에도 《신증동국여지승람》을 보면, 지리산 단속사(斷俗寺)와 가야산 해인사(海印寺)에도 있다.

그중에 봉래 학사님 노닐던 누대 있네   中有蓬萊學士臺

단 옆에 소나무 늙어 가고 잡초만 무성한데   松老壇邊荒草合

하늘 끝 구름 나직하니 조각배 떠오는 듯   雲低天末片帆來

백년의 문아 뒤에 나온 새로운 시구요   百年文雅新詩句

만리의 강산 위에 한 잔의 술이로세   萬里江山一酒栖

돌아보면 계림에 사람은 보이지 않고   回首雞林人不見

달빛만 공연히 해문을 비치며 배회하네   月華空照海門廻

채홍철(蔡洪哲)의 시는 다음과 같다.

문장의 풍조가 갈수록 험난해지는 지금   文章氣習轉崔嵬

문득 최후 생각에 누대에 한번 올랐소   忽憶崔侯一上臺

황학[89] 따라 떠나지 않은 바람과 달이요   風月不隨黃鶴去

백구를 좇아 몰려오는 연무와 물결이라   煙波相逐白鷗來

비 갠 뒤의 산색은 난간에 짙게 드리우고   雨晴山色濃低檻

봄 지난 뒤의 송화는 술잔에 마구 떨어지네   春盡松花亂入栖

더구나 진토를 격해 금심[90]이 있으니   更有琴心隔塵土

다른 때 비구름 데리고 돌아오리라   佗時好與雨雲廻

또 미수(眉叟) 허목(許穆)의 기문(記文)[91]에 다음과 같이 말하였다.

---

89   황학(黃鶴) : 옛날 선인(仙人)인 자안(子安)이 황학을 타고 내려온 곳에 황학루(黃鶴樓)
라는 누각을 세웠다는 전설이 전하는데, 이를 소재로 읊은 당(唐)나라 최호(崔顥)의 시
〈등황학루(登黃鶴樓)〉에 "황학은 한 번 떠나 다시는 돌아오지 않고, 흰 구름만 천년토
록 부질없이 떠 있도다.〔黃鶴一去不復返 白雲千載空悠悠〕"라는 구절이 나온다.

90   금심(琴心) : 가야금 연주를 통해서 애모하는 마음을 전하는 것을 말한다. 한(漢)나라
사마상여(司馬相如)가 탁왕손(卓王孫)의 딸 탁문군(卓文君)을 금심으로 유혹했던 고사
에서 유래한 것이다. 《史記 卷117 司馬相如列傳》

91   미수(眉叟) 허목(許穆)의 기문(記文) : 한국문집총간 98집에 수록된 《기언(記言)》 권28
하 〈월영대기(月影臺記)〉를 말하는데, 현재 판본의 〈월영대기〉에는 이 글의 끝부분에
나오는 감나무를 심었다는 내용은 없다.

"신라의 역사를 보면 진성왕(眞聖王) 때에 최치원이 있었다. 처음에 당 희종(唐僖宗)을 섬기다가 천하가 어지러워질 것을 알고 그곳을 떠나 귀국하였는데, 신라도 정치가 쇠퇴하였으므로 마침내 세상을 버리고 숨어 살았으니, 이로 인해서 '닭을 잡고 오리를 잡는다[操雞搏鴨]'[92]는 말이 있게 된 것이었다. 전해 오는 말에 의하면 최치원이 월영대에서 노닐었다고 한다. 그 옆 해상에 고운대(孤雲臺)가 있다."

고운대에 늙은 감나무가 있는데, 선생이 손수 심은 것이라는 전설이 전한다.

쌍계사(雙溪寺)

지리산(智異山)에 있다. 세상에서 전하는 말에 의하면, 선생이 여기에서 글을 읽었다고 한다. 뜰에 오래된 괴목(槐木)이 있는데, 그 뿌리가 북쪽으로 시내를 건너서 얽혀 있으므로, 그 절의 승려가 다리로 이용하는데, 이 나무도 바로 선생이 손수 심었다고 한다. 동구(洞口)에 두 개의 바위가 마치 문처럼 서서 대치하고 있는데, 선생이 손수 '쌍계석문(雙溪石門)' -동쪽 바위에 쌍계라고 새기고, 서쪽 바위에 석문이라고 새겼다.-이라고 썼다 한다. 또 선생이 지은 비(碑)가 있고, 사찰 안에 영신암(靈神庵)이 있다.

점필재(佔畢齋 김종직(金宗直))의 시는 다음과 같다.

---

92 닭을……잡는다: 신라가 망하고 고려가 흥한다는 뜻이다. 저잣거리에서 이인(異人)이 고경(古鏡)을 팔고 있기에 당(唐)나라 상인 왕창근(王昌瑾)이 구입해서 보니 그 거울에 글이 새겨져 있었는데, 그중에 "먼저 닭을 잡고 뒤에 오리를 잡는다.[先操雞後搏鴨]"라는 말이 있었다고 한다. 이 말은 먼저 계림을 장악한 뒤에 영토를 압록강까지 넓힌다는 뜻으로, 고려의 왕건이 신라를 멸하고 새 왕조를 세우는 것을 예언한 것이라고 한다. 《조선사략(朝鮮史略)》 권4와 《어정전당시(御定全唐詩)》 권875 〈고려경문(高麗鏡文)〉에 이 내용이 실려 있다.

쌍계사 안에서 고운을 생각하나니	雙溪寺裏憶孤雲
당시의 일 분분해서 들을 수가 없네	時事紛紛不可聞
동해로 돌아와서도 다시 방랑의 길	東海歸來還浪迹
야학이 닭들 속에 뒤섞여 있겠는가	祇緣野鶴在雞群

또 탁영(濯纓) 김일손(金馹孫)의 〈유두류록(遊頭流錄)〉에 다음과 같이
말하였다.

"단성(丹城)에서 서쪽으로 약 15리쯤 험한 길을 구불구불 다 지나고
나면 널찍한 언덕이 나온다. 거기에서 단애를 따라 북쪽으로 3, 4리쯤
가면 곡구(谷口)가 나오는데, 그 입구에 바위를 깎아 새긴 '광제암문
(廣濟巖門)'이라는 네 글자가 있다. 글자의 획이 강직하고 고아(古雅)한
데, 최고운의 수적(手迹)이라고 세상에서 전한다.

석문(石門)에서 1리쯤 가면 귀룡(龜龍)의 고비(古碑)가 있는데, 그 비
액(碑額)에 전자(篆字)로 '쌍계사고진감선사비(雙溪寺故眞鑑禪師碑)'라
는 아홉 글자가 새겨져 있고, 그 옆에 '전 서국 도순관 승무랑 시어사
사자금어대 신 최치원이 분부를 받들어 짓다. 광계 3년(887, 진성여왕1)
에 세우다.〔前西國都巡官承務郎侍御史賜紫金魚袋臣崔致遠奉敎撰光啓三
年建〕'라고 적혀 있다.

광계(光啓)는 당 희종(唐僖宗)의 연호이다. 갑자를 따지면 지금 어언
600여 년이 지났으니, 역시 오래되었다고 하겠다. 인물의 존망과 대운
의 흥폐가 무궁히 이어지는 속에 이 무심한 비석만이 홀로 없어지지
않고 서 있으니, 탄식을 한번 발할 만도 하다.

내가 비갈(碑碣)을 본 것이 적지 않다고 할 수 있다. 그중에서 단속
사(斷俗寺) 신행(神行)의 비석은 원화(元和) 연간에 세워졌으니 광계보
다 앞선다고 할 것이요, 오대사(五臺寺) 수정(水精)의 기문(記文)은 권
적(權適)이 지었으니 그 또한 일세의 문사(文士)라고 할 것이다.[93] 그럼

에도 불구하고 유독 이 비석에 대해서 감회가 끝없이 일어나는 것은, 어쩌면 고운의 수택이 여전히 남아 있는 데다가 고운이 산수 간에 소요할 수밖에 없었던 그 금회(襟懷)가 백세(百世) 뒤에까지 계합되는 점이 있어서 그런 것이 아니겠는가.

가령 내가 고운의 시대에 태어났더라면 가까이 시봉하며 따름으로써 고운으로 하여금 고독하게 불교를 배우는 자들과 지내지 않게 했을 것이다. 그리고 가령 고운이 오늘날에 태어났더라면 또한 반드시 큰일을 할 만한 지위에 거하면서 나라를 빛낼 문장 실력을 발휘하여 태평의 시대를 장식했을 것이요, 나 또한 그 문하에서 필연(筆硯)을 받들 수 있었을 것이다. 그런데 지금 이끼 긴 비석만 매만지고 있으니, 그 감회가 어떻다고 하겠는가.

사찰 북쪽에 고운이 올랐다는 팔영루(八詠樓)의 옛터가 있는데, 지금 거승(居僧) 의공(義空)이 자재를 모아 누대를 일으킬 예정이라고 한다."

청량산(清涼山)

안동부(安東府) 재산현(才山縣) 서쪽에 있다. 치원봉(致遠峯)과 치원암(致遠庵)이 있는데, 선생이 일찍이 이곳에서 글을 읽었으므로 그렇게 일컬은 것이다.

---

93 단속사(斷俗寺)……것이다:《신증동국여지승람(新增東國輿地勝覽)》권30〈진주목(晉州牧) 불우(佛宇) 단속사〉에 "신라 병부 영(兵部令) 김헌정(金獻貞)이 지은 승려 신행(神行)의 비명(碑銘)이 있다."라고 하였고, 오대사(五臺寺) 조에 "수정사(水精寺)라고도 한다."라고 하고, 권적의 기문(記文)을 실었다. 권적은 고려 말의 문신(文臣)인 길창부원군(吉昌府院君) 권준(權準)의 아들로 벼슬이 찬성사(贊成事)에 이르고 두 차례나 공신에 책록되었으며 길창군에 봉해졌다. 원화(元和)는 당 헌종(唐憲宗)의 연호로, 806년에서 820년까지이다.

주신재(周愼齋 주세붕(周世鵬))의 〈유청량산록(遊淸涼山錄)〉에 다음과 같이 말하였다.

"고운이 대당(大唐)에 들어가 황소(黃巢)의 격문을 지은 뒤로 명성이 천하에 진동하였다. 그리하여 마침내 우리 동방의 문장의 시조가 되고 문묘(文廟)에 배향되기까지 하였다. 그런데 그가 대명(大名)을 등에 지고 동방으로 돌아오자 동방의 사람들은 마치 신선의 한 사람인 것처럼 그를 바라보았다. 그리하여 그가 한평생 돌아다니며 노닌 물 하나 바위 하나에 대해서도 지금까지 계속해서 일컬어 마지않고 있는 것이다. 그런데 가령 고운이 참으로 숨김없이 바른말을 하며 배격하였더라면, 5백 년 사직의 고려가 꼭 그와 같이 혹독하게 불교에 빠져들지는 않았을 것이다.

풍혈(風穴)은 극일암(克一庵)─극일암(極一庵)으로 된 판본도 있다.─ 뒤에 있다. 풍혈의 입구에 두 개의 판이 있는데, 전설에 의하면 최치원이 앉아서 바둑을 두던 판이라고 한다. 그런데 판이 동굴 안에 있어서 비를 맞지 않기 때문에 천년이 지나도록 썩지 않았다고 한다.

마침내 치원암에 들러 총명수(聰明水)를 마셨는데, 그 물이 단애의 갈라진 틈 사이에서 나와 돌 웅덩이에 가득 차 있었으며, 투명하기가 명경과 같고 차갑기가 빙설과 같았다.

그 암자에 들어가 보고 그 누대에 올라가 보니 고운에 대한 감회가 더더욱 사무쳤다. 아, 당시에 임금이 간신을 멀리하고 현인을 가까이 하였더라면, 계림(雞林)의 잎이 꼭 그렇게 느닷없이 누렇게 변하여 떨어지지는 않았을 것이다. 고운은 시운에 맞게 은둔하여 그 이름이 일월과 빛을 다투게 되었지만, 동도(東都 경주(慶州))의 여러 왕릉은 논밭이 됨을 면하지 못하게 되었으니, 더더욱 서글픈 일이다."

그리고 그의 시 〈치원대(致遠臺)〉는 다음과 같다.

금탑봉 앞 치원대에 올라서니	金塔峯前致遠臺
열한 개 절 문 열린 것이 멀리 보이네	遙看十一寺門開
석양 속의 높고 낮은 푸른 절벽이여	高低翠壁斜陽裏
누가 용면[94]에게 그림을 그리게 하였는고	誰倩龍眠圖畫來

또 〈감최고운(感崔孤雲)〉은 다음과 같다.

중국에 갔다가 불우해서 다시 동방으로	西行不遇復東行
끝내 산에서 굶은 한을 그 누가 풀겠는가	竟餓空山恨孰平
무열왕릉 속에선 황금 발우가 나오고	武烈陵中金椀出
가야산 위에는 달 바퀴가 환히 빛나네	伽倻嶺上月輪明

또 〈치원대(致遠臺)〉는 다음과 같다.

산봉우리는 다투어 김생의 필법을 드러내고	衆峯爭露金生法
외로운 달엔 지금도 치원의 마음이 걸려 있네	孤月猶懸致遠心
사흘 묵은 산속에서 사람을 볼 수 없어	三宿山中人不見
천추의 누대 위에 홀로 옷깃을 적시노라	千秋臺上獨霑襟

학사루(學士樓)

함양(咸陽)의 객관(客館) 서쪽에 있다. 선생이 태수(太守)로 재직할 때 올라가 감상하였기 때문에 그런 이름이 붙었다. 뒤에 병화(兵火)로 소실 되었는데, 고을 관아를 옮길 때 누대도 옮겨 지으면서 그대로 학사루라 고 일컬었다. 또 손수 심은 나무숲이 10여 리에 걸쳐 이어져 있는데, 고 을 사람들이 비석을 세워서 이 일을 기록하였다.

옥계(玉溪) 노진(盧禛)의 시 〈학사루운(學士樓韻)〉은 다음과 같다.

---

94 용면(龍眠): 송대(宋代)의 저명한 화가 이공린(李公麟)의 별호(別號)인 용면거사(龍眠居 士)의 준말이다.

산과 물로 둘러싸인 하나의 별천지 山水縈廻別一天
이곳에 누대 있어 신선이 노니는 듯 樓居此地怳遊仙
촌에 이어진 대숲의 서늘한 기운 자리에 스며들고 村連碧篠涼侵席
연무 자욱한 긴 숲의 그림자 연석에 잠기누나 煙暝長林影蘸筵
점필의 풍류[95]도 벌써 백년의 해를 넘기고 佔畢風流年過百
고운의 묵은 자취 천년이 되어 가는구나 孤雲陳迹歲垂千
인간 세상 부앙하며 공연히 배회하였나니 人間俯仰空延佇
난간에 기대어 읊조리던 소년 시절 생각나네 嘯詠欄楯憶少年

임경대(臨鏡臺)

최공대(崔公臺)라고도 한다. 양산(梁山) 황산강(黃山江) 절벽 위에 있는데, 선생이 일찍이 이곳에서 노닐며 시를 지었다.

청룡대(青龍臺)

김해(金海)에 있다. 선생이 손수 쓴 글씨가 돌에 새겨져 있다. 왼쪽 옆에 선생의 성명이 적혀 있다.

해운대(海雲臺)

동래(東萊) 동쪽 18리 지점에 있다. 산의 절벽이 마치 누에머리처럼 바닷속에 들어가 있다. 선생이 일찍이 누대를 쌓았는데, 그 자취가 아직도 남아 있다.

주신재(周愼齋 주세붕(周世鵬))의 시 〈등해운대(登海雲臺)〉는 다음과

---

95 점필의 풍류 : 점필재(佔畢齋) 김종직(金宗直, 1431~1492)이 고운의 유적을 찾아와서 시를 읊고 노닐었던 것을 말한다.

같다.

대 아래는 가없어서 바로 넓은 바다인데	臺下無涯是大洋
유선 한번 떠나가매 학은 아니 날아오네	儒仙一去鶴茫茫
구만리 치고 날아갈 날개 생길 듯	搏搖九萬欲生羽
술잔 가득 부어 고금을 씻노매라	滌蕩古今呼滿觴
눈 들어 조각구름 보면 대마도도 들어오고	目極片雲看馬島
마음이 나는 곳 어디냐 하면 바로 부상이라네	心飛何處是扶桑
이 유람 너무도 좋아 내 평생 최고이니[96]	玆遊奇絶平生冠
소매 가득 하늘 바람 불어온들 대수리오	滿袖天風吹不妨

가야산(伽倻山)

합천(陝川) 야로현(冶鑪縣) 북쪽 30리 지점에 있다. 선생이 일찍이 가족을 데리고 여기에 은거하였는데, 지금도 치원촌(致遠村)이라는 곳이 있다.-후세 사람들이 그의 이름을 공경하여 치인촌(治仁村)이라고 고쳐 불렀다.

점필재(佔畢齋)가 선생의 시에 차운하여 제시석(題詩石)-선생의 시가 있기 때문에 세상에서 제시석이라고 칭한다.-에 다음과 같이 제(題)하였다.

맑은 시의 광염은 푸른 봉우리 내쏘는데	淸詩光焰射蒼巒
먹으로 쓴 흔적은 새긴 바위에 희미해라	墨漬餘痕闕渺間
세상에서는 신선 되어 떠났다 말을 할 뿐	世上但云尸解去
빈산에 무덤이 있는 것은 알지 못한다네	那知馬鬣在空山

또 해인사(海印寺) 현판의 시에 화운하여 다음과 같이 지었다.

---

96 이……최고이니: 참고로 소식(蘇軾)의 시에 "남만(南蠻)에 와서 죽을 뻔했어도 나는 원망하지 않아, 이 유람 너무도 좋아 내 평생 최고였으니까.〔九死南荒吾不恨 玆游奇絶冠平生〕"라는 구절이 있다.《蘇東坡詩集 卷43 六月二十日夜渡海》

고운은 시운을 알고 은둔했나니	孤雲嘉遯客
태양처럼 대명이 밝게 전한다오	白日大名聞
갓과 신발은 매미가 허물 벗듯	巾屨同蟬蛻
풍채와 의표는 학의 무리 속에	風標混鶴群
속절없이 긁히고 깎인 바둑판이요	棋盤空剝落
반으로 갈라진 제시석이라	詩石半刳分
소요하던 땅을 가만가만 밟노라니	細履徜徉地
추모의 생각만이 절로 간절하구나	追懷祇自勤

주신재(周愼齋)의 시 〈가야즉사(伽倻卽事)〉는 다음과 같다.

연하를 밟을 목적으로 나막신 신고 오니	爲躡煙霞理屐來
단풍 진 산비탈 구월 경치 정말 아름답고녀	楓崖九月正佳哉
비통함 머금은 반일 동안의 애장사[97]요	含悽半日哀莊寺
눈물을 흩뿌린 천년 세월의 치원대라	灑淚千秋致遠臺
만사에 무심한데 어찌 풍악 좋아할까	萬事無心寧喜竽
백년 인생에 술 있으면 입을 적실 뿐	百年有酒卽銜桮
갓끈 씻고 노년을 보내고픈 홍류동에서	濯纓終老紅流洞
붓을 드니 포사[98]의 재주 아님이 부끄러워	泚筆慙非鮑謝才

한강(寒岡) 정구(鄭逑)의 〈유가야산록(遊伽倻山錄)〉에는 다음과 같이
말하였다.

"깎아지른 낭떠러지와 넓고 평평한 바위에 이름을 지어 깊이 파 놓은
그 글자의 획이 완연하다. 홍류동(紅流洞), 자필암(泚筆巖), 취적봉(吹

---

97 애장사(哀莊寺) : 신라 애장왕(哀莊王) 3년(802)에 창건된 가야산 해인사(海印寺)를 가
    리킨다.
98 포사(鮑謝) : 남조 송(宋)의 시인인 포조(鮑照)와 사영운(謝靈運)을 병칭한 말이다.

簹峯), 광풍뢰(光風瀨), 제월담(霽月潭), 분옥폭(噴玉瀑), 완재암(宛在巖) 등은 모두 그가 이름 지은 것들인데, 세월이 오래 지났어도 마멸되지 않았으므로 여기에 유람을 온 사람들에게 구경거리로 제공할 만하다. 또 최고운이 지은 절구(絶句) 한 수가 폭포의 석면(石面)에 새겨져 있다. 그런데 매년 장마에 물이 넘쳐 광란하듯 씻겨 내려가는 바람에 온통 닳아 없어져서 지금은 다시 알아볼 수 없게 되었는데, 한동안 만져 보다가 겨우 희미하게나마 한두 글자를 분별할 수가 있었다."

미수(眉叟) 허목(許穆)의 〈가야산기(伽倻山記)〉에는 다음과 같이 말하였다.

"해인사(海印寺)는 신라의 고찰로서 팔만대장경(八萬大藏經)을 보관하고 있다. 남쪽의 바위 절벽은 신라 최 학사(崔學士)가 은거한 곳이라는 전설이 있다. 천석(川石) 사이에 홍류동, 취적봉, 광풍뢰, 음풍대(吟風臺), 완재암, 분옥폭, 낙화담(落花潭), 첩석대(疊石臺), 회선암(會仙巖) 등이 있으며, 동구를 나서면 무릉교(武陵橋)와 칠성대(七星臺)가 있는데, 모두 학사의 대자(大字)를 돌에 새겨 놓았다."

학사대(學士臺)

해인사 서쪽에 있다. 그 옆에 100자나 되는 늙은 회(檜)나무가 있는데, 둘레가 3장(丈)을 넘었다. 이 나무를 고운이 손수 심었기 때문에 여기에 누대를 세우고 그렇게 일컬은 것이다. 대는 아직도 우뚝 서 있다.

농산정(籠山亭)

홍류동(紅流洞)에 있다. "일부러 물을 흘려보내 산을 온통 감싸게 하였다.〔故敎流水盡籠山〕"라는 고운의 시가 있기 때문에 그렇게 일컬은 것이다.-정자 뒤로 몇 걸음 떨어져서 고운의 영당(影堂)이 있다. 그리고 현재 정자

앞에 비를 세우는 작업을 하고 있다.

월류봉(月留峯)

가야산의 한 지맥이 서쪽으로 나갔다가 남쪽으로 돌아온 곳에 있다. 봉우리 아래에 청량사(淸涼寺)가 있는데, 고운이 노닐었던 곳이다.

무릉십이곡(武陵十二曲)

가야산 입구에 있다. 무릉교(武陵橋)에서 치원리(致遠里)까지 10여 리에 걸쳐 흰 돌이 깔린 맑은 내가 붉은 절벽과 푸른 골짜기를 뚫고 지나가는데 참으로 절경이다. 고운이 각 구비마다 품평을 하며 제목을 붙였고 좌우의 봉우리와 골짜기에도 모두 품평을 하며 이름을 붙였다. 신유한(申維翰)이 선생을 사모하여 경운재(景雲齋)를 세우고 시도 지었다.[99]

벽송정(碧松亭)

고령현(高靈縣) 서쪽 30리 지점인 평림(平林) 안에 있었는데, 고운이 노닐며 휴식을 취한 곳이다. ―지금은 수해(水害)로 무너져서 산언덕으로 옮겨 세웠다.

---

99 신유한(申維翰)이……지었다 : 신유한(1681~1752)은 조선 후기의 문장가로, 본관은 영해(寧海), 자는 주백(周伯), 호는 청천(靑泉)이며, 고령(高靈) 출신이다. 문장으로 이름이 났으며, 특히 시(詩)와 사(詞)에 능하였다. 그의 문집으로 한국문집총간 200집에 수록된 《청천집(靑泉集)》 권2에는 〈경운재게(景雲齋偈)〉, 〈경운재가(景雲齋歌)〉, 〈제경운재(題景雲齋)〉 등의 시가 실려 있다.

단전요의[100]
檀典要義

태백산(太白山)에 있는 단군(檀君)의 전비(篆碑)는 난삽해서 읽기 어려웠는데, 고운이 이 비문을 해독하였다.[101] 그 문자는 다음과 같다.

"一始無始一 碩三極 無盡本 天一一 地一二 人一三 一積十鉅 無愧化三 天二三 地二三 人二三 大三合六 生七八九 運三四成環五七 一杳演萬往萬來 用變不同本 本心本太陽 仰明人中天中一 一終無終一"

---

100 단전요의(檀典要義): 김용기(金容起)에 의해 일제 시대인 1925년에 출간된 책으로, 전체가 14장(章)으로 구성되어 있는데, 《환단고기(桓檀古記)》, 《단군세기(檀君世紀)》, 《대동사강(大東史綱)》 등과 비슷한 내용을 담고 있다.

101 태백산(太白山)에……해독하였다: 이른바 《천부경(天符經)》 81자인데, 종교적인 차원을 떠나서 이 경문의 유래나 구두를 찍고 해석하는 것에 대해서는 학계에 정설이 없다. 여기에서도 굳이 번역을 시도하지 않았다. 태백산은 묘향산(妙香山)을 가리킨다.

최고운의 난랑비 서문 및 삼국사
崔孤雲鸞郎碑序及三國史

나라에 현묘한 도가 있으니, 실로 삼교(三敎)를 모두 포함한다. 들어가서 어버이에게 효도하고 나가서 임금에게 충성하는 것은 노 사구(魯司寇 공자(孔子))의 뜻이요, 무위(無爲)의 일에 처하고 불언(不言)의 가르침을 행하는 것은 주 주사(周柱史 노자(老子))의 종지요, 제악(諸惡)을 짓지 않고 제선(諸善)을 봉행하는 것은 축건 태자(笁乾太子 석가(釋迦))의 교화이다.

동사보유[102]
東史補遺

살펴보건대, 마한(馬韓)이 고구려가 되고 진한(辰韓)이 신라가 되고 변한(弁韓)이 백제가 되었다는 것에 대해서는 이미 최치원의 정론(定論)이 있다. 이것은 최치원이 처음으로 만들어 낸 설이 아니요, 삼국 이래로 서로 전해 온 설이다. 김부식(金富軾)의 〈지리지(地理誌)〉에도 최치원의 이 주장이 옳다고 하였다.

---

102 동사보유(東史補遺) : 1630년(인조8) 전후에 조정(趙挺, 1551~1629)이 지은 역사책으로, 4권 2책으로 이루어져 있다. 내용은 단군 조선에서부터 고려 말까지의 역사를 편년체로 서술하였다.

서유구의 《계원필경》 서문

徐有矩桂苑筆耕序

묘는 홍산(鴻山)에 있다. 혹자는, 홍산은 가야(伽倻)의 어느 산기슭의 이름이라고 하였다.

서악지[103]
西岳誌

동국(東國)에서 태어나 그 문장과 사업으로 중원에까지 명성을 날려 후세에 찬란하게 빛나는 이는 천고에 한 사람일 뿐이니, 이런 분은 성묘(聖廟)에 종사(從祀)해야만 할 것이다. 청송(靑松) 황엽(黃葉)의 구절을 가지고 은밀히 고려의 왕업을 도왔다고 하는 것은 사가(史家)의 식견이 좁아서 그렇게 전해진 것임이 분명하다. 기미를 보고는 멀리 떠나 끝내 숨어 살면서 고려 시대에 자취를 더럽히지 않았으니, 홀로 우뚝 서서 세파에 휩쓸리지 않은 그 고결한 지조는 또 백세의 사표가 된다고 할 것이다.

〈서원청액소(書院請額疏)〉에 다음과 같이 말하였다.

"문창후(文昌侯) 최치원은 문장이 탁월할 뿐만 아니라 기미를 보고 벼슬하지 않은 그 지조 또한 나약한 자들의 뜻을 일으켜 세우고 완악한 자들의 행동을 방정하게 할 수가 있을 것입니다.[104]"

또 위판(位版)을 개제(改題)할 때 고유(告由)한 축문(祝文)은 다음과 같다.

오산이 빼어난 원기를 기르고 鼇山毓秀

---

103 서악지(西岳誌) : 정극후(鄭克後, 1577~1658)가 편찬한 책으로, 1책으로 이루어져 있으며, 경상북도 경주시 서악동(西岳洞)에 있는 서악서원(西岳書院)에 대해 적은 책이다. 1916년에 재간하였다. 정극후는 본관은 영일(迎日), 자는 효익(孝翼), 호는 쌍봉(雙峯)이며, 경주 출신이다.

104 나약한……것입니다 : 참고로 《맹자》〈만장 하(萬章下)〉에 맹자가 "백이의 풍도를 듣고 나면, 완악한 자들도 행동을 방정하게 하고 나약한 자들도 뜻을 세우게 된다.[聞伯夷之風者 頑夫廉 懦夫有立志]"라는 말이 나온다.

문수가 신령한 정기를 실어[105]	蚊水載靈
맑은 기운이 한데 모인 결과	淑氣所鍾
철인이 이에 태어났도다	哲人乃生
어린 나이에 배를 타고서	竗齡乘桴
북으로 중국에 유학을 한 뒤	北學中國
대궐의 과거에 응시를 하여	射策金門
급제 명단에 영명을 날렸어라	蜚英桂籍
대장의 막부에서 종사관으로	佐成蓮幕
글 짓는 직책을 전담하면서	職專翰墨
격문을 어느 날 한번 날리자	羽檄朝飛
황소(黃巢)의 넋이 달아났다네	狂巢褫魄
천자의 명을 받든 신분으로	天子有命
금의환향한 노래자(老萊子)의 뜰[106]	錦還萊庭
무거운 책임을 한 몸에 떠맡고서	抱負任重
태평한 정치를 이루려고 하였으나	庶幾治平
쇠퇴한 말세인 것을 어떻게 하랴	已矣其衰
한 손으로는 지탱할 수 없었어라	隻手難支
세상 밖의 저 푸른 산으로	物外靑山
꿈속에도 때때로 돌아가다가	夢有歸時
한 몸 거두어 종적을 감췄나니	斂而藏蹤

---

105 오산(鼇山)이……실어 : 오산은 경주에 있는 금오산(金鼇山)을 가리키고, 문수(蚊水)
역시 경주에 있는 문천(蚊川)을 가리킨다.

106 노래자(老萊子)의 뜰 : 어버이가 계신 고향 집이라는 뜻이다. 춘추 시대 초(楚)나라의
은사(隱士)인 노래자가 나이가 70인데도 어버이의 마음을 기쁘게 해 드릴 목적으로
색동옷을 입고서 춤을 추었던 고사에서 나온 말이다.《初學記 卷17 註》

기미를 살핀 것이 귀신과 같았어라	知幾其神
경치 뛰어난 이름난 곳마다	名區勝境
유적만 허전하게 벌여 있을 뿐	遺迹空陳
선생을 생각해도 볼 수 없는지라	思人不見
경모하는 마음만 깊어질 따름이라	但深景慕
생각건대 우리 선생은	念我先生
문학의 시조가 되시는 분	文學之祖
성무에 이미 오르신 위에	旣躋聖廡
현사를 다시 건립해서	又建賢祠
조촐하게 제사를 드린 것이	俎豆蘋蘩
지금 어언 백년의 세월	百年于玆
위판에 명휘를 제한 것이	位題名諱
불경에 가까운 일일 듯싶어	恐近不敬
이제 위판을 개제하여	今而改是
아름다운 명호로 바꿨어라	美號是正
귀신과 사람이 모두 안정되어	神人俱安
복과 녹이 다 함께 오리니	福祿來幷
양양히 좌우에 계시면서[107]	左右洋洋
이 충심을 굽어살피소서	鑑此丹誠

위판을 개제한 뒤의 제문(祭文)은 다음과 같다.

---

107 양양히 좌우에 계시면서: 《중용장구(中庸章句)》제16장에 "제사를 지낼 때면 귀신이
양양히 그 위에 있는 듯도 하고 좌우에 있는 듯도 하다.〔承祭祀 洋洋乎如在其上 如在其
左右〕"라는 말이 나온다.

동방에 문학을 창도하고 　　　　　　　　　　倡文東邦

중국에 아명(雅名)을 떨치신 분 　　　　　　　振雅中國

마침내 유원을 빛나게 하여 　　　　　　　　遂光儒苑

길이 제향을 향유하게 되었네 　　　　　　　永享芬苾

이번에 또 위판을 개제하여 　　　　　　　　亦旣改書

옛것을 다시 새롭게 하였는데 　　　　　　　其舊維新

지금 중추의 시절을 맞아 　　　　　　　　　時維仲秋

정결한 이 제사를 올리나이다 　　　　　　　薦此明禋

평상시에 제향하는 축문은 다음과 같다.

문장은 온 천하에 떨치고 　　　　　　　　　文振夷夏

은택은 후학에 미쳤으니 　　　　　　　　　澤及後學

우리 동방에서 대대로 영원토록 　　　　　　靑邱永世

선각에게 보은의 제사를 올립니다 　　　　　式報先覺

숙묘가 병자년(1696, 숙종22)에 무성서원에 치제한 제문
肅廟丙子武城書院致祭文

아 생각건대 우리 문창후는	粤惟文昌
신라 말년에 우뚝 출현하여	挺生羅季
중국 조정의 관직을 역임하고	歷敭中朝
울연히 나라의 상서가 되신 분	蔚爲國瑞
그 문장 그 학술이	文章學術
천년토록 환하게 빛나	輝映千祀
장성[108]의 사당에 배향되었나니	腏食將聖
사문이 땅에 떨어지지 않았음이라[109]	斯文未墜
우리 동방의 유교가	我東儒敎
실로 공으로부터 비롯되었는데	實自公始
세상이 혼탁한 것을 싫어한 나머지	厭世混濁
빛을 감추고 한가함을 택했다네	韜光就閒
봉황이 가시나무에 깃들었나니	鸞棲枳棘
그곳이 어디인가 바로 저 태산[110]	于彼泰山

---

108 장성(將聖) : 공자(孔子)를 가리킨다. 공자의 제자 자공(子貢)의 "우리 선생님은 실로 하늘이 이 세상에 내려 성인이 되게끔 하신 분이다.〔固天縱之將聖〕"라는 말에서 유래한 것이다.《論語 子罕》

109 사문(斯文)이……않았음이라 :《논어》〈자장(子張)〉에 "문왕과 무왕의 도가 아직 땅에 떨어지지 않아 사람들에게 남아 있으므로, 현자는 큰 것을 알고 있고 그렇지 못한 자도 작은 것을 알고 있다.〔文武之道 未墜於地 在人 賢者識其大者 不賢者識其小者〕"라는 말이 있다.

110 봉황이……태산(泰山) : 고운과 같은 큰 인물이 몸을 굽혀서 태인(泰仁)과 같은 작은

공의 유풍과 여운이	流風餘韻
귀와 눈에 혁혁한지라	赫赫耳目
고을 사람들이 추모하면서	邑人追思
보은의 제사를 오늘도 올립니다	報祀靡忒

그 서원에서 평상시에 제향하는 축문은 다음과 같다.

누구보다 먼저 중국에 유학해서	北學莫先
도와 함께 동방으로 돌아오신 분	與道俱東
우리 후학을 창도한 그 공이여	倡我後學
만고토록 영풍을 드날리리라	萬古英風

고을의 수령으로 왔다는 말이다. 자세한 내용은 88쪽 주83 참조. 태산은 태인의 옛 이름이다. 무성서원은 태인에 있다.

학사당[111]에서 평상시에 제향하는 축문

學士堂常享祭文

후손 최국술(崔國述)

아 우리 선생은	惟我先生
동국의 유종이신데	東國儒宗
세상을 제대로 만나지 못해	與世不遇
이 산에서 만년을 보내셨네	此山甘終
당에 걸린 초상화도	遺像在堂
옛것 대신 새것으로 모시고서	舊廢新崇
감히 길일을 가려	敢以吉辰
삼가 조촐히 제사를 드립니다	黍稷是恭

---

111   학사당(學士堂) : 합천 가야산(伽倻山)의 홍류동(紅流洞)에 있는 당이다.

정조가 친히 제문을 지어 화성의 교궁에서 치제할 때 문창공에게 올린 축문

正祖御製華城校宮致祭時文昌公祝文

봉암의 빼어난 정기 받고	鳳巖秀精
북으로 중원에 유학하여	北學中原
번방의 담장을 널리 개척하고	廣拓藩墻
한원에서 혀로 밭을 가신 분	舌耕翰垣
동방 문학을 창도한 것은	東文之倡
공이 실로 시조라 할 것이니	公實爲宗
화성에 처음 관광하러 와서	始觀于華
먼저 넘치게 술 부어 올립니다	先侑盎鍾

계림사[112]를 옮겨 세울 때 고유한 축문
桂林祠移建時告由祝文

후손 최종석(崔鍾奭)

생각건대 우리 동방은	惟我東方
바다 밖에 치우쳐 있는 데다	僻在海外
단군 기자의 시대와 멀어	檀箕世遠
인문이 무지몽매했는데	人文貿貿
이때 선생이 태어나서	先生乃降
맨 먼저 혼돈을 개벽했다네	首闢鴻濛
문장은 북두성과 같았고	星斗文章
명성은 중국을 진동시켰는데	華夏令名
기미를 환히 알고 은거했나니	炳幾高蹈
마음은 한가하고 의리는 정밀했네	心閒義精
선생의 칠분의 유상이	七分遺像
고결하고 또 청수해서	載高載淸
보는 이마다 경외하였는데	瞻者起敬
더구나 후손이야 어떠했으리	矧爾雲仍
먼지 낀 감실에 오래 봉안해서	久奉塵龕
매번 죄송한 생각이 들기에	每懷凜悚
새로 사당을 세우게 되었나니	載建新廟
그곳은 바로 달성(達城)의 지역이네	于達之洞

---

112 계림사(桂林祠) : 대구(大邱)에 있는 최치원의 영당(影堂)으로, 1755년(영조31)에 건립
하였으며, 이후 일제 시대 때 이건(移建)하였다.

집과 담장 산뜻하고 깨끗하며	宮墻蕭灑
산과 물이 아름답게 빛나는 곳	山水麗明
길일을 택해 경건히 봉안하니	卜吉虔奉
패옥 소리 쟁그랑 울리는 듯도	襟珮璐璐
지금부터 시작하여 앞으로는	其始自今
여기에서 안온하고 평안하리니	是安是安
우리에게 문명을 내려 주소서	惠我文明
천년만년 영원토록	於千萬年

낭산 독서당의 유허비
狼山讀書堂遺墟碑

이원조(李源祚)[113]

선생은 신라 시대 사람인데, 세대가 멀어서 상세히 알아볼 수가 없다. 선생에 대해서 논하는 사람은 다음과 같이 말한다. "학문으로 말하면 성인의 사당에 올랐고, 문장으로 말하면 문단의 맹주가 되었으며, 생애로 말하면 백이(伯夷)처럼 세상을 피하였고, 자취로 말하면 자방(子房 장량(張良))처럼 선도(仙道)에 의탁하였다. 선생은 과연 어떠한 사람인가."

아, 선생은 일찍이 중국에 들어가서 제과(制科)에 급제하였다. 그리고 만당(晚唐)의 여러 시인들과 어깨를 겨루었으며, 황소(黃巢)의 반란 때 지은 격문(檄文)의 한 구절은 구비(口碑)로 전송(傳頌)되기까지 하였다. 그러다가 동방으로 돌아왔으나 그때는 이미 신라의 운세가 내리막길을 걷고 있었다. 이에 기미를 환히 살펴 벼슬을 그만두고 세상 밖에서 구름처럼 노닐었으니, 강역 안에서 명산이라고 일컬어진 곳은 모두 선생 덕분에 이름을 드러내게 되었다. 그러나 선생은 참으로 천하의 선비였다. 한 모퉁이의 동국(東國)도 선생을 포용하기에 부족한데, 하물며 구구하게 작은 하나의 주(州)나 하나의 리(里)야 더 말해 무엇 하겠는가. 비록 그렇기는 하지만 정공(鄭公)의 향리(鄕里)를 세우고[114] 안락(顔樂)의 정

---

113 이원조(李源祚) : 1792~1871. 본관은 성산(星山), 자는 주현(周賢), 호는 응와(凝窩), 시호는 정헌(定憲)이다. 철종 때 경주 부윤(慶州府尹)을 지냈으며, 이후 공조 판서를 지냈다. 저서로는 《응와문집(凝窩文集)》이 있다.

114 정공(鄭公)의 향리(鄕里)를 세우고 : 후한(後漢)의 경학가(經學家)인 정현(鄭玄)이 가향(家鄕)인 북해(北海) 고밀현(高密縣)으로 돌아오자, 북해상(北海相)인 공융(孔融)이 그를 존경한 나머지 고밀현에 명령하여 특별히 '정공향(鄭公鄕)'을 설치하도록 한 고사가 전한다. 《後漢書 卷35 鄭玄列傳》

자를 세운 것[115]을 보면 반드시 태어나 자란 곳에 그렇게 했다는 것을 알 수가 있다.

이 고을의 기록을 살펴 보건대, 선생의 고택은 본피부(本彼部) 미탄사(味呑寺) 남쪽에 있고, 상서장(上書莊)은 금오산(金鼇山) 북쪽 문수(蚊水) 위에 있는데, 이곳은 동도(東都)에서 지령(地靈)이 모여 있는 곳으로, 과연 우연한 일이 아니었다고 여겨진다. 더군다나 이곳은 성명(聲明)의 기반이 된 곳이요, 후손이 대대로 지켜 온 곳이니, 어찌 기억에서 없어지게 해서야 될 말이겠는가.

이 고을 동쪽의 낭산(狼山)에 독서당(讀書堂)의 옛터가 있고 예전의 그 우물도 그대로 남아 있으므로, 옛날의 주춧돌 위에 건물을 세우고 학업을 닦는 곳으로 삼았다. 이에 후손 사간(思衎) 씨가 비석을 세워 기념하자고 처음으로 제안하였는데, 여러 종인(宗人)들이 합의하여 그 뜻을 이루게 되자, 나에게 기문을 써 달라고 청하였다.

내가 생각건대, 선생의 위대함이 천하에서 국가로 국가에서 고을로 고을에서 마을로 마을에서 당(堂)으로 내려왔으니 이를 참으로 가치 없는 일이라고 여길 수도 있겠지만, 당에서 마을로 마을에서 고을로 고을에서 국가로 국가에서 천하로 벋어 나간 것을 감안하면 선생의 사업과 문장이 꼭 여기에서 출발하지 않았다고 할 수도 없을 것이다. 그러니 선생의 후손이 된 자로서 어떻게 감히 이 일을 힘쓰지 않아서야 되겠는가.

---

115 안락(顏樂)의……것 : 소식(蘇軾)의 시 〈안락정(顏樂亭)〉 서문에 "안자가 옛날 살던 이른바 누항이라는 곳에 우물이 있다. 그 우물물을 마시던 안씨는 벌써 오래전부터 그곳에 있지 않았으나, 교서 태수 공군 종한이 처음 그 땅을 얻어 우물을 준설한 뒤에 그 위에다 정자를 짓고는 '안락정'이라고 명명하였다.〔顏子之故居 所謂陋巷者 有井存焉 而不在顏氏久矣 膠西太守孔君宗翰 始得其地 浚治其井 作亭於其上 命之曰顏樂〕"라는 말이 나온다.《蘇東坡詩集 卷15》

백연사의 기문
柏淵祠記

황경원(黃景源)[116]

한림시독학사 병부시랑 지서서감사(翰林侍讀學士兵部侍郎知瑞書監事) 문창(文昌) 최공 고운(崔公孤雲)의 사당이 함양(咸陽) 백연(柏淵)의 위에 있다. 세상에서 전하는 말에 의하면, 공이 일찍이 천령(天嶺)의 수재(守宰)를 지냈는데 떠난 뒤에도 백성들의 사랑을 받았다고 한다. 천령은 지금에 와서는 함양이 되었다. 그래서 함양부의 사람들이 공의 사당을 세워서 제사 지내는 것이다.

공의 휘(諱)는 치원(致遠)이다. 어린 나이에 당(唐)나라에 들어가서 건부(乾符) 1년(874)에 과거에 응시하여 급제하였다. 그 뒤 시어사 내공봉(侍御史內供奉)이 되었으며, 자금어대(紫金魚袋)를 하사받았다. 황소(黃巢)가 반란을 일으켰을 때, 도통(都統) 고변(高騈)이 공을 종사관(從事官)으로 임명하였다. 광계(光啓) 1년(885)에 조사(詔使)의 신분으로 동방에 돌아와 김씨(金氏)를 섬기면서 한림시독학사 병부시랑 지서서감사가 되었다. 건녕(乾寧) 1년(894)에 시무 십사(時務十事)를 올렸으나 왕이 채용하지 않자 이에 벼슬을 버리고 가야산으로 들어가 생을 마쳤다.

국사(國史)를 살펴보건대, 공이 본국에 돌아온 뒤로 21년이 지나서 좌복야(左僕射) 배추(裴樞) 등 38인이 청류(淸流)의 죄목을 뒤집어쓰고 백

116　황경원(黃景源) : 1709~1787. 본관은 장수(長水), 자는 대경(大卿), 호는 강한유로(江漢遺老), 시호는 문경(文景)이다. 유현(儒賢)으로서 대사헌과 각 조(曹)의 판서를 지냈다. 삼례(三禮)와 고문(古文)에 밝고 서도에도 능하였다. 《남명서(南明書)》를 편찬하였으며, 또 조선 사람으로 중국 조정에 절의(節義)를 지킨 사람을 들어 《명배신전(明陪臣傳)》을 지었다. 문집인 《강한집(江漢集)》이 있다.

마역(白馬驛)에서 죽으면서 당(唐)나라가 결국 멸망하였다.[117] 그리고 그로부터 또 29년이 지나서 김씨의 나라도 멸망을 당하고 말았다.

대개 이때는 공이 이미 은거한 뒤였다. 이는 공이 천하가 장차 어지러워질 것을 알았고, 또 종국(宗國)이 반드시 망하리라는 것을 알았기 때문에 초연히 멀리 떠나서 세상을 피해 살면서 돌아오지 않은 것이 아니겠는가. 그리고 공이 마음속으로 후량(後梁)의 신하가 되고 싶지 않았고, 또 고려 왕씨(王氏)의 신하가 되고 싶지 않았기 때문에 마침내 깊은 산속으로 도피한 것이 아니겠는가.

고변이 황소를 토벌할 적에 공이 비분강개하여 고변을 위해 격문을 지어 제도(諸道)의 군병을 모아서 이름을 천하에 떨쳤고, 황소의 토벌을 마친 뒤에는 조서(詔書)를 받들고서 동방으로 돌아왔다. 가령 공이 종신토록 당나라에서 벼슬했더라면, 청류의 화(禍)를 어떻게 면할 수 있었겠는가. 그러나 공이 그 화를 면하지 못하게 되었다고 하더라도, 분명히 뜻을 굽히고 몸을 욕되게 하면서까지 후량의 조정을 섬기지는 않았을 것이다.

경주(慶州) 남쪽에 상서장(上書莊)이 있다. 세상에서는 공이 이곳에서 왕씨(王氏)에게 상서(上書)했다고 일컫고 있다. 그러나 왕씨가 처음 일어날 즈음에 공이 참으로 상서하여 은밀히 도왔다고 한다면 무슨 까닭으

---

117 좌복야(左僕射)……멸망하였다 : 당(唐)의 마지막 황제인 소선제(昭宣帝) 천우(天祐) 2년(905)에 재상 유찬(柳璨)이 주전충(朱全忠)의 뜻에 영합하여 대신(大臣)인 배추(裴樞) 등을 모함해서 활주(滑州) 백마역(白馬驛)에서 죽일 적에, 과거에 누차 급제하지 못해서 불만을 품고 있던 이진(李振)이 주전충의 좌리(佐吏)로 있다가 "이 자들은 스스로 청류라고 말을 하니 황하에 던져 넣어서 영원히 탁류가 되게 하는 것이 좋겠다.〔此輩自謂淸流 宜投於黃河 永爲濁流〕"라고 하자, 주전충이 웃으면서 허락했다는 고사가 전한다.《舊五代史 卷18 梁書 李振列傳》고운은 신라 헌강왕(憲康王) 11년(885)에 당나라에서 귀국하였다.

로 세상을 피해 고독하게 행동하며 산택(山澤) 사이에서 노년을 마치려고만 하고 벼슬은 하지 않으려고 하였겠는가. 왕씨 중에는 공에게 문창후(文昌侯)를 추증하고 국학(國學)에서 제사를 올리게 하면서 대대로 영광으로 여기게 한 경우도 있었는데, 이는 공이 절조를 높이 하여 왕씨를 섬기지 않았다는 사실을 알지 못했기 때문이다. 어찌 탄식을 금할 수가 있겠는가.

공자가 이르기를 "백이와 숙제가 수양산 아래에서 굶어 죽은 것에 대해, 사람들이 지금까지도 일컫고 있다.〔伯夷叔齊餓於首陽之下 民到于今稱之〕"[118] 라고 하였다. 가령 은(殷)나라가 망하지 않았더라면 그 두 사람은 그렇게 굶어 죽지 않았을 것이다. 그들이 굶어 죽은 것은 그들의 몸을 깨끗이 하기 위함이었다. 그래서 천하 사람들이 지금까지도 칭송해 마지 않는 것이다. 공이 떠난 것을 시간적으로 고찰해 보면 그때는 김씨(金氏)가 이미 멸망한 뒤였다. 이것을 보면 공의 뜻이 또한 몸을 깨끗이 하려고 한 것이니, 저 두 사람과 다를 것이 없다고 할 것이다.

금상(今上 영조(英祖)) 21년(1745)에 모후(某侯)가 함양부의 수재(守宰)로 나가 공의 사당에 참배하고는 부인(府人)을 거느리고 그 유지(遺址)에 기초하여 개수한 뒤에 나에게 기문(記文)을 부탁하였다.

대저 국학에서 공의 제사를 올린 것이 오래되었다. 그러니 부(府)의 관아에서 어찌 꼭 사당을 세워야만 하겠는가. 그렇기는 하지만 일단 공의 유적이 있고 보면, 또한 백세토록 없어지지 않게 하는 것도 좋을 것이다. 그런 뜻에서 이렇게 쓰게 되었다.

118 백이(伯夷)와……있다 : 이 내용은 《논어》〈계씨(季氏)〉에 나온다.

태인 유상대의 비기

泰仁流觴臺碑記

조지겸(趙持謙)[119]

태인군(泰仁郡)은 바로 신라의 태산군(泰山郡)이다. 이곳은 문창후(文昌侯) 최공(崔公)이 옛날에 태수로 재직한 곳이다.

관아의 남쪽 7리쯤 되는 곳에 울퉁불퉁한 바윗돌이 있고 그 바위 아래로 강물이 휘돌아 흐르는데, 문창이 매번 여기에서 술잔을 띄우고 노래하며 일소(逸少)의 고사[120]를 흉내 냈다고 지금도 부로(父老)들이 전한다.

그 누대도 세월이 오래 흐름에 따라 황폐해지고 말았는데, 나의 벗인 조 사군 자직(趙使君子直 조상우(趙相愚))이 정사를 행하는 여가에 그 누대 위에서 소요하다가 먼 과거의 일에 대한 감회가 뭉클 솟아오르자 바위를 쌓아 증축한 뒤에 작은 비석을 세워 기념하고는 나에게 기문(記文)을 부탁하였다.

왕년에 내가 풍악(楓岳) 아래 고을[121]에서 재직할 적에 신선의 굴택(窟宅)이라고 일컬어지는 그 지역을 한번 수식(修飾)해 보려고 생각하였으나 미처 그렇게 할 틈을 내지 못했다. 그러고 보면 우리 자직이야말로 얼마나 대단하다고 하겠는가.

---

119 조지겸(趙持謙) : 1639~1685. 본관은 풍양(豊壤), 자는 광보(光甫), 호는 우재(迂齋)이며, 광주(廣州) 출신이다. 소론의 거두 중 한 사람이었다. 저서로 《우재집(迂齋集)》이 있고, 편서로 《송곡연보(松谷年譜)》가 있다.

120 일소(逸少)의 고사 : 일소는 진(晉)나라 왕희지(王羲之)의 자이다. 왕희지가 명사 42인과 함께 상사일(上巳日)에 회계산(會稽山)의 난정(蘭亭)에 모여서 귀신에게 빌어 재앙을 쫓는 계사(禊事)를 행하고 술을 마시며 시를 지은 일을 말하는데, 왕희지가 지은 〈난정기(蘭亭記)〉에 그 내용이 상세히 나와 있다.

121 풍악(楓岳) 아래 고을 : 강원도 고성(高城)을 가리킨다. 조지겸은 1681년(숙종7)에 고성 군수(高城郡守)를 지냈다. 풍악은 금강산(金剛山)의 별칭이다.

내가 생각건대, 선생은 태어나서 별이 일주(一周)하는 나이[122]에 바닷길로 만리 멀리 중국에 건너갔다. 그리하여 약관의 나이가 되기도 전에 대당(大唐)의 대과(大科)에 급제한 뒤에 상대(霜臺 어사대(御史臺))를 밟고 금문(金門 금마문(金馬門))에 들어갔으므로 천하 사람들이 모두 다투어 선생을 알려고 하였다. 그러다가 원문(轅門)의 종사관(從事官)이 되어서는 방패에 먹을 갈아 소금 장수인 노적(老賊)[123]으로 하여금 넋이 달아나고 담이 떨어지게 하였으니, 이는 그야말로 100만 군사보다도 낫다는 말에 해당된다고 할 것이다. 그리고는 뛰어난 재질과 성대한 명성을 지니고서 몸을 거두어 동쪽으로 돌아왔으니, 쓰고 남은 찌꺼기만 끄집어내어 활용했어도 한 나라를 유지시키기에는 충분했을 것인데, 그만 매자진(梅子眞)처럼 동묵(銅墨)의 지위에 침륜(沈淪)했는가 하면[124] 끝내 세상 밖에서 떠돌면서 연문(羨門)[125]의 무리에 자신을 의탁하였다. 그 이유는 무엇인가.

아, 공이 세상에 태어난 그 시운이 불우해서 중국에 들어가서는 난리에 휩싸였고 고국에 돌아와서는 위망의 조짐이 보였으므로, 도를 행할 수 없을 뿐더러 자기 한 몸도 보전하기가 어려웠다. 이 때문에 표연히 멀

---

122 별이 일주(一周)하는 나이 : 12세 때를 말한다. 별은 세성(歲星), 즉 목성(木星)으로, 옛사람들은 세성이 12년마다 하늘을 한 바퀴 돈다고 여겼다.

123 소금 장수인 노적(老賊) : 황소(黃巢)를 가리킨다. 그의 집안이 대대로 소금을 파는 일에 종사해서 재물을 많이 모았다는 기록이 있다.《舊唐書 卷200下 黃巢列傳》

124 매자진(梅子眞)처럼……하면 : 고운이 외방에 나가 고을 수령이 된 것을 말한다. 자진은 한(漢)나라 매복(梅福)의 자이고, 동묵(銅墨)은 지방 수령이 차는 동인(銅印)과 묵수(墨綬)를 말한다. 매복이 일찍이 남창 현령(南昌縣令)으로 있다가 나라가 망할 것을 알고는 성의 동문(東門)에 관을 걸어 두고 떠난 뒤에 신선이 되었다는 전설이 전한다.《漢書 卷67 梅福傳》

125 연문(羨門) : 고대 선인이었던 연문자고(羨門子高)를 가리킨다. 진 시황(秦始皇)이 일찍이 동해(東海) 가를 유람하면서 연문자고 등의 선인을 찾았다고 한다.

리 떠나 마치 매미가 허물을 벗듯 혼란한 탁세를 벗어났던 것이었으니, 홍류(紅流) 한 절구(絶句)[126]를 읊다 보면 미상불 두 번 세 번 탄식하면서 그의 뜻을 동정하게도 되는 것이다. 상상해 보건대, 그가 이곳에서 한가롭게 소요하곤 했을 것이니, 계속 감개(感慨)하여 마지않게 되는 것이 어찌 다만 면앙(俛仰) 간의 묵은 자취뿐이겠는가. 공의 청풍(淸風)과 일운(逸韻)이 온 우주 사이에 흘러넘친다고 할 것인데, 이러한 공의 지취(志趣)를 아는 자는 아마도 드물 것이다.

대저 어떤 지역이 중하게 되고 유명해지는 것은 미상불 그곳의 사람과 관련이 있다고 할 것이다. 옛사람이 말하기를 "난정(蘭亭)의 무림(茂林)도 일소(逸少)를 만나지 않았다면 전해지지 않았을 것이다."[127] 라고 하였는데, 나 역시 "이 유상대의 수석(水石)도 문창(文昌)을 만났기 때문에 비로소 드러나게 되었다."라고 말하련다. 그리고 다시 1천여 년이 지나서 또 자직(子直)을 만나 증수(增修)하고 표시하게 되었으니, 이 어찌 그 일을 행할 적임자를 지금까지 기다려서 된 일이라고 해야 하지 않겠는가. 모르겠다마는, 앞으로 자직의 뒤를 이어서 증수할 적임자가 또 누가 될는지.

---

126 홍류(紅流) 한 절구(絶句) : 가야산(伽倻山) 홍류동(紅流洞)에 있는 농산정(籠山亭)을 읊은 절구에 "미친 듯 바위에 부딪치며 산을 보고 포효하니, 지척 간의 사람의 말도 알아듣기 어려워라. 시비하는 소리가 귀에 들릴까 저어해서, 일부러 물을 흘려보내 산을 감싸게 하였다네.[狂奔疊石吼重巒 人語難分咫尺間 常恐是非聲到耳 故教流水盡籠山]" 라는 말이 나온다. 《고운집》 권1에 〈가야산 독서당에 제하다[題伽倻山讀書堂]〉라는 제목으로 나온다.

127 난정(蘭亭)의……것이다 : 123쪽 주120 참조.

청학동의 비명[128]

靑鶴洞碑銘

정두경(鄭斗卿)

고려와 백제와 신라로 말하면, 나라는 비록 한 지역에 속한다고 하겠지만 봉래(蓬萊)와 영주(瀛洲)와 방장(方丈)이 있어서 산으로는 세 개의 신산(神山)이 있다고 할 것인데, 그 기운이 부상(扶桑)에 한데 모여서 기걸한 인물을 특별히 태어나게 하였도다.

　아, 단목(檀木)의 진인(眞人)이 한번 떠나자 태백산(太白山)만 허전하게 남게 되었고,[129] 동명(東明)의 인마(麟馬)가 돌아오지 않자 조천석(朝天石)만 남게 되었다.[130] 이렇게 해서 상고(上古)의 현풍(玄風)은 이미 멀어지게 되었고, 장생(長生)의 비결은 전해지지 않게 되었다.

128　청학동(靑鶴洞)의 비명(碑銘) : 이 비명의 작자에 대해서 대본에는 정홍명(鄭弘溟)이 지은 것으로 되어 있는데, 이는 편찬자가 잘못 기록한 것이다. 이 비명은 정두경(鄭斗卿)의 문집인 중간본 《동명집(東溟集)》 권10에 〈최학사고운비서(崔學士孤雲碑序)〉라는 제목으로 전재(全載)되어 있는바, 바로 정두경이 지은 것이다. 그런데 정두경의 호가 동명(東溟)이므로, 편찬자가 '정동명(鄭東溟)'을 '정홍명(鄭弘溟)'으로 착각하여 잘못 기록한 것이다. 《고운집》과 《동명집》에 나오는 글을 서로 비교해 보면 글자의 출입이 아주 많이 있는데, 이는 아마도 동명이 뒤에 비석에 글을 새길 적에 글을 수정하거나 글자 수를 증감한 것인 듯하다. 또한 대본에는 중간 중간에 빠진 부분이 있어 '缺'로 처리되어 있다. 번역을 하면서 글자의 출입이 있는 부분에 대해서는 교감하지 않고, 단지 '缺'로 되어 있는 부분에 대해서만 《동명집》에 나오는 글에서 보충하여 번역하되, 글자의 색깔을 달리하여 구분해 주었다.

129　단목(檀木)의……되었고 : 단목은 신단수(神檀樹), 진인(眞人)은 단군(檀君), 태백산(太白山)은 묘향산(妙香山)을 가리킨다.

130　동명(東明)의……되었다 : 조천석(朝天石)은 평양(平壤)의 부벽루(浮碧樓) 곁에 있던 바위 이름이다. 옛날 고구려 동명왕(東明王)이 부벽루 아래 기린굴(麒麟窟)에서 기린마(麒麟馬)를 길러 이 말을 타고 기린굴에서 조천석으로 나와 하늘로 올라갔다는 전설이 있다.

더구나 나라에서는 한갓 간과(干戈)와 전쟁만을 숭상하였기 때문에 시(詩)를 논하거나 부(賦)를 짓는 인사는 들을 수 없이 적요하기만 하였고, 사람들은 도덕과 문장을 알지 못한 채 말 달리며 활 당기는 무리들이 거의 대부분을 차지하고 있는 데야 더 말해 무엇 하겠는가.

해동(海東)에 장보(章甫 유자(儒者)의 관)를 쓴 선비가 없었다면 우리는 좌임(左袵)[131]하는 신세가 되었을 것이다. 그런데 영남(嶺南)에서 호련(瑚璉 종묘의 제기)의 그릇이 탄강하였으니, 사문(斯文)이 여기에 있다고 해야 하지 않겠는가.[132] 이에 학해(學海)에서 망인(鋩刃)을 숫돌에 갈게 되었고, 사림(詞林)에 기치를 세우게 된 것이었다.

공의 성은 최(崔)요, 휘(諱)는 치원(致遠)이요, 호는 고운(孤雲)이다. 천명을 받고 태어남에 집안에 상서가 있었고, 육가(陸家)의 연화(蓮花)[133]가 나옴에 사해(四海)와 오악(五嶽)의 자질을 품부받았다.

진(秦)과 한(漢)의 재질을 능가하여 〈요전(堯典)〉과 〈순전(舜典)〉의 문

---

131   좌임(左袵) : 오른쪽 옷섶을 왼쪽 옷섶 위로 여미는 오랑캐의 의복 제도를 말한다. 《논어》 〈헌문(憲問)〉에, 공자(孔子)가 관중(管仲)의 공을 찬양하면서 "만약에 관중이 없었더라면 우리들은 머리를 풀고 좌임하는 오랑캐의 신세가 되고 말았을 것이다.[微管仲 吾其被髮左袵矣]"라고 말한 내용이 나온다.

132   사문(斯文)이……않겠는가 : 고운이 유가(儒家)의 도통을 계승하여 후세에 전하게 되었다는 말이다. 공자가 일찍이 광(匡) 땅에서 횡포를 부렸던 양호(陽虎)로 오인받아 그곳 사람들에게 포위되어 위태로웠을 때 "문왕이 돌아가신 지금에는 사문이 나에게 있다고 해야 하지 않겠는가. 하늘이 사문을 망칠 작정이라면 나와 같은 자가 사문에 참여하지 못했겠지만, 하늘이 사문을 망치지 않으려 한다면 광 땅 사람들이 나를 어떻게 하겠는가.[文王旣沒 文不在玆乎 天之將喪斯文也 後死者不得與於斯文也 天之未喪斯文也 匡人其如予何]"라고 강한 자부심을 표명한 대목이 《논어》 〈자한(子罕)〉에 나온다.

133   육가(陸家)의 연화(蓮花) : 세상에서 보기 드문 명산(名産)이라는 뜻으로, 특출한 인재를 비유하는 말이다. 남조 양(梁) 임방(任昉)의 《술이기(述異記)》 권상에 명산품을 열거하면서, 왕씨(王氏)의 귤원(橘園)과 육가의 백련(白蓮)과 고가(顧家)의 반죽(斑竹)을 거론하였다.

장을 배웠으며, 제(齊)와 양(梁)의 시체(詩體)[134]를 바꾸어서 〈주남(周南)〉과 〈소남(召南)〉의 아송(雅頌)을 진작시켰다.

만장(萬丈)의 광염(光焰)을 토할 때는 마치 명월주(明月珠)를 배열한 것과 같았고, 율려(律呂)가 서로 조화되는 것은 흡사 균천악(鈞天樂)[135]을 연주하는 것과 같았나니, 종이 위에서 교룡(蛟龍)이 움직이는 듯, 붓 끝에서 풍우(風雨)가 몰아치는 듯하였다. 그리하여 발해(渤海)의 파도가 건필(健筆) 덕분에 더욱 장하게 되었음은 물론이요, 부상(扶桑)의 일월이 고명(高名)의 힘을 얻어 거듭 빛나게 되었다.

구석진 삼한(三韓) 땅에 처하여 산하가 비좁은 것을 매번 탄식하였나니, 무한대한 공간을 우러러 바라보면서 드넓은 우주를 끝까지 파헤쳐 보고자 하였다. 어찌 누항의 시문(柴門)에 거하면서 상호봉시(桑弧蓬矢)의 뜻[136]을 장차 펼 수가 있겠는가. 창해에 배를 띄우고 문득 한(漢)나라 사신의 뗏목을 좇아,[137] 중국으로 유학하여 주공(周公)과 소공(召公)의

---

134 제(齊)와 양(梁)의 시체(詩體) : 남조(南朝)의 제와 양의 시대에는 시를 지을 때에 대부분 음률(音律)과 대우(對偶)를 중시하여 사조(詞藻)가 화려한 대신 내용은 결여되는 경향을 보였는데, 이를 문학사상 제량체(齊梁體)라고 부른다.

135 균천악(鈞天樂) : 균천광악(鈞天廣樂)의 준말로, 중국의 궁중 음악을 뜻하는 말이다. 균천은 천제(天帝)의 거소인데, 춘추 시대에 조간자(趙簡子)가 5일 동안 혼수상태에 빠져 있을 때 균천에 올라가서 광악을 듣고 왔다는 고사에서 유래한 것이다.《史記 卷43 趙世家》

136 상호봉시(桑弧蓬矢)의 뜻 : 천지 사방을 경륜할 큰 뜻을 말한다. 옛날에 사내아이가 태어나면 상목(桑木)으로 활을 만들어 문 왼쪽에 걸고 봉초(蓬草)로 화살을 만들어 사방에 쏘는 시늉을 하며 장차 이처럼 웅비할 것을 기대했던 풍습이 있었다.《禮記 內則》

137 창해에……좇아 : 고운이 배를 타고 바다 건너 당나라에 들어간 것을 비유한 말이다. 한(漢)나라 사신은 장건(張騫)을 가리킨다. 그가 한 무제(漢武帝)의 명을 받고 대하(大夏)에 사신으로 나가서 황하(黃河)의 근원을 찾았는데, 이때 뗏목을 타고 은하수로 올라가 견우와 직녀를 만나고 왔다는 전설이 전한다.《天中記 卷2》중국이 천자의 나라이기 때문에 뗏목을 타고 하늘에 올라갔다는 전설을 인용한 것이다.

도를 다시 즐기게 되었다.

기주(冀州) 고을에 준마(駿馬)가 남아 있음을 처음 알았나니, 진(秦)나라에 사람이 없다고 말하면 안 될 것이로다.[138] 노(魯)나라의 뜰을 지날 적에는 계찰(季札)이 음악을 평한 것[139]을 사모하였고, 촉(蜀) 땅의 다리를 건널 적에는 상여(相如)가 다리에 써넣은 것[140]을 본받았다.

연치(年齒)는 비록 약관에 불과했지만, 재질은 다사(多士)의 위에 군림하였다. 그리하여 천문(天門)에서 책문(策文)을 쏘아 맞추자 자극(紫極)의 황제가 공의 이름을 알았고, 막부(幕府)에서 사부(詞賦)를 지어 날리자 녹림(綠林)의 도적이 무릎을 꿇었다.

사해에 명성이 널리 퍼짐에 석우(石友)는 유종(儒宗)의 노래를 지어 증정하였으며,[141] 구천(九天)에 날아오름에 김승(金丞)은 한림(翰林)의 관

---

138 기주(冀州)⋯⋯것이로다 : 천리마처럼 뛰어난 인재가 아직도 조정에 선발되지 않고 남아 있는 것을 중국 사람들이 고운을 보고서 비로소 알았다는 말이다. 한유(韓愈)의 〈송온처사부하양군서(送溫處士赴河陽軍序)〉에 "백락이 기주 북쪽의 들판을 한 번 지나가자 말들의 그림자가 보이지 않게 되었다.〔伯樂一過冀北之野 而馬群遂空〕"라는 유명한 말이 나온다. 백락은 천리마를 잘 알아보기로 유명한 사람이다. 또 춘추 시대 진(晉)나라 대부 사회(士會)가 진(秦)나라에 망명했다가 다시 귀국할 적에, 진(秦)나라 요조(繞朝)가 채찍을 증정하면서 사회의 진짜 의도를 다 알고 있다는 뜻으로 "그대는 진나라에 사람이 없다고 하지 말라. 나의 계책이 마침 채용되지 않았을 뿐이다.〔子無謂秦無人 吾謀適不用也〕"라고 말한 고사가 있다.《春秋左氏傳 文公13年》여기에서 진나라는 변방의 신라를 가리키는 말로 쓰였다.

139 계찰(季札)이⋯⋯것 : 춘추 시대 오(吳)나라 공자 계찰이 노(魯)나라에 사신으로 가서 주(周)나라의 음악을 듣고 열국(列國)의 치란과 흥망을 아는 등 정확하게 비평했다는 고사가 있다.《史記 卷31 吳太伯世家》

140 상여(相如)가⋯⋯것 : 촉군(蜀郡) 성도(成都) 사람 사마상여(司馬相如)가 일찍이 촉군을 떠나 장안(長安)으로 가는 길에 성도의 성(城) 북쪽에 있는 승선교(昇仙橋)에 이르러 그 다리 기둥에 "고거사마를 타지 않고서는 다시 이 다리를 건너지 않겠다.〔不乘駟馬高車 不復過此橋〕"라고 써서 기필코 공명을 이루겠다는 자신의 포부를 밝혔는데, 뒤에 그의 뛰어난 문장 실력을 한 무제(漢武帝)에게 인정받고 출세한 고사가 진(晉)나라 상거(常璩)의 《화양국지(華陽國志)》에 전한다.

직으로 승진시켰다.[142]

　돌아보면 왕중선(王仲宣)의 땅이 아니라서 초(楚)나라 집규(執圭)의 노랫가락을 읊조렸는데,[143] 신선 같은 풍골(風骨)이 진세(塵世)를 벗어났으매 동방삭(東方朔)의 성정(星精)[144]이 하강하였고, 비단옷을 입고 신라로 돌아오매 노담(老聃)의 자기(紫氣)[145]가 동쪽으로 옮겨왔다.[146] 나라

141　석우(石友)는……증정하였으며 : 고운과 동년(同年)인 중국인 고운(顧雲)이 고운이 귀국할 때 송별시를 지어 준 것을 말하는데, 《고운집》〈고운 선생 사적(孤雲先生事蹟) 삼국사(三國史) 본전(本傳)〉에 그 시가 소개되어 나온다. 석우는 금석(金石)처럼 정의(情誼)가 굳건한 벗이라는 뜻이다.

142　김승(金丞)은……승진시켰다 : 신라 헌강왕(憲康王)이 고운을 한림학사(翰林學士)에 임명한 것을 가리킨다. 김승은 김씨(金氏)인 승(丞)이라는 뜻이다. 승은 관직 이름으로, 고대에 천자를 보필하는 4인 중의 하나였다.

143　돌아보면……읊조렸는데 : 선진 문명의 중국이 아무리 좋다고 하더라도 고국이 너무도 그리워서 마침내 고향 땅으로 돌아오게 되었다는 말이다. 자가 중선(仲宣)인 위(魏)나라 왕찬(王粲)이 후한(後漢) 말 동란 때에 형주(荊州)의 누대에 올라 고향 생각을 하며 〈등루부(登樓賦)〉를 지었는데, 그중에 "아름답긴 하다마는 우리의 땅이 아님이여, 어찌 잠깐이라도 머무를 수 있으리오.[雖信美而非吾土兮 曾何足以少留]"라고 탄식한 구절이 나온다.《文選 卷11》또 전국 시대 월(越)나라 사람 장석(莊舃)이 초(楚)나라에 와서 벼슬하며 집규(執圭)라는 직책의 고관이 되었다가 병에 걸렸는데, 초왕(楚王)이 "누구를 막론하고 병이 들었을 때에는 고향을 생각하게 마련이다. 한번 시험해 보라." 라는 혹자의 말을 듣고는, 사람을 보내 살펴보게 하였더니 과연 장석이 무의식적으로 월나라 노랫가락을 읊조리고 있더라는 고사가 있다.《史記 卷70 張儀列傳》

144　동방삭(東方朔)의 성정(星精) : 동방삭은 한 무제(漢武帝) 때 사람으로, 자는 만청(曼淸)이다. 해학과 직언을 잘하였고 선술(仙術)을 좋아하였는데, 하늘나라의 반도(蟠桃) 3개를 훔쳐 먹어 3천 년을 살았다고 한다. 성정은 별의 영기(靈氣)를 말한다.

145　노담(老聃)의 자기(紫氣) : 노담은 노자(老子)를 가리킨다. 노자가 일찍이 주(周)나라에서 사관(史官)으로 있다가 주나라가 쇠해진 것을 보고는 주나라를 떠나갔는데, 노자가 서쪽으로 가 함곡관(函谷關)에 이르렀을 때 관의 영(令)으로 있던 윤희(尹喜)가 이에 앞서 함곡관 위에 자색 기운이 떠 있는 것을 보았으며, 그로부터 얼마 뒤에 노자가 동쪽에서 푸른 소를 타고 왔다고 한다.《列仙傳》

146　신선……옮겨왔다 : 대본에는 '缺'로 되어 있는데, 정두경의 《동명집》에 의거하여 보충하여 번역하였다. 이 부분의 원문은 '仙骨出塵 方朔之星精下降 錦衣還國 老聃之紫氣東來'이다.

사람들이 기걸한 인재가 없는 것을 탄식하는 가운데 여주(女主 진성여왕 (眞聖女王))가 공에게 귀한 직책을 제수하였다.

국조(國朝)에 어려움이 많은 시대를 당하여, 나의 생이 때에 맞지 않음을 한탄하였나니, 오도(吾道)를 어떻게 펼 수 있었겠으며, 가슴에 온축한 뜻을 어떻게 발휘할 수 있었겠는가.

무협 고봉(巫峽高峯)의 해에 들어갔다가 은하 열수(銀河列宿)의 해에 돌아와서[147] 계림(雞林)에는 누런 잎이 지고 곡령(鵠嶺)에는 소나무가 푸르다고 탄식하였다.[148]

뜬구름 떠 있는 대궐을 바라보며 속절없이 가생(賈生)의 눈물을 흘렸나니,[149] 이 풍진세상에서 그 누가 백아(伯牙)의 거문고 소리를 알아주었겠는가.[150]

등불 앞에는 만리(萬里)의 마음이요, 세상 밖에는 천산(千山)의 꿈이로다. 홍진이 눈에 들어와 앞을 볼 수 없자 의관을 걸어 놓고 영원히 돌

---

147 무협 고봉(巫峽高峯)의……돌아와서 : 고운이 12세에 중국에 들어가서 28세에 금의환향했다는 말이다. 무협에 12봉이 있고 하늘에 28수가 있는 데에서 연유한 것이다.

148 계림(雞林)에는……탄식하였다 : 신라는 쇠망하고 고려는 흥성한다고 고운이 비유했다는 것이다. 52쪽 주9 참조.

149 뜬구름……흘렸나니 : 고운이 우국충정에서 우러나온 시무(時務) 10여 책을 진성여왕 (眞聖女王)에게 올렸으나 허사로 돌아간 것을 가리킨다. 한(漢)나라 가의(賈誼)가 비통한 심정으로 문제(文帝)에게 치안책(治安策)을 올리면서 "삼가 일의 형세를 살펴보건대, 통곡할 만한 것이 한 가지요, 눈물을 흘릴 만한 것이 두 가지요, 장탄식할 만한 것이 여섯 가지이다.[竊惟事勢 可爲痛哭者一 可爲流涕者二 可爲長太息者六]"라고 전제한 뒤에 하나하나 설명한 고사가 전한다.《漢書 卷48 賈誼傳》

150 이……알아주었겠는가 : 당시 세상에 지기(知己)가 없었다는 말이다. 춘추 시대 거문고의 명인 백아(伯牙)가 높은 산에 뜻을 두고 연주하면, 친구인 종자기(鍾子期)가 "멋지다. 마치 태산처럼 높기도 하구나."라고 평하였고, 흐르는 물에 뜻을 두고 연주하면 "멋지다. 마치 강하처럼 넘실대는구나."라고 평하였는데, 종자기가 죽고 나서는 백아가 더 이상 세상에 지음(知音)이 없다고 탄식하며 거문고 줄을 끊어 버린 고사가 전한다. 《列子 湯問》《呂氏春秋 本味》

아갔고,[151] 자지(紫芝)[152]로 배고픔을 달래며 임천(林泉)을 향해 높이 드러누웠다.

한 시내의 송죽(松竹)에 반쯤 닿은 월영대(月影臺)요, 1만 골의 연하(煙霞)에 멀리 이어진 청학동(靑鶴洞)이라. 문득 물아(物我)를 잊으니 정녕 복희(伏羲) 시대의 백성이요, 사생(死生)을 아랑곳하지 않으니 화서(華胥)[153]의 들판과 방불하였다.

높은 언덕에 올라 맑게 휘파람 불고, 푸른 강물 굽어보며 길게 노래했나니, 저분이 어떤 분이신가, 내가 나를 잊은 분이로다.[154] 현빈(玄牝)[155]에 통하여 중묘(衆妙)의 문을 스스로 얻었고, 약(藥)은 금단(金丹)을 단련하여 참동(參同)의 계(契)[156]를 다시금 이었다. 물외(物外)에서 형신(形身)을 길러 곰처럼 매달리고 새처럼 폈으며,[157] 인간 세상의 구각(軀殼)을

151 홍진이……돌아갔고: 혼란한 세상에서 벼슬하는 일을 그만두고 산속으로 들어가 몸을 숨기고서 유유자적했다는 말이다. 124쪽 주124 참조.

152 자지(紫芝): 자줏빛의 영지(靈芝)를 가리킨다. 진(秦)나라 말기에 난리를 피하여 상산(商山)에 은거한 네 노인, 즉 동원공(東園公), 기리계(綺里季), 하황공(夏黃公), 녹리선생(角里先生) 등 사호(四皓)가 자지를 캐 먹고 배고픔을 달래면서 〈자지가(紫芝歌)〉를 지어 불렀다는 고사가 전한다.

153 화서(華胥): 황제(黃帝)가 낮잠을 자다가 꿈속에서 보았다는 이상 국가의 이름이다. 황제가 이 나라를 여행하면서 무위자연의 이상적인 정치가 실현되는 꿈을 꾸고, 여기에서 계발되어 천하에 크게 덕화를 펼쳤다는 전설이 전한다. 《列子 黃帝》

154 내가……분이로다: 대본은 '吾喪我'이다. 《장자》〈제물론〉 첫머리에 나오는 말인데, 자신에 대한 집착을 떨쳐 버리고 일체 물아(物我)의 경계를 떠난 자유로운 경지를 뜻하는 표현이다.

155 현빈(玄牝): 만물을 생성하고 기르는 본원(本源)을 뜻하는 말로, 《노자(老子)》제6장에 이르기를, "곡신은 죽지 않는데, 이것을 일러 현빈이라고 한다.〔谷神不死 是謂玄牝〕" 하였다.

156 참동(參同)의 계(契): 한나라 때 위백양(魏伯陽)이 지은 책인 《참동계》로, 《주역》의 효상(爻象)을 빌려 금(金)을 단련하는 법을 논하였다.

157 곰처럼……폈으며: 옛날에 행하던 일종의 양생법(養生法)으로, 곰과 같이 나뭇가지를

벗어 매미처럼 허물 벗고 용처럼 변하였다. 오곡을 먹지 않으면서 바람과 이슬을 들이켜고 경화(瓊華)[158]를 씹었으며, 팔구(八區)[159]를 떨쳐 버리고서 구름과 기운을 타고 일월(日月)을 잡아탔다. 구령(緱嶺)에서 자진(子晉)에게 읍하였으며,[160] 공동(崆峒)에서 광성자(廣成子)를 방문하였다.[161] 지극한 사람이라 이를 수가 없어서 만상(萬象)에 뒤섞여 같은 몸이 되었으며, 신령한 기운이라 변하지 않아 천년이 지나서도 오히려 존재하였다. 들고 남에 있어서는 그 단서를 알 수가 없었으며, 변화함에 있어서는 처음과 끝을 헤아릴 수가 없었다.[162] 운산(雲山)의 옛 자취여, 상서장(上書莊)은 없어지지 않았고, 악부(樂府)의 남은 음악이여, 아직도 〈가야곡(伽倻曲)〉에 전하도다.

아, 위로는 공경(公卿)과 재상(宰相)으로부터, 아래로는 사서(士庶)와

기어오르고 새처럼 다리를 쭉 뻗는 것을 말한다. 《장자》〈각의(刻意)〉에 이르기를, "숨을 내쉬고 들이쉬고 하여 심호흡을 하며, 곰이 나뭇가지에 매달리듯 새가 다리를 쭉 뻗듯 체조를 하는 것은 오래 살려고 하는 것이다." 하였다.

158 경화(瓊華) : 전설 속에 나오는 경수(瓊樹)의 꽃으로, 옥가루와 비슷하다고 한다.

159 팔구(八區) : 팔방(八方)과 같은 말로, 천하를 가리킨다.

160 구령(緱嶺)에서 자진(子晉)에게 읍하였으며 : 신선이 되어 떠나갔다는 뜻이다. 자진은 주(周)나라 영왕(靈王)의 태자 진(晉)이다. 도가(道家)의 고사에 "주나라 영왕의 태자 진이 칠월 칠석날에 흰 학을 타고 피리를 불며 구산(緱山)의 마루에 머물러 있다가 손을 들어 사람들에게 인사를 하고 떠났다." 하였다. 《後漢書 卷82 方術列傳上 王喬》

161 공동(崆峒)에서 광성자(廣成子)를 방문하였다 : 공동산(崆峒山)은 계주(薊州)에 있는 산이고, 광성자는 중국 상고 시대의 선인(仙人)이다. 광성자가 공동산의 석실(石室)에 은거하고 있었는데, 황제 헌원씨(皇帝軒轅氏)가 그를 찾아가 함께 노닐면서 수신법(修身法)을 물었다고 한다.

162 현빈(玄牝)에……없었다 : 대본에는 '缺'로 되어 있는데, 정두경의 《동명집》에 의거하여 보충하여 번역하였다. 이 부분의 원문은 '玄牝 自得衆妙之門 藥鍊金丹 更續參同之契 養形神於物外 熊經鳥伸 脫軀殼於人間 蟬蛻龍變 不食五穀 吸風露而嘰瓊華 揮斥八區 乘雲氣而騎日月 揖子晉於緱嶺 訪廣成於崆峒 至人無名 混萬象而同體 神氣不變 曠千載而猶存 出入不知端倪 變化難窮終始'이다.

아동(兒童)에 이르기까지, 선생의 성명을 외우지 않은 자가 없고, 선생의 풍채를 생각하지 않는 이가 없다. 남보다 뛰어난 도덕의 소유자가 아니라면 어떻게 이와 같이 경모를 받을 수가 있겠는가.

생각건대 우리나라는 요갈(遼碣)과 국경을 접한 관계로 옛날부터 문학에 뛰어난 사람이 거의 없었다. 박제상(朴堤上)이 충성스럽기는 하였지만 열사일 따름이요, 김유신(金庾信)이 영걸스럽기는 하였지만-원문빠짐- 그런 인물은 있지 않았다.

오직 우리 선생이 옹색한 사원(詞源)을 개통하고, 황량한 학해(學海)를 개척하였나니, 이는 마치 진(秦)나라의 거울을 궁전에 걸자 오장(五臟)이 모두 보이고,[163] 신우(神禹)의 도끼를 산천에 휘두르자 구주(九州)가 비로소 안정된 것[164]과 같았다.

그리하여 동방의 기습(氣習)이 한꺼번에 변하여 나라가 그 덕분에 부지되었나니, 북극의 성신(星辰)이 중심이 되는 것처럼 사람들 모두가 선생을 우러러보았다.

그러므로 성인(聖人)의 사당에 공을 배향하고 문창후(文昌侯)라는 시호를 공에게 내렸나니, 천년만년토록 명성이 전해지는 가운데 70명의 고제(高弟)[165]와 어깨를 나란히 할 것이다. 선성(先聖)의 덕을 사모하여

---

163 진(秦)나라의……보이고 : 진 시황(秦始皇)이 네모진 거울 하나를 가지고 있었는데, 그 거울에 비춰 보면 몸속의 오장이 다 보임은 물론이요, 마음속의 선악까지도 모두 밖으로 드러났다는 전설이 진(晉)나라 갈홍(葛洪)의 《서경잡기(西京雜記)》 권3에 나온다.

164 신우(神禹)의……것 : 하우(夏禹)가 치산치수를 하며 범람하는 홍수를 막으려고 8년 동안 분주히 돌아다닌 끝에 중국을 구주(九州)로 나누고 안정시킨 고사를 말한다.

165 70명의 고제(高弟) : 공자(孔子)의 뛰어난 제자들을 가리키는 말이다. 《사기(史記)》 권47 〈공자세가(孔子世家)〉에 "공자가 시서예악을 교재로 가르쳤는데, 제자가 대개 3천 명에 이르렀으며, 그중에서 육예를 몸으로 통달한 사람은 72인이었다.[孔子以詩書禮樂教 弟子蓋三千焉 身通六藝者七十有二人]"라는 말이 나온다.

지금도 제사를 올리게 하고 후세 사람들로 하여금 모두 알게끔 한 것은 그 누구의 공이라고 하겠는가.

나는 추수(秋水)의 호량(濠梁)을 통해 장생(莊生)의 흉금을 떠올리고,[166] 영천(潁川)의 청풍(淸風)을 통해 허유(許由)의 기상을 꿈꾼다.[167] 나는 유향(劉向)의 《열선전(列仙傳)》을 읽고 굴원(屈原)의 〈어부사(漁父辭)〉를 외우면서 높고 험한 석문(石門)에서 고금을 어루만지며 길게 탄식하고, 맑고 얕은 쌍계(雙溪)에서 은일(隱逸)의 남은 자취를 찾아본다. 아, 선생의 풍도는 산처럼 높고 물처럼 길다고 하리로다.

166 나는……떠올리고 : 장자(莊子) 자신이 물고기가 아닌데도 물고기의 즐거움을 알았던 것처럼, 정두경 역시 고운은 아니지만 고운의 심회를 짐작하고도 남음이 있다는 말이다. 장자가 친구인 혜시(惠施)와 함께 호량(濠梁)을 거닐다가 피라미가 한가롭게 노니는 것을 보고 "이것이 물고기의 즐거움이다.〔是魚之樂也〕"라고 하자, 혜시가 "그대는 물고기가 아닌데, 물고기의 즐거움을 어떻게 안단 말인가.〔子非魚 安知魚之樂〕"라고 반박하면서 벌어지는 호량의 토론이 《장자》〈추수(秋水)〉 맨 마지막에 나온다.

167 영천(潁川)의……꿈꾼다 : 고운이 세상의 영화 따위는 돌아보지 않고서 깊은 산속으로 들어가 자기 뜻에 맞게 생활한 것을 가리킨다. 요(堯) 임금 때의 은사(隱士)인 허유(許由)가 일찍이 기산(箕山) 아래 영수(潁水) 북쪽에 은거하였는데, 요 임금이 제위를 맡기려 하자 이를 거절하면서 귀를 씻었고, 또 손으로 물을 움켜 마시자 어떤 사람이 표주박 하나를 주니 그것을 나무에 걸어 두었다. 그런데 바람이 불 때마다 달그락거리는 소리가 나자 그 표주박까지도 번거롭다고 하며 내버렸다는 고사가 전한다.

계림사를 옮겨 세운 뒤의 상량문

桂林祠移建上樑文

후손 최국술(崔國述)

선생의 도학과 문장은 그 밝음이 고금의 일월과 함께하고, 선생의 성명 (聲名)과 의범(儀範)은 그 휘광이 중외(中外)의 산천을 움직였나니, 이에 구당(舊堂)을 중신(重新)하여 유상(遺象)을 길이 모시게 되었다.

삼가 생각건대, 우리 문창(文昌) 선생은 순일(純一)한 기운을 품부받 고, 만인의 재주를 겸한 자질을 지니고 태어났다. 단군과 기자의 인례 (仁禮)의 나라에서 생장하여 공자와 맹자의 성현의 영역에서 학문하였 다.

어린 나이에 경해(鯨海)를 건너가면서 어버이의 엄중한 훈계를 마음 속에 새겼고, 용문(龍門)에서 빈공(賓貢)의 과거에 응시하여 제국(帝國) 의 영광스럽고 귀한 신분이 되었다.

옷자락에 자금어대(紫金魚袋)가 번쩍이자 한 시대의 뛰어난 사대부들 이 모두 한 걸음씩 뒤로 물러났고, 붓을 들어 황소(黃巢)를 격파하자 1천 보루(堡壘)의 용맹한 장군들의 넋이 모두 달아났다. 천하에 횡행(橫行) 해도 대적할 자가 없었으니, 해외에도 사람이 있다는 것을 드러내어 밝 혔다.

그런데 안으로는 마침 환시가 권력을 독점하는 때를 만났고, 밖으로 는 번진(藩鎭)이 명기(名器)를 희롱하고 있었으니 어떻게 하겠는가. 진취 (進取)할 뜻이 점점 없어지면서 귀근(歸覲)하려는 생각만 더욱 간절해 졌다.

이에 비로소 회해(淮海) 사이에서 행장을 꾸리니 황제의 조서(詔書)가 은혜롭게 내렸고,[168] 다시 참산(巉山)의 아래에서 유작(侑酌)하며 청낭

(靑囊)의 공을 고하였다.[169] 등 뒤의 농무(濃霧)와 숙연(宿煙) 속에서 17년간의 나그네 시름을 잠깐 쉬었고, 눈앞의 순랑(順浪)과 고서(孤嶼) 속에서 수만 리의 고향 꿈을 처음 깨었다.

예전과 다름없는 계림(雞林)은 바로 부모님이 계신 낙국(樂國)이라 한원(翰苑)의 직책을 새로 제수받고는 멋진 군신의 관계를 기대하였다. 중국에서 노닐며 이미 많이 배운 만큼 동쪽으로 돌아와 경륜을 펼쳐야 마땅한데, 안타깝게도 쇠한 세상이 불교를 숭상할 뿐, 대도가 유가에 있는 줄은 알지 못하였다. 이 때문에 시의(猜疑)를 당하자 외방 고을에 오래도록 나가 있으면서 간혹 시무책(時務策)을 올리기도 하였으나 당시의 조정에 매번 배척을 당하곤 하였다.

그리고 불명(佛銘)을 지을 때에도 불교의 근거 없는 주장을 깊이 경계하면서 그 기회에 군심(君心)을 바로잡으며 인효(仁孝)에 대해서 간절히 진달하곤 하였다.[170] 이것은 바로 선생이 마음을 썩이며 의지를 분발하여 기필코 도를 행하고 몸을 세우려는 목적에서 나온 것이었다.

---

168 회해(淮海)……내렸고 : 고운이 신라로 돌아올 적에 중국 황제가 칙서를 주어 보낸 것을 말한다. 회해는 회수(淮水)가 바다로 들어가는 지역으로, 지금의 강소성(江蘇省) 일대의 지역을 가리킨다. 고운이 신라로 돌아오기 전에 이곳에서 종사(從事)하였는데, 당시 직함은 '회남입신라 겸 송국신등사(淮南入新羅兼送國信等使)인 전 도통순관 승무랑 전중시어사 내공봉(前都統巡官承務郎殿中侍御史內供奉) 사비어대(賜緋魚袋)'였다.

169 참산(巉山)의……고하였다 : 최치원이 신라로 돌아올 적에 참산의 신에게 제사 지낸 것을 말한다. 참산은 안휘성(安徽省) 사현(泗縣)의 동남쪽 지역의 오하현(五河縣)과의 경계 지역에 있는 산인 참석산(巉石山)을 가리키는 듯하다. 한국문집총간 1집에 수록된 《계원필경집(桂苑筆耕集)》권20에 〈제참산신문(祭巉山神文)〉이란 제문과 〈장귀해동참산춘망(將歸海東巉山春望)〉이란 시가 있는데, 이 작품들은 고운이 우리나라로 돌아올 적에 지은 것이다.

170 불명(佛銘)을……하였다 : 이는 고운을 유자(儒者)로 인식시키려는 후손의 강박 관념이 빚어낸 오류로서, 결코 고운의 본의가 아닐 것이다.

그러나 세상과 서로 맞지 않았으니 어떻게 하겠는가. 모든 여건으로 볼 때 시기적으로 그만두어야 할 상황이었다. 그래서 《경학(經學)》[171]을 지어 자신의 뜻을 보였으니, 심성과 인의에 관한 말이 수십백 언이요, 스스로 산수에 의탁하여 이름을 숨겼으니, 강해(江海)와 호령(湖嶺) 등 노닌 곳이 수천여 리에 달했다.

아, 마음속으로 터득한 것을 알아주지 않아도 불평하지 않는 경지에 이르지 않은 사람이라면, 후세에 전한 것이 어떻게 위의(威儀)가 있을 수 있겠는가. 성무(聖廡)에 이미 올랐으니, 조정이 문교(文敎)를 숭상하는 의전(儀典)이 성대하다고 할 것이요, 유원(儒苑)에 원래 있었으니, 사림이 현인을 사모하는 정성이 깊다고 할 것이다.

비록 그렇긴 하지만 선조가 계신 듯 여기는 후손의 마음으로서는, 지금 계신 듯한 선조의 모습을 잊을 수 없는 일이기에 명주에 진영(眞影)을 그린 옛 족자(簇子)를 구해서 본사(本祠)의 숭감(崇龕)에 봉안하기에 이르렀다. 백옥과 같은 모습에 구름과 같은 수염은 저명한 화가의 손끝에서 나온 것이요, 황금관에 연하(煙霞)의 띠는 엄연히 군자의 자태를 보여 주는 것이었다. 이는 이원(貳院)을 철폐할 때 수습한 것으로서 구당(九堂)의 협실(夾室)에 옮겨 감히 봉안하고 있었다.

그런데 탁자를 놓는 사방의 공간이 협소한 까닭에 제물(祭物)을 진설하고 참배하기에 편치 못한 점이 있었는데, 집안의 재산이 넉넉하지 못한 관계로 건물을 새로 세우는 일이 쉽지 않았다. 하지만 이런 식으로 세월을 끌다 보면 망령(亡靈)을 안치할 곳을 마련할 날이 없겠기에 마침내 상의하지도 않고 공사를 시작했는데, 문중에서 논의가 일어나 동시에

---

171 경학(經學):《경학대장(經學隊仗)》이라는 책을 가리키는데, 이는 고운의 저술이 아니다. 55쪽 주16 참조.

상응하게 되었다.

이렇게 해서 북쪽 모퉁이의 길한 땅에 착공하자 좌우에서 기이한 계책을 내어 도왔으며, 서쪽 성에서 좋은 재목을 실어 와서 대소(大小)에 알맞게 쓰게 되었다. 집을 지을 때에는 꼭 화려하게 할 것이 아니라 그저 예법에 맞게 주선할 수 있도록 하면 될 것이요, 천두(薦豆)는 오직 정결한 것을 소중히 여겨야 할 것이니, 성의(誠意)로 제정(齊整)해야 마땅할 것이다.

다음에 애오라지 한마디 말을 하여 육장(六章)의 노래를 거들까 한다.

여보게들 들보 동쪽에 떡을 던지세나	兒郞偉抛樑東
붉은 수레바퀴로 떠오르는 부상의 아침 햇살	扶桑朝日上輪紅
금문에서 책문을 쏜 천년 뒤의 지금에도	金門射策千年後
여전히 금포와 같은 한 색깔을 보여 주네	猶見錦袍一色同
여보게들 들보 서쪽에 떡을 던지세나	兒郞偉抛樑西
눈 아래 들어오는 회해의 구름과 연무	淮海雲煙入眼低
흡사 당년에 격문을 지어 던지던 날에	恰似當年投檄日
황소의 군대가 성 둑에서 달아나듯 하네	黃巢軍卒走城堤
여보게들 들보 남쪽에 떡을 던지세나	兒郞偉抛樑南
푸른 천개의 못을 둘러싼 금호의 강물	琴湖環抱碧千潭
길이 흘러 마지않나니 무엇과 비슷한가	長流不盡云何似
동국의 문원을 여기에서 알 수 있다네	東國文源此可諳
여보게들 들보 북쪽에 떡을 던지세나	兒郞偉抛樑北
천극을 지탱하며 우뚝 치솟은 공악	崢嶸公嶽撑天極
청고한 기상이 참으로 이와 같나니	淸高氣像眞如許
만고에 푸르러 색이 변치 않는다네	萬古蒼蒼不變色

여보게들 들보 위쪽에 떡을 던지세나　　　兒郎偉抛樑上
모두 서로 향하며 벌여 있는 별자리　　　森羅列宿共相向
그중에 휘황한 별이 하나 있나니　　　就中有一輝煌者
역시 정채를 내쏘는 규성[172]이라네　　　也是奎星精彩放
여보게들 들보 아래쪽에 떡을 던지세나　　　兒郎偉抛樑下
들판에 가득하게 마름 풀과 기장 있어　　　藻蘋黍稷盈於野
자손이 매년 향기로운 제사를 올리나니　　　子孫歲歲修香供
정령도 물을 쏟듯 복을 내려 주시리라　　　應有精靈如水瀉

　삼가 원하옵건대, 들보를 올린 뒤에는 산이 높고 물이 길듯 문호(門戶)
가 창대해지게 함은 물론이요, 박문약례(博文約禮)를 하여 다사(多士)가
귀의하는 기쁨을 누리게 하고, 약사증상(禴祠烝嘗)을 올리는 일을 천년
토록 거르는 일이 없게 해 주시기를.

172　규성(奎星): 문성(文星)으로, 문장(文章)과 문운(文運)을 주관한다고 한다.

청도 영당의 기문
清道影堂記

노상직(盧相稷)

선생은 신라 헌안왕(憲安王) 1년(857) 정축[173]에 태어났다. 12세에 상선(商船)을 따라 당(唐)나라에 들어갔다. 당 희종(唐僖宗) 건부(乾符) 1년(874) 갑오에 제과(制科)에 등제(登第)하였다. 이때 나이 18세였다. 선주(宣州) 율수현 위(溧水縣尉)에 조용(調用)되었다. 그 뒤 시어사 내공봉(侍御史內供奉)으로 승진하고, 자금어대(紫金魚袋)를 하사받았다.

기해년(879)에 황소(黃巢)가 반란을 일으키자, 회남 절도사(淮南節度使) 고변(高駢)이 병마도통(兵馬都統)이 되어 토벌하면서 선생을 종사관(從事官)으로 임명하고는 서기(書記)에 관한 일을 위임하였다. 이에 선생이 격문(檄文)을 지었는데, 황소가 그 격문을 읽다가 "천하의 사람들이 모두 공개 처형하려고 생각할 뿐만이 아니라, 지하의 귀신들도 은밀히 죽이려고 이미 의논했을 것이다."라는 구절에 이르러 자기도 모르게 의자에서 떨어졌다. 이로 말미암아 선생의 명성이 천하를 진동하였다.

나이 28세 때에 귀녕(歸寧)할 뜻을 품자, 황제가 조사(詔使)의 일행에 끼어 동쪽으로 돌아가게 하였다. 신라 헌강왕(憲康王)이 선생을 머물러 있게 하고는 시독 한림학사 수 병부시랑 지서서감사(侍讀翰林學士守兵部侍郎知瑞書監事)에 임명하였다.

이때 신라의 정치는 날로 쇠퇴의 길을 걸었다. 이에 선생이 조정에 서는 것이 즐겁지 않았으므로, 외방으로 나가기를 청해 태산(太山)과 부성

---

173 헌안왕(憲安王) 1년 정축 : 정축년(857)은 유년칭원법(踰年稱元法)으로 하면 헌안왕 1년이 되고 훙년칭원법(薨年稱元法)으로 하면 헌안왕 2년이 된다.

(富城) 등 고을의 태수가 되었다.

진성여왕(眞聖女王) 7년(893) 계축에 하정사(賀正使)의 명을 받고 당나라에 가게 되었는데, 길이 막히는 바람에 가지 못하였다. 또 외방으로 나가 천령(天嶺)과 의창(義昌)[174] 등 고을의 태수가 되었다. 뒤이어 처자를 이끌고 가야산(伽倻山)으로 들어가 생을 마쳤다. 이상은 사첩(史牒)에 실린 선생의 전말이다.

경주(慶州)에 상서장(上書莊)이 있고, 예안(禮安)에 독서암(讀書庵)이 있고, 함양(咸陽)에 학사루(學士樓)가 있고, 창원(昌原)에 월영대(月影臺)가 있고, 합천(陜川)에 홍류동(紅流洞)이 있다. 이상은 아직도 완연히 남아 있는 선생의 유적지이다.

공부자(孔夫子)의 사당에 종향(從享)되었고, 서악(西岳)과 무성(武城)의 서원에 사액을 받았으며, 함양과 영평(永平)의 선비들이 또 모두 제사를 올리고 있다. 이상은 선생이 계신 듯 정령(精靈)을 제사 드리는 곳들이다.

문학을 창도한 공이 있다고 무릉(武陵 주세붕(周世鵬))은 회재(晦齋 이언적(李彦迪))에게 편지로 아뢰었고, 진편(塵篇)의 보결(寶訣)을 찾아야 한다고 노래하면서 퇴도(退陶 이황(李滉))는 유궁(儒宮)에 대한 생각이 더욱 간절하였으며, 만고토록 백일(白日)처럼 환해졌다고 구암(龜巖 이정(李楨))은 사문(斯文)이 전해진 것을 칭송하였고, 계림(雞林)의 잎사귀들 모두가 바람 소리를 낸다고 학봉(鶴峯 김성일(金誠一))은 제생(諸生)에게 시를 지어 보여 주었다. 이상은 공론(公論)이 쇠하지 않았음을 보여 주는 사례들이다.

---

174 천령(天嶺)과 의창(義昌) : 천령은 함양(咸陽)의 고호이고, 의창은 창원(昌原)의 고호이다.

세상에서 선생을 흠모하는 자는 굳이 진영(眞影)이 없더라도 방불한 모습을 상상해 볼 수 있을 것이다. 그러나 만약 그 풍의(風儀)의 아름다움을 우러러보려고 할 경우에는 진영이 있다면 그야말로 도움을 주는 일이 없지 않을 것이다.

　해인사(海印寺)에서 선생의 진영을 불도(佛徒)가 근실히 지켜 왔으므로 한 폭의 그림이 천년의 세월을 거치면서도 깨끗이 보존되었다. 그리하여 오산(鼇山)의 기기(奇氣)가 사라지지 않고, 계원(桂苑)의 필화(筆花)가 서로 비치는 가운데 홍류(紅流)의 음향이 혹 울려도 귀에 시비(是非)가 들리지 않는 곳에서 향불을 피우고 공경히 우러러보노라면 속진의 생각이 저절로 해소되곤 하였다.

　그런데 병진년(1916) 가을에 후손인 감찰(監察) 최한룡(崔翰龍) 씨가 도주(道州)의 일곡(日谷)[175]으로 진영을 옮겨와 봉안하였으며, 4년 뒤인 경신년(1920)에는 종인(宗人)들이 건물을 세우고 진영을 안치하였다.

　감찰의 자제인 최상수(崔相秀)가 나를 찾아와서 이 일에 대한 기문을 요청하였다. 이에 내가 묻기를,

　"선생은 대현(大賢)이요, 해인사는 거찰(巨刹)이다. 그대의 선인은 망국의 일개 고신(孤臣)일 뿐인데 저 승려들이 고신에게 무슨 두려움을 느꼈기에 사원의 첫째가는 보물인 진영을 양보하여 싣고서 돌아가게 했단 말인가?"

하니, 최상수가 대답하기를,

　"확실히는 모르겠습니다마는, 선인이 경술년(1910) 이래로 누차 총독

175　도주(道州)의 일곡(日谷) : 도주는 청도(淸道)의 고호이고, 일곡은 청도군 각남면에 있는 지명으로, 이곳에 고운의 영정을 모신 계동사(啓東祠)가 있다. 이곳에 있는 영정은 본디 해인사에 있던 것인데, 구한말에 왜적의 약탈이 두려워 최씨 문중에서 해인사 주지와 교섭하여 이곳으로 이봉(移奉)한 것이라고 한다.

부에 글을 보내고 누차 감옥에 구금되었으므로, 승려들이 혹 이를 의롭게 여긴 나머지 추원(追遠)하는 정성을 모두 펼 수 있게 한 것이 아닌가 합니다."

하기에, 내가 또 물어보면서 다음과 같이 말하였다.

"선생은 산수를 좋아해서 생사 간에 명승지를 떠나지 않았다. 그런데 하루아침에 원손(遠孫)의 보호를 받으려고 가야(伽倻)의 형승(形勝)을 떠나게 되었으니, 진영(眞影)에 혹 좋아하지 않는 기색은 있지 않던가? 만약 그렇다면 한 가지 방법이 있긴 하다. 취적봉(吹篴峯)이나 음풍뢰(吟風瀨)나 유선대(遊仙臺) 등은 모두 선생이 좋아하던 곳으로 해인사의 동구(洞口)에 있으니, 모쪼록 이를 모사해서 제각(祭閣)의 벽에 걸어 두어야 할 것이다. 그리고 《사륙집(四六集)》과 《계원필경(桂苑筆耕)》과 《경학대장(經學隊仗)》 및 문집 30권을 제각 안에 보관해서 자손이나 후진 가운데 여기에 와서 참배하는 자들로 하여금 선생이 학문을 한 방도를 알게끔 해야 할 것이다. 이렇게 한 뒤에야 선생이 좋아한 것이 오로지 산수에만 있지 않다는 사실을 비로소 알 수 있게 될 것이다."

사원

祠院

경주(慶州) 서악서원(西岳書院)

태인(泰仁) 무성서원(武城書院)

진주(晉州) 남악서원(南岳書院)

합천(陜川) 학사당(學士堂) – 영당(影堂)

대구(大邱) 계림사(桂林祠) – 영당(影堂)

함양(咸陽) 백연사(柏淵祠)

하동(河東) 영당(影堂)

창원(昌原) 영당(影堂)

서산(瑞山) 부성사(富城祠) – 영당(影堂)

한산(韓山) 도충사(道忠祠)

청도(淸道) 영당(影堂)

울진(蔚珍) 영당(影堂)

영평(永平) 영당(影堂)

포천(抱川) 영당(影堂)

고운집

제1권

賦 詩 表 狀 啓 記
부 시 표 장 계 기

부
賦

새벽의 노래
詠曉

옥루에선 아직 물이 떨어지고 있는데,[1]　　　　　　　玉漏猶滴

은하는 벌써 한 바퀴를 돌았다.[2]　　　　　　　　　　銀河已回

어슴푸레한 분위기 속에서 산천은 조금씩 모습을 바꾸어 가고,

　　　　　　　　　　　　　　　　　　彷彿而山川漸變

들쭉날쭉 다양하게 온갖 존재가 자신의 형상을 드러내 보이려고 한다.

　　　　　　　　　　　　　　　　　　參差而物像將開

1　옥루(玉漏)에선……있는데 : 궁문(宮門)을 열 시간인 5경(更)이 아직 안 되었다는 말이
　　다. 옥루는 물시계의 미칭(美稱)이다. 예전에 백관들이 새벽부터 집결하여 물시계 소리
　　를 듣고 있다가 대궐 문이 열리는 시각이 되면 일제히 조정에 나아가서 조회에 참석하였
　　는데, 그때까지 대기하는 장소를 대루원(待漏院) 혹은 대루청(待漏廳)이라고 하였다. 당
　　헌종(唐憲宗) 원화(元和) 2년(807)에 건복문(建福門) 밖에 백관의 대루원을 설치한 고사
　　가 있다.《舊唐書 卷14 憲宗本紀》

2　은하(銀河)는……돌았다 : 은하수가 하늘에서 이미 사라져 보이지 않는다는 말이다.《시
　　경》〈운한(雲漢)〉에 "밝은 저 은하수여, 하늘에서 환히 빛나며 돌고 있네.[倬彼雲漢 昭回于
　　天]"라는 구절이 있는데, 조씨(曹氏)의 주에 "은하수는 동쪽에서 시작하여 미수(尾宿)와
　　기수(箕宿) 사이를 경유하는데 이를 한진이라고 한다. 여기에서 꿈틀꿈틀 서쪽을 향하다
　　가 남쪽으로 칠성 남쪽에 가서 사라지니, 이것이 바로 은하가 회전하는 도수이다.[天漢起
　　于東方 經尾箕之間 是爲漢津 委蛇向西 南行至七星南而沒 此其回之度也]"라고 하였다.

높고 낮은 연무 속의 경색이 희미하게나마 구분되니 구름 사이의 궁전을 알아보겠고,　　　　　　　　　　高低之煙景微分 認雲間之宮殿

멀고 가까운 곳에서 수레가 일제히 움직이니 거리에 먼지가 일어나기 시작한다.　　　　　　　　　　遠近之軒車齊動 生陌上之塵埃

하늘 끝이 발그무레해지며,　　　　　　　　　　晃蕩天隅

해 뜨는 곳에 짙푸른 기운이 감도는 가운데,　　　　　　蔥籠日域

먼 숲 나뭇가지 끝에서는 성긴 별 몇 점이 깜박거리고,　殘星映遠林之梢

길게 벋은 교외의 색깔은 묵은 안개 속에 묻혀 있다.　　宿霧斂長郊之色

화정에서는 바람결에 학 울음소리가 여전히 아련하게 들려올 것이요,[3]

　　　　　　　　　　華亭風裏 依依而鶴唳猶聞

파협에서는 달빛 속에 멀리서 들려오던 원숭이의 애잔한 울음소리가 지금쯤은 그쳤을 것이다.[4]　　　　巴峽月中 迢迢而猿啼已息

주막집 푸른 깃발 은은히 비치는 마을 저 멀리 초가집에서는 닭소리가 울려오고,　　　　　　　　隱映靑帘 村逈而鷄鳴茅屋

희미하게 보이는 붉은색 누각의 아로새긴 들보 위에서는 둥지 빈 제비들이 재잘거린다.　　　　　熹微朱閣 巢空而燕語雕樑

유영의 안에서는 조두 치는 일을 그만두었을 것이요,[5]

3　화정(華亭)에서는……것이요 : 화정은 지금의 상해시(上海市) 송강현(松江縣) 서쪽에 있는데, 학의 산지로 유명하다. 진(晉)나라 육기(陸機)가 벼슬길에 들어서기 전에 동생 육운(陸雲)과 함께 이곳에서 10여 년을 살았는데, 나중에 참소를 받고 처형당하기 직전에 "화정의 학 울음소리를 듣고 싶다만 그 일이 또 어떻게 가능하겠는가.〔欲聞華亭鶴唳 可復得乎〕"라고 탄식했다는 고사가 전한다.《世說新語 尤悔》

4　파협(巴峽)에서는……것이다 : 파협은 촉(蜀) 땅 파군(巴郡)의 삼협(三峽)을 가리킨다. 이곳의 원숭이 울음소리는 특히 애절해서 듣는 사람들 모두가 눈물을 흘린다고 한다.

5　유영(柳營)의……것이요 : 병영 안의 야경 활동을 끝냈다는 말이다. 유영은 서한(西漢)의 장군 주아부(周亞夫)의 군영 이름인 세류영(細柳營)의 준말이다. 한 문제(漢文帝)가 시찰을 왔을 때에도 군사들이 장군의 명령만 따르면서 황제를 제지한 고사로 유명한데, 이후

罷刁斗於柳營之內

계전의 옆에서는 잠홀을 엄숙히 정제하고 있을 것이다.[6]

儼簪笏於桂殿之傍

모래벌판이 막막하게 펼쳐진 변방의 성에서 기르는 말들의 울음소리도
자주 들려오고,

邊城之牧馬頻嘶 平沙漠漠

오래된 둑길 푸르름이 뒤덮인 먼 강 위의 외로운 돛배들도 모두 떠나갈
것이다.

遠江之孤帆盡去 古岸蒼蒼

고깃배 피리소리 맑게 울려 퍼지고,

漁篴聲瀏

다북쑥 함초롬히 이슬 머금은 가운데,

蓬艸露瀼

일천 산의 푸른 이내는 높고 낮게 아른거리고,

千山之翠嵐高下

사방 들판의 바람 안개는 깊고 옅게 퍼지리라.

四野之風煙深淺

누구 집인가 푸른 빛 난간에는 꾀꼬리가 노래를 해도 비단 장막이 여전
히 드리워 있을 것이요,

誰家碧檻 鸎啼而羅幕猶垂

어느 곳인가 화려한 집에서는 꿈을 깨었어도 구슬 꿴 발을 아직 걷지 않
았으리라.

幾處華堂 夢覺而珠簾未捲

이날 밤 전 세계가 맑게 개어

是夜寰瀛晴

온 천지가 쾌청한데,

天地晴

천리 멀리 아스라이 동이 트면서

蒼茫千里

팔방에 햇살이 비치기 시작하나니,

曈曨八紘

군기가 엄한 장군의 군영을 뜻하는 말로 쓰이게 되었다. 《史記 卷57 絳侯周勃世家》 조두
(刁斗)는 낮에는 취사 용구로 쓰다가 밤이 되면 순라(巡邏)를 돌면서 치는 군대의 기물
(器物)로, 구리로 되어 있다.

6 계전(桂殿)의……것이다 : 관원들이 의관을 정제하며 조회 준비를 한다는 말이다. 계전
   은 계수(桂樹), 즉 향나무로 만든 궁전이라는 뜻이고, 잠홀은 관잠(冠簪)과 수판(手板)으
   로, 관원의 의관을 가리킨다.

불어난 물 위에는 붉은 노을의 그림자가 둥둥 떠가고,　潦水泛紅霞之影

궁문을 여는 오경의 성긴 종소리가 귀에 전달된다.　　疏鍾傳紫禁之聲

임 그리는 아낙을 방치한 깊숙한 규방의 비단 창호도 점차 환해지고,

　　　　　　　　　　　　　　　　　置思婦於深閨 紗窓漸白

우수에 잠긴 사람을 뉘어 놓은 고옥의 어두운 창문도 밝아지는가 싶더니,

　　　　　　　　　　　　　　　　　臥愁人於古屋 暗牖纔明

어느 사이에 맑은 하늘빛이 엷게 떠오르고　　　俄而曙色微分

아침 햇빛이 내비치려 하면서,　　　　　　　晨光欲發

몇 줄 기러기는 남쪽으로 날아가고,　　　　　數行南飛之雁

한 조각 달은 서쪽으로 기운다.　　　　　　一片西傾之月

홀로 떠난 아들이 걸어가는 상로엔 여관의 문이 여태껏 잠겨 있고,

　　　　　　　　　　　　　　　動商路獨行之子 旅館猶扃

백전의 군대가 주둔한 고성엔 호가 소리가 아직도 그치지 않았으리라.

　　　　　　　　　　　　　　　駐孤城百戰之師 胡笳未歇

다듬이 소리 썰렁하고,　　　　　　　　　砧杵聲寒

산 숲의 그림자 듬성한데　　　　　　　　林巒影疏

사방 벽에는 귀뚜리 소리 어느덧 끊어지고,　斷蛩音於四壁

먼 언덕에 내린 서리꽃이 삼엄도 해라.　　蕭霜華於遠墟

금옥 안에서 화장하며 눈썹을 푸르게 그린 미인,

　　　　　　　　　　　　　　　粧成金屋之中 靑蛾正畫

연회 끝난 경루 위에는 속절없이 홍촉만 남았으리.[7]

7　금옥(金屋)……남았으리 : 참고로 양 귀비(楊貴妃)를 노래한 백거이(白居易)의 〈장한가
　(長恨歌)〉에 "금옥 안에서 화장하고 애교 있게 밤에 모셨으며, 옥루 위의 연회가 끝나면
　취하여 춘풍과 동화됐네.〔金屋粧成嬌侍夜 玉樓宴罷醉和春〕"라는 구절이 나온다.《白樂天
　詩集 卷12》

宴罷瓊樓之上 紅燭空餘

급기야 청신한 아침에 기운이 삽상해지며,　　　　　及其氣爽淸晨

정신이 창공처럼 명징해지나니　　　　　　　　　魂澄碧落

천하에 태양 빛이 빠짐없이 비치면서,　　　　　藹高影於夷夏

음침한 기운이 암학으로 모조리 물러난다.　　　蕩回陰於巖壑

천문만호가 이제 비로소 열리면서,　　　　　　千門萬戶兮始開

광대무변한 하늘과 땅이 눈앞에 새로이 펼쳐지도다.　洞乾坤之寥廓

우흥
寓興

아무쪼록 이욕의 문에 빗장을 걸어	願言扃利門
부모님이 주신 몸 손상하지 말기를	不使損遺體
어찌하여 구슬 뒤지는 저 사람들은	爭奈探珠[8]者
목숨 걸고 바다 밑으로 들어가는지[9]	輕生入海底
몸의 영화는 속진이 더럽히기 쉽고	身榮塵易染
마음의 때는 물로도 씻기 어려운 법	心垢水[10]難洗

---

8 珠 : 대본에는 '利'로 되어 있는데, 뜻이 통하지 않아 《동문선(東文選)》 권4 〈우흥(寓興)〉
에 의거하여 바로잡아 번역하였다.

9 어찌하여……들어가는지 : 어떤 사람이 물속에 들어가서 귀한 구슬을 얻자, 그의 부친
이 "천금의 가치가 나가는 구슬은 반드시 깊은 못 속에 숨어 사는 흑룡의 턱 밑에나 있
는 법이다. 네가 그 구슬을 손에 넣은 것은 필시 그 용이 잠든 때를 만났기 때문일 것이
다. 만약 흑룡이 깨어났더라면 너는 가루도 남지 않았을 것이다.[夫千金之珠 必在九重之
淵 而驪龍頷下 子能得珠者 必遭其睡也 使驪龍而寤 子尙奚微之有哉]"라고 하면서 경계시킨
'탐주(探珠)'의 고사가 《장자》 〈열어구(列禦寇)〉에 나오는데, 보통 임금의 총애를 얻어 고
위 관직에 오르는 사람의 위태로운 상황이나 벼슬길의 험난함을 비유하는 말로 쓰인다.

10 心垢水 : 대본에는 '心缺垢'로 되어 있는데, 뜻이 통하지 않아 문맥을 감안하여 '水'를 보
충하여 번역하였다.

담박한 우정을 누구와 논해 볼거나   澹泊與誰論

세상길은 감주만을 좋아하니원[11]   世路嗜甘醴

---

11 담박한……원 : 참고로 《장자》 〈산목(山木)〉에 "군자의 우정은 담박하기가 물과 같고,
  소인의 교제는 달콤하기가 감주와 같다.〔君子之交淡若水 小人之交甘若醴〕"라는 말이 나
  온다.

접시꽃

蜀葵花

적막하여라 묵정밭 가까운 곳에	寂寞荒田側
여린 가지 무겁게 다닥다닥 핀 꽃	繁花壓柔枝
향기는 매우[12]를 거쳐 시들해지고	香經梅雨歇
그림자는 맥풍[13]을 띠고서 기우뚱	影帶麥風欹
거마를 타신 어느 분이 감상하리오	車馬誰見賞
그저 벌과 나비만 와서 엿볼 따름	蜂蝶徒相窺
출신이 천해서 스스로 부끄러워하는 터에	自慚生地賤
사람의 버림받는다고 원망을 또 하리오	堪恨人棄遺

12　매우(梅雨) : 매실이 누렇게 익을 무렵에 내리는 비라는 뜻으로, 초여름부터 시작되는
　　장맛비를 가리킨다. 이 기간 동안에는 공기가 음습하여 곰팡이가 쉽게 슬기 때문에 매
　　우(霉雨)라고 부르기도 한다.

13　맥풍(麥風) : 보리 익는 계절, 즉 맥추(麥秋)에 불어오는 바람을 말한다. 맥신(麥信)이라
　　고도 한다.

강남의 여인
江南女

강남의 풍속은 예의범절이 없어서	江南蕩風俗
딸을 기를 때도 오냐오냐 귀엽게만	養女嬌且憐
허영심이 많아서 바느질은 수치로	性冶恥針線
화장하고는 둥둥 퉁기는 가야금 줄	粧成調管絃
배우는 노래도 고상한 가곡이 아니요	所學非雅音
남녀의 사랑을 읊은 유행가가 대부분	多被春心牽
자기 생각에는 활짝 꽃 핀 이 안색	自謂芳華色
길이길이 청춘 시절 누릴 줄로만	長占艷陽年
그러고는 하루 종일 베틀과 씨름하는	却笑隣舍女
이웃집 여인을 비웃으면서 하는 말	終朝弄機杼
베를 짜느라고 죽을 고생한다마는	機杼縱勞身
정작 비단옷은 너에게 가지 않는다고	羅衣不到汝

고의

古意

여우도 미녀로 변신할 수 있고   狐能化美女

너구리도 서생이 될 수 있다네   狸亦作書生

누가 알겠는가 사람과 다른 짐승들이   誰知異類物

사람 모양 똑같이 하고 호리는 줄을   幻惑同人形

몸을 바꾸기야 어려울 것이 있으리오   變化尙非艱

정말 어려운 것은 마음을 잡는 일이지   操心良獨難

진짜인지 가짜인지 알고 싶거들랑   欲辨眞與僞

마음의 거울 닦고서 비춰 보시기를   願磨心鏡看

가을밤 비 내리는 속에[14]
秋夜雨中

가을바람 속에 오직 괴롭게 시 읊기만   秋風惟苦吟
온 세상 통틀어 알아주는 이 드무니까   擧世少知音
창문 밖에 내리는 삼경의 빗소리 들으면서   窓外三更雨
등잔 앞에서 만고를 향해 이 마음 달리노라[15]   燈前萬古心

---

14 가을밤……속에 : 이 시에 대해 허균(許筠)은 "고운(孤雲) 최 학사(崔學士)의 시는 당말(唐末)에 있어 역시 정곡(鄭谷)이나 한악(韓偓)의 유를 벗어나지 못하여 대개는 경조하고 부박하여 후한 맛이 없다. 다만 이 절구 한 수는 아주 뛰어나다." 하였다.《惺所覆瓿稿 卷25 惺叟詩話, 韓國文集叢刊 74輯》

15 가을바람……달리노라 : 참고로 다른 판본(板本)에는 '惟'가 '唯'로, '擧世'가 '世路'로, '萬古心'이 '萬里心'으로 되어 있다.

우정의 밤비

郵亭夜雨

여관에 내리는 막바지 가을의 비	旅館窮秋雨
썰렁한 창 고요한 밤 하나의 등불	寒窓靜夜燈
내가 봐도 가련해라 시름 속에 앉은 모습	自憐愁裏坐
참으로 삼매에 든 중과 다름없구나	眞箇定中僧

도중에 짓다
途中作

먼지 자욱한 세상길 동쪽 서쪽 떠돌면서　　　　　　東飄西轉路歧塵
홀로 야윈 말 채찍질하며 고생이 심하도다　　　　　獨策羸驂幾苦辛
돌아가면 좋은 줄을 나도 모르지 않지만　　　　　　不是不知歸去好
다만 돌아가도 집이 가난한 그 연고로　　　　　　　只緣歸去又家貧

요주[16] 파양정에서

饒州鄱陽亭

석양에 읊조리며 서니 끝없는 감회	夕陽吟立思無窮
만고의 강과 산이 나의 한눈 안에	萬古江山一望中
원님이 백성 걱정하여 풍악을 멀리하는지라	太守憂民疏宴樂
강 가득 바람과 달은 오직 어옹의 차지라오	滿江風月屬漁翁

16　요주(饒州) : 지금의 강서성 파양현(鄱陽縣)에 있던 지명이다.

산양[17]에서 고향 친구와 작별의 이야기를 나누며
山陽與鄕友話別

서로 만나 잠깐 누린 초산[18]의 봄날	相逢暫樂楚山春
다시 헤어지려니 수건에 눈물 가득	又欲分離淚滿巾
바람결 창망한 표정 괴상하게 생각 마오	莫怪臨風偏悵望
타향에서 고향 사람 만나기가 어디 쉽소	異鄕難遇故鄕人

17　산양(山陽): 산양이란 지명이 여러 곳에 있는데, 여기서는 고운의 활동 범위로 볼 때 아
　　마도 지금의 강소성 회안현(淮安縣) 남쪽에 있는 지명을 가리키는 듯하다.
18　초산(楚山): 여기서는 강남 지방의 산을 범칭한 것인 듯하다.

우강역정에 제하다

題芋江驛亭

모래밭에 말 세우고 돌아갈 배 기다리나니 　　　沙汀立馬待回舟
한 가닥 내 긴 물결 실로 만고의 시름일세 　　　一帶煙波萬古愁
산이 평지 되고 바다가 육지 되어야만 　　　　　直得山平兼水渴
인간 세상에 이별의 슬픔 없어지려나 　　　　　人間離別始應休

봄날에 지우를 불러도 오지 않기에

春日邀知友不至

고생 심했던 장안의 일 늘상 떠오르는데   每憶長安舊苦辛
고향 동산 봄날을 어떻게 그냥 보낼 수야   那堪虛擲故園春
산에 가자는 오늘의 약속 또 저버리다니   今朝又負遊山約
속세의 명리 좇는 사람 내가 왜 알았는지   悔識塵中名利人

서경 김 소윤 준 과 작별하며 남겨 준 시[19]

留別西京金少尹 峻

만나서 두 밤 자고 다시금 이별	相逢信宿又分離
갈림길에 또 갈림길 시름겹기만	愁見岐中更有岐
소진되려 하는 손안의 계수 향기[20]	手裏桂香銷欲盡
헤어지면 누구와 속마음 얘기할지	別君無處話心期

---

19 서경(西京)……시 : 김준(金峻)에 대해서는 일생이 미상인데, 《삼국사기》 권46 〈최치원
    열전(崔致遠列傳)〉에 이르기를, "당나라 소종 경복 2년(893)에 납정절사(納旌節使)인 병
    부 시랑(兵部侍郞) 김처회(金處誨)가 바다에서 죽었으므로, 곧바로 추성군 태수(楸城郡
    太守) 김준을 고주사(告奏使)로 삼았다." 하였는데, 이 시에 나오는 김준과 동일 인물인
    것으로 보인다.

20 소진되려……향기 : 중국에서 과거에 급제하며 떨쳤던 예전의 그 화려한 명성도 이제
    와서는 점차 시들해져 간다는 말이다. 계수(桂樹)는 과거 급제를 비유하는 시어(詩語)
    이다. 현량 대책(賢良對策)에서 장원을 한 극선(郤詵)에게 진 무제(晉武帝)가 소감을 묻
    자, 극선이 "계수나무 숲의 가지 하나를 꺾고, 곤륜산(崑崙山)의 옥돌 한 조각을 쥐었
    다."라고 답변하였는데, 월궁(月宮)에 계수나무가 있다는 전설을 여기에 덧붙여서 과거
    급제를 '월궁절계(月宮折桂)'로 비유하기도 한다. 《晉書 卷52 郤詵列傳》

금천사 주지에게 주다
贈金川寺主

백운 계곡 가에 인사[21]를 창건하고   白雲溪畔刱仁祠

삼십 년 내내 주지하고 계시는 분   三十年來此住持

웃으면서 가리키는 문 앞의 한 가닥 길   笑指門前一條路

산 아래 떠나자마자 천 갈래가 된다나요   纔離山下有千岐

---

21   인사(仁祠) : 불교 사원의 별칭이다. 범어(梵語) Śākya의 음역인 석가(釋迦)의 뜻이 능인
     (能仁)인 데에서 유래한 것이다.

재곡 난야[22]의 독거하는 승려에게 주다
贈梓谷蘭若獨居僧

솔바람 소리 들리는 외엔 소음이 일체 없는	除聽松風耳不喧
흰 구름 이는 깊은 산골에 떳집을 엮었나니	結茅深倚白雲根
세상 사람 길 아는 것이 오히려 한스러워	世人知路翻應恨
바위의 이끼가 신발 자국에 오염될 테니까	石上莓苔汚屐痕

---

22 난야(蘭若) : 범어(梵語) araṇya의 음역인 아란야(阿蘭若)의 준말로, 출가자가 수행하는
   조용한 곳, 즉 불교 사원을 가리킨다.

황산강 임경대[23]
黃山江臨鏡臺

연무 낀 봉우리 옹긋쫑긋 강물은 넘실넘실[24]
煙巒簇簇水溶溶

인가가 산을 마주하고 거울 속에 잠겼어라
鏡裏人家對碧峯

바람 잔뜩 외로운 돛배 어드메로 가시는고
何處孤帆飽風去

새 날아가듯 순식간에 자취 없이 사라졌네
瞥然飛鳥杳無蹤

23 황산강(黃山江) 임경대(臨鏡臺) : 황산강은 양산(梁山)에서 서쪽으로 18리 되는 곳에 있
는 낙동강(洛東江)을 말하는데, 신라 때에는 사대독(四大瀆)의 하나였다. 임경대는 최공
대(崔公臺)라고도 하는데, 황산역의 서쪽 절벽 위에 있다.

24 연무……넘실넘실 : 참고로 한국문집총간 29집에 수록된 《퇴계집(退溪集)》 권3 〈천사
에 도착하여 이대성을 기다려도 오지 않기에[到川沙待李大成未至]〉라는 제목의 칠언절
구 기구(起句)에 똑같은 표현이 보인다.

가야산 독서당에 제하다[25]

題伽倻山讀書堂

미친 듯 바위에 부딪치며 산을 보고 포효하니   狂奔疊石吼重巒

지척 간의 사람의 소리도 알아듣기 어려워라   人語難分咫尺間

세상의 시비하는 소리 귀에 들릴까 저어해서   常恐是非聲到耳

일부러 물을 흘려보내 산을 감싸게 하였다네   故教流水盡籠山

---

25   가야산(伽倻山) 독서당(讀書堂)에 제하다 : 이 시는 〈농산정(籠山亭)〉 혹은 〈가야산 홍류
동(伽倻山紅流洞)〉이라는 제목으로 전해지기도 한다.

장안의 여사에서 이웃에 거하는 우신미 장관에게 주다
長安旅舍與于愼微長官接隣

상국에서 오래도록 죽치고만 있으니	上國羈棲久
만리타향 나그네 너무도 부끄러워	多慙萬里人
안씨의 골목을 어떻게 견디리오마는	那堪顏氏巷
맹가의 이웃에 사는 행운을 얻었네[26]	得接孟家隣
오직 옛것을 상고하며 도를 지키는 분	守道惟稽古
사람을 사귈 적에 가난하다고 꺼리리오	交情豈憚貧
나를 알아줄 이 별로 없는 이 객지에서	他鄉少知己
그대 자주 찾아가도 부디 싫어하지 마오	莫厭訪君頻

26 안씨(顏氏)의……얻었네 : 공자(孔子)의 제자 안회(顏回)처럼 안빈낙도의 생활은 엄두도
내지 못하는 범인의 처지이지만, 어렸을 때의 맹자(孟子)처럼 훌륭한 이웃과 함께 사는
행운을 누리고 있다는 말이다. 《논어》〈옹야(雍也)〉에, 공자가 "한 그릇의 밥과 한 바가
지의 물로 누추한 골목에서 사는 것을 다른 사람들은 견디지 못하는데, 안회는 그 즐
거움을 한결같이 변치 않으니 안회는 참으로 어질다.[一簞食一瓢飲在陋巷 人不堪其憂 回
也不改其樂 賢哉回也]"라고 칭찬한 말이 나온다. 맹가의 이웃은, 마지막에 학궁(學宮)의
옆으로 이사했다는 맹모삼천지교의 고사를 인용한 것이다.

운문 난야의 지광 상인에게 주다

贈雲門蘭若智光上人

구름 이는 곳에 정려[27]를 엮고	雲畔構精廬
선정을 닦은 지 어언 반백 년	安禪四紀餘
지팡이 짚고 산 밖에 거닌 일 없고	筇無出山步
붓 들고 서울에 글 보낸 일 없다오	筆絶入京書
대나무 홈통을 흐르는 샘물 소리 졸졸	竹架泉聲緊
소나무 난간에 비치는 해 그림자 듬성	松櫺日影疏
높은 그 경지를 시로 어찌 표현할까	境高吟不盡
눈 감고서 진여[28]를 깨달을 수밖에	瞑目悟眞如

---

27 정려(精廬) : 정사(精舍)와 같은 말로, 여기서는 불교 사찰을 가리킨다.

28 진여(眞如) : 범어(梵語) tathatā를 의역한 불교 용어로, 진은 진실하여 허망하지 않다(眞實不虛妄)는 뜻이고 여(如)는 체성(體性)이 변하지 않는다(不變其性)는 뜻을 지니고 있다 한다. 일반적으로 만유(萬有)의 근원이요 본체라는 의미로 쓰이는데, 각 종파에 따라 그 함의가 서로 다르다. 이 밖에 여여(如如), 여실(如實), 법계(法界), 법성(法性), 실상(實相), 여래장(如來藏), 법신(法身), 불성(佛性) 등으로 번역되기도 한다.

운봉사²⁹에 제하다
題雲峯寺

칡덩굴 끌어 잡고 운봉사에 올라가	捫葛上雲峯
가만히 바라보니 세계가 공허해라	平看世界空
일천 산들이 손바닥 위에서 나뉘고	千山分掌上
일만 가지 일이 가슴속에서 트이네	萬事豁胸中
해 주변에 눈 날리매 탑은 그림자 지고	塔影日邊雪
반공중에 바람 불자 솔은 소리 내네	松聲天半風
연무와 노을은 내 모습 보고 비웃으리	煙霞應笑我
속진의 새장 속으로 도로 들어가느냐고	回步入塵籠

---

29 운봉사(雲峰寺) : 경북 문경(聞慶)의 운달산(雲達山)에 있는 김용사(金龍寺)를 가리키는
    듯하다. 김용사는 588년(진평왕10) 운달 조사가 운봉사라는 이름으로 창건하였으며,
    조선 시대 때 현재의 이름으로 바꾸었다고 한다.

당성에 나그네로 노닐면서 선왕의 악관에게 주다[30]

旅遊唐城贈先王樂官

성했다 쇠하는 사람의 일이여	人事盛還衰
실로 서글픈 허망한 인생이라	浮生實可悲
누가 알았으리 천상의 곡조를	誰知天上曲
바닷가에 와서 연주할 줄이야	來向海邊吹
물가 궁전에서 꽃구경도 하였고	水殿看花處
바람 부는 난간에서 달도 보았지	風欄對月時
반염[31]이라 이제는 모두 끝이 났으니	攀髥今已矣
그대와 함께 두 줄기 눈물 흘릴 수밖에	與爾淚雙垂

---

30 당성(唐城)에……주다 : 이 시의 제목이 《동문선》 권9에는 〈당성에 나그네로 놀러 갔더
    니, 선왕 때의 악관이 있었다. 장차 서쪽으로 돌아가려고 할 적에 밤에 두어 곡을 불면
    서 선왕의 은혜를 그리워하며 슬피 울기에, 시를 지어 주다.〔旅遊唐城 有先王樂官 將西歸
    夜吹數曲 戀恩悲泣 以詩贈之〕〉로 되어 있다. 당성은 지금의 남양만(南陽灣) 일대로, 옛날
    에 이곳에 당은포(唐恩浦)가 있었는데, 통일 신라 시대 때 당나라로 가는 사절들이 대
    부분 이곳을 경유하여 출입하였다. 고운이 893년(진성여왕7)에 하정사(賀正使)로 임명
    되어 중국에 들어간 일이 있는데, 이때 당성에 간 것으로 추측된다. 그런즉 여기에서 말
    하는 선왕은, 진성왕의 전왕인 정강왕(定康王)은 왕위에 있은 지 1년도 채 못 되었으니
    아마도 헌강왕(憲康王)을 가리키는 듯하다. 악관은 누구인지 알 수가 없다.

31 반염(攀髥) : 수염을 붙잡는다는 뜻으로, 임금의 죽음을 뜻하는 말이다. 황제(黃帝)가 형
    산(荊山) 아래에서 솥을 주조하고 나서 용을 타고 승천할 적에 신하와 후궁 70여 인을
    함께 데리고 갔는데, 여기에 참여하지 못한 소신(小臣)들이 용의 수염을 붙잡고 있다가
    용의 수염이 빠지는 바람에 모두 땅에 떨어지고 말았다는 전설에서 유래한 것이다. 《史
    記 卷28 封禪書, 卷12 孝武本紀》

윤주 자화사 상방에 올라[32]

登潤州慈和寺上房

진세의 길 잠깐 떠나 올라가 굽어보며	登臨暫隔路岐塵
흥망을 읊조리노라니 한이 더욱 새로워	吟想興亡恨益新
군대의 뿔피리 소리 속에 물결은 조석으로 치고	畫角聲中朝暮浪
푸른 산 그림자 속에 고금의 인물이 잠겼어라	靑山影裏古今人
서리에 옥수 꺾여서 꽃에는 주인이 없다 해도	霜摧玉樹花無主
금릉에 바람결 따스해서 풀은 저절로 봄빛일세[33]	風暖金陵艸自春
사가[34]의 정취 아직 남아 있는 그 덕분에	賴有謝家餘境在
시객의 정신이 오늘도 삽상해지는구나	長教詩客爽精神

---

32 윤주(潤州)……올라 : 참고로 장호(張祜)의 〈가을밤에 윤주 자화사 상방에 올라[秋夜登
   潤州慈和寺上方]〉라는 칠언율시가 《어정전당시(御定全唐詩)》권511에 나온다. 장호는 당
   나라 두목(杜牧)과 동시대의 시인이다. 윤주는 지금의 강소성(江蘇省) 진강시(鎭江市)이
   다. 상방(上方)은 주지가 거하는 방장(方丈)이라는 말과 같다.

33 서리에……봄빛일세 : 나라가 망해서 임금이 후궁과 노닐며 노래를 지어 부를 수도 없
   게 되었지만, 계절은 어김없이 찾아와서 봄풀이 푸르게 돋아났다는 말이다. 남조 진
   (陳)의 후주(後主) 진숙보(陳叔寶)가 정사는 돌보지 않고 매일 비빈(妃嬪) 등과 함께 노
   닐면서 새로 지은 시에 곡을 붙여 노래를 부르게 하다가 끝내 나라를 망하게 한 고사가
   있는데, 전해 오는 곡 가운데 〈옥수후정화(玉樹後庭花)〉라는 노래가 있다. 줄여서 〈옥
   수가(玉樹歌)〉라고 부르는데, 보통 망국의 노래를 뜻한다. 《陳書 卷7 皇后列傳》금릉(金
   陵)은 곧 남경(南京)으로, 삼국 시대 오(吳)를 비롯해서 동진(東晉)과 송(宋)·제(齊)·양
   (梁)·진(陳) 등 육조(六朝)가 이곳에 도읍했는데, 중당(中唐)과 만당(晚唐) 때에는 윤주
   (潤州)를 금릉으로 부르기도 하였다.

34 사가(謝家) : 금릉과 가까운 선성(宣城)의 태수를 지낸 남조 제(齊)의 저명한 시인 사조
   (謝朓)를 가리킨다. 당시에 그가 세운 누대는 사공루(謝公樓) 혹은 북루(北樓)로 지칭되
   며 많은 시인들의 입에 오르내렸다. 그의 〈고취곡(鼓吹曲)〉과 〈입조곡(入朝曲)〉 중에 나
   오는 "강남의 멋지고 화려한 땅, 금릉은 바로 제왕의 고을이라오.[江南佳麗地 金陵帝王
   州]"라는 표현은 금릉을 찬미한 시구로 특히 유명하다.

가을날에 우이현[35]을 다시 지나면서 이 장관에게 부치다
秋日再經盱眙縣寄李長官

외롭게 떠돌다 재차 이렇게 은혜를 입다니요	孤蓬再此接恩輝
추풍 맞으며 읊노라니 헤어질 일 한스럽네	吟對秋風恨有違
문간의 버들은 새해의 잎이 이미 시들었건만	門柳已凋新歲葉
길 가는 사람은 작년의 옷을 아직 입고 있네	旅人猶着去年衣
도성의 길 아득한 채 시름 속에 늙어 가고	路迷霄漢愁中老
고향 집은 연파에 막혀 꿈속에나 돌아갈 뿐	家隔煙波夢裏歸
내가 봐도 우스워라 춘사에 떠난 제비처럼	自笑身如春社燕
채색 들보 높은 곳에 또다시 날아왔으니[36]	畫樑高處又來飛

35　우이현(盱眙縣) : 강남(江南) 안휘성(安徽省)에 있는 고을 이름이다.

36　내가……날아왔으니 : 고운이 제비처럼 봄에 이곳을 떠났다가 가을에 다시 찾아왔다
　　는 말이다. 제비는 춘사일(春社日)에 강남을 떠났다가 추사일(秋社日)에 돌아온다고 한
　　다. 춘분과 추분에서 가장 가까운 무일(戊日)을 각각 춘사일과 추사일이라고 한다.

오 진사^만가 강남에 돌아가는 것을 전송하며

送吳進士 ▨ 歸江南

그대를 안 뒤로 몇 번 이별하였지만	自識君來幾度別
이번의 이별은 몇 배나 더 한스러워	此回相別恨重重
전란으로 어디를 가나 다사다난한 때	干戈到處方多事
어느 때나 다시 만나 시주를 나눌거나	詩酒何時得再逢
멀리 나무숲은 들쭉날쭉 강변길에	遠樹參差江畔路
찬 구름은 흐슬부슬 말 앞 봉우리에	寒雲零落馬前峯
가다가 경치 좋거든 시 지어 부쳐 주오	行行遇景傳新作
혜강의 게으른 버릇일랑 배우시지 말고³⁷	莫學嵇康盡放慵

---

37 혜강(嵇康)의……말고 : 삼국 시대 위(魏)나라의 산도(山濤)가 요직인 선조랑(選曹郞)에 자신의 후임으로 친구인 혜강을 추천하자, 혜강이 그에게 절교하는 편지를 보냈는데, 그중에 "나는 성격이 또 게을러서 근육을 움직이는 일은 하려고 하지 않는다. 얼굴은 보통 한 달에 보름 동안은 씻지 않고, 참기 어려울 정도로 가렵지 않으면 머리도 감지 않는다. 또 소변이 마려워도 참고서 일어나지 않다가 방광이 꽉 차서 몸을 뒤틀 정도가 되어야 일어난다.〔性復疎嬾 筋駑肉緩 頭面常一月十五日不洗 不大悶癢 不能沐也 每常小便 而忍不起 令胞中略轉 乃起耳〕"라고 하고, 또 "나는 평소에 글을 주고받는 습관도 없고 또 글을 쓰는 것도 좋아하지 않는다. 그런데 관청에 나가면 업무가 많아서 서류가 책상 위에 가득할 텐데, 제대로 응답하지 못하면 예교(禮敎)를 범하고 의리를 해칠 것이요, 내가 억지로 해 보려 해도 얼마 버티지 못할 것이다.〔素不便書 不喜作書 而人間多事 堆案盈机 不相酬答 則犯敎傷義 欲自勉强 則不能久〕"라고 말한 대목이 나온다.《文選 卷43 與山巨源絶交書》거원(巨源)은 산도의 자이다.

봄날의 새벽에 우연히 쓰다
春曉偶書

어떡하나 동으로 흐르면 돌아오지 못하는걸　　　　　　回耐東流水不回
시경을 재촉만 하는 것이 사람을 괴롭게 해[38]　　　　只催詩景惱人來
정 머금은 아침 비는 가늘다가늘게 내리고　　　　　　含情朝雨細復細
농염한 꽃은 어여뻐라 반쯤 피어 있구나　　　　　　弄艶好花開未開
세상이 어지러우니 풍광에 주인이 있겠는가　　　　　亂世風光無主者
뜬구름 같은 인생 명리가 또 무슨 소용이리　　　　　浮生名利轉悠哉
생각하면 유감스러워 유령 처의 행동　　　　　　　　思量可恨劉伶婦
남편에게 술잔 작작 들라고 떼를 쓰다니[39]　　　　　強勸夫郎疏酒盃

38　어떡하나……해 : 동쪽으로 흐르는 강물이 일단 바다에 이르면 다시 되돌아오지 못하
　　는 것처럼 한번 지나간 시절도 다시는 되돌릴 수가 없는 법인데, 계절의 변화가 시흥이
　　넘쳐 나는 봄 경치를 재촉하며 얼른 데려가려고 하니, 시인의 입장에서는 괴로울 수밖
　　에 없다는 말이다.

39　생각하면……쓰다니 : 진(晉)나라 유령(劉伶)은 술을 너무도 좋아해서 〈주덕송(酒德頌)〉
　　이라는 글을 짓기까지 하였는데, 언제나 술병을 차고 다니면서 종자(從者)에게 삽을 메
　　고 자기 뒤를 따라오게 하며 자기가 죽으면 바로 묻어 달라고 부탁하기도 하였다. 그러
　　던 어느 날 갈증이 심해서 아내에게 술을 달라고 청하자, 아내가 술을 버리고 그릇을
　　깨면서 울며 간하기를 "당신은 술을 너무 과하게 마십니다. 이는 섭생하는 도가 아니
　　니, 반드시 끊어야 할 것입니다.〔君酒太過 非攝生之道 必宜斷之〕"라고 하니, 유령이 "좋은
　　말씀이오. 하지만 나는 스스로 금주할 수가 없으니, 귀신에게 축원하며 맹세를 해야겠
　　소. 지금 당장 술과 고기를 차려 오시오.〔善 吾不能自禁 惟當祝鬼神自誓耳 便可具酒肉〕"라
　　고 하였다. 이에 처가 그 말대로 따르니, 유령이 무릎을 꿇고 기도하기를 "하늘이 유령
　　을 낸 것은 술로 이름을 내라는 뜻이니, 한꺼번에 한 섬의 술을 마시고 다섯 말로 해장
　　을 하게 하실 것이요, 부녀자의 말은 부디 듣지 마시기를.〔天生劉伶 以酒爲名 一飮一斛
　　五斗解醒 婦兒之言 愼不可聽〕"이라고 하고는, 그 주육으로 다시 대취했다고 한다. 《晉書
　　卷49 劉伶列傳》

모춘즉사 시를 지어 사신으로 간 벗 고운[40]에게 화답하다
暮春卽事和顧雲友使

동풍 속에 백 가지 꽃이 피고 졌어도 　　　　東風遍閱百般香

마음은 유독 길게 늘어진 버들가지로[41] 　　意緖偏饒柳帶長

변방 요새 돌고 도는 소무의 서한이요[42] 　蘇武書回深塞盡

지는 꽃 바쁘게 좇는 장주의 꿈이로다[43] 　莊周夢逐落花忙

가는 봄 곧잘 핑계 대고 아침마다 취해도 　好憑殘景朝朝醉

40　고운(顧雲) : 당나라의 시인으로 최치원과 시를 주고받았던 인물이다. 자는 수상(垂象)
　　이며, 또 사룡(士龍)이라고도 한다. 지주(池州) 사람이다. 두순학(杜荀鶴)이나 은문규
　　(殷文圭) 등과 친하게 지내면서 구화산(九華山)에서 함께 공부하였다. 함통(咸通) 15
　　년(874)에 과거에 급제하여 고변(高駢)을 따라 회남(淮南)에서 종사(從事)하였다. 필사
　　탁(畢師鐸)의 난 이후에는 삽주(霅州)로 물러나 살면서 저술 활동을 하였다. 건녕(乾
　　寧) 초에 졸하였다. 저서로는 《봉책연화편고(鳳策聯華編稿)》와 《소정잡필(昭亭雜筆)》
　　이 있다.

41　동풍(東風)……버들가지로 : 꽃이 피고 지는 봄철 석 달 동안 헤어진 벗을 생각하는 마
　　음이 유독 간절했다는 말이다. 한(漢)나라 사람들이 헤어질 때에는 장안(長安) 동쪽 패
　　교(覇橋)에 와서 버들가지를 꺾어 작별 선물로 주곤 하였으므로, 버들가지가 증별(贈
　　別) 혹은 송별의 비유로 쓰이게 되었다.《三輔黃圖 卷6 橋》

42　변방……서한이요 : 한 무제(漢武帝) 때 소무(蘇武)가 흉노(匈奴)에 사신으로 갔을 적에
　　흉노의 선우(單于)가 그를 굴복시키려고 온갖 회유와 협박을 가해도 소용이 없자 북해
　　(北海) 주변의 황량한 변방에 그를 안치하고 양을 치게 하였다. 그 뒤 소제(昭帝)가 흉
　　노와 화친을 맺고서 소무를 돌려보내 줄 것을 요청하자, 흉노 측에서는 소무가 이미 죽
　　었다고 속였는데, 이에 한나라 사신이 "우리 천자가 상림원에서 기러기를 쏘아 잡았는
　　데, 기러기 발목에 묶인 편지에 '소무 등이 어느 늪 속에 있다.'라고 하였다.[天子射上林
　　中 得雁 足有係帛書 言武等在某澤中]"라고 기지를 발휘하며 다그친 덕분에 소무가 19년
　　만에 귀국하게 되었다는 안족전서(雁足傳書)의 고사가 있다.《漢書 卷54 蘇建傳 蘇武》

43　지는……꿈이로다 : 옛날 장주(莊周)가 꿈속에 나비가 되어 훨훨 날아다니면서 즐겁게
　　노닐다가 꿈을 깨고 보니 엄연히 인간인 장주더라는 호접몽(胡蝶夢)의 이야기가 《장자》
　　〈제물론(齊物論)〉 마지막에 나온다.

헤어진 심정을 마디마디 어떻게 헤아리리 難把離心寸寸量
지금은 바로 기수에서 목욕하던 시절[44] 正是浴沂時節日
백운향[45]에서 노닐던 일 생각하면 애 끊어져 舊遊魂斷白雲鄕

---

44 지금은……시절:늦은 봄날이라는 말이다. 공자의 제자 증점(曾點)이 "늦은 봄에 봄옷
이 만들어지면 관을 쓴 벗 대여섯 명과 아이들 예닐곱 명을 데리고 기수에 가서 목욕하
고 기우제 드리는 곳에서 바람을 쏘인 뒤에 노래하며 돌아오겠다.〔暮春者 春服旣成 冠
者五六人 童子六七人 浴乎沂 風乎舞雩 詠而歸〕"라고 자신의 뜻을 밝히자, 공자가 감탄하
며 허여한 고사에서 유래한 것이다. 《論語 先進》

45 백운향(白雲鄕):제향(帝鄕) 즉 경도(京都)를 가리키는 시어이다. 《장자》〈천지(天地)〉의
"저 흰 구름을 올라타고 천제(天帝)의 거소에서 노닌다.〔乘彼白雲 游于帝鄕〕"라는 말에
서 유래한 것이다.

장 진사 교가 시골에서 병중에 부친 시에 화답하다
和張進士 喬 村居病中見寄

똑같은 시명을 사해에 전하고 있다지만   一種詩名四海傳

낭선이 어떻게 송년과 같을 수 있으리오[46]   浪仙爭得似松年

소아[47]에 새 풍격을 세웠을 뿐만 아니라   不惟騷雅標新格

행장[48] 역시 옛 현인의 법도를 이었다오   能把行藏繼古賢

외로운 섬 달빛 아래 명아주 지팡이를 짚고   藜杖夜携孤嶼月

먼 마을 아침 연기 속에 갈대발을 걷는다네   葦簾朝捲遠村煙

---

46 똑같은……있으리오 : 가도(賈島)와 장교(張喬)가 모두 고심하며 시를 짓는다는 점에서
시풍(詩風)이 같다고 세상에 전해지고 있지만, 고운이 볼 때 가도는 인품이나 처신 등
의 측면에서 장교에 미치지 못하는 만큼 같은 차원에서 논할 수 없다는 말이다. 소식
(蘇軾)이 당나라 사람의 시풍을 논하면서 "맹교의 시는 한산(寒酸)하여 살풍경하고, 가
도의 시는 살은 없이 뼈만 앙상하다."라는 뜻으로 언급한 '교한도수(郊寒島瘦)'의 평이
유명한데, 장교의 시 역시 청아하다는 평과 함께 한 구절을 읊을 때마다 고심참담(苦
心慘憺)하며 각고의 노력을 기울였다는 기록이 전한다. 낭선(浪仙)은 중당(中唐)의 시인
가도의 자이다. 그리고 송년(松年)은 장교의 자라고 원주(原註)에 나와 있다. 장교는 당
의종(唐懿宗) 함통(咸通) 연간에 진사(進士)에 급제하였는데, 황소(黃巢)의 난이 일어나
자 고향인 지주(池州) 구화산(九華山)에 은거하면서 10년 동안 방 안에 틀어박혀 학문
에 전심하며 뜰을 쳐다보지도 않았다고 한다. 그는 정곡(鄭谷), 허당(許棠), 임도(任濤),
이창부(李昌符) 등과 함께 방림십철(芳林十哲)로 일컬어지기도 하였다. 시집 2권이 세
상에 전하는데, 《어정전당시(御定全唐詩)》 권638과 권639에 그의 시가 소개되어 있다.
《唐摭言 卷10》《唐才子傳 卷6》

47 소아(騷雅) : 굴원(屈原)의 〈이소(離騷)〉와 《시경》의 〈소아(小雅)〉와 〈대아(大雅)〉를 합한
말로, 예로부터 전해져 오는 시문(詩文)을 가리킨다.

48 행장(行藏) : 용행사장(用行舍藏)의 준말로, 자신의 도를 펼 수 있느냐 없느냐의 여부에
따라 거취를 결정하여 조정에 나아가기도 하고 은퇴하기도 하는 것을 말한다. 《논어》
〈술이(述而)〉의 "써 주면 나의 도를 행하고 써 주지 않으면 숨는다.[用之則行 舍之則藏]"
라는 말에서 유래한 것이다.

병석에 누워 신음하며 장빈[49]의 시구 부쳤기에   病來吟寄漳濱句
성곽에 들어온 어옹의 배편에 화답을 하노라   因付漁翁入郭船

---

49   장빈(漳濱) : 몸져누웠다는 뜻의 시어(詩語)이다. 삼국 시대 위(魏)나라 건안 칠자(建安
     七子)의 한 사람인 유정(劉楨)이 조조(曹操)의 아들인 조비(曹丕)와 절친하였는데, 그가
     조비에게 빨리 찾아와 주기를 간청하면서 보낸 시의 내용 중에 "내가 고질병에 심하게
     걸려서, 맑은 장수(漳水) 가에 몸져누워 있다.[余嬰沈痼疾 竄身淸漳濱]"라는 말이 《문선
     (文選)》권23 〈증오관중랑장(贈五官中郞將)〉4수 중 둘째 시의 첫 구절에 나온다.

바다에 배를 띄우고

泛海

돛 걸고 푸른 바다 배를 띄우니	掛席浮滄海
장풍 만리의 기분과 통한다 할까[50]	長風萬里通
뗏목을 탄 한나라 사신도 생각이 나고[51]	乘槎思漢使
약 캐러 간 진나라 아동들도 떠오르네[52]	採藥憶秦童
허공 밖에 걸려 있는 해와 달이요	日月無何外
태극 속에서 나온 하늘과 땅이로세	乾坤太極中
봉래가 지척의 거리에 보이니	蓬萊看咫尺
나도 잠깐 선옹을 찾아볼거나	吾且訪仙翁

---

50 돛……할까 : 남조 송(宋)의 좌위장군(左衛將軍) 종각(宗慤)이 소년 시절에 자신의 뜻을
토로하면서 "장풍을 타고서 만리의 파도를 쳐부수고 싶다.[願乘長風破萬里浪]"라고 말
한 고사가 전한다.《宋書 卷76 宗慤列傳》또 이백(李白)의 시에 "장풍을 타고 파도를 쳐
부술 때가 언젠가 오면, 곧장 구름 돛 달고서 푸른 바다를 건너리라.[長風破浪會有時 直
掛雲帆濟滄海]"라는 표현이 나온다.《李太白集 卷2 行路難》

51 뗏목을……나고 : 한(漢)나라 장건(張騫)이 무제(武帝)의 명을 받고 대하(大夏)에 사신
으로 나가서 황하(黃河)의 근원을 찾았는데, 이때 뗏목을 타고 은하수로 올라가 견우와
직녀를 만나고 왔다는 전설이 전한다.《天中記 卷2》

52 약……떠오르네 : 신선이 사는 동해(東海)의 봉래산(蓬萊山)에 장생불사약이 있다고 방
사(方士) 서복(徐福)이 진 시황(秦始皇)을 속인 뒤에 동남동녀(童男童女) 수천 명을 배에
태우고 바다로 나가 소식이 없었는데, 나중에 알고 보니 일본에 도착했더라는 전설이
전한다.《史記 卷6 秦始皇本紀》

여지도에 제하다[53]
題輿地圖

곤륜산이 동으로 달려 푸르른 산 오악이요   崑崙東走五山碧
성수해[54]가 북으로 흘러 하나의 물 황하로다   星宿北流一水黃

---

53 여지도(輿地圖)에 제하다 : 이 시에 대해서 《임하필기(林下筆記)》 권33 〈화동옥삼편(華東玉糝編)〉에 "이규보(李奎報)는 《백운소설(白雲小說)》에서 '최치원은 당나라에 들어가서 과거에 올랐으니 파천황(破天荒)의 공이 있었다. 그러므로 동방 학자들은 모두 그를 유종(儒宗)으로 여긴다. 그의 이 시구에 대해서 그와 동년(同年)인 고운(顧雲)은 「이 시구는 바로 하나의 여지지(輿地誌)이다.」라고 말했다.' 하였다."라고 하였다.

54 성수해(星宿海) : 옛날에 황하(黃河)의 발원지라고 믿었던 곳의 이름이다. 중국 청해성(靑海省)에 있는데, 그곳에 물이 고여 있는 수많은 웅덩이들이 위에서 굽어보면 성수(星宿)가 벌여 있는 것처럼 보이기 때문에 그런 이름이 붙게 되었다고 한다. 《宋史 卷91 河渠志 黃河上》

고소대
姑蘇臺

황량한 누대는 사슴들이 가을 풀 위에 노닐고[55]　　　荒臺麋鹿遊秋草
버려진 집에는 소와 양이 석양 아래 내려오네　　　　廢院牛羊下夕陽

---

55 황량한……노닐고 : 춘추 시대 오왕(吳王) 부차(夫差)가 미인 서시(西施)를 위해 고소대
(姑蘇臺)를 세우고는 날마다 이곳에서 노닐며 정사를 돌보지 않았다. 이에 오자서(伍子
胥)가 간절히 간했는데도 듣지 않자, 오자서가 "이제 곧 오나라가 망하여 고소대 아래
에서 사슴이 노니는 것을 보게 될 것이다.〔今見麋鹿遊姑蘇之臺〕"라고 경고했는데, 과연
얼마 지나지 않아서 월(越)나라에 멸망당했던 고사가 있다.《史記 卷118 淮南衡山列傳》
일설에 고소대는 부차의 선왕(先王)인 합려(闔閭)가 쌓은 것이라고 한다.

벽송정[56]
碧松亭

모년에 돌아와 벽송정 아래 누우니   暮年歸臥松亭下
한 가닥 푸른 가야가 나의 눈 안에   一抹伽倻望裏靑

희랑 화상에게 증정하다[57]

贈希朗和尙

보득이 금강지에서 설한 가르침[58]을　　　　　步得金剛地上說
부살들이 철위산에서 결집하였네[59]　　　　　扶薩鐵圍山間結

57　희랑 화상(希朗和尙)에게 증정하다 : 희랑 화상은 통일 신라 시대에 해인사(海印寺)에 있
　　던 승으로, 고운과 시문(詩文)으로 사귀었고, 《화엄경(華嚴經)》에 정통했다. 뒤에 고려
　　태조 왕건(王建)의 귀의를 받았으며, 견훤의 귀의를 받은 관혜(觀惠)의 남악(南岳)에 대
　　항하여 북악(北岳)이라는 일파를 세웠다. 그의 목상(木像)이 해인사에 있다. 해인사의
　　부속 암자인 희랑대(希朗臺)는 그가 지은 것으로 알려져 있다. 이 시와 관련하여, 《가야
　　산해인사고적(伽倻山海印寺古蹟)》에 "희랑대덕 군이 하절기에 가야산 해인사에서 《화
　　엄경》을 강하였는데, 나는 오랑캐를 막아 내느라고 청강할 수가 없었다. 이에 한 번 읊
　　조리고 한 번 노래하되, 5측(側) 5평(平)을 써서 10절을 지어 장(章)을 이루어서 그 일
　　을 기린다. 방로태감 천령군태수 알찬 최치원〔希朗大德君 夏日於伽倻山海寺 講華嚴經 僕
　　以捍虜所拘 莫能就聽 一吟一咏 五側五平 十絶成章 歌頌其事 防虜太監 天嶺郡守 遏粲 崔致
　　遠〕" 하였다. 이 명기(名記)로 보면 이 시는 10수임이 분명한데, 현재는 6수만이 전해진
　　다는 것을 알 수가 있다. 《최영성, 譯註 崔致遠全集2, 아세아문화사, 82쪽》

58　보득(步得)이……가르침 : 화엄(華嚴)의 교설을 가리킨다. 보득은 범어(梵語) Buddha의
　　음역으로, 깨달은 사람을 뜻하는데, 여기서는 석가모니(釋迦牟尼)를 가리킨다. 이 밖에
　　몰태(沒馱), 보타(步他), 부도(浮圖) 등으로 음역하기도 한다. 석가가 6년 고행 끝에 중인
　　도(中印度) 마갈타국(摩竭陀國)의 도성인 가야성(伽耶城) 남쪽 보리수 아래 금강좌(金
　　剛座) 위에서 대각(大覺)을 이루고는, 그로부터 14일째 되는 날에 문수(文殊)와 보현(普
　　賢) 등 상위의 보살(菩薩)들을 위해서 방편이 아닌 자내증(自內證)의 법문을 그 자리에
　　서 설했는데, 그 내용을 모은 것이 바로 《화엄경》이라고 한다.

59　부살(扶薩)들이 철위산(鐵圍山)에서 결집하였네 : 전설로 전해 오는 이른바 '철위의 결
　　집'을 말한다. 결집은 불타가 입멸한 뒤 그 유법(遺法)을 제대로 보전할 목적으로 비구
　　들이 한곳에 모여 입으로 전해 오는 교법을 정리하고 편집하는 것을 말하는데, 불타
　　가 입멸한 해의 제1차 결집부터 서기 1954년의 결집에 이르기까지 역사적으로 모두
　　여섯 차례의 결집이 이루어졌다. 철위의 결집은 문수(文殊)와 미륵(彌勒) 등의 대보살
　　(大菩薩)들이 불타의 10대 제자 중 다문제일(多聞第一)로 꼽히는 아난(阿難)을 데리고
　　철위산에 가서 《화엄경》·《법화경(法華經)》·《열반경(涅槃經)》 등 대승 경전(大乘經傳)
　　을 결집했다는 것을 말한다. 《大智度論 卷100》 하지만 이는 실제로 이루어진 것이 아니

필추[60]가 해인사에서 강경하였으니	苾芻海印寺講經
잡화가 이로부터 삼절을 이루리라[61]	雜花從此成三絶
용당의 묘설을 용궁에서 들여온 뒤	龍堂妙說入龍宮
용맹이 용종의 공을 제대로 전했네	龍猛能傳龍種功
용궁의 용왕이 정녕 환희함은 물론이요	龍國龍神定歡喜
용산은 의룡의 걸출함을 더욱 표하리라[62]	龍山益表義龍雄

고 대승불교의 신봉자들에 의해 대승 경전도 똑같이 불설(佛說)이라는 정당성을 확보하기 위해 만들어진 전설이라고 한다. 부살은 보살(菩薩)과 같은 말이다. 보살은 범어 bodhisattva의 음역인 보리살타(菩提薩埵)를 줄인 말로, 깨달은 중생 혹은 대각을 구하기 위해 수도하는 사람이라는 뜻이다.

60 필추(苾芻) : 범어(梵語) bhikṣu의 음역으로 비구(比丘)라고도 한다. 희랑을 가리킨다.

61 잡화(雜花)가……이루리라 : 희랑의 《화엄경》 강론을 계기로 해서, 그동안 난해하여 감히 엄두를 내지 못했던 《화엄경》에 대한 연구가 본격적으로 이루어지면서, 이른바 화엄학이 앞으로 성황을 이루게 될 것이라는 말이다. 잡화는 화엄을 가리킨다. 《고운집》 권2 〈무염 화상 비명(無染和尙碑銘)〉의 사(詞)에 "오백 년 운세에 맞춰 이 땅에 태어나서, 십삼 세에 속세 떠나 출가한 뒤에, 화엄이 대붕의 길을 이끌어, 험한 바다 위에 배를 띄웠어라.[五百年擇地 十三歲離塵 雜花引鵬路 窾木浮鯨津]"라는 말이 나오는데, '잡화인붕로(雜花引鵬路)'의 주(註)에 "부석산에서 《화엄경》을 수업하였다.[授花嚴于浮石]"라고 하여 잡화를 화엄으로 해석하였다. 삼절(三絶)은 공자(孔子)가 만년에 《주역》 읽기를 좋아해서 가죽 끈이 세 번이나 끊어졌다는 '위편삼절(韋編三絶)'의 준말로, 열심히 책을 읽으며 공부하는 것을 뜻한다. 《史記 卷47 孔子世家》

62 용당(龍堂)의……표하리라 : 불경(佛經) 그중에서도 특히 《화엄경》은 '용(龍)'이라는 글자와 관련이 깊다. 용왕(龍王)의 용궁에 불교의 경장(經藏)이 소장되어 있었다는 전설에 기인하여 불경을 용장(龍藏)이라고 하고, 용궁에 들어가서 《화엄경》을 가지고 왔다는 용수(龍樹)의 또 다른 이름이 용맹(龍猛)이고 용승(龍勝)이며, 또 이러한 연유에서 《화엄경》을 용경(龍經)이라고도 한다. 용당의 묘설(妙說)은 용궁에 보관되어 있었다는 《화엄경》을 가리킨다. 묘설은 부처의 설법을 가리킨다. 당나라 법장(法藏)의 《화엄경전기(華嚴經傳記)》 권1에 의하면, 불타가 입멸하고 700년쯤 뒤에 용수가 용궁에서 《화엄경》의 3본(本)을 보았는데, 상(上)과 중(中) 2본은 분량이 엄청나게 많아서 수지할 수 없었기 때문에 10만 게(偈) 48품(品)의 하본(下本)만 암송하여 인도에 전파했다고 한다. 용종(龍種)은 과거 구원겁(久遠劫) 이전에 남방(南方) 평등 세계(平等世界)에서 무상

마갈제성[63]의 광명이 두루 비치고 　　　　磨羯提城光遍照

차구반국[64]의 불법이 더욱 빛나네 　　　　遮拘盤國法增耀

오늘 아침 부상에서 떠오른 지혜의 해 　　　今朝慧日出扶桑

문수가 동묘에 강림한 것을 알겠도다[65] 　　認得文殊降東廟

천언의 비교를 하늘에서 전수받고 　　　　天言祕教從天授

해인의 진전[66]을 바다에서 꺼내 왔네 　　　海印眞詮出海來

멋지도다 해인의 뜻 해우에서 밝힘이여 　　好是海隅興海義

천의는 단지 천재에게 맡기려 할 뿐이라오[67] 　只應天意委天才

정등각(無上正等覺)을 이루어 용종상여래(龍種上如來)로 있었다는 문수(文殊)를 가리 킨다.《佛說首楞嚴三昧經 卷下》용맹이 용종의 공을 전했다는 것은 지혜의 화신으로 일 컬어지는 문수처럼 용수가 난해한《화엄경》을 알기 쉽게 해설했다는 말로, 그가《대부 사의론(大不思議論)》을 저술하여《화엄경》의 문의(文義)를 해석하고, 다시《십주비바사 론(十住毘婆沙論)》을 지어《화엄경》〈십지품(十地品)〉의 일부를 주석한 것을 가리킨다. 용산(龍山)은 해인사(海印寺)가 있는 가야산(伽倻山)을 뜻한다. 석가가 성도(成道)하고 나서 자기가 실제로 깨달은 경지인 화엄 즉 용경의 내용을 보살들에게 알려 주기 전에 해인(海印)의 삼매(三昧)에 들었다고 한다. 또 가야산의 가야는 석가가 성도한 마갈다 국(摩竭陀國)의 도성 이름이기도 하다. 의룡(義龍)은 교의에 밝은 고승이라는 뜻으로, 희랑을 가리킨다.《고운집》권3〈지증 화상 비명(智證和尙碑銘)〉에 "의룡이 구름처럼 일 어났다.〔義龍雲躍〕"라는 내용이 있는데, 그 주(註)에 "의정이 경의학(經義學)에 능통했 기 때문에 의룡이라고 하였다.〔義淨能通義學 故曰義龍〕"라는 말이 나온다.

63　마갈제성(磨羯提城) : 마갈다국(摩竭陀國)과 같다.

64　차구반국(遮拘盤國) : 차구가국(遮拘迦國)과 같다. 서역(西域)의 우전국(于闐國)에서 동 남쪽으로 2천여 리 떨어진 곳에 있는데, 그곳의 국왕이 특히 대승불교에 대한 신심이 깊어서 궁중에 반야(般若)·대집(大集)·화엄(華嚴) 등 3부(部)의 대승 경전을 봉안하고 전독(轉讀)의 법회를 열었다는 기록이 당나라 승려 지승(智昇)이 지은《개원석교록(開 元釋教錄)》권7에 보인다.

65　오늘……알겠도다 : 희랑의 강경을 찬미한 것이다. 동묘(東廟)는 동방의 사원이라는 뜻 으로, 해인사를 가리킨다.

66　진전(眞詮) : 진제(眞諦)와 같은 뜻의 불교 용어이다. 진제는 세속의 법도인 속제(俗諦)와 상대되는 말로, 출세간(出世間)의 최상인 구경(究竟)의 진리를 뜻한다.

도수의 고담은 용수가 해석했고[68]	道樹高談龍樹釋
동림의 아지는 남림이 번역했네[69]	東林雅志南林譯
빈공이 피안에서 금성을 떨쳤다지만	斌公彼岸震金聲
가야에서 불적을 이은 것과 같으리오[70]	何似伽倻繼佛跡

| 삼삼의 광회[71]의 숫자는 의심할 수도 있겠지만 | 三三廣會數堪疑 |

---

67 멋지도다……뿐이라오 : 해인사(海印寺)가 비록 동쪽 변두리 신라의 가야산 속에 있지
만, 하늘은 이를 전혀 상관하지 않고서, 오직 희랑이라는 불교 교학의 천재를 통하여
석가가 해인 삼매의 경지에서 선포한 화엄의 지고한 뜻을 밝히게 하려고 하였을 뿐이
라는 말이다. 해우(海隅)는 바다 한구석이라는 뜻으로, 신라를 가리킨다.

68 도수(道樹)의……해석했고 : 용수가 《화엄경》에 대한 논을 지어 해설했다는 말인데,
188쪽 주62 참조. 도수는 보리수(菩提樹)를 가리킨다.

69 동림(東林)의……번역했네 : 동진(東晉)의 여산(廬山) 동림사(東林寺) 혜원(慧遠)의 제자
법령(法領)이 차구반국(遮拘盤國)에 가서 화엄의 전분(前分) 3만 6천 게송을 구해 왔고,
불현 삼장(佛賢三藏)이 《화엄경》을 번역할 적에 남림사(南林寺)의 법업(法業)이 구술한
내용을 붓으로 적어 50권을 이루었다고 하면서, 동림과 남림이 협조한 인연을 언급한
대목이 고운의 《법장화상전(法藏和尙傳)》에 나온다. 불현(佛賢)은 각현(覺賢) 혹은 불타
발타라(佛馱跋陀羅)라고도 한다. 아지(雅志)는 경전을 완전히 구비하여 번역하려 했던
혜원의 평소의 뜻이라는 말이다.

70 빈공(斌公)이……같으리오 : 희랑의 강론이 중국에서 행해진 어떤 고승의 《화엄경》 강
의보다도 뛰어나다는 말이다. 빈공은 만년에 남림사(南林寺) 법업(法業)의 제자가 되어
《화엄경》을 전수받고 강경(講經)의 제일인자가 된 담빈(曇斌)을 가리킨다. 남조 송 명제
(宋明帝) 태시(泰始) 초에 장엄사(莊嚴寺)에서 대법회를 개최했을 적에, 천자의 조칙을
받고 당시의 고승 혜량(慧亮)과 함께 번갈아 법주(法主)가 되었으며, "담빈과 혜량이 금
성을 떨친다.〔斌亮振金聲〕"라는 말과 함께 "맑은 말과 오묘한 실마리가 끊어지려다가
다시 일어나게 되었다.〔淸言妙緖 將絶復興〕"라는 칭송을 받았다. 《高僧傳 卷7 釋曇斌, 釋
慧亮》 피안(彼岸)은 생사가 있는 차안(此岸)을 떠나서 생사를 초탈한 열반의 경지에 올
랐다는 말이다. 금성(金聲)을 떨쳤다는 것은 《화엄경》을 본격적으로 강론하기 시작했
다는 말이다. 《맹자》〈만장 하(萬章下)〉에 "공자는 집대성한 분이시다. 집대성이란 종
(鍾)과 같은 금의 소리가 먼저 퍼지게 하고 나서, 맨 마지막에 경쇠와 같은 옥의 소리로
거둬들이는 것을 말한다.〔孔子之謂集大成 集大成也者 金聲而玉振之也〕"라는 말이 나온
다. 불적(佛跡)은 부처의 자취라는 뜻이다.

십십의 원종[72]의 뜻이야 잘못될 리가 있겠는가   十十圓宗義不虧
유통을 말한다면 현험을 밀고 나가야 하리니[73]   若說流通推現驗
경의 미진한 해석은 문자가 이상한 탓이로다   經來未盡語偏奇

71 삼삼(三三)의 광회(廣會): 부처가 《화엄경》을 설한 아홉 차례의 법회라는 뜻이다. 《신
    역 화엄경(新譯華嚴經)》에서는 일곱 곳에서의 아홉 차례 법회라는 뜻의 칠처구회(七處
    九會)를 말하고, 《구역 화엄경(舊譯華嚴經)》에서는 칠처팔회(七處八會)를 말한다고 하였
    다. 참고로 칠처(七處)는 보리장(菩提場), 보광명전(普光明殿), 도리천(忉利天), 야마천(夜
    摩天), 도솔천(兜率天), 타화천(他化天), 서다림(逝多林)이다.

72 십십(十十)의 원종(圓宗): 중중무진(重重無盡)의 원융무애(圓融無碍)한 교리를 펼치는
    화엄종(華嚴宗)이라는 뜻이다. 십이라는 숫자는 화엄종에서 무궁무진하게 전개되는 법
    계(法界)를 표시한다. 그래서 화엄종에서 주장하는 법계연기론(法界緣起論)의 용어 가
    운데 하나인 '중중무진'을 '십십무진(十十無盡)'이라고 부르기도 하고, '일즉일체 일체즉
    일(一卽一切一切卽一)'이나 '일즉다 다즉일(一卽多多卽一)'을 '일즉십 십즉일(一卽十十卽
    一)'이라고 칭하기도 한다. 중국 불교의 교판(敎判)에서는 《법화경(法華經)》을 소의경전
    (所依經傳)으로 하는 천태종(天台宗)과 《화엄경》을 소의경전으로 하는 화엄종을 원종
    이라고 칭한다.

73 유통(流通)을……하리니: 화엄의 교설이 막힘없이 전해지게 함으로써, 불교에서 말하
    는 진정한 의미의 유통을 말하려고 한다면, 지금 희랑 화상이 강경하며 증험해 보여준
    것과 같은 방식으로 계속해서 밝혀 나가야 할 것이라는 말이다. 유통은 불법(佛法)을
    먼 지역까지 빠짐없이 전파하여 말세 중생이 모두 봉행하게 해야 한다는 뜻의 불교 용
    어이다. 불경의 내용을 서분(序分), 정종분(正宗分), 유통분(流通分)의 세 부분으로 크
    게 나누는 것을 삼분과경(三分科經)이라고 하는데, 이는 동진(東晉)의 도안(道安)이 창
    시하여 유송(劉宋) 이후에 성행한 것으로, 유통에 관한 부분을 소홀히 하지 않는 중국
    불교의 한 단면을 보여 주는 것이다. 현험(現驗)은 지금 분명히 드러나 증험이 되고 있
    는 사실이라는 말이다.

호원 상인에게 부치다[74]
寄顥源上人

종일토록 머리 숙이고 붓끝만 희롱하나니	終日低頭弄筆端
사람마다 입을 봉해 속내 말하기 어려워서	人人杜口話心難
진세를 멀리 떠나면 물론 좋기야 하겠지만	遠離塵世雖堪喜
풍정의 미련은 못 버릴 테니 이를 어찌하오	爭奈風情未肯闌
노을 그림자 밝게 드리운 홍엽의 산길이요	影鬪晴霞紅葉逕
밤새도록 빗소리 이어진 백운의 여울이라	聲連夜雨白雲湍
시인의 영혼은 경치를 대하여 거침없이 달리는데[75]	吟魂對□無羈絆
사해는 기심이 깊은지라 우리 도안이 생각나오[76]	四海深機憶道安

---

74 호원 상인(顥源上人)에게 부치다 : 호원 상인의 자세한 이력은 미상이다. 《신증동국여지
승람》 권30 〈진주목(晉州牧) 쌍계사(雙溪寺)〉를 보면, 이 시는 고운이 쌍계사에 있으면
서 호원 상인에게 부친 시라고 전해진다고 하였다.

75 시인의……달리는데 : 다른 판본과 《신증동국여지승람》 권30 〈진주목 쌍계사〉에는 결
락된 부분이 '景'으로 되어 있기에, 이에 의거하여 번역하였다.

76 사해(四海)는……생각나오 : 사적인 이익을 도모하기 위하여 교묘하게 계교하며 함정
을 파는 어지러운 이 세상에서 유자(儒者)와 불승(佛僧)이라는 신분의 차이를 떠나 그
래도 자신의 마음을 알아주는 호원 상인을 만나고 싶은 생각이 든다는 말이다. 진(晉)
나라 고승(高僧) 도안(道安)이 형주(荊州)에 와서 저명한 문학가인 습착치(習鑿齒)를 만
나, "나는 미천 석도안(彌天釋道安)이요."라고 자신을 소개하자, 습착치 역시 "나는 사
해 습착치(四海習鑿齒)요."라고 재치 있게 답변하며 서로 친해진 고사가 전한다. 《晉書
卷82 習鑿齒列傳》 미천은 하늘에까지 잇닿았다는 말로, 지기(志氣)가 고원(高遠)함을
비유한 말이다. 사해는 원래 습착치 자신을 비유한 말인데, 여기에서는 고운이 그 고사
를 인용하면서도 이 세상이라는 뜻으로 슬쩍 바꿔서 사용하였다.

표
表

신라 하정표 신라의 왕을 대신해서 지은 것이다. 이하 모두 같다.
新羅賀正表 代新羅王作 下竝同

신(臣) 모(某)는 아룁니다. 정월 초하루가 밝아 오면서 큰 복이 새롭게 열리게 되었습니다. 삼가 생각건대, 황제 폐하께서도 하늘의 보우(保佑)를 받고 한없는 복을 누리실 것이기에 신 모가 참으로 환희하면서 머리를 조아려 경하하는 바입니다.

신의 번방(蕃邦)은 국가를 세우고 강토를 개척한 때로부터 언제나 천조(天朝)의 비호를 받아야만 바다 한구석에서 안정을 취할 수가 있었습니다. 그래서 마침내 선조(先祖) 이래로 신정(新正)을 맞을 때마다 경하하는 예법을 한 해도 거른 적이 없었고 역사의 기록에도 빠진 적이 없었습니다.

그런데 근래에 우리 동방에 안개가 자욱이 끼고 해 뜨는 바다에 풍랑이 높이 일었는데, 신이 비록 선조의 덕을 이어 선양할 뜻은 가지고 있었지만 그 재난을 막을 역량이 없었으므로 오래도록 육지나 바다로 중국에 건너가서 뵙지 못하였으니, 부월(斧鉞)의 죄를 피하기 어렵게 되었습니다.

게다가 천계(天雞)가 새벽을 알릴 때에도 먼 동남쪽 변두리에서 선창

(先唱)하고,[77] 바다제비도 봄을 만나면 큰 집에 몸을 의탁할 줄 아는 데 야 더 말해 무엇 하겠습니까. 돌아보건대 신의 처신이 형편없어서 미천 한 날짐승보다도 못하게 되었기에 스스로 부끄럽기만 합니다.

삼가 먼 번방을 임시로 지키고 있는 몸이라서 예(例)에 따라 급히 달 려가 행조(行朝)에 인사드리지는 못합니다마는, 성덕(聖德)을 하례하고 황은(皇恩)을 사모하며 수초 사이에서 즐겁게 노니는 오리처럼 뛸 듯한 기쁨을 가누지 못하겠기에, 삼가 배신(陪臣)인 수 창부 시랑(守倉部侍郎) 김영(金穎)을 차견하여 표문(表文)을 받들고 가서 하례를 올리게 하는 바입니다.

---

77 천계(天雞)가……선창(先唱)하고 : 신라가 모든 제후국에 앞서서 모범을 보이며 중국 에 경하해야 마땅할 것이라는 말이다. 중국 동남쪽에 하늘 높이 치솟은 도도(桃都)라 는 이름의 거목이 있고, 그 위에 천계라는 닭이 서식하는데, 해가 떠오르면서 이 나무 를 비치면 천계가 바로 울고, 그러면 천하의 닭들이 모두 뒤따라 울기 시작한다고 한다. 《述異記 卷下》

양위표

讓位表

신 모는 아룁니다. 신이 듣건대, "원하되 욕심부리지 않는다.[欲而不貪]"[78] 라는 말은 공문(孔門)의 제자에게 전해진 가르침이고, "덕은 사양하는 것보다 좋은 것이 없다.[德莫若讓]"[79]라는 말은 진(晉)나라의 외교관에 의하여 퍼진 잠규(箴規)라고 하였습니다. 따라서 지위를 절취(竊取)하여 스스로 편안하게 여긴다면, 현자의 앞길을 막는다는 질책을 받게 될 것은 뻔한 사실입니다.

　신은 돌보아 주시는 황제 폐하의 후광을 업고 바다 모퉁이에서 빈자리를 메우고 있습니다. 그런데 법령이 더 세밀하게 밝아지지도 않았건만 도적이 창궐하는 폐해를 면하지 못하고 있습니다.[80] 그러니 뒷세상을 돌

78　원하되 욕심부리지 않는다 : 정치가의 자격을 묻는 자장(子張)에게 공자(孔子)가 대답한 이른바 오미(五美) 중의 하나이다. 참고로 오미는 혜택을 베풀되 낭비하지 않고[惠而不費], 일하게 하되 원망을 받지 않고[勞而不怨], 원하되 욕심부리지 않고[欲而不貪], 여유가 있되 교만하지 않고[泰而不驕], 위엄스러우면서도 사납지 않은 것[威而不猛]을 말한다.《論語 堯曰》

79　덕은……없다 : 춘추 시대 진(晉)나라 숙향(叔向)이 주(周)나라에 사신으로 가서 빙문할 적에, 주나라 조정의 경사(卿士)가 되어 왕실을 돕던 선 정공(單靖公)이 모든 면에서 완전하게 일을 처리하며 주선을 잘하자, 주 무왕(周武王) 때의 사관(史官)인 사일(史佚)이 "나와서 행동할 때에는 공경함보다 좋은 것이 없고, 집에 거할 때에는 검소함보다 좋은 것이 없고, 덕은 사양하는 것보다 좋은 것이 없고, 일 처리는 자문하는 것보다 좋은 것이 없다.[動莫若敬 居莫若儉 德莫若讓 事莫若咨]"라고 한 말을 숙향이 인용하면서 극구 칭송한 고사가 있다.《國語 卷3 周語下》

80　법령이……있습니다 :《노자(老子)》57장에 "이 세상에 금기 사항이 많아질수록 백성들은 더욱 가난해진다. 백성들이 이기를 많이 가지면 국가는 그만큼 더 혼란해진다. 사람이 기교가 많으면 괴이한 물건이 더욱 생겨난다. 법령이 세밀하게 밝아질수록 도적은 그만큼 더 많아진다.[天下多忌諱 而民彌貧 民多利器 國家滋昏 人多伎巧 奇物滋起 法令滋彰

아볼 겨를이나 있겠습니까. 지금 당장 용퇴하는 것이 우선이라고 할 것입니다. 신이 어찌 감히 자신을 위한 계책을 잘 세우려 한 것이라고 말씀드릴 수 있겠습니까. 실로 천조(天朝)로부터 가차 없이 형벌을 받게 될 것을 걱정하는 마음에서 나온 것입니다. -중략(中略)-

　신이 살펴보건대, 본국은 울루(鬱壘)의 반도(蟠桃)[81]와 경계를 접했지만 무위(武威)로 임하는 것을 대단하게 여기지 않았으며, 이제(夷齊)의 고죽(孤竹)[82]과 강역을 연하여 본시 염퇴(廉退)의 바탕을 지녀 왔습니다. 더군다나 구주(九疇)의 남은 법도에 의지하고 일찌감치 팔조(八條)의 교훈을 받았는 데야 더 말해 무엇 하겠습니까.[83] 말할 때에는 반드시 하늘을 두려워하고, 걸어갈 때에는 모두 길을 양보하였으니, 이는 대개 인현(仁賢)의 교화를 받아서 군자의 나라라는 이름에 실제로 부합되었기 때문입니다. 그렇기 때문에 들에 새참을 내갈 때에도 변두(籩豆)를 갖추었으며,[84] 장팔사모(丈八鎈矛)를 지게문에 기대어 놓았던 것이었습니다.

盜賊多有”라는 말이 나온다.

81　울루(鬱壘)의 반도(蟠桃) : 어느 곳인지 확실치 않다. 동해에 도삭산(度朔山)이 있고, 그 위에 거대한 복숭아나무가 3천 리나 서려 있으며, 그 나무의 동북쪽에 있는 귀문(鬼門)으로 온갖 귀신들이 출입하는데, 울루와 신도(神荼)라는 두 형제 신인(神人)이 귀신들을 사열하다가 악한 귀신은 갈대로 꼰 새끼줄로 묶어서 호랑이의 먹이로 준다는 이야기가 전한다. 《天中記 卷4》

82　이제(夷齊)의 고죽(孤竹) : 백이(伯夷)와 숙제(叔齊)의 고죽국(孤竹國)으로, 중국 영평부(永平府) 난주(灤州)에 있다. 그런데 옛날에 황해도 해주(海州)를 고죽국이라고 칭하고, 또 이곳에 그 나라 임금들의 무덤과 백이와 숙제의 사당이 있다는 전설이 전하였으므로, 고운이 이렇게 말한 것이 아닌가 한다.

83　구주(九疇)의……하겠습니까 : 기자(箕子)의 교화를 받았다는 말이다. 은(殷)나라가 망한 뒤에 기자가 주 무왕(周武王)을 위해서 치국안민의 도인 홍범구주(洪範九疇)를 전해 주었으며, 그 뒤에 조선(朝鮮)에 봉해져 동방에 와서는 팔조교(八條敎) 등을 세워 백성들을 가르쳤다는 기록이 있다. 《史記 卷38 宋微子世家》 구주는 요(堯)·순(舜)·우(禹) 이래의 정치와 도덕의 원칙이 된 아홉 가지 강령이라는 뜻인데, 《서경》〈홍범(洪範)〉에 나온다.

풍속이 비록 허리에 칼을 차는 것을 숭상하긴 하면서도[85] 지과(止戈)의 뜻이 담긴 무(武)의 정신을 참으로 귀하게 여겼습니다. 그래서 나라를 세운 이래로 지금까지 성을 적에게 내주는 경우는 있지 않았습니다. 하지만 천자의 교화를 따르는 것으로 말하면 남려(南閭)[86]도 따라오지 못한다고 해야 할 것입니다. 그리하여 인덕(仁德)에 의지하여 안정된 생활을 누리게 되었으니 동호(東戶)[87]의 시대에 비교한다 해도 무슨 부끄러움이 있겠습니까. 그렇기 때문에 신의 형인 증(贈) 태부(太傅) 신(臣) 정(晸 헌강왕(憲康王))의 시대에 내려올 때까지 내내 황상의 은택을 멀리 적시면서 경건하게 조칙을 받들어 선포하고 시종일관 직분을 성실히 수행하며 만리의 변방을 편안히 해 왔던 것이었습니다.

그런데 어리석은 신이 자리를 계승하여 지키게 되자 여러 가지 환란

84　들에……갖추었으며 : 《후한서(後漢書)》 권85 〈동이열전(東夷列傳) 예(濊)〉에 "사람들이 결코 도둑질하지 않았으므로 문을 잠그는 법이 없었다. 부인은 정숙하고 신실하였으며, 먹고 마실 때에도 각각 변두를 갖추었다.〔其人終不相盜 無門戶之閉 婦人貞信 飮食以籩豆〕"라는 말이 나온다. 대나무로 만든 그릇을 변(籩)이라고 하고, 나무로 만든 그릇을 두(豆)라고 한다.

85　풍속이……하면서도 : 《문헌통고(文獻通考)》 권324 〈동이총서(東夷總序)〉에 "천성이 유순해서 법도대로 다스리기 쉽다. 동이 중에는 군자가 사는 불사의 나라도 있다. 《산해경》에 의하면 군자들이 의관을 갖추고 허리에 칼을 찬다고 하였다.〔天性柔順 易以道御 至有君子不死之國焉 山海經曰 君子衣冠帶劍〕"라는 말이 나온다.

86　남려(南閭) : 예(濊)의 임금 이름이다. 《후한서》 권85 〈동이열전 예〉에 "원삭 1년(기원전 128)에 예의 임금 남려 등이 우거를 배반하고 28만 명을 인솔하여 요동으로 가서 귀부(歸附)하니, 무제가 그 지역을 창해군으로 삼았다.〔元朔元年 濊君南閭等畔右渠 率二十八萬口 詣遼東內屬 武帝以其地爲蒼海郡〕"라는 기록이 보인다. 우거(右渠)는 위만(衛滿)의 손자이다.

87　동호(東戶) : 상고 시대 전설상의 임금인 동호계자(東戶季子)의 준말이다. 그가 다스리던 세상에는 도덕이 확립되고 경제가 번성하여 "길에 떨어진 물건도 사람들이 줍지 않았으며, 농기구나 먹고 남은 양식 등도 모두 밭머리에 그냥 놔두고 돌아올 정도였다.〔道路不拾遺 耒耜餘糧宿諸畝首〕"라고 하였다. 《淮南子 卷10 繆稱訓》

이 한꺼번에 몰려들기 시작하였습니다. 처음에는 흑수(黑水)[88]가 강토를 침범하며 독기를 내뿜더니, 다음에는 녹림(綠林)[89]이 패거리를 지어 경쟁적으로 광기를 부렸습니다. 그리하여 관할하는 곳이 그래도 구주(九州)요 그 밑에 100개의 군(郡)이 있는데, 모두 도적의 불난리를 당한 나머지 마치 겁회(劫灰)[90]를 보는 것처럼 되고 말았습니다. 게다가 또 사람 죽이기를 삼대 베듯 하여 해골이 땅 위에 널린 것이 마치 풀이 쌓이듯 하였습니다. 그리하여 창해(滄海)의 횡류가 날로 심해지고,[91] 곤강(崑岡)의 맹염이 거세게 치솟은 결과,[92] 살기 좋은 나라를 병든 나라로 변하게 하고

---

88 흑수(黑水) : 만주 동북부 지역에서 활동하던 말갈족(靺鞨族)의 하나로, 발해(渤海)가 강성할 때에는 발해에 편입되었고, 나중에는 거란(契丹)에 귀속되었다. 흑수는 흑룡강(黑龍江)이다. 《신오대사(新五代史)》 권74 〈사이 부록(四夷附錄) 제3 흑수말갈(黑水靺鞨)〉에 "흑수말갈은 본래 이름이 물길인데, 후위 때 처음으로 중국 역사에 등장한다. 그 나라는 동쪽으로는 바다, 남쪽으로는 고려, 서쪽으로는 돌궐, 북쪽으로는 실위와 경계를 접하는데, 대개는 숙신씨의 땅이다. 그 무리는 수십 개의 종족으로 나뉘는데, 그중에서 흑수말갈이 가장 북방에 위치하며 특히 날래고 사납다.[黑水靺鞨本號勿吉 當後魏時見中國 其國東至海 南界高麗 西接突厥 北隣室韋 蓋肅愼氏之地也 其衆分爲數十部 而黑水靺鞨最處其北 尤勁悍]"라는 기록이 보인다.

89 녹림(綠林) : 원래는 산림 속에 숨어서 정부에 반항하거나 재물을 탈취하는 무장 집단을 말하는데, 여기서는 견훤(甄萱)과 궁예(弓裔) 등을 지칭하는 말로 쓰였다.

90 겁회(劫灰) : 겁화(劫火)의 재라는 뜻으로, 재앙을 뜻하는 불교 용어이다. 하나의 세계가 끝날 즈음에 겁화가 일어나서 온 세상을 다 불태운다고 하는데, 한 무제(漢武帝) 때 곤명지(昆明池) 밑바닥에서 나온 검은 재에 대하여, 인도 승려 축법란(竺法蘭)이 '바로 그것이 겁화를 당한 재[劫灰]'라고 대답했다는 고사가 전한다. 《高僧傳 卷1 竺法蘭》

91 창해(滄海)의……심해지고 : 사람들이 동란 중에 의지할 곳 없이 흩어져 떠돌아다니는 것을 비유한 말이다. 진(晉)나라 범녕(范甯)이 지은 《춘추곡량전》 〈서문(序文)〉에 "공자가 창해의 횡류를 보고 위연히 탄식했다.[孔子睹滄海之橫流 乃喟然而嘆]"라는 말이 나오는데, 그 주(註)에 "백성들이 어지럽게 이산하는 것이 마치 물이 마구 넘쳐흐르는 것과 같다.[百姓散亂似水之橫流]"라고 하였다.

92 곤강(崑岡)의……결과 : 선인과 악인이 모두 참혹한 병화를 당하는 것을 비유한 말이다. 곤강은 곤륜산(崑崙山)으로, 《서경》 〈윤정(胤征)〉에 "곤강에 불길이 번짐에 옥석이 모두 탄다.[火炎崑岡 玉石俱焚]"라는 말이 있다.

말았습니다. 이는 모두 신이 마음을 바르게 유지하는 도리를 잃고 아랫 사람을 제대로 다스리는 방도를 어긴 탓입니다. 그래서 치효(鴟梟)의 시 끄러운 소리가 구림(鳩林 계림)에 비등하고, 어별(魚鼈)이 접해(鰈海)에서 고달프게 시달림을 받는 상황이 되었습니다.

더군다나 부절(符節)을 쥐고 중국에 들어가려 하면 사신이 탄 배가 바 다에 침몰하고, 중국의 책서(冊書)를 우리나라에 내리려 하면 조사(詔 使)의 수레가 중도에 되돌아가곤 하였으니 더 말해 무엇 하겠습니까. 이 렇게 해서 고우(膏雨)[93]에 몸을 적실 길이 막막해지면서 훈풍(薰風)[94]만 허비하게 되었습니다. 이는 하늘을 감동시키는 정성이 부족한 탓이라고 할 것이니, 신의 죄가 바다보다도 깊은 것이 실로 두렵기만 합니다.

군도(群盜)가 지금 나라에 암적인 존재가 되어 있는데도, 미신(微臣)은 실로 적절하게 대처할 능력을 지니고 있지 못합니다. 따라서 해 뜨는 동 방에서 희중(羲仲)의 벼슬[95]에 거하는 것은 신의 본분이 아니라고 할 것 이요, 바닷가에서 연릉(延陵)의 절개[96]를 지키는 것이야말로 신을 위한

---

93 고우(膏雨) : 제때에 내리는 단비라는 뜻으로, 중국 황제의 은혜를 비유하는 말이다. 《춘추좌씨전》 양공(襄公) 19년에 "소국이 대국을 우러러 바라보는 것을 비유하자면, 온 갖 곡식이 단비를 우러러 바라보는 것과 같다.〔小國之仰大國也 如百穀之仰膏雨焉〕"라는 말이 나온다.

94 훈풍(薰風) : 성군(聖君)의 교화를 비유하는 말이다. 순(舜) 임금이 오현금(五絃琴)을 처 음으로 만들어 〈남풍가(南風歌)〉를 지어 부르면서 "훈훈한 남쪽 바람이여, 우리 백성의 수심을 풀어 주기를. 제때에 부는 남쪽 바람이여, 우리 백성의 재산을 늘려 주기를.〔南 風之薰兮 可以解吾民之慍兮 南風之時兮 可以阜吾民之財兮〕"이라고 했다는 고사에서 유래 한 것이다.《禮記 樂記 注》

95 희중(羲仲)의 벼슬 : 신라 왕의 직책을 말한다.《서경》〈요전(堯典)〉에 "희중에게 따로 명 하여 동쪽 바닷가에 살게 하니 그곳이 바로 해 뜨는 양곡인데, 해가 떠오를 때 공손히 맞이하여 봄 농사를 고르게 다스리도록 하였다.〔分命羲仲 宅嵎夷 曰暘谷 寅賓出日 平秩 東作〕"라는 말이 나온다.

96 연릉(延陵)의 절개 : 왕위를 사양하는 것을 말한다. 연릉은 춘추 시대 오(吳)나라 왕 수

최선의 계책이라고 할 것입니다. 그런데 오래도록 병란에 시달리고 병으로 많이 신음하면서 신의 마음이 내키는 대로 해 보고 싶은 생각도 많았습니다만, 그래도 친족을 친하게 여겨야 하는 도리를 피하기는 어렵다고 여겨졌습니다.

삼가 생각건대, 신의 조카인 요(嶢 효공왕(孝恭王))는 신의 망형(亡兄) 정(晸)의 아들인데, 나이는 장차 학문에 뜻을 둘 만하고,[97] 그릇은 종실(宗室)을 일으킬 만합니다. 산 아래에서 샘물이 솟아 나오듯 어려서부터 점차 바르게 교양되었기에[98] 언덕 가운데 오얏이 있는 것처럼 사람들이 또한 어진 그를 사모하였습니다.[99] 그래서 외부에서 굳이 구할 것이 없이 바로 내부에서 천거하기로 하고는, 요즈음에 번방(蕃邦)의 일을 시험 삼아 그에게 위임하여 국가의 재난을 진정시키도록 하였습니다.

그런데 그때는 마침 개미 떼가 둑을 무너뜨리기까지 하고 메뚜기가 여전히 경내를 뒤덮고 있어서 뜨거운 열에 시달려도 씻어 줄 수가 없고 물에 빠져도 건져 줄 수가 없는 상황이었습니다. 곳간은 한결같이 텅 비어 있고 나룻길은 사방이 모두 막혔는데, 바닷가에 뗏목은 8월에도 오지를 않고,[100] 육지로 가는 길은 구천(九天)보다 멀기만 하기에 진작 산을 넘고

몽(壽夢)의 넷째 아들로서 왕위도 사양하며 현자로 칭송받은 계찰(季札)을 가리키는데, 그가 연릉에 봉해진 관계로 연릉계자(延陵季子) 혹은 줄여서 연릉이라고 일컫는다.

97 나이는……만하고 : 15세가 되려 한다는 말이다. "내 나이 15세에 학문에 뜻을 두었다.(吾十有五而志于學)"라는 공자의 말에서 유래한 것이다.《論語 爲政》

98 산……교양되었기에 :《주역》〈몽괘(蒙卦) 단(彖)〉에 "어렸을 때에 바르게 교양됨이 성인의 공부이다.(蒙以養正 聖功也)"라는 말이 나오고, 상(象)에 "산 아래에서 샘물이 솟아 나오는 것이 몽괘의 상이다. 군자는 이 상을 보고서 물처럼 과감하게 행하고 산처럼 든든한 덕을 기른다.(山下出泉 蒙 君子 以 果行育德)"라는 말이 나온다.

99 언덕……사모하였습니다 :《시경》〈구중유마(丘中有麻)〉는 현인을 사모하는 시인데, 그중에 "언덕 가운데 오얏이 있으니, 저기에서 그분을 만류하도다.(丘中有李 彼留之子)"라는 말이 나온다.

물을 건너 황제 폐하에게 이런 사실을 아뢰지 못하였습니다.

요순(堯舜)과 같은 성군께서 온 누리에 은혜를 베풀고 계시니 뒤늦게 왔다고 처벌하시지는 않는다고 할지라도, 만이(蠻夷) 지역에 도적이 많아서 진작 보냈어야 할 사신을 오래 지체시켰으니 이를 어떻게 한단 말입니까. 예법으로 볼 때 실로 잘못된 일이기에 마음이 항상 편안할 겨를이 없습니다.

신이 역량을 헤아려 행동해야 한다고 매번 생각하다가 이번에 마침내 몸을 받들어 물러나기로 하였습니다. 혼자 피었다가 혼자 지는 광화(狂花 때에 맞지 않게 피는 꽃)와 같아서 나름대로 부끄럽기도 합니다만, 깎을 수도 없고 새길 수도 없는 후목(朽木)[101]으로나마 온전히 생을 마쳤으면 하는 마음뿐입니다.

오직 신이 바라는 바는 은혜를 헛되이 받지 않게 하시고, 자리가 적임자에게 돌아갈 수 있게 해 주셨으면 하는 것입니다. 동방을 돌아보시는 황상의 근심을 나누는 직분을 이미 등지게 되었기에, 서쪽으로 중국에 귀의하는 시를 속절없이 읊을 따름입니다. 삼가 본국의 하정사(賀正使) 모관(某官)이 입조하는 편에 양위하는 표문을 함께 부쳐 아뢰는 바입니다.

---

100 바닷가에⋯⋯않고 : 중국에 가는 뱃길이 막혔다는 말이다. 전설에 의하면, 옛날에는 바다와 은하(銀河)가 서로 통했으므로 매년 8월이 되면 바닷가에서 뗏목을 타고 하늘로 올라갔다가 돌아왔다는 이야기가 진(晉)나라 장화(張華)의 《박물지(博物志)》 권10에 나온다.

101 후목(朽木) : 더 이상 어떻게 해 볼 수 없는 폐인(廢人)이라는 뜻의 겸사이다. 《논어》 〈공야장(公冶長)〉에 "썩은 나무는 거기에 어떻게 새겨 볼 수도 없다.[朽木不可雕也]"라고 제자 재여(宰予)의 게으름을 호되게 질책한 공자(孔子)의 말이 나온다.

기거표

起居表

신 모는 아룁니다. 난가(鑾駕)가 화주(華州)에 순행(巡幸)한다는 소식을 삼가 들었습니다. 추위가 여전한 초봄에 황제 폐하의 성궁(聖躬)은 만복을 누리시리라 삼가 믿습니다. 삼가 생각건대 세시(歲時)에 순행할 때마다 복을 받으시고, 때에 맞게 순시할 때마다 송가(頌歌)가 울려 퍼질 텐데, 신은 봉해(蓬海)의 한구석에 처하여 만인(萬仞)의 성지(城池)를 상상해 보기만 할 따름입니다. -중략(中略)-

신이 듣건대 오묘한 뜻을 연역하는 《주역(周易)》에서는 순시하는 것이 성방(省方)하기 위한 것임을 상(象)으로 드러냈고,[102] 방명(芳名)을 현양하는 《춘추(春秋)》에서는 순수하는 것이 전의(展義)하기 위한 것임을 말로 표시했다고 합니다.[103] 그런 까닭에 하(夏)나라 속담에서 "우리가 어떻게 도움을 받으리오.[吾何以助]"라고 칭했던 것이고,[104] 〈상서(商書)〉에서

---

102 오묘한……드러냈고:《주역》〈관괘(觀卦)〉상(象)에 "선왕이 이 괘를 보고 만방을 순시하며 백성의 풍속을 관찰해 가르침을 베풀었다.[先王 以 省方觀民 設教]"라는 말이 나온다.

103 방명(芳名)을……합니다:《춘추좌씨전(春秋左氏傳)》 장공(莊公) 27년에 "천자는 덕의(德義)를 펴는 일이 아니면 순수하지 않고, 제후는 백성을 위하는 일이 아니면 거동하지 않으며, 경은 군주의 명령이 없으면 국경을 넘지 않는다.[天子非展義不巡守 諸侯非民事不擧 卿非君命不越竟]"라는 말이 나온다.

104 하(夏)나라……것이고:《맹자(孟子)》〈양혜왕 하(梁惠王下)〉에 "봄에는 밭갈이가 잘되었는지 살펴보고 부족한 것이 있으면 보충해 주고, 가을에는 수확이 잘 되었는지 살펴보고 부족한 것이 있으면 도와준다. 그래서 하나라 속담에도 '우리 임금님이 나들이하지 않으면 우리가 어떻게 쉬며, 우리 임금님이 즐기지 않으면 우리가 어떻게 도움을 받으리오. 한번 노닐고 한번 즐기시는 것이 제후들의 법도가 된다.'라는 말이 있는 것이다.[春省耕而補不足 秋省斂而助不給 夏諺曰 吾王不遊 吾何以休 吾王不豫 吾何以助 一遊一豫爲諸侯度]"라는 말이 나온다.

"임금님이 오시니 이제 살아났다.〔侯來其蘇〕"라고 찬미했던 것입니다.[105]

삼가 생각건대 성문예덕광무홍효 황제(聖文睿德光武弘孝皇帝) 폐하께서는 삼강(三綱)에 바탕하여 인정(仁政)을 행하시고 양계(兩階)에서 문덕(文德)을 펴시는 한편,[106] 사람을 쓸 때에는 오직 옛사람을 취하시고 타인을 용서하여 스스로 새롭게 되도록 배려해 주고 계십니다. 그리하여 황건(黃巾)의 도적들까지도 칠종칠금(七縱七擒)의 전략[107]에 심복하게 하였으니, 취련(翠輦 황제의 수레)이 일유일예(一遊一豫)의 기쁨[108]을 한껏 누리신다 한들 무슨 상관이 있겠습니까.

선장(仙掌)에서 길을 열고[109] 화봉(華封)에서 축수(祝壽)한 것[110]처럼

---

105 상서(商書)에서……것입니다 : 《서경》〈중훼지고(仲虺之誥)〉에 "가는 곳마다 백성들이 집집마다 서로 경하하며 말하기를, '우리 임금님을 기다렸는데, 임금님이 오시니 이제 살아났다.'라고 하였다.〔攸徂之民 室家相慶 曰徯予后 后來其蘇〕"라는 말이 나온다.

106 양계(兩階)에서……한편 : 성군(聖君)의 덕화를 비유하는 말이다. 《서경》〈대우모(大禹謨)〉의 "순(舜) 임금이 이에 문덕을 크게 펴면서, 방패와 깃털을 들고 두 섬돌 사이에서 춤을 추니, 그로부터 70일 만에 묘족이 귀순해 왔다.〔帝乃誕敷文德 舞干羽于兩階 七旬有苗格〕"라는 말에서 유래한 것이다.

107 칠종칠금(七縱七擒)의 전략 : 강압적으로 무력을 행사하지 않고, 인덕(仁德)을 베풀어 마음속으로부터 진정으로 열복(悅服)하게 만드는 작전을 말한다. 삼국 시대 촉 후주(蜀後主) 건흥(建興) 3년(225)에 제갈량(諸葛亮)이 남중(南中)을 평정하여 4개 군(郡)을 재정비할 적에, 추장(酋長) 맹획(孟獲)을 일곱 번 놓아주고 일곱 번 생포하여 자발적으로 복종하게 했던 고사가 있다. 《三國志 卷35 蜀書 諸葛亮傳》

108 일유일예(一遊一豫)의 기쁨 : 천자의 순행에 따른 즐거움을 말한다. 자세한 내용은 202쪽 주104 참조.

109 선장(仙掌)에서 길을 열고 : 어떤 험준한 산이라도 천자의 순행을 위해서는 사람들이 위험을 무릅쓰고 길을 새로 닦을 것이라는 말이다. 선장은 서촉(西蜀)에 있는 화산(華山)의 봉우리 이름이다. 그 암벽에 다섯 손가락을 모두 갖춘 손바닥 형상의 흔적이 완연하기 때문에 그런 이름이 붙게 되었다고 《화악지(華嶽志)》에 전한다. 그리고 진 혜왕(秦惠王)이 서촉 지방을 정벌하려고 했으나 길을 알지 못하자, 다섯 마리의 석우(石牛)를 만들어 꽁무니에 황금을 묻은 다음 황금 똥을 누는 소라고 속였는데, 이에 촉왕(蜀王)이 오정역사(五丁力士)를 시켜서 검각(劍閣)의 험한 산길을 개통하여 끌고 오게 하자, 진나라 군대가 그 뒤를 따라 서촉 땅으로 들어왔다는 '석우개도(石牛開道)'의 고

하지 않는 곳이 없을 것이니, 삼봉(三峯 화주(華州))의 태수는 기쁘게 피
사(避舍)[111]하며 영은(迎恩)할 것이요, 만국의 행인(行人 외교 사절)은 경쟁
적으로 황궁의 뜰에 달려와서 정성을 바칠 것입니다. 이제 분수(汾水)에
서 노래한 즐거움[112]과 합치되리니, 앞으로는 대산(岱山)에서 봉선(封禪)
하는 의식[113]을 보게 되리라 기대합니다.

　　신은 치구(致寇)[114]의 부끄러움을 깊이 느끼며 정사를 제대로 행하지
못한 점을 자책하고 있습니다. 둔한 자라가 상진(桑津 부상(扶桑)의 바다)의

　　사가 한(漢)나라 양웅(揚雄)의 《진혜왕본기(秦惠王本紀)》에 전한다.

110　화봉(華封)에서 축수(祝壽)한 것 : 화주(華州) 지역을 지키는 사람[華封人]이 요(堯) 임
　　　금이 순행할 적에 수(壽)와 부(富)와 다남(多男)을 축원했다는 이야기가 《장자(莊子)》
　　　〈천지(天地)〉에 나온다.

111　피사(避舍) : 평소에 거하던 정침(正寢)을 피해 다른 곳에 유숙하여 감히 편안하게 거
　　　하지 못한다는 뜻을 보이는 것을 말한다. 《사기(史記)》 권83 〈노중련추양열전(魯仲連
　　　鄒陽列傳)〉에 "천자가 순수하면 제후는 피사한다.〔天子巡狩 諸侯辟舍〕"라는 말이 나
　　　온다.

112　분수(汾水)에서 노래한 즐거움 : 한 무제(漢武帝)가 하동(河東)을 순시할 적에 배를 띄
　　　우고 신하들과 어울려 술을 마시다가 매우 즐거워지자 〈추풍사(秋風辭)〉를 지어 불렀
　　　는데, 그중에 "누선을 띄워 분수를 건너감이여, 중류를 가로지르며 흰 물결을 날리도
　　　다.〔泛樓船兮濟汾河 橫中流兮揚素波〕"라는 말이 나오기 때문에, 이 노래를 '분수의 노
　　　래'라고 칭하기도 한다.

113　대산(岱山)에서 봉선(封禪)하는 의식 : 황제가 직접 태산(泰山)에 가서 천지(天地)에 행
　　　하는 대제(大祭)의 의식을 말한다. 대(岱)는 태산의 별칭이다. 한(漢)나라 사마상여(司
　　　馬相如)가 임종 직전에 지은 봉선문(封禪文)에 의거해서 한 무제가 동쪽 노(魯)나라 지
　　　역의 태산에 가서 봉선을 행했던 유명한 고사가 있다. 《史記 卷117 司馬相如列傳》 봉
　　　(封)은 태산 위에 흙으로 단을 쌓고 하늘의 은공에 보답하는 제사를 말하고, 선(禪)
　　　은 태산 아래 양보산(梁父山)의 땅을 깨끗이 쓸고 땅의 은덕에 보답하는 제사를 말하
　　　는데, 예로부터 천명을 받고 천하를 안정시켜 태평 시대를 구가하게 한 제왕이 행하는
　　　의식으로 일컬어져 왔다.

114　치구(致寇) : 자격 없는 사람이 과분하게 높은 지위를 차지하고 있다는 뜻의 겸사이다.
　　　《주역》 〈해괘(解卦)〉 육삼(六三)의 "짐이나 져야 할 사람이 귀인의 수레에 타고 있는 격
　　　이다. 도적의 침입을 초래할 것이니, 마음이 곧아도 부끄러움을 당할 것이다.〔負且乘
　　　致寇至 貞 吝〕"라는 말에서 유래한 것이다.

격랑에 움츠러드는 것처럼 끝내는 급히 치달려 가지 못한 채, 기러기가 연악(蓮嶽 화산(華山))의 구름 위로 날아오르는 것처럼 그저 앙모하는 마음만 더할 따름입니다.

풍랑에 길이 막힌 관계로 전례에 따라 호종(扈從)하지는 못하지만, 선필(仙蹕 천자의 수레)을 앙망하며 사모하는 한편으로 두렵기 그지없는 심정을 금할 수 없기에, 삼가 기거를 여쭙는 표문(表文)을 함께 부쳐 아뢰는 바입니다.

사사위표
謝嗣位表

신 모는 아룁니다. 본국의 왕사(王事)를 전에 임시로 맡았던 신(臣) 탄(坦)[115]은 신의 친고모입니다. 신의 망부(亡父) 증(贈) 태부(太傅) 신 정(晸 헌강왕(憲康王))과 차숙(次叔) 신 황(晃 정강왕(定康王))이 차례로 세상을 떠나자 고모가 임시로 번방(蕃邦)의 직무를 맡았습니다. 그런데 그 뒤에 질병과 사고가 서로 이어서 발생하더니, 급기야 건녕(乾寧) 4년(897, 효공왕1) 6월 1일에 이르러서는 번방의 직무를 간절히 사양하며 신에게 주관하도록 하였습니다. 이에 관리와 일반 백성들이 재삼 명을 거두어 주기를 청하였고, 신도 부탁받은 일을 고사하였습니다만, 그만 뭇사람들의 소원을 들어주지 않고서 멀리 사제(私第)로 돌아가고 말았습니다. 신이 스스로 돌아보아도 아직 어리기만 한데 종사(宗社)의 일을 잘못 이어받게 되었으므로, 아래로는 빙곡(氷谷)에 임한 듯 혼이 떨리고 위로는 운천(雲天)을 대한 듯 몸이 위축될 뿐입니다. -중략(中略)-

신이 듣건대, 나아가기는 어렵게 하고 물러나기는 쉽게 하는 것이야말로 군자가 마음을 쓰는 일이고, 공심을 따르고 사심을 없애는 것이야말로 고인이 힘을 기울인 일이었다고 하였습니다. 그러나 입으로 자랑하는 사람은 무척 많아도 몸으로 실천하는 사람은 매우 드문 것이 현실인데, 신의 고모인 탄은 남을 세워 주려는 뜻이 간절하고 자기를 꾸짖는 말이

---

115 탄(坦) : 진성여왕(眞聖女王)의 이름이다. 《삼국사기(三國史記)》권11 〈신라본기(新羅本紀) 진성왕(眞聖王)〉에는 이름이 만(曼)으로 되어 있다. 진성여왕의 부왕인 경문왕(景文王)의 이름도 본기에서는 응렴(膺廉)이라고 하고, 표(表)에서는 응(凝)이라고 하였다.

절실하기만 하였습니다. 그런 분이 말을 하기를,

"불이 나무에서 나오지만 불길이 맹렬해지면 나무를 태우고, 물이 배를 띄우지만 물살이 거칠어지면 배를 뒤집는 법이다. 본국에 큰 기근이 빈번해짐에 따라 좀도둑들이 뒤를 이어 나왔는데, 본시 시랑(豺狼)의 탐욕을 부리던 자들이 점차 홍곡(鴻鵠)의 뜻[116]을 과시하기에 이르렀다. 그들이 처음에 간사한 마음을 품고서 쥐처럼 훔칠 때에는 금고를 열고 자루를 뒤지는 일이나 귀에 들릴 뿐이더니, 형세를 타고 벌 떼처럼 날게 되어서는 거연히 성곽을 탈취하고 고을을 약탈하는 행태가 눈에 보였다. 그리하여 마침내는 연기와 먼지가 온 경내에 자욱하고, 제멋대로 바람이 불며 비가 내리는 가운데[117] 도적 떼는 동릉(東陵)[118]에서 더욱 기승을 부리고, 곡식은 남묘(南畝)[119]에서 더 이상 볼 수 없게 되었다. 여기에 또 용호(龍虎)의 절부(節符)를 지닌 사신은 중국에 가다가 깊은 바닷속에 빠지고, 봉황의 조칙을 받든 조사(詔使)는 우리

---

116 홍곡(鴻鵠)의 뜻 : 일반 평민의 신분에서 왕이나 삼공(三公)이 되는 등 현실적으로는 좀체 이루기 어려운 원대한 포부를 말한다. 진(秦)나라 말기에 진승(陳勝)이 소싯적에 빈궁하여 남에게 고용되어 밭을 갈다가 휴식할 적에 함께 일하는 사람에게 "우리가 부귀해지거든 서로 잊지 말자."라고 하니, 그 사람이 비웃으며 "품팔이하는 주제에 무슨 부귀이냐."라고 핀잔을 주었는데, 이에 진승이 장탄식을 하면서 "제비나 참새가 어떻게 하늘 높이 나는 기러기의 뜻을 알겠는가.〔燕雀安知鴻鵠之志哉〕"라고 말한 고사가 전한다. 《史記 卷48 陳涉世家》

117 제멋대로……가운데 : 대본에는 '風雨衍期'로 되어 있는데, 문맥으로 보아 뜻이 통하지 않기에 '衍'을 '愆'으로 바로잡아 번역하였다.

118 동릉(東陵) : 도적의 근거지를 가리킨다. 《장자》〈변무(騈拇)〉에 "백이는 명예 때문에 수양산 아래에서 죽었고, 도척은 이익 때문에 동릉 위에서 죽었다.〔伯夷死名於首陽之下 盜跖死利於東陵之上〕"라는 말이 나온다.

119 남묘(南畝) : 농작물이 잘 자라는 양지 바른 농토를 말한다. 《시경》〈대전(大田)〉에 "나의 날카로운 보습으로, 남녘 두렁에 일을 시작하여, 백곡의 씨를 뿌린다.〔以我覃耜 俶載南畝 播厥百穀〕"라는 말이 나온다.

나라에 오다가 중도에 되돌아가곤 한다. 은영(恩榮)을 욕되게 할 뿐 정성을 바칠 도리가 없으니, 이와 같이 어기는 일이 실로 많아지게 되면 죄만 더욱 불어날까 두렵다. 그래서 정고보(正考父)가 상경(上卿)이 되자 더욱 공경스러운 자세를 취했던[三命而恭] 고사[120]를 신중히 생각하고, 한 번 사양한 뒤에는 곧바로 물러날[一辭而退] 계책[121]을 결정하게 되었다."

하자, 번방의 백관들이 담장을 친 것처럼 앞으로 나아가고 왕족들이 구름처럼 몰려가서 울면서 청하기를,

"위에서 하늘이 재앙을 내리면 아래에 있는 땅의 입장에서는 피할 수가 없는 일입니다. 따라서 이것을 가지고 자신의 허물로 삼는 것은 온당하다고 여겨지지 않습니다. 황제의 명령을 받을 때까지 기다렸다가 왕작을 사양하더라도 늦지 않을 것입니다."

하였습니다.

그러나 고모 탄은 또 자애로운 마음이 열 번 일어난 것[十起]을 능가하고,[122] 겸양하는 예의가 세 번 사양한 것[三辭][123]보다 더해서 눈물을

---

120 정고보(正考父)가……고사 : 정고보는 공자(孔子)의 선조인데, 《춘추좌씨전》 소공(昭公) 7년에 "상경이 되자 더욱 공경스러운 자세를 취하였다.[三命玆益共]"라는 말과 함께, "대부 때에는 고개를 수그리고, 하경(下卿) 때에는 등을 구부리고, 상경(上卿) 때에는 몸을 굽혔다.[一命而僂 再命而傴 三命而俯]"라는 그의 정명(鼎銘)의 내용을 소개하고 있다. 공(共)에는 공(恭)의 뜻이 들어 있다.

121 한 번……계책 : 《예기》 〈표기(表記)〉에 "임금을 섬길 적에, 나아가기는 어렵게 하고 물러나기는 쉽게 한다면 자리에 질서가 잡힐 것이요, 반면에 나아가기는 쉽게 하고 물러나기는 어렵게 한다면 문란해질 것이다. 따라서 군자는 세 번 읍한 다음에야 나아가고 한 번 사양하고는 곧바로 물러남으로써 문란해지는 것을 예방하는 것이다.[事君難進而易退 則位有序 易進而難退 則亂也 故君子三揖而進 一辭而退 以遠亂也]"라는 말이 나온다.

122 자애로운……능가하고 : 진성여왕이 조카인 자기를 아끼며 사랑하는 마음이 지극했다는 말이다. 후한 제오륜(第五倫)이 형의 아들이 병을 앓자 밤중에 열 번이나 찾아가서 살펴보았던 '오륜십기(五倫十起)'의 고사가 있다. 《後漢書 卷41 第五倫列傳》

흘리며 신에게 이르기를,

"돌아보건대 이 일경(一境)은 저 삼방(三方)과는 다르다.[124] 그 이유는 무엇이겠는가. 복장(服章)을 고치고 정삭(正朔)을 받들면서 위로 황제의 나라를 따르고 아래로 제후의 번방(蕃邦)을 안정시켰기 때문이다. 그런 까닭에 옛날에는 옥황(玉皇)이 선조(先祖)에게 시를 내리기를 '예의는 나라 중에 으뜸이요, 시서를 집집마다 소장하였도다.〔禮義國爲最 詩書家所藏〕'라고 하였으며, 또 왕년에는 황화(皇華 조사(詔使))로 원계방(元季方)이란 자가 와서 계림(雞林)의 정사를 기록하였는데, 그 시에, '시서의 가르침이 아름다울 뿐, 전쟁의 북소리는 들린 적이 없다.〔但美詩書敎 曾無鼙鼓喧〕'라고 하였던 것이다. 이처럼 예전에는 어진 임금의 태평한 정치가 여기에서 펼쳐졌는데, 지금은 군읍 어디를 가나 도적의 소굴이 되고 산천이 온통 전장으로 변하고 말았다. 이것이 어찌 하늘이 우리나라에만 특별히 재앙을 내려서 그런 것이겠는가. 이는 모두 이 몸이 몽매(懵昧)한 탓으로 이와 같은 도적과 병화(兵禍)를 초래한 것이다. 그 죄는 죽어도 용납될 수가 없으니, 사리상 사직하는 것이 당연하다. 바라건대 온 나라 사람들이 사양하는 기풍을 일으키

---

123 세 번 사양한 것 : 춘추 시대 진 문공(晉文公) 중이(重耳)가 주(周)나라 천왕(天王)으로부터 패자(覇者)에 임명될 적에 세 차례 사양하고 나서 받았던 '진후삼사(晉侯三辭)'의 고사가 있다. 《春秋左氏傳 僖公28年》 남조 양(梁) 유협(劉勰)의 《문심조룡(文心雕龍)》〈장표(章表)〉에 "옛날 진 문공이 패자의 임명을 받을 적에 세 번 사양하고 명을 따랐기 때문에, 한나라 말기에 사양하는 표문을 올릴 적에는 세 번 사양하는 것으로 관례를 삼았다.〔昔晉文受冊 三辭從命 是以漢末讓表 以三爲斷〕"라는 말이 나온다.

124 이……다르다 : 동방의 군자국인 신라는 다른 곳의 미개한 나라들과는 다르다는 말이다. 삼방(三方)은 서쪽·남쪽·북쪽의 나라들을 가리킨다. 《한서(漢書)》 권28하 〈지리지(地理志)〉에 "동이는 천성이 유순하여, 삼방의 저 너머 나라들과는 다르다. 그래서 공자가 도가 행해지지 않는 것을 슬퍼하며 배를 타고 바다에 나가 구이 땅에 살고 싶다고 했으니, 그것도 까닭이 있었던 것이다.〔東夷天性柔順 異於三方之外 故孔子悼道不行 設桴於海 欲居九夷 有以也夫〕"라는 말이 나온다.

게 하는 것[一國興讓]¹²⁵은 오직 우리 두 사람이 마음을 함께하는 데
[二人同心]¹²⁶에 있으니, 적극 추진해 나갈 것이요 소수(疏受)의 일¹²⁷은
본받지 말 것이다."

하였습니다.

신이 생각하기에, 고모 탄은 사심이 없고 욕심이 적으며 다병(多病)한
몸에 한가함을 사랑하는 분입니다. 그리고 꼭 말해야 할 때가 된 뒤에야
말을 하고[時然後言],¹²⁸ 한번 마음을 먹으면 그 신념을 빼앗을 수가 없
는[志不可奪]¹²⁹ 그런 분이니, 옹원(擁轅)의 간청¹³⁰을 분명히 거절한다고

---

125 온……것:《대학장구(大學章句)》전 9장에 "임금의 집안이 인을 행하면 온 나라가 인
    한 마음을 일으키게 되고, 임금의 집안이 사양을 하면 온 나라가 사양하는 마음을 일
    으키게 된다.〔一家仁 一國興仁 一家讓 一國興讓〕"라는 말이 나온다.

126 두……데:《주역》〈계사전 상(繫辭傳上)〉에 "두 사람이 마음을 같이 하면 쇠도 자를
    수 있고, 그런 사람들의 말에서는 난초 향기가 풍겨 나온다.〔二人同心 其利斷金 同心之
    言 其臭如蘭〕"라는 말이 나온다.

127 소수(疏受)의 일 : 한 선제(漢宣帝) 때 태자태부(太子太傅) 소광(疏廣)이 사직하고 고향
    에 돌아갈 때, 그의 조카인 소수 역시 태자소부(太子少傅)의 벼슬을 그만두고서 행동
    을 함께했던 일을 말한다.《漢書 卷71 疏廣傳》당시에 신라의 왕이 제후의 신분으로서
    당나라 조정에서는 삼공(三公)의 대우를 받았기 때문에, 진성여왕 자신을 태부(太傅)
    인 소광에 비유하고, 조카로서 후계자인 효공왕을 소부(少傅)인 소수에 비유한 것이
    다. 삼공은 주(周)의 태사(太師)·태부(太傅)·태보(太保), 한(漢)의 승상(丞相)·태위(太
    尉)·어사대부(御史大夫), 당(唐)의 태위(太尉)·사도(司徒)·사공(司空) 등을 가리킨다.

128 꼭……하고:《논어》〈헌문(憲問)〉에 "그분은 꼭 말해야 할 때가 된 뒤에야 말하기 때
    문에 남들이 그의 말을 듣기를 싫어하지 않는다.〔夫子時然後言 人不厭其言〕"라는 말이
    나온다.

129 한번……없는:《논어》〈자한(子罕)〉에 "삼군 속에서 보호를 받는 장수는 빼앗아 올 수
    있을지라도, 한 개인의 마음속에 들어 있는 신념은 빼앗을 수가 없다.〔三軍可奪帥也 匹
    夫不可奪志也〕"라는 말이 나온다.

130 옹원(擁轅)의 간청 : 급히 떠나야 할 수레바퀴를 부여안고 멈춰 세운 채 자신의 요청을
    들어줄 때까지 그 자리에 그대로 머물러 있겠다는 뜻으로, 절박한 심정에 쫓겨 한사
    코 요구하며 고집을 부리는 것을 말한다. 춘추 시대 제 경공(齊景公)에게 분성괄(盆成
    适)이 안영(晏嬰)을 통해 "사정이 이러한데도 신의 요청을 받아 주시지 않는다면 신은

하더라도 끝내는 탈사(脫屣)의 발자취를 따르고 말 것입니다.[131] 그래서
신이 일단은 작실(作室)의 자문을 받기로 하고 의문(倚門)의 염려를 받
들기로 하였습니다만,[132] 송목(宋穆)이 현능(賢能)한 자를 천거한 것과는
존몰(存歿)이 현격히 달라서 지금의 경우와는 차이가 있는 만큼,[133] 사안
(謝安)이 삼공(三公)에 임명되어 당했던 기롱을 생각해서라도 시종일관

모친의 시신을 모신 영구차를 끌고 도성 문 밖 처마 밑에 붙어 있으면서, 감히 먹고 마
실 엄두도 내지 못하고서 떠나야 할 수레바퀴를 부여안고 멈춰 세운 채, 나무가 말라
죽을 때까지 둥지를 떠나지 않는 새처럼 그 자리를 지키며, 옷을 벗어 한쪽 어깨와 정
강이뼈를 드러내고 대기하면서 임금이 불쌍히 여겨 주시기를 바랄 것입니다.[若此而
不得 則臣請軛尸車 而寄之於國門外宇溜之下 身不敢飲食 擁轅執輅 木乾鳥棲 袒肉暴骸 以
望君愍之]"라고 말한 고사에서 나온 것이다.《晏子春秋 卷7 外篇上》

131 끝내는……것입니다 : 신발을 벗듯 미련 없이 왕위를 떠날 것이라는 말이다. 순(舜) 임
금은 천자의 지위도 헌 신발 버리듯 할 것[猶棄敝蹝]이라는 말이 《맹자》〈진심 상(盡心
上)〉에 나오고, 한 무제(漢武帝)는 신선이 되기 위해 처자를 버리는 것을 신발을 벗듯
할 것[如脫屣]이라는 말이 《사기》 권12 〈효무본기(孝武本紀)〉에 나온다.

132 신이……하였습니다만 : 효공왕(孝恭王)이 어머니처럼 모시는 진성여왕(眞聖女王)의
걱정을 덜어 드리기 위해 일단 왕위를 계승한 다음, 진성여왕의 자문을 받아 가면서
정사를 행하기로 했다는 말이다. 작실(作室)은 집을 짓는다는 말로, 선왕의 유업을 이
어 바람직한 정치를 행하는 것을 비유한 말이다.《서경》〈대고(大誥)〉에 "아버지가 집
을 지으려 하여 이미 설계까지 끝냈다 하더라도, 그 자손이 집터도 닦으려 하지 않는
다면 어떻게 집이 완성되기를 기대할 수 있겠는가.[若考作室 旣底法 厥子乃弗肯堂 矧肯
構]"라는 말이 나온다. 의문(倚門)은 자식의 안부를 걱정하는 어버이의 간절한 심정을
비유한 말이다. 전국 시대 제(齊)나라 왕손가(王孫賈)가 15세에 민왕(閔王)을 섬겼는
데, 그 모친이 "네가 아침에 나가서 저녁에 돌아올 때면 내가 집 문에 기대어 너를 기
다렸고, 네가 저녁에 나가서 돌아오지 않을 때면 내가 마을 문에 기대어 너를 기다렸
다."라고 말한 고사에서 나온 것이다.《戰國策 齊策6》

133 송목(宋穆)이……만큼 : 춘추 시대 송 목공(宋穆公)도 조카에게 왕위를 물려주었지만,
그것은 어디까지나 세상을 떠난 뒤의 일이었고, 진성여왕은 생전에 조카에게 왕위를
물려주었으니, 둘 사이의 차이가 현격하다는 말이다. 송 목공은 선공(宣公)의 아우인
데, 선공의 간절한 부탁을 받고 그가 죽은 뒤에 왕위를 계승하여 9년간 재위하였다. 병
이 위독해지자 대사마(大司馬) 공보(孔父)를 불러 선공의 아들인 여이(與夷)가 현능(賢
能)하다고 하며 그를 즉위시키도록 부탁하고, 자기의 아들 풍(馮)은 정(鄭)나라로 내
보낸 뒤에 세상을 떠났다.《春秋左氏傳 隱公3年》

각별히 조심해야만 할 것입니다.[134]

그런데 군대의 작전에 관한 일은 그래도 근사하게나마 해 볼 수 있는 반면에, 도적을 토벌하는 일은 대부분 어그러지기 일쑤여서 무딘 칼을 갈면서 노력해 보지만 난국을 타개하지 못한 결과, 도적들이 그물을 빠져나가서 흉악하게 구는 정도가 더욱 심해지고 있습니다. 그리하여 심지어는 바다에 배 한 척도 띄울 수 없게 되고 육지에 수레 한 대도 보낼 수 없게 된 나머지, 일찌감치 관원을 파견하여 이렇게 절박한 사정을 아뢰게 하지도 못한 채, 제횡도(齊橫島)[135] 외곽에서 아직 풀리지 않은 분노의 바람결에 혼을 날리거나, 진제교(秦帝橋)[136] 주변에서 조회하러 가는

134　사안(謝安)이……것입니다 : 일단 왕위에 오른 이상에는 태자로 있을 때에 품고 있었던 원대한 뜻을 현실 정치에 발휘하여 뭇사람들의 기대를 저버리지 말아야 할 것이라는 말이다. 진(晉)나라 사안이 회계(會稽)의 동산(東山)에 20여 년 동안 한가히 은거하면서 조정의 부름에도 계속해서 응하지 않다가 마침내 나이 40에 몸을 일으켜 벼슬길에 나아가 삼공의 지위에까지 이르렀다. 그런데 처음에 환온(桓溫)의 사마(司馬)로 있을 적에 어떤 사람이 환온에게 약초를 바쳤는데, 그 속에 원지(遠志)라는 약초가 있는 것을 환온이 보고는 "이 약초는 또 소초라고도 하는데, 어째서 하나의 물건에 상반된 두 개의 이름이 있는 것인가?〔此藥又名小草 何以一物而有二稱〕"라고 사안에게 물었으나, 사안이 바로 대답하지 못하였다. 그러자 학륭(郝隆)이 옆에 있다가 "이것은 대답하기 매우 쉬운 문제입니다. 산속에 가만히 있을 때에는 원지라고 부르고, 산을 나오면 소초라고 부르는 것입니다.〔此甚易解 處則爲遠志 出則爲小草〕"라고 대답하니, 사안의 얼굴에 부끄러워하는 기색이 역력하였다고 한다.《世說新語 排調》신라의 왕이 당나라에서 삼공의 대우를 받는 점을 감안하여 고운이 이 사안의 고사를 인용한 것이다.

135　제횡도(齊橫島) : 제나라 전횡(田橫)의 섬이라는 말로, 오호도(嗚呼島) 혹은 반양산(半洋山)으로 알려져 있다. 전횡은 전국 시대 제왕(齊王)의 후예로서 진(秦)나라 말기에 자립하여 왕이 된 뒤에 형세가 불리해지자 부하 500여 인과 함께 섬으로 피해 들어갔는데, 그 뒤에 왕후(王侯)로 봉해 주겠다는 한 고조(漢高祖)의 부름을 받고서 낙양(洛陽)으로 가던 도중에 머리를 굽혀 신하가 되는 일은 차마 하지 못하겠다면서 자결하자, 이 소식을 들은 섬의 500여 인도 모두 자살하여 그 뒤를 따랐던 고사가 전한다.《史記 卷94 田儋列傳》

136　진제교(秦帝橋) : 진나라 황제의 다리라는 뜻으로, 전설로 전하는 진 시황(秦始皇)의

물결에 쓸개를 씻어 충성을 맹세하고 돌아오게 할 수밖에는 없었습니다. 신이 삼가 번방의 직무를 임시로 맡게 된 처지라서 행조(行朝)에 달려가 뵐 수 없기에 성은을 앙망하며 겁나고 떨리는 마음을 가누지 못하겠습니다.

석교(石橋)를 가리킨다. 진 시황이 동해(東海)에 바윗돌로 징검다리를 놓아 바다를 건너가서 해가 뜨는 곳을 보려고 하자, 신인(神人)이 바위를 바다로 몰고 가면서 채찍질을 하였으므로 바윗돌이 모두 피를 흘리며 붉게 변했다는 이야기가 진(晉)나라 복심(伏深)의 《삼제약기(三齊略記)》에 나온다.

사은표

謝恩表

신 모는 아룁니다. 신의 고모 탄(坦 진성여왕(眞聖女王))이 번방(蕃邦)의 직무를 임시로 맡고 있던 날에, 표문을 갖추어 추증에 관한 일을 청하였습니다. 그런데 지난 건녕(乾寧) 4년(897, 효공왕1) 7월 5일에 앞서 입조했던 경하판관(慶賀判官) 검교상서(檢校尙書) 사부낭중(祠部郎中) 사(賜) 자금어대(紫金魚袋) 신(臣) 최원(崔元)이 환국하였습니다. 그때 제지(制旨)를 삼가 받들건대, 망조(亡祖) 고(故) 계림주대도독(雞林州大都督) 검교태위(檢校太尉) 신(臣) 응(凝 경문왕(景文王))에게는 태사(太師)를, 망부(亡父) 고(故) 지절충영해군사(持節充寧海軍事) 검교태보(檢校太保) 신(臣) 정(晸 헌강왕(憲康王))에게는 태부(太傅)를 추증하시고, 이와 함께 관고(官告) 1통씩을 각각 내려 주셨습니다.

  은총이 천조(天朝)에서 내려와 영광이 일택(日宅 동방)에 가득하니, 온 나라 사람들이 더욱 감격스러워 하고 황천(黃泉)에 있는 선조들도 이 소식을 듣고서 기뻐하실 것입니다. 너무도 기쁘다 보니 슬퍼지는 심정을 참으로 느끼겠고, 너무도 영광스럽다 보니 더욱 두려운 마음이 들기만 합니다. -중략(中略)-

  신이 삼가 살펴보건대, 본국은 집집마다 지의(地義)[137]를 숭상하면서 온 나라 사람들이 천조의 인자함을 앙모해 왔습니다. 그래서 옛날에 원

---

137 지의(地義) : 천지간의 당연한 이치로서 변할 수 없는 법도라는 뜻인 천경지의(天經地義)의 준말로, 삼강오상(三綱五常)과 같은 예(禮)를 가리킨다. 《춘추좌씨전》 소공(昭公) 25년에 "대저 예라는 것은 하늘의 떳떳한 도이고, 땅의 후한 덕이며, 사람이 행하는 길이다.[夫禮 天之經也 地之義也 民之行也]"라는 말이 나온다.

조(遠祖) 정명(政明 신문왕(神文王))이 우러러《예기(禮記)》를 구했었는데, 그때 현종(玄宗) 성제(聖帝)가 특별히《효경(孝經)》을 하사하시면서 화성(化成)[138]의 뜻을 분명히 보인 것이 실록(實錄)에 드러나 있습니다.

신이 삼가《예기》를 살펴보건대, "종묘사직을 지키는 자손이 그 선조에게 선행이 있는데도 알지 못한다면 이는 밝지 못한 것이요, 알고서도 후세에 전하지 않는다면 이는 어질지 못한 것이다.〔子孫之守宗廟社稷者 其先祖有善而弗知 不昭也 知而不傳 不仁也〕"[139]라고 하였고, 또《효경》을 상고해 보건대, "몸을 세우고 이름을 드날려 부모님을 드러나게 하는 것이 효의 마지막이다.〔立身揚名 以顯父母 孝之終也〕"[140]라고 하였습니다.

신이 살펴보건대, 망조(亡祖) 증(贈) 태사(太師) 응(凝)은 과거 함통(咸通)[141] 연간에 재위하였습니다. 그때는 교화가 널리 행해져서 천하가 천자의 풍화(風化)를 똑같이 받고 있었으므로, 은덕이 바다 모퉁이 해 뜨

138　화성(化成) : 시서예악(詩書禮樂)의 가르침에 의거하여 교화시키는 것을 말한다.《주역》〈비괘(賁卦) 단(象)〉에 "천문을 관찰하여 사시의 변화를 살피고, 인문을 관찰하여 천하에 교화를 펼친다.〔觀乎天文 以察時變 觀乎人文 以化成天下〕"라는 말이 나오는데, 당(唐)나라 공영달(孔穎達)이 해설하기를 "성인이 인문을 관찰한다는 것은 시서예악을 의미하니, 이 가르침을 법도로 삼아서 천하를 교화시킨다는 말이다.〔言聖人觀察人文 則詩書禮樂之謂 當法此教而化成天下也〕"라고 하였다.

139　종묘사직을……것이다 :《예기》〈제통(祭統)〉에 "종묘사직을 지키는 자손이 그 선조에게 선행이 없는데도 칭찬한다면 이는 속이는 것이요, 선행이 있는데도 알지 못한다면 이는 밝지 못한 것이요, 알고서도 후세에 전하지 않는다면 이는 어질지 못한 것이니, 이 세 가지를 군자는 부끄럽게 여기는 바이다.〔子孫之守宗廟社稷者 其先祖無美而稱之 是誣也 有善而弗知 不明也 知而弗傳 不仁也 此三者 君子之所恥也〕"라는 말이 나온다.

140　몸을……마지막이다 :《효경》〈개종명의장(開宗明義章)〉에 "이 몸은 모두 부모님에게서 받은 것이니 감히 다치지 않게 하는 것이 효의 시작이요, 자신의 몸을 바르게 세우고 바른 도를 행하여 이름을 후세에 드날림으로써 부모님을 드러나게 해 드리는 것이 효의 마지막이다.〔身體髮膚 受之父母 不敢毁傷 孝之始也 立身行道 揚名於後世 以顯父母 孝之終也〕"라는 말이 나온다.

141　함통(咸通) : 당 의종(唐懿宗)의 연호로 860년에서 873년까지이다.

는 곳까지 미쳤습니다. 그래서 몸은 동이(東暆)[142]에 얽매어 있으면서도 마음은 북극(北極)[143]으로 치달렸는데, 멀리 떨어져 있는 번방(蕃邦)을 지키느라 주(周)나라의 음악을 들을 기회는 없었지만,[144] 유학(儒學)의 도를 받들면서 오직 노(魯)나라의 경지[145]에 이르기를 기약하였습니다.

그리고 공무를 살피느라 여유가 없는 중에서도 학문을 좋아하며 스스로 즐겼습니다. 그리하여 〈중화(中和)〉와 〈선포(宣布)〉의 시가[146]를 읊조리며 지나간 철인의 뜻을 공경히 받들고, 태평(太平) 금직(錦織)의 송가[147]를 노래하며 옛날 현자의 모습을 우러러보다가 마침내는 〈유능한

---

142 동이(東暆) : 낙랑군(樂浪郡)에 속한 현(縣)의 이름으로, 여기서는 신라를 가리킨다. 송(宋)나라 왕응린(王應麟)이 지은 《한예문지고증(漢藝文志考證)》 권8 〈동이령(東暆令)〉에 "〈지리지〉에 의하면 그 현은 낙랑군에 있다.[地理志 縣在樂浪郡]"라고 하였다.

143 북극(北極) : 북신(北辰), 즉 북극성과 같은 말로, 중국의 황제 혹은 조정을 비유한 말이다. 《논어》 〈위정(爲政)〉에 "덕정(德政)을 펴게 되면, 가만히 제 자리를 지키고 있는 북극성 주위로 뭇별들이 향해 오는 것처럼 될 것이다.[爲政以德 譬如北辰居其所 而衆星共之]"라는 말이 나온다.

144 멀리……없었지만 : 신라라는 협소한 공간을 벗어나서 중국의 선진 문명을 접하고 견문을 넓힐 기회를 가질 수 없었다는 말이다. 춘추 시대 오(吳)나라 공자 계찰(季札)이 중원의 각 나라에 사신으로 나가서 풍속을 살폈는데, 특히 노(魯)나라에서 주대(周代) 각국의 음악을 모두 듣고는 하나하나 적절하게 품평을 가했던 일화가 유명하다. 《史記 卷31 吳太伯世家》

145 노(魯)나라의 경지 : 《논어》 〈옹야(雍也)〉에 "제나라를 한번 변화시키면 노나라의 경지에 이르게 할 수 있고, 노나라를 한번 변화시키면 선왕의 도의 경지에 이르게 할 수 있다.[齊一變至於魯 魯一變至於道]"라는 공자(孔子)의 말이 나온다.

146 중화(中和)와 선포(宣布)의 시가 : 황제의 덕을 칭송하는 노래를 뜻한다. 한 선제(漢宣帝) 때 익주 자사(益州刺史) 왕양(王襄)이 천자의 풍화(風化)를 천하에 알리기 위하여 왕포(王褒)로 하여금 〈중화(中和)〉, 〈낙직(樂職)〉, 〈선포(宣布)〉 등의 시를 짓게 한 다음 이를 〈녹명시(鹿鳴詩)〉의 가락에 맞춰서 노래하게 했던 고사가 전한다. 《漢書 卷64下 王褒傳》

147 태평(太平) 금직(錦織)의 송가 : 《조선사략(朝鮮史略)》 권2에 "왕이 또 직접 〈태평송〉을 지은 뒤에 비단에 수놓아 황제에게 바쳤다.[王又自製太平頌 織錦爲紋以獻]"라는 기록이 보인다. 왕은 신라 진덕여왕(眞德女王), 황제는 당 고종(唐高宗)을 가리킨다.

인재를 구하는 부(求賢才賦) 1편(篇)과 〈황제의 교화를 찬미하는 시[美皇化詩]〉6운(韻)을 지었으니, 이는 대개 화합을 다지며 먼 지방 사람들을 회유하는 덕과 우수한 인재를 뽑아 높은 자리에 등용하는 재능을 읊은 것이었습니다. 그러고는 이를 사람들에게 보여 주고 완미(翫味)하며 보배로 삼게 하였으니, 감히 죽어서도 썩지 않을 일[148]이라고 말할 수 있겠습니까마는, 대강은 그래도 찬연히 볼만한 점[149]이 있다고 할 것입니다.

신이 또 살펴보건대, 망부(亡父) 증(贈) 태부(太傅) 신(臣) 정(晟)은 얼마 전 건부(乾符)[150] 말년에 이르러 해내(海內)에 풍파가 조금씩 일어나고 관하(關河)에 요기가 빈번히 발생하던 중에 급기야 도적이 함진(咸秦 장안(長安))을 핍박하여 대가(大駕)가 용촉(庸蜀 사천(四川))으로 순행하게 되는 사태를 당하였습니다. 이에 선신(先臣)이 초자(楚子)의 소매를 떨치고[151] 종군(終軍)의 밧줄을 자청하면서[152] 하뢰(下瀨)의 군대[153]를 일제히

---

148 죽어서도……일:《춘추좌씨전》양공(襄公) 24년에 "덕을 세우는 것이 최상이요, 공을 세우는 것이 그다음이요, 말을 세우는 것이 그다음인데, 이 세 가지는 세월이 아무리 흘러도 없어지지 않으니, 이를 일러 썩지 않는다고 한다.[太上有立德 其次有立功 其次有立言 雖久不廢 此之謂不朽]"라는 이른바 삼불후(三不朽)에 대한 말이 나온다.

149 찬연히……점:양(梁)나라 소명태자(昭明太子) 소통(蕭統)이 지은 《문선(文選)》〈서문(序文)〉에 "그러므로 그때까지는 그래도 《시경》의 풍도를 찬연히 볼만한 점이 있었는데, 한나라 중엽부터는 그 길이 점차 달라지고 말았다.[故風雅之道 粲然可觀 自炎漢中葉 厥塗漸異]"라는 말이 나온다.

150 건부(乾符):당 희종(唐僖宗)의 연호로 874년에서 879년까지이다.

151 초자(楚子)의 소매를 떨치고:신라 헌강왕(憲康王)이 그 소식을 듣고는 격분하여 복수하려고 했다는 말이다. 춘추 시대 초 장왕(楚莊王)이 자기의 사신을 송(宋)나라에서 죽였다는 말을 듣자 격분한 나머지, "소매를 떨치고 일어나서 달려 나가느라, 신발은 궁전 앞 토방에서 신고, 칼은 침문 밖에서 허리에 차고, 수레는 포서라는 시가지에서 올라탔는데, 이렇게 해서 마침내 9월에 송나라를 포위하였다.[投袂而起 屨及於窒皇 劍及於寢門之外 車及於蒲胥之市 秋九月 楚子圍宋]"라는 '초자투메(楚子投袂)'의 고사가 《춘추좌씨전》선공(宣公) 14년에 나온다.

152 종군(終軍)의 밧줄을 자청하면서:적의 괴수를 결박할 밧줄을 청했다는 말로, 직접 전

동원하여 상국의 국난에 몸 바칠 결심을 하였습니다.

이에 고(故) 동면도통 회남절도사(東面都統淮南節度使) 고변(高騈)이 두레박줄이 짧아서 긴 채찍을 빌리려고 해서가 아니라[154] 단지 선성(先聲)에 유념하여 장차 후실(後實)을 거둘 목적으로[155] 번방의 정성을 위에 진달하여 밖으로 군위(軍威)를 떨치려고 하였으니, 이는 어디까지나 전규(前規)를 그대로 따른 것으로서 원려(遠慮)에 잘못된 것이 없었습니다.

그런데 그때 마침 본도(本道)의 고(故) 청주 절도사(靑州節度使) 안사유(安師儒)가 그 일을 월포(越庖)[156]의 행위라고 생각하고는 이 고즙(叩

쟁터에 나가 적을 격파하고 황제의 은혜에 보답하려 했다는 말이다. 한(漢)나라 간의 대부(諫議大夫) 종군(終軍)이 남월(南越)에 사신으로 가겠다고 자청하면서 "긴 밧줄 하나만 주시면 남월왕을 꽁꽁 묶어 대궐 아래에 바치겠다.[願受長纓 必羈南越王而致之闕下]"라고 장담한 고사가 전한다. 《漢書 卷64下 終軍傳》

153 하뢰(下瀨)의 군대 : 하뢰장군(下瀨將軍)의 군대라는 뜻으로, 중국에 귀의한 신라의 의용군이라는 뜻이다. 남월(南越)의 승상 여가(呂嘉)가 반란을 일으켜 남월왕 조흥(趙興)과 왕태후와 한(漢)나라 사신을 죽이자, 한 무제(漢武帝) 원정(元鼎) 5년(기원전 112)에 노박덕(路博德)을 복파장군(伏波將軍)으로 삼고, 양복(楊僕)을 누선장군(樓船將軍)으로 삼아 정벌하게 하였다. 그런데 이때 예전에 한나라에 귀의하여 후(侯)가 된 남월 사람 2인을 각각 과선장군(戈船將軍)과 하뢰장군에 임명한 뒤에 함께 토벌에 참가해서 반란을 평정하게 한 고사가 있다. 《史記 卷113 南越列傳》

154 두레박줄이……아니라 : 고변(高騈)의 역량이 부족해서 이를 보완하려고 별로 도움도 되지 않는 미약한 신라의 힘을 빌리려고 한 것이 아니라는 말이다. 두레박줄이 짧다는 것은 재능이나 식견이 부족해서 일을 감당할 능력이 없는 것을 말한다. 《장자(莊子)》 〈지락(至樂)〉의 "두레박줄이 짧으면 깊은 우물의 물을 길을 수가 없다.[綆短者不可汲深]"라는 말에서 유래한 것이다. 긴 채찍은 보기에는 그럴 듯해도 실제로는 효용 가치가 별로 없거나 역불급(力不及)인 경우를 비유하는 말로 쓰이는데, 여기서는 신라의 겸사로 쓰였다. 《춘추좌씨전》 선공(宣公) 15년에 "채찍이 아무리 길다 해도 말의 배까지 휘두를 수는 없다.[雖鞭之長 不及馬腹]"라는 말이 나온다.

155 단지……목적으로 : 먼저 성대하게 아군 연합군의 위세를 과시하여 적군이 겁을 먹게 한 뒤에 무력으로 제압하여 결정적인 승리를 거둘 심산으로 신라의 요청을 받아들이려 했다는 말이다. 《사기》 권92 〈회음후열전(淮陰侯列傳)〉에 "먼저 겁을 주고 나서 실력으로 제압하는 작전이 원래 있는데, 바로 이런 경우를 두고 말하는 것이다.[兵固有先聲而後實者 此之謂也]"라는 말이 나온다.

楫)[157]의 거조를 저지하였는데, 말로는 신중하게 처리해야 한다고 하였지만 속으로는 혹 전날의 일을 망각했다고 여겨서 그런 것인지도 모르겠습니다.[158] 그리하여 사인(使人)을 특별히 급파하여 군사 작전을 제약했기 때문에 먼 변방의 충성을 펼 길이 없어져서 선신(先臣)이 많은 한을 품고 세상을 떠났습니다.

그러고 보면 신의 조부가 문덕(文德)을 앙모하며 따른 것이 이미 저와 같았고, 선고(先考)가 무공(武功)을 돕기를 소원했던 것이 또 이와 같았음을 알 수 있습니다.

돌아보건대 본국은 무덕(武德)[159]으로부터 개원(開元)[160]에 이르기까지 왕의 초상을 당할 때마다 모두 고인의 명예를 아름답게 장식하는 은혜를 입었는데, 추증하는 그 은총이 우연히 중도에 끊어져서 먼 변방에서는 실로 큰 수치로 여겨 왔습니다. 그래서 신의 망부(亡父) 정(晸)이 효성을 다 바치려고 하다가 임종 때에 간절히 슬픈 유촉(遺囑)을 남겼

156　월포(越庖) : 분수를 모르고 주제넘게 행동한다는 뜻으로, 월권(越權)과 같은 말이다. 《장자》〈소요유(逍遙遊)〉의 "요리하는 사람이 주방에서 일을 잘 처리하지 못한다고 해서 시동이나 축관이 제기를 뛰어넘어 와서 그 일을 대신할 수는 없는 일이다.〔庖人雖不治庖 尸祝不越樽俎而代之矣〕"라는 말에서 파생된 것이다.

157　고즙(叩楫) : 노를 들어 뱃전을 친다는 말로, 중원의 회복을 다짐하며 충성을 맹세하는 것을 비유하는 말이다. 동진(東晉)의 조적(祖逖)이 중원의 회복을 자신의 사명으로 삼고서 초모(招募)한 군대를 이끌고 장강(長江)을 건너갈 적에, 강 한복판에서 비분강개한 심정으로 노를 들어 뱃전을 치며 "중원을 평정하지 않고서는 이 강을 다시 건너지 않겠다."라고 하면서 강을 두고 맹세한 고사가 전한다.《晉書 卷62 祖逖列傳》

158　속으로는……모르겠습니다 : 그동안 하북도(河北道)의 청주 절도사로서 신라의 지역까지도 관할하며 각별한 관계를 맺어 온 자기를 무시한 채 직접 고변(高駢)의 휘하에 들어가서 출전하려고 하는 신라의 행위를 괘씸하게 여겨서 출동을 저지했는지도 모르겠다는 말이다.

159　무덕(武德) : 당 고조(唐高祖)의 연호로 618년에서 626년까지이다.

160　개원(開元) : 당 현종(唐玄宗)의 연호로 713년에서 741년까지이다.

고, 신의 고모인 탄도 앞서 위악(韡蕚)[161]이 시들어 땅에 졌을 때 육아(蓼莪)[162]의 비통함을 더욱 느끼면서 운천(雲天)의 은택을 깊이 앙망하며 강호(岡岵)[163]에게 추증의 영광이 내리기를 바라 마지않았던 것입니다.

그런데 효성을 바치고 싶어 하는 그 마음은 이해할 수 있다고 하더라도 계속 귀찮게 해 드린 그 죄는 피하기 어려웠는데, 황제 폐하께서 황공하게도 자애로운 분부를 내려 간절한 소원을 윤허해 주시면서 상공(上公)의 귀한 작위를 특별히 허용하여 먼 변방의 죽은 영혼에게 나누어 주실 줄이야 어떻게 생각이나 하였겠습니까. 가장 큰 효도는 어버이를 높여 드리는 것[大孝尊親][164]인 만큼, 그 점에서는 한 지방이 다행스럽게 되었다고 하겠습니다마는, 은혜만을 늘 생각하는 소인[小人懷惠][165]의 입장에서 본다면, 만번 죽는다 하더라도 어떻게 이 은혜를 갚을 수가 있겠

---

161 위악(韡蕚) : 형제를 뜻하는 말인데, 여기서는 진성여왕의 오빠인 헌강왕(憲康王)과 정강왕(定康王)을 가리키는 말로 쓰였다. 형제간의 우애를 읊은 《시경》〈상체(常棣)〉에 "아가위 꽃송이 활짝 피어 울긋불긋, 지금 어떤 사람들도 형제만 한 이는 없지.[常棣之華 鄂不韡韡 凡今之人 莫如兄弟]"라는 말이 나온다.

162 육아(蓼莪) : 《시경》〈소아(小雅)〉의 편명으로, 돌아가신 어버이를 생각하며 슬퍼하는 시인데, 여기서는 경문왕(景文王)을 가리킨다. 진(晉)나라 왕부(王裒)가 《시경》을 가르칠 적에 이 시편의 "슬프고 슬프다 우리 부모여, 나를 낳아 기르느라 얼마나 애쓰셨나.[哀哀父母 生我劬勞]"라는 구절을 접할 때마다 가슴 아파하며 눈물을 흘리지 않은 적이 없었으므로 학생들이 나중에는 이 편을 생략하였다는 고사가 전한다. 《晉書 卷88 孝友列傳 王裒》

163 강호(岡岵) : 형과 부친을 뜻하는 시어이다. 《시경》〈척호(陟岵)〉는 효자가 부역을 나가서 어버이와 형을 잊지 못하는 심정을 노래한 것인데, 그 첫째 장에 "저 민둥산에 올라가서 아버님 계신 곳을 바라본다.[陟彼岵兮 瞻望父兮]"라고 하였고, 셋째 장에 "저 산 등성이에 올라가 형님 계신 곳을 바라본다.[陟彼岡兮 瞻望兄兮]"라고 하였다.

164 가장……것 : 《예기》〈제의(祭義)〉에 "효에는 세 가지가 있다. 어버이를 높여 드리는 것이 가장 크고, 어버이를 욕되게 하지 않는 것이 그다음이고, 제대로 봉양하는 것이 마지막이다.[孝有三 大孝尊親 其次弗辱 其下能養]"라는 증자(曾子)의 말이 나온다.

165 은혜만을……소인 : 《논어》〈이인(里仁)〉에 "군자는 늘 나라의 법도를 생각하고, 소인은 늘 은혜만을 생각한다.[君子懷刑 小人懷惠]"라는 공자의 말이 나온다.

습니까.

그리고 태사(太師)의 직위로 말하면, 멀리로는 문왕(文王)이 은(殷)나라 비간(比干)[166]에게 주고, 가까이로는 덕종(德宗)이 곽상보(郭尙父)[167]에게 준 벼슬이며, 또 태부(太傅)로 말하면, 약간 고지식한 왕릉(王陵)이 구첨(具瞻)의 자리에 있다가 임명된 벼슬이고,[168] 중용(中庸)으로 이름난 호광(胡廣)이 처음부터 진배(眞拜)의 관직을 거쳐서 제수된 지위입니다.[169]

또 존몰(存歿)을 비교하기 어렵고[170] 화이(華夷)의 차이가 있다고는 하

---

166 비간(比干) : 은(殷)나라 왕실의 종친으로, 포학하고 음란한 주왕(紂王)에게 간하다가 살해당하였다.

167 곽상보(郭尙父) : 당 덕종(唐德宗) 때 상보(尙父)의 호를 하사받은 곽자의(郭子儀)를 가리킨다. 숙종(肅宗) 때 안사(安史)의 난을 평정하고 분양왕(汾陽王)에 봉해져서 곽 분양(郭汾陽)이라고 불리기도 한다. 무려 20년 동안 천하의 안위를 한 몸에 짊어진 불세출의 명장이다.《新唐書 卷137 郭子儀列傳》

168 약간……벼슬이고 : 한 고조(漢高祖) 말년에 여후(呂后)가 소하(蕭何) 사후에 누가 그 상국(相國) 자리를 이을 만한지 묻자, "조참(曹參)이 좋다."라고 대답하였고, 그 다음을 물으니, "왕릉이 괜찮다. 하지만 약간 고지식한데, 진평이 도와주면 될 것이다.〔王陵可然陵少戇 陳平可以助之〕"라고 대답한 고사가 있다.《史記 卷8 高祖本紀》혜제(惠帝) 6년(기원전 189)에 왕릉이 우승상(右丞相)에 임명되었는데, 여후가 여씨(呂氏)들을 왕으로 봉하려 했을 적에 왕릉이 결사적으로 반대하자, 여후가 그를 태부(太傅)로 옮겼다. 형식상으로는 승진한 것이었으나 실제로는 명예직으로서 승상의 실권을 빼앗은 것이었다. 구첨(具瞻)은 모두가 쳐다보는 자리라는 뜻으로, 재상(宰相)을 뜻한다.

169 중용(中庸)으로……지위입니다 : 후한(後漢) 호광(胡廣)은 벼슬하는 30여 년 동안 여섯 황제를 섬기면서 사공(司空) 1회, 사도(司徒) 2회, 태위(太尉) 3회를 역임하고 태부(太傅)에 올랐는데, 당시에 "어떤 일이든 잘 모르면 백시에게 물어보라. 천하의 중용은 호공에게 있나니라.〔萬事不理問伯始 天下中庸有胡公〕"라는 말이 경사(京師)에 유행했다고 한다. 백시는 호광의 자이다.《後漢書 卷44 胡廣列傳》진배(眞拜)는 명예직이 아닌 실직이라는 말이다.

170 존몰(存歿)을 비교하기 어렵고 : 중국의 신하에게는 생전에 수여되었고, 신라의 왕에게는 사후에 추증된 만큼, 똑같은 차원에서 비교하기 어려운 점이 있는 것도 사실이라는 말이다.

더라도 우악한 은총이 유명(幽冥)에까지 적셔지고 황은의 물결이 먼 지
방에까지 번졌습니다. 생각건대 조부와 부친이 공훈을 세운 것도 아니
요 수고를 한 것도 아니기에 절피남산(節彼南山)의 시와 같을까 하여 삼
사(三師)의 직질이 더욱 부끄럽긴 합니다마는,[171] 방저동해(放諸東海)의
글에 보이는 것처럼 백행(百行)의 근본이 되는 효(孝)만은 오직 흠모하는
바입니다.[172]

　신이 바라는 바는 〈제후장(諸侯章)〉[173]은 영원히 나라의 법도가 되게
하고, 《효자전(孝子傳)》[174]은 집안의 전통에 보탬이 거의 없게 하는 것입

171　절피남산(節彼南山)의……합니다마는 : 자격도 없이 태사(太師) 등의 직위를 추증받
　　아서 겸연쩍다는 뜻의 겸사이다. 《시경》 〈절남산(節南山)〉은 가보(家父)라는 주(周)나
　　라 대부가 태사(太師) 윤씨(尹氏)를 풍자한 시인데, 그중에 "우뚝 솟은 저 남산이여, 바
　　윗돌이 겹겹이 쌓여 있도다. 빛나고 빛나는 태사 윤씨여, 백성들이 모두 그대만을 쳐다
　　보고 있도다.〔節彼南山 維石巖巖 赫赫師尹 民具爾瞻〕"라는 말과 "윤씨가 나라를 공평하
　　게 다스려야 할 위치에 있었고 보면, 온 세상이 제대로 유지되도록 노력했어야 할 것이
　　다.〔秉國之均 四方是維〕"라는 말과 "빛나고 빛나는 태사 윤씨여, 고르게 다스리지 못했
　　으니 일러 무엇 하겠는가.〔赫赫師尹 不平謂何〕"라는 말과 "가보가 이에 시를 지어서, 임
　　금이 당한 환란의 원인을 구명하였노라.〔家父作誦 以究王訩〕"라는 말 등이 나온다. 삼
　　사(三師)는 삼공(三公)과 유사한 말로, 태사(太師)·태부(太傅)·태보(太保)를 가리킨다.

172　방저동해(放諸東海)의……바입니다 : 종(縱)으로 하면 상하의 끝까지 이르고, 횡(橫)
　　으로 하면 사방의 끝까지 이르고, 후세에 전하면 끝나는 때가 없는 위대한 효의 도를
　　공경히 따르겠다는 말이다. 《예기》 〈제의(祭義)〉에 "대저 효의 덕이란 어떠한 것인가.
　　이것을 세워 두면 하늘과 땅에 가득 차고, 이것을 펼쳐 두면 사방의 바다에 퍼지고,
　　후세에 전하면 아침저녁이 없게 될 것이다. 이것을 밀어서 동해에 이르게 하면 동해
　　와 수준(水準)이 같아지고, 이것을 밀어서 서해에 이르게 하면 서해와 수준이 같아지
　　고, 이것을 밀어서 남해에 이르게 하면 남해와 수준이 같아지고, 이것을 밀어서 북해
　　에 이르게 하면 북해와 수준이 같아진다.〔夫孝 置之而塞乎天地 溥之而橫乎四海 施諸後
　　世而無朝夕 推而放諸東海而準 推而放諸西海而準 推而放諸南海而準 推而放諸北海而準〕"라
　　는 증자(曾子)의 말이 나온다.

173　제후장(諸侯章) : 제후의 효(孝)의 도리에 대해서 논한 《효경》 〈제후장〉을 말한다.

174　효자전(孝子傳) : 숱하게 많지만 그중에서 한(漢)나라 소광제(蕭廣濟)의 《효자전》 15권
　　을 비롯하여, 유향(劉向)·사각수(師覺授)·송궁(宋躬)·정집(鄭緝) 등의 효자전이 유명
　　하다.

니다. 구족을 화목하게 한〔以親九族〕 일을 앙모하며 고모 탄(坦)이 근사
하게 행했다고 한다면[175] 부모님 두 분을 생각하는〔有懷二人〕 시[176]와 비
슷하게라도 닮고 싶은 것이 신 요(嶢)의 소원입니다.

　삼가 사군(四郡)에 비루하게 거하면서 구원(九原)의 슬픔에 뒤따라 잠
기게 된 탓으로, 천정(天庭)에 급히 달려가서 운폐(雲陛)에 눈물로 감사
드리지 못합니다.

175　구족(九族)을……한다면 : 진성여왕이 성현을 본받아서 수신과 제가를 제대로 하기
　　위해 노력했다는 말이다. 《서경》〈요전(堯典)〉에 "요 임금이 큰 덕을 제대로 밝혀 구족
　　을 친애하자 구족이 화목하게 되었다. 구족이 화목해지자 기내(畿內)의 백성들을 평
　　등하게 다스리며 밝게 가르쳤다. 백성들이 밝게 되자 만방의 제후국을 화목하게 하였
　　다.〔克明俊德 以親九族 九族旣睦 平章百姓 百姓昭明 協和萬邦〕"라는 말이 나오는데, 극명
　　준덕(克明俊德)은 수신, 친구족(親九族)은 제가, 평장백성(平章百姓)은 치국, 협화만방
　　(協和萬邦)은 평천하에 해당한다. 구족(九族)은 고조(高祖)부터 현손(玄孫)까지의 친척
　　을 말한다.
176　부모님……시 :《시경》〈소완(小宛)〉은 난세에 형제가 서로 조심하며 화를 면하자고 다
　　짐한 시인데, 그중에 "나의 마음 근심하고 슬퍼하면서, 옛날의 선인을 생각하노라. 먼
　　동이 트도록 잠을 못 자고, 부모님 두 분을 생각하노라.〔我心憂傷 念昔先人 明發不寐 有
　　懷二人〕"라는 말과 "일찍 일어나고 밤늦게 잠들어서, 너를 낳아 주신 분을 욕되게 하지
　　말라.〔夙興夜寐 無忝爾所生〕"라는 말과 "두려워하고 마음 졸이며, 살얼음 밟듯 할지어
　　다.〔戰戰兢兢 如履薄冰〕"라는 등의 말이 나온다.

북국이 위에 있도록 허락하지 않은 것을 사례하며 올린 표문
謝不許北國居上表

신 모는 아룁니다. 신이 본국 숙위원(宿衛院)의 장보(狀報)를 보건대, 지난 건녕(乾寧) 4년(897, 효공왕1) 7월에 발해(渤海)의 하정사(賀正使)인 왕자 대봉예(大封裔)가 소장(訴狀)을 올려, 발해가 신라의 위에 있도록 허락해 주기를 청하였습니다. 삼가 칙지를 받들건대 "국명(國名)의 선후는 본래 강약을 따져서 칭하는 것이 아니다. 조제(朝制)의 등위(等威)를 지금 어떻게 성쇠를 가지고 고칠 수가 있겠는가. 그동안의 관례대로 하는 것이 당연하니, 이 선시(宣示)를 따르도록 하라."라는 내용이었습니다.

황제의 조칙을 내려 조정의 반열을 바로잡아 주심에 적신(積薪)의 근심은 일단 사라졌습니다마는,[177] 집목(集木)의 두려움은 더욱 절실해지기만 합니다.[178] 생각건대 하늘이 속마음을 훤히 비춰 보고 계시니, 어느

---

177 적신(積薪)의……사라졌습니다마는: 발해가 신라보다 위에 있게 될 걱정은 없어졌다는 말이다. 적신은 장작더미를 쌓을 때 나중의 장작이 맨 위에 놓이는 것처럼 뒤에 온 자가 오히려 앞자리를 차지하는 것을 말한다. 한(漢)나라 급암(汲黯)이 공손홍(公孫弘)이나 장탕(張湯) 등 자신의 후배들이 자기보다 높은 지위로 계속 승진하자, 이에 불만을 품고는 한 무제(漢武帝)에게 "폐하가 신하들을 임용하는 것을 보면 마치 장작더미를 쌓는 것 같아서, 뒤에 온 자들이 맨 윗자리를 차지하고 있다.〔陛下用群臣如積薪耳 後來者居上〕"라고 호소한 고사가 있다.《史記 卷120 汲鄭列傳》

178 집목(集木)의……합니다: 나무에서 혹시라도 떨어질까 조심하는 것처럼 매사에 조심하며 실수가 없도록 해야겠다는 마음이 더욱 절실해진다는 말이다.《시경》〈소완(小宛)〉에 "우리는 온유하고 공손해야 한다, 나무 위에 아슬아슬 앉아 있는 것처럼. 우리는 무서워하며 조심해야 한다, 깊은 골짜기를 굽어보고 있는 것처럼. 우리는 전전긍긍해야 한다, 얇은 얼음을 밟고 있는 것처럼.〔溫溫恭人 如集于木 惴惴小心 如臨于谷 戰戰兢兢 如履薄氷〕"이라는 말이 나온다.

곳에 몸을 두어야 할지 모르겠습니다. -중략(中略)-

신이 듣건대, 《예기(禮記)》에서 근본을 잊지 않는 것[不忘其本][179]을 귀하게 여긴 것은 부허(浮虛)함을 경계하기 위함이요, 《서경(書經)》에서 법도를 조심하며 행할 수 있다[克愼厥猷][180]고 일컬은 것은 참월(僭越)을 방지하기 위함이라고 하였습니다. 따라서 자기의 분수를 따르지 않는다면 이는 후회를 자초하는 일이라고 해야 할 것입니다.

신이 삼가 발해의 원류를 살펴보건대, 고구려가 멸망하기 이전에는 본디 이름도 없는 조그마한 부락에 불과하였는데, 말갈(靺鞨)의 족속이 번성해지면서 율말(栗末)[181]이라는 소번(小蕃)의 이름을 갖게 되었습니다. 이들은 일찍이 고구려의 유민들을 따라 강제로 내지(內地)로 옮겨져서 살았는데, 그 수령인 걸사우(乞四羽)와 대조영(大祚榮) 등이 무후(武后)가 임조(臨朝)할 즈음에 이르러, 영주(營州)에서 반란이 일어나자 그 기회에 그곳에서 도주하여 문득 황구(荒丘)를 차지하고는 비로소 진국(振國)이라고 칭하였습니다.[182]

---

179 근본을……것:《예기》〈향음주의(鄕飮酒義)〉에 "동이에 청수(淸水)를 담아 두는 것은 사람들에게 예법이 나온 근본을 잊지 않도록 가르치기 위함이다.[尊有玄酒 教民不忘本]"라는 말이 나온다.

180 법도를……있다: 채숙(蔡叔)의 아들 채중(蔡仲)을 타이른 《서경》〈채중지명(蔡仲之命)〉에 "소자 호야. 네가 조부인 문왕(文王)의 덕을 따르고 부친의 행실을 고쳐서 법도를 삼가며 행할 수 있게 되었다. 그래서 내가 너를 명하여 동쪽 지방의 제후로 삼노니, 너의 봉국(封國)에 가서 공경히 행할지어다.[小子胡 惟爾率德改行 克愼厥猷 肆予命爾 侯于東土 往卽乃封 敬哉]"라는 말이 나온다.

181 율말(栗末):《북사(北史)》권94〈물길열전(勿吉列傳)〉에 이에 대한 설명이 나온다. 《신당서(新唐書)》권219〈북적열전(北狄列傳) 흑수말갈(黑水靺鞨)〉과 《금사(金史)》권1〈서언(序言)〉에는 속말(栗末)로 되어 있다. 물길(勿吉)은 말갈(靺鞨)의 별칭이다.

182 이들은……칭하였습니다: 걸사우(乞四羽)는 말갈(靺鞨) 추장의 이름으로 걸사는 성이요, 우는 이름이다. 《문헌통고(文獻通考)》권326〈사예고(四裔考) 3 발해(渤海)〉에서는 《구당서(舊唐書)》권199하〈북적열전(北狄列傳) 발해말갈(渤海靺鞨)〉과 《신당서(新

당시에 그곳에는 고구려의 유신(遺燼 유민(遺民))과 물길(勿吉)의 잡류(雜流)가 있었는데, 백산(白山 장백산(長白山))에서 악명을 떨치며 떼로 모

唐書》권219 〈북적열전(北狄列傳) 발해(渤海)〉에 기록된 대로 걸사비우(乞四比羽)라고 하였고, 《자치통감(資治通鑑)》권210 〈당기(唐紀) 26〉에는 걸사북우(乞四北羽)라고 하였다. 이 부분에 대한 《자치통감》의 기록을 소개하면 다음과 같다. "이에 앞서 고구려가 멸망하자, 그 별종인 대조영이 영주로 옮겨져서 이곳에 거주하였다. 그러다가 이진충이 반란을 일으키자, 그 기회에 대조영이 말갈의 걸사북우와 함께 무리를 모아 영주를 빠져나온 뒤 동쪽으로 이동해서 험준한 형세를 의지하고 근거지를 삼았다. 이진충이 죽자, 측천무후가 장군 이해고로 하여금 남은 무리를 토벌하게 하였다. 이해고가 걸사북우를 공격하여 목을 베고는 군대를 이끌고서 천문령을 넘어 대조영을 압박하였다. 대조영이 이를 맞아 싸우니, 이해고가 크게 패하여 간신히 목숨만 건져 달아났다. 대조영이 마침내 무리를 인솔하고 동쪽으로 동모산에 거하여 성을 쌓고 거하였다. 대조영은 용맹이 뛰어나고 전투를 잘하였으므로, 고구려와 말갈 사람들이 점점 그에게 귀의하였다. 땅은 사방 2천 리, 호구는 10여 만, 정예 군사는 수만에 이르렀다. 이에 대조영이 스스로 진국왕이라고 칭하였다.〔初高麗旣亡 其別種大祚榮徙居營州 及李盡忠反 祚榮與靺鞨乞四北羽聚衆東走阻險自固 盡忠死 武后使將軍李楷固討其餘黨 楷固擊乞四北羽斬之 引兵踰天門領 逼祚榮 祚榮逆戰 楷固大敗 僅以身免 祚榮遂帥其衆 東居東牟山 築城居之 祚榮驍勇善戰 高麗靺鞨之人稍稍歸之 地方二千里 戶十餘萬 勝兵數萬人 自稱振國王〕" 이진충은 거란의 추장 출신으로, 당나라의 우무위대장군(右武衛大將軍)과 송막 도독(松漠都督)을 역임하였는데, 측천무후 만세등봉(萬歲登封) 1년(696)에 귀성주 자사(歸誠州刺史) 손만영(孫萬榮)과 함께 영주 도독(營州都督) 조문홰(趙文翽)를 죽이고 영주를 점거한 뒤 무상가한(无上可汗)이라고 자칭하며 위세를 과시하였고, 이진충이 죽은 뒤에는 손만영이 대신 무리를 이끌다가 장구절(張九節)의 토벌을 받고 가노(家奴)에게 살해되었다. 진국(振國)은 진국(震國)이라고도 하는데, 대조영이 진국의 왕이라고 일컬은 것은 측천무후 성력(聖歷) 1년(698)의 일이다. 그리고 그 뒤 당 현종(唐玄宗) 선천(先天) 2년(713)에 대조영을 좌효위대장군(左驍衛大將軍) 발해군왕(渤海郡王)에 임명하였고, 그의 관할 지역을 홀한주(忽汗州)로 삼아 도독(都督)의 직책을 수여하였다. 참고로 걸사우와 대조영 부친의 관련 내용이 《신오대사(新五代史)》권74 〈사이 부록(四夷附錄) 발해(渤海)〉에 실려 있어 눈길을 끄는데, 그 대목을 소개하면 다음과 같다. "측천무후 때 거란이 북쪽 변방을 공격하자, 고구려의 별종인 대걸걸중상이 말갈의 추장 걸사비우와 함께 요동으로 달아나서 고구려의 옛 땅을 나누어 통치하였다. 무후가 장수를 보내 걸사비우를 격살하고, 대걸걸중상 역시 병으로 죽자, 그의 아들 대조영이 그 뒤를 잇고는 걸사비우의 무리까지 모두 차지하였는데, 그 무리 40만인이 읍루를 점거하고는 당나라에 신복하였다.〔武后時 契丹攻北邊 高麗別種大乞乞仲象與靺鞨酋長乞四比羽走遼東 分王高麗古地 武后遣將擊殺比羽 而乞乞仲象亦病死 仲象子祚榮立 因並有比羽之衆 其衆四十萬人 據挹婁臣于唐〕"

여 강도 짓을 하는가 하면, 흑수(黑水 흑룡강(黑龍江))에서 사납게 구는 것을 의리처럼 여기며 기승을 부리곤 하였습니다. 처음에는 거란(契丹)과 합세하여 악행을 조장하다가, 얼마 뒤에는 돌궐(突厥)과 서로 공모하였는데, 만리의 논밭을 김매고 있는〔耨苗〕 세상[183]에서 요동(遼東)을 지나는 사신의 수레를 누차 막더니, 10년 동안 뽕나무 오디를 먹고서야〔食葚〕 뒤늦게 중국에 항복하는 깃발을 들었습니다.[184]

이에 앞서 그들이 읍거(邑居)를 세울 적에 우리에게 와서 이웃으로 의지하며 도움을 청하였는데, 그때 추장 대조영이 신의 나라로부터 제5품의 직질인 대아찬(大阿餐)의 벼슬을 처음 수여받은 바가 있습니다. 그리고 그 뒤 선천(先天) 2년(713, 성덕왕12)에 와서야 비로소 대조(大朝)의 총명(寵命)을 받아 발해군왕(渤海郡王)에 봉해지게 되었습니다.

그런데 그 뒤로 점차적으로 은총을 받더니 어느새 신의 나라와 대등한 예로 대하게 되었다는 말을 듣기에 이르렀는데, 강관(絳灌)과 같은 줄에 서게 된 것을 어찌 차마 말할 수 있었겠습니까마는, 염인(廉藺)이 화해했던 옛일을 생각하며 인내하였습니다.[185] 발해는 도태(淘汰)한 사력

---

183 만리의……세상 : 성군(聖君)이 출현하여 난세를 평정하고 천하를 안정시킨 시대라는 말이다. 《회남자》〈병략훈(兵略訓)〉에 "성인의 용병은 마치 머리를 빗고 논밭을 김매는 것과 같아서 제거하는 것은 적고 이롭게 하는 것은 많다.〔聖人之用兵也 若櫛髮耨苗 所去者少 而所利者多〕"라는 말이 나온다. 만리는 천하를 뜻한다. 천하가 통일되어 풍조가 같아지는 것을 만리동풍(萬里同風)이라고 한다.

184 10년……들었습니다 : 중국의 은덕을 한참 동안 받고는 이에 감격하여 귀순했다는 말이다. 《시경》〈반수(泮水)〉에 "저 부엉이 퍼덕거리며 날아와서, 반궁(泮宮) 숲 속에 모여 앉도다. 우리 뽕나무 오디를 먹고, 나에게 좋은 소리를 안겨 주도다.〔翩彼飛鴞 集于泮林 食我桑黮 懷我好音〕"라는 말이 나온다.

185 강관(絳灌)과……인내하였습니다 : 신라가 발해와 함께 같은 반열에 서게 된 것만도 차마 말할 수 없을 정도로 수치스러운 일이었지만, 그래도 나라를 위해서는 갈등을 빚지 않고 서로 잘 지내는 것이 좋을 것 같다는 생각에 지금까지 그대로 꾹 참으면서 지내 왔다는 말이다. 강관(絳灌)은 한(漢)나라의 강후(絳侯) 주발(周勃)과 관영(灌

(沙礫)과 같은 존재로서 우리와는 운니(雲泥)처럼 현격하게 구별이 되는
데도,[186] 조심하며 자신을 단속할 줄은 알지 못하고서 오직 윗자리를 범
하려고 꾀하였습니다. 그들은 소의 꼬리가 되는 것을 수치로 알고 용의
머리가 되겠다는 엉뚱한 꿈을 꾸면서 처음부터 아무 거리낌 없이 함부
로 지껄여 대었습니다. 어찌 우리가 격좌(隔座)의 의례에 얽매어서 그런
것이겠습니까, 실로 그들이 강계(降階)의 예법에 어둡기 때문에 그런 것
입니다.[187]

───────

嬰)의 합칭이다. 《사기》 권92 〈회음후열전(淮陰侯列傳)〉에 "회음후 한신(韓信)은 강후
나 관영과 같은 반열에 서게 된 것을 수치스럽게 여겼다. 언젠가 한신이 장군 번쾌의
집에 들르자, 번쾌가 무릎 꿇고 절하면서 영송하였으며, 말끝마다 신하라고 칭하면서
'대왕께서 신의 집에 영광스럽게 왕림해 주시다니요.'라고 하였다. 한신이 문을 나서
며 쓴웃음을 지으면서 '내가 살아서 그만 번쾌 따위와 한 줄에 서게 되다니.'라고 하였
다.〔羞與絳灌等列 信嘗過樊將軍噲 噲跪拜送迎 言稱臣 曰大王乃肯臨臣 信出門笑曰 生乃與
噲等爲伍〕"라는 말이 나온다. 염인(廉藺)은 전국 시대 조(趙)나라의 염파(廉頗)와 인상
여(藺相如)의 합칭이다. 두 사람의 관계가 처음에는 원만하지 못하다가 나중에는 화해
하여 잘 지내게 된 고사가 전하는데, 《사기》 권81 〈염파인상여열전(廉頗藺相如列傳)〉
에 "지금 두 호랑이가 싸우면 형세상 둘 다 살아남지 못할 것이다. 내가 염파와 부딪치
지 않으려고 피하는 이유는 국가의 위급을 우선하고 사사로운 원한은 그다음으로 생
각하기 때문이다.〔今兩虎共鬪 其勢不俱生 吾所以爲此者 以先國家之急而後私讐也〕"라는
인상여의 말이 나온다.

186 발해는……되는데도 : 발해는 마치 순금을 거르고 남은 모래와 자갈〔沙礫〕 같아서 신
라와는 천양지차가 나는 만큼 아예 비교할 수도 없다는 말이다. 운니(雲泥)는 한 사람
은 하늘 위의 구름에 올라타고 한 사람은 땅 위의 진흙탕을 밟고 다닌다는 승운행니
(乘雲行泥)의 준말로, 둘 사이의 지위가 현격히 차이가 날 때 쓰는 말이다.

187 어찌……것입니다 : 신라가 조회 때에 발해와 함께 같은 자리에 있고 싶지 않아서 그
런 것이 아니라, 발해가 워낙 사양하는 염치가 없이 무례하게 굴기 때문에 감정이 상
할 수밖에 없었다는 말이다. 격좌(隔坐)는 상피의 관계에 있는 사람들의 자리를 서로
떨어지게 하여 보이지 않게 함으로써 피혐하는 것을 말한다. 삼국 시대 오(吳)나라 사
람 기척(紀陟)이 중서령(中書令)에 임명되자, 그 부친 기량(紀亮)이 상서령(尙書令)인 점
을 감안하여 병풍으로 그들 사이를 가로막아서 격리되게 하라고 조령(詔令)을 내린
양척격좌(亮陟隔坐)의 고사가 전한다.《三國志 卷48 吳書 孫皓傳 註》강계(降階)는 주
인이 손님을 영접하면서 자신은 동계(東階)를 밟고 손님은 서계(西階)를 밟게 할 경우

삼가 생각건대, 폐하께서는 높이 계시면서도 매사에 주의하시어 매우 분명하게 멀리 내다보고 계십니다. 그리하여 신의 나라에 대해서는 천리마가 혹 말랐어도 일컬을 만하고, 소가 비록 수척해졌어도 겁을 줄 만하지 않느냐[188]고 생각하셨으며, 반면에 저 발해에 대해서는 매가 배부르기만 하면 높이 날아가 버리고, 쥐가 몸은 갖췄지만 탐욕만 부리는 것[189]을 양찰하셨습니다. 그래서 함께 중국에 와서 조회하는 것은 허락하시되, 상하의 등급은 바뀌지 않게 배려해 주셨으니, 노(魯)나라의 장부를 예전 그대로 쓰게 된 것[190]을 듣게 됨에 주(周)나라의 천명이 다시 새롭게 된 것[191]을 확실히 알겠습니다.

또 한편으로 생각해 보건대, 명위(名位)가 같지 않은 이상에는 등차(等差)도 엄연히 존재한다고 여겨집니다. 신의 나라는 진관(秦官)의 극품(極品 승상의 직급)을 받은 데에 비해서 저 번국(蕃國)은 《주례(周禮)》의

손님이 겸손하게 사양하면서 동계로 올라가는 것을 말한다.

188 소가……않느냐 : 신라의 덕이 비록 쇠했어도 발해를 혼내 줄 만한 잠재력은 지니고 있다는 말이다. 진(晉)나라 숙향(叔向)이 노(魯)나라 자복혜백(子服惠伯)에게 "소가 비록 수척해졌다고 하더라도, 돼지의 위에 엎어진다면, 돼지가 겁이 나서 죽지 않겠는가.[牛雖瘠 僨於豚上 其畏不死]"라고 은근히 위협한 이야기가 《춘추좌씨전》 소공(昭公) 13년에 나온다.

189 쥐가……것 : 발해가 무례하니 탐욕스러운 쥐와 다를 것이 없다는 말이다. 《시경》 〈상서(相鼠)〉에 "쥐를 봐도 몸을 갖추고 있는데, 사람으로서 예가 없어서야 되겠는가. 사람으로서 예가 없다면, 빨리 죽지 않고 무얼 하는고.[相鼠有禮 人而無禮 人而無禮 胡不遄死]"라는 말이 나오는데, 고운이 단장취의한 것이다.

190 노(魯)나라의……것 : 노나라 사람이 장부(長府)라는 창고를 만들 적에 민자건(閔子騫)이 "옛것을 그대로 쓰면 어때서 하필 새로 지어야만 하는가.[仍舊貫如之何 何必改作]"라고 말하니, 공자가 "저 사람이 말을 하지 않으면 그만이지만 말을 하면 꼭 도리에 맞게 한다.[夫人不言 言必有中]"라고 평한 말이 《논어》 〈선진(先進)〉에 나온다.

191 주(周)나라의……것 : 《시경》 〈문왕(文王)〉에 "주나라가 비록 오래되긴 하였지만, 하늘의 명이 다시 새롭게 되었도다.[周雖舊邦 其命維新]"라는 말이 나온다. 주나라는 물론 신라를 비유한 말이다.

하경(夏卿 병부 상서의 직급)을 임시로 받았을 뿐인데, 근래에 선조(先朝)에 이르러서 갑자기 우대하는 은총을 받기에 이른 것입니다. 하지만 융적 (戎狄)의 욕심은 끝까지 채워 줄 수가 없는 법이니,[192] 요순(堯舜)과 같은 성군이라 할지라도 이 문제에 대해서는 어떻게 해야 할지 골치가 아플 것입니다.

그런데 저들이 끝내는 등국(滕國)이 쟁장(爭長)했던 일을 굳이 끄집어 내어,[193] 갈왕(葛王)의 웃음거리를 스스로 제공하였는데,[194] 만약에 황제 폐하께서 홀로 영단(英斷)을 내려 신필(神筆)로 거부하는 비답을 내리시 지 않았던들 필시 근화향(槿花鄉)의 염치와 겸양 정신은 자연히 시들해 졌을 것이요, 호시국(楛矢國)[195]의 독기와 심술은 더욱 기승을 부리게 되

---

192 융적(戎狄)의……법이니 : 《춘추좌씨전》 민공(閔公) 원년에 "융적은 승냥이나 늑대와 같은 존재이니 욕심을 끝까지 채워 줄 수가 없고, 중국의 제후들은 친근하게 대해야 할 대상이니 포기하면 안 된다.〔戎狄豺狼 不可厭也 諸夏親暱 不可弃也〕"라는 말이 나온다.

193 등국(滕國)이……끄집어내어 : 발해가 여러 가지 이유를 끌어대면서 신라보다 윗자리 에 있어야 한다고 고집을 부렸다는 말이다. 《춘추좌씨전》 은공(隱公) 11년에 "등후와 설후가 노나라에 와서는 서로들 자기가 어른이라며 석차(席次)를 다투었는데, 설후는 '우리나라가 먼저 봉해졌소.'라고 하였고, 등후는 '우리는 주나라 왕실에서 복관(卜官) 의 우두머리를 지냈고, 설나라는 주나라 왕실과 다른 성씨이니, 우리가 아랫자리에 있을 수 없소.'라고 하였다.〔滕侯薛侯來朝 爭長 薛侯曰 我先封 滕侯曰 我周之卜正也 薛庶 姓也 我不可以後之〕"라는 말이 나온다.

194 갈왕(葛王)의……제공하였는데 : 발해가 어린애 장난처럼 억지를 부려 사람들의 비웃 음을 자초했다는 말이다. 《진서(晉書)》 권77 〈제갈회열전(諸葛恢列傳)〉에 "왕도(王導) 가 언젠가 제갈회와 장난으로 족성의 선후를 다투며 말하기를 '사람들이 왕갈이라고 말하지 갈왕이라고는 말하지 않는다.'라고 하니, 제갈회가 응수하기를 '사람들이 마려 라고 말하지 않고 여마라고 하지만 어찌 나귀가 말보다 낫겠는가.'라고 하였다. 그들이 허물없이 친하게 지낸 것이 이와 같았다.〔導嘗與恢戲爭族姓曰 人言王葛 不言葛王也 恢曰 不言馬驢 而言驢馬 豈驢勝馬耶 其見親狎若此〕"라는 말이 나온다.

195 호시국(楛矢國) : 호시를 공물로 바치는 숙신씨(肅愼氏)의 나라라는 말로, 여기서는 발 해를 가리킨다. 진(陳)나라 제후의 궁정(宮庭)에 떨어져 죽은 송골매의 몸에 돌화살 촉 〔石弩〕의 호시(楛矢)가 박혀 있었는데, 공자(孔子)가 이것을 보고 말하기를, "송골매가

었을 것입니다.

이제 남월(南越)을 멀리 안정시킨 한 문제(漢文帝)의 깊은 뜻[196]이 봄기운처럼 따사로이 번져 나가는 가운데, 동조(東曹)를 없애라는 요청에 대한 위 태조(魏太祖)의 멋진 답변[197]을 똑같이 알아듣게 되었으니, 이로부터는 먼 변방에 조급히 구하는 마음이 단절되고, 만방(萬邦)에 망동하는 무리가 나오지 않게 될 것이요, 확실하게 성규(成規)를 지키면서 분경(紛競)하는 풍조가 잠잠해질 것입니다.

멀리서 왔다. 이는 숙신씨의 화살이다. 옛날 무왕이 상나라를 정복한 뒤 사방 이민족과 교통하며 각기 토산물로 공물을 바치게 하면서 직분을 잊지 않게 하였다. 이에 숙신씨가 호시와 석노를 바치게 되었다.〔隼之來也遠矣 此肅愼氏之矢也 昔武王克商通道于九夷百蠻 使各以其方賄來貢 使無忘職業 於是肅愼氏貢楛矢石砮〕"라고 하였다는 내용이 《국어(國語)》〈노어 하(魯語下)〉에 나온다. 호시는 호목(楛木)으로 만든 화살이다. 호목은 가시나무에 속한 나무로, 질겨서 잘 부러지지 않는다고 한다.

196 남월(南越)을⋯⋯뜻 : 당나라가 발해에 대한 회유책의 일환으로 당 현종(唐玄宗) 선천(先天) 2년(713)에 대조영을 좌효위대장군(左驍衛大將軍) 발해군왕(渤海郡王)에 임명하며 타협했던 것을 가리킨다. 한(漢)나라 때 남월왕(南越王) 조타(趙佗)가 무제(武帝)라고 자칭하며 중국의 변방을 침입하자 여후(呂后)가 군대를 보내 토벌하였으나 실패하고 회군하였는데, 문제(文帝) 때에 다시 육가(陸賈)를 사신으로 보내 수호(修好)하면서 자치를 허락하니, 조타가 그때부터는 제호(帝號)를 버리고 다시 남월왕으로 처신하면서 춘추(春秋)로 중국 조정에 조회했던 고사가 《사기》 권113 〈남월열전(南越列傳)〉에 나온다.

197 동조(東曹)를⋯⋯답변 : 신라의 윗자리를 원하는 발해의 요청을 거절한 당 소종(唐昭宗)의 비답을 비유한 말이다. 삼국 시대 위(魏)나라 모개(毛玠)가 동조연(東曹掾)이 되어 최염(崔琰)과 함께 인사 행정을 공정히 행하면서부터 사람들이 염절(廉節)을 스스로 닦는 풍조가 형성되자, 태조(太祖)가 "사람을 이와 같이 써서 천하의 사람들이 저절로 다스려지게 하고 있으니, 내가 할 일이 또 뭐가 있겠는가.〔用人如此 使天下人自治 吾復何爲哉〕"라고 감탄하기까지 하였는데, 청탁이 일절 받아들여지지 않는 것에 불만을 품은 사람들이 "예전에는 서조가 윗자리에 있고 동조가 그다음이었으니 동조를 없애는 것이 좋겠다.〔舊西曹爲上 東曹爲次 宜省東曹〕"라고 강변하자, 태조가 "해도 동쪽에서 떠오르고, 달도 동쪽부터 차오르며, 사람들이 방위를 말할 때에도 동쪽을 먼저 거론한다. 동조를 어떻게 없앨 수 있겠는가.〔日出於東 月盛於東 凡人言方 亦復先東 何以省東〕"라고 하고는 오히려 서조(西曹)를 없앴다는 고사가 전한다.《三國志 卷12 魏書 毛玠傳》

신은 삼가 바닷가 한쪽에서 군대를 통솔하고 있는 몸이라서 직접 천
조(天朝)에 달려가 뵙지 못합니다.

조서 두 함을 내린 것을 사례한 표문
謝賜詔書兩函表

  신 모는 아룁니다. 신의 망형(亡兄)인 고(故) 국왕(國王) 신(臣) 정(晸 헌강
왕)이 지난번에 배신(陪臣) 시전중감(試殿中監) 김근(金僅) 등을 차견하여
표문을 받들고 가서 선황제(先皇帝 당 희종(唐僖宗))의 난가(鑾駕)가 서쪽
으로 행행했다가 대궐로 돌아온 것을 경하하게 하였고, 이와 함께 별도
로 표문을 부쳐서 반적 황소(黃巢)의 목을 벤 것을 축하하게 하였습니다.
그런데 그 일과 관련하여 이번에 삼가 두 함(函)의 칙서를 내리도록 허락
하는 성은을 입었는가 하면 또 별도로 장려하는 조서를 내리기까지 하
였습니다. 오륜(烏輪 태양)이 떠오르는 곳으로 난발(鸞綍 칙서)이 날아왔으
니, 광휘를 나누어 받음에 절역(絶域)에 영광이 더해지고, 감화를 받음
에 가성(佳城)의 한스러움이 새삼 북받쳐 오릅니다.[198] -중략(中略)-
  신이 살펴보건대, 본국은 옛날 주(周)와 진(秦)이 교체되고 연(燕)과 조
(趙)에 우환이 많을 적에[199] 합포(合浦)의 진주가 옮겨 갔던 것[200]처럼 가

---

198 감화를……오릅니다 : 진성여왕(眞聖女王)의 오빠인 헌강왕(憲康王)이 살아서 이런 영
     광을 누리지 못하고 이미 죽어서 무덤에 묻힌 것이 더욱 유감스럽게 느껴진다는 말이
     다. 가성(佳城)은 묘지를 가리킨다. 등공(滕公)으로 불린 서한(西漢)의 하후영(夏侯嬰)
     이 생전에 땅을 파다가 석곽(石槨)을 얻었는데, 거기에 "가성이 어둠에 묻혔다가 3천
     년 만에 해를 보니, 아, 등공이 이 방에 거하리로다.[佳城鬱鬱 三千年見白日 吁嗟滕公
     居此室]"라는 명문이 새겨져 있었으므로, 죽은 뒤에 그곳에 장사 지내게 했다는 등공
     가성(滕公佳城)의 전설이 전한다.《西京雜記 卷4》
199 연(燕)과……적에 : 참고로《후한서(後漢書)》권85〈동이열전(東夷列傳) 예(濊)〉에 "한
     나라 초기에 크게 혼란해지자, 연·제·조 지역의 사람들 중에 수만 가구나 살던 곳을
     떠나 피해 왔는데, 그중에서 연나라 사람인 위만이 기준(箕準)을 격파하고 스스로 조
     선의 왕이 되었다.〔漢初大亂 燕齊趙人往避地者數萬口 而燕人衛滿擊破準而自王朝鮮〕"라
     는 말이 있다.

인(佳人)들이 중국을 떠나고, 연진(延津)의 검이 변화한 것[201]처럼 장사(壯士)들이 본국에 와서 서로 마을을 세우고는 번방을 도와 지켰습니다. 따라서 진한(辰韓)이라는 이름은 진한(秦韓)[202]의 잘못이요, 낙랑(樂浪)이라는 글자는 회랑(澮浪)에 견준 것이 아닌가 여겨지기도 합니다.

다만 공교롭게도 분서(焚書)의 여폐(餘弊)가 그 지역을 피해 온 사람들을 따라다닌 까닭에 옛날의 것만을 숭상하는 풍조가 이루어져서 풍속을 바꾸는 방법에는 오래도록 어둡기만 하였습니다. 그리고 이곳에서는 머리를 길게 기르는 것만을 능사로 알고 있었으니,[203] 어떤 사람이 오색(五色)의 붓[204]을 전해 줄 수나 있었겠습니까. 국어(國語)의《효경(孝

---

200 합포(合浦)의……것 : 합포의 바닷속에서 진주가 많이 나왔으나 어느 태수가 탐욕을 부리자 점차 교지군(交阯郡)으로 진주가 옮겨 갔는데, 후한(後漢)의 맹상(孟嘗)이 합포에 부임하여 폐단을 개혁하고 청렴한 정사를 펼치자, 그동안 생산되지 않던 진주가 예전처럼 많이 나오기 시작했다는 고사가 전한다.《後漢書 卷76 循吏列傳 孟嘗》

201 연진(延津)의……것 : 진(晉)나라 장화(張華)와 뇌환(雷煥)이 용천(龍泉)과 태아(太阿)라는 암수의 두 보검을 각각 소유하고 있었는데, 그들이 죽고 나서 두 보검이 절로 연평진(延平津) 속으로 날아 들어가서 두 마리 용으로 바뀐 채 유유히 사라졌다는 전설이 있다.《晉書 卷36 張華列傳》《拾遺記 卷10》

202 진한(秦韓) :《양서(梁書)》권54〈제이열전(諸夷列傳) 동이(東夷)〉에 "신라로 말하면, 그 선조는 본래 진한의 종족이었다. 진한은 또 진한이라고도 하는데, 중국과 만리의 거리에 있다. 전해 오는 말에 의하면, 진나라 시대에 부역을 피해 도망친 사람들이 마한으로 오자, 마한이 역시 동쪽 경계를 떼어 주며 거주하게 하였는데, 그들이 진나라 사람들이기 때문에 진한이라고 이름 붙였다.〔新羅者 其先本辰韓種也 辰韓亦曰秦韓 相去萬里 傳言秦世亡人避役來適馬韓 馬韓亦割其東界居之 以秦人故 名之曰秦韓〕"라는 말이 나온다. 또《고운집》권1〈숙위하는 학생을 번국으로 방환해 주기를 주청한 장문〔奏請宿衛學生還蕃狀〕에 "소방(小邦)의 땅은 진한이라고 칭해지고 도는 추로를 흠모합니다.〔當蕃 地號秦韓 道欽鄒魯〕"라는 말이 보인다.

203 이곳에서는……있었으니 :《삼국지(三國志)》권30〈위서(魏書) 동이전(東夷傳)〉에 "그곳의 사람들은 몸집이 모두 크고 의복이 청결하였으며 머리를 길게 길렀다.〔其人形皆大 衣服潔淸 長髮〕"라는 말이 나온다.

204 오색(五色)의 붓 : 뛰어난 문학적 재능을 비유한 말이다. 남조(南朝)의 문학가 강엄(江淹)이 송(宋)·제(齊)·양(梁) 3조(朝)에 걸쳐서 문명(文名)을 떨쳤는데, 만년에 이르러

經》》[205]은 풍속을 변화시키기가 참으로 어려웠고, 상두(床頭)의 《주역(周易)》》[206]은 그 이름을 아는 사람조차 찾아보기가 힘들었습니다.

그런데 바로 이런 상황에서 신의 망형(亡兄)인 증(贈) 태부(太傅) 신(臣) 정은 태어나면서부터 노교(老敎)[207]에 익숙하였고 평소 중국 말에도 능숙하였습니다. 그 뛰어난 재주로 말하면 어찌 쟁쟁(錚錚)할 뿐이었겠습니까. 유창한 그 말솜씨는 실로 곤곤(袞袞)하고도 남음이 있었습니다. 그래서 신문(身文)[208]이 풍속을 빛내고 심화(心畫)[209]가 출중하다는 평을 얻었던 것인데, 언제나 황궁 담장 밖의 신하가 된 것을 부끄러워하

꿈속에서 곽박(郭璞)이라고 자칭하는 이에게 오색필(五色筆)을 돌려주고 난 뒤로는 문재(文才)가 감퇴하였다는 고사가 전한다. 《南史 卷59 江淹列傳》

205 국어(國語)의 효경(孝經) : 본국의 말로 기록된 《효경》이라는 뜻이다. 당 현종(唐玄宗)이 직접 주해(註解)한 《효경》을 신문왕(神文王)에게 하사한 일이 있기 때문에 이렇게 말한 것인데, 《고운집》 권1 〈사은표(謝恩表)〉에 그 내용이 나온다.

206 상두(床頭)의 주역(周易) : 진(晉)나라 왕담(王湛)의 고사이다. 왕담이 자신의 재능을 드러내지 않고 숨겼으므로, 형제 친척 모두가 그를 바보로 취급하였다. 형의 아들인 왕제(王濟)가 문재를 자부하던 중에 왕담을 찾아왔다가 책상머리에 《주역》이 있는 것을 보고서[見床頭有周易] 처음에는 무시했으나, 함께 이야기를 나눠 본 뒤에 워낙 조예가 깊고 차원이 높아서 자기가 도저히 따라갈 수 없음을 절감하고는, "집안에 명사가 계시는데, 30년이 되도록 몰라 뵙다니, 이는 나의 죄이다.[家有名士 三十年而不知 濟之罪也]"라고 탄식했다는 일화가 전한다. 《晉書 卷75 王湛列傳》

207 노교(老敎) : 노자(老子)의 가르침이라는 말이다. 참고로 신라 효성왕(孝成王) 2년(738)에 당 현종(唐玄宗)이 사신을 보내 노자의 《도덕경(道德經)》 등의 책을 왕에게 준 일이 있다.

208 신문(身文) : 사람의 말을 가리킨다. "말이란 인간 사회에서 각자 자신의 몸을 꾸미는 것이다. 지금 내가 몸을 숨기려 하는데, 말을 어디에 쓰겠는가.[言 身之文也 身將隱 焉用文之]"라는 개지추(介之推)의 말에서 유래한 것이다. 《春秋左氏傳 僖公24年》

209 심화(心畫) : 글 또는 글씨를 가리킨다. 한(漢)나라 양웅(揚雄)이 지은 《법언(法言)》 권5 〈문신(問神)〉의 "말은 마음의 소리요, 글씨는 마음의 그림이다. 따라서 소리와 그림으로 나타난 것만 보아도, 그 사람이 군자인지 소인인지 알 수가 있다.[言心聲也 書心畫也 聲畫形 君子小人見矣]"라는 말에서 유래한 것이다.

여, 오직 호리병 속의 객[210]의 뒤를 좇기를 원하면서 이 뜻을 시가로 읊어 드러내고 깊이 탄식하며 슬퍼했던 것입니다.

그리고 그는 우송(虞松)이 표문을 지으며 어려워하다가 종회(鍾會)로부터 다섯 글자의 자문을 받았던 것[211]도 면할 수 있을 정도였고, 곡영(谷永)이 1만 조목의 역(易)으로 왕충(王充)에게 상찬을 받았던 것[212]과 같은 수준에 이르렀는데, 아직 지기(知己)를 만나지 못했으므로 자시(自試)하기를 매우 희망하였습니다.[213]

---

210 호리병 속의 객 : 후한(後漢)의 술사(術士) 비장방(費長房)을 말한다. 그가 시장에서 약을 파는 선인(仙人) 호공(壺公)을 따라 그의 호리병 속으로 들어갔더니, 그 안에 일월(日月)이 걸려 있고 신선 세계가 펼쳐져 있었는데, 그곳의 고대광실 안에서 맛좋은 술과 음식을 실컷 먹고 나왔다는 전설이 전한다.《後漢書 卷82下 方術列傳 費長房》《神仙傳 壺公》

211 우송(虞松)이……것 : 삼국 시대 위(魏)나라 중서령(中書令) 우송이 표문을 다시 지어 오라는 사마경왕(司馬景王)의 명을 받고 고민하다가 중서시랑(中書侍郎) 종회(鍾會)가 다섯 글자를 고쳐 준 덕분에 완성할 수 있었다는 고사가 전한다.《冊府元龜 卷551 才敏》대본에는 '虞松五守之難'으로 되어 있는데, 문맥으로 보아 뜻이 통하지 않기에 '守'를 '字'로 바로잡아 번역하였다.

212 곡영(谷永)이……것 : 한나라 곡영이 "천문 현상과 관련하여 경씨의 역에 정통하였으므로 재이에 대해서 설명을 잘하였는데, 전후에 걸쳐서 위에 상소하여 건의한 것이 40여 회에 이르렀다.〔其於天官 京氏易最密 故善言災異 前後所上四十餘事〕"라는 말이 《한서(漢書)》권85〈곡영전(谷永傳)〉에 나온다. 경씨의 역은 한나라 맹희(孟喜)의 문인 초연수(焦延壽)에게서 역(易)을 배운 경방(京房)이 창립한 금문(今文) 역학(易學)을 말한다. 또 곡영의 글에 대해서, "정성이 내면에서 우러나왔기 때문에 그 글과 말이 깊이 사람을 감동시키는 점이 있다.〔精誠由中 故其文語 感動人深〕"라고 평한 말이 후한(後漢) 왕충(王充)의 《논형(論衡)》권13〈초기(超奇)〉에 나온다.

213 아직……희망하였습니다 : 신라 헌강왕(憲康王)이 자신의 실력을 당 희종(唐僖宗)에게 인정받고 싶어서 직접 글을 지어 사신 편에 올리려고 했다는 말이다. 삼국 시대 위(魏)나라 조식(曹植)이 자신의 실력을 시험 삼아 한번 발휘하게 해 주기를 요청하는 뜻으로 명제(明帝)에게 〈구자시표(求自試表)〉를 올린 고사가 있다.《三國志 卷19 魏書 陳思王植傳》또 후한(後漢) 제오륜(第五倫)이 광무제(光武帝)의 조서를 읽을 때마다 "이분은 성군이시다. 한번 뵙기만 하면 막힘없이 통할 텐데.〔此聖主也 一見決矣〕"라고 탄식하자, 동료들이 "자네는 주장(州將)에게 말을 해도 설득시키지 못하는데, 어떻게 만승천자

그런데 지난번에 선황제(先皇帝)께서 금천(錦川 성도(成都))에 순수했다가 황궁으로 돌아오셨다는 기별을 우러러 받들고, 또 동쪽의 제후가 호표(虎豹)를 일제히 몰고 경예(鯨鯢)를 현륙(顯戮)하였다는 말을 듣고는[214] 무릎을 치는 기쁨을 가누지 못한 나머지 가슴속에서 우러나오는 간절한 심정을 토로하고자 손으로는 주문(奏文)의 초고를 작성하고 입으로는 재기 넘치는 말들을 한껏 구사하였습니다.

하지만 서북으로 흐르는 물과는 판이해서 바다에 이르기를 기약할 수는 있었다고 하더라도 동남의 아름다움을 한 몸에 독점하지는 못했으니, 어떻게 감히 하늘을 감동시키기를 기대할 수 있었겠습니까.[215] 그런데 자애로운 황상께서 그 충성심을 굽어살피시고 특별히 상규를 뛰

를 움직일 수 있단 말인가.[爾說將尙不下 安能動萬乘乎]"라고 비웃었는데, 이에 제오륜이 "아직 지기를 만나지 못해서 그렇다. 도가 서로 같지 않은 탓이다.[未遇知己 道不同故耳]"라고 답변한 고사가 전한다. 《後漢書 卷41 第五倫列傳》주장(州將)은 군장(郡將) 즉 군수(郡守)를 가리킨다.

214 동쪽의……듣고는 : 당 희종(唐僖宗) 중화(中和) 4년(884)에 하동 절도사(河東節度使) 이극용(李克用)이 황소의 군대를 토벌하여 완승을 거둔 뒤에 자결한 황소의 머리를 희종에게 바치자, 희종이 종묘에 바치고 고하게 하였다. 호표(虎豹)는 황소의 반군을 뜻한다. 《맹자》〈등문공 하(滕文公下)〉에, 주공(周公)이 무왕(武王)을 도와 주왕(紂王)을 복주(伏誅)한 뒤에, "호랑이와 표범과 코뿔소와 코끼리를 몰아 멀리 쫓아내니, 천하가 크게 기뻐하였다.[驅虎豹犀象而遠之 天下大悅]"라는 말이 나온다. 경예(鯨鯢)는 잔 물고기를 탐욕스럽게 먹어 치우는 큰 고래라는 뜻으로, 여기서는 황소를 가리킨다. 현륙(顯戮)은 처형한 뒤에 그 시체를 전시하는 것을 말한다.

215 서북으로……있었겠습니까 : 중국 황제에 대한 충성심만은 자부할 수 있었지만, 문자를 구사하여 표현하는 면에서 완벽을 기했다고 할 수는 없었으니, 황제의 마음을 움직일 수 있으리라고는 기대하지도 못했다는 말이다. 중국의 입장에서는 강물이 동쪽으로 흘러서 바다로 들어가기 때문에 서북쪽으로 흐르는 물은 조정에 귀의하지 않고 등을 돌리는 것을 의미한다. 《서경》〈우공(禹貢)〉에 "마치 백관이 임금에게 조회하듯, 장강(長江)과 한수(漢水) 등 온갖 물줄기가 바다로 모여 든다.[江漢朝宗于海]"라는 말이 나오고, 강물이 1만 번 꺾여도 반드시 동쪽으로 향한다는 '만절필동(萬折必東)'의 성어(成語)가《순자》〈유좌(宥坐)〉에 나온다.

어넘어 비답의 조서(詔書)를 멀리 날려 보내시는 은혜를 우러러 받게 되었습니다. 그리하여 난봉(鸞鳳)의 쌍함(雙函)이 그림자를 짝하여 오산(鼇山)²¹⁶의 길을 향하고, 규룡(虯龍)의 일찰(一札)이 줄을 이어 접수(鰈水)²¹⁷의 고장으로 들어왔으니, 이는 그야말로 값으로 따질 수 없는 구슬이 하늘에서 내려온 것으로서 온 나라 사람들에게 불후의 영광이 되는 일이었다고 할 것입니다.

삼가 조지(詔旨)를 살펴보건대, 그 절문(節文)에 "반드시 마음가짐을 더욱 굳건히 하여 분의(分義)에 종사할 일을 잊지 말 것이요, 정삭(正朔)을 받드는 의례²¹⁸를 닦아서 거서(車書)의 아름다움²¹⁹에 계합하도록 노력해야 할 것이다. 모쪼록 빛나는 공적을 세워 다른 나라의 모범이 됨으로써 빗줄기처럼 시원스럽게 쏟아지는 은혜가 항상 그대의 강토를 적시게 하도록 하라."라고 하였습니다.

신은 옛날에 제오륜(第五倫)이 한나라 광무제(光武帝)의 조서를 접할 때마다 동료들을 돌아보며 "이분이야말로 성주(聖主)이시다."라고 탄식

---

216 오산(鼇山) : 자라가 등 위에 받치고 있는 산이라는 뜻으로, 동해에 있다는 삼신산(三神山)을 가리킨다. 《고운집》 권3 〈지증 화상 비명(智證和尙碑銘)〉에 "계림은 땅이 오산의 옆에 있는지라, 예로부터 도교와 유교에 기특한 자가 많았다네.〔鷄林地在鼇山側 儒仙自古多奇特〕"라는 말이 나온다.

217 접수(鰈水) : 가자미〔比目魚〕가 나는 바다라는 뜻으로, 동해(東海) 즉 동방을 가리킨다. 《이아》 〈석지(釋地)〉에 "동방에 가자미가 있는데 짝하지 않으면 가지 않는다. 그 이름을 접이라고 한다.〔東方有比目魚焉 不比不行 其名謂之鰈〕"라는 말이 나온다.

218 정삭(正朔)을 받드는 의례 : 중국에 귀순한다는 뜻으로 정기적으로 조회하며 조공을 바치는 것을 의미한다. 정삭은 정월 초하루라는 뜻으로, 역성혁명을 이룬 제왕이 새로 반포한 역법(曆法)을 가리키는데, 정삭을 받든다는 것은 그 통치에 순응하는 것을 의미한다.

219 거서(車書)의 아름다움 : 온 세상이 중국과 같은 선진 문화권에 편입되어 혜택을 받게 되었다는 말이다. 《중용장구(中庸章句)》 제28장의 "지금 온 천하가 같은 수레를 타고 같은 문자를 쓰게 되었다.〔今天下車同軌 書同文〕"라는 말에서 나온 것이다.

했다[220]는 말을 듣고는 이런 성군을 뵐 수 없는 것을 한스럽게 여겼습니다. 그런데 신이 지금 성군의 조지를 받들건대, 자식을 가르치는 자부(慈父)의 말씀을 받드는 것과 같았으니, 성군을 깊이 앙모하고 그 덕을 절실히 그리워하는 정도가 백어(伯魚 제오륜의 자)보다 만 배는 더하다고 할 것입니다. 이를 통해서 천상(天上)의 조서가 한번 내려와 비치기만 하면 해 뜨는 해변을 빠짐없이 비추어 주고, 해 뜨는 해변의 사람들 또한 그 인자함을 일컬으면서 길이 천상에 인덕(仁德)을 돌리리라는 것을 알 수 있습니다.

그리고 신의 번방(蕃邦)은 중국과의 거리가 2만 리나 더 떨어져 있고, 조공을 한 기간도 겨우 300년에 지나지 않는데, 부친으로 섬기는 의례를 펼 수 있도록 허락해 주시고, 자식처럼 달려와 봉사하는 정성을 계속 바칠 수 있도록 배려해 주셨습니다. 그리하여 조칙을 받들 때마다 모두 의방(義方)에 입각하여 가르쳐 주시곤 하였는데,[221] 선조(先祖)가 이미 그대로 받들어 주선하였음은 물론이요, 앞으로 후손들도 거역하는 일이 없이 그대로 봉행할 것을 믿어 의심치 않습니다.

그리고 가령 개원황제(開元皇帝)가 제위에 올라 바다에 물결이 일지 않을[海不揚波] 당시[222]에는 왕언(王言)을 곧잘 베풀어 문덕을 크게 펼

---

220 제오륜(第五倫)이……탄식했다 : 236쪽 주213 참조.

221 조칙을……하였는데 : 자식을 바른 길로 인도하는 것처럼 황제가 조칙을 내려 신라의 왕을 교화시켰다는 말이다. 의방(義方)은 정도(正道)를 의미한다. 《춘추좌씨전》은공(隱公) 3년에 현대부(賢大夫) 석작(石碏)이 "자식을 사랑한다면 바른 도리로 가르쳐서 삿된 길로 빠져들지 않게 해야 한다.〔愛子 敎之以義方 弗納于邪〕"라고 위 장공(衛莊公)에게 충간한 명언이 나온다.

222 개원황제(開元皇帝)가……당시 : 당 현종(唐玄宗) 때 풍파 없이 바다가 고요한 것처럼 태평한 시대가 계속되었던 시기라는 말이다. 현종이 정치에 힘을 기울여서 치세(治世)를 이룩한 개원(開元 713~741) 연간의 시대를 역사적으로 개원지치(開元之治)라고 일컫는다. 주 성왕(周成王) 때에 남만(南蠻)의 부족 국가에서 사신이 와서 주공(周公)에게 흰

치셨습니다. 또 이와 함께 신의 선조인 홍광(興光)과 헌영(憲英)[223] 부자가 그저 선(善)을 사모할 줄 안다고 하여, 여러 차례나 팔분(八分) 서체(書體)의 어찰(御札)을 하사하셨는데, 용이 뛰어오르고 봉이 날개를 치듯 하지 않는 것이 없었으니, 채색이 어린 전지(牋紙)가 이로 인하여 더욱 빛이 나는 가운데 신운(神韻)이 감도는 필적이 지금까지도 광택을 발하고 있습니다. 보옥을 백숙(伯叔)의 나라에 나누어 주었다는 말은 일찍이 들은 적이 있습니다만, 은구(銀鉤)[224]를 이적(夷狄)의 지방에 내린 것은 아직까지 보지 못했던 바입니다.

그 조지(詔旨)의 내용을 보면 "경(卿)의 나라는 거의 노위(魯衛)에 비교된다고 할 것이니,[225] 어찌 또 번복(蕃服)과 똑같이 대우하겠는가."라고 하였으며, 또 대력(大曆)[226] 연간에 이르러 내린 조칙의 내용을 보더라도

꿩을 바치며, "하늘에 폭풍우가 일지 않고, 바다에 거센 물결이 일어나지 않은 지가 어언 3년이나 되었는데, 아마도 중국에 성인이 계셔서 그럴 것이라고 생각하고 이렇게 조회하러 왔다."라고 말한 '해불양파(海不揚波)'의 고사가 전한다. 《韓詩外傳 卷5》

223 홍광(興光)과 헌영(憲英) : 신라 성덕왕(聖德王)과 경덕왕(景德王)의 이름이다. 성덕왕이 재위 35년에 죽고 아들 효성왕(孝成王)이 즉위하였으며, 효성왕이 5년 만에 죽자 동모제(同母弟)인 경덕왕이 즉위하였다. 성덕왕은 초명이 융기(隆基)였는데, 712년(성덕왕11) 3월에 당나라에서 사람을 보내어 왕명(王名)을 고치게 하자, 홍광이라고 개명하였다. 이해 8월에 당 예종(唐睿宗)이 태자 융기(隆基)에게 제위를 전했는데, 이 사람이 바로 당 현종(唐玄宗)이다.

224 은구(銀鉤) : 아름다운 필적의 글을 뜻하는 말이다. 진(晉)나라 색정(索靖)이 서법(書法)을 논하면서 "멋지게 휘돈 것이 흡사 은 갈고리와 같다.〔婉若銀鉤〕"라고 초서를 평한 말에서 유래한 것이다. 《晉書 卷60 索靖列傳》 대본에는 '銀駒'로 되어 있는데, 〈색정열전〉에 의거하여 '駒'를 '鉤'로 바로잡아 번역하였다.

225 경(卿)의……것이니 : 신라는 당나라의 입장에서 볼 때 왕실의 형제 친척처럼 친근하게 대해야 할 나라라는 말이다. 노(魯)나라는 주공(周公)의 봉국(封國)이고 위(衛)나라는 주공의 동생 강숙(康叔)의 봉국이다. 《논어》〈자로(子路)〉에 "노나라와 위나라의 정사를 보아도 형제처럼 비슷하다.〔魯衛之政 兄弟也〕"라고 평한 공자(孔子)의 말이 나온다.

226 대력(大曆) : 당 대종(唐代宗)의 연호로 766년에서 779년까지이다.

"구주(九州)의 밖에 있지만 중국의 제후에 비길 만하고, 모든 나라 가운데에서 바로 군자의 나라로다."라고 하였습니다. 이는 모두 소방을 사랑하는 마음에서 우러나와 지나치게 칭찬하신 것으로서, 소방의 입장에서는 감히 감당하지 못할 말씀이라고 할 것입니다.

삼가 생각건대 성문예덕광무홍효 황제(聖文睿德光武弘孝皇帝 당 소종(唐昭宗)의 휘호(徽號)) 폐하께서는 열성(列聖)의 업적을 크게 이으시어 만방(萬方)에 널리 군림하고 계십니다. 그리하여 전모(典謨)와 훈고(訓誥)[227]의 종지에 입각하여 융적(戎狄)과 만이(蠻夷)의 무리를 경책하고 계시니, 장차 만국(萬國)이 일가로 화합하는 시대를 보게 될 것입니다. 다만 신이 가슴 아프게 생각하는 것은 망형(亡兄) 신(臣) 정(晸)이 풀잎의 이슬처럼 먼저 세상을 떠나 영광스러운 이 조서를 보지 못하게 된 점이요, 살아서 교화에 흠뻑 젖던 몸이 죽어서는 은혜를 받지 못하는 혼백이 되고 말았다는 사실입니다.

폐하께서 하사하신 계칙(戒勅)은 신이 삼가 옥사(玉笥)에 봉함하고 금함(金函)에 일단 보관한 뒤에 조카인 교(嶠)에게 주어서 국보로 전하게 하였습니다. 따라서 교로서는 응당 원좌(瑗座)[228]에 새기고 사신(師紳)[229]

---

227 전모(典謨)와 훈고(訓誥) : 《서경》〈요전(堯典)〉·〈순전(舜典)〉의 전(典)과 〈대우모(大禹謨)〉·〈고요모(皐陶謨)〉의 모(謨)와 〈이훈(伊訓)〉의 훈(訓)과 〈탕고(湯誥)〉·〈강고(康誥)〉 등의 고(誥)를 합칭한 말로 옛날 성현의 말씀, 즉 경전의 글을 뜻한다.

228 원좌(瑗座) : 최원(崔瑗)의 자리라는 뜻으로, 좌우명을 가리킨다. 후한(後漢)의 최원은 잠명(箴銘)을 잘 지었는데, 특히 "남의 단점은 지적하지 말고, 나의 장점은 얘기하지 말라. 남에게 베푼 것은 부디 기억하지 말 것이요, 남에게 받은 것은 모쪼록 잊지 말 것이다.[無道人之短 無說己之長 施人愼勿念 受施愼勿忘]"로 시작되는 그의 〈좌우명〉은 유명하다.

229 사신(師紳) : 전손사(顓孫師)의 띠라는 뜻으로, 비망록(備忘錄)을 가리킨다. 전손사는 자장(子張)의 성명이다. 《논어》〈위령공(衛靈公)〉에, 스승인 공자의 말을 "자장이 띠에 적었다.[子張書諸紳]"라는 기록이 나온다.

에 적어야 할 것이요, 들어가서는 삼경(三卿)을 면려하고 나와서는 백성을 무마하면서 식알(式遏)²³⁰의 공을 이루어 시옹(時雍)²³¹의 교화를 도와야 할 것입니다.

신은 지금 무성했던 큰 나무가 화려한 봄날을 하직하고 공자(孔子)가 말한 뒤웅박처럼 멀리 매달려 있는 상황에서,²³² 길이 막혀 있는지라 영혼은 바다를 횡단하는 송골매처럼 날아가고, 하늘에 오를 수 없는지라 눈길은 구름 위에 치솟는 학의 뒤를 보이지 않을 때까지 따라갑니다. 급히 대궐에 달려가 궁전 뜰에서 사례 드리지 못한 채, 그지없이 성덕(聖德)을 하례하고 황은을 사모하며 환희하는 한편으로 두렵고 떨리는 마음을 가누지 못하겠기에 삼가 표문을 받들고 가서 사은하는 말씀을 아뢰게 하는 바입니다.

---

230 식알(式遏) : 식알구학(式遏寇虐)의 준말로, 악인의 발호(跋扈)를 막는 것을 말한다. 《시경》〈민로(民勞)〉에 "남을 해치고 포악하게 구는 자를 막아서, 백성들이 근심하게 하지 말지어다.〔式遏寇虐 無俾民憂〕"라는 말이 나온다.

231 시옹(時雍) : 성군의 화평한 정치를 말한다. 《서경》〈요전(堯典)〉에 "백성들이 성군의 덕에 크게 감화된 나머지 온 누리에 화평한 기운이 감돌았다.〔黎民於變時雍〕"라는 말이 나온다.

232 신은……상황에서 : 찬란했던 신라의 장구한 역사가 마치 거대한 고목처럼 쇠퇴의 길을 걷고 있는데도, 정작 진성여왕(眞聖女王) 자신은 중국과 멀리 떨어져 있는 변방에서 어떻게 해 볼 수도 없이 무력감을 느끼며 세월만 보내고 있다는 말이다. 《논어》〈양화(陽貨)〉에 "내가 어찌 뒤웅박처럼 한곳에 매달린 채 먹지도 못하는 그런 사람이 되어야 하겠는가.〔吾豈匏瓜也哉 焉能繫而不食〕"라는 공자의 말이 나온다.

백제가 사신을 보내 북위에 조회한 표문[233] 백제의 왕을 대신해서 지은 것이다.

百濟遣使朝北魏表 代百濟王作

신이 동쪽 끝에 나라를 세웠으나 시랑(豺狼)이 길을 막고 있기 때문에 대대로 신령스러운 교화를 받으면서도 번방(蕃邦)의 정성을 바칠 길이 없기에, 대궐이 있는 도성의 하늘을 바라보면서 치달리는 정이 한이 없습니다. 서늘한 바람이 조금씩 일어나는 때에 황제 폐하께서는 하늘의 복을 한껏 누리고 계시리라 삼가 믿습니다.

사모하며 경앙(敬仰)하는 정을 가누지 못하겠기에 삼가 사적으로 임명한 관군장군 부마도위 불사후 장사(冠軍將軍駙馬都尉弗斯侯長史) 여례(餘禮)[234]와 용양장군 대방태수 사마(龍驤將軍帶方太守司馬) 장무(張茂) 등을 보내게 되었습니다. 그리하여 험한 물결에 배를 띄우고 검푸른 바다 위의 길을 찾아서 자연의 운세에 목숨을 맡기고 만분의 일이나마 번방의 정성을 바치게 하였는데, 다행히 천지의 신명이 감응하시고 황상의 위령이 보우해 주신 덕분에 천조(天朝)의 뜰에 도달하여 신의 뜻을 펼 수만 있다면 아침에 소식을 듣고 저녁에 죽는다 하더라도 길이 유감이 없겠습니다.

---

233 백제(百濟)가……표문 : 이 글은 고운의 작품이 아닌데, 문집에 잘못 수록되었다. 백제의 왕을 위해서 지을 리도 없거니와 시간적으로도 고운과 약 400년의 격차를 보이고 있고, 문체나 어휘를 구사하는 면에서 보더라도 고운의 솜씨가 결코 아니다.

234 여례(餘禮) : 백제 개로왕(蓋鹵王) 때의 왕족이다. 472년(개로왕18)에 고구려 장수왕(長壽王)의 남진(南進)을 막기 위해 군사 원조를 요청하러 북위에 가서 효문제(孝文帝)에게 표문을 올렸으나 실패하였다. 《三國史記 卷25 蓋鹵王本紀》

장
狀

숙위하는 학생과 수령 등을 차견하여 입조하게 한 장문 신라의 왕을 대신해서 지은 것이다. 아래의 글도 동일하다.

遣宿衛學生首領等入朝狀 代新羅王作 下同

신라국(新羅國) 당국(當國)은 아룁니다. 숙위하는 학생과 수령을 차견하여 입조하게 하니, 이들을 국자감(國子監)에 소속시켜 학업을 익히게 해 주기를 청하면서, 삼가 인원수와 성명을 갖추어 다음과 같이 분석해서 신주(申奏)합니다. 학생은 8인-최신지(崔愼之) 등-이고, 대수령(大首領)은 8인-기작(祈婥) 등-이고, 소수령(小首領)은 2인-소은(蘇恩) 등-입니다.

신이 삼가 태종 문무 성황제(太宗文武聖皇帝 당 태종(唐太宗))의 실록(實錄)을 살펴보건대, 정관(貞觀) 1년(627, 진평왕49)에 군신(群臣)에게 연회를 베풀 적에 〈파진악(破陣樂)〉[235]의 노래를 연주하자 상이 시신(侍臣)에

---

235 파진악(破陣樂) : 당나라의 악곡(樂曲)인 〈진왕파진악(秦王破陣樂)〉의 준말로, 〈파진무(破陣舞)〉라고도 하는데, 당 태종(唐太宗)이 진왕(秦王)의 신분으로 유무주(劉武周)를 정벌할 적에 직접 지어서 군중에서 부르게 했던 노래이다. 그 뒤에 황제로 즉위하고 나서 다시 여재(呂才)에게 이 노래에 음률을 맞추게 하고 이백약(李百藥)과 우세남(虞世南)과 저량(褚亮)과 위징(魏徵) 등에게 가사를 짓게 하여 〈칠덕무(七德舞)〉로 이름을 바꾸고는 연회 때마다 반드시 이 무곡(舞曲)을 연주하게 하였다. 정관(貞觀) 1년(627)에 군신(群臣)에게 연회를 베풀면서 처음으로 〈진왕파진악〉을 연주하게 하였는데, 시신(侍臣) 봉덕이(封德彝)가 문악(文樂)보다는 무악(武樂)이 더 낫다고 하자, 태종이 "문

게 이르기를 "짐이 비록 무공으로 천하를 평정하였으나, 끝내는 문덕으로 해내(海內)를 안정시켜야 할 것이다."라고 하였습니다. 그러고는 곧 이어 학사(學舍) 수백 칸을 세워 사방의 생도(生徒)들을 불러 모았는데, 얼마 지나지 않아 제번(諸蕃)이 부러워하고 사모하면서 추장들이 자제를 보내 수업받게 해 달라고 청하자 이를 허락하였습니다.

이로부터 신(臣)의 번방(蕃邦)도 항잔(航棧)[236]에 더욱 힘써 명령(螟蛉)의 새끼[237]들을 침신(琛贐)[238]과 함께 보내 마침내 미름(米廩)[239] 안에 몸을 의탁하고 직산(稷山) 아래[240]에서 뜻을 다듬게 하면서 학업은 사술(四術)[241]로 하고 기한은 십동(十冬)으로 하였는데, 비록 입락(入洛)의 현재(賢才)[242]에게는 부끄러운 점이 있다고 하더라도 기욕(沂浴)의 숫자[243]

　　무의 도는 시대에 맞춰서 행해야 한다.〔文武之道 各隨其時〕"라고 말한 내용이 《구당서(舊唐書)》 권28 〈음악지(音樂志) 1〉에 나온다.

236　항잔(航棧) : 배를 타고 가고 잔도(棧道)를 건너간다는 말로, 육로와 해로로 통행하는 것을 말한다. 산 넘고 바다 건넌다는 제산항해(梯山航海)와 같은 말이다.

237　명령(螟蛉)의 새끼 : 생도의 별칭이다. 《시경》 〈소완(小宛)〉의 "언덕 가운데의 콩을 서민들이 거두어 가는 것처럼, 명령의 새끼를 과라가 업어 데리고 가서 키우니, 그대도 아들을 잘 가르쳐서, 좋은 방향으로 닮도록 하라.〔中原有菽 庶民采之 螟蛉有子 蜾蠃負之 教誨爾子 式穀似之〕"라는 말에서 유래한 것이다. 옛사람들은 과라(蜾蠃) 즉 나나니벌이 명령(螟蛉) 즉 뽕나무 벌레를 데려다가 자기의 양자로 삼아 길러서 과라로 만든다고 믿었다.

238　침신(琛贐) : 공물(貢物)로 보내는 진귀한 보배라는 뜻이다.

239　미름(米廩) : 우순(虞舜) 시대부터 시작되었다고 전하는 학교 이름이다. 주대(周代) 노(魯)나라에서도 그 이름을 답습했다고 한다. 《예기》 〈명당위(明堂位)〉에 "미름은 우순씨 시대의 학교이다.〔米廩 有虞氏之庠也〕"라는 말이 나온다.

240　직산(稷山) 아래 : 직하(稷下)라는 말과 같다. 전국 시대 제(齊)나라의 위왕(威王)과 선왕(宣王)이 이곳에 학궁(學宮)을 세웠다.

241　사술(四術) : 시(詩)・서(書)・예(禮)・악(樂)의 네 가지 경술(經術)을 말한다.

242　입락(入洛)의 현재(賢才) : 진(晉)나라의 저명한 문학가인 육기(陸機)와 육운(陸雲) 형제를 말한다. 육기가 아우 육운과 함께 낙양(洛陽)에 들어가서〔入洛〕 사공(司空)으로 있

에는 모자라지 않았습니다. 더구나 개원(開元)[244]에 교화를 크게 펼치며 대대적으로 구준(衢樽)[245]을 설치하여 저기에서 떠내어 여기에 붓고 가까운 곳에서 먼 곳으로 미치게 하는 시대를 만났는 데야 더 말해 무엇하겠습니까. 매번 한사(漢使 중국의 사신)를 내려보낼 때마다 노유(魯儒 신라의 유생)를 정밀하게 가려 뽑았고, 두 차례나 천자의 조서(詔書)를 내려 바닷가 모퉁이의 풍속을 일변시켰습니다.

그렇기 때문에 마을에서는 학교를 없애야 한다는 의논이 일어나지 않았고, 가정에서는 베를 자르는[斷機] 어버이가 있게 되었으며,[246] 회초리로 가르치는 처벌 제도[敎刑]를 만들어 두었어도 거의 형벌을 쓰지 않았던[刑措] 시대와 같게 된 것입니다.[247] 또 예법상 학생이 와서 배운

던 장화(張華)를 찾아가자, 장화가 한 번 보고는 기특하게 여겨 오래 사귄 사람처럼 예우하며 제공(諸公)에게 천거했던 고사가 전한다.《三國志 卷58 吳書 陸遜傳 陸抗 註》

243　기욕(沂浴)의 숫자 : 10여 명을 말한다. 공자의 제자 증점(曾點)이 "늦은 봄에 봄옷이 만들어지면 관을 쓴 벗 대여섯 명과 아이들 예닐곱 명을 데리고 기수에 가서 목욕을 하고 기우제 드리는 곳에서 바람을 쏘인 뒤에 노래하며 돌아오겠다.〔暮春者 春服旣成 冠者五六人 童子六七人 浴乎沂 風乎舞雩 詠而歸〕"라고 자신의 뜻을 밝히자, 공자가 감탄하며 허여한 내용이《논어》〈선진(先進)〉에 나온다.

244　개원(開元) : 당 현종(唐玄宗)의 연호로 713년에서 741년까지이다.

245　구준(衢樽) : 사람마다 실컷 마시도록 대로(大路)에 놓아둔 술동이라는 뜻으로, 임금의 어진 정사를 비유할 때 쓰는 말이다.《회남자》〈무칭훈(繆稱訓)〉에 "성인의 도는 마치 대로에 술동이를 놔두고서 지나는 사람마다 크고 작은 양에 따라 각자 적당히 마시게 하는 것과 같다.〔聖人之道 猶中衢而置尊邪 過者斟酌 多少不同 各得所宜〕"라는 말이 나온다.

246　가정에서는…… 되었으며 : 가정에서 학부형들이 자제들의 교육에 지대한 관심을 기울였다는 말이다. 맹자(孟子)가 어려서 공부를 중단하고 집에 돌아오자, 맹자의 어머니가 베틀〔機〕에서 짜던 베를 칼로 자르고는 "네가 공부를 중단한 것은, 내가 이 베를 자른 것과 같다.〔子之廢學 若吾斷斯織也〕"라고 하였는데, 맹자가 이 말을 듣고 분발하여 대유(大儒)가 되었다는 이야기가 전한다.《列女傳 卷1 鄒孟軻母》이를 단직(斷織) 혹은 단기(斷機)의 훈계라고 한다.

247　회초리로…… 것입니다 :《서경》〈순전(舜典)〉에 "관부(官府)에서는 채찍의 형벌을 행하

다는 말만 들리는[禮聞來學] 가운데[248] 오직 학문에 여유가 있게 하려고[學優] 서로들 경쟁하곤 하였습니다.[249] 이 당시에 유학생들이 양경(兩京 장안(長安)과 낙양(洛陽))에 나뉘어 있으면서 끊임없이 왕래하였는데, 그들의 숫자가 많으면 많을수록 교육의 효과를 더욱 기대할 수가 있었습니다.

지금까지 국자감에는 오직 신라의 마도(馬道)만이 사문관(四門館) 북쪽의 회랑 안에 있을 뿐 무지한 저 제번(諸蕃)의 그것은 적적하게 중간에 끊어지고 말았습니다. 발해(渤海)의 경우만 하더라도 교상(膠庠)[250]에 학적을 둔 자가 없었고 오직 도야(桃野)[251]의 제생(諸生)만 행단(杏壇)[252]의

고, 학교에서는 회초리의 처벌을 행한다.[鞭作官刑 扑作教刑]"라는 말이 나온다. 또 《한서(漢書)》 권4 〈문제기(文帝紀)〉에, 문제의 시대에는 범법자(犯法者)가 없었으므로, "거의 형벌을 쓸 일이 없게끔 되었다.[幾致刑措]"라는 유명한 말이 나온다.

248 예법상……가운데 : 학생들이 향학열에 불타 스승을 찾아가서 열심히 공부하는 것을 뜻하는 말이다. 《예기》 〈곡례 상(曲禮上)〉에 "예법상 학생이 와서 배운다는 말은 들었지만, 선생이 가서 가르친다는 말은 듣지 못하였다.[禮聞來學 不聞往教]"라는 말이 나온다.

249 학문에……하였습니다 : 벼슬길에 먼저 나아가 출세하려고 경쟁했다는 말이다. 《논어》 〈자장(子張)〉의 "학문을 하고서 여유가 있으면 벼슬을 한다.[學而優則仕]"라는 말에서 나온 것이다.

250 교상(膠庠) : 주대(周代)에 태학(太學)을 교라고 하고 소학(小學)을 상이라고 했는데, 뒤에는 학교의 뜻으로 통칭하였다.

251 도야(桃野) : 도도(桃都)의 들판이라는 말로, 동방 즉 신라를 뜻하는 말이다. 중국 동남쪽에 도도라는 이름의 거목(巨木)이 있다는 전설에서 유래한 말이다. 자세한 내용은 194쪽 주77 참조.

252 행단(杏壇) : 공자(孔子)가 강학(講學)했던 곳으로, 학교를 비유한 말이다. 《장자》 〈어부(漁父)〉의 "공자가 치유의 숲 속에서 노닐며, 행단 위에 앉아서 휴식을 취했더니, 제자들은 글을 읽고 공자는 거문고를 타며 노래를 불렀다.[孔子遊乎緇帷之林 休坐乎杏壇之上 弟子讀書 孔子絃歌鼓琴]"라는 말에서 유래한 것이다. 참고로 우리나라에서는 행(杏)을 은행나무로 간주하여 학교에 이 나무를 많이 심었던 데에 반해서 중국에서는 측백나무를 많이 심었다.

학려(學侶)에 끼일 수 있게 되었습니다. 이 때문에 해인(海人)과 천객(泉客)의 미천한 성명(姓名)²⁵³이 혹 금패(金牌)에 높이 걸리기도 하였으니 어찌 쓸모없는 군더더기 물건 같다고 부끄러워할 것이 있겠습니까. 어느 때는 영광스럽게 옥안(玉案)에 오르기까지 하였으니, 이는 실로 후광(後光)에 힘입은 것이었습니다. 그리고 보면 비록 학업을 전문적으로 독점하지는 못했다고 하더라도 사람은 나라에 따라 차이가 없다는 사실〔人無異國〕²⁵⁴을 증명할 만했다고 하겠습니다.

신이 삼가 생각건대, 동방의 사람들이 중국에 가서 배우려 하는 것은 오직 예(禮)와 악(樂)이라고 할 것인데, 여기에 여력이 있으면 문장을 공부하고 정음(正音)으로 언어를 변화시키고 있다고 할 것입니다. 문장은 표장(表章)을 지어서 해외의 신절(臣節)을 진술할 수 있게 하려 함이요, 언어는 정례(情禮)를 전달하여 천상(天上)의 사거(使車)를 받들게 하려 함입니다. 이 직책은 한림(翰林)이라고 해서 종신토록 종사하게 되어 있습니다.

그렇기 때문에 배신(陪臣)을 파견하여 집지(執贄)할 때마다 곧 주자(胄

---

253 해인(海人)과……성명(姓名) : 바닷가 모퉁이에 있는 신라의 이름 없는 사람들이라는 뜻이다. 천객(泉客)은 연객(淵客) 즉 교인(鮫人)을 말한다. 교인이 남해 바닷속에서 베를 짜면서 울 때마다 눈물방울이 모두 진주로 변했다고 하는데, 세상에 나왔다가 주인과의 이별을 아쉬워하며 한 그릇 가득 눈물을 쏟아 부어 주었다는 이야기가 남조 양(梁) 임방(任昉)의 《술이기(述異記)》 권상에 전한다. 본래는 연객이었는데, 당 고조(唐高祖) 이연(李淵)의 이름을 피해서 천객으로 고쳤다고 한다.

254 사람은……사실 : 이사(李斯)가 지은 〈상서진시황(上書秦始皇)〉에 "왕천하(王天下)하는 자는 다양한 사람들을 물리치지 않기 때문에 그 덕을 밝힐 수가 있는 것이다. 그러므로 땅에는 사방의 한계가 없고, 사람에게는 나라의 차이가 없어서, 사시에 아름다운 물건을 채우고, 귀신이 복을 내리는 것이니, 이것이 바로 오제와 삼왕이 천하무적이 된 까닭이다.〔王者不却衆庶 故能明其德 是以地無四方 人無異國 四時充美 鬼神降福 此五帝三王之所以無敵也〕"라는 말에서 나온 것이다. 《文選 卷20》 이 글의 제목이 《고문진보(古文眞寶)》에는 〈상진황축객서(上秦皇逐客書)〉로 되어 있다.

子)로 하여금 함께 따라가서 중국을 관광하게 하였는데, 그럴 때면 험한 바닷길도 평탄한 육로로 알고 배 타고 가는 것도 편안한 집에 거하는 것으로 여기면서 황제의 덕화를 속히 입을 욕심에 마치 우화등선하는 것인 양 기뻐하여 마지않았던 것입니다. 그런데 더구나 근자에 번신(蕃臣)의 관맹(寬猛)[255]이 온당함을 잃어 흉악한 황복(荒服)이 기회를 엿보게 된 나머지, 안표(顔瓢)[256]는 갑자기 그 낙을 바꾸고 공석(孔席)[257]은 더욱 따스해질 틈이 없게 되었는 데야 더 말할 것이 있겠습니까.

삼가 우러러 듣건대, 성문예덕광무홍효 황제(聖文睿德光武弘孝皇帝 당 소종(唐昭宗)) 폐하께서 아래로 군정(群情)을 따라 휘호(徽號)를 높이 가하여 성문(聖文)으로 머리 위에 얹고 광무(光武)로 가운데를 채운 가운데, 대방(大邦)으로 하여금 군대를 쓰는 일이 없게 하고 소읍(小邑)에서도 현가(弦歌)의 소리가 울리게 했다고 하였습니다. 이 때문에 신의 번방(蕃邦)에서 홍점(鴻漸)하는 자들은 양(陽)을 따를 것을 생각하고,[258]

255 관맹(寬猛) : 관대함과 준엄함이라는 뜻으로, 이를 상호 보완하여 융통성 있게 사태에 대처하면서 조화롭게 정책을 운용할 때에 쓰는 말이다. 《춘추좌씨전》 소공(昭公) 20년에 "정책이 관대하면 백성이 방자해지는데, 방자해지면 준엄함으로 바로잡아야 한다. 정책이 준엄하면 백성이 잔혹해지는데, 잔혹해지면 관대하게 베풀어야 한다. 관대함으로 준엄함을 보완하고 준엄함으로 관대함을 보완해야 하니, 정치는 이렇게 해서 조화되는 것이다.〔政寬則民慢 慢則糾之以猛 猛則民殘 殘則施之以寬 寬以濟猛 猛以濟寬 政是以和〕"라는 공자(孔子)의 말이 나온다.

256 안표(顔瓢) : 안회(顔回)의 바가지라는 뜻으로, 안빈낙도(安貧樂道)를 비유할 때 쓰는 표현이다. 《논어》〈옹야(雍也)〉에 "어질도다 안회여. 한 그릇의 밥과 한 바가지의 물로 누추한 골목에서 사는 것을 다른 사람들은 견디지 못하는데, 안회는 그 즐거움을 한결같이 변치 않으니, 어질도다 안회여.〔賢哉回也 一簞食一瓢飮 在陋巷 人不堪其憂 回也 不改其樂 賢哉回也〕"라고 하였다.

257 공석(孔席) : 공자의 자리라는 말로, 난세를 구하기 위해 쉴 틈도 없이 바쁘게 돌아다니는 것을 형용할 때 쓰는 표현이다. 후한(後漢) 반고(班固)의 〈답빈희(答賓戲)〉에 "공자가 앉은 자리는 따스해질 틈이 없고, 묵자의 집 굴뚝은 검게 그을릴 틈이 없다.〔孔席不暖 墨突不黔〕"라는 말이 나온다. 《文選 卷45》

의술(蟻術)에 종사하는 자들은 전(羶)을 더욱 간절히 사모하여,[259] 다투어 휴지(攜持)하고 난리를 피하면서 포복(匍匐)하여 인(仁)에 귀의하기를 소원하고 있습니다.

신이 지금 전건(前件)의 학생 등을 차견하되 수령을 수행원에 충당하고, 하정사(賀正使)인 수 창부 시랑(守倉部侍郎) 급찬(級餐) 김영(金穎)의 선박에 편승하여 대궐에 나아가서 학업을 익히게 하는 동시에 숙위(宿衛)에 충당하게 하려 합니다. 이들 최신지(崔愼之) 등은 비록 재주가 미전(美箭)에 부끄러운 점은 있으나 양궁(良弓)의 가업을 이어받은 만큼, 장차 써 주면 자신의 실력을 발휘할 수 있을 테니 앞길이 유망하다고 할 것입니다. 그런데 많은 것을 귀하게 여기는[以多爲貴] 경우도 있으니, 이 또한 어찌 예법을 모른다고 할 수야 있겠습니까.[260] 그리고 김곡(金鵠)은

---

258 홍점(鴻漸)하는……생각하고 : 공부에 힘써 점진적으로 발전하는 자들이 태양과 같은 중국 황제의 덕에 감복하여 그곳에 가서 학문을 성취하기를 원한다는 말이다. 《주역》〈점괘(漸卦)〉의 6효(爻)가 모두 기러기가 나아간다는 뜻의 홍점(鴻漸)으로 시작되는데, 여기에서 유래하여 학문이 점차 발전하거나 관직이 계속 오르는 것을 비유하는 말로 홍점이라는 표현을 쓰게 되었다. 또 태양의 운행에 따라 기러기가 9월에 남쪽으로 왔다가 1월에 북쪽으로 가기 때문에, 태양의 뒤를 좇는다고 하여 기러기를 수양(隨陽)이라고 칭하기도 한다.

259 의술(蟻術)에……사모하여 : 의술은 《예기》〈학기(學記)〉의 "개미 새끼는 때로 익힌다.[蛾子時術之]"라는 말에서 유래했다. 개미는 새끼 때부터 부지런히 흙을 입에 물어다 쌓는 일을 익혀서 마침내 거대한 개밋둑을 완성한다는 뜻인데, 사람이 부지런히 공부해서 성공하는 것을 비유하는 말로 쓰인다. 아(蛾)는 의(蟻)의 옛 글자이다. 전(羶)은 누린내 나는 고기를 가리키는데, 여기서는 백성이 선호하는 중국 황제라는 뜻으로 쓰였다. 《장자》〈서무귀(徐无鬼)〉에 "개미는 양고기를 좋아하여 모여든다. 양고기는 누린내가 나기 때문이다. 순 임금의 행동에도 누린내 나는 구석이 있다. 그래서 백성이 좋아하여 모여드는 것이다.[蟻慕羊肉 羊肉羶也 舜有羶行 百姓悅之]"라는 말이 나온다.

260 많은……있겠습니까 : 《예기》〈예기(禮器)〉를 보더라도 "예법상 많은 것을 귀하게 여기는 경우가 있는데, 이는 마음을 밖으로 써서 보여 주어야 하기 때문이다.[禮之以多爲貴者 以其外心者也]"라는 말이 나오는 만큼, 이번에 최신지 등 8인을 보내는 것도 예법상 어긋난다고 할 수는 없으니 인원이 너무 많다고 혐의할 것은 없으리라는 뜻의 해학적

고(故) 해주현 자사(海州縣刺史) 김장(金裝)의 친아들입니다. 그의 집안은 양대(兩代)에 거쳐 중화(中華)에서 살았는데 그는 당구(堂構)[261]를 받들어 행할 만하니 가문의 명성을 떨어뜨리는 일은 면할 것입니다.

신은 감히 학교를 일으키는 것을 급선무로 삼고 현재(賢才)를 구하는 것을 책무로 알고 있습니다. 그래서 책을 살 돈은 이미 조금이나마 골고루 나누어 주었습니다만, 글을 읽는 양식은 아무래도 홍은(洪恩)을 내려 주셔야 할 것 같습니다. 천리 길을 가려고 하더라도 석 달 동안 수고하며 비용을 마련해야 하는 법인데,[262] 10년 동안 살아가려면 우러러 구천(九天)의 도움을 받아야만 궁핍을 면할 수 있을 것입니다.

지금 다행히도 성조(聖朝)가 문덕을 크게 펴는 때를 만났으니, 삼가 바라건대 종을 침[撞鍾]에 힘이 없는 것[263]을 용서하시고 경쇠를 두들김[擊磬]에 마음이 있는 것[264]을 어여삐 여기시어 자석이 바늘을 끌어당기

인 표현이다.

261 당구(堂構) : 긍당긍구(肯堂肯構)의 준말로, 가업을 이어받아 발전시키는 것을 비유하는 말이다.《서경》〈대고(大誥)〉의 "아버지가 집을 지으려 하여 이미 설계까지 끝냈다 하더라도, 그 자손이 집터도 닦으려 하지 않는다면 어떻게 집이 완성되기를 기대할 수 있겠는가.〔若考作室 旣底法 厥子乃不肯堂 矧肯構〕"라는 말에서 비롯된 것이다.

262 천리 길을……법인데 :《장자》〈소요유(逍遙遊)〉에 "가까운 교외에 가는 자는 세 끼 밥만 가지고 갔다가 돌아와도 배가 여전히 부르고, 백 리를 가는 자는 전날 밤에 양식을 찧어서 준비해야 하고, 천 리를 가는 자는 석 달 동안 양식을 모아야 한다.〔適莽蒼者 三湌而反 腹猶果然 適百里者 宿舂糧 適千里者 三月聚糧〕"라는 말이 나온다.

263 종을……것 : 식견이 협소하고 천박한데도 자신의 역량을 헤아리지 않고 무모하게 덤빈다는 뜻의 겸사이다. 한(漢)나라 동방삭(東方朔)이 지은 〈답객난(答客難)〉의 "대롱 구멍으로 하늘을 엿보고, 바가지로 퍼서 바닷물을 재며, 풀 줄기로 종을 치는 격이다.〔以管窺天 以蠡測海 以筳撞鍾〕"라는 말을 전용(轉用)한 것이다.《文選 卷45》

264 경쇠를……것 : 공자(孔子)가 위(衛)나라에서 도를 행하려는 뜻을 지니고 경쇠를 치고 있을 적에, 마침 삼태기를 메고 그 집 앞을 지나가던 은자(隱者)가 그 소리를 들어 보고는 "마음을 둔 것이 있구나, 경쇠를 두들김이여.〔有心哉 擊磬乎〕"라고 평한 대목이 《논어》〈헌문(憲問)〉에 나온다.

듯²⁶⁵ 자애심을 드리우시고 시루에 먼지만 일어나는 급한 사정²⁶⁶을 구해 주소서. 그리하여 특별히 홍려시(鴻臚寺)에 분부를 내리되, 용기(龍紀) 3년(891, 진성여왕5)에 하등극사(賀登極使)인 판관(判官) 검교(檢校) 사부낭중(祠部郎中) 최원(崔元)을 따라 입조한 학생 최영(崔霙) 등의 사례에 의거, 경조부(京兆府)에 지시해서 매달 글 읽을 양식을 지급하게 하고, 이와 함께 겨울과 봄에는 계절에 맞는 옷을 은사(恩賜)해 주시기를 청하는 바입니다. 바라는 바는 몸이 포학(飽學)에 의지하는 동안 뇌재기중(餒在其中)의 근심이 없게 하고,²⁶⁷ 자취가 암투(暗投)와 다른 가운데 예성이하(藝成而下)에 부끄럽지 않게 되는 것이요,²⁶⁸ 여기에 다시 솜옷을

---

265 자석이 바늘을 끌어당기듯 : 한(漢)나라 왕충(王充)이 지은 《논형(論衡)》 권16 〈난룡(亂龍)〉의 "호박(琥珀)은 지푸라기를 달라붙게 하고, 자석은 바늘을 끌어당기는 법이다.[頓牟掇芥 磁石引針]"라는 말을 인용한 것이다.

266 시루에……사정 : 후한(後漢) 범염(范冉)의 고사를 인용한 것이다. 내무(萊蕪) 고을의 수령으로 임명되었던 그가 가난하게 살면서도 낯빛 하나 변하지 않자, 사람들이 "범사운의 시루 속에서는 먼지만 풀풀 일어나고, 범 내무의 가마솥 속에는 물고기가 뛰어 논다.[甑中生塵范史雲 釜中生魚范萊蕪]"라고 노래를 지어 불렀던 기록이 전한다. 《後漢書 卷81 獨行列傳 范冉》 사운(史雲)은 범염의 자이다.

267 몸이……하고 : 학업에 정진하는 동안 굶을 걱정을 하지 않아도 되는 생활을 말한다. 포학(飽學)은 학식을 풍부하게 쌓는 것을 말한다. 뇌재기중(餒在其中)은 《논어》 〈위령공(衛靈公)〉의 "군자는 도를 행하려고 꾀할 뿐 먹을 것을 꾀하지는 않는다. 농사를 지어도 굶주림이 그 속에 있고, 학문을 해도 먹을 녹이 그 속에 있는 법이다. 그래서 군자는 도가 행해지지 않을까 걱정할 뿐이요, 가난할까 걱정하지는 않는 것이다.[君子謀道不謀食 耕也 餒在其中矣 學也 祿在其中矣 君子憂道不憂貧]"라는 말에서 발췌한 것이다.

268 자취가……것이요 : 재능을 인정받고 인도를 받아 마침내 부끄럽지 않게 문장의 기예를 성취하는 것을 말한다. 암투(暗投)는 밤에 길 가는 행인의 앞에다 명월주(明月珠)나 야광주(夜光珠)를 몰래 던져 주면 고맙게 생각하는 대신 모두 칼에 손을 대면서 좌우를 두리번거릴 것이라는 명주암투(明珠暗投)의 고사에서 나온 말로, 재능을 알아주기는커녕 오히려 질시와 비난을 받으며 소외당하는 것을 말한다. 《史記 卷83 鄒陽列傳》 예성이하(藝成而下)는 기예를 이루어 아랫자리에 거한다는 뜻으로, 《예기》 〈악기(樂記)〉의 "덕성을 이룬 사람은 상위에 거하고, 기예를 이룬 사람은 하위에 거한다.[德成而上 藝成而下]"라는 말에서 나온 것이다.

껴입는〔挾纊〕영광[269]에 젖어 끝내 옷을 벗어서 식량과 바꾸는〔易衣〕고통을 면하게 되는 것입니다.

　신이 눈으로는 꾀꼬리가 높은 나뭇가지 위로 옮겨가는 것〔鸎喬〕이 연상되고, 마음으로는 천리마의 무리〔驥乘〕속에 끼이고 싶은 생각이 간절해지는 가운데,[270] 위로는 단폐(丹陛 황궁)를 그리워하고 아래로는 청금(靑衿 유생)이 부럽기만 합니다. 실로 유종(儒宗)을 귀하게 여기다 보니 경솔하게 신감(宸鑑 황제의 시야)을 더럽히게 되었는바, 은혜를 바라고 은덕을 그리워하는 한편으로 절차(切瑳)한 것을 기양(技癢)하고 싶은 생각을 가누지 못하겠습니다.[271]

269　솜옷을 껴입는 영광 : 아랫사람을 보살펴 주는 중국 조정의 배려를 뜻하는 말이다. 초(楚)나라가 소(蕭)를 칠 적에 군사들이 추위에 떨고 있자, 초왕(楚王)이 삼군(三軍)을 순찰하며 어깨를 어루만지고 위로해 주니, 군사들 모두가 마치 솜옷을 껴입은 것처럼〔挾纊〕느끼면서 사기가 충천했다는 고사가 《춘추좌씨전》 선공(宣公) 12년에 나온다.

270　신이……가운데 : 신라라는 좁은 땅을 벗어나 중국 도성으로 공부하러 떠나는 학생들이 부러워서 왕 자신도 뒤따라가고 싶은 생각이 간절하다는 뜻으로 비유한 말이다. 《시경》〈벌목(伐木)〉에 "깊은 골짜기에서 꾀꼬리 훌쩍 날아올라, 높은 나뭇가지 위로 옮겨 가누나.〔出自幽谷 遷于喬木〕"라는 말이 나오고, 한(漢)나라 양웅(揚雄)의 《법언(法言)》권1〈학행(學行)〉에 "천리마처럼 되기를 소원하는 말은 역시 천리마의 무리요, 안회(顔回)처럼 되기를 소원하는 사람은 역시 안회의 무리이다.〔睎驥之馬亦驥之乘也 睎顔之人亦顔之徒也〕"라는 말이 나온다.

271　절차(切瑳)한……못하겠습니다 : 그동안 갈고닦은 실력을 한번 발휘해 보고 싶은 생각이 간절해서 이번에 장문(狀文)을 올리는 기회에 멋지게 작성해 보려고 노력했다는 말이다. 기양(技癢)은 어떤 기예를 지닌 사람이 그 솜씨를 발휘할 기회를 만나면 멋지게 표현해 보고 싶은 마음에 손이 근질근질해서 참지 못하는 것을 말한다. 절차는 절차탁마(切磋琢磨)와 같은 말이다.

숙위하는 학생을 번국으로 방환해 주기를 주청한 장문

奏請宿衛學生還蕃狀

신라국(新羅國) 당국(當國)은 아룁니다. 앞서 표문(表文)을 갖추어 아뢴 숙위(宿衛)하는 습업(習業) 학생(學生) 4인은 지금 기록된 연한이 이미 찼으니 방환해 주기를 엎드려 청하면서, 삼가 성명을 기록하여 다음과 같이 주문(奏聞)합니다. ─김무선(金茂先), 양영(楊穎), 최환(崔渙), 최광유(崔匡裕)이다.

신이 삼가 생각건대, 소방(小邦)의 땅은 진한(秦韓)이라고 칭해지고[272] 도(道)는 추로(鄒魯)[273]를 흠모합니다. 그렇지만 은(殷)나라 부사(父師)[274]가 처음 가르침을 베풀 적에 직접 나서서 일을 행한 것을 잠시 본 것에 불과하고, 공 사구(孔司寇)가 와서 살고 싶다고는 했어도 입으로 은혜를 베푼 것만 들었을 뿐이요,[275] 담자(郯子)는 한갓 먼 조상만 자랑하였고,[276] 서생(徐生)은 완선(頑仙)이라서 부끄러울 따름입니다.[277]

---

272 소방(小邦)의……칭해지고 : 참고로 《고운집》권1 〈조서 두 함을 내린 것을 사례한 표문[謝賜詔書兩函表]〉에 "진한(辰韓)이라는 이름은 진한(秦韓)의 잘못이다.〔辰韓誤秦韓之名〕"라는 말이 나온다.

273 추로(鄒魯) : 맹자(孟子)와 공자(孔子)의 고향으로, 공맹의 가르침 즉 유교를 뜻하는 말로 많이 쓰인다.

274 부사(父師) : 은나라 삼공(三公)의 하나인 태사(太師)와 같은 말로, 여기서는 기자(箕子)를 가리킨다.

275 공 사구(孔司寇)가……뿐이요 : 공자가 구이(九夷) 즉 동이족(東夷族)의 지역에 가서 살고 싶다고 하자, 어떤 사람이 누추한 곳이라고 걱정을 하니, "군자가 살고 있다면 그 땅이 누추한들 무슨 상관이 있겠는가."라고 대답한 내용이 《논어》 〈자한(子罕)〉에 나온다. 노 정공(魯定公) 14년에 공자가 사구가 되어 재상의 일을 섭행한 일이 있다. 사구는 법무부 장관에 해당한다.

이 때문에 거서(車書)가 통일된 것[278]을 경하하고 싶은 한편으로, 필설(筆舌)이 차이가 나는 것을 부끄럽게 여기게 되는 것도 사실입니다. 그이유는 무엇이겠습니까. 글자의 모양은 비록 충적(蟲跡)[279]과 비슷하다고 할지라도 토속의 말소리는 조언(鳥言)과 구별하기 어렵고, 글자는 겨우 결승(結繩)[280]을 면했을지라도 언어는 성기(成綺)[281]와 거리가 멀어서 모두 역도(譯導)를 통해야만 가까스로 뜻을 통할 수가 있기 때문입니다.

---

276 담자(郯子)는……자랑하였고 : 담자는 담나라 군주인 자작(子爵)이라는 뜻이다. 춘추시대 노(魯)나라 소공(昭公) 때 그가 노나라에 와서 관직을 새의 이름으로 명명한 이유에 대한 질문을 받고, 자신의 먼 조상인 소호씨(少皞氏)의 행적을 거론하며 자세히 설명하였는데, 이 말을 듣고 공자가 그를 찾아가서 배운 뒤에 "내가 들건대, 천자의 관직이 정당함을 잃었을 때에는 사방의 이민족에게 배울 수도 있다고 하였는데, 이 말은 역시 신빙성이 있어 보인다.[吾聞之 天子失官 學在四夷 猶信]"라고 평한 고사가 전한다.《春秋左氏傳 昭公17年》담나라가 옛날 동해(東海) 부근에 있었고, 또 공자가 사이(四夷)라고 평했기 때문에 담자가 우리 동방과 관련이 있는 것으로 생각해서 고운이 이렇게 인용한 것이 아닌가 한다.

277 서생(徐生)은……따름입니다 : 서생은 진 시황(秦始皇) 때의 방사(方士) 서복(徐福)을 가리킨다. 서불(徐市)이라고도 한다. 그가 동해(東海)의 삼신산(三神山) 즉 동방에 불사약이 있다고 진 시황을 속인 뒤에 동남동녀 수천 명을 배에 태우고 바다로 나간 뒤에 소식이 없었다는 기록이《사기(史記)》권6〈진시황본기(秦始皇本紀)〉에 전한다. 완선(頑仙)은 처음 선도(仙道)를 맛본 서투르고 어설픈 신선이라는 뜻이다.

278 거서(車書)가 통일된 것 : 온 세상이 중국의 문화권으로 편입되어 하나로 통일되었다는 말이다. 238쪽 주219 참조.

279 충적(蟲跡) : 충서(蟲書) 혹은 충전(蟲篆)과 같은 말로, 진(秦)나라의 여덟 가지 서체(書體) 중의 하나이다.

280 결승(結繩) : 문자가 없던 태고 시대에 노끈으로 매듭을 맺어 사용했던 부호이다. 신농씨(神農氏)가 이 결승의 정사(政事)를 행하다가 복희씨(伏羲氏) 때에 이르러 팔괘(八卦)를 긋고 나무에 새긴 최초의 문자를 만들어서 서계(書契)의 정사를 행했다는 기록이《주역》〈계사전 하(繫辭傳下)〉와《사기》권1〈오제본기(五帝本紀)〉에 보인다.

281 성기(成綺) : 비단결처럼 화려하게 문채를 이루는 것을 말한다. 참고로 남조 제(齊)의 시인 사조(謝脁)가 지은 시〈만등삼산환망경읍(晩登三山還望京邑)〉에 "남은 노을 흩어져서 깁을 이루고, 맑은 강은 깨끗하기 명주 같아라.[餘霞散成綺 澄江靜如練]"라는 명구가 사람들의 입에 오르내렸다.

이러한 까닭에 천조(天朝)에 주문(奏文)을 올리거나 조사(詔使)를 영접할 때에도 반드시 중국에서 배운 사람의 통역을 의지해야만 비로소 동이(東夷)의 실정을 전달할 수가 있는 것입니다.

　그래서 국초부터 번방(蕃邦)의 공물을 올릴 때마다 글을 읽었다는 사람을 함께 보내어 애오라지 모화(慕化)의 정성을 표하려고 했습니다만, 제 아무리 접수(鰈水)의 신령스러운 기운과 계림(雞林)의 수려한 기운을 타고난 뛰어난 인재라고 할지라도 타산의 돌로 옥을 갈지는 못하고 한갓 육해(陸海)에서 구슬을 찾으려고 애쓴 까닭에[282] 문장을 엮으면 성대하게 되지 못한 채 마음먹은 대로 이루어지지 않고, 발언을 하면 껄끄럽게 막히는 것이 많아서 부끄럽게 되는 일을 면하지 못했으므로, 걸핏하면 조(趙)나라 걸음과 어긋나기 일쑤였고[283] 영(郢) 땅의 노래에 화답하기가 어려웠습니다.[284]

282　타산의……까닭에 : 중국에 가서 사우(師友)의 도움을 받아 학업을 성취하지는 못하고서 그저 유명한 문인의 글 중에서 명구를 뽑아 글을 엮어 보려고 애썼다는 말이다. 《시경》〈학명(鶴鳴)〉에 "타산의 돌이 숫돌이 될 수 있다.〔他山之石 可以爲錯〕"라는 말과, "타산의 돌이 옥을 갈 수 있다.〔他山之石 可以攻玉〕"라는 말이 나오는데, 여기서는 중국에 가서 학업을 닦는 것을 의미하는 말로 인용되었다. 육해(陸海)는 바다와 같은 육기(陸機)의 글이라는 뜻으로, 문재가 풍부한 문인 혹은 그런 글을 뜻하는 말이다. 남조 양(梁) 종영(鍾嶸)의 《시품(詩品)》 권1에 "육기의 재능은 바다와 같고, 반악의 재능은 강과 같다.〔陸才如海 潘才如江〕"라고 평한 말이 있다.

283　조(趙)나라……일쑤였고 : 연(燕)나라 수릉(壽陵) 땅의 청년이 조(趙)나라 서울 한단(邯鄲)에 가서 그곳의 걸음걸이를 배우려다가 제대로 배우지도 못한 채 본래의 자기 걸음걸이마저 잊어버린 나머지 엉금엉금 기어서 돌아올 수밖에 없었다는 한단 학보(邯鄲學步)의 이야기를 인용한 것이다. 《莊子 秋水》

284　영(郢) 땅의……어려웠습니다 : 춘추 시대 초(楚)나라의 대중가요인 〈하리(下里)〉와 〈파인(巴人)〉은 수천 명이 따라 부를 수 있었으나, "〈양춘〉이나 〈백설〉 같은 고상한 노래는 국중에서 이것을 이어 화답하는 자가 수십 인에 지나지 않았다.〔其爲陽春白雪 國中屬而和者 不過數十人〕"라는 이야기가 송옥(宋玉)의 〈대초왕문(對楚王問)〉에 나온다. 《文選 卷45》영(郢)은 초나라 서울의 이름인데, 여기서는 중국 도성의 비유로 쓰였다.

상황이 이와 같고 보면 산 넘고 바다 건너 사신을 보낼 때마다 중국에 학생들을 함께 보내 열심히 공부시키고도 싶었지만, 유사(有司)가 있는 변두(籩豆)에 관한 일에 졸렬한 것이 매우 부끄러웠습니다.[285] 따라서 중국 조정에서 관중(關中)의 미곡을 소모할 것을 걱정하여 지급해 주지 않았다면 석상(席上)의 보배[286]를 발탁할 길이 없었을 것입니다.

그리하여 신의 망부(亡父)인 선신(先臣) 증(贈) 태부(太傅) 정(晸 헌강왕)이 배신(陪臣)인 시전중감(試殿中監) 김근(金僅)을 경하 부사(慶賀副使)로 충당해 파견하여 입조하게 하던 날에 전건(前件) 학생(學生) 김무선(金茂先)을 함께 보내 대궐에 나아가서 학업을 익히게 하는 동시에 숙위에 충당하도록 하였습니다. 그리고 최환(崔渙)과 최광유(崔匡裕) 2인은 김근이 직접 옥계(玉階)를 두드려 중국에 머물면서 학업을 닦게 해 줄 것을 간청한 결과 성상으로부터 은혜롭게 윤허를 받아 학교에 들어갈 수가 있었던 것입니다.

그런데 지금 이미 10년의 기한이 차서 이물로 위의를 수렴하는 성과를 거두었을 텐데〔威收二物〕,[287] 진흙을 머금은 바다제비가 오래도록 화

---

285 유사(有司)가……부끄러웠습니다:《논어》〈태백(泰伯)〉에 "변두에 관한 일이라면 전담하는 관원이 별도로 있으니 당신이 신경 쓸 것이 없다.〔籩豆之事 則有司存焉〕"라는 뜻으로 증자(曾子)가 맹경자(孟敬子)에게 충고해 준 말이 있다. 변두에 관한 일이란 죽기(竹器)와 목기(木器)로 된 제기(祭器)를 진설하는 등의 제사에 관한 일을 말하는데, 여기서는 의식주 등 생활에 관한 일이라는 뜻으로 인용하였다. 환언하면 신라의 입장에서는 중국 유학생의 경비를 대는 일이 매우 부담이 되어서 중국에 의지할 수밖에 없었다는 말이다.

286 석상(席上)의 보배:자리 위의 보배라는 뜻으로, 자신의 노력에 의하여 뛰어난 학덕(學德)을 소유하게 된 유자(儒者)를 비유할 때 쓰는 표현이다. 노(魯)나라 애공(哀公)이 공자(孔子)에게 자리를 권하자, 공자가 모시고 앉아서 "유자는 자신의 자리 위에 진귀한 보배를 준비해 놓고서 초빙해 주기를 기다리는 사람이다.〔儒有席上之珍以待聘〕"라고 말한 고사에서 유래한 것이다.《禮記 儒行》

려한 들보를 더럽히게 할 수는 없으니, 물가를 따라 노니는 변방의 기러기처럼 옛길을 따라 돌아오게 하는 것이 당연할 것입니다. 더군다나 국경에는 아직도 난리가 많아서 집안의 어버이가 그들의 귀환을 고대하고 있는 데야 더 말해 무엇 하겠습니까. 그래서 비록 대성(大成)하지는 못했어도 문득 사연을 갖추어 간청을 올리게 되었으니, 대롱으로 표범을 엿보았다는 기롱을 부끄러워할 것 없이 반딧불이를 잡아 공부한 성과를 한번 시험해 볼까 합니다.[288]

삼가 바라건대, 예자(睿慈)께서는 고사를 굽어 따르시어, 속국을 맡은 관리에게 선부(宣付)하는 은혜를 내려 주소서. 그리하여 문덕(文德) 1년(888, 진성여왕2)에 기한이 만료된 학생인 태학 박사(太學博士) 김소유(金紹游) 등을 방환(放還)한 예에 준거하여 김무선(金茂先) 등과 수령(首領) 무리를 하정사(賀正使)인 급찬(級餐) 김영(金穎)의 배에 태워서 번국(蕃國)으로 보내 주소서. 그러면 말을 모는 규정을 새로 세워 열흘을 달리는[十駕][289] 수고를 사양하지 않을 것이요, 닭을 잡는 칼이라도 새롭게

---

287 이물(二物)로⋯⋯텐데 : 회초리로 체벌을 가하는 등 엄한 훈도를 받으면서 소기의 성과를 거두었을 것이라는 말이다. 《예기》〈학기(學記)〉의 "하와 초 두 가지 회초리를 사용하여 위의를 수렴하게 한다.[夏楚二物 收其威也]"라는 말을 인용한 것이다. 하(夏)는 모양이 둥글고, 초(楚)는 모양이 모난 체벌 도구를 가리킨다.

288 대롱으로⋯⋯합니다 : 아직 공부가 미흡하다는 비평이 있을 수 있겠지만, 그렇더라도 그동안 열심히 공부한 실력을 곧장 현실에 응용해 보고 싶다는 말이다. 진(晉)나라 왕헌지(王獻之)가 소년 시절에 도박 놀음을 옆에서 지켜보다가 훈수를 하자, 그 어른들이 "대롱으로 표범을 보고는 그 반점 하나만을 보는 식이다.[管中窺豹 時見一斑]"라고 비웃었던 고사가 있다.《世說新語 方正》 그리고 진(晉)나라 차윤(車胤)이 입사(入仕) 전에 집안이 가난해서 불 밝힐 기름을 살 돈이 없자 항상 수십 마리의 반딧불이를 잡아 망사 주머니에 넣어서 그 불빛으로 책을 읽었다는 고사가 있다.《晉書 卷83 車胤列傳》

289 열흘을 달리는 :《순자》〈수신(修身)〉의 "천리마가 하루에 천 리를 달리지만, 노둔한 말도 열흘을 달리면 역시 그 거리를 따라잡을 수 있다.[夫驥一日而千里 駑馬十駕 則亦及之矣]"라는 말을 인용한 것인데, 귀환하는 학생을 노둔한 말에 비유한 것이다.

해서 애오라지 한번 베는[一割]²⁹⁰ 성능을 시험해 볼까 합니다. 신은 재삼(在三)의 의리²⁹¹를 중히 여기면서도 권백(勸百)의 정리²⁹²가 깊기에 무턱대고 신곤(宸閫)을 범하노라니, 지극히 격절(激切)하고 병영(屛營)한 심정을 가누지 못하겠습니다.

---

290 한번 베는: 후한(後漢) 반초(班超)가 "옛날 위강은 열국의 대부였는데도 여러 융족들을 안정시킬 수 있었는데, 더구나 위대한 한나라의 위엄을 받들고 가는 내가 무딘 칼이나마 한번 베는 데에 사용할 수 없겠는가.[昔魏絳列國大夫 尙能和輯諸戎 況臣奉大漢之威 而無鉛刀一割之用乎]"라고 말한 것을 인용한 것이다.《後漢書 卷47 班梁列傳 班超》이 역시 무딘 칼을 귀환하는 학생들에게 비유한 것이다.

291 재삼(在三)의 의리: 부(父)·사(師)·군(君)의 은혜에 보답하는 의리라는 뜻이다.《국어(國語)》권7〈진어(晉語) 1〉의 "사람은 세 분 덕분에 살아가는 것이니, 섬기기를 똑같이 해야 한다. 어버이는 낳아 주셨고, 스승은 가르쳐 주셨고, 임금은 먹여 주셨기 때문이다.[民生於三 事之如一 父生之 師敎之 君食之]"라는 말에서 유래한 것이다.

292 권백(勸百)의 정리: 관원을 시험해 살피면서 권면하는 정리라는 말이다.《중용장구(中庸章句)》제20장의 "날로 살펴보고 달로 시험하여 일솜씨에 걸맞게 급료를 주는 것은 백관을 권면하는 것이다.[日省月試 旣稟稱事 所以勸百工也]"라는 말에서 나온 것이다.

신라의 왕이 당나라 강서의 고 대부 상 에게 보낸 장문
新羅王與唐江西高大夫 湘 狀

옛날 정관(貞觀) 연간에 태종 문황제(太宗文皇帝)가 손수 조서(詔書)를 내려 천하에 반포하기를 "지금 유계(幽薊)를 순행(巡幸)하여 요갈(遼碣)[293]의 죄를 물으려 한다."라고 하였으니, 이는 대개 고구려의 난폭한 습속이 기강을 범하고 강상을 어지럽혔기 때문입니다. 그리하여 마침내 위엄을 떨쳐 하늘의 주벌을 행하고 바닷가를 숙청(肅淸)하였는데, 일단 무공을 세우고 나서는 문덕을 닦기에 이르렀습니다. 그러고는 먼 나라 사람들도 공사(貢士)를 따르도록 허락하였으므로, 부끄러울 것 없이 요시(遼豕)를 바치면서 천앵(遷鸎)의 뒤를 따라갈 기약이 있게 되었습니다.[294]

그런데 저 고구려는 지금 발해(渤海)가 되었는데, 근년에 들어와서는 계속해서 고과(高科)를 차지하고 있습니다. 이는 그야말로 선(善)을 사모하는 외방의 정성을 가상하게 여기고, 사심이 없는 대국의 교화를 보여 주는 것으로서, 비록 닭을 천하게 여기고 고니를 귀하게 여기는 혐의가 있다고 할지라도[賤雞貴鵠][295] 어쩌면 모래를 헤치고 금을 가려내는 일

293　요갈(遼碣) : 요동(遼東)과 발해(渤海) 인근에 있는 갈석(碣石)의 병칭이다.

294　부끄러울……되었습니다 : 우물 안 개구리라 할 신라의 학생들이 이제는 떳떳하게 중국에 가서 견문을 넓힐 새로운 희망을 갖게 되었다는 말이다. 요시(遼豕)는 귀할 것이 없는 미천한 요동(遼東)의 돼지라는 뜻으로, 흔히 겸사로 쓰이는 말이다. 요동의 돼지가 흰 새끼를 낳자 이를 기이하게 여긴 농부가 임금에게 바치러 가다가 하동의 돼지들이 모두 흰색인 것을 보고는 부끄럽게 여겨 돌아갔다는 이야기가 《후한서(後漢書)》 권33 〈주부열전(朱浮列傳)〉에 나온다. 천앵(遷鸎)은 낮은 곳에서 높은 곳으로 훌쩍 날아오르는 꾀꼬리라는 뜻으로, 《시경》 〈벌목(伐木)〉에 꾀꼬리가 "깊은 골짜기에서 나와, 높은 나무 위로 옮겨 간다.[出自幽谷 遷于喬木]"라는 말이 나온다.

295　닭을……할지라도 : 대본에는 '賤雞貴鶴'으로 되어 있는데, 이는 '賤雞貴鵠'의 오사(誤

과 비슷하다[披沙揀金]고 할 수도 있겠습니다.[296]

그런데 정공(靖恭) 최 시랑(崔侍郎)이 빈공과(賓貢科)에서 2인을 방방(放榜 합격자 발표)할 적에 발해의 오소도(烏昭度)를 수석으로 뽑았습니다. 한비(韓非)가 노담(老聃)과 같은 열전(列傳)에 있는 것도 예전부터 감수하기 어려웠으니,[297] 하언(何偃)이 유우(劉瑀)의 앞에 있었던 것은 기실 한스럽게 여길 만한 일이었습니다.[298] 키로 까불면 겨와 쭉정이가 앞에

寫)이다. 가까운 신라보다는 멀리 있는 발해의 응시자를 더 특이하게 보고 귀하게 여겨서 우수한 성적으로 뽑았을 가능성도 배제할 수 없다는 말이다. 한(漢)나라 왕충(王充)의 《논형(論衡)》 권18 〈제세편(齊世篇)〉에 "오늘날 세상의 학자들은 고대의 것은 높이고 현재의 것은 낮춘다. 또 고니를 귀하게 여기고 닭을 천하게 여기는데, 이는 고니는 멀리 있고 닭은 가까이 있기 때문이다. 지금 도를 설하는 것이 공자(孔子)나 묵자(墨子)보다 더 깊다고 하더라도 이름을 그들과 같이 할 수가 없고, 품행을 세운 것이 증자(曾子)나 안자(顏子)보다 더 높다고 하더라도 명성을 그들과 같이 할 수가 없다. 왜냐하면 세상의 속성은 가까이에서 본 것은 천하게 여기고 멀리서 들은 것은 귀하게 여기기 때문이다.〔今世之士者 尊古卑今也 賤雞貴鵠 鵠遠而雞近也 使當今說道深於孔墨 名不得與之同 立行崇於曾顏 聲不得與之鈞 何則 世俗之性 賤所見 貴所聞也〕"라는 말이 나온다.

296 어쩌면……있겠습니다 : 모래밭에서 금싸라기를 가려낸 것처럼 우수한 답안이 눈에 띄어서 급제자의 명단에 오르게 되었는지도 모를 일이라는 말이다. 남조 양(梁) 종영(鍾嶸)의 《시품(詩品)》 권1에 "반악(潘岳)의 시는 비단을 펼쳐 놓은 것처럼 찬란해서 좋지 않은 대목이 없고, 육기(陸機)의 글은 모래를 헤치고 금을 가려내는 것과 같아서 왕왕 보배가 보인다.〔潘詩爛若舒錦 無處不佳 陸文如披沙簡金 往往見寶〕"라는 말이 나온다.

297 한비(韓非)가……어려웠으니 : 그동안 과거 급제자의 명단에 발해가 신라와 함께 끼어 있는 것을 보면 기분이 좋을 수가 없었다는 말이다. 《사기》 권63에 〈노자한비열전(老子韓非列傳)〉이 있다. 노자는 도가(道家)의 창시자이고, 한비는 법가(法家)의 집대성자이다. 노담(老聃)의 담은 노자의 자이다. 노자의 성은 이씨(李氏)이고, 이름은 이(耳)이다.

298 하언(何偃)이……일이었습니다 : 하언의 죽음이 유우의 앞에 있어서 유우가 환호작약하게 했던 것은 유감스러운 일이었다는 뜻으로, 과거 시험에서 신라가 발해에게 패배하여 발해를 기쁘게 하며 비웃게 한 것이 한스럽다는 말이다. 하언은 당시에 오소도(烏昭度)와 함께 급제한 신라의 이동(李同)을 가리키고, 유우는 수석을 차지한 오소도를 가리킨다. 유우는 남을 업신여기면서 자기가 최고라고 생각하는 성격의 소유자로서, 다른 사람이 자기의 위에 있는 것을 달갑게 여기지 않았는데〔瑀性陵物護前 不欲人居其上〕 시중(侍中) 하언이 유우에 대해서 "여론을 검증해야 한다.〔參伍時望〕"라고 말

서 날린다고도 합니다만,[299] 어떻게 술지게미를 먹고·박주(薄酒)를 마시며 함께 취할 수야 있겠습니까.[300] 이미 사린(四隣)의 조롱거리가 되었음은 물론이요, 길이 일국(一國)의 수치를 끼치게 되었습니다.

그런데 마침 대부께서 손에 촉칭(蜀稱)[301]을 쥐고 마음은 진대(秦臺)[302]로 비춰 보며 섬계(蟾桂)의 주인[303]이 되어 계림(雞林)의 사자(士子)를 돌

한 것에 대해서 유우가 "나에게 여론을 검증할 것이 뭐가 있단 말인가.〔我於時望何參伍之有〕"라고 격분하여 마침내 관계를 단절하기도 했다. 그런데 등에 종기가 발작해서 위독한 상태에 있던 유우가 하언 역시 똑같은 병을 앓다가 죽었다는 말을 듣고는 자기보다 먼저 죽은 것에 대해서 "환호작약하며 소리치다가 죽었다.〔歡躍叫呼 於是亦卒〕"라는 기록이 전한다.《宋書 卷42 劉穆之列傳 劉瑀》참고로《고운집》권1에〈북국이 위에 있도록 허락하지 않은 것을 사례하며 올린 표문(謝不許北國居上表)〉이라는 제목의 글이 있는데, 여기에서 거상(居上)이라는 표현이 눈길을 끈다. 북국(北國)은 물론 발해를 가리킨다.

299 키로……합니다만 : 진(晉)나라 왕탄지(王坦之)와 범계(范啓)가 서로 앞을 양보하면서 걸어가다가 뒤에 처지게 된 왕탄지가 "곡식을 까불며 바람에 날리면 겨와 쭉정이가 앞에 있게 마련이다.〔簸之揚之 糠秕在前〕"라고 한마디 하자, 범계가 "조리질하며 물에 흔들면 모래와 자갈이 뒤에 있게 마련이다.〔洮之汰之 沙礫在後〕"라고 응수했던 고사가 전한다.《世說新語 排調》

300 어떻게……있겠습니까 : 굴원(屈原)의〈어부사(漁父辭)〉에 "세상이 모두 흐리다면 어찌하여 그 진흙을 휘저어서 흙탕물을 일으키지 않으며, 사람들이 모두 취했다면 어찌하여 그 술지게미를 먹거나 박주를 마시지 않고서, 무슨 까닭으로 깊이 생각하고 고상하게 행동하여 스스로 추방을 당하게 한단 말인가.〔世皆濁 何不淈其泥 而揚其波 衆人皆醉 何不餔其糟 而歠其醨 何故深思高擧 自令放爲〕"라는 말이 나온다.

301 촉칭(蜀稱) : 촉나라의 저울이라는 뜻으로, 촉한(蜀漢)의 재상이었던 제갈량(諸葛亮)의 공평무사한 마음을 말한다.《정관정요(貞觀政要)》권5〈공평(公平)〉에 "옛날 제갈공명은 소국의 재상이었는데도 '나의 마음은 저울과 같아서 사람에 따라 이랬다저랬다 할 수 없다.'라고 하였는데, 더구나 지금 나는 대국을 다스리고 있는 데야 더 말해 무엇 하겠는가.〔昔諸葛孔明小國之相 猶曰吾心如稱 不能爲人作輕重 況我今理大國乎〕"라는 당 태종(唐太宗)의 말이 나온다.

302 진대(秦臺) : 진나라 누대 위의 거울이라는 진대경(秦臺鏡)의 준말로, 진 시황(秦始皇)이 사람의 마음속을 환히 비추어 보았다는 전설의 거울을 가리키는데, 보통 관리들이 공정하게 일을 처리하는 것을 비유할 때 쓰는 말이다.

303 섬계(蟾桂)의 주인 : 과거 급제자를 뽑는 시관(試官)을 비유하는 말이다. 섬계는 두꺼

아보셨습니다. 그리하여 특별히 박인범(朴仁範)과 김악(金渥) 두 사람으로 하여금 봉리(鳳里)에서 쌍으로 날게 하고 용문(龍門)[304]에서 짝지어 뛰게 하면서 청금(青衿)의 대열에 끼이는 것을 허여하고 강장(絳帳)[305]에 똑같이 나아오게 한 반면에, 추한 오랑캐는 용납하지 않아 선과(仙科)에 흠집을 내지 못하도록 하였습니다. 이는 실로 악을 몰아내려 한 태종의 마음을 받들고, 선을 택하게 한[擇善] 선니(宣尼)의 취지[306]를 지킨 것으로서, 오수(鼇岫)[307]에 아름다운 명성을 떨치고 제명(鯷溟)[308]에 기쁜 기운을 들뜨게 한 쾌거였습니다.

삼가 살피건대, 박인범은 고심해서 시를 지어 악경(樂鏡)의 경지[309]를

<hr />

비가 사는 월궁의 계수나무라는 뜻으로, 그곳의 계수나무 가지를 꺾었다는 섬궁절계(蟾宮折桂)의 준말인데, 현량 대책(賢良對策)에서 장원을 한 극선(郤詵)에게 진 무제(晉武帝)가 소감을 묻자, "달나라 계수나무 숲의 가지 하나를 꺾은 격이요, 곤륜산의 옥돌 한 조각을 캔 격이다.[猶桂林之一枝 崑山之片玉]"라고 답변한 고사가 전한다.《晉書卷52 郤詵列傳》

304 용문(龍門) : 황하 상류의 물이 급격히 쏟아져 내리는 협곡의 이름인데, 세 계단으로 되어 있는 그 폭포수를 물고기가 뛰어오르면 용이 된다는 고사에서 유래하여, 과거 급제를 비유하는 말로 쓰인다.

305 강장(絳帳) : 붉은 휘장이라는 뜻으로, 사석(師席)을 가리킨다. 후한(後漢)의 마융(馬融)이 항상 붉은 휘장을 드리워 앞을 가린 채 학생들을 가르친 고사에서 유래한 것이다.《後漢書 卷60上 馬融列傳》

306 선을……취지 :《중용장구(中庸章句)》제20장의 "성 그 자체는 하늘의 도요, 성하려고 노력하는 것은 사람의 도이다. 성의 경지에 이르면 굳이 애쓰지 않고도 중도를 행하며 생각하지 않고도 터득하여 자연스럽게 도에 합치되니, 이런 분이 성인이다. 반면에 성하려고 노력하는 자는 선을 택해서 굳게 잡고 행하는 사람을 말한다.[誠者天之道也 誠之者人之道也 誠者 不勉而中 不思而得 從容中道 聖人也 誠之者 擇善而固執之者也]"라는 공자의 말을 발췌한 것이다. 선니(宣尼)는 공자의 별칭이다. 한 평제(漢平帝) 원시(元始) 1년(1)에 공자를 추시(追諡)하여 포성선니공(襃成宣尼公)이라고 하였다.

307 오수(鼇岫) : 신라의 수도인 경주(慶州)의 금오산(金鼇山)을 가리킨다.

308 제명(鯷溟) : 제잠(鯷岑)의 바다라는 말로, 동해를 가리킨다. 제잠은 동방의 별칭이다.

309 악경(樂鏡)의 경지 : 수경(水鏡)과 같은 악광(樂廣)의 경지라는 뜻으로, 맑고 투명하게

엿볼 수 있었고, 김악은 극기복례(克己復禮)하여 구당(丘堂)[310]에 함께 올랐으니, 예로부터 지금까지 이런 영광에 비할 것은 있지 않았습니다. 가령 몸이 부서지고 뼈가 가루가 되더라도 깊은 은혜를 갚을 수가 없을 것이요, 골짜기가 변해서 언덕이 되도록 영원히 성대한 일로 전해질 것입니다.

폐국(弊國)은 본디 선왕의 도를 익혀서 외람되게 군자의 고장이라고 일컬어져 왔습니다. 언제나 선한 사람을 보면 깜짝 놀라며 반기는 것[見善若驚][311]처럼 해야 하는데, 어떻게 감히 선비를 가지고 희롱하는 대상으로 삼을[以儒爲戱][312] 수가 있겠습니까.

일찌감치 서찰을 멀리 보내 돌보아 주신 은혜에 감사드리려 하였으나, 삼가 살펴보건대 전란의 먼지가 갑자기 일어나면서 도로가 많이 막혔기에, 평소의 간절한 소원을 풀지 못한 채 이미 시기를 놓치고 말았습니다. 부질없이 이구동성으로 멀리서 축원하는 말씀만 늘어놓을 뿐, 붓을 휘둘러 송덕(頌德)하는 글을 써 보고 싶어도 미천한 정성을 죄다 표현하기가 어렵습니다.

빛나는 시의 세계라는 말이다. 진(晉)나라 위관(衛瓘)이 조정의 명사들과 담론하는 악광의 모습을 보고서 이미 없어진 청담(淸談)의 기풍이 다시 살아난 것 같다고 탄식하고는, 자제들에게 그를 찾아가 인사하게 하면서 "이 사람은 사람 중의 수경이다. 그를 보면 마치 운무를 헤치고 청천을 바라보는 것만 같다.[此人 人之水鏡也 見之若披雲霧睹靑天]"라고 말한 고사가 전한다. 《世說新語 賞譽》

310 구당(丘堂) : 공구(孔丘)의 전당(殿堂)이라는 뜻으로, 태학(太學)을 가리킨다.

311 선한……것 : 후한(後漢)의 공융(孔融)이 예형(禰衡)을 추천한 글에 "선한 사람을 보면 깜짝 놀라며 반기듯이 하고, 악한 사람을 미워하기를 마치 원수 대하듯 한다.[見善若驚 疾惡若讐]"라는 말이 나온다. 《文選 卷37 薦禰衡表》

312 감히……삼을 : 노 애공(魯哀公)이 공자의 말을 듣고 나서 "나의 세상을 마치도록 감히 선비를 가지고 희롱하는 대상으로 삼지 않으리라.[終沒吾世 不敢以儒爲戱]"라고 말한 내용이 《예기》〈유행(儒行)〉에 나온다.

오직 바라건대, 피난하는 땅에서 유력하는 일을 얼른 그만두시고, 제천(濟川)[313]의 공업(功業)을 속히 펴도록 하소서. 그리하여 온 세상을 길이 편안하게 하고 만백성을 다시 소생시켜야 할 것이니, 이는 해외 소방에서 기원하는 일일 뿐만이 아니요, 실로 천하의 그지없는 다행이 될 것입니다.

313　제천(濟川) : 험난한 물길을 거뜬히 건넌다는 뜻으로, 재상의 자격이 있는 인재를 비유할 때 쓰는 표현이다. 은 고종(殷高宗)이 명재상 부열(傅說)에게 "내가 만일 큰 물을 건너게 되면 그대를 배와 노로 삼겠다.[若濟巨川 用汝作舟楫]"라고 한 말에서 유래한 것이다. 《書經 說命上》

예부 배 상서 燦에게 보낸 장문
與禮部裵尙書 燦 狀

옛날에 고구려가 나라를 보유하고 있을 적에 험준한 지세를 믿고 교만하게 구는가 하면 군주를 살해하고 백성을 학대하며 천명을 거역하자, 태종 문황제(太宗文皇帝)가 크게 한번 노하여 준동하는 흉도를 제거하기 위해 친히 육군(六軍)을 거느리고 만리 멀리 순행(巡行)하여 공경히 천벌을 수행함으로써 바닷가 구석을 말끔히 청소하였습니다. 그런데 고구려의 미친바람이 잠잠해진 뒤에 잔여 세력이 타고 남은 찌꺼기를 거두어 모아 따로 집단 부락을 만들 것을 모의하고는 느닷없이 나라 이름을 도둑질하였으니, 옛날의 고구려가 지금의 발해(渤海)로 바뀐 것을 알겠습니다.

　당국(當國)은 정관(貞觀) 연간부터 특별히 후한 은혜를 입어 먼 지방의 풍속을 길이 안정시켜 왔습니다. 그리고 상진(桑津)[314]의 학자가 괴시(槐市)[315]의 생도의 대열에 참여하는 것을 허락받고는, 마침내 책 상자를 등에 지고 피곤함도 잊은 채 배를 타고 험한 바다를 건너가서 이름을 엮어 사부(詞賦)를 바침으로써 드디어 금마문(金馬門)[316] 앞에 나아갈 수 있었고, 발꿈치를 들어 선적(仙籍)에 오름으로써 거오산(巨鰲山)[317] 위에

314 　상진(桑津) : 해 뜨는 부상(扶桑)의 나루라는 뜻으로, 동방을 가리킨다.

315 　괴시(槐市) : 중국 태학(太學)의 별칭이다. 한대(漢代)에 장안(長安)의 유생들이 토산물 등을 무역하던 시장인데, 그곳에 괴수(槐樹) 수백 그루가 줄 지어 서 있었으므로 붙여진 이름이다.

316 　금마문(金馬門) : 한(漢)나라 궁궐 문의 이름으로, 동방삭(東方朔), 주보언(主父偃), 엄안(嚴安) 등 문인들이 황제의 조서(詔書)를 기다리던 곳인데, 보통 학사원(學士院) 혹은 조정의 뜻으로 쓰인다.

이를 수 있었습니다.

　얼마 지나지 않아서 습속이 유다른 발해도 과거에 함께 참여하게 되어 대중(大中)[318] 초부터 피차 똑같이 춘관(春官 예부(禮部))의 시험을 거치게 되었는데, 이렇게 한 것은 단지 그들을 회유하려는 목적에서였습니다. 이는 실로 문덕을 닦아 그들을 귀의하게 한 것이요, 또 예전에 저지른 잘못을 마음에 담아 두지 않으려는[不念舊惡][319] 취지에서 그런 것이니, 성조(聖朝)로서는 함구(含垢)[320]의 은혜가 깊다고 할 것이요, 발해로서는 모전(慕羶)[321]의 뜻이 절실했다고 할 것입니다. 중국에서 일단 왕래하지 못하게 한 것이 아니었고 보면, 또한 발해에서 선후를 어떻게 따질수가 있었겠습니까.[322]

317　거오산(巨鼇山) : 거대한 자라가 머리에 이고 있는 산이라는 뜻으로, 삼신산(三神山)을 가리키는데, 보통 관각(館閣)의 뜻으로 쓰인다. 발해(渤海) 동쪽에 있는 대여(岱輿)·원교(員嶠)·방호(方壺)·영주(瀛洲)·봉래(蓬萊)의 다섯 신산(神山)이 조수(潮水)에 밀려 표류하자, 천제(天帝)가 각각 3마리씩 모두 15마리의 거대한 자라로 하여금 이 산들을 머리에 이고 있게 하였는데, 뒤에 용백국(龍伯國)의 거인이 6마리를 낚아 갔으므로 대여와 원교의 두 산은 서극(西極)으로 떠내려가고, 방호와 영주와 봉래의 세 산만 남았다고 한다. 《列子 湯問》

318　대중(大中) : 당 선종(唐宣宗)의 연호로 847년에서 860년까지이다.

319　예전에……않으려는 : 《논어》〈공야장(公冶長)〉에 "백이와 숙제는 남이 예전에 저지른 잘못을 마음에 담아 두지 않았다. 그래서 원망하는 사람이 드물었다.[伯夷叔齊 不念舊惡 怨是用希]"라는 말이 나온다.

320　함구(含垢) : 더러운 것을 포용한다는 뜻으로, 당나라에서 발해의 과오를 관대하게 용서했다는 말이다. 《춘추좌씨전》 선공(宣公) 15년의 '내와 못은 오물을 받아들이고, 산과 숲은 독충을 끌어안으며, 훌륭한 옥도 하자를 품고 있다. 마찬가지로 나라의 임금이 더러운 것을 포용하는 것은 하늘의 도이다.[川澤納汙 山藪藏疾 瑾瑜匿瑕 國君含垢 天之道也]"라는 말을 발췌한 것이다.

321　모전(慕羶) : 중국 황제의 은덕을 사모하는 뜻이 간절했다는 말이다. 250쪽 주259 참조.

322　중국에서……있었겠습니까 : 발해의 입장에서 보면 중국에 왕래하게 한 것만도 고마운 일인 만큼, 신라와 지위 면에서 선후를 따지는 것은 엄두도 내지 못할 일이라는 말이다.

그런데 고(故) 정공(靖恭) 최 시랑(崔侍郞)이 과거를 주관하던 해에는 빈공과(賓貢科)에 급제한 자가 2인이었는데, 그중에서 발해의 오소도(烏昭度)를 수석으로 하였습니다. 이는 노나라를 여위게 하고 기나라를 살지게 한 것[瘠魯而肥杞]과 같았으니,[323] 누가 정나라는 눈이 밝고 송나라는 귀가 어둡다는 것[鄭昭而宋聾]을 증명할 수 있었겠습니까.[324] 조리질하며 물에 흔들면 모래와 자갈이 뒤에 있게 되는 것[淘之汰之 沙礫居後]이야 감수한다고 할지라도[325] 그쳐야 할 때는 그쳐야 하는 것[時止則止]이니,[326] 어떻게 치민(淄澠)[327]을 함께 흐르게 해서야 되겠습니까. 같은 수레와 같은 문자를 통일해서 쓰게 된 것을 물론 경하해야 하겠지만, 모자

---

323 노나라를……같았으니 : 당나라와의 관계가 친근하다고 할 신라를 뒤로 미루고, 소원하다고 할 발해를 오히려 의기양양하게 만들었다는 말이다. 《춘추좌씨전》 양공(襄公) 29년에 "기나라는 하나라의 후예로서 동방의 오랑캐와 가깝게 지내고, 노나라는 주공의 후예로서 우리 진나라와 친하게 지내는 관계이다.[杞夏餘也 而卽東夷 魯周公之後也 而睦於晉]"라고 전제한 뒤에, "그런데 어찌하여 우리 진나라가 꼭 노나라를 여위게 하고 기나라를 살지게 해야 한단 말인가.[何必瘠魯以肥杞]"라고 반박한 내용이 수록되어 있다.

324 정나라는……있었겠습니까 : 당나라 최 시랑이 사리에 밝지 못해서 일 처리가 온당하지 못했다는 뜻으로 비유한 것이다. 초(楚)나라가 신주(申舟)를 제(齊)나라에 사신으로 보내면서 송(宋)나라에 길을 빌린다는 인사를 하지 말게 하고, 공자(公子) 풍(馮)을 진(晉)나라에 사신으로 보내면서 정(鄭)나라에 길을 빌린다는 인사를 하지 말게 하자, 신주가 "정나라는 눈이 밝은 반면에 송나라는 귀가 어두우니, 진나라에 가는 사신은 해를 당하지 않겠지만 나는 반드시 죽을 것이다.[鄭昭宋聾 晉使不害 我則必死]"라고 하였는데, 뒤에 과연 그의 말대로 되었다는 기록이 《춘추좌씨전》 선공(宣公) 14년에 나온다.

325 조리질하며……할지라도 : 신라가 실력으로 발해에게 졌다면 치욕스럽지만 그 패배를 감수할 수도 있다는 말이다. 262쪽 주299 참조.

326 그쳐야……것이니 : 발해를 저지해야 할 때는 저지해야 하는데, 신라와 똑같이 대우하였으니, 이는 매우 옳지 않다는 말이다. 《주역》 〈간괘(艮卦)〉 단(彖)에 "그쳐야 할 때는 그치고 행해야 할 때는 행하여 동정 간에 그때를 잃지 않으니 그 도가 광명하다.[時止則止 時行則行 動靜不失其時 其道光明]"라는 말이 나온다.

327 치민(淄澠) : 중국 산동성(山東省)에 있는 치수(淄水)와 민수(澠水)의 병칭인데, 여기서는 신라와 발해를 비유하는 말로 사용하였다. 전설에 의하면 두 강물의 물맛이 서로

와 신발이 거꾸로 뒤바뀐 것은 실로 부끄러운 일이었습니다.[328]

　그러다가 마침 상서(尚書)께서 조감(藻鑑)을 높이 내걸고 계과(桂科)를 영광스럽게 관장하는 때를 만났는데, 간담(肝膽)을 이미 어긋남이 없이 환히 비춰 보는 사이라서 참으로 서로 마음을 미루어 기대할 만한 바가 있었습니다. 그리하여 전(前) 도통순관(都統巡官) 전중시어사(殿中侍御史) 최치원(崔致遠)이 요행히 변변찮은 기예를 가지고 제생(諸生)의 대열에 끼이게 됨에 먼저 우심(牛心)[329]을 먹여 주어 계구(雞口)[330]가 될 수 있게 함으로써, 설후(薛侯)와 어른 자리를 다투는 일을 면하게 하고,[331] 조장(趙將)으로 하여금 혐의하는 마음을 품지 않게 하였습니다.[332] 실로

　다르지만, 섞어 놓으면 판별하기 어려운데, 맛을 잘 아는 역아(易牙)는 곧잘 분별해 내었다고 한다.《呂氏春秋 精論》

328　같은……일이었습니다 : 온 세계가 중국의 문화권에 편입되어 하나로 통일된 것은 경하할 만한 일이지만, 지위의 선후와 고하를 따져서 제대로 대우하기는커녕, 오히려 발해를 신라보다 우위에 놓는 것은 부당하다는 말이다. 모자와 신발은 물론 신라와 발해를 비유한 말이다. 수레와 문자의 통일에 대해서는 238쪽 주219 참조.

329　우심(牛心) : 소의 염통이라는 뜻이다. 진(晉)나라 왕희지(王羲之)가 어려서 말을 더듬자 그를 기이하게 여기는 사람이 없었는데, 주의(周顗)가 그를 눈여겨보고는 당시에 귀하게 여겼던 소 염통구이를 다른 손님들보다 먼저 권하며 맛보게 하면서부터 그의 이름이 알려지기 시작했다는 고사가 전한다.《晉書 卷80 王羲之列傳》

330　계구(雞口) : 닭의 입이라는 뜻으로, 과거 응시생 중의 우두머리라는 의미로 쓰였다. "차라리 닭의 입이 될지언정 소의 꼬리는 되지 말 일이다.〔寧爲雞口 無爲牛後〕"라는 말에서 발췌한 것이다.《戰國策 韓策》

331　설후(薛侯)와……하고 : 발해와 석차(席次)를 다투는 어색한 일이 벌어지지 않게 했다는 말이다. 230쪽 주193 참조.

332　조장(趙將)으로……하였습니다 : 발해의 응시생이 신라에게 패배한 것을 깨끗이 승복하게 하였다는 말이다. 조장은 조나라의 장수 염파(廉頗)를 가리킨다. 인상여(藺相如)가 재상(宰相)에 임명되었을 때, 염파가 승복하지 않고 인상여를 만나면 모욕을 가하려고 계속 시도하였으나, 인상여가 나라의 일을 우선시하며 염파의 행위를 전혀 상관하지 않자, 염파가 마침내 자신의 잘못을 깨닫고는 정중히 사과하며 문경지교(刎頸之交)를 맺었던 고사가 전한다.《史記 卷81 廉頗藺相如列傳》

지공(至公)하신 분을 만난 덕분에 이전의 치욕을 씻을 수 있게 되었으니, 이러한 변화는 한번 돌보아 주심에 깊이 힘입은 바로서, 삼한(三韓)의 땅에 이 영광이 멀리 퍼지게 되었습니다. 지금부터 시작해서 앞으로는 이러한 일이 혹시라도 바뀌는 일이 없게 될 것인 바, 마침내 적신(積薪)[333]의 탄식이 끊어진 가운데 예초(刈楚)[334]의 은혜가 더욱 부끄럽게 느껴질 따름입니다.

지금은 최치원이 사명(使命)을 받들고 돌아가서 재주를 품고 쓰이기를 기다리는 때인데, 조금이라도 취할 만한 점이 있게 해서 알아주신 바를 욕되지 않게 할 것입니다. 이러한 모습을 보여 줌으로써 접수(鰈水 동방)의 유자(儒者)들과 구림(鳩林 계림)의 학도들에게 중국을 관광할 뜻을 격려함은 물론이요, 모두에게 향화(嚮化)하는 마음을 증장시킬 수 있게 될 것입니다. 이는 곧 상서께서 구류(九流)[335]에 통달하고 사교(四敎 시서예악(詩書禮樂))에 정밀하여, 잘 이끌어 주는〔善誘〕[336] 풍도가 궐리(闕里)[337]

---

333 적신(積薪) : 장작더미를 쌓을 때 나중의 장작이 맨 위에 놓이는 것처럼, 뒤에 온 자가 오히려 앞자리를 차지하는 것을 말하는데, 여기서는 발해가 신라보다 위에 놓이는 것을 뜻하는 말로 쓰였다. 자세한 내용은 224쪽 주177 참조.

334 예초(刈楚) : 가시나무를 베었다는 말로, 수석을 차지하여 신라의 위에 놓여 있던 발해를 제거해 주었다는 뜻으로 쓰였다. 《시경》〈한광(漢廣)〉의 "삐죽 솟은 잡목 중에서, 특별히 가시나무를 벤다.〔翹翹錯薪 言刈其楚〕"라는 말에서 나온 것이다.

335 구류(九流) : 선진(先秦) 시대의 9개 학술의 유파로, 유가(儒家), 도가(道家), 음양가(陰陽家), 법가(法家), 명가(名家), 묵가(墨家), 종횡가(縱橫家), 잡가(雜家), 농가(農家)의 학파를 말한다.

336 잘 이끌어 주는 : 안연(顔淵)이 스승인 공자(孔子)의 도에 대해서 감탄하며 술회한 뒤에 "선생님께서는 차근차근 사람을 잘 이끌어 주시면서, 학문으로 나의 지식을 넓혀 주시고 예법으로 나의 행동을 단속하게 해 주셨다.〔夫子循循然善誘人 博我以文 約我以禮〕"라는 《논어》〈자한(子罕)〉의 내용 중에서 발췌한 것이다.

337 궐리(闕里) : 산동성(山東省) 곡부현(曲阜縣)에 있는 공자의 고리(故里)인데, 여기서는 중국의 뜻으로 쓰였다.

에 행해진 위에, 심후한 인덕(仁德)의 물결이 호향(互鄕)[338]에까지 미친 것입니다. 온 나라가 상서의 은덕을 사모하고 있음을 알려 드리면서 오직 나라를 경륜하며 성상을 보좌하시기를 바라는 바입니다. 무우(霧雨) 속에 숨을 일[339]을 생각하지 마시고, 조속히 임우(霖雨)가 되는 일[340]이 이루어지도록 하소서.

배알할 기약이 없이 우러러 사모하는 마음이 한이 없는데, 다만 가을 바람이 부는 삽상한 계절을 만나 멀리 휘음(徽音)을 상상할 따름이요, 초승달이 뜬 새벽빛을 읊조릴 때마다 부질없이 몽상에 젖을 뿐입니다. 애오라지 한 통 서한에 기탁하여 대략 붓끝에 먹물을 찍어서 감사하는 마음을 대신하려고 하다 보니 오직 말씀을 다 드릴 수 없는 것이 한스럽기만 합니다.

338 호향(互鄕) : 풍습이 비루해서 모두 상대하기를 꺼려했다는 마을 이름인데, 여기서는 신라의 뜻으로 쓰였다. 호향의 동자가 찾아오자 공자가 선뜻 만나 주었다는 이야기가 《논어》〈술이(述而)〉에 나온다.

339 무우(霧雨)……일 : 은거를 비유한 말이다. 남산(南山)의 검은 표범은 무우(霧雨)가 계속된 7일 동안 먹을 것이 없어도 가만히 머물러 있을 뿐, 산 아래로 내려가서 먹을 것을 구하려 하지 않았는데, 이는 자신의 털 무늬를 아름답게 보전하기 위해서였다는 남산현표(南山玄豹)의 고사에서 나온 것이다. 《列女傳 卷2 賢明傳 陶答子妻》

340 임우(霖雨)가 되는 일 : 재상(宰相)의 지위에 오르는 것을 말한다. 상(商)나라 임금 무정(武丁)이 부열(傳說)을 얻어 재상으로 임명하고 나서 "만약 나라에 큰 가뭄이 들면, 내가 그대를 장맛비로 삼으리라.〔若歲大旱 用汝作霖雨〕"라고 말한 고사가 있다. 《書經 說命上》

청주 고 상서에게 보낸 장문
與靑州高尙書狀

삼가 살피건대, 상서(尙書)의 도(道)는 이서(圯書)[341]를 익혀서 집안 대대로 위결(渭訣)[342]을 전하게 되었습니다. 남산(南山)의 무우(霧雨) 속에서 윤택하게 한 자질[343]을 바탕으로 위덕이 날로 드러나고, 동해의 파도를 가라앉힘에 먼 지방이 바람에 쓸리듯 귀의하였습니다. 게다가 풍속을 안찰(按察)하면 그 지역이 거울을 비추듯 투명해지고, 군병을 훈련시키면 골짜기에 있어도 분투하여 승리를 거둘 정도입니다.

상서는 거대(距岱)의 번방(藩方)에 장관으로 부임하면서부터 임치(臨淄) 경내의 풍속을 제대로 변화시켰습니다. 내이(萊夷)를 지정하여 목축을 하게 하였으니[344] 천사(千駟)의 마(馬)의 명성[345]을 자랑할 것이 뭐가 있겠으며, 관안(管晏)[346]을 초빙하여 빈료(賓僚)로 삼았는데 이것이

---

341 이서(圯書) :《태공병법(太公兵法)》을 말한다. 한(漢)나라의 개국 공신 장량(張良)이 한 노인의 신발을 다리 밑[圯下]에서 주워 준 인연으로 태공(太公)의 병법을 전수받은 고사에서 유래한 것이다.《史記 卷55 留侯世家》

342 위결(渭訣) : 위수 노인(渭水老人)의 비결이라는 뜻으로, 역시 태공의 병법을 말한다. 강태공(姜太公) 여상(呂尙)은 위수 가의 반계(磻溪)에서 낚시질하다가 문왕(文王)을 처음 만나 사부(師傅)로 추대되었고, 뒤에 문왕의 아들인 무왕(武王)을 도와서 은(殷)나라를 멸망시키고 천하를 평정하였다.

343 남산(南山)의……자질 : 아름답게 보전한 표범의 털 무늬처럼 뛰어난 자질이라는 말이다. 271쪽 주339 참조.

344 내이(萊夷)를……하였으니 :《서경》〈우공(禹貢)〉에 "내주(萊州)의 부락민은 목축을 주로 한다.[萊夷作牧]"라는 말이 나온다.

345 천사(千駟)의 마(馬)의 명성 : 춘추 시대 제 경공(齊景公)이 천사의 말을 소유하였는데, 그가 죽은 날에는 백성들이 그를 일컬을 만한 덕이 없었다는 말이《논어》〈계씨(季氏)〉에 나온다. 1사(駟)는 4마(馬)이다.

어찌 오고(五羖)의 양(羊)의 예법[347]을 본받은 것이겠습니까. 아름다운 명성이 커짐에 따라 새로운 황명이 머지않아 내릴 것인바, 장차 육계(六階)의 영광[348]을 연이어 빛내면서 천리의 지역에 길이 은혜를 베풀게 될 것입니다.

저는 그동안 휘하에 몸을 담고서 마치 선경(仙境)에 있는 것처럼 편안하게 지내었습니다. 지금 바닷길이 비록 험하다 해도 순풍이 곧 불어 올 것인데, 길이 우러르며 기도하는 마음은 잠시도 잊은 적이 없습니다. 기타 사항에 대해서는 모두 담당자로 하여금 각각 사연을 갖추어 공문으로 아뢰게 하였습니다.

346 관안(管晏) : 춘추 시대 제(齊)나라의 명재상인 관중(管仲)과 안영(晏嬰)의 병칭이다.

347 오고(五羖)의 양(羊)의 예법 : 춘추 시대 진 목공(秦穆公)이 5장의 양피를 속죄금으로 주고 포로가 된 현인 백리해(百里奚)를 데려와서 재상으로 삼은 뒤에 그의 도움을 받아 패업을 달성한 고사가 있다. 《史記 卷5 秦本紀》

348 육계(六階)의 영광 : 단번에 여섯 품계를 뛰어넘어 방백(方伯)에 임명되는 영광이라는 말이다. 당나라 장수 유인궤(劉仁軌)가 백제를 부흥하려는 복신(福信) 등의 군대를 물리치자, 고종(高宗)이 그 공을 인정하여 "육계를 뛰어 올려 가자(加資)하고 대방주 자사에 정식으로 임명했다.〔超加仁軌六階 正授帶方州刺史〕"라는 기록이 전한다. 《舊唐書 卷84 劉仁軌列傳》 유인궤 역시 그 전에 청주 자사(青州刺史)를 지낸 적이 있다.

태사 시중에게 올린 장문
上太師侍中狀

삼가 아룁니다. 동해(東海) 밖에 세 나라가 있었습니다. 그 이름은 마한
(馬韓)과 변한(卞韓)과 진한(辰韓)이었는데, 마한은 곧 고구려요 변한은
곧 백제요 진한은 곧 신라입니다.

고구려와 백제의 전성시대에는 강한 군사가 100만이나 되었습니다.
그리하여 남쪽으로 오(吳)나라와 월(越)나라 지역을 침범하고 북쪽으로
유주(幽州)와 연주(燕州) 및 제(齊)나라와 노(魯)나라의 지역을 동요시키
는 등 중국에 커다란 장애물이 되었습니다. 그리고 수황(隋皇 수 양제(隋
煬帝))이 실각한 것도 요동(遼東)을 정벌한 것이 원인이었습니다.

정관(貞觀)[349] 연간에 우리 태종 황제가 직접 육군(六軍)을 거느리고
바다를 건너 천토를 삼가 행하였는데, 고구려가 위엄을 두려워하여 강
화를 청하자 문황(文皇 태종)이 항복을 받고 대가(大駕)를 돌렸습니다.

우리 무열대왕(武烈大王)이 견마(犬馬)의 성의를 가지고 한 지방의 환
란을 평정하는 데에 조력하겠다고 청하면서 당나라에 들어가 조알(朝
謁)하기 시작한 것이 바로 이때부터였습니다. 그리고 그 뒤에 고구려와
백제가 회개하지 않고 계속해서 악행을 일삼자 무열왕이 향도(鄉導)가
되겠다고 청하였습니다.

고종황제(高宗皇帝) 현경(顯慶) 5년(660)에 소정방(蘇定方)에게 조칙을
내려 10도(道)의 강병과 누선(樓船) 1만 척을 이끌고 가서 백제를 대파하
게 하였습니다. 그러고는 그 지역에 부여도독부(扶餘都督府)를 설치하여

---

349 정관(貞觀) : 당 태종(唐太宗)의 연호로 627년에서 649년까지이다.

유민을 안무하고 중국 관원을 임명하여 다스리게 하였는데, 취미(臭味)가 같지 않은 까닭에 누차 이반의 보고가 올라오자, 마침내 그 사람들을 하남(河南)으로 옮기게 하였습니다.

그리고 총장(總章) 1년(668)에는 영공(英公) 이적(李勣)에게 명하여 고구려를 격파하게 하고 그곳에 안동도독부(安東都督府)를 두었는데, 의봉(儀鳳) 3년(678)에 이르러서는 그 사람들도 하남의 농우(隴右)로 옮기게 하였습니다.

고구려의 잔당이 규합하여 북쪽으로 태백산(太白山) 아래에 의지하면서 국호를 발해(渤海)라고 하였습니다. 그러고는 개원(開元) 20년(732)에 천조(天朝)에 원한을 품고서 군대를 이끌고 등주(登州)를 엄습하여 자사(刺史) 위준(韋俊)을 죽였습니다.

이에 명황제(明皇帝 현종(玄宗))가 크게 노하여 내사고품(內史高品) 하행성(何行成)과 태복경(太僕卿) 김사란(金思蘭)에게 명하여 군대를 동원해서 바다를 건너 공격하게 하는 한편, 우리 왕 김모(金某)를 가자(加資)하여 정태위(正太尉)에 임명한 뒤에 절부(節符)를 쥐고 영해군사(寧海郡事) 계림주대도독(雞林州大都督)의 임무를 수행하게 하였습니다. 그러나 겨울이 깊어 가면서 눈이 많이 쌓여 번방(蕃邦)과 중국의 군사들이 추위에 괴로워하였으므로 칙명을 내려 회군하게 하였습니다. 오늘날에 이르기까지 300여 년 동안 한 지방이 무사하고 창해(滄海)가 편안한 것은 바로 우리 무열대왕의 공이라고 할 것입니다.

지금 최치원이 유문(儒門)의 말학이요 해외의 범재로서 외람되게 표장(表章)을 받들고 낙토에 조회하러 왔으니, 마음속으로 간절히 말씀드릴 내용이 있으면 모두 토로하여 진달하게 하는 것이 예의에 합당할 것입니다.

삼가 살펴보건대, 원화(元和) 12년(817)에 본국의 왕자 김장렴(金張廉)

이 심한 풍랑으로 명주(明州)에 와서 상륙하였는데, 절동(浙東)의 모 관원이 발송하여 입경(入京)하게 한 일이 있었습니다. 또 중화(中和) 2년(882)에는 입조사(入朝使) 김직량(金直諒)이 반신(叛臣)의 작란(作亂) 때문에 도로가 통하지 않자 마침내 초주(楚州)에 상륙하여 이리저리 헤매다가 양주(楊州)에 와서야 성가(聖駕)가 촉(蜀)으로 행차하신 것을 알게 되었는데, 그때 고 태위(高太尉)가 도두(都頭) 장검(張儉)을 차출해서 그를 감호하여 서천(西川)에 이르게 한 바가 있습니다.

이와 같이 예전의 사례가 분명하니, 삼가 원하옵건대 태사 시중(太師侍中)께서는 굽어살펴 은혜를 내려 주소서. 그리하여 특별히 수륙(水陸)의 권첩(券牒)을 내리시어 가는 곳마다 주선(舟船)과 숙식(熟食)과 먼 거리 여행에 필요한 마필(馬匹)과 초료(草料)를 공급하게 하시고, 이와 함께 군대 장교를 차출하여 어가 앞까지 보호해서 이르게 해 주셨으면 합니다. 분수를[350] 헤아리지 않고서 위엄을 무릅쓰고 번거롭게 해 드리려니, 은덕을 바라는 한편으로 두려워 떨리는 아랫사람의 지극한 심정을 가누지 못하겠습니다.

---

350 분수를 : 대본에는 이 앞에 '此所謂太師侍中 姓名亦不可知也' 14자가 있는데, 이는 원주가 잘못 들어간 것으로 보아 번역하지 않았다.

계
啓

양양 이 상공에게 관급을 사양하겠다고 올린 계문
上襄陽李相公讓館給啓

치원(致遠)은 아룁니다. 삼가 살피건대, 공성(孔聖)은 양식이 떨어졌을 적에 제멋대로 군다는 기롱을 하였고,[351] 맹가(孟軻)는 기식(寄食)할 적에 지나치지 않느냐는 질문을 받았습니다.[352] 이 속에는 바로 배부르면 충분한 데에 뜻을 두고 구차하게 얻는 마음을 지니지 말라는 의미와 함께 언제나 만족할 줄 알라는 말을 기억하고 항상 자신을 책망하면서 절조를 지키라는 의미가 담겨 있다고 하겠습니다.

삼가 생각건대, 치원은 사군(四郡)[353]의 한미한 종족이요 칠주(七州)의

---

351 공성(孔聖)은……하였고 : 공자가 진(陳)나라에 있을 적에 양식이 떨어져서 종자(從者)들이 병들어 일어나지 못하였다. 이에 자로(子路)가 성난 얼굴로 군자도 궁할 수가 있느냐고 묻자, 공자가 "군자는 아무리 궁해도 이를 편안히 여기면서 자신의 절조를 굳게 지키지만, 소인은 궁하면 제멋대로 굴기 마련이다.[君子固窮 小人窮斯濫矣]"라고 답변한 내용이 《논어》〈위령공(衛靈公)〉에 나온다.

352 맹가(孟軻)는……받았습니다 : 맹자의 제자 팽경(彭更)이 "수레 수십 대와 종자 수백 명을 이끌고 제후에게 얻어먹는 것이 너무 지나치지 않느냐.[後車數十乘 從者數百人 以傳食於諸侯 不以泰乎]"라고 묻자, 맹자가 도리에 어긋나면 밥 한 그릇도 받으면 안 되지만 도리에 맞으면 천하를 받아도 지나치지 않다고 대답한 말이 《맹자》〈등문공 하(滕文公下)〉에 나온다.

천박한 학식[354]으로, 선왕(先王)의 도를 몸 굽혀 익히면서 스스로 열심히 닦긴 했지만, 부자(夫子)의 담장을 우러러 쳐다보면 참으로 올라가서 배알하기가 어렵습니다.[355] 이번에 진의(塵衣)의 누추한 자질을 가다듬고서 노면(露冕)[356]의 맑은 위엄을 추종하려니, 주옹반낭(酒甕飯囊)[357]이라는 예형(禰衡)의 조롱을 피할 수가 없고, 행시주육(行屍走肉)[358]이라는 임

---

353 사군(四郡) : 한사군(漢四郡)의 준말로, 동방이라는 말과 같다.

354 칠주(七州)의 천박한 학식 : 어려서부터 스승을 찾아 각처를 돌아다니며 공부했다는 뜻의 겸사이다. 후한(後漢)의 경란(景鸞)이 소싯적에 스승을 찾아 경서를 배우기 위해 칠주의 지역을 모두 돌아다녔다는 칠주섭렵(七州涉獵)의 고사가 전한다.《後漢書 卷79 下 儒林列傳 景鸞》

355 부자(夫子)의……어렵습니다 : 노(魯)나라 대부 숙손무숙(叔孫武叔)이 자공(子貢)을 공자보다 낫다고 칭찬하자, 자공이 "궁궐의 담장에 비유해 보건대, 나의 담장은 어깨에 닿을 정도여서 집안의 좋은 것들을 모두 엿볼 수 있지만, 부자의 담장은 그 높이가 몇 길이나 되기 때문에 정식으로 대문을 통해서 들어가지 않으면 종묘의 아름다움과 백관의 풍부함을 볼 수가 없다.〔譬之宮牆 賜之牆也及肩 窺見室家之好 夫子之牆數仞 不得其門而入 不見宗廟之美 百官之富〕"라고 말한 내용이《논어》〈자장(子張)〉에 나온다.

356 노면(露冕) : 후한 명제(後漢明帝) 때에 형주 자사(荊州刺史) 곽하(郭賀)가 뛰어난 성적을 거두자, 황제가 삼공(三公)의 의복과 면류(冕旒)를 하사하면서, 수레를 타고 다닐 때마다 장막을 걷어 백성들이 그 복장을 볼 수 있게 했던 고사를 말하는데, 여기서는 이 상공 즉 양양 자사(襄陽刺史) 이울(李蔚)을 비유하는 말로 쓰였다.《後漢書 卷26 郭賀列傳》

357 주옹반낭(酒甕飯囊) : 술독과 밥주머니라는 말로, 그저 먹고 마실 줄만 알 뿐 일 할 줄은 모르는 무능한 사람을 비유하는 말로 쓰인다. 후한(後漢)의 예형(禰衡)이 "순욱 정도는 그래도 억지로 데리고 얘기해 볼 수 있지만, 그 이외의 사람들은 나무나 진흙으로 만든 인형과 같아서 사람과 모습은 비슷해도 사람의 정기가 없으니, 모두 술독이나 밥주머니일 뿐이다.〔荀彧猶强可與語 過此以往 皆木梗泥偶 似人而無人氣 皆酒甕飯囊耳〕"라고 조롱한 고사를 인용한 것이다.《抱朴子 彈禰》

358 행시주육(行屍走肉) : 걸어 다니는 시체와 뛰어다니는 고깃덩어리라는 말로, 형체만 갖추었을 뿐 정신은 빈약해서 쓸모없는 사람을 비유하는 말이다. 후한의 임말(任末)이 스승의 상을 당해 급히 달려가다가 길에서 죽었는데, 임종할 적에 조카에게 자신의 시신을 스승의 집까지 데려다 달라고 부탁하면서 "사람이 학문을 좋아하면 몸은 비록 죽더라도 영혼은 살아 있는 것과 같은데, 이와 반대로 학문을 하지 않으면 몸은 살아 있더라도 걸어 다니는 시체요 뛰어다니는 고깃덩어리라고 할 것이다.〔夫人好學 雖死若

말(任末)의 비웃음을 면하기가 어렵습니다. 어찌 감히 천엽(穿葉)[359]의 공을 자랑하겠습니까. 오직 단근(斷根)[360]의 탄식만이 절실할 따름입니다.

삼가 살피건대, 상공께서는 치원이 먼 변방에서 와서 멀리 낙토로 간다고 생각하시고는 특별히 장려하고 어여삐 여기며 영광스럽게 어루만져 돌보아 주셨습니다. 그리하여 관곡(館穀)을 후하게 지급하여 여곽(藜藿)[361]의 식사를 탄식하지 않게 하시고, 매양 궤손(簋飧)[362]의 대접을 받게 하며 그저 염매(鹽梅)의 맛[363]을 포식하게 하였으니, 이는 모두 담적(啗炙)의 은혜[364]가 지극한 것으로서 식어(食魚)[365]의 고사를 연상하게 하는 것입니다. 재주는 서랑(徐郎)에 훨씬 미치지 못하는데도 하는 일 없이 배를 채울[實腹] 수 있고,[366] 병은 오직 오객(吳客)에게 부끄러우니

存 不學者 雖存 謂之行屍走肉耳"라고 말한 고사가 전한다. 《拾遺記 後漢》

359 천엽(穿葉) : 잎을 꿰뚫는 활 솜씨라는 말이다. 춘추 시대 초 공왕(楚共王)의 장군인 양유기(養由基)가 100보 떨어진 거리에서 버들잎을 활로 쏘아 백발백중시켰다는 고사가 전한다. 《史記 卷4 周本紀》

360 단근(斷根) : 뿌리 잘린 가을날의 쑥대처럼 정처 없이 떠돌아다니는 신세라는 말이다.

361 여곽(藜藿) : 명아주 잎과 콩잎으로 끓인 국이라는 뜻으로, 빈궁한 자의 음식을 뜻하는 말이다.

362 궤손(簋飧) : 궤에 해당하는 음식이라는 뜻으로, 후하게 대접하여 배불리 먹게 한다는 말이다. 《시경》〈권여(權興)〉의 "나에게 매양 사궤의 음식을 베풀더니, 이제는 매양 음식이 배부르지 않도다.[於我乎每食四簋 今也每食不飽]"라는 말을 발췌한 것이다. 궤는 1두(斗) 2승(升)이 들어가는 질그릇이다.

363 염매(鹽梅)의 맛 : 소금과 식초 등 조미료가 적절히 가미된 맛있는 음식이라는 말이다.

364 담적(啗炙)의 은혜 : 고기구이를 먼저 먹게 하는 등 특별 대우를 해 준 은혜라는 말이다. 269쪽 주329 참조.

365 식어(食魚) : 전국 시대 맹상군(孟嘗君)의 문객인 풍훤(馮諼)이 "밥상에 생선이 없다.[食無魚]"라고 불평하며 노래하자, 맹상군이 더 좋은 대접을 하면서 '밥상에 생선이 오르게 했다.[食有魚]'는 고사가 있다. 《戰國策 齊策4》

366 재주는……있고 : 후위(後魏)의 서지재(徐之才)가 어려서 주사(周捨)의 집에 가서 노자(老子)의 《도덕경(道德經)》 강의를 들었는데, 어느 날 주사가 음식상 앞에서 우스갯

곧 위장이 썩을까[腐腸] 두렵기만 합니다.[367]

저번에 문득 간절히 정성을 다하여 감히 사양하는 말씀을 올렸는데, 윤허하시지 않고 다시 지급하는 은혜를 내리셨습니다. 그리하여 마침내는 계수나무처럼 비싼 땔감[368]을 마련해야 하는 근심이 없어지게 하고, 등자(橙子)를 볶은 맛있는 반찬을 실컷 먹을 수 있게 하여, 어지럽고 답답한 정신이 저절로 풀어지면서 여위고 초췌한 육신이 소생하게는 되었습니다. 그러나 50일을 그냥 보내는 동안 늘 세끼 밥만 축내노라니, 봉(鳳)을 바쳐서 상서로움을 아뢰어야 할 텐데도 오히려 평범한 새[凡鳥]인 것이 참으로 수치스럽고,[369] 황소를 길렀으면 무거운 짐을 지게 해야 할 텐데도 바짝 마른 암소[羸牸]보다도 못하니 매양 부끄럽기만 합니다.[370]

소리로 그에게 "서랑은 의리를 생각할 마음은 없고 먹을 생각만 하는가?[徐郎不用心思義 而但事食乎]"라고 묻자, "마음을 비우고 배를 채우려 한다.[虛其心而實其腹]"라는 노자의 말로 답변하여 감탄하게 했던 고사가 있다.《北齊書 卷33 徐之才列傳》《北史 卷90 徐謇列傳》

367 병은……합니다 : 너무 잘 먹고 잘 마셔서 오히려 병이 날까 걱정이 된다는 뜻의 해학적인 표현이다. 한(漢)나라 매승(枚乘)의 〈칠발(七發)〉에, 초(楚)나라 태자가 병에 걸리자 오객(吳客)이 찾아가서 "아름다운 여인은 본성을 해치는 도끼요, 맛좋은 주효(酒肴)는 위장을 썩히는 약물이다.[皓齒蛾眉 命曰伐性之斧 甘脆肥醲 命曰腐腸之藥]"라고 말했다는 대목이 나온다.

368 계수나무처럼 비싼 땔감 : 전국 시대 소진(蘇秦)이 초(楚)나라에 가서 "초나라의 밥은 옥보다도 귀하고 땔감은 계수나무보다 귀하다. 지금 내가 옥으로 지은 밥을 먹고 계수나무로 불을 때고 있으니, 이 또한 어려운 일이 아니겠는가.[楚國之食貴于玉 薪貴于桂 今臣食玉炊桂 不亦難乎]"라고 불만을 토로한 고사가 전한다.《戰國策 楚策3》

369 봉(鳳)을……수치스럽고 : 진(晉)나라 여안(呂安)이 천리 길을 달려 혜강(嵆康)의 집에 찾아갔다가, 혜강이 마침 외출하여 만나지 못하고 그의 형인 혜희(嵆喜)의 영접을 받게 되자, 여안이 문 안에 들어서지도 않고 문 위에다 '봉(鳳)'이라는 글자를 써 놓고 그냥 갔는데, 나중에 혜강이 이를 보고 궁금해하는 형에게 "봉은 범조(凡鳥)이다."라고 설명해 주었던 제봉재문(題鳳在門)의 고사가 전한다. 봉(鳳)을 파자하면 범(凡)과 조(鳥)가 된다.《世說新語 簡傲》

370 황소를……합니다 :《세설신어(世說新語)》〈경저(輕詆)〉에 "무게가 천근이나 나가는 큰

비록 거대한 골짜기를 메우는 경우[若塡巨壑][371]와는 다르다고 할지라도 실로 살얼음을 밟는 심정[如履薄氷][372]과 비슷하다고 하겠습니다.

치원이 오래도록 객지에 떠돌아다니는 신세인 데다가 또 병까지 걸려서 정신이 침울하고 기력이 허약해진 관계로, 얼른 달려가 찾아뵙고 인사를 드린 뒤에 행장을 꾸려 떠나지 못한 채, 여전히 객사에 몸을 지체시키고 오직 귀인의 은덕을 연연하기만 하면서, 거듭 속마음을 토로하며 우러러 시청(視聽)의 번거로움을 끼쳐 드리게 되었습니다.

삼가 바라건대, 특별히 밝은 안목을 드리우시어 미천한 정성을 굽어 살펴 주소서. 그리하여 내려 주신 관급(館給)의 숙식(熟食)에 대해서는 그만 공급하도록 처분을 내려 주시기를 삼가 청하는 바입니다. 바라는 바는 도량(稻粱)의 부족이나 면하게 하여 부평초와 같은 이 몸의 처지를 잠시 편안하게 해 주셨으면 하는 것입니다. 그렇게 되면 음식에 배부름을 구하지 않는 가운데[373] 물러나기는 쉽게 한다[374]는 말을 준수할 수 있게 될 것이요, 냇물을 보면서 굶주림을 잊는 가운데[375] 거대한 골짜기와

소가 여물을 먹는 것은 보통 소보다 10배는 되는데, 무거운 짐을 지고 멀리 가는 것은 한 마리의 바짝 마른 암소보다도 못하다.[有大牛重千斤 噉芻豆十倍於常牛 負重致遠 曾不若一羸牸]"라는 말이 나온다.

371 거대한……경우: 먹고 마시는 데에 한없는 욕심을 부린다는 말이다. 삼국 시대 위(魏)나라 조식(曹植)의 〈여오계중서(與吳季重書)〉에 "먹는 것은 거대한 골짜기를 메우는 것과 같고, 마시는 것은 밑 빠진 술잔에 붓는 것과 같다.[食若塡巨壑 飮若灌漏卮]"라는 말이 나온다.

372 살얼음을 밟는 심정 : 겁내며 두려워하는 마음을 표현한 것이다. 224쪽 주178 참조.

373 음식에……가운데:《논어》〈학이(學而)〉에 "군자는 음식에 배부름을 구하지 않고, 거처에 편안함을 구하지 않으며, 일은 민첩하게 행하고 말은 신중히 하며, 도가 있는 이를 찾아가서 질정한다.[君子食無求飽 居無求安 敏於事而愼於言 就有道而正焉]"라는 공자의 말이 나온다.

374 물러나기는 쉽게 한다:《예기》〈표기(表記)〉에 나오는 말을 인용한 것이다. 208쪽 주121 참조.

같은 욕심은 채우기 어렵다는 비난을 피할 수 있게 될 것입니다. 존귀한 위엄을 범하여 번거롭게 해 드리려니, 아랫사람의 황공한 심정을 가누지 못하겠습니다.

375　냇물을……가운데 : 《시경》 〈형문(衡門)〉의 "누추한 집이지만 그 아래에서 충분히 노닐고 쉴 수 있으며, 졸졸 흐르는 냇물을 보면서 굶주림을 잊고 즐길 수 있도다.〔衡門之下可以棲遲 泌之洋洋 可以樂飢〕"라는 말을 인용한 것이다.

기
記

모두 3수(首)이다. 그동안 전전(轉轉)하며 등사(謄寫)하다 보니, 글자에 잘못된 부분이 많다. 삼가 지자(知者)를 기다린다.

신라 가야산 해인사 결계[376] 도량의 기문
新羅伽倻山海印寺結界場記

일찍이 태일산(太一山)의 석씨(釋氏)가 금언을 원용하여 사계(沙界)에 경계한 말을 들건대, "계(戒)는 대지(大地)와 같은 것이니 생성(生成)하는 자들은 모두 이 계를 주지(住持)해야 한다."라고 하였는데, 이는 대개 심업(心業)을 발해야 한다는 뜻으로 말한 것이다. 그러므로 대경(大經)에 이르기를 "세간(世間) 및 출세간(出世間)의 선근(善根)들은 모두 가장 수승한 시라(尸羅)의 땅[377]에 의지해야 한다."라고 하였던 것이다.

그리고 보면 신라 가야산의 지명이 이와 부합된다는 것을 천어(天語)[378]에서 확인할 수가 있다. 나라의 이름은 시라라고 부르니, 이는 실로

---

376 결계(結界) : 안거(安居)하여 결속(結束)하며 수행에 정진하기 위해서 경계를 획정한 지역이라는 뜻의 불교 용어로, 도량의 구역이라는 말과 같다.

377 시라(尸羅)의 땅 : 시라는 범어(梵語) śila 즉 쉬일라의 음역으로, 신(身)·구(口)·의(意) 삼업(三業)의 죄악을 방지한다는 뜻을 지니는데, 보통 계(戒) 혹은 율(律)을 가리킨다. 시라의 땅이란 범어에서 소리 나는 대로 신라를 가리키는 동시에, 계행(戒行)이 청정한 땅이라는 의미를 함께 지닌다. 시라는 청량(淸凉), 수습(修習), 안정(安靜) 등으로 의역된다.

378 천어(天語) : 범어(梵語)를 가리킨다. 고대 인도의 바라문(婆羅門)들은 자신들의 언어를 범천(梵天)이 쓰는 언어라 하여 천어라고 칭하였다.

바라제(波羅提)[379]의 법(法)이 흥기한 곳이요, 산의 이름은 가야(伽倻)[380]라고 칭하니, 이는 석가문(釋迦文)의 도(道)가 이루어진 장소와 같다. 더구나 경내는 이실(二室)[381]보다 뛰어나고 봉우리는 오대(五臺)[382]보다 높이 솟았는 데야 더 말해 무엇 하겠는가. 엄연히 이곳은 융굴(隆崛)하여 기이할 뿐만이 아니라, 완연히 청량(淸涼)하면서도 수려한 곳이다.

그런 연유로 문에 해인(海印)이라 표시함에 의룡(義龍)이 구름처럼 일어났고, 도가 산왕(山王)을 의지함에 율호(律虎)가 바람처럼 엄하였다.[383] 승경(勝景)에서 삼보(三寶)[384]를 일으키고 여기에서 화합하여 거한 것이 이제 100년이 된다. 그런데 다만 결계(結界)가 험준한 관계로 창건할 당

---

379 바라제(波羅提) : 범어 prātimokṣa를 음역한 바라제목차(波羅提木叉)의 준말로, 불교의 계율(戒律)을 뜻한다.

380 가야(伽倻) : 석가모니가 정각(正覺)을 이룬 보리가야(菩提伽倻) 혹은 불타가야(佛陀伽倻)의 준말이다. 이는 범어 Bodhgayā와 Buddhagayā의 음역이다. 6년 고행 끝에 이곳 보리수(菩提樹) 아래에서 십이인연(十二因緣)과 사제법(四諦法) 등을 깨달았다고 한다.

381 이실(二室) : 중국 숭산(嵩山)의 태실(太室)과 소실(少室)의 두 산을 가리킨다.

382 오대(五臺) : 중국 산서(山西)의 오대산을 말한다. 아미산(峨眉山), 보타산(普陀山), 구화산(九華山)과 함께 중국 불교의 4대 영산(靈山)으로 꼽히는데, 특히 《화엄경(華嚴經)》에 문수보살(文殊菩薩)의 주처(住處)라는 기록이 있는 관계로 예로부터 문수가 시현(示現)하는 도량으로 일컬어져 왔다.

383 문에……엄하였다 : 해인사의 강원(講院)과 율원(律院)을 통하여 많은 고승들이 배출되었다는 말이다. 의룡(義龍)은 교의(敎義)에 능통한 학승(學僧)이라는 뜻이고, 율호(律虎)는 계율(戒律)에 밝은 율승(律僧)이라는 뜻이다. 《고운집》 권3 〈지증 화상 비명(智證和尙碑銘)〉에 "경의(經義)에 밝은 용들이 구름처럼 뛰어오르고 계율(戒律)에 철저한 범들이 바람처럼 휘날린다.〔義龍雲躍 律虎風騰〕"라는 내용이 있는데, 그 주(註)에 "의정이 경의(經義)의 학술에 능통했기 때문에 의룡이라고 하였고, 찬녕이 율학을 잘 알았기 때문에 율호라고 하였다.〔義淨能通義學 故曰義龍 贊寧能解律學 故曰律虎也〕"라는 해설이 나온다. 산왕(山王)은 산신령을 가리킨다.

384 삼보(三寶) : 불보(佛寶)·법보(法寶)·승보(僧寶)를 합칭한 불교의 용어인데, 불보는 깨달은 부처를 가리키고, 법보는 부처의 교법(敎法)을 가리키고, 승보는 부처의 교법대로 수행하는 승려들을 가리킨다.

시에 규모가 협소했으므로, 고쳐 짓기로 협의하고는 법으로 확장을 허락받았다.

그리하여 마침내 건녕(乾寧) 4년(897, 효공왕1) 가을에 90일 동안 연좌(宴坐)[385] 한 끝에 땅을 넓히는 일을 상의하고 포금(布金)할 사람[386] 을 기다리게 되었다. 지온(地媼)이 마음으로 재계(齋戒)하고 천신(天神)이 보고서 기뻐하지 않음이 없는데, 더구나 산중의 선경에 있으면서 진정 해외의 복된 도량이 될 것인 데야 더 말할 나위가 있겠는가.

그러나 사원을 짓기는 쉬워도 불법을 밝히기는 어려운 일이다. 혹시라도 마음을 수렴하지 않는 일이 있다면 그것은 날개도 없이 날려고 하는 것과 같다고 할 것이다. 몸은 바람을 따르는 옥엽(玉葉)과 같으니 생(生)을 어떻게 보장할 수가 있겠는가. 계(戒)는 바다에 뜨는 금파(金波)와는 달라서 이지러지면 둥글게 되기가 분명 어려울 것이다. 더구나 지금은 불법이 장차 쇠하려 하면서 마군(魔軍)이 다투어 일어나고 있으니, 날은 저무는데 갈 길은 먼 것을 살펴보면서, 연기가 짙게 일어나 불타 없어질 것을 걱정해야 할 때이다.

도가(道家)의 교훈에 이르기를 "안정된 상태에서 미리 조심해야 지탱

---

385 연좌(宴坐) : 좌선(坐禪)을 뜻한다. 연좌(燕坐)라고도 한다. 90일 동안의 연좌는 음력 4월 16일부터 7월 15일까지 여름철 석 달 동안 외출하지 않고 수행하는 승려들의 하안거(夏安居)를 가리킨다.

386 포금(布金)할 사람 : 포금은 황금을 땅에 깐다는 뜻으로, 사원 건립 기금을 시주하는 불교 신도를 가리킨다. 인도(印度) 사위성(舍衛城)의 수달 장자(須達長者)가 석가(釋迦)의 설법을 듣고 매우 경모한 나머지 정사(精舍)를 세워 주려고 기타 태자(祇陀太子)의 원림(園林)을 구매하려고 하자, 태자가 장난삼아서 "황금을 이 땅에 가득 깔면 팔겠다."라고 하였다. 이에 수달 장자가 집에 있는 황금을 코끼리에 싣고 와서 그 땅에 가득 깔자, 태자가 감동하여 그 땅을 매도하는 한편 자기도 원중(園中)의 임목(林木)을 희사하여 마침내 기원정사(祇園精舍)를 건립했다는 기원포금(祇園布金)의 고사가 전한다.《大唐西域記 卷6》

하기 쉽다.〔其安易持〕"[387] 라고 하였고, 유가(儒家)의 글에 이르기를 "미리 경계하지도 않고서 성공을 요구하는 것을 폭이라고 한다.〔不戒謂暴〕"[388] 라고 하였다. 제어하는 것이 바로 사람이 행할 도리이니, 힘쓰지 않아서야 되겠는가.

사방의 경계를 구획하여 안배한 것은 모두 다음에 나열한 것과 같다.[389] 이는 실로 건물을 3층(層)으로 짓고[390] 누대를 4급(級)으로 올린다고 하는 것이다. 높은 산이라서 우러러보기 쉬우니 얼마나 좋은가. 엎질러진 물을 다시 주워 담기 어려운 일은 모쪼록 없어야 하리라.

그러고 보면 이 땅이야말로 금강(金剛)처럼 견고한 곳으로서 우뚝 옥찰(玉刹)이 자리하였으니, 그 위엄이 세속을 진압하여 유진(庾塵)[391] 이

---

387 안정된……쉽다:《노자(老子)》 64장에 "안정된 상태에서 미리 조심해야 지탱하기 쉽고, 조짐이 드러나기 전에 대처해야 도모하기 쉽다.〔其安易持 其未兆易謀〕"라는 말이 나온다.

388 미리……한다:《논어》〈요왈(堯曰)〉에 "미리 가르쳐 주지도 않고서 잘못했다고 죽이는 것을 학이라고 하고, 미리 경계하지도 않고서 성공을 요구하는 것을 폭이라고 한다.〔不敎而殺謂之虐 不戒視成謂之暴〕"라는 말이 나온다.

389 사방의……같다:이하의 건축 공사 내용은 생략하고 수록하지 않은 듯하다.

390 건물을 3층(層)으로 짓고: 대본에는 '起屋三層'으로 되어 있는데, 송(宋)나라 희녕(熙寧, 1068~1077) 연간의 소거혈처(巢居穴處) 고사와 관계되어 있는 만큼, 후대에 가필한 것이 아닌가 하는 의심이 들기도 한다. 송(宋)나라 왕득신(王得臣)이 지은《진사(塵史)》권3〈해학(諧謔)〉에, 왕공신(王拱辰)은 낙양(洛陽)에 화려하게 3층짜리 집을 짓고〔起屋三層〕살고, 사마광(司馬光)은 한 길짜리 지하실을 파고 거하였는데, 소옹(邵雍)이 부필(富弼)에게 "요즘 한 사람은 둥지에서 살고 한 사람은 굴을 파고 산다.〔近有一巢居一穴處者〕"라고 하면서 이 사정을 설명하자 부필이 크게 웃었다는 내용이 나온다.

391 유진(庾塵):유량(庾亮)의 먼지라는 뜻으로 권력의 위세를 비유한 말이다. 진(晉)나라 때 정서장군(征西將軍) 유량이 막강한 권세를 휘둘렀는데, 언젠가 바람이 세게 불면서 먼지를 일으키자, 유량을 혐오하던 왕도(王導)가 부채로 먼지를 털어 내면서 "원규의 먼지가 사람을 더럽힌다.〔元規塵汚人〕"라고 말했던 고사가 있다.《世說新語 輕詆》원규(元規)는 유량의 자이다.

이에 끊어질 것이요, 덕망이 요기(妖氣)를 극복하여 장무(張霧)[392]가 결코 침노하지 못할 것이다. 그리고 마음을 씻어 내는 것을 재(齋)라고 하고, 환란을 방지하는 것을 계(戒)라고 한다.[393] 유자(儒者)도 이와 같이 하는데, 불자(佛者)가 그냥 있을 수 있으리오. 잡귀가 방해하지 못하게 하려면 신명의 보호를 힘써 구해야 할 것이다.

당(唐)나라 건녕(乾寧) 5년(898, 효공왕2) 1월에 쓰다.

---

392 장무(張霧) : 장해(張楷)가 일으키는 안개라는 뜻으로, 사술(邪術)을 비유한 말이다. 후한(後漢)의 장해가 화음산(華陰山)에 숨어 살며 사방 5리(里)에 안개를 잘 일으켰는데, 3리의 지역에 안개를 끼게 했던 배우(裴優)가 찾아가서 더 나은 술법을 배우려 하자 장해가 피하면서 만나려 하지 않았다는 기록이 전한다.《後漢書 卷36 張霸列傳 張楷》

393 마음을……한다 : 대본에는 '洗心曰齋 防患曰戒'로 되어 있는데, 진(晉)나라 한백(韓伯)이 《주역》〈계사전 상(繫辭傳上)〉의 "성인이 이것을 가지고 재계하여 그 덕을 신명하게 한다.〔聖人以此齋戒 以神明其德夫〕"라는 대목을 해설한 말이다. 한백은 그의 자인 강백(康伯)으로 더 많이 알려져 있다.

선안주원 벽의 기문
善安住院壁記

〈왕제(王制)〉에 "동방을 이라고 한다.〔東方曰夷〕"라는 말이 나오는데, 이에 대해서 범엽(范曄)은 "이라는 것은 뿌리를 의미하니, 어질고 살리기를 좋아해서 만물이 땅에 뿌리를 박고 나오는 것을 말한다. 그렇기 때문에 천성이 유순하여 바른 도리로 다스리기가 쉬운 것이다.〔夷者柢也 言仁而好生 萬物柢地而出 故天性柔順 易以道御〕"라고 덧붙여 해설하였다.[394]

나는 말한다. 이(夷)를 풀이하면 평이(平易)와 같은 말이니, 이 말은 제화(濟化)하는 방도를 가르쳐 주는 것이다. 살펴보건대,《이아(爾雅)》에는 "동쪽으로 태양이 뜨는 곳에 이르면 그곳이 태평이다.〔東至日所出爲大平〕"라고 하였고, 다시 "태평의 사람들은 어질다.〔大平之人 仁〕"라고 하였다.[395] 또《상서(尙書)》에는 "희중에게 명하여 동쪽 바닷가에 살게 하니 그곳이 바로 해 뜨는 양곡인데, 봄 농사를 고르게 다스리도록 하였다.〔命羲仲 宅嵎夷 曰暘谷 平秩東作〕"[396]라고 하였다.

---

394 왕제(王制)에……해설하였다 : 남조 송(宋) 범엽(范曄)이 지은《후한서(後漢書)》권85 〈동이열전(東夷列傳)〉의 첫머리에 나오는 말을 고운이 인용해서 소개한 것이다. '夷者柢也 言仁而好生'이 대본에는 '夷者也 言仁也而好生'으로 되어 있는데,《후한서》〈동이열전〉에 의거해서 바로잡아 번역하였다.《후한서》에는 이 내용 바로 다음에 "그래서 군자의 나라와 불사의 나라가 동방에 있게까지 된 것이다.〔至有君子不死之國焉〕"라는 기록과 동이의 아홉 종족〔九種〕의 이름이 이어진다. 〈왕제〉는《예기》의 편명이다.

395 이아(爾雅)에는……하였다 : 제9 〈석지(釋地) 야(野)〉에 나온다.

396 희중(羲仲)에게……하였다 :《서경》〈요전(堯典)〉에 "희중에게 따로 명하여 동쪽 바닷가에 살게 하니 그곳이 바로 해 뜨는 양곡인데, 해가 떠오를 때 공손히 맞이하여 봄 농사를 고르게 다스리도록 하였다.〔分命羲仲 宅嵎夷 曰暘谷 寅賓出日 平秩東作〕"라는 말이 나오는데, 고운이 몇 글자를 생략하고 인용하였다.

그러므로 우리 대왕의 나라는 날로 상승하고 달로 융성하는 가운데 물은 순조롭고 바람은 화기롭다. 어찌 다만 깊이 칩거했던 동물들이 활개 치며 소생할 뿐이겠는가. 또한 식물들이 새로 돋아나서 무성하게 우거지고 있다. 이와 같이 만물이 생성하고 화육하는 것은 바로 동방(東方)이 기초가 되는 것이다.

게다가 《시경(詩經)》에 나오는 말처럼 서쪽을 돌아보자〔西顧〕 불조(佛祖)가 비로소 동쪽으로 발걸음을 옮기게 되었는 데야 더 말해 무엇 하겠는가.³⁹⁷ 구종(九種)이 삼귀(三歸)에 힘쓰는 것도 당연하다 할 것이니,³⁹⁸ 이는 땅이 그렇게 만든 것이요, 하늘이 그렇게 배려한 것이라고 하겠다.

《예기(禮記)》〈유행(儒行)〉에 "위로는 천자의 신하가 되지 않고 아래로는 제후를 섬기지 않는다. 근신하고 고요하고 관대함을 숭상하며 널리 배워 행할 줄을 안다. 나라를 나눠 주더라도 하찮게 여기면서 신하 노릇도 하지 않고 벼슬도 하지 않는다. 그 규범을 이와 같이 하는 자가 있다.〔上不臣天子 下不事諸侯 愼靜尙寬 博學知服 雖分國如錙銖 不臣不仕 其規爲有如此者〕"³⁹⁹ 라고 하였다. 그리고 보면 그런 사람은 《주역(周易)》에서 "왕이나 제후를 섬기지 않고 자기의 지조를 지키는 일만을 고상하게 한다.〔不事王侯 高尙其事〕"⁴⁰⁰ 라고 한 사람이요, "마음이 조용하고 안정된

397 게다가……하겠는가 : 동방에서 서쪽으로 불법(佛法)을 구한 결과 이 땅에 불교가 전해지게 되었다는 말이다. 《시경》〈황의(皇矣)〉에 "이에 고개 돌려 서쪽을 돌아보고, 여기에 집터를 내려 주었다.〔乃眷西顧 此維與宅〕"라는 말이 나온다.

398 구종(九種)이……것이니 : 동방에서 불교에 귀의한 것도 당연한 일이었다는 말이다. 구종은 구이(九夷) 즉 동이(東夷)와 같은 말로, 동방을 가리킨다. 삼귀(三歸)는 불교 용어인 삼귀의(三歸依)의 준말로, 불보(佛寶)·법보(法寶)·승보(僧寶)에 귀의하는 것을 말한다.

399 위로는……있다 : 《예기》〈유행(儒行)〉의 내용을 고운이 중간에 몇 구절을 생략하고 인용하였다.

사람이라야 바르고 곧으며 길하다.〔幽人貞吉〕"라고 한 사람이요, 정도를 밟고 가는〔履道〕 그런 사람[401]이라고 하겠다. 마음이 조용하고 안정된 사람은 누구를 가리키는가. 불교의 승려가 어쩌면 여기에 가까울지도 모르겠는데, 이는 유가의 말을 빌려서 불가를 비유해 본 것이요, 옛것에 비추어서 지금의 일을 묘사해 본 것이다.

얼마나 위대한가. 하늘이 귀하게 여기는 것은 사람이요, 사람이 으뜸으로 여기는 것은 도(道)이다. 사람이 도를 크게 할 수 있는 것〔人能弘道〕[402]인 만큼 도는 사람과 멀리 떨어져 있지 않다.〔道不遠人〕[403] 그렇기 때문에 도가 혹 존귀해진다면 사람도 자연히 존귀해지게 마련이다. 도를 도울 수 있는 것이 있다면 그것은 바로 사람의 덕을 높이는 일이다. 그렇다면 도야말로 존귀한 것이요, 덕이야말로 귀중한 것〔道之尊 德之貴〕[404]이라고 하겠다. 돌아보건대 오직 도덕 면에서 으뜸이 되어야만 물정(物情)을 흡족하게 할 수 있고, 반드시 명분을 바로잡아야만〔必也正名〕[405] 대덕(大德)이라고 칭할 수가 있다. 이 명칭은 도강명대(道強名大)[406]

---

400 왕이나……한다:《주역》〈고괘(蠱卦) 상구(上九)〉에 나오는 말이다.

401 마음이……사람:《주역》〈이괘(履卦) 구이(九二)〉에 "정도를 밟고 가니 탄탄하다. 마음이 조용하고 안정된 사람이라야 바르고 곧으며 길하리라.〔履道坦坦 幽人貞吉〕"라는 말이 나온다.

402 사람이……것:《논어》〈위령공(衛靈公)〉에 "사람이 도를 크게 할 수 있는 것이지, 도가 사람을 크게 할 수 있는 것이 아니다.〔人能弘道 非道弘人〕"라는 공자의 말이 나온다.

403 도는……않다:《중용장구(中庸章句)》제13장에 "도는 사람과 멀리 떨어져 있지 않다. 따라서 사람이 도를 행하면서 사람을 멀리한다면, 그것은 도라고 할 수 없다.〔道不遠人 人之爲道而遠人 不可以爲道〕"라는 공자의 말이 나온다.

404 도야말로……것:《노자(老子)》51장의 "도가 존귀하고 덕이 귀중한 것은 어느 누가 그렇게 만든 것이 아니고 언제나 절로 그러한 것이다.〔道之尊 德之貴 夫莫之命 而常自然〕"라는 말을 발췌한 것이다.

405 반드시 명분을 바로잡아야만 : 위(衛)나라 정치를 위해서는 무엇부터 할 것이냐는 자로(子路)의 물음에 대해서, 공자가 "반드시 명분을 바로잡겠다.〔必也正名乎〕"라고 대답

라는 말과 덕성이상(德成而上)[407]이라는 말에서 유래한 것이다. 《예기》에
"지위를 얻고 명예를 얻고 수명을 얻는다.[得位得名得壽]"[408]라고 하였다.
그러고 보면 돈화(敦化)의 설[409]이 어쩌면 이것을 두고 말한 것이 아니겠
는가.

　동방의 사람들이 설정한 대덕이라는 높은 위계는 그 의리를 취한 것
이 마치 대롱으로 표범의 반점을 엿본 것처럼 일부분에 지나지 않는다.
시험 삼아 그 근거가 되는 것을 상고해 보건대, 양(梁)나라 동자학사(童
子學士)[410]가 지은 《형초세시기(荊楚歲時記)》에 "옛날 오(吳)나라 임금 손
권(孫權)의 병이 위독해졌을 때에 도사(道士) 갈현(葛玄)이 그곳에 찾아

──────────

하였는데, 이에 대해 자로가 현실과 먼 발언이라고 비평하자, 공자가 그 이유를 알
기 쉽게 설명해 준 내용이 《논어》〈자로(子路)〉에 나온다.

406　도강명대(道強名大) : 《노자》 25장의 "나는 그 이름을 알지 못한다. 그래서 도라고 이름
지었다. 그리고 그것을 억지로 대라고 부르기로 하였다.[吾不知其名 字之曰道 強爲之名
曰大]"라는 말을 요약한 것이다.

407　덕성이상(德成而上) : 《예기》〈악기(樂記)〉의 "덕성을 이룬 사람은 상위에 거하고, 기예
를 이룬 사람은 하위에 거한다. 품행을 이룬 사람은 앞에 거하고, 사업을 이룬 사람은
뒤에 거한다.[德成而上 藝成而下 行成而先 事成而後]"라는 말에서 인용한 것이다.

408　지위를……얻는다 : 《중용장구(中庸章句)》 제17장의 "큰 덕의 소유자는 반드시 이에
합당한 지위를 얻고, 반드시 이에 합당한 작록을 받고, 반드시 이에 합당한 명예를 얻
고, 반드시 이에 합당한 수명을 얻게 마련이다.[大德必得其位 必得其祿 必得其名 必得
其壽]"라는 말을 요약해서 정리한 것이다. 고운 당시에는 《중용》이 분리되지 않고 《예
기》 속에 편입되어 있었다.

409　돈화(敦化)의 설 : 《예기》〈중용(中庸)〉의 "작은 덕은 냇물의 흐름과 같고, 큰 덕은 화육
이 돈후하다.[小德川流 大德敦化]"라는 말을 가리킨다. 이에 대해서 정현(鄭玄)은 "소덕
천류는 적셔 주고 싹을 틔우는 것으로서 제후를 비유한 것이요, 대덕돈화는 만물을
돈후하게 생육하는 것으로서 천자를 비유한 것이다.[小德川流 浸潤萌芽 喩諸侯也 大德
敦化 厚生萬物 喩天子也]"라고 해설하였다.

410　동자학사(童子學士) : 《형초세시기(荊楚歲時記)》를 지은 남조 양(梁) 종름(宗懍)의 어렸
을 때의 별명이다. 그가 어려서 총민(聰敏)하고 호학(好學)하여 밤낮으로 열심히 공부
했으므로 향리에서 동자학사라고 불렀다는 기록이 《양서(梁書)》 권41 〈왕규열전(王規
列傳) 종름〉에 나온다.

가 보았다. 그때 손권의 집안사람들이 공중에서 '이미 대덕 도사가 왔으니 아뢰어 품신(稟申)하는 것이 좋겠다.'라는 말소리를 들었는데, 그러고 나서 마침내 병이 나았다."라는 내용이 있는데, 대덕이라는 명목이 어쩌면 여기에서 유래하여 기록된 것인지도 모르겠다. 후대에 번역한 불경이나 편찬한 게송을 보아도 대덕 사리불(舍利弗)[411]의 무리처럼 저명하게 알려진 사람들의 예가 눈에 뜨인다.

그리고 삼계대사(三界大士)[412]가 나라의 임금과 나라의 재상에게 불법을 존숭할 것을 부촉하였는데, 여기에는 깊은 뜻이 들어 있다. 그 까닭은 무엇인가. 풍속을 교화시키기 위해 필요한 것은 현인을 존숭하려고 힘쓰는 일이다. 범을 길들일 생각을 한다면 그 일은 용을 좋아하는 것[好龍]보다 어렵다고 할 것이다.[413] 그렇기 때문에 나라를 소유한 자가 등불을 전하는 것보다 기업을 더 성대하게 하고, 촛불을 입에 물고 있는 것[銜燭][414]보다 더 빛나게 하기 위해서는, 청정한 명호(名號)를 존숭하고

---

411 사리불(舍利弗) : 범어(梵語) Śāriputra의 음역으로, 불타의 10대 제자 중의 하나이며, 지혜제일(智慧第一)로 꼽힌다.

412 삼계대사(三界大士) : 석가모니에 대한 존칭이다. 삼계는 불교 용어로 욕계(欲界)·색계(色界)·무색계(無色界)를 가리키고, 대사는 범어 mahāpuruṣa의 의역으로 무상사(無上士)와 뜻이 같은 경칭이다. 삼계존(三界尊) 혹은 삼계웅(三界雄)이라고도 한다.

413 범을……것이다 : 범을 길들이듯 민심을 순화시키려면 사이비나 가식이 아니라 불법에 입각하여 진정 참된 마음으로 백성을 대해야 한다는 말이다. 공자의 제자 자장(子張)이 노 애공(魯哀公)을 본 뒤로 7일이 지났는데도 예우를 하지 않자 섭공호룡(葉公好龍)의 이야기를 남기고 떠나갔다는 이야기가 한(漢)나라 유향(劉向)의 《신서(新序)》〈잡사(雜事) 5〉에 나온다. 섭공 자고(葉公子高)가 너무도 용을 좋아해서 집안 이곳저곳에 용을 새겨 장식해 놓자 진짜 용이 내려와서 머리를 내밀고 꼬리를 서렸는데, 섭공이 이를 보고는 대경실색하여 달아났으니, 이는 섭공이 진정으로 용을 좋아한 것이 아니라 용 같으면서도 용 아닌 것을 좋아한 것[是葉公非好龍也 好夫似龍而非龍者也]이라는 내용이다.

414 촛불을……것 : 전국 시대 초(楚)나라 굴원(屈原)의 〈천문(天問)〉에 "태양이 이르지 않는 곳이 없을 텐데, 촉룡이 어째서 비춰 주는가.[日安不到 燭龍何照]"라고 하였는데, 후

기이한 총림(叢林)을 드러내야 할 것이다.

옛적에 우리 선덕여왕(善德女王)은 완연히 길상(吉祥)[115]의 성스러운 화신으로서 동방의 임금으로 성대히 즉위하여 서방을 경모하며 우러러 보았다. 이때에 중국에 관광했던 비구(比丘)로 지영(智穎)과 승고(乘固)라는 자가 적수(赤水)에 구슬을 찾으러 갔다가 돌아와서 청구(靑丘)를 빛내었다.[416] 이에 여왕이 그들 상승(上乘)의 지혜를 총애하여 발탁한 다음에 대덕으로 삼았다.

그때 이후로 승도(僧徒)가 번성하여 오악(五嶽)의 영재들이 다투어 분발해서 산문(山門)을 세우려는 뜻을 세웠으며, 사해(四海)의 불제자들과 함께 바다의 일미(一味)를 맛보았다는 이름을 나누어 가질 수 있었으니, 유가(瑜伽 법상종(法相宗))와 표하건나(驃訶健拏 화엄종(華嚴宗))와 비나야(毗奈耶 율종(律宗))와 비바사(毗婆沙 비담종(毘曇宗))라고 하는 것 등이 그것이다. 이 밖에 초(楚)나라의 봉황과 색채가 뒤섞이고 주(周)나라의 옥돌과 명호가 동등한 자도 있었으며, 혹은 참송(懺誦 염송(念誦))으로 추천되거나 총지(摠持 진언(眞言))로 채용되기도 하고, 혹은 귀족 신분으로 천거되거나 굳은 절조를 인정받기도 하였다. 이는 모두 왕명으로 발탁하

한(後漢) 왕일(王逸)의 해설에 "하늘의 서북쪽에 해가 없는 암흑의 나라가 있는데, 그 곳은 용이 촛불을 입에 물고 비춰 준다.〔天之西北有幽冥無日之國 有龍銜燭而照之也〕"라는 말이 나온다.

415 길상(吉祥) : 길상천녀(吉祥天女)의 준말로, 불교의 호법 천신(護法天神) 중의 하나인 여신(女神)이다. 사대천왕(四大天王)의 하나인 비사문천(毗沙門天)의 누이로, 대중에게 대공덕(大功德)을 베풀기 때문에 공덕천(功德天)이라고도 한다. 《金光明最勝王經 大吉祥天女品》

416 적수(赤水)에……빛내었다 : 중국에 들어가서 불법(佛法)을 구한 뒤에 귀국하여 신라를 빛냈다는 말이다. 황제(黃帝)가 적수에서 노닐고 돌아오다가 잃어버린 현주(玄珠)를 상망(象罔)이 찾았다는 이야기가 《장자》〈천지(天地)〉에 나온다. 청구(靑丘)는 동방의 별칭이다.

는 은혜를 내린 것으로서 그 영예가 금패(金牌)보다도 중하였으며, 제석천(帝釋天)의 그물에 걸린 구슬들이 서로 비추어 주는 것처럼 그 광채가 옥찰(玉刹)을 융성하게 하였다.

이들을 등용하는 것은 수목(燧木)에서 불씨를 채취하는 것과 같았으며, 이들을 채용하는 것은 산림에서 재목을 고르는 것과 같았다. 그리고 이들에게 도를 위해 몸을 바칠 것을 바라는 한편, 끝내 연령의 규정을 범하는 일이 없게 하면서, 마침내 위원(衛瑗)이 잘못을 깨달았던 햇수를 지나 노성(魯聖)이 《주역》을 배우는 나이[417]가 차야만 비로소 높은 자리에 오르는 것을 허락하고는 마치는 기한을 7년으로 하였다.

그중에 혹 학업이 민첩하게 배우는 데에 돈독하고 덕망이 노성한 경지에 부합되는 사람이 있으면, 예악(禰鶚)[418]으로 하여금 독점하며 날아다니게 하였으니, 이는 송계(宋雞)[419]의 기발한 변론을 장려하기 위함이었다. 그리고 이와 함께 특별히 배려하여 보살피면서 후생(後生)에게 빛

---

417 위원(衛瑗)이……나이 : 50세를 뜻한다. 위원은 춘추 시대 위(衛)나라의 현대부(賢大夫)인 거백옥(遽伯玉)을 가리킨다. 그의 본명은 거원(遽瑗)이다. 그가 "나이 50에 49년 동안의 잘못을 깨달았다.〔年五十而知四十九年非〕"라는 말이 《회남자》〈원도훈(原道訓)〉에 나온다. 노성(魯聖)은 노나라의 성인이라는 말로, 공자(孔子)를 가리킨다. 《논어》〈술이(述而)〉에 "나에게 몇 년의 수명을 더 허락하여 50세에 《주역》을 읽게 해 준다면 큰 허물은 없게 할 수 있을 것이다.〔加我數年 五十以學易 可以無大過矣〕"라는 공자의 말이 나온다.

418 예악(禰鶚) : 독수리와 같은 예형(禰衡)이란 뜻으로, 출중한 인물을 비유하는 말이다. 후한(後漢) 공융(孔融)이 예형을 조정에 추천하면서 "사나운 새가 수백 마리 있어도 한 마리의 독수리보다 못하니, 예형을 조정에 세우면 필시 볼 만한 점이 있을 것이다.〔鷙鳥累百 不如一鶚 使衡立朝 必有可觀〕"라고 말한 고사가 전한다. 《後漢書 卷80下 文苑列傳 禰衡》

419 송계(宋雞) : 닭과 대화한 송처종(宋處宗)이라는 뜻으로, 고상한 변론에 능한 것을 비유하는 말이다. 진(晉)나라 송처종이 사람의 말을 잘하는 닭과 종일토록 창가에서 대화한 결과 청담(淸談)의 말솜씨가 크게 늘었다는 송종계창(宋宗雞窓)의 고사가 남조 송(宋) 유의달(劉義達)의 《유명록(幽明錄)》에 나온다.

나는 앞길을 열어 주었다. 그래서 유학(幼學)[420]이 온전히 성취되면 그것을 우담(優曇)[421]이 한번 발현한 것이라고 일컬으면서 방광(方廣 화엄종(華嚴宗))과 상응(相應 법상종(法相宗))의 이종(二宗)에 나아가게 하였다. 조용히 거하면 산왕(山王)의 기운처럼 순수하고, 일단 움직이면 웅장한 해회(海會)[422]처럼 장엄하였으니, 비유하자면 공중에서 날개를 치는 봉황이요 실지(實地)를 발로 밟는 기린이었다. 세상에서는 마치 화불(化佛)을 만난 것처럼 기뻐하였고, 배움의 전당에서는 엄군(嚴君)을 받드는 것처럼 경건하였으니, 대중이 이미 팔을 흔들며 추종하는 가운데 일이 모두 턱으로 부리듯 해결되었다. 그러나 모두 자기의 몸을 깨끗이 하였을 뿐 남에게 교만을 부리는 일은 보기 드물었으니, 이것이 바로 높은 지위에 있으면서도 위태롭지 않게 하는 것[高而不危][423]이요 위엄이 있으면서도 사납지 않은 것[威而不猛][424]이라고 하는 것이다.

420　유학(幼學) : 어려서 학업을 닦는 것을 말한다. 《예기》 〈곡례 상(曲禮上)〉에 "사람이 태어나 10년이 되면 유라고 하니, 그때에 비로소 배움의 길에 나아갈 수 있다.〔人生十年曰幼學〕"라는 말이 나온다.

421　우담(優曇) : 불교에서 말하는 인도의 상서로운 꽃 우담발라(優曇跋羅)의 준말이다. 꽃이 꽃턱〔花托〕 속에 숨어 있다가 한번 피고 나면 곧바로 오므라들어서 사람들이 쉽게 볼 수 없기 때문에 무화과(無花果) 꽃이라고 부르기도 한다. 불교 전설에 의하면, 이 꽃은 3천 년에 한 번 핀다고 하며, 부처가 세상에 출현하여 설법하는 것을 비유하는 말로 쓰이곤 한다.

422　해회(海會) : 모든 물줄기가 바다에서 만나는 것처럼, 장엄하게 열리는 불교의 성대한 집회를 뜻한다.

423　높은……것 : 《효경》 〈제후장(諸侯章)〉에 "높은 지위에 있으면서도 위태롭지 않게 하는 것이 존귀함을 오래도록 유지하는 방법이요, 채우면서도 흘러넘치지 않게 하는 것이 부유함을 오래도록 지키는 방법이다.〔高而不危 所以長守貴也 滿而不溢 所以長守富也〕"라는 말이 나온다.

424　위엄이……것 : 공자가 자장(子張)에게 다섯 가지 미덕〔五美〕을 가르쳐 주면서 "군자는 의관을 바르게 하고 시선을 존엄하게 하는 법이다. 그러면 그 모습이 엄숙해서 사람들이 쳐다보고 외경심을 갖게 마련인데, 이것이 바로 위엄이 있으면서도 사납지 않은

그런가 하면 또 학문은 강론을 할 능력이 있고 언어는 반드시 스승으로 삼을 만한 사람들이 있다. 살펴보건대, 금강저(金剛杵)라는 법구(法具)에서는 우레가 일어나고 작미로(鵲尾爐)라는 향로에서는 노을이 날리니, 삼존(三尊)[425]을 앙모함에 넉넉함이 있고 사중(四衆)[426]을 돌아봄에 시끄러움이 없다. 암굴에서 상왕(象王)[427]이 출현하여 뚜벅뚜벅 상왕의 발걸음을 옮기고, 좌석에 사자(獅子)가 올라 앉아 드높이 사자의 소리를 외치니, 하늘 어귀에는 서운(瑞雲)이 감돌고 바닷가에는 물결이 고동친다. 신령스러운 송곳이 예리함을 겨루는 것에 비할 수 있을 뿐만이 아니요, 진실로 밝은 거울이 피곤함을 잊고 계속 비춰 주는 것과 같아서, 물어보기만 하면 반드시 대답하며 어떤 의문도 해결하지 못하는 것이 없다. 어떤 때는 여지없이 논박하기도 하였으니, 어찌 입을 벌리고 다물지 못하게 할 뿐이었겠는가. 변명을 늘어놓는 자는 체면을 잃게 하였고, 기회를 잡아 편승하려는 자는 돌아설 줄을 알게 하였다. 칼을 놀릴 적마다 거리낄 것이 없었으니, 각자 실력을 숨기려 해도 숨길 수가 없었다. 학아즉수(虐我則讎)[428]라고 말할 사람이 누가 있겠는가. 당인불양(當仁不讓)[429]이라는 말에 참으로 부합되었다. 사람들을 이끌어 줌에 풍속

것이 아니겠느냐.〔君子正其衣冠 尊其瞻視 儼然人望而畏之 斯不亦威而不猛乎〕"라고 말한 내용이《논어》〈요왈(堯曰)〉에 나온다.

425　삼존(三尊) : 불교 용어로 삼보(三寶)와 같은 말이다. 284쪽 주384 참조.

426　사중(四衆) : 불교의 비구(比丘)·비구니(比丘尼)·우바새(優婆塞)·우바이(優婆夷), 즉 남자 승려·여자 승려·남자 신도·여자 신도를 가리키는 말로, 사부중(四部衆) 혹은 사부대중(四部大衆)이라고도 한다.

427　상왕(象王) : 코끼리를 높인 말로 보통 부처를 상징하는데, 여기서는 고승의 뜻으로 쓰였다. 사자(獅子)도 마찬가지이다.

428　학아즉수(虐我則讎) :《서경》〈태서 하(泰誓下)〉에 "나를 보살펴 주면 임금이요, 나를 학대하면 원수이다.〔撫我則后 虐我則讎〕"라는 말이 나온다.

429　당인불양(當仁不讓) :《논어》〈위령공(衛靈公)〉에 "인을 행해야 할 때에는 스승에게도

이 이로 인해 깨우침을 얻었고, 나라를 보호함에 도가 이로 인해 흥기하였다. 경(經)에 "1만 게송의 경전을 수지하는 것보다 1구(句)의 의리를 행하는 것이 낫다."라고 하였는데, 그 말이 역시 믿음직스럽다.

뒤에 떠나 먼저 도착하였다[後發前至][130]는 말은 바로 이 산을 두고 말한 것일 것이다. 그 이유는 무엇이겠는가. 예컨대 조사(祖師)인 순응 대덕(順應大德)으로 말할 것 같으면, 신림 석덕(神琳碩德)의 문하에서 학업을 닦다가 대력(大曆)[431] 초년에 중국으로 도를 구하러 갔는데, 조각배에 의탁하여 몸을 잊고 건너가서 선지식(善知識)이 주석(住錫)하는 산을 찾아 정수[髓]를 얻었다.[432] 그리하여 교종(敎宗)의 바다를 끝까지 탐색하고 선종(禪宗)의 물길을 거슬러 오른 뒤에 마침내 돌아와서는 대덕에 엄선되어 빛나는 자리에 올랐다.

그러고는 탄식하기를, "사람은 옥을 갈듯 자신을 닦아야 하는데, 세상에서는 황금을 소장하는 것을 귀하게 여긴다. 이 산은 이미 천지의 영기를 머금었을 뿐만 아니라 산천도 수려하기 그지없다. 새도 나무를 가려

사양하지 않는 법이다.[當仁不讓於師]"라는 공자의 말이 나온다.

430 뒤에……도착하였다 : 서진(西晉) 장재(張載)가 촉군 태수(蜀郡太守)로 부임하는 부친 장수(張收)를 따라 촉으로 들어가서 〈검각명(劍閣銘)〉을 지었는데, 익주 자사(益州刺史) 장민(張敏)이 이를 보고 기이하게 여겨 그 글을 위에 아뢰니 세조(世祖)가 사신을 보내 돌에 새기게 했던 고사가 있다. 이와 관련하여 양(梁)나라 유협(劉勰)이 지은《문심조룡(文心雕龍)》〈명잠(銘箴)〉에 "오직 장재의 〈검각명〉을 보건대, 그 재능이 탁월한 것을 알 수가 있다. 빠른 발로 치달려서 뒤에 떠나 먼저 도착하였으니, 민한 지역에 그 명이 새겨진 것도 온당한 일이었다고 하겠다.[惟張載劍閣 其才淸采 迅足駸駸 後發前至 勒銘岷漢 得其宜矣]"라는 내용이 실려 있다.

431 대력(大曆) : 당 대종(唐代宗)의 연호로 766년에서 779년까지이다.

432 정수를 얻었다 : 인가를 얻고 의발(衣鉢)을 전수받았다는 말이다. 중국 선종(禪宗)의 초조(初祖)인 달마(達磨)가 제자 4인의 경지를 점검하면서, 3인에게는 각각 나의 가죽[皮]과 살[肉]과 뼈[骨]를 얻었다고 한 뒤에, 마지막 혜가(慧可)에 대해서는 나의 정수[髓]를 얻었다고 하며 의발을 전수한 고사가 전한다.《景德傳燈錄 卷3 菩提達磨》

서 앉을 줄을 아는데, 내가 어찌 이곳에 띠풀을 깎아 집을 짓지 않을까
보냐."라고 하였다. 그리하여 정원(貞元) 18년(802, 애장왕3) 10월 16일에
동지를 이끌고 이곳에 와서 터를 잡아 건축하였다. 산의 영기는 묘덕(妙
德)[433]의 이름에 부합되고, 땅의 형체는 청량(淸涼)[434]의 형세와 일치하였
다. 오계(五髻)를 나누어 장식함에 터럭 하나[一毛]씩을 다투어 뽑으려
하였다.[435]

이때에 성목 왕태후(聖穆王太后)가 사이(四夷)에 국모의 의표(儀表)를
보이며 삼학(三學)[436]으로 자제들을 양육하다가 풍문을 듣고는 경모하
며 희열한 나머지 귀의하려는 결의를 태양을 두고 맹서하면서 가소(嘉
蔬)를 희사함은 물론이요 속백(束帛)을 아울러 시주하였다. 이는 바로
하늘의 보우를 얻어서 그렇게 된 것이라고 하겠지만, 실제로 땅이 그런
인연을 맺게 해 준 결과이기도 하였다.

그런데 생도들이 바야흐로 안개처럼 산문(山門)에 모여드는 때를 당
하여, 기덕(耆德)이 느닷없이 아침 이슬이 마르듯 산사에서 열반에 들었

433　묘덕(妙德) : 이른바 문수 삼명(文殊三名) 중의 하나이다. 범어(梵語) Mañjuśrī를 음역
　　한 것 중에, 첫째 문수사리(文殊師利)는 묘덕(妙德)으로 의역되고, 둘째 만수시리(滿殊
　　尸利)는 묘수(妙首)로 의역되고, 셋째 만수실리(曼殊室利)는 묘길상(妙吉祥)으로 의역
　　된다.

434　청량(淸涼) : 청량산 즉 문수가 거한다는 오대산(五臺山)의 별칭이다.

435　오계(五髻)를……하였다 : 문수의 도량을 가야산에 꾸미려 하자, 사람들이 다투어 희
　　사(喜捨)하며 공사를 도왔다는 말이다. 오계는 다섯 개의 상투라는 뜻으로, 문수보
　　살을 가리킨다. 그의 정수리에는 전·후·좌·우·중앙의 다섯 곳에 다섯 개의 상투가
　　있다는 전설이 있다. 그래서 흔히 오계문수(五髻文殊)라고 부른다. 또 《맹자》〈진심
　　상(盡心上)〉에, "자신의 터럭 하나를 뽑아서 천하를 이롭게 할 수 있다 하더라도 그렇
　　게 하지 않을 사람이다.[拔一毛而利天下 不爲也]"라고 양주(楊朱)를 비판한 내용이 나
　　온다.

436　삼학(三學) : 불교 승려가 닦아야 할 이른바 계(戒)·정(定)·혜(慧)의 공부를 말하는데,
　　계는 계율(戒律), 정은 선정(禪定), 혜는 이를 통해서 발휘되는 지혜(智慧)를 뜻한다.

으므로, 이정 선백(利貞禪伯)이 그 뒤를 이어서 공사를 진행하였다. 중용(中庸)의 도리에 입각하여 주지(住持)의 아름다움을 극진히 하고, 대장(大壯)의 괘(卦)를 참고하여 뛰어난 건축을 빛나게 하니,[437] 구름이 뭉게뭉게 일어나고 노을이 아름답게 펼쳐지듯 날로 새로워지고 달로 바뀌었다. 이로부터 가야(伽倻)의 승경이 부처가 성도(成道)한 터전과 걸맞게 되었음은 물론이요, 해인(海印)의 보배가 연성(連城)[438]의 가치보다 더욱 빛을 발하면서, 옥림(玉林)이 모두 도량으로 편입되기에 이르렀으니, 이는 실로 진주가 나오는 연못의 물가는 마르지 않는 것[439]과 같다고 할 수 있었다.

그러므로 터전을 일군 것은 겨우 100년 정도에 지나지 않았지만 몸소 부름을 받아서 28명 대덕의 숫자를 가득 채우게 되었다. 그리고 송지(誦持)로 함께 오른 자가 다섯이요, 연창(演暢)으로 좌석을 달리 한 자가 셋이었는데, 이들 모두 행동이 말과 동떨어지지 않고 이름이 실제를 보장할 수 있는 사람들이었다. 《서경(書經)》에 "작은 행실을 조심하지 않으면 마침내 큰 덕에 누를 끼치게 된다."[440]라고 하였다. 교화를 돈독히

---

437 대장(大壯)의……하니 : 사원을 웅장하게 지은 것을 말한다. 《주역》〈대장괘(大壯卦) 단(彖)〉에 "큰 것이 바른 것이다. 그 정대함 속에서 천지의 실정을 볼 수가 있다.〔大者 正也 正大而天地之情 可見矣〕"라는 말이 나온다.

438 연성(連城) : 연성벽(連城璧)의 준말로, 진(秦)나라 소왕(昭王)이 조(趙)나라 혜문왕(惠文王)에게 15성과 바꾸자고 청한 화씨벽(和氏璧)을 말한다.

439 진주가……것 : 《순자》〈권학(勸學)〉에 "옥이 산에 있으면 초목에도 윤기가 흐르고, 진주가 나오는 연못은 물가가 마르는 법이 없다.〔玉在山而木草潤 淵生珠而崖不枯〕"라는 말이 나온다.

440 작은……된다 : 《서경》〈여오(旅獒)〉에 "밤낮으로 혹시라도 부지런하지 않는 일이 없게 해야 한다. 작은 행실을 조심하지 않으면 마침내 큰 덕에 누를 끼친 결과, 마치 아홉 길의 산을 쌓아 올리다가 한 삼태기의 흙을 덜 부어 망쳐 버리는 것처럼 될 것이다.〔夙夜罔或不勤 不矜細行 終累大德 爲山九仞 功虧一簣〕"라는 말이 나온다.

하는 일을 다투어 제대로 하고 있으니, 그 누가 금기 사항을 어기려고 하겠는가.

그리고 산악은 티끌을 사양하지 않아 높이 치솟고, 온갖 물줄기도 거부당하지 않고서 대해로 흘러 들어간다. 겁나는 후생(後生)들이 샘처럼 용솟음쳐 흘러나오니, 함께 뒤따르려 하는 자는 저절로 가라앉고 말 것이다. 입에 풀칠하는 것이야 땅 위의 곡물에 의지한다고 하더라도 마음을 단련하는 것은 오직 천작(天爵)⁴⁴¹을 귀하게 여겨야 할 일이다. 이미 용상(龍象)을 앙모하는 터에 어찌 새의 발자취를 빛내지 않을 수 있겠는가.⁴⁴² 마침내 도량을 꾸밀 뜻을 품고서 애오라지 푸른 산 빛에 빛나게 하였으니, 입실(入室)하는 자는 법도에 따라 당에서부터 대문까지 가며〔堂基〕,⁴⁴³ 부장(負牆)하는 자는 기의(機宜)에 맞게 벽을 바라볼 수〔壁觀〕있게 되었으면 한다.⁴⁴⁴ 만약 민첩하게 할 수만 있다면 공을 세울 수 있을

---

441 천작(天爵) : 사람이 주는 작위(爵位)라는 뜻의 인작(人爵)과 상대되는 말로, 아름다운 덕행과 같은 천연(天然)의 작위라는 뜻인데, 《맹자》〈고자 상(告子上)〉에 "인의충신과 선을 좋아하여 게을리 하지 않는 이것이 바로 천작이요, 공경대부 같은 종류는 인작일 뿐이다.〔仁義忠信樂善不倦 此天爵也 公卿大夫 此人爵也〕"라는 말이 나온다.

442 이미……있겠는가 : 일단 불교에 귀의했으면 속세의 욕망을 버리고 수도에 매진해야 할 것이라는 말이다. 용상(龍象)은 물속의 용과 땅 위의 코끼리처럼 큰 힘을 지닌 아라한(阿羅漢)이라는 뜻의 불교 용어이다. 새는 여기에서 범부 중생의 뜻으로 쓰였다.

443 당(堂)에서부터 대문까지 가며 : 대본의 '堂基'는 '自堂徂基'의 준말로, 질서 있게 행동하는 것을 말한다. 《시경》〈사의(絲衣)〉는 제사를 도와 지내고 연향(宴饗)하는 시인데, 그중에 "실 베옷이 깨끗하고, 머리에 쓴 고깔이 공손하다. 당에서부터 대문까지 가고, 양을 살펴보고 나서 소를 살펴본다.〔絲衣其紑 載弁俅俅 自堂徂基 自羊徂牛〕"라는 말이 나온다.

444 부장(負牆)하는……한다 : 배우는 불자(佛子)들은 열심히 참선에 정진해야 할 것이라는 말이다. 부장은 어른을 만나 뵌 뒤에 담장 쪽으로 물러나 단정히 서서 존경하며 피하는 뜻을 보이는 것을 말하는데, 보통 취학(就學)의 뜻으로 쓰인다. 벽관(壁觀)은 면벽하고 좌선하는 것을 뜻한다. 중국 선종(禪宗)의 초조(初祖)로 전해지는 달마(達磨)가 숭산(嵩山) 소림사(少林寺)에 들어가서 9년 동안이나 아무 말 없이 면벽하며 좌선

것이니, 죽더라도 자연히 썩지 않게 될 것이다. 그리하여 획린(獲麟)과 진승(晉乘)[445]에 실릴 수도 있으리니, 천리마와 안회(顏回)의 무리가 되기를 소원하는 사람들[446]이 어찌 힘쓰지 않을 수 있겠는가.

거당(巨唐) 광화(光化) 3년(900, 효공왕4)에 천일태재(天一泰齋)에서 납월(臘月) 무일(霧日)에 쓰다.

을 하였으므로, 사람들이 벽관바라문(壁觀婆羅門)이라고 칭했다는 고사가 전한다. 《景德傳燈錄 卷3 菩提達磨》

445 획린(獲麟)과 진승(晉乘) : 사서(史書)를 뜻한다. 획린은 《춘추좌씨전》 애공(哀公) 14년의 "서쪽 들판으로 사냥을 나가서 기린을 붙잡았다.[西狩獲麟]"라는 말에서 나온 것으로, 노(魯)나라의 역사책인 《춘추》를 가리킨다. 또 《맹자》〈이루 하(離婁下)〉에 "진나라의 승과 초나라의 도올과 노나라의 춘추는 모두 역사책이다.[晉之乘 楚之檮杌 魯之春秋 一也]"라는 말이 나온다.

446 천리마와……사람들 : 한(漢)나라 양웅(揚雄)의 《법언(法言)》권1 〈학행(學行)〉에 "천리마처럼 되기를 소원하는 말은 역시 천리마의 무리요, 안회(顏回)처럼 되기를 소원하는 사람은 역시 안회의 무리이다.[睎驥之馬亦驥之乘也 睎顏之人亦顏之徒也]"라는 말이 나온다.

신라 수창군 호국성 팔각등루의 기문
新羅壽昌郡護國城八角燈樓記

천우(天祐) 5년(908, 효공왕12) 무진년 겨울 10월에 호국의영도장(護國義營都將) 중알찬(重關粲) 이재(異才)가 남령(南嶺)에 팔각등루(八角燈樓)를 세웠다. 그 목적은 국가의 경사를 기원하고 병란(兵亂)의 흔단(釁端)을 없애기 위함이었다. 속담에 이르기를 "사람의 소원이 착하면 하늘이 반드시 들어준다."라고 하였다. 그러고 보면 그 소원이 참으로 착한 이상에는 그 일이 어긋나지 않을 것임을 알 수 있겠다.

　살펴보건대 현재와 과거는 서로 분리될 수 없고, 유(有)와 무(無)는 상호 대칭적 관계에 있다. 지명이 나열된 것을 보면 거기에는 모두 하늘의 뜻이 깃들어 있는 듯하다. 이 성보(城堡)의 서쪽에는 불좌(佛佐)라는 이름의 방죽이 있고, 동남쪽 모퉁이에는 불체(佛體)라는 이름의 연못이 있으며, 그 동쪽에는 또 천왕(天王)이라는 이름의 다른 연못이 있다. 서남쪽에 고성(古城)이 있는데 그 칭호는 달불(達佛)이요, 그 성의 남쪽에 산이 있는데 그 명호가 또한 불산(佛山)이다. 이름이 그냥 지어진 것이 아니고 이치상 반드시 그럴 만한 이유가 있을 것이니, 승지(勝地)에 부여된 이 이름이 좋은 때가 오면 반드시 응할 것이다.

　위에서 말한 중알찬은 걸출한 대부(大夫)이다. 뜻을 분발할 기회가 오자 일찍이 풍운(風雲) 속에서 뛰어난 재질을 발휘하였고, 몸을 닦는 방향으로 품행을 바꿔 수토(水土)에 은혜 갚기를 소원하였다. 표범처럼 변신하여 삼해(三害)[447]를 모조리 제거했는가 하면, 뱀처럼 도사리고서 구

447　삼해(三害) : 진(晉)나라 때 남산(南山)의 범과 물속의 뱀과 주처(周處)가 향리에서 세

사(九思)[448]를 더욱 신중히 하였다. 일단 악인들을 숙청할 수 있게 되자 이에 기필코 향리로 복귀하려 하였다. 거하는 곳마다 감화될 터이니, 어디에 간들 좋지 않겠는가. 마침내 높다란 구릉을 택하여 보루(堡壘)를 쌓았다. 흐름을 굽어보며 우뚝 서 있는 모습이 깎아지른 절벽과 같았고, 험한 언덕을 등지고 가지런히 이어진 모습이 길다란 구름과 같았다.

이렇게 해서 서쪽 기전(畿甸)을 조용히 지키는 한편으로, 남쪽 밭두둑에서 짝을 지어 농사를 지었다. 그 지역의 토착민들을 어루만져 보살핌은 물론이요, 빈객과 붕우들을 성의껏 접대하였다. 찾아오는 사람들이 구름처럼 많아도, 그들을 받아들이는 마음은 바다와 같았다. 귀찮게 부탁하는 일이 있어도 거절하지 않고 자기 일처럼 힘써 주었다.

게다가 뜻이 삼귀(三歸)[449]에 절실하였고 몸은 육도(六度)[450]를 행하였다. 돈오(頓悟)를 하면 아침에는 범부(凡夫)였다가 저녁에는 성인(聖人)이 될 것이요, 점수(漸修)를 하면 소가 가고 대가 올 것[小往大來][451]인데,

---

가지 해악으로 꼽혔는데, 나중에 주처가 개과천선하여 범을 사살하고 뱀을 때려잡아 편안하게 한 뒤에 뜻을 분발하여 학문에 매진했던 고사가 전한다.《晉書 卷58 周處列傳》

448 구사(九思) : 군자가 생각하는 아홉 가지 일로, 밝게 보기를 생각하고[視思明], 밝게 듣기를 생각하고[聽思聰], 안색을 온화하게 하기를 생각하고[色思溫], 용모를 공손하게 하기를 생각하고[貌思恭], 진실하게 말하기를 생각하고[言思忠], 공경히 일할 것을 생각하고[事思敬], 의심나면 묻기를 생각하고[疑思問], 화나면 어려움을 생각하고[忿思難], 얻을 것을 보면 의리를 생각하는 것[見得思義] 등이다.《論語 季氏》

449 삼귀(三歸) : 삼보(三寶) 즉 불보(佛寶)·법보(法寶)·승보(僧寶)에 귀의하는 것을 말하는데, 보통 삼귀의(三歸依)라고 칭한다.

450 육도(六度) : 생사의 차안에서 열반의 피안으로 건너가는 여섯 개의 법문이라는 뜻으로, 육바라밀(六波羅蜜)이라고도 하는데, 보시(布施), 지계(持戒), 인욕(忍辱), 정진(精進), 정려(靜慮), 지혜(智慧) 등으로 되어 있다.

451 소가……것 :《주역》〈태괘(泰卦) 괘사(卦辭)〉에 "태괘는 음(陰)인 소가 가고 양(陽)인 대가 오는 상(象)이니, 길하고 형통하다.[泰 小往大來 吉亨]"라는 말이 나온다.

이는 모두 자기를 꾸짖기를 원수처럼 하고 승려를 공경하기를 부처처럼 하는 데에서 말미암는 것이다. 항상 불법(佛法)과 관련된 일을 경영하였을 뿐 다른 인연에 이끌리는 일은 있지 않았으니, 실로 불 속에서 연화(蓮花)가 피는 것[452]과 같다 할 것이요, 서리 속의 계수(桂樹)처럼 홀로 절조를 보인 것과 같다 할 것이다.

더구나 그의 부인은 본디 나무랄 데 없는 주부로서, 사덕(四德)[453]이 넉넉하였으며 한마디도 실수가 없었다. 바람결에 옥게(玉偈)를 들으면 반드시 마음으로 귀의하곤 하였으며, 날마다 금경(金經)을 외우면서 손에서 놓은 적이 없었으니, 이는 곧 자비를 베푸는 것으로 화장품을 대신한 것이요, 지혜를 밝히는 것으로 경대(鏡臺)를 삼은 것이었다. 아름다운 명성이 크게 드러남에 따라 온갖 복이 널리 모여들었으니, 옛날의 이른바 "이런 아내가 없었으면 어떻게 이런 남편이 있었겠는가.[不有此婦 焉有此夫]"[454]라는 말에 해당된다고 할 것이다.

알찬(閼粲)은 참으로 재가(在家)의 대사(大士)요, 울연히 본국의 충신이었다. 반야(般若 지혜)로 간과(干戈)를 삼고, 보리(菩提 깨달음)로 갑주(甲冑)를 삼아 한 경내를 제대로 안정시켰는데 그 일이 겨우 10년밖에 걸리지 않았다.

---

452 불……것:《유마경(維摩經)》〈불도품(佛道品)〉에 "불 속에서 연꽃이 피는 것은 희유한 일이라고 말할 만하다. 마찬가지로 욕망 속에서 선을 행한다는 것도 이와 같이 희유한 일이다.[火中生蓮花 是可謂稀有 在欲而行禪 稀有亦如是]"라는 말이 나오는데, 번뇌 속의 중생이 해탈을 이룰 수 있다는 말로 쓰이기도 한다.

453 사덕(四德) : 옛날에 부녀자가 갖추어야 할 규범으로 꼽혔던 부덕(婦德), 부언(婦言), 부용(婦容), 부공(婦功)을 말한다.《周禮 天官 九嬪》

454 이런……있었겠는가 : 진(晉)나라 범녕(范甯)이 생질인 왕침(王忱)의 풍류를 칭찬하자, 왕침이 "이런 외숙이 안 계시면, 어떻게 이런 생질이 있었겠습니까.[不有此舅 焉有此甥]"라고 답변한 고사가 유명한데, 고운이 이를 변용한 듯하다.《晉書 卷75 王湛列傳 王忱》

기개가 드높은 자는 지망(志望)이 유달리 고상하고, 마음이 올바른 자는 신교(神交)가 반드시 정대하게 마련인데, 용년(龍年) 양월(羊月) 경신일(庚申日) 밤에 알찬이 꿈을 꾸니 그 내용은 다음과 같았다. 달불성(達佛城) 북쪽 마정계사(摩頂溪寺)에서 보건대,[455] 연화좌(蓮花座)에 안치된 하나의 큰 불상이 하늘 끝까지 높이 잇닿아 있고 좌측에 있는 보처보살(補處菩薩)의 높이도 역시 그러하였다. 남쪽으로 가다가 시냇가에서 한 여자를 보고는 불상이 그렇게 된 이유를 물어보았더니 그 우바이(優婆夷 여자 불교 신도)가 대답하기를 "이곳은 거룩한 땅이라서 그렇습니다."라고 하였다. 또 보건대 성 남쪽 불산(佛山) 위에 일곱 개의 미륵(彌勒) 불상이 몸을 포개고 어깨를 밟힌 채 북쪽으로 얼굴을 향하고 서서 공중에 높이 걸려 있었다. 또 며칠 밤이 지나서 다시 꿈을 꾸었는데, 그 내용은 이러하였다. 성 동쪽 장산(獐山)에서 취의(毳衣)[456]를 입고 있는 나한승(羅漢僧)을 보니, 검은 구름을 좌석으로 삼고 무릎을 안은 채 그 산의 어귀가 되는 지점 쪽으로 얼굴을 향하고 말하기를 "이처도(伊處道)[457]가 이 지점을 통과하여 군사를 거느리고 올 때가 되었다."라고 하였다.

알찬은 꿈에서 깨어나자 이런 생각을 하였다. '하늘이 재앙을 내린 것을 아직도 후회하지 않고 있고, 대지도 여전히 간악한 자들을 용납하고 있다. 시대가 위태로우면 생명들 모두가 위태롭고, 세상이 어지러우면 물정(物情)도 어지럽게 마련이다. 그런데 나는 우연히 먼저 깨달은 사람

---

455 보건대 : 대본에는 '都'로 되어 있는데, 문맥으로 보아 '覩'로 바로잡아 번역하였다.

456 취의(毳衣) : 승려가 입는 네 종류의 의복 가운데 하나로, 새털로 짜서 만든 옷을 말한다.

457 이처도(伊處道) : 이차돈(異次頓)의 다른 이름이 아닌가 한다. 대본의 원주에 "목숨을 바쳐 불법을 일으킨 열사이다.〔殉命興法之烈士也〕"라고 하였다.

처럼 되었으니, 신중히 뒷날을 위해 도모하는 일에 힘써야 하겠다. 지금 꿈속에서 이상한 징조를 보았고 눈으로 기이한 현상을 접하였다. 지금 산과 바다를 비익(裨益)할 것을 바란다면, 어찌 한 줌의 흙이나 한 방울의 물이라도 보태는 것을 부끄러워하겠는가. 결단코 임금의 은혜에 보답하는 것은 아마도 불사(佛事)를 융성하게 하는 일이 될 수도 있을 것이다. 바라는 바는 어두운 곳이 생기지 않게 하고 길 잃은 중생들을 널리 깨우치는 것이다. 이를 위해서는 오직 법등(法燈)을 높이 매달아 병화(兵火)를 속히 해소해야 하겠다.'

그러고는 승경(勝景)에 터를 잡고 멋진 누대를 높이 세운 뒤에 은 등잔의 불을 밝혀 철옹성을 진압함으로써, 촉룡(燭龍)[458]이 입을 열어 영원히 어둠을 쫓아내고 수상(燧象)[459]으로 하여금 몸을 태우는 일이 없게끔 하였다. 그해 초겨울에 등루를 세우고 나서 11월 4일에 이르러 공산(公山) 동사(桐寺)의 홍순 대덕(弘順大德)을 초청하여 좌주(座主)로 삼고 재(齋)를 베풀어 경찬(慶讚)하였다. 이때 태연 대덕(泰然大德)과 영달 선대덕(靈達禪大德)과 경적 선대덕(景寂禪大德)과 지념 대덕(持念大德)과 연선 대덕(緣善大德)과 흥륜사(興輪寺)의 융선 주사(融善呪師)와 같은 고승들이 모두 참여하여 법회를 장엄하게 하였다.

묘하도다, 이 공덕이여. 팔각등(八角燈)에서 발하는 아홉 가지 광채와 밤새도록 사방을 밝히는 불빛이 어두운 곳이면 어디든 비추지 않는 곳이 없이 감응을 하면 반드시 통하게 하였으니, 아나율(阿那律)이 등불 심지를 바로잡은[正炷] 인연[460]과 유마힐(維摩詰)이 등불을 전한[傳燈]

458 촉룡(燭龍):촛불을 입에 물고 비춰 주는 용이라는 뜻이다. 293쪽 주414 참조.
459 수상(燧象):꼬리에 불을 붙여 적진에 뛰어 들게 하는 코끼리라는 뜻으로, 전쟁을 상징한다. 춘추 시대 오(吳)나라와 초(楚)나라가 교전할 때에 초왕(楚王)이 이 전법을 사용한 고사가 있다.《春秋左氏傳 定公4年》

설법[461]이 완연히 두 가지의 아름다움을 이루어 뛰어난 의표(儀表)를 널리 보인 것은 알찬을 두고 한 말이요, 정광여래(錠光如來)와 도리천녀(忉利天女)가 전공(前功)을 버리지 않아 후세에 뛰어날 수 있었던 것은 훌륭한 그의 부인을 두고 한 말이라고 할 것이다.

내가 멀리서 졸문을 써 달라는 요청을 받았는데, 그 취지는 큰 서원을 서술해 주었으면 하는 것이었다. 그래서 마침내 감히 그 일을 곧바로 기록하여 후세 사람들을 경계하게 되었다. 집안일을 잊고서 도에 헌신한 그 공은 길이 전해질 것이요, 호국(護國)이라고 이름 붙인 성(城)의 명칭 역시 기만하는 일이 없을 것이다. 그 덕이 이미 자랑할 만한 것인 만큼, 나의 글도 부끄러울 것이 없다고 하겠다.

460 아나율(阿那律)이……인연 : 아나율은 범어(梵語) Aniruddha의 음역으로, 불타의 종제(從弟)이면서 10대 제자 중의 한 사람이다. 불타의 설법 중에 잠을 잤다는 책망을 받은 뒤로 서원을 세우고 잠을 자지 않다가 눈병에 걸려 실명하였으나 수행에 더욱 정진한 결과 천안제일(天眼第一)이 되어 천상과 지하의 육도(六道) 중생을 모두 볼 수 있게 되었다고 한다. 그가 전생에 도둑이 되어 절에 훔치러 들어갔다가 꺼지려 하는 등불의 심지를 화살로 바로잡아 돋운[以箭正燈炷] 인연으로 불제자(佛弟子)가 되었다는 일화가 전한다.

461 유마힐(維摩詰)이……설법 : 인도(印度) 비야리성(毗耶離城)의 유마힐이 속인인 거사(居士)의 신분으로 당당하게 불조(佛祖)의 뒤를 이었다는 말이다. 유마힐이 중생의 병이 다 낫기 전에는 자신의 병도 나을 수 없다면서 드러눕자, 석가모니가 문수보살(文殊菩薩) 등을 보내 문병하게 하였는데, 문수가 불이법문(不二法門)에 대해서 물었을 때 유마힐이 묵묵히 아무런 대답도 하지 않자, 문수가 탄식하며 "이것이 바로 불이법문으로 들어간 것이다.[是眞入不二法門也]"라고 했다는 이야기가 전한다. 《維摩經 文殊師利問疾品》

고운집

제2권

비 碑

비[1]
碑

무염 화상 비명[2] 병서. 하교를 받들어 짓다. 이하 동일하다.
無染和尙碑銘 並序 奉敎撰 下同

제당(帝唐)이 무공으로 난리를 평정하고 문덕(文德)으로 개원(改元)한 해의 창월(暢月),[3] 달이 이지러지기 시작한 지 7일째 되는 날, 해가 함지(咸池)에 몸을 담그는 석양에, 해동(海東) 양조(兩朝)의 국사(國師) 선화상(禪和尙)이 목욕을 마치고 가부좌를 한 채 시적(示寂)하였다. 국중(國中)의 사람들이 좌우의 눈을 잃은 것처럼 슬퍼하였으니, 하물며 문하의 제자들이야 더 말할 나위가 있었겠는가.

아, 동방의 땅에 몸을 나툰 것이 89년이요, 서방의 불교 계율을 행한

---

1 비(碑) : 지금부터 시작되는 이른바 고운의 《사산비명(四山碑銘)》은 지금까지 사용한 대본에 오자와 탈자 등 문제가 적지 않은 점을 감안하여, 1995년에 이우성 교역으로 아세아문화사에서 간행한 《신라사산비명》의 2부 주석(註釋)에 수록된 대본을 채택하여 번역하였다. 다만 글의 순서는 《고운집》 차례를 그대로 따랐다.

2 무염 화상 비명 : 《신라사산비명》에는 〈성주산성주사낭혜화상백월보광탑비(聖住山聖住寺朗慧和尙白月葆光塔碑)〉로 되어 있다.

3 제당(帝唐)이……창월(暢月) : 당 소종(唐昭宗) 즉위년(888) 11월을 뜻한다. 문덕(文德)은 희종(僖宗)의 연호이지만, 희종은 그해 2월에 장안(長安)으로 돌아와서 다음 달에 죽고, 그 뒤를 이어 소종이 즉위하였다. 창월(暢月)은 11월의 별칭이다. 《예기》 〈월령(月令)〉에 "중동지월(仲冬之月)을 창월이라고 한다."라고 하였다.

것이 65년이다. 세상을 떠난 지 사흘이 지났는데도 승좌(繩座)에 기댄 그 모습은 엄연(儼然)히 살아 있는 듯하였다. 문인 순예(詢乂) 등이 호곡(號哭)하며 유체를 받들어 선실(禪室) 안에 임시로 모셨다. 상이 듣고 매우 슬퍼하여 역마(驛馬)로 글을 보내 조문하고 곡식을 부의하였으니, 이는 정결한 공양을 돕고 명복을 빌기 위해서였다. 2년이 지난 뒤에 돌을 다듬어 사리탑(舍利塔)을 쌓고 봉안하였는데, 그 소문이 서울에까지 파다하게 전해졌다.

보살계 제자(菩薩戒弟子)⁴인 무주 도독(武州都督) 소판(蘇判)⁵ 김일(金鎰), 집사 시랑(執事侍郞) 김관유(金寬柔), 패강 도호(浿江都護) 김함웅(金咸雄), 전주 별가(全州別駕) 김영웅(金英雄)은 모두 왕족 출신이다. 그들은 국가의 간성(干城)으로 임금의 덕을 보좌하면서 험난한 세상길에서 스승의 은혜에 힘입었다. 어찌 꼭 출가를 해야만 스승의 인가를 받을 수 있겠는가. 그들이 마침내 화상의 문인인 소현 대덕(昭玄大德) 석통현(釋通玄)과 사천왕사(四天王寺) 상좌(上座) 석신부(釋愼符)와 의논하기를,

"스승이 돌아가시자 임금님도 비통하게 여겼다. 그런데 어떻게 우리들이 차마 마음을 불 꺼진 재처럼 만들고 혀를 묶어 놓은 채 재삼(在三)의 의리⁶를 지키는 일을 소홀히 해서야 되겠는가."

---

4 보살계 제자(菩薩戒弟子) : 보살계는 대승 보살(大乘菩薩)이 수지하는 계율로, 소승 성문(小乘聲聞)의 계율과 상대되는 말이다. 《범망경(梵網經)》의 계본(戒本)과 《유가사지론(瑜伽師地論)》의 계본이 있는데, 보통 전자의 십중금계(十重禁戒)와 사십팔경계(四十八輕戒)를 가리킨다. 남조(南朝)의 양 무제(梁武帝)와 진 무제(陳武帝), 수(隋)나라 문제(文帝)와 양제(煬帝) 등이 모두 보살계를 받아 보살계 제자라고 일컬어질 정도로 보살계를 받는 풍조가 한때 성행하였다.

5 소판(蘇判) : 신라 17등 관계(官階) 중의 셋째 등급으로, 소판니(蘇判尼)라고도 하고, 잡찬(迊湌) 혹은 잡판(迊判)이라고도 한다.

6 재삼(在三)의 의리 : 부(父)·사(師)·군(君)의 은혜에 보답하는 의리라는 뜻이다. 《국어(國語)》〈진어(晉語) 1〉의 "사람은 세 분 덕분에 살아가는 것이니, 섬기기를 똑같이 해야 한

하고는, 재가 제자와 출가 제자들이 서로 호응하여 시호와 탑명(塔銘)을 허락해 줄 것을 위에 청하였다. 이에 상이 하교하여 인가하고, 곧바로 왕손인 하관(夏官 병부(兵部))의 이경(二卿 시랑(侍郎)) 우계(禹珪)에게 명하여, 계원(桂苑)의 행인(行人)인 시어사(侍御史) 최치원(崔致遠)을 불러서 봉래궁(蓬萊宮)에 오게 하였다. 최치원이 이 소명(召命)에 따라 기수(琪樹)와 나란히 요지(瑤墀)를 오른 뒤에 주박(珠箔) 밖에서 무릎을 꿇고 명을 기다리니, 상이 이르기를,

　"고(故) 성주 대사(聖住大師)는 참으로 한 분의 부처님이 이 세상에 출현하신 것이다.[7] 그래서 옛날 문고(文考)와 강왕(康王)[8] 모두 그분을 스승으로 모시면서 국가를 복되게 한 세월이 오래되었다. 나도 처음에 왕위를 계승하고 나서 선왕(先王)의 뜻을 이어받으려고 하였으나, 하늘이 아껴서 남겨 두지 않았으므로[憖遺][9] 내가 더욱 마음속으로 슬퍼하는 바이다. 나는 큰 행적을 남긴 사람에게는 큰 이름을 주어야 한

───────────

다. 어버이는 낳아 주셨고, 스승은 가르쳐 주셨고, 임금은 먹여 주셨기 때문이다.〔民生於三事之如一 父生之 師教之 君食之〕"라는 말에서 유래한 것이다.

7　한 분의……것이다 : 부처가 일대사인연(一大事因緣)으로 세상에 출현하여 개(開)·시(示)·오(悟)·입(入)의 사불지견(四佛知見)을 설법했다는 내용이 《법화경(法華經)》〈방편품(方便品)〉에 나온다.

8　문고(文考)와 강왕(康王) : 문고는 선친이라는 뜻으로, 진성여왕(眞聖女王)의 부친인 경문왕(景文王)을 가리키고, 강왕은 경문왕의 태자요 진성여왕의 오빠인 헌강왕(憲康王)을 가리킨다. 문고는 《서경》〈강고(康誥)〉의 "지금 백성들을 다스리려면 선친인 문왕(文王)의 언행을 공경히 따라야 한다.〔今民將在祗遹乃文考〕"라는 말에서 유래한 것이다.

9　하늘이……않았으므로 : 하늘이 국가를 위해서 원로를 이 세상에 남겨 두지 않고 일찍 데려갔다는 말이다. 《시경》〈시월지교(十月之交)〉의 "원로 한 분을 아껴 남겨 두어서 우리 임금을 지키게 하지 않는구나.〔不憖遺一老 俾守我王〕"라는 말에서 유래한 것이다. 또 공자(孔子)가 죽었을 때에 노(魯)나라 애공(哀公)이 내린 조사(弔辭)에도 "하늘이 나를 불쌍히 여기지 않는구나. 나라의 원로를 조금 더 세상에 있게 하여 나 한 사람을 도와 임금 자리에 있게 하지 않는구나.〔旻天不弔 不憖遺一老 俾屛余一人以在位〕"라고 탄식한 구절이 있다. 《春秋左氏傳 哀公16年》

다고 생각한다. 그래서 그에게 대낭혜(大朗慧)라는 시호를 추증하고, 백월보광(白月葆光)이라는 탑명(塔名)을 내리려 한다. 그대는 일찍이 중국에 가서 벼슬길에 올라 실을 물들이고[絲染][10] 금의환향하였다. 돌아보건대 문고는 그대를 국자감(國子監)의 학생으로 선발하여 학문을 닦게 하였고, 강왕은 그대를 국사(國士)[11]로 간주하여 예우하였다. 그러니 그대 역시 국사(國師)의 명(銘)을 지어서 보답하는 것이 당연하다고 할 것이다."

하였다. 이에 치원이 사양하며 아뢰기를,

"황공합니다. 전하께서 벼 곡식에 쭉정이가 많이 섞여 있음을 용서하시고,[12] 계수(桂樹)에 향기가 많이 남아 있는 줄로 생각하시어,[13] 글을

---

10 실을 물들이고 : 흰 실이 다양하게 물이 드는 것처럼 본래는 똑같은 사람이지만 각자 속한 환경의 영향을 받아 변하게 되는 것을 말하는데, 여기서는 고운이 당나라에 들어가서 입신출세하게 된 것을 가리킨다. 묵자(墨子)가 염색할 실을 보고서 "푸른 물에 염색하면 푸르게 되고 누런 물에 염색하면 누렇게 되니, 어디에 들어가느냐에 따라 그 색이 함께 변하는구나.[染於蒼則蒼 染於黃則黃 所入者變 其色亦變]"라고 탄식했다는 고사가 있다. 《墨子 所染》

11 국사(國士) : 나라에서 최고로 꼽히는 가장 우수한 재능의 소유자라는 말이다. 전국 시대 진(晉)나라의 자객 예양(豫讓)이 지백(智伯)의 원수를 갚으려다 실패하여 조양자(趙襄子)에게 죽음을 당할 적에, "내가 예전에 섬겼던 범씨(范氏)와 중항씨(中行氏)는 나를 중인(衆人)으로 취급했기 때문에 나도 그들을 중인으로 대접하는 것이고, 지백은 나를 국사로 예우했기 때문에 나도 그에게 국사로서 보답하려는 것이다."라고 말한 고사가 있다. 《史記 卷86 刺客列傳 豫讓》

12 벼……용서하시고 : 고운이 명성에 걸맞지 않게 사실은 실력이 별로 없는데도 관대히 용납해 주었다는 뜻의 겸사이다. 《서경》〈중훼지고(仲虺之誥)〉의 "벼 싹에 가라지가 섞여 있는 것과 같았고, 벼 곡식에 쭉정이가 섞여 있는 것과 같았다.[若苗之有莠 若粟之有秕]"라는 말을 전용한 것이다.

13 계수(桂樹)에……생각하시어 : 고운이 옛날 당나라 과거에 급제했던 실력이 아직도 많이 남아 있으리라고 생각했을지도 모르겠다는 뜻의 겸사이다. 계수는 과거 급제와 관련된 비유로 많이 쓰이는데, 진 무제(晉武帝) 때 현량 대책(賢良對策)에서 장원(壯元)을 한 극선(郤詵)이 소감을 묻는 무제의 질문에 "계수나무 숲의 가지 하나요, 곤륜산의 옥

지어서 은덕에 보답하도록 하셨으니, 이는 참으로 하늘이 내린 행운
으로서 감사해야 할 일입니다. 다만 대사(大師)는 유위(有爲)의 요박
(澆薄)한 세상에서 무위(無爲)의 신비한 종지를 펼친 분인데, 소신이
보잘것없는 유한한 재주를 가지고 무한히 큰 행적을 기록한다는 것은
연약한 수레 위에 무거운 짐을 싣는 것과 같고, 짧은 두레박줄로 깊은
우물의 물을 긷는 것[短綆汲深][14]과 같습니다. 혹 돌이 이상한 말을 하
는 일[15]이 있거나, 거북이가 잘 돌아보는 일[16]이 없다면, 결코 산을 빛
내고 내를 아름답게 하지는[山輝川媚][17] 못한 채, 도리어 나무숲이 부
끄러움을 느끼고 시냇물이 수치로 여기게만[林慙澗愧][18] 할 것이니, 붓

돌 한 조각이다.[桂林之一枝 崑山之片玉]"라고 답변한 고사에서 유래한 것이다.《晉書 卷
52 郤詵列傳》

14 짧은……것 : 재능이나 식견이 부족해서 일을 감당할 능력이 없는 것을 말한다.《장자》
    〈지락(至樂)〉의 "주머니가 작으면 큰 물건을 담을 수가 없고, 두레박줄이 짧으면 깊은
    우물의 물을 길을 수가 없다.[褚小者不可以懷大 綆短者不可以汲深]"라는 말을 인용한 것
    이다.

15 돌이……일 : 진나라 위유 지방에서 돌이 말을 했다[石言于晉魏楡]는 소문과 관련하여,
    사기궁(虒祁宮)을 화려하게 짓느라고 기력이 고갈되어 백성들이 원망하는 소리를 대변
    한 것이라고, 사광(師曠)이 임금에게 해설한 내용이《춘추좌씨전》소공(昭公) 8년에 나
    온다.

16 거북이가……일 : 진(晉)나라 공유(孔愉)가 거북이를 돈 주고 사서 방생(放生)을 하자,
    그 거북이가 고맙다는 뜻으로 물속에서 몇 차례나 왼쪽을 돌아보고 사라졌는데[龜中
    流左顧者數四], 공유가 나중에 여부정후(餘不亭侯)에 봉해져서 인장(印章)을 주조할 적
    에 그 인장의 거북이가 세 번이나 왼쪽을 돌아보았다는 일화가 전한다.《晉書 卷78 孔愉
    列傳》

17 산을……하지는 : 진(晉)나라 육기(陸機)가 지은〈문부(文賦)〉의 "돌이 옥을 감추고 있
    으면 그 때문에 산이 빛나고, 물이 진주를 품고 있으면 내가 그 때문에 아름답게 된
    다.[石韞玉而山輝 水懷珠而川媚]"라는 말을 발췌한 것이다.《文選 卷17》

18 나무숲이……여기게만 : 남조 제(齊)의 공치규(孔稚珪)가 지은〈북산이문(北山移文)〉
    의 "나무숲은 끝없이 부끄러워하고, 시냇물은 한없이 수치스러워한다.[林慙無盡 澗愧不
    歇]"라는 말을 발췌한 것이다.

잡는 일을 사양할까 합니다."

하니, 상이 이르기를,

　　"사양하기를 좋아하는 것은 대개 우리나라의 풍속으로서 좋기는 좋
　　은 일이다마는 참으로 이런 일을 하지 못한다면 중국의 과거에 급제
　　한 것이 무슨 소용이 있다고 하겠는가. 그대는 힘쓸지어다."

하였다. 그러고는 거연(遽然)히 서까래만 한 크기의 글 1편(編)을 내어
중연(中涓 시종관(侍從官))으로 하여금 전하게 하였는데, 그것은 바로 문인
(門人) 제자가 바친 대사의 행장이었다.

　　그런데 다시 생각해 보건대, 중국에 들어가서 공부한 것은 피차 똑같
다고 할 것인데, 스승으로 예우를 받는 자는 어떤 사람이고 그를 위해
부림을 받는 자는 어떤 사람인가. 어쩌면 마음으로 공부한 사람은 높아
지는 것이고 입으로 공부한 사람은 수고로운 것인가. 그래서 옛날의 군
자가 공부하는 것을 신중히 했는지도 모를 일이다. 그런데 한편 생각해
보건대, 마음으로 공부한 사람은 덕을 세우고〔立德〕 입으로 공부한 사
람은 말을 세우는〔立言〕 법인데,[19] 저 덕이란 것도 혹 말을 의지해야만 일
컬어질 수가 있고, 이 말이란 것도 혹 덕을 의지해야만 썩지 않게 된다고
할 수 있다. 덕이 일컬어질 수 있게 되면 그 마음으로 공부한 것이 멀리
후세에까지 전해질 수 있고, 말이 썩지 않게 되면 그 입으로 공부한 것
역시 옛사람에게 부끄러울 것이 없게 될 것이다. 그러고 보면 이 일은 해
야 할 일을 해야 할 때에 하는 것〔爲可爲於可爲之時〕[20]이니, 또 어떻게 감

19　마음으로……법인데：《춘추좌씨전》 양공(襄公) 24년에 "덕행을 세우는 것이 최상이요,
　　공업을 이루는 것이 그다음이요, 훌륭한 말을 남기는 것이 그다음인데, 이 세 가지는
　　세월이 아무리 흘러도 없어지지 않으니, 이를 일러 썩지 않는 것이라고 한다.〔太上有立
　　德 其次有立功 其次有立言 雖久不廢 此之謂不朽〕"라는 노(魯)나라 숙손표(叔孫豹)의 말이
　　나온다.

히 전각(篆刻)[21]을 굳이 사양만 할 수 있겠는가.

서까래만 한 행장을 처음 펼쳐 보건대, 대사가 중국에 갔다가 동방에 돌아온 해, 구족계(具足戒)를 받고 선(禪)의 깨달음을 얻게 된 인연, 공경(公卿) 및 수재(守宰)들이 귀의하여 우러러본 사실, 상전(像殿)과 영당(影堂)을 개창(開創)한 일 등이 고(故) 한림랑(翰林郎) 김입지(金立之)가 지은 성주사(聖住寺) 비문에 상세히 서술되어 있고, 부처를 위하고 후손을 위한 덕화와 임금을 위하고 스승을 위한 성가(聲價)와 세속을 진압하고 마군(魔軍)을 항복받은 위력과 붕(鵬)처럼 드러내고 학(鶴)처럼 돌아온 행적[22] 등이 증(贈) 태부(太傅) 헌강대왕(獻康大王)이 친히 지은 심묘사(深妙寺) 비문에 갖추 기록되어 있는 것을 알 수 있었다. 따라서 부유(腐儒)인 내가 지금 글을 짓는다면 그저 대사가 반열반(般涅槃)[23]의 경지에 든 일과 우리 임금이 솔도파(窣覩波)[24]의 명호를 높인 일이나 드러내는 것이 온당하리라고 여겨졌다.

나의 입과 나의 손이 합작하여 장차 내가 좋아하는 것을 좋아해 보려

20　이……것 : 한(漢)나라 양웅(揚雄)의 〈해조(解嘲)〉에 "해야 할 일을 해야 할 때에 한다면 좋겠지만, 해서는 안 될 일을 해서는 안 될 때에 한다면 좋지 않을 것이다.〔爲可爲於可爲之時則從 爲不可爲於不可爲之時則凶〕"라는 말이 나온다.《文選 卷45》

21　전각(篆刻) : 조충전각(雕蟲篆刻)의 준말로, 벌레 모양이나 전서(篆書)를 조각하듯이 미사여구로 문장을 꾸미거나 하는 작은 기예라는 뜻의 겸사이다.

22　붕(鵬)처럼……행적 : 중국에 갔다가 신라에 돌아온 행적이라는 말이다. 대붕(大鵬)이 9만 리 창공 위로 올라가 남명(南冥)에서 북명(北冥)으로 날아간 이야기가《장자》〈소요유(逍遙遊)〉에 나온다. 또 요동(遼東) 사람 정영위(丁令威)가 신선술을 닦은 뒤 천년 만에 한 마리 학이 되어 고향을 찾은 이야기가《수신후기(搜神後記)》권1에 나온다.

23　반열반(般涅槃) : 고승의 죽음을 가리킨다. 범어 parinirvāṇa의 음역으로, 반열반나(般涅槃那) 혹은 줄여서 열반(涅槃)이라고 한다. 반(般), 즉 pari는 완전(完全)하다는 뜻으로, 완전 해탈의 경지에 드는 것을 의미하는데, 멸도(滅度), 원적(圓寂) 등으로 의역된다.

24　솔도파(窣覩波) : 탑(塔)을 말한다. 범어(梵語) stūpa의 음역으로, 솔도파(率都婆), 솔도파(窣堵波), 수두파(藪斗婆)라고도 하며, 줄여서 탑파(塔婆) 혹은 탑이라고 한다.

고[自適其適] 하는 차에²⁵ 대사의 상족(上足)인 필추(苾蒭)²⁶가 와서 제구
(虀臼)²⁷를 재촉하기에 내가 이러한 뜻을 언급하였더니, 그가 말하기를,
　"김입지의 비가 오래전에 세워지긴 하였으나 수십 년 동안 남긴 스승
의 미행(美行)이 그래도 빠져 있고, 태부 왕이 신필(神筆)로 기록한 것
은 대개 특별한 지우(知遇)만을 드러내 보여 주고 있을 뿐이다. 그대는
입으로 옛 성현의 글을 저작(詛嚼)하였고 면전에서 금상(今上)의 명령
을 받들었으며 귀로 국사(國師)의 행적을 실컷 들었고 눈으로 문생(門
生)의 행장(行狀)을 취하도록 보았다. 그러니 광범위하게 기술하고 자
세히 말하여[廣記而備言之] 기필코 가외(可畏)에게 물려줌으로써 처
음을 탐색하고 종말을 궁구하게[原始要終] 해야 마땅할 것이다.²⁸ 혹시

25　장차……차에 : 남이야 뭐라고 하든 간에 자신의 취향에 맞게 글을 작성해 보려고 했다
　　는 말이다. 《장자》〈변무(騈拇)〉에 "남이 좋아하는 것만 덩달아 좋아하고, 정작 자기가
　　좋아하는 것은 좋아하지 못하는 자〔適人之適而不自適其適者〕"가 되지 말라는 말이 나
　　온다.

26　필추(苾蒭) : 비구(比丘) 즉 구족계(具足戒)를 받은 남자 승려를 말한다. 범어(梵語)
　　bhikṣu의 음역으로, 필추(苾蒭), 비추(備蒭)라고도 하며, 걸사(乞士)로 의역된다.

27　제구(虀臼) : 사(辭), 즉 글을 가리킨다. 후한(後漢) 한단순(邯鄲淳)이 효녀 조아(曹娥)를
　　위해서 지은 이른바 〈조아비(曹娥碑)〉 뒷면에 후한(後漢)의 채옹(蔡邕)이 절묘 호사(絶
　　妙好辭)라는 뜻으로 '황견유부외손제구(黃絹幼婦外孫虀臼)'라는 여덟 글자의 은어(隱
　　語)를 써넣었는데, 후한 말에 조조(曹操)가 양수(楊修)와 함께 길을 가다가 이 글을 보
　　았을 때 양수는 곧바로 알아챘으나 조조는 그 의미를 생각하면서 30리를 더 가서야 깨
　　닫고는, 알고 모르는 것이 30리나 차이가 난다〔有智無智較三十里〕고 탄식했던 고사가
　　전한다. 참고로 황견은 오색 실〔色絲〕이니 절(絶)이 되고, 유부는 소녀(少女)이니 묘(妙)
　　가 되고, 외손은 딸의 자식〔女子〕이니 호(好)가 되고, 제는 매운〔辛〕 부추이고 구(臼)는
　　받는 것〔受〕이니 사(辭)의 약자가 된다. 《世說新語 捷悟》

28　광범위하게……것이다 : 진(晉)나라 두예(杜預)가 《춘추좌씨전》의 〈서문〉에서 저자인
　　좌구명(左丘明)의 글에 대해서 "일마다 반드시 광범위하게 기술하고 자세히 말하였다.
　　그 글은 유창하고 그 뜻은 심원하다. 그래서 공부하는 사람으로 하여금 사건의 처음을
　　탐색하고 종말을 궁구하게 하며, 사건과 관련된 미세한 일을 찾고 궁극적인 것을 구명
　　하게 해 준다.〔必廣記而備言之 其文緩 其旨遠 將令學者原始要終 尋其枝葉 究其所窮〕"라고

라도 서소(西笑)하는 이[29]가 소매 속에 넣었다가 서쪽 중국인의 비웃음을 면할 수 있게만 된다면 그런 다행이 없겠다. 내가 감히 더 이상 무엇을 바라겠는가. 그대는 귀찮다고 꺼리지 말라."

하였다.

이에 내가 광노(狂奴)의 고태(故態)[30]가 남아서 심드렁하게 응하며 말하기를,

"나는 새끼를 꼬듯 짧게 줄이려고 하는데, 스님은 채소를 사듯〔買菜〕많이 늘리려고 하는가."

하였다. 그러고는 마침내 원심(猿心)[31]을 붙잡아 매고서 억지로 모필(毛筆)을 움직이려다가《한서(漢書)》〈유후전(留侯傳)〉의 말미에 나오는 말을

극찬한 내용이 나온다. 가외(可畏)는 후생(後生)을 가리킨다. 《논어》〈자한(子罕)〉의 "후생을 두렵게 여겨야 할 것이다. 앞으로 후생들이 지금의 나보다 못하리라고 어떻게 장담할 수 있겠는가.〔後生可畏 焉知來者之不如今也〕"라는 말에서 나온 것이다.

29 서소(西笑)하는 이 : 원래는 서쪽의 장안(長安)을 향해 웃음 짓는 사람이라는 뜻으로 관동(關東) 즉 중원(中原)의 사람을 가리키는데, 여기서는 서쪽 즉 중국을 사모하여 건너가는 사람이라는 뜻으로 쓰였다. 후한(後漢) 환담(桓譚)의 《신론(新論)》〈거폐(祛蔽)〉에 "사람들이 장안의 음악을 들으면 문을 나서면서 서쪽을 향해 웃음 짓고, 고기 맛이 좋은 것을 알면 푸줏간을 대하고서 입맛을 크게 다신다.〔人聞長安樂 則出門西向而笑 知肉味美 則對屠門而大嚼〕"라는 관동의 속담을 소개하는 말이 나온다.

30 광노(狂奴)의 고태(故態) : 후한(後漢)의 고사(高士) 엄광(嚴光)에게 사도(司徒) 후패(侯覇)가 후자도(侯子道)를 보내 초청하였는데, 엄광이 후패를 매도하면서 입으로 간단히 대답하자 후자도가 보고할 말이 별로 없는 것을 혐의하여 몇 마디만 더 해 달라고 요청하니, 엄광이 "채소를 사면서 더 달라고 떼쓰는 격이다.〔買菜乎 求益也〕"라고 핀잔을 주었다. 후패가 이 사연을 적어서 광무제(光武帝)에게 보고하니, 광무제가 웃으면서 "미친 작자의 옛날 하던 버릇 그대로이다.〔狂奴故態也〕"라고 했다는 고사가 진(晉)나라 황보밀(皇甫謐)의 《고사전(高士傳)》에 나온다. 엄광은 광무제의 어릴 때 친구이다.

31 원심(猿心) : 원숭이처럼 날뛰는 마음이라는 뜻의 불교 용어로, 안정을 찾지 못한 채 조급하게 동요하는 마음을 가리킨다. 《대일경(大日經)》〈주심품(住心品)〉에서 설명하는 60종(種)의 심상(心相) 중에 원후심(猿猴心)이 나온다. 그리고 심신이 산란하여 제어하기 어려울 때, 심원의마(心猿意馬)라는 비유를 쓰기도 한다.

기억하였다. 그것은 즉 장량(張良)이 상과 조용히 천하의 일에 대해서 말한 것이 매우 많지만 천하의 존망과 관련된 것이 아니면 기록하지 않았다는 그 말이었다. 그렇다면 대사의 시순(時順)[32] 간의 사적(事蹟) 중에도 뚜렷이 드러난 것이 별처럼 많지만 후학을 일깨우는 일과 관련된 것이 아니면 역시 기록하지 않아도 될 것이니, 이는 내가 반사(班史)에서 일반(一斑)을 엿본 것임을 자인하는 바이다.[33] 이렇게 해서 다음과 같이 관견(管見)을 서술하게 되었다.

빛이 왕성하고 충실하여 온 누리를 환히 비춰 주는 질료로는 아침 해보다 균등한 것이 없고, 기운이 화창하고 융성하여 만물을 길러 주는 공효(功效)로는 봄바람보다 드넓은 것이 없다. 그런데 이 위대한 바람과 이 빛나는 태양은 모두 동방에서 나오는 것인데, 하늘이 이 두 가지 넉넉한 경사를 모으고 산악이 하나의 영성(靈性)을 내린 결과, 군자의 나라에 탄생하고 범왕(梵王)의 집안에 우뚝 서게 한 사람이 있으니, 우리 대사(大師)가 바로 그분이다.

대사의 법호(法號)는 무염(無染)이니 원각 조사(圓覺祖師)에게 10세손이 되고,[34] 속성(俗性)은 김씨(金氏)이니 무열대왕(武烈大王)이 8대조

---

32 시순(時順) : 태어나고 죽는 것으로, 사람의 일생을 말한다. 《장자》〈양생주(養生主)〉의 "마침 그때에 태어난 것은 선생이 올 때가 되었기 때문이요, 마침 이때에 세상을 떠난 것은 선생이 갈 때가 된 것이니 도리상 순응해야 할 일이다. 자기에게 닥친 시운을 편안히 여기고서 그 도리를 이해하여 순순히 받아들인다면, 슬픔과 기쁨 따위의 감정이 들어올 수 없을 것이다.〔適來 夫子時也 適去 夫子順也 安時而處順 哀樂不能入也〕"라는 말에서 나온 것이다.

33 내가……바이다 : 고운이 《한서(漢書)》의 기술 방식에서 한 수 배웠다는 말이다. 반사(班史)는 반고(班固)가 지은 사서(史書)인 《한서》를 가리키고, 일반(一斑)은 표범 무늬 중의 하나의 반점(斑點)이라는 말이다.

34 원각 조사(圓覺祖師)에게 10세손이 되고 : 원각은 중국 선종(禪宗) 초조(初祖)인 달마(達磨)에게 당 대종(唐代宗)이 내린 시호인데, 달마로부터 혜가(慧可), 승찬(僧璨), 도신(道

가 된다. 대부(大父) 주천(周川)은 골품(骨品)이 진골(眞骨)이고 지위는 한 찬(韓粲)이다. 고조와 증조는 모두 출장입상(出將入相)한 분들로서 집집 마다 그들을 알고 있는데, 부친 범청(範淸) 때에 일족의 신분이 진골에서 한 등급 내려와 득난(得難)[35]이 되었다. 범청은 만년에 조 문왕(趙文王) 의 옛일[36]을 추종하였다.

모친 화씨(華氏)가 꿈속에서 긴 팔의 천왕(天王)이 연꽃을 드리워 주 는 것을 보고는 임신하였으며, 거의 한 시절을 넘겼을 무렵에 다시 꿈속 에서 자칭 법장(法藏)[37]이라고 하는 서역(西域)의 도인이 십호(十護)를 주어 태교에 충당하게 하였다. 그러고는 1년을 넘겨서 대사를 낳았다.

대사는 아해(阿孩)[38] 때에 걷거나 앉을 때에는 반드시 합장하고 가부 좌하는 자세를 취하였으며, 심지어 아이들과 놀면서 벽에 그림을 그리거 나 모래를 쌓을 때에도 반드시 불상(佛像)을 그리고 불탑 모양을 만들곤

信), 홍인(弘忍)을 거쳐 6조(祖) 혜능(慧能)에 이르고 여기에서 다시 남악 회양(南嶽懷 讓), 마조도일(馬祖道一), 마곡 보철(麻谷寶徹)을 거쳐 무염에 이르는 것으로 보고 있다.

35 득난(得難) : 탑본(搨本)의 원주(原註)에 "나라에 5품이 있으니, 성이·진골·득난이 있 다. 득난은 얻기 어려운 귀한 성이라는 말인데, 〈문부〉에 '혹 쉽게 구해 어려운 것을 얻 는다.'라고 하였다. 이는 육두품을 지칭하는데, 숫자가 많은 것을 귀하게 여기는 것은 일 명에서 구명에 이르는 것과 같다. 그다음 5품에 사두품과 오두품이 있는데, 이것은 말 할 것도 없다.〔國有五品 曰聖而 曰眞骨 曰得難 言貴姓之難得 文賦云 或求易而得難 從言六 頭品 數多爲貴 猶一命至九 其四五品不足言〕"라고 하였다. 〈문부(文賦)〉는 진(晉)나라 육기 (陸機)의 작품이다. 주관(周官)에서는 일명(一命)의 관직이 가장 낮고, 구명(九命)이 가 장 높다.

36 조 문왕(趙文王)의 옛일 : 검술을 좋아했던 일을 말한다. 《장자》〈설검(說劍)〉에 "옛날 조 문왕이 검술을 좋아하였으므로 문하에 모여 식객 노릇을 하는 검사가 3천 명이 넘었 다.〔昔趙文王喜劍 劍士夾門而客三千餘人〕"라는 말이 나온다.

37 법장(法藏) : 아미타불(阿彌陀佛)이 성불하기 전에 인지(因地)에서 비구(比丘)로 수행할 때의 이름이다.

38 아해(阿孩) : 탑본의 원주(原註)에 "방언에 아라고 하니 중국말과 다를 것이 없다.〔方言 謂兒 與華無異〕"라고 하였다.

하였는데, 그러면서도 차마 하루도 부모 슬하를 떠나지 못하였다. 9세에 비로소 학당에서 글공부를 시작하였는데, 눈으로 본 것은 입으로 반드시 외웠으므로 사람들이 해동(海東)의 신동이라고 칭찬하였다.

세성(歲星)이 끝까지 한 번 도는 때[一星終]³⁹를 넘기면서 대사가 구류(九流)⁴⁰를 좁게 여기고는, 입도(入道)할 생각으로 먼저 모친에게 아뢰었더니 모친은 예전의 꿈을 생각하고 울면서 "의(誃)"⁴¹라고 하였고, 그다음에 부친을 뵈었더니 부친은 늦게야 깨달은 것을 후회하면서 흔쾌히 좋다고 승낙하였다.

마침내 설산(雪山)의 오색석사(五色石寺)로 출가하여 승려가 되었는데, 입은 불경의 약 맛을 보는 데에 정통하였고, 힘은 터진 하늘을 기울[補天] 만큼 왕성하였다.⁴² 법성 선사(法性禪師)는 일찍이 중국에서 선종(禪宗)인 능가종(楞伽宗)의 문을 두드린 적이 있었는데, 대사가 몇 년 동안 스승으로 모시면서 하나도 빠뜨리는 것이 없이 모두 탐색하였다. 이에 법성이 탄식하면서 "빠른 발로 치달려서 뒤에 떠나 먼저 도착하였다[迅足駸駸 後發前至]⁴³는 말을 내가 그대에게서 확인하였으니, 나는 흡족

---

39 세성(歲星)이……때 : 12세를 말한다. 《춘추좌씨전》 양공(襄公) 9년의 "나이가 12세라면 이것을 일종이라고 이르니, 세성 즉 목성(木星)이 끝까지 한 번 천체(天體)를 돈다는 것이다.[十二年矣 是謂一終 一星終也]"라는 말에서 나온 것이다.

40 구류(九流) : 선진(先秦) 시대의 9개 학술의 유파로, 유가(儒家), 도가(道家), 음양가(陰陽家), 법가(法家), 명가(名家), 묵가(墨家), 종횡가(縱橫家), 잡가(雜家), 농가(農家)의 학파를 말한다.

41 의(誃) : 탑본의 원주에 "방언으로 허락하는 말이다.[方言許諾]"라고 하였다.

42 힘은…… 왕성하였다 : 말세의 쇠한 운세를 만회하려고 노력했다는 뜻이다. 공공씨(共工氏)가 전욱(顓頊)과 싸우다가 성이 나서 부주산(不周山)을 머리로 치받자 하늘 기둥이 부러지면서 하늘은 서북쪽으로 기울고 땅은 동남쪽으로 꺼졌다. 이에 여와씨(女媧氏)가 자라의 다리를 잘라서 땅의 사방 기둥을 받쳐 세우고, 오색(五色)의 돌을 구워서 터진 하늘을 메웠다[補天]는 전설이 있다. 《淮南子 覽冥訓》 《列子 湯問》

하기만 하다. 나는 이제 그대에게 팔 남은 용기[餘勇可賈]가 없으니,[44] 그대와 같은 사람은 중국으로 가는 것이 좋겠다."라고 말을 하니, 대사가 "알겠습니다."라고 대답하였다.

밤중의 노끈[夜繩]은 착각하기 쉽고,[45] 공중의 실은 분간하기 어렵다.[46] 물고기는 나무 위에 올라가서[緣木] 구할 수 있는 것이 아니요,[47] 토끼는 그루터기를 지키면서[守株] 기다릴 수 있는 것이 아니다.[48] 그러

---

43 빠른……도착하였다 : 나이는 비록 어려도 재능이 워낙 뛰어나서 어떤 어른도 따라갈 수가 없다는 뜻으로 극찬한 말이다. 서진(西晉) 장재(張載)가 촉군 태수(蜀郡太守)로 부임하는 부친 장수(張收)를 따라 촉으로 들어가서 〈검각명(劍閣銘)〉을 지었는데, 익주 자사(益州刺史) 장민(張敏)이 이를 보고는 기이하게 여겨 그 글을 위에 아뢰니, 세조(世祖)가 사신을 보내 그 글을 돌에 새기게 했던 고사가 있다. 이와 관련하여 양(梁)나라 유협(劉勰)이 지은 《문심조룡(文心雕龍)》 〈명잠(銘箴)〉에 "오직 장재의 〈검각명〉을 보건대, 그 재능이 탁월한 것을 알 수가 있다. 빠른 발로 치달려서 뒤에 떠나 먼저 도착하였으니, 민한 지역에 그 명이 새겨진 것도 온당한 일이었다고 하겠다.[惟張載劍閣 其才淸采 迅足駸駸 後發前至 勒銘岷漢 得其宜矣]"라는 내용이 실려 있다.

44 나는……없으니 : 이제는 더 이상 가르칠 것이 남아 있지 않다는 말이다. 춘추 시대에 제(齊)나라와 진(晉)나라가 교전(交戰)할 적에, 제나라 고고(高固)가 진나라 진영을 유린하며 기세를 떨치고 돌아온 뒤에 "용기가 필요하다면 나의 남은 용기를 팔아 주겠다.[欲勇者 賈余餘勇]"라고 소리쳤던 기록이 전한다. 《春秋左氏傳 成公2年》

45 밤중의……쉽고 : 유식(唯識) 계통의 불교 종파에서 말하는 삼성(三性) 중의 하나인 망집(妄執)의 변계소집성(遍計所執性)을 설명할 때 흔히 거론하는 사례의 하나로, 노끈을 뱀으로 오인하는 것처럼 실체가 없는 것을 있다고 인식하면서 집착하는 오류를 가리킨다.

46 공중의……어렵다 : 길쌈을 하여 실을 매우 가늘게 만들었는데도 '거칠다[麤]'고 항의하는 광인(狂人)에게 허공을 가리키면서 "이 실은 너무도 가는 실이라서 보이지 않는다."라고 하자, 광인이 크게 기뻐하였다는 이야기가 있다. 이는 대승(大乘)에서 주장하는 공(空) 사상을 허공의 실에 비유한 것으로, 《고승전(高僧傳)》 권2 〈구마라습전(鳩摩羅什傳)〉에 그의 스승 반두달다(盤頭達多)의 말로 나온다.

47 물고기는……아니요 : 《맹자》 〈양혜왕 상(梁惠王上)〉에 "당신의 그런 행동 방식으로 그런 욕망을 이루려고 하는 것은 나무 위에 올라가서 물고기를 구하는 것과 같다.[以若所爲 求若所欲 猶緣木而求魚也]"라는 말이 나온다.

48 토끼는……아니다 : 한 농부가 밭을 갈고 있을 적에 토끼 한 마리가 달아나다가 나무

므로 스승이 가르친 것과 자기가 깨달은 것에는 서로 일장일단이 있는 것이다. 참으로 구슬과 불을 얻게 되었다면 조개와 부싯돌은 버릴 수도 있는 것이다. 도에 뜻을 둔 자라면 어찌 스승이 정해져 있겠는가.

이윽고 그곳을 떠나 부석산(浮石山)의 석징 대덕(釋澄大德)에게 가서 표하건나(驃訶健拏 화엄(華嚴))를 물었는데, 하루에 30명의 몫을 감당할 정도[日敵三十夫]의 실력이라서 남천(藍茜)이 본색(本色)을 잃었다.[49] 이에 요배(坳杯)의 비유[50]를 떠올리면서 말하기를,

"동쪽으로 얼굴을 돌리고 바라보기만 하면 서쪽 담장을 보지 못하는 법이다. 저 언덕[彼岸]이 멀지 않은데, 어찌 꼭 이 땅만을 생각할 것인가."

하였다.

거연(遽然)히 산에서 나와 바닷가에 머물면서 서쪽으로 배 타고 건너갈 방도를 강구하였다. 마침 국사(國使)가 서절(瑞節)을 지니고 황궁에

그루터기에 부딪혀서 목이 부러져 죽자, 이때부터 일손을 놓고는 그 그루터기만 지켜보며 토끼가 다시 오기를 기다렸으나 토끼는 끝내 다시 오지 않았다는 수주대토(守株待兎)의 고사가 《한비자》〈오두(五蠹)〉에 나온다.

49 하루에……잃었다 : 재능이 워낙 출중해서 제자가 스승을 능가할 정도가 되었다는 말이다. 다른 사람이 한 달에 걸쳐 외울 분량을 각현(覺賢)이 하루에 모두 외워 버리자, 그의 스승인 구바리(鳩婆利)가 "하루에 30명의 몫을 감당했다.[一日敵三十夫也]"라고 찬탄한 이야기가 《고승전(高僧傳)》 권2 〈불타발타라전(佛陀跋陀羅傳)〉에 보인다. 남천(藍茜)이 본색(本色)을 잃었다는 말은, 쪽[藍]과 꼭두서니[茜]에서 나온 청색과 홍색이 쪽과 꼭두서니보다 더 진하다는 뜻으로, 제자가 스승보다 낫다는 비유로 쓴 말이다.

50 요배(坳杯)의 비유 : 요배는 움푹 패인 마루에 담긴 한 잔의 물이라는 뜻으로, 신라와 같은 좁은 땅에서는 포부를 펼 수 없으니, 더 넓은 중국으로 건너가야 한다는 뜻을 담고 있다. 《장자》〈소요유(逍遙遊)〉의 "물이 쌓인 것이 두텁지 않으면 큰 배를 띄우기에 역부족이다. 한 잔의 물을 움푹 패인 마루 위에 부어 놓으면, 지푸라기야 배처럼 뜨겠지만 잔을 놓으면 달라붙을 것이다. 이는 물이 얕고 배가 크기 때문이다.[且夫水之積也不厚 則其負大舟也無力 覆杯水於坳堂之上 則芥爲之舟 置杯焉則膠 水淺而舟大也]"라는 말에서 나온 것이다.

가자 이에 편승하여 중국으로 향하였다. 대양 가운데 이르러 풍랑이 갑자기 사납게 일면서 큰 배가 전복되자 사람들이 다시 손을 쓸 수 없게 되었다. 대사는 심우(心友)인 도량(道亮)과 함께 널빤지 하나에 의지하고서 업식(業識)의 바람에 몸을 맡겼다. 밤낮으로 반달 남짓 표류한 끝에 검산도(劍山島)에 이르러 물가에 기어 올라가서는 한참 동안 창연(愴然)히 바라보다가 말하기를,

　"물고기 뱃속에 들어갈 위기에서 다행히 빠져나왔으니, 용의 턱 밑에 있는 구슬을 손에 넣을 희망이 있게 되었다.[51] 내 마음은 돌멩이가 아닌데[我心非石][52] 뒤로 물러날 수야 있겠는가."

하였다.

　장경(長慶)[53] 초에 이르러 조정사(朝正使)인 왕자(王子) 흔(昕)이 당은포(唐恩浦)에 배를 대었으므로 함께 타고 가게 해 달라고 청하니 허락하였다. 지부산(之罘山) 기슭에 도착한 뒤에 앞의 항해는 어려웠다가 뒤의 항해는 쉬웠던 것을 회고하면서 바다귀신에게 작별 인사를 하며 말하기를,

　"몸 성히 잘 있거라 고래 물결이여, 바람의 악마와 잘 싸워 이겼다."

하였다.

　그곳을 떠나 대흥성(大興城) 남산(南山) 지상사(至相寺)에 이르렀을 때 잡화(雜花 화엄(華嚴))를 설하는 사람을 만나서 부석산(浮石山)에 있을 때와 같이 하였다. 그때 얼굴이 검은 기년(耆年)의 노인[54] 하나가 그를 붙잡

51　용의……되었다 : 중국에 가서 불법(佛法)을 구할 수 있게 되었다는 말이다. 《장자》〈열어구(列禦寇)〉에 "천금의 가치가 나가는 구슬은 반드시 깊은 못 속에 숨어 사는 검은 용의 턱 밑에 있는 법이다.〔夫千金之珠 必在九重之淵 而驪龍頷下〕"라는 말이 나온다.

52　내……아닌데 : 《시경》〈백주(柏舟)〉의 "내 마음은 돌멩이가 아니라서 굴려 볼 수도 없고, 내 마음은 돗자리가 아니라서 돌돌 말 수도 없네.〔我心非石 不可轉也 我心非席 不可卷也〕"라는 말을 인용한 것이다.

53　장경(長慶) : 당 목종(唐穆宗)의 연호로 821년에서 824년까지이다.

고서〔言提之〕 말하기를,[55]

"멀리 사물에서 취하려 하는 것〔遠欲取諸物〕[56] 보다는 그대 안의 부처를 인식하는 것이 더 낫지 않겠는가."

하였다. 대사가 그 말을 듣자마자 크게 깨달았다.

이로부터 필묵을 버리고 유력하다가 불광사(佛光寺)에서 여만(如滿)에게 도를 물었다. 여만은 강서(江西)[57]의 인가(認可)를 받은 사람으로서 향산(香山)의 상서(尙書) 백낙천(白樂天)과 공문(空門)의 벗이 된 사이였다.[58] 그런데 그가 응대하다가 부끄러운 기색을 띠면서 말하기를,

"내가 사람을 많이 겪어 보았지만, 이 신라 젊은이와 같은 경우는 거의 보지 못하였다. 뒷날 중국에서 선(禪)이 쇠하면 동이(東夷)를 찾아가서 물어야 할 것이다."

하였다.

이곳을 떠나 마곡 보철 화상(麻谷寶徹和尙)을 참알(參謁)하였다. 특별

54　기년(耆年)의 노인 : 60세 정도의 노인을 말한다. 《예기》〈곡례 상(曲禮上)〉에 "나이가 60이 되면 기라고 하며, 이때에는 남에게 지시하며 일을 시킨다.〔六十日耆 指使〕"라는 말이 나온다.

55　그를 붙잡고서 말하기를 : 참고로 《시경》〈억(抑)〉에 "손으로 잡아 줄 뿐만이 아니라 일로 보여 주며, 대면하여 가르쳐 줄 뿐만이 아니라 그 귀를 붙잡고 말해 주노라.〔匪手攜之 言示之事 匪面命之 言提其耳〕"라는 말이 나온다.

56　멀리……것 : 상고 시대에 복희씨가 "가까이는 자신에게서 상(象)을 취하고, 멀리는 사물에서 취하여 이에 비로소 팔괘를 만들었다.〔近取諸身 遠取諸物 於是 始作八卦〕"라는 말이 《주역》〈계사전 하(繫辭傳下)〉에 나온다.

57　강서(江西) : 중국 선종(禪宗) 남종(南宗)의 제7조(祖) 남악 회양(南嶽懷讓)의 제자로, 강서 지방에서 돈오(頓悟)의 선풍(禪風)을 떨친 마조도일(馬祖道一)을 가리킨다.

58　향산(香山)의……사이였다 : 당 무종(唐武宗) 때에 백거이(白居易)가 형부 상서(刑部尙書)로 있다가 치사(致仕)한 뒤에 향산으로 들어가서 향산거사(香山居士)라고 자호하고는 승려 여만(如滿) 등과 함께 향화사(香火社)를 결성하고 만년을 보냈던 고사가 전한다. 《舊唐書 卷166 白居易列傳》

히 가리는 것이 없이 성실하게 일하면서 사람들이 어려워하는 것을 자기는 반드시 쉽게 행하곤 하였으므로, 대중이 대사를 지목하여 선문(禪門)의 유검루(庾黔婁)[59]와 같은 이행(異行)이라고 하였다. 철공(徹公)이 대사의 고절(苦節)을 가상하게 여기더니, 언젠가 하루는 대사에게 일러 말하기를,

"옛날 나의 스승 마 화상(馬和尙 마조도일(馬祖道一))께서 나에게 유언하기를 '봄에는 꽃이 번성하였는데 가을에는 열매가 적으니, 이는 도수(道樹)를 반연(攀緣)하는 자가 슬퍼하는 것이다. 지금 그대에게 심인(心印)을 전하노니, 뒷날 문도들 중에 기공(奇功)을 세워서 봉(封)할 만한 자가 있거든 봉해 주고 인수(印綬)가 닳아 없어지도록[刓][60] 하지는 말라.'라고 하시고, 또 '불법(佛法)이 동쪽으로 흘러간다는 설은 대개 예언하는 말에서 나온 것인데, 저 해 뜨는 동방에 있는 선남자(善男子)의 근기(根機)가 지금쯤은 거의 익었을 것이니, 그대가 동방 사람 중에 눈빛으로 마음이 통하는 사람을 발견하거든 잘 이끌어서 지혜의 물결이 동해의 모퉁이까지 흘러넘치게 하라. 그 공덕이 결코 얕지 않을 것이다.'라고 하셨는데, 스승의 그 말씀이 지금도 귀에 선하다. 나는 그

---

59 유검루(庾黔婁) : 남조 양(梁)의 효자이다. 부친이 병들자 자신의 목숨을 대신 바치겠다고 기도했는가 하면, 병의 증세를 살피기 위해 부친의 대변을 맛보기도 하였다. 또 부친이 죽자 예법을 초과하여 여묘살이를 하며 극진히 거상(居喪)하였다.

60 인수(印綬)가 닳아 없어지도록 : 한신(韓信)이 항우(項羽)의 사람됨에 대해서 유방(劉邦)에게 "항왕은 사람을 만나면 공경하고 자애로운 태도로 대하면서 말 역시 인정이 넘치게 하며, 누가 병에 걸리기라도 하면 눈물을 흘리고 음식을 나누어 주기도 하지만, 정작 자기 부하가 공을 세워서 작위를 내려 봉해 주어야 할 경우에는 그 인수(印綬)가 닳아 없어지도록 손에 쥐고서 차마 주지를 못하니, 이것이 이른바 부인의 인이라고 하는 것이다.[項王見人恭敬慈愛 言語嘔嘔 人有疾病 涕泣分食飲 至使人有功當封爵者 印刓敝 忍不能與 此所謂婦人之仁也]"라고 평한 고사가 있다. 대본의 '완(刓)'은 여기에서 나온 것이다.《史記 卷92 淮陰侯列傳》

대가 온 것을 기쁘게 생각한다. 지금 그대에게 심인을 전해 주어 동토(東土)에서 선후(禪侯)의 으뜸이 되게 하노니, 가서 공경히 행할지어다. 그러면 내가 당년에는 강서(江西)의 대아(大兒)요 후세에는 해동(海東)의 대부(大父)로서 선사(先師)에게 부끄러움이 없게 될 것이다."
하였다.

얼마 지나지 않아 스승이 세상을 떠났으므로 묵건(墨巾)을 머리에 쓰고는 말하기를,

"뗏목도 이미 버렸는데, 배에 어찌 매어 있겠는가."

하였다. 그리고 이로부터 표연(飄然)히 유랑의 길에 올랐으니 그 형세는 막을 수가 없었고 그 뜻은 빼앗을 수가 없었다. 이렇게 해서 분수(汾水)를 지나고 곽산(崞山)에 올랐으며 고적(古跡)은 반드시 찾고 진승(眞僧)은 반드시 만났다. 언제나 그가 머무는 곳을 보면 인가와 멀리 떨어져 있었으니, 대요(大要)는 위험한 것을 편히 여기고 괴로운 것을 달갑게 여기는 데에 있었으며, 사체(四體)를 노예처럼 부리고 일심(一心)을 군주처럼 받드는 것이었다. 그런 가운데에서도 오로지 곤고하고 병든 자들을 돌보고 의지할 곳 없는 자들을 보살피는 것을 자신의 소임으로 삼았다. 혹 독하게 춥고 덥거나 번열증(煩熱症)에 시달리거나 손발에 동상이 들었을 때에도 한번도 나태한 모습을 보인 적이 없었다. 대사의 명성을 귀로 듣고는 사람들이 자신도 모르게 멀리서 예배를 드렸으며, 동방의 대보살(大菩薩)이라는 소문이 파다하게 퍼졌다. 30여 년에 걸친 대사의 행적이 이와 같았다.

회창(會昌) 5년(845, 문성왕7)에 귀국하였으니, 이는 황제의 명령[61] 때문

---

61 황제의 명령:불교를 혁파하라는 당 무종(唐武宗)의 명령을 말한다. 이때 수만 개의 사원이 파괴되고 수십만의 승려가 환속되는 등 중국 역사상 가장 대규모의 폐불이 단행

이었다. 국인(國人)이 서로 경축하며 말하기를,

"연성벽(連城璧)[62]이 다시 돌아왔다. 이는 하늘이 실로 그렇게 한 것으로서 이 땅에 행운을 내려 준 것이다."

하였다. 이로부터 가르침을 청하는 사람들이 가는 곳마다 벼와 삼대가 빽빽이 들어찬 것과 같았다. 왕성에 들어가서 모친을 찾아뵈니, 모친이 크게 환희하며 말하기를,

"돌이켜 보건대, 내가 옛날에 꿈을 꾼 것은 바로 우담(優曇)[63]이 한번 꽃을 피운 것이 아니겠느냐. 내세에 제도되기를 바라노니, 내가 다시는 의문(倚門)의 바람[64]에 흔들리지 않으련다."

하였다.

이에 북쪽으로 길을 떠나 여생을 마칠 곳을 직접 눈으로 확인하고 고르려고 하였다. 그때 마침 왕자(王子) 흔(昕)이 벼슬을 그만두고서 산중재상(山中宰相)[65]처럼 지내고 있었는데, 대사를 만나고 싶은 평소의 소원

되었다. 불교계에서는 이를 회창(會昌)의 법난(法難)이라고 한다.

62 연성벽(連城璧) : 전국 시대 진 소왕(秦昭王)이 조(趙)나라 혜문왕(惠文王)에게 15성과 바꾸자고 청한 화씨벽(和氏璧)으로, 나라의 진귀한 보배를 뜻한다. 조나라 인상여(藺相如)가 이 구슬을 가지고 진나라에 갔다가 성을 주겠다는 진나라의 약속이 미덥지 못하자, 다시 화씨벽을 온전히 보전해서 조나라로 돌아가게 했던 '완벽귀조(完璧歸趙)'의 고사가 전한다. 《史記 卷81 廉頗藺相如列傳》

63 우담(優曇) : 우담발라(優曇跋羅)의 준말이다. 불교 전설에 의하면, 이 꽃은 3천 년에 한 번 피는데, 그때 전륜성왕(轉輪聖王)이 이 세상에 나오거나 부처가 출현하여 설법을 한다고 한다.

64 의문(倚門)의 바람 : 자식이 돌아오기를 기다리면서 초조하게 안부를 걱정하는 어버이의 간절한 심정을 말한다. 전국 시대 제(齊)나라 왕손가(王孫賈)가 15세에 민왕(閔王)을 섬겼는데, 그 모친이 "네가 아침에 나가서 저녁에 돌아올 때면 내가 집 문에 기대어 너를 기다렸고, 네가 저녁에 나가서 돌아오지 않을 때면 내가 마을 문에 기대어 너를 기다렸다.〔女朝出而晚來 則吾倚門而望 女暮出而不還 則吾倚閭而望〕"라고 말한 고사가 있다. 《戰國策 齊策6》

을 풀고는[邂逅適願]⁶⁶ 말하기를,

"대사와 나는 모두 용수(龍樹) 을찬(乙粲 이찬(伊飡))을 조상으로 모시
고 있습니다. 그러고 보면 대사는 내외(內外)로 용수(龍樹)의 후예가
되는 셈이니,⁶⁷ 참으로 휘황해서 따라갈 수 없는 분이라고 하겠습니
다. 그런데 나는 창해(滄海) 밖에서 소상(瀟湘) 지역을 함께 답사한 추
억이 있으니, 친구로서의 인연 역시 결코 얕지 않다고 할 것입니다. 웅
천주(熊川州 공주(公州)) 서남쪽 모퉁이에 사찰 하나가 있는데, 이곳은
우리 선조인 임해공(臨海公)이 봉지(封地)로 받은 곳입니다.⁶⁸ 중간에
병란의 재해를 당한 나머지 금전(金田)⁶⁹이 반쯤 잿더미로 변하고 말

---

65 산중재상(山中宰相) : 남조 제(齊)의 고사(高士) 도홍경(陶弘景)을 가리킨다. 그가 고제
    (高帝) 때에 제왕시독(諸王侍讀)을 지내다가 관복을 벗어서 신무문(神武門)에 걸어 놓
    고 사직소를 남긴 뒤에 구용(句容)의 구곡산(句曲山)에 은거하였는데, 양 무제(梁武帝)
    가 즉위하여 나라에 큰일이 있을 때마다 그에게 자문을 구하였으므로 산중재상이라고
    일컬어졌다.《南史 卷76 隱逸列傳下 陶弘景》

66 대사를……풀고는 :《시경》〈야유만초(野有蔓草)〉의 "해후하여 서로 만났으니, 이제 나
    의 소원을 풀었도다.[邂逅相遇 適我願兮]"라는 말을 인용한 것이다.

67 대사는……셈이니 : 가문(家門)으로는 무열왕(武烈王)의 부친인 용수(龍樹)의 후손이
    되고, 불문(佛門)으로는 대승(大乘)의 공관(空觀)을 확립한 용수보살(龍樹菩薩)의 법손
    (法孫)이 된다는 말이다. 용수보살은 선종(禪宗)에서 초조(初祖)인 마하가섭(摩訶迦葉)
    이후 제13조로 추앙되었다.

68 이곳은……곳입니다 : 탑본(搨本)의 원주(原註)에 "선조의 휘는 인문이다. 당나라가 고
    구려를 정벌한 공을 인정하여 임해군공으로 봉하였다.[祖諱仁問 唐酬伐穢貊 封爲臨海
    郡公也]"라고 하였다.

69 금전(金田) : 황금을 땅에 깐 지역이라는 뜻으로 사원을 가리킨다. 금지(金地)라고도 한
    다. 인도(印度) 사위성(舍衛城)의 수달 장자(須達長者)가 석가(釋迦)의 설법(說法)을 듣
    고 매우 경모한 나머지 정사(精舍)를 세워 주려고 기타 태자(祇陀太子)의 원림(園林)을
    구매하려고 하였다. 이에 태자가 장난삼아서 "황금을 이 땅에 가득 깔면 팔겠다."라고
    하였는데, 수달 장자가 실제로 집에 있는 황금을 코끼리에 싣고 와서 그 땅에 가득 깔
    자, 태자가 감동하여 그 땅을 매도하는 한편 자기도 원중(園中)의 임목(林木)을 희사하
    여 마침내 최초의 불교 사원인 기원정사(祇園精舍)를 건립했다는 고사에서 유래한 것
    이다.《大唐西域記 卷6》

았는데, 자애롭고 명철한 분이 아니라면 어느 누가 없어진 것을 다시 일으키고 끊어진 것을 다시 이을 수 있겠습니까. 억지로라도 못난 나를 위해서 그곳에 주지(住持)해 주십시오."

하니, 대사가 대답하기를,

"인연이 있으니 머물러야 하겠지요.〔有緣則住〕"

하였다.

대중(大中)[70] 초에 비로소 나아가 거주하면서 우선 정비하고 단장하였는데, 이윽고 불도(佛道)가 크게 행해지면서 사원이 크게 이루어졌다. 이로 말미암아 사방 멀리에서 배움을 구하는 자들이 천리 길을 반걸음처럼 여기면서 엄청나게 몰려들어 문도가 실로 번성하였다. 이에 대사가 종을 두드리기를 기다리는 것처럼 하고,[71] 거울이 피곤함을 잊은 것처럼 하면서,[72] 찾아오는 자들마다 혜소(慧炤)로 그들의 눈길을 유도하고 법희(法喜)로 그들의 배를 즐겁게 해 주었으며, 정신없이 오가는 발걸음을 바른 길로 이끌고, 무지몽매한 습속을 변화시켰다.

문성대왕(文聖大王)이 대사가 운용하는 일을 듣고는 왕화(王化)를 비

---

70 대중(大中) : 당 선종(唐宣宗)의 연호로 847년에서 859년까지이다.

71 종을……하고 :《예기》〈학기(學記)〉에 "질문에 잘 대응하는 자는 종을 치는 것을 기다리는 것과 같다. 작게 두드리면 작게 울려 주고, 크게 두드리면 크게 울려 준다.〔善待問者如撞鍾 叩之以小者則小鳴 叩之以大者則大鳴〕"라는 말이 나온다.

72 거울이……하면서 : 동진(東晉)의 효무제(孝武帝)가《효경》을 강독하려고 하자, 사안(謝安)과 사석(謝石)이 사람들과 함께 사적으로 강습하였다. 이때 차윤(車胤)이 사씨(謝氏)에게 질문하는 것을 어려워하면서 원교(袁喬)에게 "묻지 않으면 덕음(德音)에 손상되는 점이 있을 것이고, 많이 물으면 두 분 사씨를 귀찮게 할 것이다."라고 하니, 원교가 "필시 그런 혐의는 없을 것이다."라고 하였다. 이에 차윤이 "그런 줄을 어떻게 아는가?"라고 하니, 원교가 "밝은 거울이 자주 비춰 준다고 피곤해 한 적이 언제 있었으며, 맑은 강물이 온화한 바람을 마다한 적이 언제 있었던가.〔何嘗見明鏡疲於屢照 淸流憚於惠風〕"라고 대답한 고사가 있다.《世說新語 言語》

보(裨補)하는 것 아님이 없다고 여겨 이를 매우 모범적인 사례로 삼았다. 그러고는 수교(手教)를 날려 우악하게 위로하는 한편, 대사가 산상(山相)에게 대답한 네 마디 말[73]을 대단하게 여겨서 사찰의 이름을 성주(聖住)로 바꾸고 이와 함께 대흥륜사(大興輪寺)에 편입시켜 등록하게 하였다. 이에 대사가 사자(使者)에게 응답하기를,

"사원을 성주(聖住)라고 일컬은 것은 초제(招提 사원의 별칭)로서는 물론 영광스러운 일입니다마는, 용렬한 소승을 그지없이 총애하시어 외람되게 피리 부는 자리에 높이 끼이게 한 것[74]은 실로 바람을 피한 새[75]에 견줄 일로서 무우(霧雨) 속에 숨은 표범[76]에게 부끄러운 일입니다."

하였다.

이때 헌안대왕(憲安大王)이 즉위하기 전에 단월(檀越 불교 신도)인 계(季) 서발한(舒發韓) 위흔(魏昕 김양(金陽))과 함께 남북상(南北相)으로 있

73 산상(山相)에게……말 : 산중재상(山中宰相) 즉 김흔(金昕)에게 대답한 "인연이 있으니 머물러야 하겠지요.[有緣則住]"라는 말을 가리킨다.

74 외람되게……것 : 자격도 없는 사람이 허명만 지니고서 높은 자리를 차지하게 되었다는 뜻의 겸사이다. 제 선왕(齊宣王)이 피리 연주를 좋아하여 항상 300인을 모아 합주하게 하자, 남곽처사(南郭處士)라는 사람이 그 자리에 슬쩍 끼어들어 피리 부는 흉내만 내면서 국록을 타 먹곤 하였는데, 선왕이 죽고 민왕(湣王)이 즉위한 뒤에 한 사람씩 연주하게 하자 본색이 드러날까 겁낸 나머지 도망쳤다는 고사가 전한다. 《韓非子 內儲說上》

75 바람을 피한 새 : 자신의 생리에 맞지 않는 과분한 대접을 받고 있다는 뜻으로 비유한 말이다. 원거(鶢鶋)라는 해조(海鳥)가 바람을 피해 노(魯)나라 교외에 날아와 앉자, 임금이 그 새를 정중히 모셔다가 종묘(宗廟)에서 환영연을 베풀면서, 순(舜) 임금의 소악(韶樂)을 연주하고 소·양·돼지고기의 요리로 대접하니, 그 새는 눈이 부시고 근심과 슬픔이 교차하여 고기 한 점도 먹지 못하고 술 한 잔도 마시지 못한 채 3일 만에 죽고 말았다는 이야기가 《장자》 〈지락(至樂)〉에 나온다.

76 무우(霧雨)……표범 : 남산(南山)의 검은 표범은 무우(霧雨)가 계속된 7일 동안 먹을 것이 없어도 그 속에 가만히 숨어 있을 뿐, 게걸스러운 멧돼지와는 달리 산 아래로 내려가서 먹을 것을 구하려 하지 않았는데, 이는 자신의 털 무늬를 아름답게 보전하기 위해서였다는 남산현표(南山玄豹)의 고사가 전한다. 《列女傳 卷2 賢明傳 陶答子妻》

었는데,[77] 멀리서 제자의 예(禮)를 행하여 차와 향을 예물로 바치며 매달 거르는 때가 없게 하였다. 그리하여 대사의 명성이 동국(東國)에 모두 퍼지게 되었으므로, 사류(士流)로서 대사의 산문(山門)을 모르면 한세상의 수치로 여길 정도가 되었다.

대사의 발에 경의를 표한 사람들은 물러 나와 반드시 탄성을 올리며 말하기를,

"직접 얼굴을 뵙는 것이 귀로 듣는 것보다 백배나 낫다. 입으로 말씀하시기 전에 벌써 우리의 마음속에 들어와 있다."

하였다. 그리고 사실은 원숭이요 호랑이와 같으면서도 겉으로만 사람의 관을 쓰고 있는 자들도 대사를 접한 뒤에는 각기 조급함을 버리고 포악함을 바꾸고서 다투어 선한 길로 치달렸다.

그러다가 헌안대왕이 왕위를 계승하고 나서 글을 내려 대사의 한마디 말을 청하니, 대사가 답하기를,

"주풍(周豐)이 노공(魯公)에게 대답한 말[78] 속에 깊은 뜻이 담겨 있습니다. 예경(禮經)에 실려 있으니, 자리 곁에 새겨 두소서."

하였다. 그 뒤에 증(贈) 태사(太師)인 선대왕(先大王 경문왕(景文王))이 즉

---

77 남북상(南北相)으로 있었는데 : 탑본(搨本)의 원주(原註)에 "각각 남상과 북상의 관직에 거하였으니, 좌상과 우상이라는 말과 같다.〔各居其官 猶左右相〕"라고 하였다.

78 주풍(周豐)이……말 : 노 애공(魯哀公)이 은사 주풍에게 유우씨(有虞氏)와 하후씨(夏后氏)가 백성에게 신임과 공경을 받은 이유에 대해서 묻자, 주풍이 "잡초 우거진 무덤 사이에서는 백성들에게 슬퍼하라고 시키지 않아도 백성들 스스로 슬퍼하고, 사직과 종묘 근처에서는 백성들에게 공경하라고 시키지 않아도 백성들 스스로 공경한다. 은나라 사람이 맹서하는 글을 짓자 백성들이 배반하기 시작하였고, 주나라 사람이 회합하는 일을 행하자 백성들이 의심하기 시작하였다. 참으로 예의와 충신과 정성스럽고 진실한 마음이 없이 백성의 위에 군림한다면, 비록 굳게 약속을 한다 할지라도 백성들이 풀어지지 않을 수 있겠는가.〔墟墓之間 未施哀於民而民哀 社稷宗廟之中 未施敬於民而民敬 殷人作誓 而民始畔 周人作會 而民始疑 苟無禮義忠信誠愨之心以涖之 雖固結之 民其不解乎〕"라고 대답한 기록이 《예기》〈단궁 하(檀弓下)〉에 나온다.

위해서도 역시 흠앙하며 존중하기를 선조(先朝)의 뜻과 같이 하면서 날이 갈수록 더욱 후하게 예우하였으며, 어떤 일을 시행하더라도 반드시 대사에게 말을 달려 묻게 한 뒤에 거행하였다.

함통(咸通) 12년(871, 경문왕11) 가을에 왕이 교서(敎書)를 날려 역전(驛傳)으로 대사를 부르면서 이르기를,

"산림(山林)은 어찌 그렇게 가까이하시면서 성시(城市)는 어찌 그렇게 멀리하십니까."

하였다. 이에 대사가 생도(生徒)에게 이르기를,

"느닷없이 백종(伯宗)[79]에게 내린 명을 받고 보니, 원공(遠公)[80]에게 매우 부끄럽기만 하다. 그러나 도가 장차 행해지게 하려면 시기를 놓쳐서는 안 될 일이다. 부처가 불법의 유통을 부촉한 일을 생각해서도 나는 가야만 할 것이다."

하였다.

홀연히 도성에 이르러 서로 만나니, 선대왕(先大王 경문왕)이 면복(冕服) 차림으로 대사에게 절하며 국사(國師)로 삼았다. 군부인(君夫人)과 세자를 비롯해서 태제(太弟)[81]인 상국(相國)과 여러 공자 및 공손들이 대

---

79 백종(伯宗) : 춘추 시대 진(晉)나라 대부로 진 경공(晉景公)을 섬겼다. 경공 14년에 양산(梁山)이 무너지는 변고가 발생했을 때, 백종이 괴이하게 여길 것이 없는 현상이라고 위무하면서 사태를 원만히 수습한 고사가 전하는데, 이와 관련하여 《춘추좌씨전》 성공(成公) 5년에 "양산이 무너지자 진나라 군주가 역마를 보내 백종을 급히 부르게 하였다.〔梁山崩 晉侯以傳召伯宗〕"라는 말이 나온다.

80 원공(遠公) : 진(晉)나라의 고승 혜원(慧遠)을 가리킨다. 여산(廬山) 동림사(東林寺)에 머물면서 한번도 산 밖으로 나간 적이 없으며, 환현(桓玄)이 칭제(稱帝)하며 조서를 내려 승려들에게 속인을 향해 절을 하도록 강요했을 때에도 《사문불경왕자론(沙門不敬王者論)》을 지어 반박하였다.

81 태제(太弟) : 탑본의 원주(原註)에 "추후에 혜성대왕의 시호를 봉하여 높였다.〔追封尊諡惠成大王〕"라고 하였다. 혜성대왕은 경문왕의 아우 위홍(魏弘)의 시호이다.

사를 에워싸고 한결같이 우러러보았는데, 그 광경이 흡사 옛 가람(伽藍)의 벽화 중에 서방(西方) 제국(諸國)의 군장(君長)들이 불타(佛陀)를 모시고 있는 모습을 그린 것과 같았다. 상이 이르기를,

"제자가 재주는 없습니다마는 소싯적에 글짓기를 좋아해서 일찍이 유협(劉勰)의 《문심조룡(文心雕龍)》을 본 적이 있는데, 거기에 '유(有)만 집착하거나 무(無)만 고수하면 단지 한쪽 면으로 치우쳐서 이해하기 십상이다. 진원(眞源)을 찾아가려고 한다면 경계가 끊어진 반야[般若之絶境]의 경지를 지향해야 할 것이다.'[82]라는 말이 있었습니다. 경계가 끊어진 경지에 대해서 혹 들을 수 있겠습니까."

하니, 대사가 대답하기를,

"경계가 이미 끊어졌으면 언설(言說)의 도리도 끊어진 것입니다. 이는 심인(心印)의 경지이니, 묵묵히 행할 따름입니다."

하자, 상이 이르기를,

"과인은 모르겠으니 조금 더 가르쳐 주셨으면 합니다."

하였다. 이에 무리 가운데 쟁쟁(錚錚)한 자들로 하여금 번갈아 가면서 질문하도록 명하였는데, 그 질문마다 차근차근 답변하여 막힌 것을 통하게 하고 답답한 것을 풀어 주면서, 마치 가을바람이 음산한 안개를 흩어 버리듯 하였다. 이에 상이 크게 기뻐하며 대사를 늦게 만난 것을 후회하면서 이르기를,

"몸을 공손히 하고 남쪽을 향하고 있는[恭己南面][83] 과인에게 남종(南

82　유(有)만……것이다 : 《문심조룡(文心雕龍)》 〈논설(論說)〉에 나오는 내용을 요약해서 인용한 것이다.

83　몸을……있는 : 《논어》 〈위령공(衛靈公)〉에 나오는 말로, 원래는 공자가 순(舜) 임금을 찬양한 말이지만, 여기서는 아무 일도 하는 것 없이 그저 임금 자리만 지키고 있다는 뜻의 겸사로 쓰였다.

宗)⁸⁴에 대해서 잘 알도록 가르침을 내려 주셨다. 순(舜) 임금은 어떤 사람이고 나는 어떤 사람이란 말인가.⁸⁵"

하였다. 대궐을 나온 뒤에는 경상(卿相)들이 다투어 영접해서 함께 논의할 겨를도 없었고, 사서인(士庶人)이 추종해서 떠나려 해도 떠날 수가 없었다. 이로부터 나라 사람들 모두가 의주(衣珠)를 인식하였기 때문에 이웃집 노인이 무옥(廡玉)을 엿볼 수가 없게 되었다.⁸⁶

얼마 지나지 않아 새장 속의 새처럼 괴롭게 여긴 나머지 곧장 도망치듯 떠나갔다. 상이 억지로 만류할 수 없음을 알고 친히 글을 내려, 상주(尙州)의 심묘사(深妙寺)가 서울과 멀지 않으니 선정(禪定)을 닦는 별관(別館)으로 삼을 것을 청하였다. 대사가 사양하였으나 허락받지 못하자 그곳에 가서 거하였다. 대사는 어디에서든 하루를 머물더라도 반드시 수리하여 엄연히 사원의 모습을 갖추게 하였다.

건부(乾符) 3년(876, 헌강왕2) 봄에 선대왕(先大王 경문왕)이 환후(患候)

---

84 남종(南宗) : 중국 선종(禪宗) 가운데 6조(祖) 혜능(慧能) 계열의 돈오(頓悟)를 위주로 하는 종파를 가리킨다. 북종(北宗)은 점수(漸修)를 위주로 하는 신수(神秀) 계열의 종파를 가리킨다. 우리나라는 모두 남종 계열이다.

85 순(舜) 임금은 ……말인가 : 《맹자》〈등문공 상(滕文公上)〉에 나오는 안연(顏淵)의 말인데, 임금 자신도 노력하면 대사와 같은 훌륭한 경지를 이룰 수 있을 것이라는 뜻으로 상대방을 공경하고 부러워하며 자신을 경책한 말이다.

86 나라……되었다 : 사람들이 자기 내부의 불성(佛性)을 확실히 알게 되었기 때문에, 이제는 어떤 사람의 속임수에도 넘어가지 않게 되었다는 말이다. 의주(衣珠)는 옷 속의 보주(寶珠)라는 말로, 불성을 뜻하는 말이다. 《법화경(法華經)》〈오백제자수기품(五百弟子授記品)〉에 "속옷 속에 값으로 따질 수 없는 보주가 있는 것을 알지 못한다.〔不覺內衣裏 有無價寶珠〕"라는 말이 나온다. 무옥(廡玉)은 처마 아래에 놓인 옥돌이라는 말로, 타인의 보배를 뜻하는 말이다. 직경이 1자나 되는 옥돌을 얻은 농부가 불길한 괴석이라고 속이는 이웃집 사람의 말을 듣고 처마〔廡〕 아래에 놔두었다가 다시 발광하는 현상에 놀라 들판에 버린 것을 이웃집 사람이 몰래 왕에게 바쳐서 상을 받았다는 이야기가 《고금사문유취속집(古今事文類聚續集)》 권26 〈득옥능변(得玉能辨)〉에 나온다.

가 좋지 못하자 근시(近侍)에게 명하여 이르기를,

"우리 대의왕(大醫王)을 얼른 모셔 오도록 하라."

하였다. 사신이 이르자 대사가 이르기를,

"산승(山僧)의 발길이 왕문(王門)에 이르는 것은 단 한번이라도 많다고
할 것이다. 나를 아는 자는 성주(聖住)가 일정한 거처가 없다[無住]고
하겠지만, 나를 알지 못하는 자는 무염(無染)이 오염되었다[有染]고
할 것이다. 그렇긴 하지만 돌이켜 보건대 우리 임금과는 향화(香火)의
인연이 있고, 또 도리천(忉利天)으로 떠나실 날짜가 잡혀 있으니, 어찌
한번 가서 영결하지 않겠는가."

하였다.

그러고는 다시 도보로 왕궁에 이르러서 약물(藥物)에 해당하는 말을
베풀고 침석(鍼石)에 해당하는 계(戒)를 행하니 불각(不覺) 중에 병이 차
도를 보였으므로 온 나라가 기이하게 여겼다. 이윽고 달을 넘겨 헌강대
왕(獻康大王)이 익실(翼室)에 거하여[87] 울면서 왕손(王孫)인 훈영(勛榮)
에게 명하여 유지(諭旨)를 전하게 하였는데, 그 내용에,

"내가 어려서 부상(父喪)을 당하여 정치를 잘 알지는 못합니다마는,
임금을 받들고 부처를 신봉하여 많은 사람들을 구제하려는 것과 자기
한 몸만 선하게 하려는 것은 같은 차원에서 말할 수 없다고 생각합니
다. 부디 대사께서는 멀리 가지 마시고 거하실 곳을 말씀만 해 주십시
오."

하였다. 이에 대사가 대답하기를,

---

87 헌강대왕(獻康大王)이 익실(翼室)에 거하여 : 헌강왕이 부왕(父王)인 경문왕의 상을 당
   하여 정전(正殿) 대신 익실에 거하면서 상복을 입었다는 말이다. 익실은 정전 옆의 좌
   우에 있는 방이다.

"옛날의 스승으로는 육적(六籍 육경(六經))이 있고 오늘의 보필(輔弼)로
는 삼경(三卿)이 있습니다. 늙은 산승이 무엇 하는 자이기에 그냥 앉
아서 계옥(桂玉)[88]을 축낸단 말입니까. 다만 떠나는 사람이 선물로 남
겨 드릴 만한 세 마디 말이 있으니, 그것은 즉 제대로 사람을 임용하
는 것〔能官人〕입니다."

하였다.

그러고는 그다음 날 산으로 떠날 여장을 꾸려서 새처럼 날아갔다. 이
로부터 소식을 전하는 역마(驛馬)의 그림자가 바위와 시내 사이에 계속
이어졌는데, 역졸(驛卒)들도 목적지가 성주사(聖住寺)라는 것을 알면 환
희작약하며 두 손을 모아 고삐를 고쳐 잡고는 왕명을 받드는 길이 지체
될까 걱정하면서 마치 얼마 안 되는 거리를 내달리듯 하였다. 이 때문에
기상시(騎常侍)의 무리들이 아무리 급한 임무를 부여받아도 손쉽게 거
행할 수가 있었다.

건부제(乾符帝)가 석명(錫命)하던 해[89]에 국내에서 혀끝으로 말할 수
있는 자들은 모두 이로운 일을 일으키고 해로운 일을 없애는〔興利除害〕
계책을 올리게 하는 한편, 이와는 별도로 대사에게는 만전(蠻牋)[90]을 써
서 서한을 보내며 하늘의 은총을 받는 이유가 있다고 말하고는 나라를

---

88 계옥(桂玉) : 계수나무 땔나무와 옥으로 지은 밥이라는 말이다. 전국 시대 소진(蘇秦)이
    초(楚)나라에 가서 "초나라의 밥은 옥보다도 귀하고 땔감은 계수나무보다도 귀하다. 지
    금 내가 옥으로 지은 밥을 먹고 계수나무로 불을 때고 있으니, 이 또한 어려운 일이 아
    니겠는가.〔楚國之食貴于玉 薪貴于桂 今臣食玉炊桂 不亦難乎〕"라고 불만을 토로한 고사에
    서 유래한 것이다.《戰國策 楚策3》
89 건부제(乾符帝)가 석명(錫命)하던 해 : 건부황제 즉 당 희종(唐僖宗)이 헌강왕의 즉위를
    승인하는 조서(詔書)를 내린 해라는 뜻으로, 헌강왕 4년(878)에 해당한다.
90 만전(蠻牋) : 당나라 때 품질 좋은 신라의 종이를 칭하는 별명이었다. 보통 만전(蠻箋)이
    라고 한다.

유익하게 하는 방책에 대해서 질문하였다. 이에 대사가 옛날 하상지(何尙之)가 송 문제(宋文帝)에게 바친 심성(心聲)[91]을 인용하여 대답하니, 태부(太傅) 왕(王)이 이를 살펴보고 개제(介弟 태제(太弟))인 남궁상(南宮相)에게 일러 말하기를,

"삼외(三畏)는 삼귀(三歸)에 비견되고 오상(五常)은 오계(五戒)와 같으니[92] 왕도(王道)를 제대로 실천하면 불심(佛心)에 부합된다는 대사의 이 말씀이 지극하다. 나와 그대는 모름지기 이 말을 명심해야 할 것이다."

하였다.

황제가 서수(西狩)하던 해인 중화(中和)의 가을[93]에 상이 근시(近侍)에게 이르기를,

"나라에 큰 보주(寶珠)가 있다면 이것을 평생토록 궤 속에 넣어 보관

---

91 하상지(何尙之)가……심성(心聲) : 남조 송 문제(宋文帝)가 불경(佛經)을 지남(指南)으로 하여 태평 시대를 이루고 싶다면서 그 대책을 묻자, 시중(侍中) 하상지가 혜원 법사(慧遠法師)의 말을 인용한 뒤에 사람들에게 오계(五戒)와 십선(十善)을 행하도록 하고 이를 나라의 정치에 확대 적용하면 감옥의 죄수가 없어지고 아송(雅頌)의 정치가 흥기할 것이라는 내용으로 대답한 말이 양나라 승우(僧祐)가 지은 《홍명집(弘明集)》 권11에 수록된 하상지의 〈답송문황제찬양불교사(答宋文皇帝讚揚佛教事)〉에 나온다. 심성은 말을 가리킨다. 한(漢)나라 양웅(揚雄)이 지은 《법언(法言)》 권5 〈문신(問神)〉의 "말은 마음의 소리요, 글씨는 마음의 그림이다. 따라서 소리와 그림으로 나타난 것만 보아도, 그 사람이 군자인지 소인인지 알 수가 있다.〔言心聲也 書心畫也 聲畫形 君子小人見矣〕"라는 말에서 유래한 것이다.

92 삼외(三畏)는……같으니 : 유교와 불교가 추구하는 목적이 궁극적으로는 서로 통한다는 취지로 한 말이다. 삼외는 군자가 두려워하는 세 가지 일로, '천명을 두려워하고 대인을 두려워하고 성인의 말을 두려워하는 것〔畏天命 畏大人 畏聖人之言〕'이다. 삼귀(三歸)는 불(佛)·법(法)·승(僧) 삼보(三寶)에 귀의하는 것을 말한다. 오상(五常)은 인(仁)·의(義)·예(禮)·지(智)·신(信)이다. 오계(五戒)는 불살생(不殺生)·불투도(不偸盜)·불사음(不邪淫)·불망어(不妄語)·불음주(不飮酒)를 말한다.

93 황제가……가을 : 당 희종(唐僖宗)이 황소(黃巢)의 난을 피해 서촉(西蜀) 성도(成都)로 몽진(蒙塵)한 중화(中和) 1년(881)의 가을로, 헌강왕 7년에 해당한다.

해 두는 것〔櫝而藏之〕이 옳겠는가?"[94]

하니, 근시가 대답하기를,

"옳지 않습니다. 때때로 세상에 나오게 해서 만호(萬戶)의 눈을 일깨우고 사린(四隣)의 마음을 취(醉)하게 하는 것만 못할 것입니다."

하였다. 이에 상이 이르기를,

"나에게 마니(摩尼)[95]라는 빼어난 보배가 있는데, 지금 빛을 감추고 숭암산(崇巖山)에 숨어 있다. 만약 비장(祕藏)된 궤를 열어 나오게 한다면 삼천세계(三千世界)를 환히 비출 것이니, 수레 12채를 비추는 구슬[96] 따위야 말할 것이 뭐가 있겠는가. 나의 문고(文考 경문왕)께서 간절히 영접하시자 일찍이 두 번 모습을 드러낸 적이 있었다. 옛날 찬후(酇侯)는 한왕(漢王)이 대장(大將)을 임명할 때에 마치 어린아이를 부르는 것처럼 한다고 기롱한 적이 있었다.[97] 한왕이 상산(商山)의 네 노인을 초치(招致)하지 못한 것도 바로 이 때문이었다.[98] 지금 듣건대 천자가 몽

---

94 나라에……옳겠는가 : 공자의 제자 자공(子貢)이 "여기에 아름다운 옥이 있다고 할 때, 이것을 궤 속에 넣어서 그냥 보관해 두어야 합니까, 아니면 좋은 값을 받고 팔아야 합니까?〔有美玉於斯 韞櫝而藏諸 求善賈而沽諸〕" 하고 묻자, 공자가 "팔아야지, 팔아야 되고말고. 나 역시 제값을 주고 살 사람을 기다리고 있다.〔沽之哉 沽之哉 我待賈者也〕"라고 대답한 말이 《논어》〈자한(子罕)〉에 나온다.

95 마니(摩尼) : 범어(梵語) maṇi의 음역으로, 말니(末尼)라고도 하며, 보주(寶珠)로 의역된다. cintāmaṇi는 진타마니(眞陀摩尼)로 음역되는데, 이것은 여의주(如意珠)라는 뜻이다.

96 수레……구슬 : 전국 시대 양 혜왕(梁惠王)이 자신의 야광주를 자랑하며 "전후로 각각 12채의 수레를 비출 수 있는 구슬이 10개나 된다.〔照車前後各十二乘者十枚〕"라고 자랑한 고사가 있다. 《史記 卷46 田敬仲完世家》

97 옛날……있었다 : 한(漢)나라 소하(蕭何)가 유방(劉邦)에게 "왕께서는 평소에 거만하고 무례하게 행동하고 계시는데, 지금 대장을 임명하면서도 마치 어린아이를 부르는 것처럼 하고 있기 때문에 한신(韓信)이 이를 못마땅하게 여겨 떠나간 것이다.〔王素慢無禮 今拜大將如呼小兒耳 此乃信所以去也〕"라고 충고하여 다시 예우하게 했던 고사가 전한다. 《史記 卷92 淮陰侯列傳》 찬후(酇侯)는 소하의 봉호(封號)이다.

진(蒙塵)했다 하니, 얼른 달려가서 관수(官守)에게 문안을 올리도록 해야 할 것이다. 그러나 근왕(勤王)을 더 두텁게 하려면 부처에게 귀의하는 것이 우선적으로 해야 할 일이니, 장차 대사를 영접해야만 반드시 외의(外議)를 흡족하게 할 것이다. 내가 어찌 감히 임금인 지위 하나를 가지고서 연치와 덕성의 둘을 지닌 분에게 거만하게 굴어서야 되겠는가.[99]"

하고는, 사신을 정중하게 보내면서 겸손한 말씨로 대사를 초빙하였다. 이에 대사가 말하기를,

"외로운 구름이 봉우리 위에서 나오는 것이 어찌 다른 마음이 있어서 이겠는가.[100] 다만 대왕(大王)의 바람[101]에 따를 뿐이니, 집착함이 없는 것[無固][102]이 바로 상사(上士)[103]의 도리이다."

---

98 한왕이……때문이었다 : 상산(商山)의 네 노인은 진(秦)나라 말기에 전란을 피해 상산에 들어가서 은거했던 4인의 백발노인, 즉 동원공(東園公)·기리계(綺里季)·하황공(夏黃公)·녹리선생(角里先生)의 상산사호(商山四皓)를 가리킨다. 이들은 한 고조(漢高祖)가 초빙할 때에는 전혀 응하지 않다가 나중에 장량(張良)의 권유를 받고 나와서 태자로 있던 혜제(惠帝)를 보필했던 고사가 있다.《史記 卷55 留侯世家》

99 내가……되겠는가 :《맹자》〈공손추 하(公孫丑下)〉에 "세상에서 누구나 존경해야 할 대상이 세 가지 있으니, 작위와 연치와 덕성이 그것이다. 조정에서는 작위만 한 것이 없고, 향리에서는 연치만 한 것이 없고, 세상을 돕고 백성의 어른 노릇을 하는 데에는 덕성만 한 것이 없다. 그런데 어떻게 그중 작위 하나를 가지고서 연치와 덕성의 둘을 지닌 사람에게 거만하게 굴어서야 되겠는가.〔天下有達尊三 爵一齒一德一 朝廷莫如爵 鄉黨莫如齒 輔世長民莫如德 惡得有其一以慢二哉〕"라는 말이 나온다.

100 외로운……있어서이겠는가 : 도잠(陶潛)의 〈귀거래사(歸去來辭)〉에 "구름은 아무 생각 없이 봉우리 위에서 나오고, 새는 날다 지치면 돌아올 줄을 안다.〔雲無心以出岫 鳥倦飛而知還〕"라는 구절이 나온다.

101 대왕(大王)의 바람 : 전국 시대 굴원(屈原)의 제자인 송옥(宋玉)이 초 양왕(楚襄王)의 교만과 사치를 풍자할 목적으로 〈풍부(風賦)〉라는 글을 지으면서, 바람을 대왕지풍(大王之風)과 서인지풍(庶人之風)으로 구분하였는데, 후대에는 보통 제왕의 뜻을 비유하는 말로 쓰이게 되었다.《文選 卷13》

102 집착함이 없는 것 :《논어》〈자한(子罕)〉의 "공자는 네 가지 일에서 완전히 자유로웠

하고, 마침내 와서 상을 만났다.

이때 선조(先朝)의 예(禮)와 같이 대접한 것 이외에 특별히 더 예우한 것으로 분명하게 손꼽을 만한 것들이 있다. 임금이 대사를 마주하고 공양을 올린 것이 첫 번째 일이요, 손수 향을 전한 것이 두 번째 일이요, 불(佛)·법(法)·승(僧) 삼보(三寶)에 귀의하는 예배를 세 차례 올린 것이 세 번째 일이요, 작미로(鵲尾爐)를 잡고 생생세세(生生世世)의 인연을 맺은 것이 네 번째 일이요, 광종(廣宗)이라는 법호(法號)를 가한 것이 다섯 번째 일이요, 이튿날 조관(朝官)들에게 명하여 대사의 거처로 찾아가서 기러기처럼 줄을 지어 하례하게 한 것이 여섯 번째 일이요, 국중(國中)에서 육의(六義)[104]를 연마하는 자들로 하여금 대사를 전송하는 시편을 짓게 하여, 재가 제자로서 왕손(王孫)인 소판(蘇判) 억영(嶷榮)이 수창한 뒤 지은 시들을 한데 모아 시축(詩軸)을 만들게 하고, 시독(侍讀)이며 한림(翰林)의 재자(才子)인 박옹(朴邕)이 인(引)을 지어 작별 선물로 증정하게 한 것이 일곱 번째 일이요, 거듭 장차(掌次)에게 명하여 정실(淨室)을 마련하게 하고 송별의 의식을 행한 것이 여덟 번째 일이다.

고별에 임하여 상이 묘결(妙訣)을 구하자, 대사가 종자(從者)에게 암시를 주어 진요(眞要)를 들려 드리도록 하였다. 순예(詢乂)와 원장(圓藏)과

다. 그에게는 사적인 뜻과 기필(期必)하는 것과 집착하는 것과 이기적인 마음이 없었다.〔子絶四 毋意毋必毋固毋我〕"라는 말에서 나온 것이다.

103 상사(上士) : 자리이타(自利利他)의 행을 하는 보살(菩薩)을 가리킨다.《석씨요람(釋氏要覽)》권상에 "자리와 이타의 행이 없는 자를 하사라 하고, 자리는 있고 이타는 없는 자를 중사라 하고, 자리와 이타의 행이 있는 자를 상사라 한다.〔無自利利他行者 名下士 有自利無利他者 名中士 有二利 名上士〕"라는《유가론(瑜伽論)》의 말을 인용하고 있다.

104 육의(六義) :《시경》에 나타나는 문학의 창작 정신 및 원칙을 말하는데, 시의 작법상 세 가지의 체제라 할 풍(風)·아(雅)·송(頌)과 세 가지의 표현 방법이라 할 부(賦)·비(比)·흥(興)을 통틀어 가리키는 말이다.

허원(虛源)과 현영(玄影) 같은 자는 사선(四禪) 중에서 청정(淸淨)의 경지를 얻은 자였다.[105] 그들이 실을 뽑듯 지혜를 풀어내고 종지(宗旨)를 세밀히 드러내면서 뜻을 기울임에 태만하지 않고 임금의 마음을 흠뻑 적셔주니, 상이 매우 희열하면서 두 손을 모아 경배하며 이르기를,

"예전에 문고(文考)는 비파를 내려놓은[捨瑟] 현인이었고, 지금 과인은 외람되게 자리를 피해 일어난[避席] 아들이 되었습니다.[106] 그리하여 부왕(父王)의 뒤를 이어 공동(崆峒)의 가르침[107]을 청하여 얻었으며, 이를 가슴에 간직하고서 혼돈의 근원을 열기에 이르렀습니다. 이에 비교하면 저 위수(渭水) 물가의 노옹(老翁)[108]은 참으로 이름이나 낚은

---

105 사선(四禪)……자였다 : 사선은 불교 용어로 사선정(四禪定) 혹은 사정려(四靜慮)라고 한다. 초선(初禪)과 제이선(第二禪)과 제삼선(第三禪)과 제사선(第四禪)의 과정이 있는데, 제사선에는 사청정(捨淸淨)·염청정(念淸淨)·불고불낙수(不苦不樂受)·심일경성(心一境性) 등 사지(四支)의 경지가 있다. 제삼선의 묘락(妙樂)을 여의었기 때문에 사청정(捨淸淨)이라고 칭하고, 오직 수양하는 공덕만 생각하기 때문에 염청정(念淸淨)이라고 칭한다고 한다.

106 예전에……되었습니다 : 증점(曾點)과 증삼(曾參) 부자(父子)가 모두 공자의 제자가 되었던 것처럼, 선왕(先王)인 경문왕과 헌강왕 자신 또한 똑같이 대사의 제자가 되었다는 말이다. 공자의 제자인 자로(子路)와 염유(冉有)와 공서화(公西華)가 먼저 자신의 포부에 대해 답변을 올리자 공자가 마지막으로 증점의 생각을 물었는데, 이에 증점이 조용히 비파를 연주하고 있다가 크게 한바탕 튕기고서 내려놓은 뒤에 일어나서는[鼓瑟希 鏗爾 舍瑟而作] 자신의 뜻을 말하여 공자의 허여를 받은 고사가 전한다.《論語 先進》또 증점의 아들인 증삼 즉 증자(曾子)가 공자를 모시고 앉았을 적에 공자가 이르기를 "선왕(先王)들은 지덕(至德)과 요도(要道)가 있어서 천하를 순하게 다스렸다. 이 때문에 백성들이 화목하여 상하가 서로 원망함이 없었다. 네가 그것을 알겠느냐?"라고 하니, 증자가 자리를 피해 일어나면서[避席] "삼(參)이 불민하니 어떻게 그것을 알 수 있겠습니까."라고 말한 고사가 전한다.《孝經 開宗明義章》

107 공동(崆峒)의 가르침 : 지인(至人)의 가르침이라는 말로, 대사의 교시를 뜻한다. 고대 전설상의 선인(仙人)인 광성자(廣成子)가 공동산(崆峒山)의 석실(石室)에 은거하였는데, 황제(黃帝)가 재위(在位) 19년 만에 그를 찾아가 도를 묻고 수도 끝에 지도(至道)의 정수를 얻었다는 이야기가《장자》〈재유(在宥)〉에 나온다. 공동산은 공동산(空同山)이라고도 한다.

사람이요, 흙다리[圯橋] 가의 유자(儒子)[109] 또한 대개는 노옹의 자취를 밟은 사람이니, 비록 왕자(王者)의 스승이 되었다고 할지라도 그들은 세 치의 혀를 희롱했을 뿐이라고 하겠습니다. 그러니 우리 스승께서 비밀히 전하는 한 조각의 마음을 말씀해 주신 것에 어떻게 비교할 수가 있겠습니까. 받들어 주선(周旋)하며 감히 실추되지 않도록 하겠습니다."

하였다. 태부(太傅) 왕(王)은 평소에 화언(華言)을 잘했기 때문에 금옥(金玉)의 소리가 여러 사람이 굳이 떠들어 댈 필요도 없이 입에서 술술 나왔으며, 변려체(騈儷體)의 대구를 이루는 것도 마치 예전에 구상해 둔 것만 같았다.

대사가 그곳에서 물러 나와 다시 왕손인 소판(蘇判) 김일(金鎰)의 청에 응해 가서 함께 몇 마디 말을 나누고는 곧 탄식하며 말하기를,

"옛날 임금 중 육체는 좋아도 정신은 볼 것이 없는 사람이 있었는데[110] 우리 임금님은 모두 갖추었고, 인신(人臣) 중에 공재(公才)는 있어도 공망(公望)은 없는 사람이 있었는데 우리 그대는 온전히 갖추었으니,[111] 우리나라에 희망이 보이오. 부디 덕을 좋아하고 자애(自愛)하시

---

108 위수(渭水) 물가의 노옹(老翁) : 강태공(姜太公) 여상(呂尚)을 가리킨다. 그가 위수 물가의 반계(磻溪)에서 낚시질하다가 문왕(文王)을 처음 만나 사부(師傅)로 추대되었고, 뒤에 문왕의 아들인 무왕(武王)을 도와서 은(殷)나라를 멸망시키고 천하를 평정하였다.

109 흙다리 가의 유자(儒子) : 한(漢)나라의 장량(張良)을 가리킨다. 그가 한 노인의 신발을 흙다리[圯橋] 밑에서 주워 준 인연으로 태공(太公)의 병법을 전수받은 고사가 전한다. 《史記 卷55 留侯世家》

110 옛날……있었는데 : 《진서(晉書)》 권9 〈태종간문제기(太宗簡文帝紀)〉에 "사문(沙門) 지도림(支道林)이 일찍이 말하기를 '회계왕은 육체는 좋은데 정신은 볼 것이 없다.[會稽有遠體而無遠神]'라고 하였다."라는 기록이 나온다. 회계왕은 간문제가 황제로 즉위하기 전의 봉호이다.

111 인신(人臣)……갖추었으니 : 진(晉)나라 승상 왕도(王導)가 우비(虞騑)에게 "공유는 공

기 바라오."

하였다.

대사가 산으로 돌아가서는 세상의 모든 인연을 사절하였다. 이에 상이 사신을 보내어 방생장(放生場)의 경계를 표시하게 하니 조수(鳥獸)가 희열하였고, 은구(銀鉤)[112]의 실력을 발휘하여 성주사(聖住寺)의 제액(題額)을 쓰니 용사(龍蛇)가 살아 움직이는 듯하였다.

성대했던 일이 끝나고 창성했던 기한이 홀연히 다하여 헌강대왕(獻康大王)이 세상을 떠났다. 그 뒤를 이어 정강대왕(定康大王)이 즉위하여 양조(兩朝)에서 대사에게 은총을 내린 전례에 따라 그대로 행하면서 승속(僧俗)의 사람들을 거듭 사신으로 보내 영접하게 하였으나 대사는 늙고 병들었다는 이유로 사양하였다.

태위(太尉) 왕(王)이 해외에서 은혜를 베풀면서 대사의 덕을 높은 산처럼 우러러보며 즉위한 지 구순(九旬)이 지나는 동안에 말을 달려 안부를 물은 것이 열 차례나 되었다. 이윽고 요통으로 고생한다는 말을 듣고는 거연(遽然)히 국의(國醫)에게 명하여 가서 살펴보게 하였는데, 그곳에 이르러 증상을 물어보았으나 대사는 미소를 지으면서 말하기를,

"노병(老病)일 뿐이니 번거롭게 치료할 필요가 없다."

하였다. 그러고는 하루에 두 번 먹는 미음과 밥을 반드시 종소리가 들린 뒤에 올리도록 하였는데, 그 문도가 대사의 식력(食力)이 떨어질까 염려

재는 있어도 공망이 없고, 정담은 공망은 있어도 공재가 없다. 공재도 있고 공망도 있는 사람은 바로 그대이다.[孔愉有公才而無公望 丁潭有公望而無公才 兼之者 其在卿乎]"라고 말한 고사가 있다.《晉書 卷76 虞騑列傳》공재는 삼공(三公)이 될 만한 재능을 말하고, 공망은 그 인망을 말한다.

112 은구(銀鉤) : 아름다운 필체의 글씨를 뜻하는 말이다. 진(晉)나라 색정(索靖)이 서법(書法)을 논하면서 "멋지게 휘돈 것이 흡사 은 갈고리와 같다.[婉若銀鉤]"라고 초서(草書)를 평한 말에서 유래한 것이다.《晉書 卷60 索靖列傳》

한 나머지 종을 치는 자에게 몰래 당부하여 거짓으로 자주 치게 하니, 대사가 이에 눈치를 채고는 상을 거두라고 명하였다.

장차 세상을 떠나려고 할 무렵에 옆의 시자(侍者)에게 명하여 유훈(遺訓)을 대중에게 알리도록 하면서 이르기를,

"내가 이미 중수(中壽)[113]를 넘었으니, 죽음의 시기를 피하기가 어렵게 되었다. 나는 멀리 여행을 떠나려 하니, 너희들은 불법(佛法)에 잘 안주하도록 하라. 그리고 선을 그은 것처럼 분명히 할 것이요[顥若畫一], 이를 지켜서 잃지 않도록 할 것이다.[守而勿失] 옛날의 관리들[114]도 이와 같이 하였으니, 오늘날의 선승(禪僧)들은 더욱 힘써야 할 것이다."

하였다. 그러고는 영결을 고하자마자 의연히 세상을 하직하였다.

대사는 성품이 공근(恭謹)하였고 언어는 화기를 상하게 하지 않았으니, 《예기(禮記)》의 이른바 "몸가짐은 겸손하였고 말은 낮고 느렸다.[中退然 言吶吶然]"[115]라는 평에 해당된다고 할 것이다. 대사는 학승들을 반드시 선사(禪師)로 대우하였으며, 빈객을 접할 때에도 신분의 존비를 나누

---

113 중수(中壽): 80세를 가리킨다. 《장자》〈도척(盜跖)〉에 "인생은 상수(上壽)가 100세요 중수(中壽)가 80세요 하수(下壽)가 60세이다. 그런데 그중에서 온갖 걱정과 우환을 제외하고 진정 입을 크게 벌리고 웃을 수 있는 기간은 한 달 중에서 4, 5일에 불과할 따름이다."라는 말이 나온다.

114 옛날의 관리들: 한(漢)나라 소하(蕭何)와 조참(曹參)을 가리킨다. 상국(相國)인 소하가 죽자 조참이 그 직책을 계승하여 소하의 법도를 그대로 준행하다가 3년 뒤에 죽었는데, 백성들이 이를 찬양하여 "소하의 법도는 분명하기가 선을 그은 것 같았네. 조참이 그 뒤를 이어 이를 지켜서 잃지 않도록 하였네. 청정한 정사를 행한 그 덕분에, 백성들이 안정된 생활을 누리게 되었다네.[蕭何爲法 顥若畫一 曹參代之 守而勿失 載其淸淨 民以寧一]"라고 노래했다는 고사가 전한다. 《史記 卷54 曹相國世家》

115 몸가짐은……느렸다: 진(晉)나라의 현인(賢人)인 조문자(趙文子)에 대해서 "몸가짐이 겸손하여 마치 옷 무게를 이기지 못하는 듯하였으며, 말은 낮고 느려서 마치 입으로 말을 내놓지 못하는 것 같았다.[其中退然 如不勝衣 其言吶吶然 如不出諸其口]"라고 칭찬한 말이 《예기》〈단궁 하(檀弓下)〉에 나온다.

어 경의를 표하는 정도를 달리한 적이 있지 않았다. 그래서 방에 자비가 가득 넘쳤으므로 대중이 기뻐하며 따랐다. 그리고 5일을 주기로 하여 찾아와서 배움을 구하는 사람들에게 질의할 기회를 주었다. 대사는 문도들을 타일러 말하기를,

"마음이 몸의 주인이 된다고 할지라도, 몸 역시 마음의 스승이 되도록 노력해야 할 것이다. 너희들이 생각하지 않아서 걱정이지, 도라는 것이 어찌 너희들과 멀리 떨어져 있겠느냐. 설사 농부라고 할지라도 속진(俗塵)의 굴레를 벗어날 수가 있는 것이다. 내가 치달리는 것은 내 마음이 치달리기 때문이다. 도사(導師)와 교부(敎父)에 어찌 종자(種子)가 따로 있겠느냐."

하였으며, 또 말하기를,

"저 사람이 마신다고 해서 나의 갈증을 풀어 주지 못하며, 저 사람이 먹는다고 해서 나의 굶주림을 구해 주지 못한다. 어찌하여 자기가 직접 마시며 먹으려고 노력하지 않는단 말인가. 어떤 이는 교(敎)와 선(禪)이 같지 않다고도 하는데, 나는 그렇게 말하는 근본 취지를 모르겠다. 이에 대해서는 본래 말들이 많으나 나와는 상관이 없는 일이다."

하였다. 대개 대사는 자기와 같아도 편들지 않고 자기와 달라도 비난하지 않았으며 조용히 앉아서 기심(機心)을 쉬었으니, 그야말로 누더기 옷을 입은 성자[116]와 비슷했다고 할 것이다. 대사의 말은 분명하면서도 순탄하였으며, 그 뜻은 심오하면서도 신실하였다. 그래서 상(相)에 집착하는 사람들이 상을 떨쳐 버리게 할 수 있었으며, 도(道)를 들은 자들이 부지런히 그것을 실천하여[勤而行之][117] 갈림길 속의 갈림길[歧中之歧][118]에

---

116 누더기……성자: 《노자(老子)》 70장에 "성인은 겉에는 누더기 옷을 입고 있지만, 안에는 보배 구슬을 품고 있다.〔聖人被褐懷玉〕"라는 말이 나온다.

서 헤매지 않게 하였다.

대사는 장년(壯年)에서부터 노쇠할 때까지 자신을 낮추는 일을 기본으로 하였다. 먹는 것도 양식이 특별히 다르지 않았고 입는 것도 반드시 다른 사람들과 똑같이 입었다. 어떤 공사를 하든지 간에 대중보다 먼저 일을 하곤 하였는데, 그럴 때마다 매번 말하기를,

"조사(祖師)께서도 일찍이 진흙을 발로 이기셨는데[踏泥],[119] 내가 어떻게 잠시라도 편안히 쉴 수 있겠느냐."

하였다. 그런가 하면 물을 긷거나 나무를 지는 일까지도 몸소 친히 하면서 말하기를,

"산이 나 때문에 속진(俗塵)에 물들었는데, 내가 어떻게 몸을 편히 할 수 있겠느냐."

하였다. 자기 자신을 극복하고 타인을 격려하는 것이 모두 이와 같았다. 대사는 어려서 유가의 서적을 읽어서 그 여운(餘韻)이 입에 남아 있었기 때문에 응수할 때에 운어(韻語)를 많이 사용하였다.

문제자(門弟子)로서 그 이름을 거론할 수 있는 자가 거의 2천 인에 달한다. 그중에서도 무리와 떨어져 거하면서 도량에 앉아 지낸다[坐道場][120]고 일컬을 만한 자로는 승량(僧亮)과 보신(普愼)과 순예(詢乂)와 심

---

117 도(道)를……실천하여:《노자》41장에 "상등의 인물은 도를 들으면 부지런히 실천한다. 중등의 인물은 도를 들으면 긴가민가하게 반응한다. 하등의 인물은 도를 들으면 크게 비웃는다.[上士聞道 勤而行之 中士聞道 若存若亡 下士聞道 大笑之]"라는 말이 나온다.

118 갈림길 속의 갈림길:도망친 양을 잡으려고 쫓아 가다가 '갈림길 속에 또 갈림길이 있어서[岐路之中 又有岐焉]' 끝내는 양을 잃어버리고 말았다는 '망양지탄(亡羊之歎)'의 고사가 전한다. 《列子 說符》

119 조사(祖師)께서도……이기셨는데:불교 선종(禪宗)의 초조(初祖)로 일컬어지는 가섭(迦葉)이 어느 날 진흙을 발로 이기고 있자[踏泥], 한 사미(沙彌)가 보고는 왜 손수 그런 일을 하느냐고 물으니, "내가 하지 않는다면 누가 나를 위해서 해 주겠느냐.[我若不爲 誰爲我爲]"라고 대답했다는 이야기가 전한다.《五燈會元 卷1 一祖摩訶迦葉尊者》

광(心光) 등이 있다. 이 밖에 여러 법손(法孫)이 즐비하여 그 무리가 성황을 이루고 있으니, 실로 마조(馬祖)가 용자(龍子)를 길러서 동방의 대해(大海)가 서방의 강하(江河)를 압도했다고 말할 만하다.

다음과 같이 논한다. 인사(麟史)[121]에서 말하지 않았던가. "공후였던 사람의 자손이 반드시 그의 시조의 지위로 복귀할 것이다.〔公侯之子孫必復其始〕"[122]라고. 옛날 무열대왕(武烈大王)이 을찬(乙粲)으로 있을 적에, 예맥(穢貊 고구려)의 정벌에 필요한 원군을 청할 계책을 가지고 진덕여왕(眞德女王)의 명을 받들어 소릉황제(昭陵皇帝 당 태종(唐太宗))를 섬돌 아래에서 알현하였다. 그때 정삭(正朔)을 받들고 복장(服章)을 바꾸기를 원한다고 면대하여 진달하니, 천자가 가상하게 여겨 윤허하고는 조정에서 중화의 복식을 내리는 한편 특진(特進)의 지위를 수여하였다.

어느 날 황제가 제번(諸蕃)의 왕자들을 불러 잔치를 열었는데, 크게 술자리를 베풀고 보화를 쌓아 둔 뒤에 하고 싶은 대로 마음껏 행하게 하였다. 이에 무열왕이 술을 마시는 일은 예법에 입각하여 어지럽게 되지 않도록 하고, 아름다운 비단은 지혜를 써서 많이 획득하였다. 무열왕이 하직 인사를 하고 나오자, 문황(文皇 당 태종)이 사라지는 뒷모습을 눈으로 전송하면서 국기(國器)라고 찬탄하였다.

급기야 귀국할 무렵에 황제가 친히 글을 짓고 글씨를 쓴 온양(溫陽)과 진사(晉祠)의 두 비문(碑文) 및 친히 저술한 《진서(晉書)》 1부(部)를 하사

---

120 도량에 앉아 지낸다 : 백거이(白居易)의 시에 "세상에 쓸모없는 노쇠한 이 몸이야, 그저 소요하며 도량에 앉아 지냄이 적격이리.〔世間無用殘年處 祇合逍遙坐道場〕"라는 말이 나온다. 《白樂天詩後集 卷17 道場獨坐》

121 인사(麟史) : 《춘추》의 별칭이다. 《춘추》가 애공(哀公) 14년 "서쪽 들판으로 사냥을 나가서 기린을 붙잡았다.〔西狩獲麟〕"라는 경문(經文)으로 끝나기 때문에 그렇게 말한 것이다. 인경(麟經)이라고도 한다.

122 공후(公侯)였던……것이다 : 《춘추좌씨전》 민공(閔公) 원년 맨 마지막에 나오는 말이다.

하였다. 이때 봉각(蓬閣)에서 이 글을 베껴 겨우 2본(本)을 바쳐 올렸는데, 하나는 저군(儲君 태자)에게 주고 하나는 우리에게 주었다. 그러고는 다시 화자관(華資官)에게 명하여 동문(東門) 밖에서 송별하는 자리를 마련하게 하였으니, 그 우악한 은총과 두터운 예우야말로 설령 지혜에 눈멀고 귀먹은 사람이라 할지라도 이목을 놀라게 하기에 족할 것이다. 이로부터 우리의 땅이 한번 변화하여 노(魯)나라의 경지에 이르렀다.[123] 그런데 그로부터 8세(世) 뒤에 대사가 서방에서 배워 동방을 교화시킴으로써 다시 한번 변화하여 도(道)의 경지에 이르게 하였으니, 그러고 보면 더불어 어깨를 나란히 할 자가 없으리라[莫之與京][124]고 한 말이 우리 대사가 아니면 그 누구를 두고 한 말이겠는가.

위대하도다. 선조(先祖)는 두 적국을 평정하여 사람들의 외면의 복식을 바꾸게 하였고, 대사는 여섯 마적(魔賊)[125]을 항복받아 사람들의 내면의 덕성을 닦게 하였다. 그렇기 때문에 천승(千乘) 제후국의 임금이 양조(兩朝)에 걸쳐서 경배하게 하였고, 사방의 백성들이 만리 길을 달려오게 하였으며, 움직이면 반드시 사람들을 쉽게 따르게 하였고, 가만히 있을 때에도 속으로 비난하는 사람들이 없게 하였다. 이 어찌 반천(半千)의 시운에 응하여 대천(大千)에 몸을 나툰 것이 아니겠는가.[126] 그러니 복

---

123 우리의……이르렀다:《논어》〈옹야(雍也)〉에 "제나라를 한번 변화시키면 노나라의 경지에 이르게 할 수 있고, 노나라를 한번 변화시키면 도의 경지에 이르게 할 수 있다.[齊一變至於魯 魯一變至於道]"라는 공자의 말이 나온다.

124 더불어……없으리라:춘추 시대 제(齊)나라 의중(懿仲)이 자기 딸을 진경중(陳敬仲)에게 출가시키려 할 때 점을 쳐서 얻은 괘(卦) 중에 "8세 뒤의 후손에 이르러서는 더불어 어깨를 나란히 할 자가 없으리라.[八世之後 莫之與京]"라는 말이 나온다.《春秋左氏傳 莊公22年》

125 여섯 마적(魔賊):인식 주체인 인간의 육근(六根) 즉 안(眼)·이(耳)·비(鼻)·설(舌)·신(身)·의(意)에 대하여 그 인식의 대상이 되는 인간의 육경(六境) 즉 색(色)·성(聲)·향(香)·미(味)·촉(觸)·법(法)을 가리켜 말한 것이다. 육경은 육진(六塵)이라고도 한다.

기시(復其始)의 설[127]을 거론한다고 하더라도 겸연쩍게 여길 것이 뭐가 있다고 하겠는가.

저 문성후(文成侯 장량(張良))는 한 고조(漢高祖)의 사부(師父)가 되어 만호(萬戶)에 봉해지고 열후(列侯)의 지위에 오른 것을 크게 과시하면서 한(韓)나라 재상의 자손으로서 최고의 영광으로 여겼으니 비루한 일이다. 그가 가령 신선술을 처음부터 끝까지 배웠다고 하더라도, 실제로 한낮에 하늘로 올라갈 수가 있었겠는가. 그런데 그것도 중간에 그만두어 학(鶴)의 등 위의 하나의 허깨비 같은 몸이 되고 말았을 뿐이다. 그러니 어떻게 우리 대사가 처음에 속세를 초월하고 중도에 중생을 제도하고 마지막에 자기 자신을 깨끗이 한 것과 같을 수가 있겠는가.

성덕(盛德)을 아름답게 형용할 때에 옛날부터 송(頌)의 문체를 애용하였는데, 송은 게(偈)와 같은 종류이다. 적막의 문을 두드려 명(銘)을 짓노니, 그 내용은 다음과 같다.

가도가 상도가 된다고 함은[128]　　　　　　　　可道爲常道
풀 위의 이슬을 꿰는 것과 같고　　　　　　　　如穿草上露

126　이……아니겠는가 : 왕자(王者)와 같은 위인이 나올 500년의 시운(時運)에 맞추어서 대사가 이 세계에 출현하였다는 말이다. 《맹자》〈공손추 하(公孫丑下)〉에 "500년마다 왕자가 반드시 나오게 되어 있다.〔五百年必有王者興〕"라는 말이 나오고, 〈진심 하(盡心下)〉에 요순(堯舜)과 탕(湯)과 문왕(文王)과 공자(孔子) 사이의 세월이 각각 500여 년이라는 말이 나온다. 대천(大千)은 불교 용어로, 삼천대천세계(三千大千世界)의 준말이다.

127　복기시(復其始)의 설 : "공후였던 사람의 자손이 반드시 그의 시조(始祖)의 지위로 복귀할 것이다.〔公侯之子孫必復其始〕"라는 《춘추좌씨전》의 설을 말한다.

128　가도(可道)가……함은 : 《노자(老子)》 1장에 "도라고 명명할 수 있는 도라면 그것은 항상 불변하는 도가 아니요, 이름으로 표현할 수 있는 이름이라면 그것은 항상 불변하는 이름이 아니다.〔道可道 非常道 名可名 非常名〕"라는 말이 나온다.

즉불이 진불이 된다고 함은[129]	卽佛爲眞佛
물속의 달을 잡는 것과 같은데	如攬水中月
상도요 진불을 얻은 것은	道常得佛眞
해동의 김 상인이시로다	海東金上人
본래 가지는 성골이 뿌리로서	本枝根聖骨
상서로운 연꽃의 태몽을 받았나니	瑞蓮資報身
오백년 운세에 맞춰 이 땅에 태어나서	五百年擇地
십삼 세에 속세 떠나 출가한 뒤에	十三歲離塵
화엄이 대붕의 길을 이끌어	雜花引鵬路
험한 바다 위에 배를 띄웠어라	窾木浮鯨津
요 임금의 태양 아래 관광하고서	觀光堯日下
큰 뗏목을 모두 버릴 수 있었나니[130]	巨筏悉能捨
선배들 모두가 탄식하며 말하기를	先達皆嘆云
고행으로 따라갈 자가 없다 했다네	苦行無及者
불교를 탄압하는 사태가 발생하여	沙之復汰之
동방으로 귀국하니 하늘의 복이라	東流是天假

---

129 즉불(卽佛)이……함은 : 어떤 승려가 마조 선사(馬祖禪師)에게 "화상은 어찌하여 즉심
즉불(卽心卽佛)이라고 설하십니까?"라고 물으니, 대답하기를 "어린아이의 울음을 그
치게 하기 위해서.[爲止小兒啼]"라고 하였고, 울음을 그치면 어떻게 하느냐고 다시 묻
자, 대답하기를 "비심비불(非心非佛)"이라고 했다는 이야기가 《오등전서(五燈全書)》권
5 〈마조도일선사(馬祖道一禪師)〉에 나온다.

130 요 임금의……있었나니 : 중국에 건너가 고승들을 역방(歷訪)하며 불법을 구한 끝에
마음으로 크게 깨닫고 나서는 그동안에 방편으로 이용했던 것들을 더 이상 필요로 하
지 않게 되었다는 말이다. 뗏목은 물을 건너기 위한 것인 만큼 일단 건너고 나면 필요
없다는 뜻으로, 불교에서 방편의 뜻으로 많이 쓰인다. 관광(觀光)은 《주역》〈관괘(觀
卦) 육사(六四)〉의 "나라의 휘황한 빛을 봄이니, 왕에게 나아가 손님이 되는 것이 이롭
다.[觀國之光 利用賓于王]"라는 말에서 나온 것으로, 선진 문물을 접하여 견식을 넓힌
다는 의미로 통용된다.

마음의 구슬은 마곡 보철(麻谷寶徹)을 비추었고 　　　心珠瑩麻谷

눈의 거울은 도야[131]를 밝혔다오 　　　目鏡燭桃野

봉황이 날아와서 자태를 드러냄에 　　　旣得鳳來儀

뭇 새들이 다투어 뒤를 따랐는데 　　　衆翼爭追隨

천변만화하는 용을 한번 보시게나 　　　試觀龍變化

범상한 생각으로 어찌 헤아리겠는가 　　　凡情那測知

인방[132]에서 방편을 드러내 보이면서 　　　仁方示方便

성주사에 억지로 주지하였는데 　　　聖住强住持

송문에 석장을 머물 때마다 　　　松門遍掛錫

산길은 송곳 세우기도 어려웠다오 　　　巖徑難容錐

대사는 삼고[133]를 기다리지도 않았고 　　　我非待三顧

칠보로 영접하려 하지도 않았지만[134] 　　　我非迎七步

나가야 할 때에는 잠깐 나갔나니 　　　時行則且行

131　도야(桃野) : 도도(桃都)의 들판이라는 말로, 동방 즉 신라를 뜻한다. 중국 동남쪽에 하늘 높이 치솟은 도도라는 이름의 거목(巨木)이 있고, 그 위에 천계(天雞)라는 닭이 서식하는데, 해가 떠오르면서 이 나무를 비치면 천계가 바로 울고, 그러면 천하의 닭들이 모두 뒤따라 울기 시작한다는 전설이 있다.《述異記 卷下》

132　인방(仁方) : 동방(東方)을 뜻한다. 인(仁)은 오행(五行) 중 목(木)에 소속되는데, 방위로 볼 때 동쪽에 해당한다.

133　삼고(三顧) : 후한(後漢) 말에 제갈량(諸葛亮)이 남양(南陽) 융중(隆中) 땅에서 초옥(草屋)을 짓고 농사지으며 은거하고 있다가, 세 번이나 그곳을 찾아온 유비(劉備)의 정성에 감동되어 세상에 나왔던 이른바 삼고초려(三顧草廬)의 고사를 말한다.《三國志 卷35 蜀書 諸葛亮傳》

134　칠보(七步)로……않았지만 : 북제 문선제(北齊文宣帝)가 승조(僧稠)를 만나러 왔을 때 영접하지 않고 가만히 앉아 있자 제자들이 의아해하면서 그 이유를 물으니, 승조가 "옛날 빈두로 존자가 아육왕(阿育王)을 영접하기 위해 자리에서 일어나 일곱 걸음을 걸은 탓으로 7년 동안 나라가 잘못되게 하였다.〔昔賓頭盧迎王七步 致七年失國〕"라고 대답한 고사가 전한다.《續高僧傳 卷16 僧稠傳》

부처가 불법의 유통을 부촉한 일 때문이었네	爲緣付囑故
두 임금이 아래에서 절을 하였고	二王拜下風
한 나라가 감로에 흠뻑 젖었건만	一國滋甘露
동천의 가을날에 학처럼 나왔다가	鶴出洞天秋
해산의 저물녘에 구름처럼 돌아갔다오	雲歸海山暮
나오는 것은 섭룡보다 귀하였고[135]	來貴乎葉龍
떠나는 것은 명홍보다 높았나니[136]	去高乎冥鴻
물 건너면서는 소보를 좁게 여기다가[137]	渡水陋巢父
골에 들면 낭공보다도 뛰어났어라[138]	入谷超朗公
한번 도외[139]에서 돌아온 뒤로	一從歸島外

---

135 나오는……귀하였고 : 대사가 세상에 나오는 것이 무척 드물었다는 말이다. 섭룡(葉龍)은 섭공(葉公)에게 나타난 용이라는 뜻이다. 섭공자고(葉公子高)라는 사람이 너무도 용을 좋아해서 집안 이곳저곳에 용을 새겨 장식해 놓자 진짜 용이 내려와서 머리를 내밀고 꼬리를 서렸는데, 섭공이 이를 보고는 대경실색하여 달아났다는 섭공호룡(葉公好龍)의 이야기가 한(漢)나라 유향(劉向)의 《신서(新序)》〈잡사(雜事) 5〉에 나온다.

136 떠나는……높았나니 : 대사가 세속에 잠깐 머물다가 산속으로 들어갈 때에는 훌훌 떨치고 미련 없이 떠나갔다는 말이다. 명홍(冥鴻)은 까마득히 하늘 위로 치솟아 사라지는 기러기라는 뜻이다.

137 물……여기다가 : 세상에 나와야 할 때에는 편협하게 은거만을 고수하지 않고 과감하게 나와서 행동했다는 말이다. 진(晉)나라 고승 혜원(慧遠)이 동림사(東林寺)에 거주하면서 호계(虎溪)라는 시냇물을 결코 건너지 않았는데, 도잠(陶潛)과 육수정(陸修靜)을 배웅할 때에는 자신도 모르게 그 물을 건넜으므로, 세 사람이 모두 큰 소리로 웃었다는 일화가 전한다.《蓮社高賢傳 百二十三人傳》또 허유(許由)와 소보(巢父)가 기산(箕山) 영수(潁水)에 숨어 살았는데, 요(堯) 임금이 제위를 맡기려 하자 허유가 이를 거절하고서 귀를 씻었고, 이 말을 들은 소보는 귀를 씻은 더러운 물을 마시게 할 수 없다고 하여 소를 끌고 상류로 올라가서 물을 먹였다는 전설이 전한다.

138 골에……뛰어났어라 : 일단 산중에 들어가서는 철저하게 사원의 청규(淸規)를 지키며 엄격하게 수행했다는 말이다. 전진(前秦) 때의 고승 승랑(僧朗)이 금여곡(金輿谷)에서 수도하면서 승단(僧團)을 엄격하게 이끌었으므로, 그곳을 낭공곡(朗公谷)이라고 일컬었다는 고사가 전한다.《高僧傳 卷5 僧朗傳》

세 번 호중[140]에서 노닐었나니	三返遊壺中
사람들이 제멋대로 시비를 논하지만	群迷漫臧否
궁극적으로 무슨 차이가 있다 하리오	至極何異同
이 도는 담박해서 맛이 없으나	是道澹無味
억지로라도 마시고 먹어야 하리니	然須強飮食
남이 마신 술은 나를 취하게 못하고	他酌不吾醉
남이 먹은 밥은 나를 배부르게 못한다네	他飧不吾飽
대중에게 훈계하여 사심을 버리게 하되	誡衆黜心何
명예와 이익을 겨와 쭉정이로 여기라 하고	糠名復粃利
세속에 권면하여 몸을 단속하게 하되	勸俗飭身何
인과 의를 갑옷과 투구로 여기라 했네	甲仁復冑義
계도하며 버리는 일이 없었나니	汲引無棄遺
그야말로 천인사[141]라 칭할 분이라	其實天人師
옛날 세간에 계실 때에는	昔在世間時
온 나라가 유리처럼 환하였는데	擧國成琉璃
적멸하여 돌아가신 뒤로는	自寂滅歸後
밟는 곳마다 가시풀이 돋는구나	觸地生蒺莉
어찌 그리 일찌감치 열반에 드셨는고	泥洹一何早
고금에 걸쳐 누구나 슬퍼할 일이로다	今古所共悲

---

139 도외(島外) : 동해 삼신산(三神山)이 있는 섬의 밖이라는 뜻인데, 여기서는 중국을 가리킨다.

140 호중(壺中) : 호리병 속의 선경(仙境)이라는 뜻인데, 여기서는 궁중을 가리킨다. 후한(後漢)의 술사(術士)인 비장방(費長房)이 선인(仙人) 호공(壺公)의 총애를 받아 그의 호리병 속에 들어가서 선경의 낙을 즐겼다는 전설이 있다. 《後漢書 卷82下 方術列傳下 費長房》

141 천인사(天人師) : 하늘과 사람의 스승이라는 뜻으로, 불(佛)의 10호(號) 중의 하나이다.

사리탑을 쌓고 다시 비석에 새겨	甃石復刊石
유골을 보관하고 자취를 드러냈나니	藏形且顯跡
고니 같은 흰 탑은 청산에 점을 찍었고	鵠塔點青山
거북 등의 비석은 취벽을 버티고 섰도다	龜碑撑翠壁
이것이 어찌 본래의 마음이리오	是豈向來心
문자만 살피는 것은 헛수고일 뿐	徒勞文字覰
그저 후세에 지금을 알게 하려 함이니	欲使後知今
지금 과거를 돌아보는 것과 같은 것이로다[142]	猶如今視昔
천년토록 스며들 임금의 은혜요	君恩千載深
만대토록 흠앙할 스승의 교화로다	師化萬代欽
누가 자루 있는 도끼를 잡을 것이며	誰持有柯斧
누가 줄 없는 거문고를 탈 것인가	誰倚無絃琴
선의 경지를 지킬 사람이 없다 해도	禪境雖沒守
객진이 어찌 침노하게야 놔두리오	客塵寧許侵
계봉에 미륵불이 출현할 때까지	雞峯待彌勒
길이 동쪽 계림에 건재하리라[143]	長在東雞林

---

142 그저……것이로다 : 진(晉)나라 왕희지(王羲之)의 〈난정기(蘭亭記)〉에 "후세에 지금을
    보는 것이 또한 지금 과거를 돌아보는 것과 같을 것이니, 슬픈 일이다.〔後之視今 亦猶今
    之視昔 悲夫〕"라는 말이 나온다.

143 계봉(雞峯)에……건재하리라 : 미래불(未來佛)인 미륵(彌勒)이 이 세상에 나올 때까지
    이 비석은 건재할 것이라는 말이다. 계봉은 계족산(雞足山)으로 곧 영취산(靈鷲山)을
    가리킨다. 부처의 수제자인 가섭(迦葉)이 여래(如來)의 의발(衣鉢)을 전수받고는 이를
    부처의 부촉에 따라 미륵에게 전하기 위해 계족산에 가서 선정에 든 뒤에 가부좌하고
    입멸하자 계족산 세 봉우리가 하나의 산으로 합쳐졌는데, 장차 미륵불이 하생(下生)
    하여 손가락으로 튕기면 그 산이 다시 열리면서 가섭이 선정에서 깨어나 의발을 전하
    게 된다는 불교 설화가 전해 온다. 《佛祖統記 卷5 始祖摩訶迦葉尊者》

진감 화상 비명¹⁴⁴ 병서

眞監和尙碑銘 幷序

대저 도는 사람과 멀리 떨어져 있지 않고, 사람은 나라에 따른 차이가 있지 않다. 그렇기 때문에 동방 출신의 사람들이 불교를 공부할 수도 있고 유교를 공부할 수도 있는 것이다. 그런데 이를 위해서는 반드시 서쪽으로 큰 바다에 배를 띄우고 거듭 통역을 바꿔 가면서 유학을 해야 한다. 목숨은 조각배에 의지하고 마음은 보주(寶洲)에 이르기를 고대하면서, 빈손으로 갔다가 채워서 돌아오니 먼저 어려운 일을 겪어야만 뒤에 얻을 수가 있는 것이다. 이 또한 험준한 곤륜산(崑崙山)을 꺼리지 않고 옥을 캐는 사람이나 여룡(驪龍)이 서린 심연(深淵)을 사양하지 않고 구슬을 찾는 사람¹⁴⁵과 비슷하다고 할 것이다. 그리하여 마침내 불교의 혜거(慧炬)를 얻으면 오승(五乘)¹⁴⁶의 광채와 융화되고, 유교의 가효(嘉肴)를 얻으면 육경(六經)의 진미를 만끽하게 되어, 1천 가문이 다투어 선에 들어오게 하고〔千門入善〕¹⁴⁷ 온 나라가 인한 마음을 일으키게〔一國興

---

144 진감 화상 비명 : 《신라사산비명》에는 〈지리산쌍계사진감선사대공탑비(智異山雙谿寺眞鑑禪師大空塔碑)〉로 되어 있다.

145 여룡(驪龍)이……사람 : 여룡 즉 흑룡(黑龍)이 잠들어 있을 때 잡아먹힐 위험을 무릅쓰고 턱 아래의 구슬을 훔쳐 온 사람의 이야기가 《장자》〈열어구(列禦寇)〉에 나온다.

146 오승(五乘) : 여러 가지 설이 있지만, 통상 삼귀(三歸) 오계(五戒)를 통하여 인간세계에 태어나게 하는 인승(人乘), 십선(十善) 및 사선(四禪) 팔정(八定)을 통하여 천상세계에 태어나게 하는 천승(天乘), 사제 법문(四諦法門)을 통하여 아라한과(阿羅漢果)를 얻게 하는 성문승(聲聞乘), 십이인연(十二因緣) 법문을 통하여 벽지불과(辟支佛果)를 얻게 하는 연각승(緣覺乘), 육도(六度) 법문을 통하여 무상보리(無上菩提)의 경지에 이르게 하는 보살승(菩薩乘)을 가리킨다. 오연(五衍)이라고도 한다.

仁]¹⁴⁸ 할 수 있는 것이다.

　그런데 학자 중에는 신독(身毒)¹⁴⁹과 궐리(闕里)¹⁵⁰에서 설하는 가르침
이 흐름도 다르고 체제도 달라서 둥근 구멍에 모난 자루를 끼우는 것처
럼 상호 모순되어 한 모퉁이만 차지하고 있을 뿐이라고 주장하는 사람
도 있는데, 이에 대해서 시험 삼아 논해 보겠다.

　"시를 해설하는 사람은 하나의 글자 때문에 한 문장의 뜻을 해쳐서는
안 되고, 하나의 문장 때문에 전체의 의미를 해쳐서도 안 된다.[說詩者
不以文害辭 不以辭害志]"¹⁵¹라고 하였다. 또《예기(禮記)》에서도 "말의 뜻
이 어찌 한 가지뿐이겠는가. 상황에 따라서 각기 해당하는 바가 다를 수
있다.[言豈一端而已 夫各有所當]"¹⁵²라고 하였다.

　그렇기 때문에 여산(廬山)의 혜원(慧遠)은 논을 지어 "석가여래(釋迦如
來)와 주공(周公)과 공자(孔子)는 출발점은 다를지라도 귀착점은 동일한

147　1천……하고 : 당(唐)나라 도선(道宣)이 지은《광홍명집(廣弘明集)》권3〈가훈귀심편
　　　(家訓歸心篇)〉에 "불교는 1만 행동을 공으로 돌리고 1천 가문이 선에 들어오게 한다.
　　　그 변재와 지혜로 말하면 어찌 단지 칠경이나 백씨의 박학함 정도로 그치겠는가. 요순
　　　이나 주공과 공자 그리고 노장 등도 미칠 수 없는 것이 분명하다.[萬行歸空 千門入善 辯
　　　才智慧 豈徒七經百氏之博哉 明非堯舜周孔老莊所及也]"라는 북제(北齊) 안지추(顔之推)
　　　의 말이 실려 있다.

148　온 나라가……일으키게 : 《대학장구》전 9장에 "임금의 집안이 인을 행하면 온 나라가
　　　인한 마음을 일으키게 되고, 임금의 집안이 사양을 하면 온 나라가 사양하는 마음을
　　　일으키게 된다.[一家仁 一國興仁 一家讓 一國興讓]"라는 말이 나온다.

149　신독(身毒) : 천축(天竺)과 같은 말로, 인도(印度)의 옛 이름인데, 여기서는 불교의 뜻
　　　으로 쓰였다. 《후한서(後漢書)》권88〈서역열전(西域列傳) 천축(天竺)〉에 "천축국은 신
　　　독이라고도 하는데, 월지에서 동남쪽으로 수천 리 떨어져 있으며, 풍속은 월지와 같
　　　다.[天竺國 一名身毒 在月氏之東南數千里 俗與月氏同]"라는 말이 나온다.

150　궐리(闕里) : 산동성(山東省) 곡부현(曲阜縣)에 있는 공자(孔子)의 고리(故里)인데, 여기
　　　서는 유교의 뜻으로 쓰였다.

151　시를……된다 : 《맹자》〈만장 상(萬章上)〉에 나오는 말이다.

152　말의……있다 : 《예기》〈제의(祭義)〉에 나온다.

데, 두 종교의 정수를 함께 아우르지 못하는 것은 사람들이 그 둘을 허심탄회하게 받아들이지 못하기 때문이다.〔如來之與周孔 發致雖殊 所歸一揆 體極不能兼者 物不能兼受故也〕"¹⁵³ 라고 하였고, 심약(沈約)은 "공자는 단초를 열었고 석가는 극치를 다했다.〔孔發其端 釋窮其致〕"¹⁵⁴ 라고 말했던 것이다. 그들은 참으로 대체(大體)를 안 자라고 이를 만하니, 이 정도는 되어야 비로소 지극한 도에 대해서 더불어 이야기할 수 있을 것이다. 그런데 불교에서 심법(心法)에 대해 이야기하는 것으로 말하면, 현묘하고 현묘해서 어떤 이름으로도 일컬을 수가 없고 어떤 설명으로도 설명할 수가 없다. 비록 달을 가리키는 손가락〔月指〕¹⁵⁵의 뜻이나 앉아서 잊는〔坐忘〕 경지¹⁵⁶를 체득했다고 할지라도, 끝내는 바람이나 그림자를 붙잡아 매기 어려운 것처럼 표현하기 어렵다고 해야 할 것이다. 그렇긴 하지만 멀리 오르려면 가까운 곳에서부터 출발해야 하는 것이니, 언어로 비유를 취해서 말한들 무슨 상관이 있다고 하겠는가.

옛날 공자(孔子)는 문제자(門弟子)에게 이르기를, "나는 말을 하지 않으려 한다. 하늘이 무슨 말을 하던가.〔予欲無言 天何言哉〕"¹⁵⁷ 라고 하였다.

---

153 석가여래(釋迦如來)와……때문이다 : 《사문불경왕자론(沙門不敬王者論)》5편 중 네 번째 체극불겸응(體極不兼應)의 대목에 나오는 글인데, 《고승전(高僧傳)》권6 〈석혜원전(釋慧遠傳)〉에 수록되어 있다. 고운이 내용을 생략하거나 덧붙인 부분이 있지만 대의는 큰 차이가 없다.

154 공자는……다했다 : 심약(沈約)은 남조 양(梁)의 저명한 문학가이다. 이 내용은 그의 〈내전 서(內典序)〉에 나오는데, 《광홍명집(廣弘明集)》권19에 수록되어 있다.

155 달을 가리키는 손가락 : 달을 손가락으로 가리키면 응당 달을 보아야 할 텐데, 손가락만을 쳐다보고는 그것이 달인 것처럼 생각하는 것을 말하는데, 불립문자(不立文字)와 교외별전(敎外別傳)을 주장하는 선가(禪家)에서 문자와 명상(名相)에 집착하지 말고 실상(實相)을 보아야 한다는 뜻으로 쓰는 비유이다. 《楞嚴經 卷2》

156 앉아서 잊는 경지 : 좌망(坐忘)은 《장자》〈대종사(大宗師)〉에 나오는 말로, 주객(主客)이 분리되지 않은 상태에서 도(道)와 합일된 정신의 경지를 뜻하는데, 불가(佛家)의 삼매(三昧)와 비슷한 의미를 지니고 있다.

이는 저 정명(淨名)이 침묵으로 문수(文殊)를 대하고[158] 선서(善逝)가 가섭(迦葉)에게 은밀히 전한 것[159]과 통하는 것이다. 그러고 보면 굳이 언어를 사용하지 않고도 서로 마음을 전할 수 있는 방법이 있다고도 하겠다. 하지만 하늘이야 말을 하지 않는다고 하더라도, 우리 일반인들이야 이 언어를 사용하지 않고 어떻게 의사를 표현할 수가 있겠는가. 멀리 현묘한 도를 전하여 널리 우리나라를 빛낸 분이 계시는데, 이분이 또 어찌 우리와 다른 사람이겠는가. 선사(禪師)가 바로 그분이시다.

선사의 법휘(法諱)는 혜소(慧昭)요, 속성은 최씨(崔氏)이다. 그의 선조는 한족(漢族)으로 산동(山東)에서 벼슬하는 집안이었다. 수(隋)나라 군대가 요동(遼東)을 정벌할 적에 고구려에서 많이 죽었는데, 그때 뜻을 굽혀 고구려의 백성이 된 사람이 있었다. 그 뒤 성당(聖唐)의 시대에 와서 옛날 한사군(漢四郡)의 지역이 판도로 들어올 적에, 지금의 전주(全州) 금마(金馬)에서 터를 잡고 살게 되었다. 부친은 창원(昌元)이라고 하는데,

---

157 나는……하던가 : 공자가 "나는 말을 하지 않으려 한다.〔予欲無言〕"라고 하자, 자공(子貢)이 "말씀을 하지 않으시면 저희가 어떻게 도를 전하겠습니까?"라고 하니, 공자가 "하늘이 무슨 말을 하던가. 그럼에도 불구하고 사시는 운행하고 만물은 자라난다.〔天何言哉 四時行焉 百物生焉〕"라고 대답한 말이 《논어》〈양화(陽貨)〉에 나온다.

158 정명(淨名)이……대하고 : 정명은 인도(印度) 비야리국(毘耶離國)의 장자(長者)로서 석존(釋尊)의 속제자(俗弟子)였다는 유마거사(維摩居士)를 가리킨다. 문수보살(文殊菩薩)이 유마거사를 찾아와서 불이법문(不二法門)에 대해 물어보았는데, 유마가 아무 말 없이 침묵을 지키고 있으니, 문수가 탄식하며 "이것이 바로 불이법문으로 들어간 것이다."라고 말했다는 이야기가 전한다. 《維摩經 入不二法門品》

159 선서(善逝)가……것 : 선서는 부처의 10호(號) 가운데 하나이다. 석가모니(釋迦牟尼)가 영산회상(靈山會上)에서 염화시중(拈花示衆)했을 때에, 대중이 모두 침묵을 지키는 가운데 오직 가섭(迦葉)만이 파안미소(破顔微笑)를 짓자, 석가가 "나에게 있는 정법안장(正法眼藏), 열반묘심(涅槃妙心), 실상무상(實相無相), 미묘법문(微妙法門), 불립문자(不立文字), 교외별전(敎外別傳)을 마하가섭(摩訶迦葉)에게 부촉하노라."라고 했다는 말이, 육조 대사(六祖大師)의 《법보단경(法寶壇經)》〈서문〉과 《오등회원(五燈會元)》 권1〈석가모니불(釋迦牟尼佛)〉 등에 나온다.

재가 중에 출가인의 행동을 보였다. 모친 고씨(顧氏)가 일찍이 낮에 잠깐 잠든 사이에 꿈을 꾸니 범승(梵僧) 한 사람이 나타나서 말하기를,

"내가 어머니[阿孃]의 아들이 되고자 합니다."

하고는, 유리병을 주는 것이었다. 이 꿈을 꾸고 얼마 지나지 않아서 선사를 잉태하였다.

선사는 태어날 적에 울지 않았다. 이는 바로 일찍부터 언성(言聲)을 내지 않는 상서로운 싹을 보여 주는 것이었다. 이를 갈 무렵에 아이들과 어울려 놀 적에도 반드시 나뭇잎을 태워 향을 피우는가 하면 꽃을 꺾어 헌화하곤 하였으며, 간혹 서쪽을 향해 단정히 앉아서 해 그림자가 옮겨 가도록 꼼짝하지 않은 때도 있었다. 이를 통해서 대사의 선본(善本)은 원래 백천겁(劫) 이전부터 길러진 것으로서 사람들이 발돋움해도 따라갈 수 있는 것이 아님을 알 수 있다고 하겠다.

머리를 땋은 아동 때부터 관을 쓴 어른이 될 때까지 어버이의 은혜를 갚으려는 뜻이 절실해서 잠시도 잊은 적이 있지 않았다. 그런데 집에는 한 말의 곡식도 저축한 것이 없었고, 또 천시(天時)를 훔칠 만한 조그마한 땅도 없어서[160] 구복(口腹)의 봉양을 위해서는 오직 자기의 노동력을 믿는 수밖에 없었다. 이에 생선 파는 일에 종사하며 어버이의 입에 맞는 음식을 올리려고 노력하였는데, 손은 수고롭게 그물을 짜지 않았어도 마음은 물고기 잡는 일을 이미 잘 알아서 철숙(啜菽)의 봉양[161]을 넉넉히

---

160 천시(天時)를……없어서 : 농사지어 수확할 토지가 전혀 없었다는 말이다. 《열자(列子)》〈천서(天瑞)〉에, 천시(天時)와 지리(地利)를 훔쳐서[盜天地之時利] 농사짓고 살아간다는 말이 나온다.

161 철숙(啜菽)의 봉양 : 콩죽을 쑤어 먹는다는 말로, 빈한한 집에서 효성스럽게 어버이를 모시는 것을 말한다. 공자의 제자 자로가 집이 가난해 어버이를 제대로 모시지 못한다고 한탄하자, 공자가 "콩죽을 쑤어 먹고 맹물을 마시더라도 어버이를 기쁘게 해 드리면 그것이 곧 효도이다.[啜菽飮水 盡其歡 斯之謂孝]"라고 말한 고사가 전한다. 《禮記 檀弓下》

하며 채란(采蘭)[162]의 노래에 걸맞게 할 수 있었다. 그러다가 어버이 상을 당해서는 흙을 직접 등에 지고 날라 봉분하고는 말하기를,

"길러 주신 은혜에 대해서는 애오라지 힘닿는 대로 보답하려고 노력 하였다. 이제 희미(希微)의 경지[163]에 대해서 마음속으로 구하지 않을 수가 있겠는가. 내가 어찌 뒤웅박[匏瓜]처럼 젊은 나이에 그냥 한 곳에 만 죽치고 있어서야 되겠는가.[164]"

하였다.

드디어 정원(貞元) 20년(804, 애장왕5)에 세공사(歲貢使)에게 가서 뱃 사공이 되겠다고 청하여 서쪽으로 가는 배에 발을 붙인 뒤에 궂은일을 마다하지 않으면서 험난한 길도 평탄하게 여겼다. 그리하여 자비의 배를 저어 고난의 바다를 건넌 뒤에 피안(彼岸)에 도착하고 나서 국사(國使) 에게 고하기를,

"사람마다 각자 뜻이 다르니, 여기에서 작별할까 합니다."

하였다. 마침내 길을 떠나 창주(滄洲)에 와서 신감 대사(神鑑大師)를 찾 아보고는 오체투지(五體投地)[165]의 절을 올렸는데, 절이 끝나기도 전에 대사가 기뻐하며 말하기를,

---

162 채란(采蘭) : 진(晉)나라 속석(束晳)의 보망시(補亡詩) 〈남해(南陔)〉에 나오는 '언채기란 (言采其蘭)'이라는 말에서 연유한 것으로, 보배로운 향초를 캐어 어버이에게 드린다는 뜻에서 어버이 봉양을 가리키는 말이 되었다.

163 희미(希微)의 경지 : 소리와 형체가 없는 도(道)의 세계를 말한다. 《노자(老子)》 14장 에 "들으려 해도 들을 수 없는 것을 희라 하고, 잡으려 해도 잡을 수 없는 것을 미라 한 다.〔聽之不聞名曰希 搏之不得名曰微〕"라는 말이 나온다.

164 내가……되겠는가 : 《논어》 〈양화(陽貨)〉에 "내가 어찌 뒤웅박처럼 한곳에 매달린 채 먹지도 못하는 그런 사람이 되어야 하겠는가.〔吾豈匏瓜也哉 焉能繫而不食〕"라는 공자 의 말이 나온다.

165 오체투지(五體投地) : 두 무릎과 두 팔과 머리를 땅에 대고 절하는 불교 예법의 하나로, 접족작례(接足作禮)·두면예족(頭面禮足)이라고도 한다.

"전생에서 아쉽게 이별한 지 얼마 되지 않아 지금 다시 만나니 기쁘다."

하였다. 그러고는 서둘러서 머리를 깎고 승복을 입힌 뒤에 얼른 인계(印戒)를 받게 하였는데, 마치 불이 마른 쑥으로 타 들어가고 물이 저습(低濕)한 곳으로 번져 가는 것과 같았다.[166] 그리고 승도(僧徒)들은 서로 이르기를,

"동방의 성인(聖人)[167]을 여기에서 다시 뵙게 되었다."

하였다.

선사는 형모(形貌)가 검었으므로, 대중이 이름을 부르지 않고 지목하여 흑두타(黑頭陀)라고 하였다. 이는 현묘한 이치를 탐구하며 말없이 처하는 것이 참으로 칠도인(漆道人)[168]의 후신(後身)으로 여겨졌기 때문

---

166 불이……같았다 : 상호 의기투합하는 모습을 표현한 것이다. 《주역》 〈건괘(乾卦) 문언(文言)〉에 "같은 소리끼리 서로 응하며, 같은 기운끼리 서로 찾는다. 물은 축축한 곳으로 번져 가고, 불은 건조한 곳으로 타들어 간다.[同聲相應 同氣相求 水流濕 火就燥]"라는 말이 나온다.

167 동방의 성인(聖人) : 《해동고승전(海東高僧傳)》 권2 〈석안함전(釋安含傳)〉에 "최치원이 지은 〈의상전〉에 의하면, 의상은 진평왕 건복 42년(620)에 태어났는데, 이해에 동방의 성인인 안홍 법사가 서역의 두 삼장과 중국의 승려 2인과 함께 당나라에서 왔다고 하였다.[崔致遠所撰義相傳云 相眞平建福四十二年受生 是年東方聖人安弘法師與西國二三藏漢僧二人至唐]"라는 말이 나온다.

168 칠도인(漆道人) : 동진(東晉)의 고승(高僧) 도안(道安)의 별칭이다. 《석씨계고략(釋氏稽古略)》 권2 〈전량(前涼) 석도안(釋道安)〉에 "나이 11세에 출가하여 불도징을 사사하였다. 글을 읽으면 하루에 만언을 기억하였으며, 재변으로 맞설 사람이 없었다. 성품이 총명하였으나 모습은 추하였으므로, 당시에 칠도인이 사방을 놀라게 한다고 말하였다.[年十一出家師事佛圖澄 讀書日記萬言 才辯無敵 性聰而貌醜 時語曰漆道人驚四隣]"라는 말이 나온다. 또 《불조통기(佛祖統記)》 권36 〈진효무제(晉孝武帝)〉에 "도안은 모습이 총민하고 피부 색깔이 검었으며 담론을 좋아하였다. 그래서 칠도인이 사방을 놀라게 한다는 소문이 퍼졌다. 또 왼쪽 팔에 사방 1치쯤 도장 형태의 살점이 돋아났으므로 세상에서 인수보살이라고 불렀다.[安貌銳而姿黑 喜談論 故諺曰 漆道人驚四隣 左臂有肉 方寸隆起如印 世號印手菩薩]"라는 말이 나온다.

이니, 어찌 도읍 안의 얼굴 검은 사람[邑中之黔][169]이 뭇사람들의 마음을 위로했던 일에만 비교될 뿐이었겠는가. 길이 적자(赤髭)[170]와 청안(青眼)[171]과 더불어 색상(色相)으로 드러내 보일 만한 일이라고 하겠다.

원화(元和) 5년(810, 헌덕왕2)에 숭산(嵩山) 소림사(少林寺) 유리단(琉璃壇)에서 구족계(具足戒)를 받았으니, 이는 성선(聖善)[172]의 예전의 꿈과 부절을 합친 것처럼 완전히 들어맞는 것이었다. 계율을 지키는 것을 구슬처럼 맑게 한 뒤에 다시 배움의 바다로 돌아왔는데, 하나를 들으면 열을 알아서 마치 홍색이 꼭두서니보다 더 붉고 청색이 쪽보다 더 푸른 것처럼 스승을 능가하였다. 마음은 지수(止水)와 같이 맑았지만 행적은 조각구름과 같이 떠돌았다.

본국의 승려인 도의(道義)가 선사보다 먼저 중국에 와서 불법(佛法)을 구하였는데, 해후하여 평소의 소원을 풀었으니[適願],[173] 이는 서남쪽에

---

169 도읍……사람 : 춘추 시대 송(宋)나라 공자 한(罕)을 가리킨다. 송나라 황국보(皇國父)가 태재(太宰)가 되어 임금인 평공(平公)을 위해 누대를 지었는데, 그 일이 농사에 방해가 되었으므로 공자 한이 추수가 끝난 뒤에 공사할 것을 청했지만 평공이 허락하지 않았다. 그러자 일을 하는 자들이 "택문 가의 얼굴 흰 사람은 실로 우리의 이 공사를 일으켰고, 도읍 안의 얼굴 검은 사람은 실로 우리의 마음을 위로해 주네.[澤門之晳 實興我役 邑中之黔 實慰我心]"라고 노래했다는 고사가 《춘추좌씨전》 양공(襄公) 17년에 나온다.

170 적자(赤髭) : 진(晉)나라의 고승 불태야사(佛馱耶舍)를 가리킨다. 《불조통기(佛祖統記)》 권26 〈십팔현전(十八賢傳) 불태야사〉에 "스님은 수염이 붉고 비바사론을 잘 해석하였기 때문에, 당시에 사람들이 붉은 수염의 논주라고 불렀다.[師髭赤 善解毗婆沙論 時人號赤髭論主]"라는 말이 나온다.

171 청안(青眼) : 푸른 눈이라는 뜻으로, 보통 중국 선종(禪宗)의 초조(初祖)인 달마(達磨)를 가리킬 때 쓰는 표현이다.

172 성선(聖善) : 모친을 뜻하는 말이다. 《시경》 〈개풍(凱風)〉의 "어머님은 성스럽고 선하신데, 우리 중에는 괜찮은 자식이 없도다.[母氏聖善 我無令人]"라는 말에서 유래한 것이다.

173 해후하여……풀었으니 : 《시경》 〈야유만초(野有蔓草)〉의 "우연히 서로 만나, 평소의 소원을 풀었도다.[邂逅相遇 適我願兮]"라는 말을 발췌한 것이다.

서 벗을 얻은 것[174]이었다. 사방으로 멀리 선지식(善知識)을 찾아다니며 불지견(佛知見)[175]을 증득하고는 의공(義公)이 먼저 고국에 돌아가자 선사는 그 길로 종남산(終南山)으로 들어갔다.

만 길 산봉우리 위에 올라가 송실(松實)을 먹고 지관(止觀)[176]하며 적적하게 지낸 것이 3년이요, 그 뒤에 다시 자각(紫閣)으로 나와 번화한 교통의 요지에서 짚신을 삼아 널리 보시(布施)하며 바쁘게 왕래한 것이 또 3년이었다.

이렇게 해서 고행(苦行)의 수행을 일단 마친 뒤에, 다른 지방에 만행(萬行)을 하는 일도 일단락을 지었다. 그러나 공(空)의 도리를 터득하였다고 하더라도 이 몸의 근본인 고향이야 어떻게 잊을 수가 있겠는가. 그리하여 태화(太和) 4년(830, 흥덕왕5)에 귀국하니, 대각(大覺) 상승(上乘)의 빛이 우리 인역(仁域)을 환히 비췄다. 흥덕대왕(興德大王)이 봉필(鳳筆)을 날려 영접하여 위로하면서 이르기를,

"도의 선사(道義禪師)가 지난번에 돌아왔는데 상인(上人)이 잇따라 이르러서 두 분의 보살(菩薩)이 되셨도다. 예전에 흑의(黑衣)의 인걸[177]이 있다는 말을 들었는데, 지금 납의(衲衣)의 영걸을 보게 되었도다. 미천

174 서남쪽에서……것:《주역(周易)》〈곤괘(坤卦) 괘사(卦辭)〉에 "서남쪽으로 가면 벗을 얻고, 동북쪽으로 가면 벗을 잃는다.〔西南得朋 東北喪朋〕"라는 말이 나온다.

175 불지견(佛知見):부처가 일대사인연(一大事因緣)으로 세상에 출현하여 개(開)·시(示)·오(悟)·입(入)의 사불지견(四佛知見)을 설법했다는 내용이 《법화경(法華經)》〈방편품(方便品)〉에 보인다.

176 지관(止觀):망상을 쉬고 제법(諸法)의 실상(實相)을 관찰하는 불교 수행법으로, 《법화경》을 소의경전(所依經傳)으로 하는 천태종(天台宗)에서 특히 강조한다.

177 흑의(黑衣)의 인걸:《불조통기(佛祖統記)》권36 〈제무제(齊武帝)〉에 "장간사의 현창에게 조칙을 내려 법헌과 함께 승주가 되게 한 뒤에, 강남과 강북의 일을 나누어 맡게 하니, 당시에 이들을 흑의의 두 인걸이라고 불렀다.〔勅長干寺玄暢同法獻爲僧主 分任江南北事 時號黑衣二傑〕"라는 말이 나온다.

(彌天)¹⁷⁸의 자애와 위엄을 온 나라가 기뻐하며 의지하고 있으니, 과인이 장차 동쪽 계림(雞林)의 경내를 가지고 길상(吉祥)의 집을 이룩하리라."

하였다.

처음에 상주(尙州) 노악(露嶽) 장백사(長柏寺)에 석장(錫杖)을 머물렀는데, 의원의 집에 환자가 많은 것¹⁷⁹처럼 사람들이 구름처럼 모여들었다. 그래서 사원이 비록 널찍하긴 하였지만, 물정(物情)이 스스로 비좁게 여겼으므로, 마침내 걸어서 강주(康州) 지리산(智異山)으로 갔다. 그때 몇 마리의 오도(於菟)¹⁸⁰가 포효하며 앞길을 인도하였는데, 위험한 길은 피하고 평탄한 길로 향하는 것이 유기(猶騎)¹⁸¹와 다를 것이 없었으므로, 따르는 자들이 겁내지 않고 집에서 기르는 개처럼 여겼다. 이것은 선무외 삼장(善無畏三藏)이 영산(靈山)에서 하안거(夏安居)를 할 적에 맹수가 앞길을 인도한 결과 깊이 산혈(山穴) 속으로 들어가서 석가모니의 입상(立像)을 보게 된 일¹⁸²과 사적(事跡)이 완전히 일치하는 것이니, 저 축

---

178 미천(彌天) : 하늘에 가득하다는 뜻으로, 진(晉)나라 고승 도안(道安)의 별명인데, 여기서는 진감 선사를 비유하였다. 《불조통기(佛祖統記)》 권36 〈진효무제(晉孝武帝)〉에 "고사 습착치가 도안을 찾아와서 자칭 사해 습착치라고 말하자, 도안이 미천 석도안이라고 대답하였는데, 당시에 사람들이 명답변이라고 하였다.〔高士習鑿齒詣安 自稱四海習鑿齒 安答曰 彌天釋道安 時以爲名對〕"라는 말이 나온다.

179 의원의……것 : 《장자》 〈인간세(人間世)〉에 "잘 다스려지는 나라는 떠나고, 어지러운 나라에는 들어가라. 의원의 집에는 환자가 많이 모이는 법이다.〔治國去之 亂國就之 醫門多疾〕"라는 말이 나온다.

180 오도(於菟) : 호랑이의 별칭이다. 《춘추좌씨전》 선공(宣公) 4년에 "초나라 사람들은 젖을 곡이라 하고, 호랑이를 오도라 한다.〔楚人謂乳穀 謂虎於菟〕"라는 말이 나온다.

181 유기(猶騎) : 유아기(猶兒騎)의 준말로, 제왕의 대가(大駕)가 행차할 때 의장대(儀仗隊) 앞에서 길을 인도하는 호위 기마병을 말한다. 유아는 발걸음이 날래어 잘 달리는 등산(登山) 귀신 이름이다.

182 선무외 삼장(善無畏三藏)이……일 : 《송고승전(宋高僧傳)》 권2 〈선무외전(善無畏傳)〉에 나온다.

담유(竺曇猷)가 꾸벅꾸벅 조는 호랑이의 머리를 두드려서 송경(誦經)하는 소리를 잘 듣게 한 일[183]만 전적으로 승사(僧史)에서 미담으로 꼽히게 할 수는 없는 일이다. 이렇게 해서 화개곡(花開谷)의 고(故) 삼법 화상(三法和尙)의 난야(蘭若)[184]의 옛터에 당우(堂宇)를 수축하니, 엄연히 조물(造物)이 이루어 놓은 것만 같았다.

개성(開成) 3년(838, 민애왕1)에 민애대왕(愍哀大王)이 갑작스럽게 보위에 오르고 나서[185] 깊이 부처의 자비에 의탁할 목적으로 새서(璽書)를 내리고 재(齋)를 올리는 비용을 보내며 특별히 발원해 줄 것을 청하였다. 이에 선사가 이르기를,

"부지런히 선정(善政)을 행하면 될 것입니다. 발원은 해서 무엇 하겠습니까."

하였다. 사신이 왕에게 복명을 하니, 왕이 이 말을 듣고는 부끄러운 한편으로 깨닫는 점이 있었다. 선사가 색(色)과 공(空) 두 가지를 초월하고 정(定)과 혜(慧)에 모두 원만하다 하여, 왕이 사신을 보내 혜소(慧昭)라는 호를 하사하였는데, 이 '소(昭)'자는 성조(聖朝)의 묘휘(廟諱)를 피하여 바꾼 것이다.

이와 함께 대황룡사(大皇龍寺)에 사적(寺籍)을 편입시키고 경읍(京邑)으로 올라오도록 징소(徵召)하였는데, 왕복하는 사신의 말고삐가 길에

---

183 축담유(竺曇猷)가……일 : 맹호(猛虎) 수십 마리가 그의 앞에 쪼그리고 앉아서 송경 소리를 듣고 있었는데, 유독 한 마리가 졸고 있자 여의장(如意杖)으로 머리를 두드려 깨워 질책하였다는 이야기가 《고승전(高僧傳)》 권11 〈축담유전(竺曇猷傳)〉에 나온다.

184 난야(蘭若) : 범어(梵語) araṇya의 음역인 아란야(阿蘭若)의 준말로, 출가한 승려의 한적한 수행처, 즉 사원을 뜻한다.

185 개성(開成)……나서 : 민애왕 김명(金明)이 희강왕(僖康王)에게 스스로 목숨을 끊게 하고 왕위에 오른 것을 말하는데, 그도 1년 뒤에 김양(金陽) 등에게 살해되는 운명을 맞는다.

서 교차하였지만, 선사는 산악처럼 우뚝 서서 그 뜻을 바꾸지 않았다. 옛날에 승조(僧稠)가 원위(元魏)의 세 차례 초빙에도 응하지 않으면서 말하기를 "산에서 수도하며 대도(大道)에 어긋나지 않게 해 주기를 청한다.[在山行道 不爽大通]"[186] 라고 하였는데, 깊은 산속에 거하며 고상한 뜻을 기르는 것이 시대는 달라도 그 지취(志趣)를 서로 같이 한다고 하겠다. 여러 해를 머무는 동안 가르침을 청하는 자들이 벼와 삼대처럼 대열을 이루어 거의 송곳 꽂을 땅조차 없었다.

그리하여 마침내 기이한 지역을 두루 물색하다가 남령(南嶺)의 산기슭을 얻으니 전망이 트이고 상쾌하기가 으뜸이었으므로 이곳에 선찰(禪刹)을 경영하였다. 뒤로는 노을 진 산봉우리를 기대고 앞으로는 구름 이는 시내를 굽어보았다. 시계(視界)를 맑게 하는 것은 강 건너 먼 산악이요, 귀뿌리를 시원하게 하는 것은 바위틈에서 쏟아져 나와 날리는 여울물 소리이다.

여기에 또 봄에는 냇물에 꽃잎이 떠서 흘러가고, 여름에는 소나무 그늘이 길에 드리우고, 가을에는 골짜기에 달빛이 부서지고, 겨울에는 산마루에 흰 눈이 뒤덮인다. 이처럼 사시에 따라 모습을 뒤바꾸고 만상(萬象)이 빛을 교차하는 가운데, 100가지 자연의 피리 소리가 조화롭게 연주되고 1천 개의 바윗돌이 빼어난 자태를 경쟁한다. 그래서 일찍이 중국에서 노닐었던 자들도 여기에 와서는 모두 놀란 눈으로 바라보며 말하기를,

---

186 산에서……청한다:《속고승전(續高僧傳)》권16 〈승조전(僧稠傳)〉에 "북위(北魏) 효명제가 일찍이 그의 훌륭한 덕에 감화되어 전후에 걸쳐 세 차례나 초빙하였으나, 승조가 사양하면서 '어느 하늘 아래나 왕의 땅 아닌 곳이 없으니, 산에서 수도하며 대도에 어긋나지 않게 해 주기를 청한다.'라고 하니, 황제가 마침내 허락하고는 산으로 공양을 보내었다.[魏孝明帝夙承令德 前後三召 乃辭云 普天之下莫非王土 乞在山行道不爽大通 帝遂許焉 乃就山送供]"라는 말이 나온다.

"원공(遠公)의 동림(東林)[187]을 바다 밖으로 옮겨 왔구나. 연화세계(蓮花世界)[188]야 범인의 상상으로 추측해서 될 일이 아니겠지만, 호리병 속〔壺中〕에 별도로 천지가 있다는 이야기[189]는 믿을 만하다."

하였다. 대나무 홈통을 시렁처럼 이어 물을 끌어 와서 섬돌 주위 사방으로 물을 대고는 비로소 옥천(玉泉)이라는 이름으로 사원의 현판을 삼았다.

선종(禪宗)에서의 법통을 손꼽아 세어 보면, 선사는 바로 조계(曹溪 혜능(慧能))의 현손에 해당한다. 그렇기 때문에 육조(六祖 혜능)의 영당(影堂)을 건립하고 분 바른 벽에 채색을 하여 널리 중생을 유도(誘導)하는 자료로 삼았으니, 이는 경(經)에서 말한 바 "중생의 마음을 기쁘게 해 주려는 까닭에, 현란하게 채색하여 여러 가지 상들을 그린 것이다.〔爲說衆生故 綺錯繪衆像〕"[190]라고 한 것이다.

대중(大中) 4년(850, 문성왕12) 1월 9일 아침에 문인(門人)에게 고하기를,

"만법(萬法)이 모두 공(空)하니, 내가 이제 가려 한다. 일심(一心)이 근

---

187 원공(遠公)의 동림(東林) : 진(晉)나라 고승 혜원(慧遠)이 여산(廬山)에 세운 동림사(東林寺)를 말하는데, 주변의 경치가 좋기로 유명하다.

188 연화세계(蓮花世界) : 불교의 연화장세계(蓮華藏世界)를 가리킨다. 비로자나불(毘盧遮那佛)이 보살행(菩薩行)을 닦으며 발원해서 성취한 청정 장엄(淸淨莊嚴) 세계를 말하는데, 《신역 화엄경(新譯華嚴經)》 권8 〈화장세계품(華藏世界品)〉에 상세히 기록되어 있다.

189 호리병……이야기 : 후한(後漢)의 술사(術士) 비장방(費長房)이 시장에서 약을 파는 선인(仙人) 호공(壺公)을 따라 그의 호리병 속으로 들어갔더니, 그 안에 일월(日月)이 걸려 있고 선경인 별천지(別天地)가 펼쳐져 있었다고 하는데, 여기서는 새로 세운 쌍계사(雙溪寺)를 비유하는 말로 쓰였다. 《後漢書 卷82下 方術列傳 費長房》

190 중생의……것이다 : 《능가경(楞伽經)》 권1 〈일체불어심품(一切佛語心品)〉의 게(偈)에 나온다.

본이니, 너희들은 힘쓸지어다. 탑(塔)을 세워서 육신을 보존하려 하지 말고, 명(銘)을 지어서 행적을 기록하려 하지 말라."

하고는, 말을 끝내자 앉은 자세로 입멸하였다. 세속의 나이로 77세요, 승려의 나이로 41세였다. 이때 하늘에 구름 한 점 없었는데, 바람과 우레가 갑자기 일어나고, 범과 늑대가 슬피 울부짖었으며, 삼나무와 잣나무가 변하여 시들었다. 그리고 얼마 지나지 않아 자색(紫色) 구름이 하늘을 뒤덮더니 공중에서 손가락 튀기는 소리가 들렸는데, 장례식에 모인 사람들이 귀로 듣지 않은 이가 없었다. 양사(梁史)에도 시중(侍中) 저상(褚翔)이 사문(沙門)을 청해 모친의 병을 낫게 해 달라고 복을 빌었을 때 공중에서 손가락 튀기는 소리가 들렸다는 기록이 있는데,[191] 그러고 보면 거룩하게 말 없는 가운데 감응한 것에 어찌 속임이 있다고 하겠는가. 도(道)에 뜻을 둔 자들은 말을 전해 조문하였고, 정(情)을 잊지 못하는 자들은 슬픔에 겨워 눈물을 흘렸으니, 하늘과 사람이 비통해하며 애도한 것을 단적으로 알 수가 있다. 영함(靈函 관곽(棺槨))과 유수(幽隧 묘혈(墓穴))를 사전에 준비해 두게 하였던바, 제자 법량(法諒) 등이 호곡하며 선사의 시신을 받들어 하루도 넘기지 않고 동쪽 봉우리 묘역에 장사 지냈으니, 이는 유명(遺命)을 따른 것이었다.

선사의 성품은 질박함을 잃지 않았으며, 말도 기교를 부리는 법이 없었다. 입는 것은 허름한 옷도 따뜻하게 여겼고, 먹는 것은 거친 음식도 맛있게 여겼으며, 도토리와 콩이 뒤섞인 밥에 나물 반찬도 두 가지가 없

---

191 양사(梁史)에도……있는데:《양서(梁書)》권41 〈저상열전(褚翔列傳)〉에 "저상이 어려서부터 효성이 지극하였는데, 시중이 되었을 때에 모친의 병이 위독해지자, 사문을 청해 복을 빌었다. 그러자 한밤중에 홀연히 문밖에 기이한 빛이 보이고, 또 공중에서 손가락 튀기는 소리가 들리더니, 새벽녘에 병이 마침내 나았다.〔翔少有孝性 爲侍中時 母疾篤 請沙門祈福 中夜忽見戶外有異光 又聞空中彈指 及曉疾遂愈〕"라는 말이 나온다.

었다. 현귀한 자들이 때때로 찾아와도 대접하는 음식이 하나도 다르지 않았다. 문인이 배 속을 거북하게 할 것이라면서 난색을 표명하기라도 하면, 선사가 이르기를,

"마음이 있어서 찾아왔을 것이니, 거친 밥인들 무슨 상관이 있겠느냐."

하였다. 그러고는 존귀한 사람이나 비천한 사람이나 늙은이나 젊은이나 모두 똑같이 대하였다. 매번 왕인(王人 사신)이 역마(驛馬)를 타고 왕명을 전하러 와서 법력(法力)을 멀리서 기원할 때면 말하기를,

"왕토(王土)에 거하면서 불일(佛日)을 머리에 이고 있는 자라면 그 누가 마음을 기울여 호념(護念)하며 임금을 위해 복을 빌지 않겠습니까. 그런데 또 뭐하러 꼭 마른 나무나 썩은 등걸 같은 이 몸에게 멀리 와서 왕명을 욕되게 한단 말입니까. 역마가 배고파도 먹지 못하고 목말라도 마시지 못하는 것이 실로 안쓰럽기만 합니다."

하였다. 혹 호향(胡香)을 선물하는 자가 있으면, 질화로에 잿불을 담아 환(丸)을 만들지도 않고 사르면서 말하기를,

"나는 이 냄새가 무슨 냄새인지도 알지 못한다. 그저 마음을 경건히 할 따름이다."

하였으며, 또 중국차를 올리는 자가 있으면, 돌솥에 불을 지피며 가루로 만들지도 않고 달이면서 말하기를,

"나는 이 맛이 무슨 맛인지 알지 못한다. 그저 뱃속을 적실 따름이다."

하였다. 진성(眞性)을 보지하고, 속정(俗情)을 멀리하는 것이 모두 이런 식이었다.

선사는 본디 범패(梵唄)를 잘하였다. 그 음성은 마치 금옥(金玉)이 울리는 것 같았는데, 측조(側調)[192]로 날리는 소리가 상쾌하고도 애잔하여

---

192 측조(側調) : 고악(古樂) 삼조(三調) 중의 하나이다. 송(宋)나라 왕작(王灼)의 《벽계만지

제천(諸天)의 신들을 환희하게 할 정도여서 길이 먼 곳까지 유전(流傳)될 만한 것이었다. 이를 배우는 자들이 당우(堂宇)에 가득하였는데, 선사는 싫증을 내지 않고 이들을 정성껏 가르쳤다. 그래서 지금까지 동국(東國)에서 어산(魚山 범패)의 묘음(妙音)을 익히는 자들이 다투어 코를 막는 것[掩鼻][193]처럼 하면서 옥천(玉泉 진감 선사)의 여향(餘響)을 본받고 있으니, 이 어찌 성문(聲聞)으로 제도하는 교화가 아니겠는가.

선사가 열반에 든 것은 문성대왕(文聖大王)의 조정 때였는데, 상이 마음속으로 측은하게 여긴 나머지 청정한 시호를 내리려다가 선사의 유계(遺戒) 내용을 듣고는 마음속으로 부끄럽게 여겨 그만두었다. 그로부터 36년의 세월이 흐른 뒤에 문인들이 능곡(陵谷)[194]을 염려하여 선사의 법도를 흠모하는 제자들에게 불후하게 할 방도를 의논하게 하였다. 이에 내공봉(內供奉) 일길한(一吉干) 양진방(楊晉方)과 숭문대 낭(嵩文臺郞) 정순일(鄭詢一)이 쇠를 자를 정도로 마음을 같이하여[195] 선사의 행적을 비석에 새기게 해 달라고 청하였다. 그러자 헌강대왕(憲康大王)이 지화(至

<hr />

《碧溪漫志》〉 권5에 "대체로 옛 음악은 성률의 높고 낮음에 따라 셋으로 나눈다. 청조와 평조와 측조가 그것인데, 이를 삼조라고 한다.〔蓋古樂取聲律高下合爲三 曰淸調平調側調 此之謂三調〕"라는 말이 나온다.

193 코를 막는 것 : 타인의 기예를 부러워하여 본받으려고 하는 것을 말한다. 진(晉)나라 사안(謝安)이 젊었을 때 콧병을 앓아서 마치 낙양(洛陽) 서생(書生)의 성조(聲調)처럼 굵고 탁한 코 먹는 소리를 잘 내었는데, 당시의 명류(名流)들이 이 음성을 좋아하여 모방하려고 해도 잘 안 되자 '손으로 코를 막고 읊조렸다.〔手掩鼻而吟〕'라는 고사가 전한다. 《世說新語 雅量》

194 능곡(陵谷) : 상전벽해(桑田碧海)처럼 세상이 엄청나게 변하는 것을 뜻하는 말이다. 《시경》〈시월지교(十月之交)〉의 "높은 언덕은 골짜기로 뒤바뀌고, 깊은 골짜기는 언덕으로 변했도다.〔高岸爲谷 深谷爲陵〕"라는 말에서 나온 것이다.

195 쇠를……같이하여 : 《주역》〈계사전 상(繫辭傳上)〉에 "두 사람이 마음을 같이하면 쇠도 자를 수 있고, 그런 사람들의 말에서는 난초 향기가 풍겨 나온다.〔二人同心 其利斷金 同心之言 其臭如蘭〕"라는 말이 나온다.

化)를 드넓히고 진종(眞宗)을 흠앙하는 뜻에서 진감 선사(眞鑑禪師)라고 추시(追諡)하고 대공령탑(大空靈塔)이라는 탑명을 내리는 한편 전각(篆刻)을 허락하여 길이 영예를 누리게 하였다. 아름답도다. 해는 양곡(暘谷)[196]에서 떠서 으슥한 곳을 비추지 않는 때가 없고, 바닷가 해안에 뿌리박은 향초는 세월이 오래 흐를수록 더더욱 향기를 발할 것이다.

혹자는 말하기를, "선사가 명(銘)을 짓지도 말고 탑(塔)을 세우지도 말라고 유계(遺戒)를 내렸는데, 서하(西河)의 문도(門徒)[197]에 내려와서 선대(先代)의 뜻을 확고하게 봉행하지 못하였다. 이는 임금에게 억지로 청해서 그렇게 된 것인가, 아니면 임금이 자진해서 그렇게 해 준 것인가. 그저 흰 옥의 흠이 되기에 알맞은 일이라고 하겠다."라고 할지도 모른다. 아, 그러나 이렇게 비난한다면 그도 역시 잘못된 것이다. 이름이 드러나지 않게 하였는데도[不近名][198] 이름이 드러나는 것은 대개 선정(禪定)의 힘에 의한 결과로 받는 보답이다. 재처럼 싸늘하게 사그라지고 번개처럼 순식간에 사라지게 하는 것보다는 해야 할 일을 해야 할 때에 함으로써[爲可爲於可爲之時][199] 그 명성이 대천세계(大千世界)에 울려 퍼지게 하는

---

196 양곡(暘谷) : 전설 속의 해 뜨는 곳을 말한다. 《서경》〈요전(堯典)〉에 "희중에게 따로 명하여 동쪽 바닷가에 살게 하니 그곳이 바로 해 뜨는 양곡인데, 해가 떠오를 때 공손히 맞이하여 봄 농사를 고르게 다스리도록 하였다.[分命羲仲 宅嵎夷 曰暘谷 寅賓出日 平秩東作]"라는 말이 나온다.

197 서하(西河)의 문도(門徒) : 선사의 제자의 제자를 가리킨다. 서하는 노년에 물러나 서하 지역에서 거처하며 교수했던 공자(孔子)의 제자 자하(子夏)를 가리키는데, 여기서는 선사의 제자를 뜻하는 말로 쓰였다.

198 이름이……하였는데도 : 《장자》〈양생주(養生主)〉에 "좋은 일을 하면서도 이름이 드러나지 않게 해야 한다.[爲善 无近名]"라는 말이 나온다.

199 해야……함으로써 : 한(漢)나라 양웅(揚雄)의 〈해조(解嘲)〉에 "해야 할 일을 해야 할 때에 하면 좋지만, 해서는 안 될 일을 해서는 안 될 때에 하면 좋지 않다.[爲可爲於可爲之時則從 爲不可爲於不可爲之時則凶]"라는 말이 나온다. 《文選 卷45》

것이 낫지 않겠는가.

그런데 거북이의 등에 비석을 올려놓기도 전에 용이 승천하듯 헌강대왕이 갑자기 승하하고 금상(今上 정강왕(定康王))이 뒤를 이어 즉위하였는데, 훈지(塤篪)가 서로 화답하듯[200] 부촉한 그 뜻에 잘 부응하여 원래의 계획대로 일을 진행하였다.

이웃 산의 초제(招提 사찰)에 또 옥천(玉泉)이라는 이름이 있었으므로 사원의 이름이 서로 겹쳐서 사람들이 듣고 의혹하였다. 장차 같은 이름을 버리고 다른 이름을 취하려면 의당 옛 이름을 버리고 새 이름을 따라야 했으므로, 사원의 앞과 뒤의 경관(景觀)을 살펴보게 하였더니, 문간에 두 개의 시내가 임해 있다고 대답하였다. 그래서 상이 사원의 제호(題號)를 내려 쌍계(雙溪)라고 하였다.

상이 하신(下臣)에게 거듭 명하기를,

"선사는 행실로 드러났고 그대는 문장으로 진출했다. 그러니 그대가 명(銘)을 짓도록 하라."

하기에, 치원(致遠)이 배수(拜手)하고 아뢰기를,

"예, 잘 알겠습니다."

하였다. 그러고 나서 물러 나와 생각해 보니, 그동안 중국에서 명성을 낚으며 장구(章句) 사이에서 살지고 기름진 작품들을 저작(咀嚼)하였을 뿐, 구준(衢罇)[201]에 대해서는 만끽하며 취해 보지 못한 채, 오직 우물 안

---

200 훈지(塤篪)가 서로 화답하듯 : 형제간의 우애를 비유하는 말이다. 헌강왕과 정강왕은 형과 아우 사이이다. 《시경》〈하인사(何人斯)〉의 "맏형은 질나발을 불고 둘째 형은 저를 분다.〔伯氏吹塤 仲氏吹篪〕"라는 말에서 나온 것이다.

201 구준(衢罇) : 사람마다 실컷 마시도록 대로에 놓아둔 술동이라는 뜻으로, 성인(聖人)의 도를 가리킨다. 《회남자》〈무칭훈(繆稱訓)〉의 "성인의 도는 마치 대로에 술동이를 놔두고서 지나는 사람마다 크고 작은 양에 따라 각자 적당히 마시게 하는 것과 같다.〔聖人之道 猶中衢而置尊邪 過者斟酌 多少不同 各得所宜〕"라는 말에서 나온 것이다.

의 개구리처럼 진흙탕 속에 깊이 빠져 허우적거린 것이 부끄럽게 여겨졌다. 더구나 불법(佛法)은 문자를 떠난 것으로서 언어를 구사해 볼 여지가 전혀 없는 데야 더 말해 무엇 하겠는가. 만약 뭐라고 말하기라도 한다면 그것은 북쪽으로 수레를 몰면서 남쪽에 있는 초(楚)나라의 영(郢)으로 가려고 하는 것이나 다름없을 것이다. 하지만 국왕의 외호(外護)와 문인의 대원(大願)을 생각한다면 문자를 사용하지 않고서는 사람들의 눈을 분명하게 밝혀 줄 수가 없을 것이다.

그래서 마침내 과감하게 글을 짓고 글씨를 쓰는 두 가지 일을 한 몸에 떠맡고서 있는 힘껏 다섯 가지 기능²⁰²을 한번 모방해 보기로 하였다. 돌에 신이 붙어 무슨 말을 할지도 모르는 일이라서²⁰³ 부끄럽고 두렵기는 하지만, 도(道)라는 것도 알고 보면 억지로 이름을 붙인 것이니,²⁰⁴ 무엇이 옳고 무엇이 그르다고 하겠는가. 그러니 서투른 솜씨지만 필봉(筆鋒)을 숨기는 일을 신이 어떻게 감히 할 수 있겠는가. 앞서 언급한 뜻을 거

---

202 다섯 가지 기능 : 보잘것없는 재능이라는 뜻의 겸사이다. 《순자》〈권학(勸學)〉에 "교룡은 발이 없어도 잘도 나는데, 땅강아지는 다섯 가지 기능을 지녔으면서도 궁하기만 하다.〔螣蛇無足而飛 梧鼠五技而窮〕"라고 하였는데, 그 주(註)에 "날 수는 있어도 지붕 위에까지는 올라가지 못하고, 나무를 타고 올라갈 수는 있어도 꼭대기까지는 가지 못하며, 헤엄을 치기는 해도 골짜기를 건너가지는 못하며, 구멍을 팔 수는 있어도 몸을 가리지는 못하며, 달릴 수는 있어도 사람보다 먼저 가지는 못하니, 이것을 다섯 가지 기능〔五技〕이라고 한다."라고 하였다.

203 돌에……일이라서 : 진나라 위유 지방에서 돌이 말을 했다〔石言于晉魏楡〕는 소문과 관련하여, 사기궁(虒祁宮)을 화려하게 짓느라고 기력이 고갈되어 백성들이 원망하는 소리를 대변한 것이라고, 사광(師曠)이 임금에게 해설한 내용이 《춘추좌씨전》 소공(昭公) 8년에 나오는데, 그 내용 중에 "돌이 말하지 못하는 물건이지만, 혹시 신이 붙어서 말할 수도 있는 일이고, 아니면 백성들이 잘못 들었을 가능성도 있다.〔石不能言 或馮焉 不然民聽濫也〕"라는 말이 나온다.

204 도(道)라는……것이니 : 《노자》 25장에 "나는 그 이름을 알지 못한다. 그래서 도라고 이름을 붙였다. 그리고 그것을 억지로 대라고 부르기로 하였다.〔吾不知其名 字之曰道 强爲之名曰大〕"라는 말이 나온다.

듭 펼쳐서 삼가 다음과 같이 명(銘)하는 바이다.

입 다물고 선정 닦으며	杜口禪那
마음으로 불타에 귀의했나니	歸心佛陀
근기(根機)가 성숙한 보살의 차원에서	根熟菩薩
도를 넓힐 뿐 다른 뜻이 없었다오	弘之靡他
용감하게 호랑이 굴을 더듬고	猛探虎窟
고래 물결에 멀리 배를 띄워	遠泛鯨波
가서는 의발(衣鉢)을 전수받고	去傳祕印
와서는 신라를 교화했다오	來化斯羅
그윽한 곳 찾아 승경을 가려	尋幽選勝
바위 벼랑에 터 잡고 쌓은 뒤에	卜築巖磴
물과 달을 보며 심회를 맑게 하고	水月澄懷
구름과 샘물에 감흥을 부쳤다오	雲泉奇興
산은 성과 더불어 적연부동(寂然不動)하고	山與性寂
골에는 범패(梵唄) 소리 메아리치는 가운데	谷與梵應
부딪치는 경계마다 걸림이 없었나니	觸境無碍
기심(機心)을 쉬는 이것이 증입(證入)이라	息機是證
도로써 다섯 조정 협찬을 하고	道贊五朝
위엄으로 뭇 요괴를 꺾으면서	威摧衆妖
묵묵히 자비의 그늘 드리웠을 뿐	默垂慈蔭
임금님의 초빙은 한사코 거절하였다오	顯拒嘉招
바다야 원래 표탕하는 법이지만	海自飄蕩
산이야 언제 동요한 적 있었으리	山何動搖
어떤 생각이나 염려도 하지 않고[205]	無思無慮

깎거나 새겨 꾸미지도 않았다오	匪斲匪雕
먹는 것도 두 가지 음식이 없었고	食不兼味
입는 것도 꼭 구비하지 않았으며	服不必備
비바람 몰아쳐 어둑한 때에	風雨如晦
처음부터 끝까지 한결같았다오[206]	始終一致
지혜의 가지가 바야흐로 벋어 나는데	慧柯方秀
불법의 동량이 느닷없이 쓰러지니	法棟俄墜
동천(洞天)의 골짜기는 처량해지고	洞壑凄涼
연하(煙霞)의 등라(藤蘿)는 초췌해졌도다	煙蘿憔悴
사람은 없어도 도는 그대로	人亡道存
가신 님 끝내 잊을 수 없어	終不可諼
상사가 위에 탄원서를 올리니	上士陳願
임금님이 은총을 베풀었다네	大君流恩
해외에 불법의 등불 전하며	燈傳海裔
운근[207] 위에 우뚝 솟은 탑이여	塔聳雲根

---

205 어떤……않고:《장자》〈지북유(知北遊)〉에 "어떤 생각이나 어떤 염려도 하지 않아야
비로소 도를 알게 된다. 어떤 곳에도 머물지 말고 어떤 행동도 하지 않아야 비로소 도
에 편히 머물게 된다. 어떤 것도 따르지 않고 어떤 방법도 쓰지 않아야 비로소 도를 얻
게 된다.〔無思無慮始知道 無處無服始安道 無從無道始得道〕"라는 말이 나온다.

206 비바람……한결같았다오:《시경》〈풍우(風雨)〉는 난세에도 절조(節操)를 변하지 않는
군자를 그리워하는 시인데, 그중 "비바람 몰아쳐 어둑한 때에, 닭 울음소리 그치지
않는도다. 이미 군자를 만났으니, 어찌 기쁘지 않으리오.〔風雨如晦 雞鳴不已 旣見君子
云胡不喜〕"라는 말이 나온다.

207 운근(雲根):산 위의 바위를 뜻하는 시어이다. 두보(杜甫)의 시에 "충주 고을은 삼협의
안에 있는지라, 마을 인가가 운근 아래 모여 있네.〔忠州三峽內 井邑聚雲根〕"라는 표현
이 나오는데, 그 주(註)에 "오악(五岳)의 구름이 바위에 부딪쳐 일어나기 때문에, 구름
의 뿌리라고 한 것이다."라고 하였다.《杜少陵詩集 卷14 題忠州龍興寺所居院壁》

천인의 옷자락에 반석이 다 닳도록[208]   天衣拂石

산사(山寺)에 영원히 빛나리로다   永耀松門

---

208 천인(天人)의……닳도록: 가로세로 높이가 각각 40리 되는 반석(磐石)을 천인이 100
년에 한 번씩 옷자락으로 스쳐서 다 닳아 없어지는 기간을 소겁(小劫)이라 하고, 80리
되는 반석이 닳는 기간을 중겁(中劫), 800리 되는 반석이 닳는 기간을 대아승지겁(大
阿僧祇劫) 즉 무량겁(無量劫)이라고 한다는 이야기가 《보살영락본업경(菩薩瓔珞本業
經)》권하 〈불모품(佛母品)〉에 나온다. 그 반석은 겁석(劫石)이라고 칭한다.

고운집

제3권

비 碑

찬 讚

비

碑

대승복사 비명[1] 병서
大嵩福寺碑銘 竝序

내가 듣건대, 왕자(王者)는 부조(父祖)가 쌓은 덕업을 기반으로 해서 자손을 위한 계책을 크게 세운다고 하였다. 그리고 이를 위해 정치는 인(仁)을 근본으로 하고 예교(禮敎)는 효(孝)를 우선으로 한다고 하였다. 이는 즉 인에 입각하여 대중을 구제하는 정성을 확대 적용하고, 효에 입각하여 어버이를 높이는 전범을 거행하는 것을 의미한다. 하(夏)나라의 홍범(洪範)을 통해서 무편(無偏)[2]의 자세를 본받고, 주(周)나라의 시편(詩篇)을 통해서 불궤(不匱)[3]의 정신을 따라야 할 것이다. 조상의 덕을 닦으면서[聿修][4] 비패(秕稗)[5]의 기롱을 받지 않게 하고, 제사를 올리면서

---

1 대숭복복사 비명 : 《신라사산비명》에는 〈초월산대숭복사비(初月山大崇福寺碑)〉로 되어 있다.

2 무편(無偏) : 편벽됨이 없는 정사를 뜻한다. 《서경》〈홍범(洪範)〉에 "편벽됨이 없고 편당함이 없으면 왕도가 넓게 펼쳐진다.[無偏無黨 王道蕩蕩]"라는 말이 나온다.

3 불궤(不匱) : 지극한 효성을 뜻한다. 《시경》〈기취(旣醉)〉에 "효자의 효성이 다함이 없으니, 영원히 그대에게 복을 내리리라.[孝子不匱 永錫爾類]"라는 말이 나온다.

4 조상의 덕을 닦으면서 : 《시경》〈문왕(文王)〉에 "너의 조상을 생각하지 않느냐, 그 덕을 닦을지어다. 길이 천명에 짝하는 것이, 스스로 많은 복을 구하는 길이니라.[無念爾祖 聿修厥德 永言配命 自求多福]"라는 말이 나온다.

〔克祀〕[6] 빈번(蘋蘩)[7]의 제물(祭物)을 정결하게 한다. 이렇게 함으로써 우악한 은혜가 만백성에게 골고루 적셔지고, 덕의 향기〔德馨〕가 드높이 하늘에까지 달하게 하는 것이다.[8]

　마음속으로 애태우며 더위 먹은 사람에게 부채질해 주고[9] 죄인을 보고서 눈물을 흘린 것[10]은 부처가 대미(大迷)의 지경에서 중생들을 구제해 주는 것 아님이 없고, 있는 힘을 다하여 자기의 조상을 하늘과 짝 지우며 상제(上帝)에 배향하는 것은 불교가 상락(常樂)의 세계에서 존령(尊靈)을 받드는 것 아님이 없다.[11] 이를 통해서 유가에서 구친(九親)을

5　비패(秕稗) : 쭉정이와 피라는 뜻으로, 가식적이고 미흡한 것을 비유할 때 쓰는 표현이다.
　《춘추좌씨전》 정공(定公) 10년에 "야외에서 향연을 베풀면서 궁중의 기물을 모두 갖춘다면 이는 지켜야 할 예를 버리는 것이 되고, 만약 갖출 것을 제대로 갖추지 않는다면 이는 벼 곡식 대신에 쭉정이와 피를 올리는 것이 된다. 쭉정이와 피를 올리는 것처럼 되면 임금에게 욕이 돌아갈 것이요, 지켜야 할 예를 버리는 것이 되면 나쁜 이름이 돌아올 것이다.〔饗而旣具 是棄禮也 若其不具 用秕稗也 用秕稗君辱 棄禮名惡〕"라는 말이 나온다.

6　제사를 올리면서 : 《시경》 〈생민(生民)〉에 "처음 주(周)나라 사람을 낳은 것은, 바로 강원이었나니, 낳을 때 어떻게 했느냐 하면, 마음을 깨끗이 하고 제사를 올렸다오.〔厥初生民 時維姜嫄 生民如何 克禋克祀〕"라는 말이 나온다.

7　빈번(蘋蘩) : 마름과 쑥이라는 뜻으로, 귀하진 않아도 정성껏 올리는 제물(祭物)을 비유할 때 쓰는 표현이다. 《춘추좌씨전(春秋左氏傳)》 은공(隱公) 3년에, "진실로 확실한 신의만 있다면 빈번과 온조(薀藻) 같은 변변치 못한 야채와 나물이라도 귀신에게 음식으로 올릴 수가 있고, 왕공에게도 바칠 수가 있다."라는 말이 나온다.

8　덕의…… 것이다 : 《서경》 〈군진(君陳)〉에 "지극한 정치를 하면 향기로워서 신명에게도 감응이 되는 법이니, 서직과 같은 곡식의 제물이 향기로운 것이 아니라 밝은 덕의 제물이 향기로운 것이다.〔至治馨香 感于神明 黍稷非馨 明德惟馨〕"라는 말이 나온다.

9　더위……주고 : 주 무왕(周武王)이 더위 먹은 사람을 나무 그늘 아래에서 쉬게 하며 왼손으로 부축하고 오른손으로 부채질해 주니, 천하 사람들이 그 덕에 귀의했다는 말이 《회남자》 〈인간훈(人間訓)〉에 나온다.

10　죄인을……것 : 우왕(禹王)이 외출하여 죄인을 보자 수레에서 내려 물어보고는 눈물을 흘렸다는 이야기가 한(漢)나라 유향(劉向)의 《설원(說苑)》 〈군도(君道)〉에 나온다.

11　마음속으로……없다 : 대본에는 '勞心而扇喝泣辜 豈若拯群品於大迷之域 竭力而配天饗帝 豈若奉尊靈於常樂之鄕'으로 되어 있는데, 한국문집총간 1집에 수록된 《고운집》에는 '豈

돈목(敦睦)하는 것[12]은 불가에서 삼보(三寶)[13]를 소륭(紹隆)하는 것과 상통한다는 것을 알 수가 있다. 하물며 옥호(玉毫)[14]의 광채가 밝게 비치는 것과 금구(金口 부처의 입)의 게송이 흘러 전하는 것이 서토(西土)의 생령에게만 적용되는 것이 아니라 동방의 세계에까지 미치게 되었는 데야 더 말해 무엇 하겠는가.

우리 태평(太平) 승지(勝地)로 말하면, 성품은 온유하고 화순하며 기운은 발육하고 생장시키는 데에 적합하다. 산림에 정묵(靜黙)의 승도(僧徒)가 많아 인(仁)으로 벗을 모으고, 강해가 조종(朝宗)[15]의 형세와 일치하듯 선(善)을 따름이 마치 물 흐르는 것과 같다. 그렇기 때문에 군자의 기풍을 드날리고 범왕(梵王)의 불도(佛道)에 젖어 드는 것이 마치 도장에 인주를 찍는 것과 같고 거푸집 안에 쇠가 들어 있는 것과 같이 되었다. 그리하여 군신(君臣)이 삼보에 귀의할 뜻을 밝히고 사서(士庶)가 육도

若'이 '莫非'로 되어 있다. 문리로 보아 '莫非'가 합당하겠기에, '豈若'을 '莫非'로 바로잡아 번역하였다.

12 구친(九親)을 돈목(敦睦)하는 것 : 《서경》〈요전(堯典)〉에 "요 임금이 큰 덕을 제대로 밝혀 구족을 친애하자 구족이 화목하게 되었다. 구족이 화목해지자 기내(畿內)의 백성들을 평등하게 다스리며 밝게 가르쳤다. 백성들이 밝게 되자 만방의 제후국을 화목하게 하였다.〔克明俊德 以親九族 九族旣睦 平章百姓 百姓昭明 協和萬邦〕"라는 말이 나온다. 구족(九族)은 고조(高祖)로부터 현손(玄孫)까지의 친척을 말한다.

13 삼보(三寶) : 불보(佛寶)·법보(法寶)·승보(僧寶)를 합칭한 불교의 용어이다. 불보는 부처를 가리키고, 법보는 부처의 교법(敎法)을 가리키고, 승보는 부처의 교법대로 수행하는 승려들을 가리킨다.

14 옥호(玉毫) : 여래(如來) 32상(相)의 하나로, 미간에 있다는 백옥과 같은 흰 털을 말하는데, 거기에서 대광명(大光明)을 발산하여 시방세계(十方世界)를 비춘다고 한다. 백호(白毫)라고도 한다.

15 조종(朝宗) : 제후와 백관이 제왕(帝王)을 찾아가서 조회하는 것을 말하는데, 보통 온갖 물줄기가 바다로 흘러 들어가는 것을 비유할 때 표현하는 말이다. 《서경》〈우공(禹貢)〉에 "마치 백관이 임금에게 조회하듯, 장강(長江)과 한수(漢水)가 바다로 모여 든다.〔江漢朝宗于海〕"라는 말이 나온다.

(六度)[16]에 정성을 기울인 결과, 심지어는 국성(國城)에까지 원하는 대로 탑묘(塔廟)를 즐비하게 세울 수 있게끔 되었다. 그러니 섬부주(贍部洲)[17]의 해변에 있다고 하더라도, 도사다(都史多)[18]의 천상에 부끄러울 것이 뭐가 있다고 하겠는가. 신묘한 일 중에서도 신묘한 이 일을 무슨 말로 표현할 수가 있겠는가.

금성(金城)[19]의 남쪽에 있는 일출봉(日出峯) 기슭에 숭복(嵩福)이라는 이름의 가람(伽藍)이 자리하고 있다. 이 가람은 선조(先朝 경문왕(景文王))가 왕위를 계승한 초년에 열조(烈祖) 원성대왕(元聖大王)의 원릉(園陵)을 조성하고 명복을 빌기 위해서 중건한 것이다. 고사(古寺)가 세워진 유래를 상고하고 신찰(新刹)이 완공된 과정을 살펴보면 다음과 같다.

옛날 파진찬(波珍湌)[20] 김원량(金元良)이란 분이 있었는데, 그는 소문왕후(昭文王后)의 원구(元舅 큰 외숙)요 숙정왕후(肅貞王后)의 외조(外祖)로서, 고귀한 공자(公子)의 신분이면서도 실로 참다운 고인(古人)의 마음을 지니고 있었다. 처음에는 사안(謝安)이 동산(東山)에서 마음껏 풍

---

16 육도(六度) : 생사의 차안(此岸)에서 열반의 피안(彼岸)으로 건너가는 여섯 개의 법문이라는 뜻으로, 육바라밀(六波羅蜜)이라고도 하는데, 보시(布施), 지계(持戒), 인욕(忍辱), 정진(精進), 정려(靜慮), 지혜(智慧) 등으로 되어 있다.

17 섬부주(贍部洲) : 염부제(閻浮提)라고도 한다. 수미산(須彌山) 사대주(四大洲)의 남주(南洲)에 있는 지역으로, 원래는 인도(印度)를 가리키는 말이었으나, 나중에는 인간 세상의 총칭으로 쓰이게 되었다. 《長阿含經 卷18 閻浮提洲品》

18 도사다(都史多) : 범어(梵語) Tuṣita의 음역으로, 보통 도솔천(兜率天)이라고 한다. 도솔천은 불교의 이른바 욕계(欲界) 육천(六天) 가운데 넷째 층에 있는 하늘로, 외원(外院)과 내원(內院)으로 이루어져 있는데, 미륵보살(彌勒菩薩)이 이 내원에서 미래불(未來佛)로 이 땅에 하생(下生)하려고 준비하면서 천신(天神)들을 지도하고 있다고 한다.

19 금성(金城) : 신라의 도성을 말한다. 시조 혁거세왕(赫居世王) 21년(기원전 37)에 지금의 경주(慶州)에 쌓았던 토성이다.

20 파진찬(波珍湌) : 신라 17관등(官等) 중 넷째 등급으로, 진골(眞骨)만이 받을 자격이 있었다. 파진간(波珍干) 혹은 해간(海干)이라고도 하였다.

류를 즐겼던 것[21]처럼 가당(歌堂)과 무관(舞館)을 그럴 듯하게 세우더니, 나중에는 혜원(慧遠)이 서경(西境)을 함께 기약했던 것[22]처럼 그 건물을 희사하여 상전(像殿)과 경대(經臺)를 만들었다. 그리하여 당년에 풍악을 울리던 피리와 가야금이 오늘날에는 사찰의 쇠북과 경쇠가 되었으니, 이처럼 시대에 따라 바뀐 것은 출세간(出世間)의 특별한 인연이었다.

이 사원 주변의 경관 중에 고니[鵠] 모양의 바위가 있었으므로 사원의 이름을 그대로 곡사(鵠寺)라고 하였다. 그리하여 원앙[鴦]처럼 짝하고 있는 회랑(回廊)으로 하여금 성가(聲價)를 드높이게 하고, 거위[鵝]처럼 날개를 펼친 불전(佛殿)으로 하여금 빛을 더하게 하였다. 그러고 보면 저 바라월(波羅越)[23]의 형태를 표방한 사원이나 굴린차(崛悋遮)[24]의 이름

---

21 사안(謝安)이……것 : 진(晉)나라 사안이 회계(會稽)의 동산(東山)에 은거하면서 계속되는 조정의 부름에도 응하지 않고 유유자적했던 고와동산(高臥東山)의 고사가 전하는데, 20여 년 동안 한가로이 산수 간에 노닐 당시에 항상 가무에 능한 기녀(妓女)를 대동하고서 풍류를 한껏 즐겼다고 한다.《世說新語 排調》

22 혜원(慧遠)이……것 : 동진(東晉)의 고승 혜원이 여산(廬山)의 동림사(東林寺)에서 유유민(劉遺民)과 뇌차종(雷次宗) 등 명유(名儒)를 비롯하여 승속(僧俗)의 18현(賢)과 함께 서방 정토(西方淨土)에 태어나기를 기원하는 백련사(白蓮社)라는 염불 결사(念佛結社)를 맺은 고사가 있다. 서경(西境)은 서방 정토를 가리킨다.《蓮社高賢傳 慧遠法師》

23 바라월(波羅越) : 비둘기[鴿]를 뜻하는 천축(天竺)의 말로, 여기서는 바라월사(波羅越寺) 즉 합사(鴿寺)를 가리킨다. 달친(達嚫)이라는 나라에 과거불인 가섭불(迦葉佛)의 승가람(僧伽藍)이 있는데, 이는 큰 돌산을 뚫어서 만든 5층의 사원이라고 한다. 그런데 1층부터 각각 코끼리·사자·말·소·비둘기 모양으로 만들었기 때문에, 맨 위층의 형태를 취해서 바라월사라고 명명했다는 이야기가《법현고승전(法顯高僧傳)》권1에 나온다.

24 굴린차(崛悋遮) : 남천축국(南天竺國)에 있었다는 굴우차(堀忧遮)라는 사원으로, 기러기 절[雁寺]이라는 뜻이다. 어떤 비구(比丘)가 파계하여 남해(南海)의 기러기로 태어났는데, 몸집이 3장(丈)이나 되고 사람 말을 하며 끊임없이《화엄경(華嚴經)》을 외웠다. 남자 불교 신도 한 사람이 보물을 캐러 바다를 건너가던 중에 풍랑을 만나 배가 전복되는 바람에 모래섬에 올라갔다가 그 기러기를 만나 사연을 듣고는 기러기를 위해 사원을 지어 주기로 하고 기러기 등에 타고서 목적을 달성한 뒤에 약속대로 안사(雁寺)를 지어 주었다는 이야기가 경조(京兆) 숭복사(崇福寺) 승(僧) 사문(沙門) 법장(法藏)이 편

을 기념한 사원이 어찌 천리를 나는 고니의 비유를 취하고 쌍림(雙林)으로 바꿔서 이름을 새로 지은[25] 이 사원과 같을 수가 있겠는가. 다만 이곳의 지세가 위세 면에서 취두(鷲頭)[26]보다 낮고 지덕(地德) 면에서 용이(龍耳)[27]처럼 높은 만큼, 금계(金界)[28]로 획정하기보다는 옥전(玉田)[29]을 조성하는 것이 적당한 것이었다.

　정원(貞元) 무인년(798, 원성왕14) 겨울에 이르러 왕 자신을 장사 지낼

집한 《화엄경전기(華嚴經傳記)》 권4 〈풍송(諷誦) 7 중천축일조삼장(中天竺日照三藏)〉에 나온다.

25　쌍림(雙林)으로……지은: 김원량(金元良)이 저택을 희사하여 곡사(鵠寺)라는 사찰로 만든 것을 가리킨다. 남조 양 무제(梁武帝) 대동(大同) 5년(539)에 선혜대사(善慧大士)가 저택을 희사하여 절강(浙江) 의오현(義烏縣) 운횡산(雲橫山) 아래에 사원을 창건하였는데, 사원 경내에 쌍도수(雙檮樹)가 있는 것을 계기로 쌍림사(雙林寺)라고 칭한 고사가 있다. 이 사원은 뒤에 이름이 보림사(寶林寺)로 바뀌었다. 《續高僧傳 卷25 慧雲傳》 《景德傳燈錄 卷27 善慧大士》

26　취두(鷲頭): 여래(如來)가 《법화경(法華經)》 등 대승 경전(大乘經傳)을 설했다고 하여 불교 성지로 꼽히는 영취산(靈鷲山)을 가리킨다. 중인도(中印度) 마갈다국(摩竭陀國) 왕사성(王舍城) 동북쪽에 있는데, 그 산의 모양이 독수리 머리와 비슷하다고 하여 취두라는 이름이 붙었다고 한다. 기사굴산(耆闍崛山)이라고도 하는데, 이는 범어(梵語)를 음역한 것이다.

27　용이(龍耳): 감여가(堪輿家)가 풍수지리(風水地理) 면에서 명당으로 꼽는 장지 중의 하나이다.

28　금계(金界): 황금을 땅에 깐 지역이라는 뜻으로 사원을 가리킨다. 금지(金地) 혹은 금전(金田)이라고도 한다. 인도 사위성(舍衛城)의 수달 장자(須達長者)가 석가(釋迦)의 설법을 듣고 매우 경모한 나머지 정사(精舍)를 세워 주려고 기타 태자(祇陀太子)의 원림(園林)을 구매하려고 하였다. 이에 태자가 장난삼아서 "황금을 이 땅에 가득 깔면 팔겠다."라고 하였는데, 수달 장자가 실제로 집에 있는 황금을 코끼리에 싣고 와서 그 땅에 가득 깔자, 태자가 감동하여 그 땅을 매도하는 한편 자기도 원중(園中)의 임목(林木)을 희사하여 마침내 최초의 불교 사원인 기원정사(祇園精舍)를 건립했다는 고사에서 유래한 것이다. 《大唐西域記 卷6》

29　옥전(玉田): 왕릉(王陵)을 뜻한다. 고대 제왕의 장례에 옥갑(玉匣)을 썼던 데에서 기인한 것이다.

일에 대해 유교(遺敎)를 내리면서 인산(因山)[30]하도록 명하였으므로 장지를 택하기가 더욱 어려웠다. 그러다가 마침내는 사원이 자리한 터를 지목하여 장차 왕릉을 세우려고 하였는데, 이때 어떤 이가 의문을 제기하며 말하기를,

"옛날에 유씨(游氏)의 사당과 공자(孔子)의 구택을 모두 차마 허물 수 없다고 하여 그냥 놔두었으므로[31] 사람들이 지금까지 칭송하고 있다. 그리고 보면 지금 금지(金地 사원)의 땅을 뺏으려고 하는 것이야말로 수달다(須達多)[32]가 크게 희사한 마음을 저버리는 것이 아니겠는가. 이곳을 장지로 삼는다면 땅은 복될지라도 하늘은 허물할 것이니 서로 보완하지 못하게 될 것이다."

하니, 정사(政事)를 담당한 자가 반박하여 말하기를,

"범묘(梵廟 사원)의 경우는 어디에 있든 반드시 화합하게 되어 있는 만큼, 어디로 가든 간에 맞지 않는 곳이 없다. 그렇기 때문에 재앙이 일어나는 터도 복된 도량으로 전환하여, 백억겁토록 위태로운 세속을 구제할 수가 있는 것이다. 반면에 영수(靈隧 묘지)의 경우는 아래로 지

---

30 인산(因山) : 보통 왕과 왕비 등의 장례식으로 국장을 뜻하는데, 여기서는 산의 형세를 그대로 활용해서 능을 만들고, 별도로 봉분을 하지는 말라는 뜻으로 쓰였다.

31 유씨(游氏)의…… 놔두었으므로 : 정(鄭)나라 간공(簡公)의 장례 행렬이 지나갈 길에 유씨(游氏)의 사당이 있었는데, 자산(子産)이 그 사당을 헐지 말고 피해서 길을 내도록 지시한 고사가 《춘추좌씨전》 소공(昭公) 12년에 나온다. 또 한 무제(漢武帝) 말기에 노 공왕(魯恭王)이 자기 궁실을 넓히려고 공자(孔子)의 구택을 헐다가 갑자기 종경(鐘磬)과 금슬(琴瑟)의 소리가 들려오자, 두려운 생각이 들어 공사를 중지하고는 그 벽 속에서 《고문상서(古文尙書)》 등 수십 종의 고문 경전(古文經傳)을 발굴했던 고사가 《한서(漢書)》〈예문지(藝文志)〉에 나온다.

32 수달다(須達多) : 석가(釋迦)에게 기원정사(祇園精舍)를 지어서 희사한 장자(長者)의 이름으로, 급고독(給孤獨) 장자라고도 하는데, 여기서는 김원량(金元良)을 가리킨다. 386쪽 주28 참조.

맥을 살피고 위로 천심을 헤아려서, 반드시 구원(九原) 속에 사상(四象)을 포섭함으로써 천만대토록 그 여경(餘慶)을 보전하게 하는 것이 법도로 되어 있다. 불법은 어느 한 곳에 머무는 상(相)이 없으나 장례는 행하기에 좋은 시기가 있으니, 땅을 바꾸어 거하는 것이 하늘에 순응하는 도리이다. 단지 청오(靑烏)가 좋다고 간주해서 그런 것일 뿐이지, 어찌 백마(白馬)를 슬피 울게 하려고 해서 그러는 것이겠는가.[33] 그리고 이 인사(仁祠)의 내력을 살펴보건대, 본디 척리(戚里)에 속해 있었던 것인 만큼, 낮은 척리에서 높은 왕실로 나아가고 옛 절 대신 새 왕릉을 도모하는 것이 참으로 타당하다. 그리하여 왕릉이 해역(海域)의 웅장함을 차지하게 하고, 사원이 운천(雲泉)의 아름다움을 독점하게 한다면, 우리 왕실의 복산(福山)이 높이 솟을 것은 물론이요, 저 후문(侯門 척리)의 덕해(德海)도 편안히 흐르게 될 것이다. 이렇게 되면 알고서 하지 않음이 없게 되는[知無不爲][34] 가운데 각각 제자리를 얻게 된다[各得其所][35]고도 말할 수 있을 것이니, 어찌 저 정(鄭)나라 자산(子産)이 작은 은혜를 베푼 것이나 노(魯)나라 공왕(恭王)이 중도에 그

---

33 단지……것이겠는가 : 풍수지리 면에서 명당이기 때문에 왕릉으로 삼으려고 그러는 것일 뿐이지, 불교를 탄압하려는 목적에서 사원을 없애려고 하여 그런 것은 아니라는 말이다. 옛날 외국의 국왕이 사원을 모두 없애려고 하였는데, 초제사(招提寺)가 아직 헐리지 않았을 때, 밤에 백마 한 마리가 탑을 돌며 슬프게 우는 것[夜有一白馬 繞塔悲鳴]을 왕에게 보고하자, 왕이 회개하며 중지하고는 초제사를 백마사라고 개명했다는 이야기가 《고승전(高僧傳)》 권1 〈섭마등전(攝摩騰傳)〉에 나온다. 청오(靑烏)는 《금낭(錦囊)》과 함께 대표적인 풍수지리서로 꼽히는 책 이름인데, 지관(地官)의 뜻으로 쓰이기도 한다.

34 알고서……되는 : "국가의 이익이 될 일을 알고서 하지 않음이 없는 것이 충이다.[公家之利 知無不爲 忠也]"라는 말이 《춘추좌씨전》 희공(僖公) 9년에 나온다.

35 각각……된다 : 《논어》 〈자한(子罕)〉에 "내가 위나라에서 노나라로 돌아오고 난 다음에야 음악이 바로잡혀서 아와 송이 각각 제자리를 얻게 되었다.[吾自衛反魯 樂正 雅頌各得其所]"라는 공자의 말이 나온다.

만든 것과 같은 차원에서 따질 수 있는 일이겠는가. 의당 거북점과 시초점[龜筮] 모두 사람의 뜻과 서로 들어맞는다는 소리가 들릴 것이요, 용(龍)과 제천(諸天)의 신이 환희하는 것을 볼 수 있을 것이다."

하였다. 그리하여 마침내 정사(精舍 사원)를 옮기고 현궁(玄宮 왕릉)을 조성하는 두 가지 공사에 인부를 동원하고 백공(百工)에게 일을 진행하게 하였다.

감우(紺宇 사원)를 개창(改創)할 때에는 인연이 있는 대중이 서로 이끌고 와서 옷소매 자락을 치켜들면 바람이 통하지 않고,[36] 송곳을 꽂을 땅조차 없을 정도였으니, 이는 마치 5리(里)의 안개를 피우는 술법을 배우려고 사람들이 달려와서 저잣거리를 이룬 것[37]이나 한때 설산(雪山)의 법회에 대중이 화열하며 모여든 것을 연상하게 하였다. 그리하여 기와와 재목을 거두고 경전과 불상을 봉대(奉戴)하는 일에 있어서도 서로 번갈아 수수(授受)하며 경쟁적으로 정성을 바쳤으므로, 역부(役夫)가 반걸음도 옮기기 전에 석자(釋子)가 편히 거할 곳이 벌써 이루어졌다.

구원(九原 왕릉)을 조성할 때에는 비록 왕토(王土)[38]라고 말은 하지만 실제로는 공전(公田 국가 소유의 토지)이 아니었으므로, 왕릉 주변의 토지

36　옷소매……않고 : 늘어서 있는 사람들의 옷소매 자락을 치켜들면 마치 장막처럼 이어져서 바람이 불어와도 그 사이를 통과하지 못할 만큼 사람들이 많이 모여 북적거렸다는 말이다. 《사기(史記)》 권69 〈소진열전(蘇秦列傳)〉에 "제(齊)나라 서울 임치(臨淄)에 가면, 사람들이 어찌나 많은지 옷소매 자락을 치켜들면 장막을 이루고, 땀방울을 서로 흩뿌리면 금방 비를 이룬다."라는 말이 나온다.

37　5리(里)의…… 것 : 후한(後漢)의 장해(張楷)가 5리의 지역에 안개가 자욱이 끼게 하는 술법을 잘 구사하였으므로, 이를 배우려는 사람들이 그가 은거한 홍농산(弘農山)으로 모여들어 저잣거리를 이루었다는 고사가 전한다. 《後漢書 卷36 張霸列傳 張楷》

38　왕토(王土) : 왕의 땅이라는 뜻으로, 《시경》 〈북산(北山)〉의 "하늘 아래 모든 곳이 왕의 땅 아님이 없으며, 땅의 모든 물가에 이르기까지 왕의 신하 아님이 없다.[普天之下 莫非王土 率土之濱 莫非王臣]"라는 말에서 나온 것이다.

를 좋은 값으로 매입하여 구롱(丘隴) 200여 결(結)을 보태었으며, 그 대가로 도합 2천 점(苫)의 도곡(稻穀)을 보상하였다. 그리고 뒤이어 유사(有司)에게 명하여 기전(畿甸)의 고을 사람들과 공동으로 나무를 베어 길을 내고 소나무를 분담해서 주위에 심도록 하였다. 그리하여 쓸쓸히 자꾸만 들려오는 슬픈 바람 소리는 봉황처럼 춤추고 난새처럼 노래했던 옛 생각이 솟구치게 하였고, 어둠에 묻혔다가 밝은 해를 본 묘역은 용이 서리고 범이 웅크린 위세를 돋보이게 하였다.[39]

그리고 그 지역을 살펴보건대, 땅은 하구(瑕丘)[40]와 달라도 경계는 양곡(暘谷)[41]과 접하였고, 기수(祇樹)[42]의 남은 향기가 아직 사라지지 않은 가운데, 곡림(穀林)[43]의 상서로운 기운이 그 농도를 더하고 있다. 수놓은 듯한 봉우리들은 사방 멀리에서 서로 조회(朝會)를 하고, 누인 명주 같

---

39 어둠에……하였다 : 왕릉 주위의 형세를 묘사한 것이다. 등공(滕公)으로 불린 한(漢)나라의 하후영(夏侯嬰)이 생전에 땅을 파다가 석곽(石槨)을 얻었는데, 거기에 "가성이 어둠에 묻혔다가 3천 년 만에 밝은 해를 보리니, 아, 등공이 이 방에 거하리로다.[佳城鬱鬱 三千年見白日 吁嗟滕公居此室]"라는 명문(銘文)이 새겨져 있었으므로, 죽은 뒤에 그곳에 장사 지내게 했다는 등공가성(滕公佳城)의 전설이 전한다.《西京雜記 卷4》또 제갈량(諸葛亮)이 오(吳)나라 도읍인 건강(建康)에 와서 산천의 형세를 살펴본 뒤에 "종산은 용이 서린 듯하고, 석두산은 범이 웅크린 듯하니, 이곳은 제왕이 거할 곳이다.[鍾山龍盤 石頭虎踞 此帝王之宅]"라고 탄식한 고사가 전한다.《古今事文類聚 續集 卷1 吳都形勢》

40 하구(瑕丘) : 춘추 시대 위(衛)나라 대부 공숙문자(公叔文子)가 거백옥(蘧伯玉)과 함께 산책하다가 죽으면 묻히고 싶다고 한 언덕 이름이다.《禮記 檀弓上》

41 양곡(暘谷) : 해 뜨는 곳이다.《회남자》〈천문훈(天文訓)〉에 "해는 양곡에서 떠올라 함지에서 목욕한다.[日出於暘谷 浴於咸池]"라는 말이 나온다.

42 기수(祇樹) : 사원(寺院)의 별칭이다. 옛날 인도의 기타 태자(祇陀太子) 소유의 원림(園林)을 급고독(給孤獨) 장자가 구입하여 정사(精舍)를 세운 다음 석가모니에게 희사했다는 기수급고독원(祇樹給孤獨園)의 준말로, 기원정사(祇園精舍)라고도 하는데, 죽림정사(竹林精舍)와 더불어 불교 초기의 양대 사원으로 꼽는다.

43 곡림(穀林) : 요(堯) 임금을 매장한 곳으로, 제왕의 능을 뜻한다.

은 개펄은 한 가닥 선으로 눈앞에 다가온다. 실로 교산(喬山)[44]의 빼어남을 간직하고, 필맥(畢陌)[45]의 기이함을 보여 주고 있으니, 금지(金枝 왕족)가 계림(雞林)에서 더욱 무성해질 것이요, 옥파(玉派 종실)가 접수(鰈水)[46]에서 더욱 깊어질 것이다.

이에 앞서 사우(寺宇)를 옮길 적에 땅에서 솟아 나온 것과 같은 점이 있었으나, 아직 화성(化城)과 같이 되지는 못하였다.[47] 가까스로 잡목을 베어 내어 강만(岡巒)을 구분하고 띠풀을 엮어서 풍우(風雨)를 피할 수 있을 따름이었다. 겨우 70여 년이 지나는 사이에 숨 가쁘게 아홉 조정[48]이나 거치게 되었으므로, 그동안 누차 전복될 위기를 맞았을 뿐 어엿하게 꾸며 볼 여유는 갖지 못하였다. 그러다가 삼리(三利)의 수승(殊勝)한 인연[49]을

---

44 교산(喬山) : 황제(黃帝)의 장지(葬地)이다.

45 필맥(畢陌) : 주(周)나라 문왕(文王), 무왕(武王), 주공(周公)이 묻힌 곳이다.

46 접수(鰈水) : 가자미[比目魚]가 나는 바다라는 뜻으로, 동해(東海) 즉 동방을 가리킨다. 《이아》〈석지(釋地)〉에 "동방에 가자미가 있는데, 짝하지 않으면 가지 않는다. 그 이름을 접이라고 한다.[東方有比目魚焉 不比不行 其名謂之鰈]"라는 말이 나온다.

47 사우(寺宇)를……못하였다 : 땅에서 탑이 불쑥 솟아나온 것처럼 사원을 이전하는 공사가 일단 쉽게 끝나기는 하였으나, 사원다운 면모를 완전히 갖추지는 못하였다는 말이다. 《법화경(法華經)》〈견보탑품(見寶塔品)〉에 "그때 부처 앞에 높이 500유순 가로세로 250유순 되는 칠보로 장식된 탑이 땅에서 솟아 나와 공중에 서 있었다.[爾時佛前有七寶塔 高五百由旬 縱廣二百五十由旬 從地踊出住在空中]"라는 말이 나온다. 화성(化城)은 환화(幻化)의 성이라는 뜻으로, 사원의 별칭이다. 험난한 여행길에 지친 사람들을 쉬게할 목적으로 도사(導師)가 신통력을 발휘하여 큰 성 하나를 화작(化作)해서 제공했다는 《법화경》〈화성유품(化城喩品)〉의 이야기에서 비롯된 것이다.

48 아홉 조정 : 신라 38대 원성왕(元聖王)으로부터 시작해서 47대 헌안왕(憲安王)에 이르는 9대에 걸친 조정을 말한다.

49 삼리(三利)의 수승(殊勝)한 인연 : 경문왕이 사원을 중건하게 된 것을 말한다. 삼리는 세 가지 이익이라는 말로, 경문왕의 즉위와 관련된 고사이다. 헌안왕이 아들이 없자 김응렴(金膺廉), 즉 경문왕을 사위로 삼아 왕위를 물려주려고 하였는데, 장녀(長女)보다 소녀(少女)가 아름다웠으나, 장녀에게 장가들면 세 가지 이익[三利]이 있다는 말을 듣고는 장녀와 결혼하여 왕위를 계승하였다는 일화가 있다. 《三國史記 卷11 新羅本紀 憲安王》

맞게 되어서 천세(千歲)의 보배로운 운세를 흠 없이 누리게 되었다.

　삼가 생각건대, 선대왕(先大王)은 홍저(虹渚)가 빛을 떨치듯 오잠(鼇岑)에 자취를 드리웠다.[50] 처음에 옥록(玉鹿)에서 명성을 날리며 특별히 풍류(風流)를 진작시키더니,[51] 이윽고 금초(金貂)[52]의 지위에서 관원들을 총괄하며 나라의 풍속을 맑게 하였다. 용전(龍田)[53]의 지위를 차지하고 덕(德)을 심었으며, 봉소(鳳沼)[54]에 거하면서 마음을 계옥(啓沃)[55]하였다. 무슨 말을 할 때에는 인자(仁者)로서 사람을 편안하게 하였고, 정사를 꾀할 적에는 정도에 입각하여 인도하였다. 팔병(八柄)[56]의 막중한 권한

50　선대왕(先大王)은……드리웠다 : 경문왕의 출생을 묘사한 말이다. 홍저(虹渚)는 상고시대의 제왕인 소호씨(少昊氏)의 모친 여절(女節)이 무지개(虹)처럼 별빛이 화저(華渚)에 흘러내리는 것을 보고 감응하여 소호씨를 낳았다는 전설을 요약해서 표현한 것이다. 《宋書 卷27 符瑞志上》 오잠(鼇岑)은 경주(慶州) 금오산(金鼇山)을 가리킨다.

51　옥록(玉鹿)에서……진작시키더니 : 옥록은 검을 뜻하는 옥록로(玉鹿盧)의 준말로, 검술 등 무예에 뛰어난 조예를 보이면서 풍류도(風流道)를 떨쳐 일으켰다는 말이 아닌가 한다. 풍류(風流)는 〈난랑비(鸞郞碑)〉의 "나라에 현묘한 도가 있으니, 그 이름을 풍류라고 한다.(國有玄妙之道 曰風流)"라는 말에서 나온 것이다.

52　금초(金貂) : 황금당(黃金璫)과 초미(貂尾)로 장식한 관(冠)으로, 높은 품계의 관원을 뜻한다.

53　용전(龍田) : 누구나 볼 수 있도록 밭에 출현한 용이라는 뜻으로, 이미 덕과 실력으로 인정을 받는 현인(賢人)을 가리키는데, 여기서는 왕의 후계자라는 의미로 쓰인 것이 아닌가 한다. 《주역》〈건괘(乾卦) 구이(九二)〉에 "출현한 용이 밭에 있으니, 임금님을 만나 보는 것이 이롭다.(見龍在田 利見大人)"라는 말이 나온다.

54　봉소(鳳沼) : 비원(秘苑) 속의 못이라는 뜻으로, 중서성(中書省) 즉 조정을 가리킨다. 봉황지(鳳凰池)라고도 한다.

55　계옥(啓沃) : 임금의 마음을 바르게 인도하며 보좌하는 것을 말한다. 은 고종(殷高宗)이 재상 부열(傅說)에게 "그대 마음속의 물줄기를 터서 나의 마음속으로 흘러내려 적시게 하라.(啓乃心 沃朕心)"라고 부탁한 말에서 나온 것이다. 《書經 說命上》

56　팔병(八柄) : 군신(群臣)을 어거하는 작(爵), 녹(祿), 여(予), 치(置), 생(生), 탈(奪), 폐(廢), 주(誅) 등의 여덟 가지 권한을 말하는데, 《주례(周禮)》〈천관(天官) 태재(太宰)〉에 그 설명이 나온다.

을 모두 행사하여 사유(四維)[57]가 실추된 것을 바로잡아 두서 있게 하였다. 어려운 일들을 차례로 겪었지만 행하는 일마다 이롭게 진행되었다.

얼마 지나지 않아 기국(杞國)의 근심[58]이 닥쳐와 보위가 비게 되면서 산악이 흔들렸는데, 사슴의 뒤를 좇는 들판이 되지는 않았지만 그래도 까마귀 떼가 동산에 모여들기는 하였다.[59] 그러나 선대왕(先大王)이야말로 현명하고 온순한 데다 노성하고 인자하여 백성들의 추대를 받았으니 우리를 버리고 어디로 가시겠는가. 이에 대저(代邸)[60]에서 입신하고 나서 자문(慈門 불문(佛門))에 뜻을 기울이며 선조(先祖)에게 수치를 끼칠까 염려하여 불사를 일으킬 것을 발원하였다. 그리하여 분황사(芬皇寺)의 승려 숭창(嵩唱)에게 청하여 범거(梵居 사원)를 중수하겠다는 뜻을 부처에게 아뢰도록 하고 한편으로 김순행(金純行)을 보내어 선조의 덕업을 선

---

57 사유(四維) : 예(禮), 의(義), 염(廉), 치(恥)를 말한다.

58 기국(杞國)의 근심 : 옛날 기(杞)나라의 어떤 사람이 하늘이 무너지고 땅이 꺼지면[天地崩墜] 자기 몸을 붙일 곳이 없게 된다 하여 침식을 폐하고 걱정을 했다는 기국우천(杞國憂天)의 고사가 있다. 《列子 天瑞》 보통은 쓸데없는 걱정을 의미하지만, 여기서는 천붕(天崩)의 근심 즉 임금이 죽는 우환이라는 뜻으로 쓰였다.

59 사슴의……하였다 : 본격적으로 왕위 쟁탈전이 벌어지지는 않았지만, 혼란을 틈타서 기회를 엿보며 득세하려는 무리가 없지는 않았다는 말이다. 제(齊)나라 변사(辯士) 괴통(蒯通)이 한 고조(漢高祖)에게 팽형(烹刑)을 당할 위기에 처했을 때에 "진나라의 기강이 무너지고 법도가 해이해짐에, 진나라 이외의 산동 지역이 크게 소란해지면서 다른 성씨들이 일제히 일어나고 영걸들이 까마귀 떼처럼 모여들었다. 진나라가 사슴을 잃자 천하가 모두 그 뒤를 좇았는데, 이에 재주가 뛰어나고 발 빠른 자가 먼저 사슴을 잡게 되었다.〔秦之綱絕而維弛 山東大擾 異姓竝起 英俊烏集 秦失其鹿 天下共逐之 於是高材疾足者先得焉〕"라는 등의 말로 화를 모면한 고사가 《사기(史記)》 권92 〈회음후열전(淮陰侯列傳)〉 말미에 나온다. 여기에서 사슴은 제왕의 지위를 뜻한다.

60 대저(代邸) : 제왕의 지위에 오르기 전에 거하던 곳을 뜻하는 말이다. 한 문제(漢文帝)가 황제가 되기 전에 대왕(代王)에 봉해졌으므로, 그의 거처를 대저라고 칭하였는데, 진평(陳平)과 주발(周勃) 등이 여씨(呂氏)들을 소탕하고 소제(少帝)를 폐한 뒤에 대왕을 대저에서 영입하여 황제로 추대했던 고사에서 나온 것이다. 《漢書 卷4 文帝紀》

양하려는 성의를 사당에 고하게 하였다. 이는《시경(詩經)》에서 말한 바 "화락한 군자여, 복을 구하는 것이 삿되지 않구나.〔愷悌君子 求福不回〕"[61] 라고 한 것이나,《서경(書經)》에서 말한 바 "상제가 이에 흠향하고 아래 백성들이 공경하며 따른다.〔上帝時歆 下民祇協〕"[62] 라고 한 것에 해당된다 고 하겠다. 그러므로 지극한 정성이 신불(神佛)의 보우를 받고 선의의 행동을 사람들이 잘 따르게 된 결과, 경(卿)과 사(士)와 대부(大夫)의 뜻이 수귀(守龜)[63]의 뜻과 합치될 수 있었던 것이었다. 이와 같이 동국(東國)을 혁혁히 빛내면서 임금으로 임하고 나서, 배신(陪臣)을 보내어 선왕(先王)이 훙거(薨去)한 사실을 알리고 금상(今上)이 왕위를 계승한 것을 보고하였다.

마침내 함통(咸通) 6년(865, 경문왕5)에 천자가 섭어사중승(攝御史中丞) 호귀후(胡歸厚)를 정사(正使)로 삼고, 우리나라 사람으로 전에 진사(進士)였던 배광(裵匡)의 허리에 금어대(金魚袋)를 채우고 머리에 해치관(獬豸冠)을 씌워 부사(副使)로 삼은 뒤에 왕인(王人)인 전헌섬(田獻銛)과 함께 와서 조명(詔命)을 전하게 하였는데, 그 내용에,

"빛나게 선왕의 뒤를 이어받고 나서 성유(聲猷)를 제대로 봉행함으로써 잘 계승하였다는 이름이 드러나게 하였으니 왕위에 추대한 지극히 공정한 거조에 참으로 부합된다고 하겠다. 그렇기 때문에 그대를 명하여 신라의 국왕으로 삼는 바이다."

하였다. 그리고 이와 함께 검교태위 겸 지절충영해군사(檢校太尉兼持節

---

61 화락한……않구나:《시경》〈한록(旱麓)〉에 나온다.

62 상제가……따른다:《서경》〈미자지명(微子之命)〉에 "상제가 이에 흠향하고 아래 백성들이 공경하며 따르기에 그대를 상공으로 세워 이 동하를 다스리게 하노라.〔上帝時歆 下民祇協 庸建爾于上公 尹茲東夏〕"라는 말이 나온다.

63 수귀(守龜):임금이 점복(占卜)에 쓰는 귀갑(龜甲), 혹은 점치는 사람〔卜人〕을 뜻한다.

充寧海軍使)를 제수하였다. 지난날에 선대왕이 제(齊)나라를 변화시키며 빼어난 면모를 드러내고, 노(魯)나라의 경지에 이르게 하며 향기를 드날리지 않았더라면,[64] 천자가 어떻게 이처럼 봉필(鳳筆)을 날려 해외의 제후(諸侯)를 총애하고 용정(龍旌)을 내려 대사마(大司馬)의 직책을 임시로 수행하게 할 수가 있었겠는가.

그런데 또한 영광스럽게 천자의 은택에 젖었고 보면, 반드시 영구(靈丘 왕릉)에 나아가 친히 참배해야 하겠기에, 천승(千乘) 제후의 행차를 준비하게 하였으나, 그것이 어찌 십가(十家)의 재산만 소모할 뿐이었겠는가.[65] 이에 마침내 태제(太弟)인 상국(相國)[66]에게 명하여 청묘(淸廟)의 제사에 치제(致齊)하게 하고 현경(玄扃 왕릉)에 대신 참알(參謁)하게 하였다. 아름답도다. 계림(雞林)의 번성함이여, 그리고 영원(鴒原)의 무성함이여.[67] 세월이 오래 흐를수록 코끼리가 밭 갈던 일[68]을 언제나 그리워할 것

---

64 제(齊)나라를……않았더라면: 《논어》〈옹야(雍也)〉에 "제나라를 한번 변화시키면 노나라의 경지에 이르게 할 수 있고, 노나라를 한번 변화시키면 선왕의 도의 경지에 이르게 할 수 있다.〔齊一變至於魯 魯一變至於道〕"라는 공자의 말이 나온다.

65 어찌……뿐이었겠는가: 왕이 한번 행차하는 데에 따른 비용이 엄청나게 들 것이라는 말이다. 한 문제(漢文帝)가 노대(露臺)를 지으려다가 백금(百金)의 비용이 든다는 말을 듣고는 "백금은 중등 생활을 하는 열 집의 재산에 해당한다.〔百金 中人十家之産也〕"라고 하면서 그만두게 한 고사가 《한서(漢書)》 권4 〈문제기(文帝紀)〉 찬(贊)에 나온다.

66 태제(太弟)인 상국(相國): 원주(原註)에 "뒤에 혜성대왕의 존귀한 시호로 추봉되었다.〔追奉尊諡惠成大王〕"라고 하였다.

67 영원(鴒原)의 무성함이여: 형제간의 우애가 돋보인다는 말이다. 영원은 《시경》〈상체(常棣)〉의 "저 할미새 들판에서 호들갑 떨 듯, 급할 때는 형제들이 서로 돕는 법이라오. 항상 좋은 벗이 있다고 해도, 그저 길게 탄식만을 늘어놓을 뿐이라오.〔鶺鴒在原 兄弟急難 每有良朋 況也永歎〕"라는 말에서 나온 것이다.

68 코끼리가……일: 성군(聖君)의 치세를 뜻하는 말이다. 순(舜) 임금이 창오(蒼梧)에서 죽자 코끼리가 감화를 받아서 그를 위해 밭을 갈고, 우왕(禹王)이 회계(會稽)에 묻히자 새가 그를 위해 김매 주었다는 상경조운(象耕鳥耘)의 전설이 한(漢)나라 왕충(王充)의 《논형(論衡)》 권4 〈서허(書虛)〉에 나온다.

이요, 시대가 평화로우니 소가 헐떡거리는 것⁶⁹을 물을 필요도 없을 것이다. 들판과 시내를 화려하게 비추며 태제의 행렬이 지나가자 구경하는 사람들이 구름처럼 모여들었다. 이에 복어처럼 등에 거뭇거뭇하게 점이 찍힌 노인과 고니처럼 눈썹이 흰 승려가 손뼉을 치며 서로 기뻐하고 크게 경하하며 말하기를,

"고귀한 개제(介弟 태제)의 이번 행차로 성제(聖帝)의 은광(恩光)이 드러나고 우리 임금의 효도가 이루어졌다. 예의 있는 우리의 풍속이 넉넉하게 여유가 있어서, 마침내 바다 물결이 가라앉게 하고, 변방에 전쟁의 티끌이 일어나지 않게 하고, 천리(天吏)⁷⁰가 고르게 하고, 땅의 곡식이 풍성하게 하였다. 그러니 뒤를 이어서 연우(蓮宇 사원)를 중수하고 백성(柏城 왕릉)을 돌볼 적기가 바로 지금이니, 지금 하지 않고 어느 때를 다시 기다리겠는가."

하였다.

이에 선대왕(先大王 경문왕)의 효성이 크게 사무쳐서 생각과 꿈이 일치된 결과 성조대왕(聖祖大王 원성왕)을 꿈속에서 뵙게 되었는데, 성조대왕이 선대왕을 어루만지며 고하기를,

"나는 너의 선조이다. 네가 불상을 세우고 나의 능역(陵域)을 돌보려고 하는데 조심하고 공경히 할 것이요, 서둘러서 경영하려고 하지 말지어다. 부처의 덕과 나의 힘이 너의 몸을 보호해 줄 것이다. 진정 중

---

69 소가 헐떡거리는 것 : 한(漢)나라의 재상인 병길(丙吉)이, 길에서 싸워서 사람들이 죽고 다친 일은 묻지를 않고, 소가 혀를 빼 물고서 헐떡이는 것[牛喘吐舌]을 보고는, 음양(陰陽)의 조화가 깨어진 나머지 계절의 기후가 바뀌었다고 생각하여 이를 자세히 물어보았던 고사가 《한서(漢書)》 권74 〈병길전(丙吉傳)〉에 보인다.

70 천리(天吏) : 사계절을 가리킨다. 《회남자》 〈천문훈(天文訓)〉에 "사시는 하늘의 관리요, 일월은 하늘의 사신이다.[四時者 天之吏也 日月者 天之使也]"라는 말이 나온다.

도를 잡고 행한다면 하늘의 복록을 끝까지 길이 누리리라.”

하였다. 이윽고 청량한 물시계 소리에 맞춰 옥침(玉枕)에서 잠이 깨어 일어나니, 십훈(十煇)으로 점을 치지 않아도 구령(九齡)의 해몽과 일치하는 듯하였다.[71] 이에 유사(有司)에게 속히 명하여 법회를 경건히 거행하도록 하였다. 화엄(華嚴)의 대덕(大德)인 석결언(釋決言)이 당사(當寺)에서 유지(有旨)를 받들고 5일 동안 강경(講經)을 하였으니, 효성을 펴고 명복을 빌기 위해서였다. 이어서 선대왕이 하교하기를,

“자기 어버이를 사랑하지 않는 것〔不愛其親〕[72]에 대해서는 경(經)에서도 경계한 바이다. '너의 조상을 생각하지 않느냐.〔無念爾祖〕'[73]라고 한 시(詩)의 구절을 어떻게 잊을 수가 있겠는가. 우리나라를 돌보아 주는 이때에 과인이 사원을 중수하려고 하자 꿈속에서까지 감응이 이루어지게 하니 마음이 떨리고 두렵기만 하다. 3년 동안 날지 않은 것〔三年不蜚〕을 부끄럽게 여기면서, 단 하루라도 반드시 손질할 것〔一日必葺〕을 깊이 생각하고 있다.[74] 백관(百官)의 어른과 어사(御史)는 이 일에

---

71 십훈(十煇)으로……듯하였다 : 굳이 점을 쳐 보지 않아도 원성왕이 꿈속에서 말한 그대로 이루어질 것 같았다는 말이다. 십훈은 열 가지의 다양한 햇무리 모양을 말하는데, 옛날에 이 모양을 보고 인사(人事)의 길흉을 점쳤다. 구령(九齡)은 주 무왕(周武王)의 꿈 이야기이다. 무왕이 꿈속에서 상제로부터 아홉 개의 치아〔九齡〕를 받았다는 말을 부친인 문왕(文王)이 듣고서, 치아는 연령과 관계된 만큼 90세까지 살 것이라고 해몽하고는, 자기의 100세 수명에서 3년을 무왕에게 주어 93세까지 살게 하고 자신은 97세에 죽었다는 이야기가 《예기》〈문왕세자(文王世子)〉에 나온다.

72 자기……것 : 《효경》〈성치장(聖治章)〉에 “자기 어버이를 사랑하지 않고 타인을 사랑하는 것을 패덕이라 하고, 자기 어버이를 공경하지 않고 타인을 공경하는 것을 패례라고 한다.〔不愛其親而愛他人者 謂之悖德 不敬其親而敬他人者 謂之悖禮〕”라는 말이 나온다.

73 너의……않느냐 : 《시경(詩經)》〈문왕(文王)〉에 “너의 조상을 생각하지 않느냐. 그 덕을 닦을지어다. 길이 천명에 짝하는 것이, 스스로 많은 복을 구하는 길이니라.〔無念爾祖 聿修厥德 永言配命 自求多福〕”라는 말이 나온다.

74 3년……있다 : 그동안 사원의 중수와 관련하여 아무 일도 하는 일 없이 세월만 보낸 것

대한 이해관계가 어떻다고 생각하는가. 아이를 팔고 부인을 전당 잡혔다(賣兒貼婦)[75]는 기롱은 받지 않으리라고 보장할 수 있다 하더라도, 혹시 귀신이 원망하고 사람들이 괴로워한다는 말이 나올까 염려가 되니, 행해야 할 일은 진헌하고 행해서는 안 되는 일은 폐지하도록 임금에게 건의하는 일을 그대들은 소홀히 하지 말지어다."

하였다. 종신(宗臣)인 계종(繼宗)과 훈영(勛榮) 이하가 협의하여 상언(上言)하기를,

"애틋한 소원이 신명에게 감통(感通)하여 선조의 혼령이 꿈에 나타나셨습니다. 참으로 임금님이 뜻을 먼저 정하셨기 때문에 실제로 여론이 모두 동의하게 된 것입니다. 이 사원이 이루어지면 구족(九族)에게도 많은 경사가 있을 것입니다. 다행히 농한기를 맞았으니 토목 공사를 일으키소서."

하였다.

을 후회하면서 이제 시간을 아껴서 바로 공사에 착수하고 싶다는 말이다. 춘추 시대 초 장왕(楚莊王)이 즉위 후 3년 동안 환락에 빠진 채 정사를 행하지 않자, 오거(伍擧)가 "3년 동안 날지도 않고 울지도 않으니, 이는 무슨 새인가.〔三年不蜚不鳴 是何鳥也〕"라고 하니, 장왕이 "3년 동안 날지 않았어도 한번 날면 하늘에 솟구칠 것이요, 3년 동안 울지 않았어도 한번 울면 사람을 놀라게 할 것이다.〔三年不蜚 蜚將沖天 三年不鳴 鳴將驚人〕"라고 답변한 고사가 전한다. 《史記 卷40 楚世家》 또《춘추좌씨전》소공(昭公) 23년에 "숙손은 관소에 머무는 시간이 단 하루만 되더라도 그 담장이나 지붕을 손질하여, 그가 떠날 때에는 처음 들어갔을 때와 똑같게 하였다.〔叔孫所館者 雖一日必葺其牆屋 去之如始至〕"라는 말이 나온다.

75 아이를……잡혔다 : 남조 송 명제(宋明帝)가 상궁사(湘宮寺)를 화려하게 세우고는 큰 공덕을 지었다고 자랑하자, 우원(虞愿)이 옆에 있다가 "폐하가 이 사원을 세운 것은 모두 백성들이 아이를 팔고 부인을 전당 잡힌 돈으로 이루어진 것이니, 부처가 만약 이런 사실을 안다면 응당 슬피 울며 애통하게 여길 것이다. 그 죄가 탑보다도 더 높이 쌓였을 것인데, 무슨 공덕이 있다고 하겠는가.〔陛下起此寺 皆是百姓賣兒貼婦錢 佛若有知 當悲哭哀愍 罪高佛圖 有何功德〕"라고 반박한 고사가 전한다. 《南齊書 卷53 良政列傳 虞愿》

이에 건례선문(建禮仙門)[76]에서 특출한 인재들을 발탁하고, 소현정서(昭玄精署)[77]에서 출중한 승려들을 뽑았으며, 종실의 세 명의 유능한 신하인 단원(端元), 육영(毓榮), 유영(裕榮)과 석문(釋門)의 두 명의 걸출한 승려인 현량(賢諒)과 신해(神解), 찬도(贊導)하는 승려인 숭창(嵩唱) 등에게 명하여 그 일을 감독하게 하였다. 게다가 한 나라의 임금이 단월(檀越 시주)이 되고 국가의 저명한 인물이 유사(有司)가 되었으므로, 역량 면에서 여유가 있었음은 물론이요 마음속으로도 게으름을 피울 수가 없었다.

장차 작은 것을 크게 늘리려고 하는 터에, 새것을 옛것과 뒤섞이게 하는 것이 어찌 온당하겠는가마는, 단계(檀溪)의 숙원[78]을 이루지 못할까 걱정이 되고, 내원(㮈苑)의 전공(前功)[79]을 해칠 염려도 없지 않기에 옛 재목을 간추려 모아서 높이 다진 대지(坮地)로 옮겨 놓았다. 그러고는 별을 점치고 날을 헤아려 웅장한 규모의 공사를 대대적으로 시행하면서

---

76 건례선문(建禮仙門) : 한(漢)나라 궁궐에 건례문이 있었던 데에서 유래하여 조정의 뜻으로 쓰이게 되었다. 선문은 궁궐의 문을 가리킨다.

77 소현정서(昭玄精署) : 승도(僧徒)를 총괄했던 소현시(昭玄寺)라는 관아를 말한다.

78 단계(檀溪)의 숙원 : 사원을 중수하려는 소망을 말한다. 동진(東晉)의 고승 도안(道安)이 효무제(孝武帝) 영강(寧康) 1년(373)에 양양(襄陽)에서 제일가는 단계사(檀溪寺)를 세우고, 다시 양주 자사(梁州刺史) 양홍충(洋弘忠)으로부터 구리 1만 근을 시주 받아 장륙불상(丈六佛像)을 주조한 뒤에, 이제는 숙원을 이뤘으니 언제 죽어도 좋다고 말한 고사가 전한다. 단계사는 금덕사(金德寺)라고도 한다. 《高僧傳 卷5 釋道安傳》

79 내원(㮈苑)의 전공(前功) : 김원량(金元良)이 예전에 저택을 희사하여 곡사(鵠寺)를 세운 공덕을 말한다. 내원은 내녀(㮈女)의 동산이라는 말인데, 범어 āmra의 의역으로, 암몰라원(菴沒羅園)으로 음역된다. 내수(㮈樹)에서 출생했기 때문에 내녀라는 이름이 붙게 되었다고 하는데, 뒤에 마갈다국(摩竭陀國) 빈바사라왕(頻婆娑羅王)의 왕비가 되었으며, 양의(良醫) 기바(耆婆)를 낳았다고 한다. 그 동산은 중인도(中印度) 폐사리(吠舍釐 Vaiśālī) 성 부근에 있었으며, 내녀가 불타에게 바치자 불타가 이곳에서 《유마경(維摩經)》을 설했다고 한다. 김원량이 신라 왕실의 외척이기 때문에, 고운이 왕비인 내녀의 고사를 인용하여 이렇게 비유한 것이다. 《出曜經 卷3》《四分律 卷39》

진흙을 이기고 횟물을 부으며 다투어 묘한 솜씨를 보여 주었다.

구름 같은 사닥다리를 타고서 수(倕)[80]의 재목을 아슬아슬하게 가설(架設)하고, 서리처럼 하얀 흙벽을 노(玃)[81]의 백악(白堊)에 향을 버무려서 발랐다. 바위산의 기슭을 깎아 내어 담장을 돋우고, 시냇물을 굽어보며 문 앞이 트이게 하였다. 거친 섬돌은 쇠 장식 계단으로 바꾸었고, 낮은 곁채는 아로새긴 회랑(回廊)으로 달라지게 하였다. 겹으로 된 불전(佛殿)은 용(龍)처럼 서렸는데 그 가운데에 노사나(盧舍那)를 주불(主佛)로 봉안하였고, 층으로 된 누각은 봉(鳳)처럼 우뚝 섰는데 그 위에 수다라(修多羅 경(經))를 이름으로 하였다. 고래등 같은 동량을 높이 설치하였고, 난새를 새긴 난간을 마주 보게 하였다. 화려한 반자에는 꽃들이 모여 차례로 줄지어 있고, 수놓은 두공(枓栱)에는 가지가 옹위하듯 서로 맞물려 있는데, 날개를 펼치고 날아갈 듯하여 눈길을 돌리면 누구나 현기증이 날 정도였다.

그 밖에 더 높이고 고쳐 지은 것으로는, 영정(影幀)을 모신 별실(別室)과 승려들이 거처하는 연방(蓮房)과 음식을 요리하는 식당과 아침마다 밥을 짓는 공양간과 같은 곳이 있었다. 여기에 또 새기고 다듬는 데에 솜씨를 다하고 색칠을 하는 데에 정밀함을 다하였다. 그리하여 바위 골짜기와 함께 맑은 기운이 우러나오고 안개 노을과 어울려 서로 찬란하게 빛났다. 옥으로 된 찰간(刹竿)에는 봉래도(蓬萊島)를 비추는 달이 걸려서 두 송이 서리 머금은 흰 연꽃이 피어나고, 쇠로 된 풍경(風磬)에는 솔 우거진 시내에서 불어오는 바람이 부딪쳐서 어느 때나 하늘의 음악

80　수(倕) : 수(垂)라고도 한다. 순(舜) 임금의 대신(大臣)으로 공공(共工)이 되어 백공(百工)의 일을 주관하였다. 《史記 卷1 五帝本紀》

81　노(玃) : 고대의 유명한 미장이 이름이다.

을 연주하였다.

주변의 승경(勝景)을 돌아보더라도 먼 변방에서 경치가 걸출한 곳이었다. 좌측의 산봉우리는 닭의 발이 구름을 끌어당기는 것 같고, 우측의 원습(原隰)은 용의 비늘이 햇빛에 반짝이는 것 같다. 앞을 굽어보면 메기 형상의 산이 검푸르게 줄 지어 서 있고, 뒤를 돌아보면 봉새 같은 언덕이 갈고리처럼 이어져 있다. 그래서 멀리서 바라보면 가파르면서 기이하고 가까이에서 관찰하면 삽상하면서 아름다우니, 낙랑(樂浪 신라)의 선경(仙境)은 참으로 낙방(樂邦)이요, 초월(初月)의 명산은 바로 초지(初地)⁸²라고 이를 만하다.

잘 건설하여 주도면밀하게 일을 마칠 수 있었고, 근실히 닦아서 복을 헛되이 버리지 않았으니, 반드시 인방(仁方 동방)을 크게 감싸 줄 것이요, 임금의 보수(寶壽)에 이바지할 것이었다. 그리하여 삼천세계(三千世界)를 망라하여 사방의 경내로 삼고, 500년을 헤아려서 한 해의 봄으로 삼으려 하였는데,⁸³ 번산(樊山)에서 사냥한 표범의 꼬리를 매달아 세우며 바야흐로 기뻐할 이때에,⁸⁴ 형산(荊山)의 용에 걸터앉아 떨어뜨린 수염을

82 초지(初地) :《화엄경(華嚴經)》에 나오는 보살(菩薩)의 십지(十地) 중 첫째 단계로, 일명 환희지(歡喜地)라고 한다.

83 500년을……하였는데 :《장자》〈소요유(逍遙遊)〉에 "초나라 남쪽에 있는 명령은 500년을 봄으로 삼고, 500년을 가을로 삼는다.〔楚之南有冥靈者 以五百歲爲春 五百歲爲秋〕"라는 말이 나온다.

84 번산(樊山)에서……이때에 : 그 당시야말로 제왕의 공업(功業)을 이룰 좋은 기회였다는 말이다. 옛날에 제왕이 행차할 때 따르는 행렬의 맨 마지막 수레에는 표범 꼬리를 매달아서 위용을 과시했다고 한다. 오(吳)나라 손권(孫權)이 무창(武昌)의 번산(樊山)에서 사냥을 하였는데, 어떤 노파가 무엇을 잡았느냐고 묻기에 표범 한 마리를 잡았다고 했더니, 그 노파가 "어째서 표범 꼬리를 수레에 매달아 세우지 않느냐.〔何不豎豹尾〕"라고 하고는 홀연히 사라졌다는 이야기가 전한다.《欽定淵鑑類函 卷429 豹 1》번산은 원산(袁山)이라고도 한다.

안고 갑자기 눈물을 흘리게 될 줄이야 어찌 생각이나 하였겠는가.[85]

　헌강대왕(獻康大王)은 연소한 나이인데도 높은 덕을 지녔고 뛰어난 체격에 맑은 정신을 소유하였다.[神淸遠體][86] 침문(寢門)에서 내수(內豎)에게 안부를 묻지 못하게 된 것[87]을 비통하게 생각하면서 익실(翼室)에서 상차(喪次)의 주인이 되는 일[宅宗][88]을 준행(遵行)하였다. 등 문공(滕文公)이 예법을 극진히 하여 거상(居喪)을 한 것[89]처럼 끝까지 극기를 잘 하였고, 초 장왕(楚莊王)이 때를 기다려 정사(政事)를 닦은 것[90]처럼 실제로 사람들을 놀라게 하였다. 더군다나 또 천성적으로 중화(中華)의 풍도

85　형산(荊山)의……하였겠는가 : 뜻밖에도 경문왕이 세상을 떠나는 변고를 당하여 슬픔에 잠기게 되었다는 말이다. 황제(黃帝)가 수산(首山)의 구리를 채굴하여 형산 아래 호숫가에서 솥을 주조하고 나서 용을 타고 승천할 적에 신하와 후궁 70여 인을 함께 데리고 갔는데, 여기에 참여하지 못한 신소(小臣)들이 용의 수염을 잡고 있다가 용의 수염이 빠지는 바람에 모두 떨어졌고, 이때 황제의 활도 함께 떨어졌으므로, 백성들이 그 수염과 활을 안고 통곡하며 그 활을 오호궁(烏號弓)이라고 불렀다는 전설이 전한다. 《史記卷28 封禪書》

86　뛰어난……소유하였다 : 참고로 《진서(晉書)》 권9 〈태종간문제기(太宗簡文帝紀)〉에 "사문(沙門) 지도림(支道林)이 일찍이 말하기를 '회계왕은 체격은 뛰어난데 정신은 볼 것이 없다.[會稽有遠體而無遠神]'라고 하였다."라는 기록이 나온다. 회계왕은 간문제가 황제로 즉위하기 전의 봉호이다.

87　침문(寢門)에서……것 : 경문왕(景文王)이 죽은 것을 말한다. 주 문왕(周文王)이 세자로 있을 적에, 매일 세 번씩 침문에 가서 부왕인 왕계(王季)의 안부를 내수(內豎)에게 묻고는 편안하시다는 답변을 들으면 기뻐하며 돌아갔다는 이야기가 《예기》 〈문왕세자(文王世子)〉에 나온다.

88　익실(翼室)에서……일 : 거상(居喪)하는 것을 말한다. 주 성왕(周成王)이 죽었을 때, "남문 밖에 가서 태자 소(釗)를 마중하여, 왕실의 옆방인 익실로 맞아들인 뒤에 상차(喪次)의 주인이 되게 하였다.[逆子釗於南門之外 延入翼室 恤宅宗]"라는 말이 《서경》 〈고명(顧命)〉에 나온다.

89　등 문공(滕文公)이……것 : 부왕인 정공(定公)이 세상을 떠나자 맹자(孟子)에게 물어서 거상(居喪)을 극진히 한 일이 《맹자》 〈등문공 상(滕文公上)〉에 나온다.

90　초 장왕(楚莊王)이……것 : 초 장왕이 즉위 후 3년 동안 환락에 빠져 있다가 본격적으로 정사를 행하여 마침내 제후(諸侯)의 패자(覇者)가 된 고사를 말한다. 397쪽 주74 참조.

를 따르고 지혜의 이슬에 몸을 적시면서 선조를 높이는 의리를 드날리고 부처에게 귀의하는 성의를 분발하였는 데야 더 말해 무엇 하겠는가.

중화(中和) 을사년(885, 헌강왕11) 가을에 하교하기를,

"선왕(先王)의 뜻을 계승하고 선왕의 일을 이어받아 길이 후손에게 복을 물려주는 일은 바로 나에게 달려 있다. 선조(先朝)에서 세운 곡사(鵠寺)는 이름을 바꿔서 대숭복사(大嵩福寺)라고 하는 것이 좋겠다. 불경을 수지(受持)하는 개사(開士)와 기강을 확립하는 정리(淨吏)가 전지(田地)를 가지고 공양과 보시에 이바지하는 것은 일체 봉은사(奉恩寺)의 고사(故事)에 의거하도록 하라. 고(故) 파진찬(波珍湌) 김원량이 희사한 땅의 산물(産物)을 전운(轉運)하는 일이 가볍지 않으니 정법사(正法司)에 위임하도록 하라. 그리고 별도로 두 명의 숙덕(宿德)을 뽑아 입적시켜 상주하게 하면서 그의 명복을 빌게 하라. 그러면 윗자리에 있는 나로서는 저승 세계까지 보살피지 않음이 없게 될 것이요, 큰 인연을 지은 김원량으로서도 반드시 감통(感通)하는 바가 있을 것이다."
하였다.

이로부터 종소리가 허공에 울려 퍼지고, 발우(鉢盂)에는 향적반(香積飯)[91]이 가득 담기게 되었다. 중생을 창도하는 것은 육시 예배(六時禮拜)를 하며 옥경(玉磬)이 울리듯 할 것이요, 부처의 가르침을 수지(修持)하는 것은 만겁(萬劫)토록 하늘의 별이 세상을 비추듯 할 것이다. 위대하도

---

91 향적반(香積飯) : 중향국(衆香國)의 향적여래(香積如來)가 먹는 음식을 말한다. 향적여래가 이 향적반을 화보살(化菩薩)에게 발우 가득 담아 주고, 화보살이 다시 유마 거사(維摩居士)에게 가득 담아 주어, 비야리성(毗耶離城) 및 삼천대천세계(三千大千世界)에 그 향기가 두루 퍼지게 했다는 이야기가 《유마경(維摩經)》〈향적불품(香積佛品)〉에 나온다. 그래서 보통 승려의 음식을 향적반 혹은 향반(香飯)이라고 하고, 사찰의 주방(廚房)을 향적이라고 한다.

다. 이는 공자(孔子)가 말한 바 "근심이 없는 분은 문왕일 것이다. 부친이 시작한 일을 아들이 이어받았으니.〔無憂者其惟文王 父作之 子述之〕"[92]라고 한 것이 아니겠는가.

경력(慶曆) 경오년(景午年)[93] 봄에 하신(下臣)을 돌아보며 이르기를,

"예(禮)에 이르지 않았던가. '명은 기물(器物)에 자기 이름을 기록하는 것이다. 선조의 미덕을 일컬어 후세에 분명히 드러내는 것이니, 이것이 효자 효손의 마음이다.〔銘者自名也 以稱其先祖之德 而明著之後世 此孝子孝孫之心也〕"[94]라고. 선조(先朝)에서 처음 사원을 세울 적에 큰 서원을 발하였는데, 당시에 김순행(金純行)과 그대의 부친 최견일(崔肩逸)이 이 일에 종사하였다. 명을 지어 한번 일컬으면, 과인이나 그대나 모두 효성을 바칠 수 있게 될 것이니, 그대는 명을 짓도록 하라."

하였다.

---

92 근심이……이어받았으니 : 《중용장구(中庸章句)》 제18장에 나온다. 고운이 중간을 생략하고 인용하였다.

93 경력(慶曆) 경오년(景午年) : 당 희종(唐僖宗) 광계(光啓) 2년 병오년(886), 즉 신라 정강왕(定康王) 1년을 가리킨다. 당의 연호 중에 경력이라는 연호는 없다. 혹 잘못 기록된 것이 아닌가 한다. 당나라 황실에서는 조상의 이름을 피하여 '병(丙)'을 '경(景)'으로 바꿔 썼다. 원(元)나라 왕극관(汪克寬)이 지은 《춘추호전부록찬소(春秋胡傳附錄纂疏)》 권수상(首上) 논명휘차자(論名諱箚子) '역갑을지기 이병위경자(易甲乙之紀 以丙爲景者)' 조의 해설에 "당 고조의 부친 원제의 이름이 병이었기 때문에, 당나라 역사에서 갑자를 기록할 때에는 모두 병을 경으로 하였다. 한유(韓愈)의 〈유주나지묘비(柳州羅池廟碑)〉에도 경진년에 사당이 이루어졌다고 칭하였다.〔唐高祖父元帝名昞 故唐史紀甲子皆以丙爲景 韓文羅池廟碑 稱景辰廟成〕"라는 말이 나온다.

94 명(銘)은……마음이다 : 《예기》〈제통(祭統)〉에 나온다. 고운이 중간을 생략하고 인용하였는데, 전문을 소개하면 다음과 같다. "솥에 명을 새기는데, 명은 기물에 자기 이름을 기록하는 것이다. 자기 이름을 기록하면서 선조의 미덕을 일컬어 후세에 분명히 드러낸다. 선조에게는 모두 미덕도 있고 잘못도 있겠지만, 명의 의리는 미덕만 칭하고 잘못은 칭하지 않는 것이다. 이것이 효자 효손의 마음이니, 오직 현자만이 할 수가 있다.〔夫鼎有銘 銘者自名也 自名以稱揚其先祖之美 而明著之後世者也 爲先祖者 莫不有美焉 莫不有惡焉 銘之義 稱美而不稱惡 此孝子孝孫之心也 唯賢者能之〕"

나는 바다 건너 중국에 들어가서 떠돌다가 월계(月桂)의 향기를 훔치긴 하였지만,[95] 우구(虞丘)의 비통함[96]을 길이 안고 계로(季路)의 헛된 영화[97]만 누리고 있을 뿐이기에, 명을 받들고는 놀랍고 두려워서 어찌할 줄 모른 채 슬피 오열할 따름이다.

삼가 생각건대, 내가 중국에서 벼슬할 적에 유씨 자규(柳氏子珪)가 동국(東國)의 일을 기록한 내용을 열람한 적이 있었는데, 거기에 서술된 정사에 관한 조목이 왕도 아닌 것이 없었다. 그런데 지금 국사(國史)를 읽어 보니, 그것은 완전히 성조대왕(聖祖大王 원성왕(元聖王)) 때의 사적(事迹)과 일치하는 것이었다. 그런가 하면 또 전해 오는 말을 듣건대, 중국 사신 호공 귀후(胡公歸厚)가 복명할 적에 풍요(風謠)를 많이 채록하고는 당시의 재상에게 아뢰기를,

"앞으로 나 이후로 산서(山西) 출신[98]은 해동(海東)에 사신으로 보내지

---

95 월계(月桂)의……하였지만 : 당나라의 과거에 급제하였다는 말이다. 진 무제(晉武帝) 때에 현량 대책(賢良對策)에서 천하제일로 뽑힌 극선(郤詵)이 소감을 묻는 무제의 질문에 "계수나무 숲의 나뭇가지 하나를 잡아 꺾고, 곤륜산의 옥돌 한 조각을 손에 쥔 것과 같다.[桂林之一枝 崑山之片玉]"라고 답변한 고사에서 유래한 것이다. 《晉書 卷52 郤詵列傳》

96 우구(虞丘)의 비통함 : 어버이가 세상을 떠나 다시는 봉양할 수 없는 자식의 슬픔을 말한다. 공자가 주(周)나라 우구에게 슬피 통곡하는 이유를 물으니, "나무가 조용하고자 하나 바람이 그치지 않고, 자식이 봉양하고자 하나 어버이가 기다려 주시지 않는다.[夫樹欲靜而風不停 子欲養而親不待]"라고 대답했다는 풍수지탄(風樹之歎)의 고사가 있다. 우구는 고어(皋魚) 혹은 구오자(丘吾子)로 더 많이 알려져 있다. 《孔子家語 致思》

97 계로(季路)의 헛된 영화 : 계로는 공자의 제자 중유(仲由)의 자이다. 자로(子路)로 더 잘 알려져 있다. 그가 옛날에 어버이를 모시고 있을 때에는 집이 가난했기 때문에, 자기는 되는 대로 거친 음식을 먹으면서도 어버이를 위해서는 100리 바깥에서 쌀을 등에 지고 오곤 하였는데, 어버이가 돌아가시고 나서 높은 벼슬을 하여 솥을 늘어놓고 진수성찬을 맛보는 신분이 되었지만, 이는 단지 헛된 영화일 뿐이요, 당시에 거친 음식을 먹으면서 어버이를 위해 쌀을 지고 왔던 그때의 행복을 다시는 느낄 수 없게 되었다고 술회한 고사가 전한다. 《孔子家語 致思》

98 산서(山西) 출신 : 무인(武人)을 말한다. "산동 지방에서는 재상이 나오고, 산서 지방에

않는 것이 좋겠습니다. 그 이유는 이렇습니다. 계림(雞林)에는 아름다운 산수가 많은데, 동국(東國)의 왕이 그 경치를 도장으로 찍어내듯이 시로 지어서 나에게 주었습니다. 나는 요행히 운어(韻語)를 엮는 법을 예전에 배운 덕분에 억지로 부끄러움을 무릅쓰고 화답을 하였습니다만, 그렇지 않았더라면 분명히 해외의 웃음거리가 되었을 것입니다."
하였는데, 이에 대해서 군자(君子)가 말을 할 줄 안다고 여겼다. 이는 열조(烈祖)가 사술(四術)⁹⁹로 터전을 닦고 선왕(先王)이 육경(六經)¹⁰⁰으로 풍속을 교화시켰기 때문이니, 이 어찌 이궐(貽厥)¹⁰¹을 위해 힘쓴 것이 아니겠는가. 그리하여 동방의 문물이 빛나게 할 수 있었고 보면, 나의 명(銘)에도 부끄러운 말[愧辭]이 없게 될 것이요,¹⁰² 나의 붓에도 남은 용기[餘勇]가 있게 될 것이다.¹⁰³

서는 장수가 나온다.[山東出相 山西出將]"라는 속어(俗語)가 《한서(漢書)》 권69 〈조충국신경기전(趙充國辛慶忌傳)〉에 보인다. '관동출상 관서출장(關東出相 關西出將)'이라고도 한다. 산은 화산(華山)을 가리키고, 관은 함곡관(函谷關)을 가리킨다.

99　사술(四術) : 시(詩), 서(書), 예(禮), 악(樂)의 네 가지 경술(經術)을 말한다.

100　육경(六經) : 《시경(詩經)》, 《서경(書經)》, 《역경(易經)》, 《춘추(春秋)》, 《예기(禮記)》, 《악경(樂經)》을 말한다.

101　이궐(貽厥) : 자손에게 좋은 계책을 물려주는 것을 말한다. 《시경》 〈문왕유성(文王有聲)〉의 "풍수 옆에도 기 곡식이 자라는데, 무왕이 어찌 이곳에 천도(遷都)하는 것과 같은 큰일을 하지 않으리오. 그의 자손들에게 좋은 계책을 물려주고, 그의 아들에게 편안함과 도움을 주려 함이니, 무왕은 참으로 임금답도다.[豐水有芑 武王豈不仕 詒厥孫謀 以燕翼子 武王烝哉]"라는 말에서 유래한 것이다.

102　나의……것이요 : 비명을 모두 진실되게 지었기 때문에 마음속으로 부끄러울 것이 없으리라는 말이다. 후한(後漢) 채옹(蔡邕)이 곽태(郭太)의 비문을 짓고 나서 노식(盧植)에게 "내가 비명을 많이 지었지만, 그때마다 모두 부끄러운 느낌을 가졌는데, 곽유도에 대해서만은 부끄러울 것이 없다.[吾爲碑銘多矣 皆有慙德 唯郭有道無愧色耳]"라고 말한 고사가 전한다. 유도(有道)는 곽태의 자이다. 《後漢書 卷68 郭太列傳》

103　나의……것이다 : 손에 쥔 붓끝에서도 힘이 넘쳐 날 것이라는 말이다. 춘추 시대에 제(齊)나라와 진(晉)나라가 교전할 적에, 제나라 고고(高固)가 진나라 진영을 유린하며

그래서 마침내 감히 하늘을 대롱 구멍으로 엿보고 바다를 바가지로 퍼서 재면서[104] 평범한 말로 엮어 나가기 시작하였는데, 달이 떨어지고 산이 무너져[105] 홀연히 영원한 한탄을 일으키게 될 줄이야 누가 알았겠는가. 뒤이어 정강대왕(定康大王)이 선왕의 숫돌에 계속 칼을 갈고 훈지(壎篪)를 불며 가락을 맞추는 시대를 만났다.[106] 일단 큰 왕업을 이어 지키게 된 뒤에는 장차 남긴 업적을 계승하여 이루려고 하면서 임금 자리를 편안하게 여기는 일이 없이 그 문물을 잃지 아니하였다. 그런데 멀리 태양 같은 형님의 뒤를 따르다가 갑자기 서산에 지는 해 그림자를 만나게 되었다.[107] 그리하여 달 같은 누이에게 높이 의지하여 동해의 빛이 길이 전해지게 하였다.[108]

삼가 생각건대, 대왕 전하는 오누이 간에 왕위를 이어 왕가의 계보가 확실한 가운데 빼어난 곤덕(坤德)을 본받고 아름다운 천륜을 계승하였다. 이는 참으로 이른바 신주를 품었다[懷神珠][109]고 하는 것이요, 채석

기세를 떨치고 돌아온 뒤에 "용기가 필요하다면 나의 남은 용기를 팔아 주겠다.[欲勇者 賈余餘勇]"라고 소리쳤던 기록이 전한다.《春秋左氏傳 成公2年》

104 하늘을……재면서 : 분수를 모르고 무모하게 덤빈다는 뜻의 겸사이다. 한(漢)나라 동방삭(東方朔)이 지은 〈답객난(答客難)〉에 "대롱 구멍으로 하늘을 엿보고, 바가지로 퍼서 바닷물을 재며, 풀 줄기로 종을 치는 격이다.[以管窺天 以蠡測海 以筳撞鍾]"라는 말이 나온다.《文選 卷45》

105 달이……무너져 : 헌강왕(憲康王)의 죽음을 비유한 말이다.

106 훈지(壎篪)를……만났다 : 헌강왕과 정강왕(定康王)이 형과 아우 사이기 때문에 이렇게 표현한 것이다.《시경(詩經)》〈하인사(何人斯)〉에 "백씨는 질나발을 불고 중씨는 저를 분다.[伯氏吹壎 仲氏吹篪]"라는 말이 나온다.

107 멀리……되었다 : 정강왕이 즉위한 뒤 얼마 안 되어 세상을 떠난 것을 말한다. 옛날에는 임금의 형과 누이를 각각 태양과 달에 비유하였다.

108 달……하였다 : 진성여왕(眞聖女王)이 오빠인 정강왕의 뒤를 이어 즉위한 것을 말한다.

109 신주를 품었다 : 진성여왕이 성군(聖君)이 될 거룩한 성품을 지녔다는 말이다.《광박물지(廣博物志)》권10〈부의 중(斧扆中)〉에 "순(舜) 임금이 석추를 쥐고 신주를 품었

을 구웠다[鍊彩石][110]고 하는 것이다. 전하는 부족한 곳이 있으면 모두 보완하였고 선(善)이라면 닦지 않음이 없었다. 그렇기 때문에《보우(寶雨)》의 금언(金言)에서 분명히 수기(授記)함을 얻고,《대운(大雲)》의 옥게(玉偈)와 완전히 부합될 수가 있었던 것이다.[111]

전하는 또 문고(文考 부친인 경문왕)가 부처의 집을 낙성하고 강왕(康王 헌강왕)이 승려에게 공양을 베풀면서 유리(琉璃)와 같은 불세계(佛世界)를 높였으면서도 아직 완염(琬琰 비석)에 새기는 글을 짓지 못하였다는 이유로, 재주가 없는 나에게 거듭 명하여 졸렬한 붓끝을 놀리게 하였다. 내가 비록 못이 먹물로 검게 변한 고사[112]에는 부끄럽고, 서까래와 같은 붓의 꿈을 꾼 일[113]에는 미치지 못한다고 할지라도, 장융(張融)이 이왕

다.〔虞舜握石椎 懷神珠〕"라는 말이 나오는데, 그 주(註)에 "석추를 쥐었다는 것은 선기옥형(璇璣玉衡)의 도를 안다는 말이고, 신주를 품었다는 것은 성성(聖性)을 소유하였음을 비유한 것이다."라고 하였다.

110 채석을 구웠다 : 신라의 쇠한 운세를 만회하려고 힘썼다는 말이다. 공공씨(共工氏)가 전욱(顓頊)과 싸우다가 성이 나서 부주산(不周山)을 머리로 치받자 하늘 기둥이 부러지면서 하늘은 서북쪽으로 기울고 땅은 동남쪽으로 꺼졌다. 이에 여와씨(女媧氏)가 자라의 다리를 잘라서 땅의 사방 기둥을 받쳐 세우고, 오색(五色)의 돌을 구워서 터진 하늘을 메웠다는 전설이 있다.《淮南子 覽冥訓》《列子 湯問》

111 보우(寶雨)의……것이다 : 성스러운 자질과 훌륭한 품행이 있었기 때문에 임금의 자리에 올라 여왕이 될 수 있었다는 말이다.《보우》는 당(唐)나라 때 달마유지(達摩流支)가 번역한 불경 이름으로,《현수불퇴전보살기(顯授不退轉菩薩記)》라고도 하는데, 동방의 월광천자(月光天子)가 장차 지나국(支那國)의 여왕이 될 것이라고 부처가 수기(授記)하는 내용이 들어 있다.《開元釋敎錄 卷9》《대운(大雲)》은 당나라 측천무후(則天武后) 때에 만들어진 불경 이름이다. 승려 10인이《대운경》을 만들어 바치면서 그녀가 하늘의 명을 받아 여제(女帝)가 되었다고 찬양하자, 그 불경을 천하에 반포하고 제주(諸州)에 대운사(大雲寺)를 건립하도록 명한 고사가 전한다.《舊唐書 卷6 則天武后本紀》

112 못이……고사 : 후한(後漢)의 초성(草聖) 장지(張芝)와 진(晉)의 명필 왕희지(王羲之)가 못가에서 붓글씨 연습을 열심히 해서 못물이 검게 변했다는 고사를 말한다.

113 서까래와……일 : 진(晉)나라 왕순(王珣)의 꿈에 어떤 사람이 서까래처럼 큰 붓[大筆如椽]을 건네주자, 꿈을 깨고 나서는 "내가 솜씨를 크게 발휘할 일이 있을 모양이다.〔當有

(二王)의 필법이 없는 것을 유감스럽게 여기지 않은 일[114]에 나름대로 견주면서, 조조(曹操)가 어쩌다가 풀 수 있었던 8자(字)[115]의 찬사를 들을 수 있게 되기를 기대해 본다. 설사 세상을 불태운 재가 못을 메우고,[116] 먼지가 휘날려 바다를 뒤덮을지라도[117] 본지(本枝 왕실의 후예)는 번성하여 약목(若木)[118]과 가지런히 번영을 길이 누릴 것이요, 이 풍석(豐石)은

大手筆事]"라고 하였는데, 과연 얼마 뒤에 황제가 죽어 애책문(哀册文)과 시의(諡議) 등을 모두 왕순이 도맡아 지었던 고사가 전한다. 《晉書 卷65 王導列傳 王珣》

114 장융(張融)이……일 : 남조 제(齊)의 장융이 초서에 능하여 항상 자부를 하였는데, 언젠가 황제가 "경의 글씨는 자못 골력이 있긴 하나 이왕의 필법이 없는 것이 유감이다.〔卿書殊有骨力 但恨無二王法〕"라고 하니, "신에게 이왕의 필법이 없는 것이 유감이 아니오라, 이왕에게 신의 필법이 없는 것이 또한 유감입니다.〔非恨臣無二王法 亦恨二王無臣法〕"라고 답변했던 고사가 전한다. 《南史 卷32 張邵列傳 張融》 이왕은 왕희지(王羲之)와 그의 아들 왕헌지(王獻之)를 가리킨다.

115 조조(曹操)가……8자(字) : 절묘하게 잘 지은 글이라는 뜻이다. 후한(後漢) 한단순(邯鄲淳)이 효녀 조아(曹娥)를 위해서 지은 이른바 〈조아비(曹娥碑)〉 뒷면에 후한(後漢)의 채옹(蔡邕)이 '황견유부외손제구(黃絹幼婦外孫虀臼)'라는 여덟 글자의 은어(隱語)를 써 넣었는데, 후한 말에 조조(曹操)가 양수(楊修)와 함께 길을 가다가 이 글을 보았을 때 양수는 곧바로 알아챘으나 조조는 그 의미를 생각하면서 30리를 더 가서야 깨닫고는, 알고 모르는 것이 30리나 차이가 난다고 탄식했던 고사가 전한다. 그 은어는 절묘한 호사(好辭)라는 뜻이다. 황견은 오색 실〔色絲〕이니 절(絶)이 되고, 유부는 소녀(小女)이니 묘(妙)가 되고, 외손은 딸의 자식〔女子〕이니 호(好)가 되고, 제는 매운〔辛〕 부추이고 구(臼)는 받는 것〔受〕이니 사(辭)가 된다. 《世說新語 捷悟》

116 세상을……메우고 : 불교의 설에 의하면, 하나의 세계가 끝날 즈음에 겁화(劫火)가 일어나서 온 세상을 다 불태운다고 하는데, 한 무제(漢武帝) 때 곤명지(昆明池) 밑바닥에서 나온 검은 재에 대하여, 인도 승려 축법란(竺法蘭)이 "바로 그것이 겁화를 당한 재〔劫灰〕"라고 대답했다는 고사가 전한다. 《高僧傳 卷1 竺法蘭》

117 먼지가……뒤덮을지라도 : 선녀 마고(麻姑)가 신선 왕방평(王方平)을 만나서, "저번에 우리가 만난 이래로 동해가 세 번이나 뽕밭으로 변한 것을 이미 보았는데, 저번에 봉래에 가보니까 물이 또 과거에 보았을 때에 비해서 약 반절로 줄어들었으니, 어쩌면 다시 땅으로 변하려 하는 것인지도 모르겠다.〔接侍以來 已見東海三爲桑田 向到蓬萊 水又淺于往者會時略半也 豈將復還爲陵陸乎〕"라고 말하자, 왕방평이 웃으면서 "바닷속에서 또 먼지가 날리게 될 것이라고 성인들이 모두 말하고 있다.〔聖人皆言 海中復揚塵也〕"라고 말했다는 신화 속의 이야기가 전한다. 《神仙傳 卷7 麻姑》

높다랗게 옥초(沃焦)[119]를 마주 보며 우뚝 서 있을 것이다. 정성을 다해 손을 모아 절하고 눈물을 훔치며 붓을 잡고서 빛나는 발자취를 따라 명(銘)을 지어 바친다. 명은 다음과 같다.

가위[120]의 자비로운 부처님	迦衛慈王
우이[121]의 밝은 태양	嵎夷太陽
서토에 출현하고	現于西土
동방에서 돋았도다	出自東方
멀어도 보살피지 않음이 없어	無遠不照
인연이 있으면 번창하였나니	有緣者昌
사원의 공이 드높고	功崇淨刹
왕릉의 복이 깊었도다	福蔭冥藏
열렬한 우리 영조는	烈烈英祖
덕이 명우에 부합하여	德符命禹
큰 산 속에 들어간 뒤에	納于大麓

---

118 약목(若木) : 고대 신화에 나오는 나무 이름으로, 서방의 해가 지는 곳에서 자라는 큰 나무라고 한다. 일설에 의하면 부상(扶桑)이라고 하는데, 여기서는 물론 부상의 뜻으로 쓰였다. 부상은 동해 속에 있다는 상상의 신목(神木) 이름으로, 해가 뜰 때에는 이 나무의 가지를 흔들고서 올라온다고 한다.

119 옥초(沃焦) : 전설 속의 큰 산 이름으로, 동해의 남쪽에 있다고 한다.

120 가위(迦衛) : 가비라위(迦毗羅衛)의 준말로, 석가(釋迦)가 생장한 왕성(王城)의 이름이다. 《장아함경(長阿含經)》 권1에 "나의 부친은 이름이 정반으로 찰리 왕족이요, 모친은 이름이 대청정묘이며, 부왕이 다스린 성의 이름은 가비라위이다.〔我父名淨飯 刹利王種 母名大清淨妙 王所治城名迦毗羅衛〕"라는 말이 나온다.

121 우이(嵎夷) : 해 뜨는 동쪽 바닷가를 가리킨다. 《서경》〈요전(堯典)〉에 "희중에게 따로 명하여 동쪽 바닷가에 살게 하니 그곳이 바로 해 뜨는 양곡인데, 해가 떠오를 때 공손히 맞이하여 봄 농사를 고르게 다스리도록 하였다.〔分命羲仲 宅嵎夷 曰暘谷 寅賓出日 平秩東作〕"라는 말이 나온다.

이윽고 하토를 차지했도다[122]	奄有下土
우리 자손을 보호하고	保我子孫
백성의 부모가 되어	爲民父母
도야[123]에 깊이 뿌리내리고	根深桃野
상포[124]에 멀리 나뉘어 흘렀도다	派遠桑浦
상여 줄 잡고 영구차 끌고	蜃紼龍輴
명당인 능에 새로 모시려고	山園保眞
유당의 묘도(墓道)를 개설하고	幽堂闢隧
옛 절을 이웃으로 옮겼도다	聳塔遷隣
만세토록 애모할 예제(禮制)가 되고	萬歲哀禮
천생토록 청정한 인연이 되리니	千生淨因
사원은 이로움이 많을 것이요	金田厚利
왕손은 길이 봄빛을 누리리라	玉葉長春
효손의 깊고 아름다운 덕이	孝孫淵懿
천지를 밝게 감동시킨지라	昭感天地

---

122 열렬한……차지했도다 : 경문왕(景文王)이 순(舜) 임금과 같은 성군이 될 자질을 지녔
으므로 헌안왕에게 인정을 받아 맏사위로서 왕위를 계승하게 되었다는 말이다. 명우
(命禹)는 순 임금을 가리킨다.《논어》〈요왈(堯曰)〉의 "순 임금도 요 임금에게 받은 가
르침을 가지고 우 임금에게 명하였다.〔舜亦以命禹〕"라는 말에서 유래한 것이다. 또 요
임금이 신하인 순에게 국정을 맡기기 전에 그를 시험해 볼 목적으로 큰 산 속으로 들
여보냈는데〔納于大麓〕, 사나운 바람과 뇌우(雷雨)에도 방향을 잃지 않았다는 이야기
가《서경》〈순전(舜典)〉에 실려 있다.

123 도야(桃野) : 도도(桃都)의 들판이라는 말로, 동방 즉 신라를 뜻한다. 중국 동남쪽에
하늘 높이 치솟은 도도라는 이름의 거목(巨木)이 있고, 그 위에 천계(天雞)라는 닭이
서식하는데, 해가 떠오르면서 이 나무를 비추면 천계가 바로 울고, 그러면 천하의 닭
들이 모두 뒤따라 울기 시작한다는 전설이 있다.《述異記 卷下》

124 상포(桑浦) : 부상(扶桑)의 바다라는 말로, 동해를 가리킨다.

봉황이 날고 용이 뛰는 가운데	鳳翥龍躍
금규의 상서에 맞게 되었도다	金圭合瑞
훤히 살피는 신령에게 요청하여	乞靈不昧
복을 구하자 곧장 이르렀나니	徼福斯至
선조의 그 은덕 보답하고자	欲報之德
불사(佛事)를 성대히 일으켰도다	克隆法事
나라의 인재를 가려서 뽑고	妙選邦傑
나라의 기술자를 독려하면서	嚴敦國工
농사일 한가한 틈을 이용하여	伺農之隙
부처의 집을 완성하였도다	成佛之宮
채색 난간에는 봉황이 모여들고	彩檻攢鳳
아로새긴 들보에는 무지개가 걸리고	雕樑架虹
둘러친 담장에선 구름이 일어나고	繚堵雲蓊
단청 벽에는 노을이 한데 녹았도다	繢壁霞融
자리한 터전은 앞이 툭 트이고	盤基爽塏
접하는 경치도 모두 소쇄하나니	觸境蕭灑
쫑긋쫑긋 서 있는 푸른 봉우리요	藍岫交聳
퐁퐁 솟아나는 감미로운 샘이로다	蘭泉迸瀉
꽃은 봄날 동산에 교태 부리고	花媚春巖
달은 가을밤에 높이 떴으니	月高秋夜
비록 해외에 있다 해도	雖居海外
홀로 천하에 빼어났도다	獨秀天下
진은 보덕[125]이라 하고	陳稱報德

---

125 보덕(報德) : 진 문제(陳文帝) 천가(天嘉) 1년(560)에 세운 사찰 이름으로, 절강(浙江)

수는 흥국[126]이라 했다지만	隋號興國
왕실의 복이 국력에서 나오는	孰與家福
우리의 이 사원만 하겠는가	興之國力
불당에는 요란해라 범패 소리	堂聒妙音
주방에는 풍성해라 정결한 음식	廚豐淨食
정강대왕이 끼치신 교화	嗣君遺化
만겁토록 무궁하리로다	萬劫無極
아 거룩해라 우리 여왕님은	於鑠媧后
효우의 정이 돈독하신 분	情敦孝友
형제의 뒤를 이어 왕위에 올라	致嬿雁行
삼가 용수[127]를 아름답게 하였다오	愼徽龍首
나의 문사는 몽당붓이라 부끄럽고	詞悆腐毫
나의 글씨는 철주하듯 민망하나[128]	書慙掣肘
고래가 사는 바다는 마를지언정	鯨壑雖渴
귀부 위의 이 비석은 영원하리라	龜珉不朽

장흥현(長興縣)의 치소(治所)에서 서북쪽으로 1리(里) 지점에 있으며, 진(陳)나라 주홍(周弘)과 서릉(徐陵)이 각각 지은 보덕사 비(碑)와 탑명(塔銘)이 유명하다.

126 홍국(興國) : 수 문제(隋文帝)가 불법(佛法)을 크게 일으킬 때, 45주(州)에 각각 대흥국사(大興國寺)를 세우게 하였는데, 그중에서 문제가 출생한 곳인 섬서(陝西) 대려현(大荔縣)의 사원이 지금도 보존되고 있다 한다.

127 용수(龍首) : 장안(長安)에 있는 산 이름인데, 한(漢)나라 소하(蕭何)가 여기에 미앙궁(未央宮)을 지었으므로 왕궁 혹은 왕실의 뜻으로 쓰이기도 한다.

128 나의……민망하나 : 옆에서 팔을 잡아끌며 방해하는 것처럼 글씨가 엉망으로 되었다는 말의 겸사이다. 복자천(宓子賤)이 선보령(單父令)이 되었을 때, 관리에게 글씨를 쓰게 하고는 옆에서 자꾸 팔을 잡아당겨[掣肘] 글씨가 삐뚤어질 때마다 화를 냄으로써, 참언(讒言)을 잘 듣는 노군(魯君)을 풍자했던 고사가 전한다.《呂氏春秋 具備》

지증 화상 비명¹²⁹ 병서

智證和尚碑銘 並序

다음과 같이 서술한다.

　오상(五常)¹³⁰의 방위를 나눌 때 동방(動方)¹³¹에 배속된 것을 인(仁)이라고 한다. 삼교(三敎)¹³²의 이름을 세울 때 정역(淨域)에 출현한 것을 불(佛)이라고 한다. 인심(仁心)은 불(佛)이요, 불목(佛目)은 인(仁)인 것도 필연적인 일이다. 욱이(郁夷)¹³³의 유순한 성원(性源)을 이끌어 가위(迦衛)¹³⁴의 자비로운 교해(敎海)에 이르게 하는 것은 돌을 물에 던지고[石投水] 모래 더미 위에 물을 뿌려 주는 것[雨聚沙]과 같은 일이다.¹³⁵ 더군다나 동방의 제후로서 외방을 지키는 자로 우리보다 큰 나라가 없으며,

---

129　지증 화상 비명 : 《신라사산비명》에는 〈희양산봉암사지증대사적조탑비(曦陽山鳳巖寺智證大師寂照塔碑)〉로 되어 있다.

130　오상(五常) : 인(仁), 의(義), 예(禮), 지(智), 신(信)을 말한다.

131　동방(動方) : 만물이 생동하는 방위라는 뜻으로, 동방(東方)과 같은 말이다.

132　삼교(三敎) : 유교(儒敎), 불교(佛敎), 도교(道敎)를 말한다.

133　욱이(郁夷) : 우이(嵎夷)와 같은 말로, 해 뜨는 동방을 가리킨다.

134　가위(迦衛) : 석가(釋迦)가 태어난 곳으로, 불교를 뜻한다. 410쪽 주120 참조.

135　돌을……일이다 : 서로 의기투합해서 매우 쉽게 이루어지는 일이라는 말이다. 장량(張良)이 황석공(黃石公)의 병법을 터득하고 나서 군웅(群雄)에게 유세할 적에는 마치 물을 돌에 뿌리는 것처럼 받아들여지지 않았으나[以水投石 莫之受], 한 고조(漢高祖)에게 유세를 하자 마치 돌을 물에 던지는 것처럼 모두 받아들여졌다[以石投水 莫之逆]는 이야기가, 삼국 시대 위(魏)나라 이강(李康)의 《운명론(運命論)》에 나온다. 또 《공자가어(孔子家語)》〈육본(六本)〉에 "들을 자격이 있는 사람에게 말을 해 주면 모래 더미 위에 물을 뿌려 주는 것처럼 쉽게 받아들이지만, 그런 사람이 아닐 때에는 귀머거리를 모아 놓고 악기를 연주하는 것과 같다.[得其人 如聚沙而雨之 非其人 如會聾而鼓之]"라는 말이 나온다.

지령(地靈)이 이미 살리기 좋아하는 것을 근본으로 하고 있을 뿐만 아니라 풍속 또한 서로 양보하는 것을 우선으로 하고 있는 데야 더 말해 무엇 하겠는가. 희희(熙熙)한 태평의 봄날이요,[136] 은은(隱隱)한 상고(上古)의 교화라고 할 것이다.

여기에 또 모든 성씨(姓氏)가 석가(釋迦)의 종족에 참여하는 가운데[137] 존귀한 임금님이 삭발을 하고 승려가 되기까지 하였으며,[138] 언어 또한 범어(梵語)의 소리를 답습해서 혀를 굴리는 소리에 다라(多羅)[139]의 문자가 많았다. 이는 바로 하늘이 분명히 서토(西土)를 돌아보고, 바다가 이끌어 동방으로 흐르게 한 것이니,[140] 군자의 고장에 법왕(法王)의 도(道)가 스며드는 것이 날이면 날마다 깊어지고 또 깊어지는 것이 당연하다고 할 것이다.

노(魯)나라에서 별이 떨어진 것[隕星]을 기록하고[141] 한(漢)나라에서

---

136 희희(熙熙)한 태평의 봄날이요 : 《노자》 20장에 "사람들 마냥 즐거워하며, 푸짐한 잔칫상을 받은 듯, 봄날 누대에 오른 듯하네.〔衆人熙熙 如享太牢 如春登臺〕"라는 말이 나온다.

137 모든……가운데 : 대본에는 이 부분이 '性參釋種'으로 되어 있으나, 탑본(榻本)에 따라 '性'을 '姓'으로 바로잡아 번역하였다.

138 존귀한……하였으며 : 예컨대 진흥왕(眞興王)의 경우가 그러한데, 《삼국사기(三國史記)》 권4 〈신라본기(新羅本紀)〉 진흥왕에 "왕은 어린 나이에 즉위하여 한결같은 마음으로 불교를 받들었고, 말년에는 머리를 깎고 승복을 입었으며 스스로 법운이라 칭하다가 죽었다. 왕비 또한 그것을 본받아 비구니가 되어 영흥사에 머물다가 죽으니, 나라 사람들이 예를 갖추어 장사 지냈다.〔王幼年卽位 一心奉佛 至末年祝髮被僧衣 自號法雲 以終其身 王妃亦效之爲尼 住永興寺 及其薨也 國人以禮葬之〕"라고 하였다.

139 다라(多羅) : 범어(梵語) pattra의 음역인 패다라(貝多羅)의 준말로, 불경을 서사(書寫)한 나무 잎사귀를 말한다. 패엽(貝葉)이라고도 한다.

140 바다가……것이니 : 대본에는 '海印東流'로 되어 있는데, 탑본에 따라 '印'을 '引'으로 바로잡아 번역하였다. 서토(西土) 즉 중국에 들어온 불교가, 다시 바다를 향해 동쪽으로 흐르는 강물처럼, 결국에는 우리나라에 전래되었다는 말이다.

141 노(魯)나라에서……기록하고 : 부처의 탄생을 비유한 표현이다. 《역대삼보기(歷代三寶記)》 권1에 "노나라 《춘추》에 의하면, 장공 7년 여름 4월 신묘일 밤에 항성이 보이지 않

일륜(日輪)을 두른 일[佩日]을 징험한 때[142]로부터 상적(像跡)은 백천(百川)이 달빛을 머금은 듯하고 법음(法音)은 만뢰(萬籟)가 바람에 부르짖는 듯하여, 혹은 훌륭한 가르침을 비단에 적어 넣기도 하고 혹은 아름다운 자취를 빗돌에 새기기도 하였다. 그래서 낙양(洛陽) 시내를 범람하고[143] 진(秦)나라 궁전을 비추었던[144] 사적(事跡)이 일월(日月)이 걸린 것처럼 분명히 기록되어 있으니, 참으로 삼척(三尺)의 입[145]과 오색(五色)의 붓[146]이 아니라면, 어떻게 그 사이에 문사(文辭)를 엮고 후대에 언설(言說)을 전할 수 있겠는가.

　이국관국(以國觀國)[147]의 관점에 입각하여 어느 지역에서 건너왔고 어

고 한밤중에 별이 비처럼 떨어졌다고 하는데, 이 기록을 보면 그때가 바로 여래가 왕궁에서 탄생한 때와 일치한다.[魯春秋 莊公七年夏四月辛卯夜 恒星不見 夜中星隕如雨 案此即是如來誕生王宮時也]"라는 말이 나온다.

142　한(漢)나라에서……때 : 후한 명제(後漢明帝)가 부처의 꿈을 꾸고 나서 불교를 받아들였던 때라는 말이다. 명제가 밤에 신장이 6장(丈)이나 되는 금인(金人)이 목덜미에 일륜을 두르고 공중을 날아오는[項佩日輪飛空而至] 꿈을 꾼 뒤에, 서방에 불(佛)이라는 신(神)이 있다는 말을 듣고는, 천축(天竺)에 사신을 보내어 불교를 수입하고 백마사(白馬寺)를 세웠다는 이야기가 《역대삼보기(歷代三寶記)》 권4에 나온다.

143　낙양(洛陽) 시내를 범람하고 : 대본에는 '濫觸洛宅'으로 되어 있는데, 탑본에 의거하여 '觸'을 삭제하였다. 주 소왕(周昭王) 때 궁전과 대지가 진동하고 강하(江河)와 연못과 우물의 물이 범람하자 왕이 태사(太史) 소유(蘇由)에게 물으니, 그가 "대성인이 서방에서 태어났는데, 1천 년 뒤에 그 가르침이 중국에 들어올 것이다.[有大聖人生於西方一千年外聲教及此]"라고 답변했다는 기록이 《불조통기(佛祖統記)》 권34에 나온다.

144　진(秦)나라 궁전을 비추었던 : 대본에는 '懸鏡秦宮'으로 되어 있는데, 탑본에 의거하여 '懸'을 삭제하였다. 전거는 미상(未詳)이다.

145　삼척(三尺)의 입 : 언변이 뛰어난 것을 뜻하는 말이다. 《장자》 〈서무귀(徐无鬼)〉의 "삼척의 입을 가지고 싶다.[願有喙三尺]"라는 말에서 유래한 것이다.

146　오색(五色)의 붓 : 문재(文才)가 뛰어난 것을 뜻하는 말이다. 남조 양(梁)의 문학가 강엄(江淹)이 만년에 곽박(郭璞)에게 오색필(五色筆)을 돌려주는 꿈을 꾸고 나서는 문재가 감퇴되기 시작했다는 고사가 전한다. 《南史 卷59 江淹列傳》

147　이국관국(以國觀國) : 나라를 가지고 나라를 살핀다는 뜻으로, 한 나라의 종교 등 총

느 지역으로 옮겨 갔는지를 고찰해 보건대, 불교의 바람이 사막과 산맥을 거쳐 중국에 전해지고 나서 비로소 그 물결이 바다 모퉁이 동방에까지 미치게 되었다.

옛날 동방에 삼국(三國)이 솥발처럼 대치하고 있을 당시에, 백제(百濟)에 소도(蘇塗)의 제의(祭儀)가 있었는데, 이는 감천궁(甘泉宮)에서 금인(金人)을 제사하던 것과 같았다.[148] 그 뒤에 서진(西晉)의 담시(曇始)가 처음으로 고구려(高句麗)에 들어왔는데, 이는 섭마등(攝摩騰)이 동한(東漢)에 들어온 것과 같았다. 또 고구려의 아도(阿度)가 우리 신라(新羅)에 건너왔는데, 이는 강승회(康僧會)가 남쪽 오(吳)나라에 간 것과 같았다. 이때는 바로 양(梁)나라 보살제(菩薩帝)가 동태사(同泰寺)에서 돌아온 지 1년이 되는 해요,[149] 우리 법흥왕(法興王)이 율령(律令)을 제정한 뒤로 8년이 되는 해이다. 그즈음에는 역시 해안(海岸)에 여락(與樂)의 뿌리가 내렸음은 물론이요, 일향(日鄕)에 증장(增長)의 보배가 밝게 빛나고 있었다. 그리하여 하늘에서는 착한 소원이 받아들여지고 땅에서는 수승(殊勝)한 인연이 솟아났다. 그런 가운데 중귀(中貴)가 불교에 몸을 바치고 상선(上仙)이 머리를 깎는가 하면,[150] 비구(比丘)가 서쪽으로 배우러 가고

체적인 문화 현상을 가지고 그 나라의 전반적인 수준을 가늠한다는 말인데,《노자(老子)》54장에 나온다.

148 감천궁(甘泉宮)에서……같았다 : 한 무제(漢武帝) 때에 표기장군(驃騎將軍) 곽거병(霍去病)이 흉노를 정벌하고 금인(金人) 즉 불상을 노획해 오자, 이를 감천궁에 안치하고 분향하며 섬겼던 일을 말한다.《魏書 卷114 釋老志》

149 양(梁)나라……해요 : 528년에 해당한다. 보살제(菩薩帝)는 불심천자(佛心天子)라고 일컬어질 정도로 불교를 숭상하며 불사(佛事)를 많이 일으켰던 남조 양(梁)의 무제(武帝)를 가리킨다.《양서(梁書)》권3〈무제본기 하(武帝本紀下)〉에 "대통 1년(527) 3월 신미일에 대가(大駕)가 동태사에 거둥하여 사신하는 의식을 행하고 갑술일에 환궁하여 천하에 사면령을 내렸다.〔大通元年 三月辛未 興駕幸同泰寺捨身 甲戌還宮 赦天下〕"라는 말이 나온다.

나한(羅漢)이 동쪽으로 와서 노닐었다.

그러한 까닭에 혼돈이 제대로 개벽되고 사바세계가 두루 교화되는 가운데, 산천의 승경을 가려서 토목(土木)의 기공(奇功)을 다하지 않음이 없었다. 좌선할 집을 꾸미고 수행의 길을 밝히니, 신심(信心)이 샘처럼 솟아나고 혜력(慧力)이 바람처럼 드날렸다. 그리하여 실제로 표저(漂杵)[151]의 재앙을 없애고 건고(鞬囊)[152]의 경사가 있게 한 결과 옛날의 조그마한 세 나라가 지금은 장하게도 한집안이 되었다. 지금은 사원이 구름처럼 배치되어 빈 땅이 없을 정도이고, 쇠북 소리가 우레처럼 진동하여 제천(諸天) 가까이 퍼져 나가니, 앞으로도 점차 여유 있게 교화될 것이요 싫증 냄이 없이 심오하게 탐구할 것이다.

이 땅에 불교가 흥기한 것을 살펴보건대, 비바사(毘婆娑)가 먼저 이르자 사군(四君)이 사제(四諦)의 바퀴를 치달렸고, 마하연(摩訶衍)이 뒤에 오자 일국(一國)이 일승(一乘)의 거울을 비추었다.[153] 그렇지만 그런 과정

---

150 중귀(中貴)가……하면: 이차돈(異次頓)의 순교와 진흥왕(眞興王)의 삭발 출가를 가리킨다. 중귀는 궁중의 귀인이라는 뜻으로, 임금의 총애를 받는 근신이라는 말이다. 상선(上仙)은 천상의 신선이라는 뜻으로, 여기서는 임금을 가리킨다.

151 표저(漂杵): 격렬하게 싸우는 전쟁을 뜻하는 말이다. 주 무왕(周武王)이 주왕(紂王)을 정벌하여 목야(牧野)에서 전투할 적에 "피가 흘러서 절굿공이를 떠내려가게 했다.〔血流漂杵〕"라는 글이 《서경》〈무성(武成)〉에 나온다.

152 건고(鞬囊): 활을 활집에 넣고 화살을 화살통에 넣는다는 뜻으로, 병기(兵器)를 쓰지 않는 평화로운 시대가 도래했다는 말이다.

153 비바사(毘婆娑)가……비추었다: 소승불교가 먼저 전해지고, 그다음에 대승불교가 들어왔다는 말이다. 비바사는 주해서(註解書)의 이름인 범어(梵語) vibhāṣa의 음역으로, 광해(廣解) 혹은 광설(廣說) 등으로 의역되는데, 부파불교(部派佛敎) 중 소승에 속하는 상좌부(上座部)의 논서(論書)를 집대성했다고 일컬어지는 《구사론(俱舍論)》의 별칭으로 흔히 쓰인다. 사군(四君)은 한사군(漢四郡)의 준말로, 동방이라는 말과 같다. 마하연(摩訶衍)은 범어 mahāyāna의 음역인 마하연나(摩訶衍那)의 준말로, 대승의 교법(敎法)을 가리킨다. 일승(一乘)은 삼승(三乘)과 같은 방편법(方便法)이 아니고 제법실상(諸法實相)의 도리를 그대로 밝힌 단 하나밖에 없는 최고(最高) 구경(究竟)의 불법이

속에서도 경의(經義)에 밝은 용들이 구름처럼 뛰어오르고 계율(戒律)에 철저한 범들이 바람처럼 휘날리면서, 학해(學海)의 파도가 용솟음치고 계림(戒林)의 가엽(柯葉)이 무성하게 우거진 가운데, 도인(道人)은 모두 무외(無外)[154]의 경지에 융합하였고 유정(有情 속인)이 혹 중도(中道)의 길을 밟기도 하였다. 어쩌면 지수(止水)처럼 잔물결을 고요히 가라앉히고 고산(高山)처럼 아침 햇살을 맨 먼저 받은 걸출한 자도 대개는 있었을 법하나, 세상에는 아직 알려지지 않았다.

　그러다가 장경(長慶)[155] 초에 이르러 도의(道義)라는 승려가 중국으로 건너가서 서당(西堂)의 오묘한 경지를 접하고는 지혜의 빛이 지장(智藏 서당)과 비등해져서 돌아온 뒤에 처음으로 선종(禪宗)의 현묘한 계합에 대해서 말하였다. 그러나 교종(敎宗)의 사람들은 원숭이의 마음에 사로잡혀서 남쪽의 목적지 대신 북쪽으로 달리는 잘못을 비호하였고, 메추라기의 날개를 자부하면서 남명(南冥)을 향해 높이 날아가는 대붕(大鵬)을 비난하였으며, 이미 교종의 말을 외우는 일에 도취해서 선종을 다투어 마어(魔語)라고 비웃었다. 이 때문에 처마 아래에 빛을 숨기고 선경(仙境) 속에 자취를 감춘 채 동해(東海)의 동쪽인 서울로 갈 생각을 그만두고 마침내 북산(北山)의 북쪽인 심산유곡으로 은둔하였으니, 이 어찌 대역(大易)에서 말한 근심이 없다[無悶]고 한 사람이요,《중용(中庸)》에서 말한 후회하지 않는다[不悔]고 한 사람이 아니겠는가.[156] 하지만 겨

라는 말인데, 불승(佛乘), 혹은 일불승(一佛乘)이라고도 한다.

154　무외(無外):《장자》〈천하(天下)〉에 "지극히 커서 밖이 없는 것을 대일이라고 한다.〔至大無外 謂之大一〕"라는 말이 나온다.

155　장경(長慶):당 목종(唐穆宗)의 연호로 821년에서 824까지이다.

156　대역(大易)에서……아니겠는가:《주역》〈건괘(乾卦)〉의 잠룡(潛龍)에 대해 공자(孔子)가 〈건괘 문언(文言)〉에서 설명하면서 "세상을 피해 숨어 살면서도 근심이 없고, 남의

울 산마루에 외로운 솔이 빼어나듯[157] 선정(禪定)의 숲에서 향기가 배어 나오자, 개미가 양고기를 좋아하듯[158] 사람들이 모여들어 산을 가득 채웠으며, 매가 변화하듯[159] 사람들이 개과천선하여 그 골짜기에서 나왔으니, 도(道)는 폐할 수 없는 것으로서 때가 된 뒤에 행해지는 것이라고 하겠다.

그 뒤 흥덕대왕(興德大王)이 광대한 선왕(先王)의 공업을 이어받고 선강태자(宣康太子)가 감국(監國)과 무군(撫軍)의 일을 맡게 됨에 미쳐서는 병든 부위를 도려내어 국가를 치료하고 선(善)을 즐겨하여 집안을 살지게 하였다. 그때 홍척 대사(洪陟大師)가 서당(西堂)에게 가서 마음을 증득(證得)하고 남악(南岳)으로 돌아와서 발을 쉬고 있으니, 임금이 순풍(順風)의 요청[160]을 개진하고 태자가 개무(開霧)의 기약[161]을 경하하였

인정을 받지 못해도 근심이 없다. 즐거우면 행하고 걱정되면 떠난다. 그의 뜻이 확고해서 동요시킬 수가 없다.〔遯世無悶 不見是而無悶 樂則行之 憂則違之 確乎其不可拔〕"라고 말한 대목이 나온다. 또 《중용장구》 제11장에 "군자는 중용의 도를 따를 뿐, 세상에서 숨어 살며 누가 알아주지 않아도 후회하지 않는다.〔君子依乎中庸 遯世不見知而不悔〕"라는 말이 나온다.

157 겨울……빼어나듯 : 도잠(陶潛)의 〈사시(四時)〉에 나오는 "동령수고송(東嶺秀孤松)"이라는 시구를 인용한 것이다.

158 개미가 양고기를 좋아하듯 : 《장자》 〈서무귀(徐无鬼)〉에 "개미는 양고기를 좋아하여 모여든다. 양고기는 누린내가 나기 때문이다. 순 임금의 행동에도 누린내 나는 구석이 있다. 그래서 백성들이 좋아하여 모여드는 것이다.〔蟻慕羊肉 羊肉羶也 舜有羶行 百姓悅之〕"라는 말이 나온다.

159 매가 변화하듯 : 《예기》 〈월령(月令)〉에, 중춘(仲春)의 달에는 "매가 변화하여 비둘기가 된다.〔鷹化爲鳩〕"라는 말이 나온다.

160 순풍(順風)의 요청 : 정중하게 가르침을 청하는 것을 말한다. 순풍은 순하풍(順下風)을 줄인 말이다. 《장자》 〈재유(在宥)〉에, 광성자(廣成子)가 남쪽으로 머리를 돌리고 누워 있을 때, 황제(黃帝)가 "발치로부터 무릎 걸음으로 나아가 두 번 절하고 머리를 조아리며 물었다.〔順下風 膝行而進 再拜稽首而問〕"라는 말이 나온다.

161 개무(開霧)의 기약 : 안개가 걷히면 내려오는 기약이라는 뜻으로, 산중에서 세상에 내려

다. 현교(顯敎)는 명시(明示)하고 밀교(密敎)는 비전(秘傳)하는바, 아침에는 범부였어도 저녁에는 성인이 되게 함에 교계(敎界)가 울연(蔚然)히 변한 것은 아니지만, 돈오(頓悟)의 선풍(禪風)이 발연히 흥기하였다.

그의 종취(宗趣)를 시험 삼아 엿보아 비교해 보건대, 닦되 닦을 것이 없는 것을 닦고, 증득하되 증득할 것이 없는 것을 증득하였다. 고요히 있을 때에는 산처럼 서 있고 움직일 때에는 골짜기처럼 응하였으며, 무위(無爲)의 유익함으로 다투지 않고도 승리를 거두었다. 이렇게 해서 동방 사람들의 마음속 경지가 신령스러워졌는데, 정리(靜利)로 바다 밖의 이 땅을 이롭게 하면서도 이롭게 한 바를 말하지 않았으니 위대하다고 하겠다.

그 이후에도 조각배를 타고 중국에 건너가 불법을 구하며 도에 융합한 자들이 나왔다. 그러한 걸출한 선배 고승들을 생각하지 않을 수 있겠는가. 참으로 그런 이들이 많았다. 혹은 명검(名劍)이 연진(延津)에서 변화하듯 하고,[162] 혹은 진주(珍珠)가 합포(合浦)로 돌아오듯 하였는데,[163]

와 교화를 펴는 것을 말한다. 남산(南山)의 검은 표범은 안개가 짙게 끼어 있는 동안에는 먹을 것이 없어도 자신의 아름다운 털 무늬를 보전하기 위하여 산 아래로 내려오지 않는다는 남산현표(南山玄豹)의 고사를 변용한 것이다.《列女傳 卷2 賢明傳 陶答子妻》

162 명검(名劍)이……하고 : 검이 용으로 변하여 물속으로 사라진 것처럼, 중국에서 신라로 돌아오지 않고 종적을 감춘 채 그곳에서 일생을 마친 것을 말한다. 진(晉)나라 장화(張華)와 뇌환(雷煥)이 용천(龍泉)과 태아(太阿)라는 암수의 두 보검을 각각 소유하고 있었는데, 그들이 죽고 나서 두 보검이 절로 연평진(延平津) 속으로 날아 들어가서 두 마리 용으로 바뀐 채 유유히 사라졌다는 전설이 있다.《晉書 卷36 張華列傳》《拾遺記 卷10》

163 진주(珍珠)가……하였는데 : 신라로 귀환한 것을 말한다. 합포(合浦)의 바닷속에서 진주가 많이 나오더니, 어느 태수(太守)가 탐욕을 부리자 점차 교지군(交阯郡)으로 진주가 옮겨 갔는데, 후한(後漢)의 맹상(孟嘗)이 합포에 부임하여 폐단을 개혁하고 청렴한 정사를 펼치자, 진주가 다시 예전처럼 많이 나오기 시작했다는 고사가 전한다.《後漢書 卷76 循吏列傳 孟嘗》

거벽(巨擘)이 된 이들을 손가락으로 꼽으면 다음과 같다.

　중국에 그대로 머문 자들로는 정중(靜衆)의 무상(無相)과 상산(常山)의 혜각(慧覺)을 들 수 있는데 선보(禪譜)에 나온 익주(益州)의 김(金)과 진주(鎭州)의 김(金)이란 사람이 바로 그들이다. 동방으로 귀환한 자들로는 앞에서 소개한 북산(北山)의 의(義 도의(道義))와 남악(南岳)의 척(陟 홍척(洪陟))을 비롯해서 그 뒤에 나온 태안(太安)의 철(徹 혜철(慧徹))과 국사(國師)인 혜목(慧目)의 육(育 현육(玄育))과 지력(智力)의 문(聞)과 쌍계(雙溪)의 조(照 혜조(惠照))와 신흥(新興)의 언(彦 충언(沖彦))과 용암(涌巖)의 체(體)와 진구(珍丘)의 휴(休 각휴(覺休))와 쌍봉(雙峯)의 운(雲 혜운(惠雲))과 고산(孤山)의 일(日 품일(品日))과 양조(兩朝)의 국사(國師)인 성주(聖住)의 염(染 무염(無染))과 보리(菩提)의 종(宗 광종(廣宗)) 등이다.

　이들은 덕이 깊어서 중생의 어버이가 되고 도가 높아서 왕자(王者)의 스승이 되었으니, 옛날에 이른바 이름에서 도망쳐도 이름이 나를 따라오고 명성에서 도피해도 명성이 나를 쫓아온다[164]고 한 격이라고 하겠다. 그렇기 때문에 모두 이 세상에 교화가 미쳤고 큰 비석에 업적이 전해지게 되었던 것이다. 이들은 동기들도 훌륭하고 제자들도 번창해서 선정(禪定)의 숲이 계림(雞林)에서 빼어나게 돋보이게 했을 뿐만 아니라 지혜의 물결이 접수(鰈水 동해)로 안온히 흐르게 하였다.

　이와는 별도로 문을 나서거나 창밖을 내다보지 않고서도 대도(大道)

164　이름에서……쫓아온다 : 후한(後漢)의 법진(法眞)이 네 차례에 걸친 황제의 부름에도 불구하고 깊은 산속으로 숨어 버리자, 친구인 곽정(郭正)이 "법진의 이름은 들을 수 있어도 몸은 만나 보기 어렵다. 이름에서 도망쳐도 이름이 나를 따라오고, 명성에서 도피해도 명성이 나를 쫓아오니, 백세의 스승이라고 이를 만하다.〔法眞名可得聞 身難得而見 逃名而名我隨 避名而名我追 可謂百世之師矣〕"라고 찬탄한 고사가 전한다. 《後漢書 卷83 法眞列傳》

를 보고,[165] 산에 오르거나 바다에 들어가지 않고서도 상보(上寶)를 얻은 분이 있다. 그는 고요히 망념을 잠재우고 담담하게 세간의 재미를 모두 잊었다. 그리하여 굳이 이르려 하지 않아도 피안(彼岸)에 이르렀고, 굳이 엄하게 다스리지 않아도 차안(此岸)이 다스려졌다. 그러니 칠현(七賢)[166]의 어느 것으로 비유할 수 있겠는가. 십주(十住)[167]로는 그 위치를 정하기가 어렵다. 그분이 누구인가. 바로 현계산(賢溪山)의 지증 대사(智證大師)이시다.

그는 대성(大成)할 초기에는 범체(梵體) 대덕(大德)에게서 몽매함을 계발받았고, 경의 율사(瓊儀律師)에게서 구족계(具足戒)를 품수하였다. 그리고 마침내 상달(上達)해서는 엄군(嚴君 부친)이라 할 혜은(慧隱)에게서 현묘한 이치를 탐구하였고, 영자(令子 아들)라 할 양부(揚孚)에게 묵계(黙契)를 전수하였다.

대사의 법계(法系)를 보면, 당(唐)나라의 4조(祖)[168]가 5세(世)의 부조

165　문을……보고 : 지증 대사(智證大師)가 중국에 건너가지 않고도 신라에서 혼자 도를 깨쳤다는 말이다. 《노자(老子)》 47장의 "문을 나서지 않고서도 천하의 일을 알 수 있고, 창밖을 내다보지 않고서도 천도를 볼 수 있다.〔不出戶 知天下 不闚牖 見天道〕"라는 말을 인용한 것이다.

166　칠현(七賢) : 소승(小乘)인 구사종(俱舍宗)에서 칠성(七聖)에 상대하여 칭하는 수행의 경지를 가리키는데, 오정심위(五停心位)·별상념주위(別相念住位)·총상념주위(總相念住位)·난법위(煖法位)·정법위(頂法位)·인법위(忍法位)·세제일법위(世第一法位) 등으로 되어 있다.

167　십주(十住) : 《화엄경(華嚴經)》에서 보살(菩薩)의 수행 단계를 모두 52계위(階位)로 나누는데, 그중 11계위에서 20계위까지를 십주(十住)라고 한다. 그 52계위의 수행의 경지를 따질 때, 이미 큰 지혜를 발해서 범부의 성품을 떠난 십지보살(十地菩薩)을 십성(十聖)이라 하고, 어느 정도 비슷하게 알기는 하나 아직 범부의 성품을 떠나지 못한 채 십주(十住)·십행(十行)·십회향(十廻向)의 단계에 머물러 있는 수행인을 삼현(三賢)이라고 한다. 십주의 내용은 《구역 화엄경(舊譯華嚴經)》 권8 〈보살십주품(菩薩十住品)〉에 소개되어 있다.

168　4조(祖) : 중국 선종의 4조인 도신(道信)을 말한다. 3조 승찬(僧璨)의 법맥을 이어 5조

(父祖)로서, 그 법맥이 해외의 동방에 전해져 왔다고 할 수 있다. 그 흐름을 따라 헤아려 보면, 쌍봉(雙峯 4조의 별칭)의 아들이 법랑(法朗)이요, 손자가 신행(愼行)이요, 증손이 준범(遵範)이요, 현손이 혜은(慧隱)이요, 그다음 내손이 바로 대사이다.

법랑 대사(法朗大師)는 대의(大醫 4조의 시호(諡號))의 대증(大證)을 통과하였다. 중서(中書) 두정륜(杜正倫)이 지은 비명(碑銘)[169]을 살펴보건대, 그 내용에 "원방(遠方)의 기사(奇士)요 이역(異域)의 고인(高人)인 그가 험도(嶮道)를 꺼리지 않고 진소(珍所)에 왔다."라고 하였다. 그렇다면 보물을 움켜쥐고 돌아온 사람이 우리 법랑 대사가 아니고 누구이겠는가. 다만 아는 자는 말하지 않는 법이라서 다시 은밀한 곳에 숨겨 놓았는데, 비장(秘藏)한 보물을 찾아낸 사람은 오직 신행 대사뿐이었다. 하지만 시대의 운세가 이롭지 못하여 도가 형통하지 못하자 바다를 건너 중국에 갔는데 천자에게 알려지기까지 하였다. 당시에 숙종황제(肅宗皇帝)가 은총을 내려 시를 하사하기를, "용아(龍兒)가 뗏목도 없이 바다를 건넜고, 봉자(鳳子)가 달도 아랑곳하지 않고서 하늘에 올랐네."라고 하자, 신행 대사가 산조(山鳥)와 해룡(海龍)의 두 구절을 가지고 답하였는데, 여기에는 깊은 뜻이 담겨 있다. 동방으로 돌아와 3대(代)를 전하여

홍인(弘忍)에게 전하였다. 파두산(破頭山)에 30여 년 머물렀는데, 나중에 쌍봉산(雙峰山)이라고 개칭하였으므로, 세상 사람들이 쌍봉 도신(雙峰道信)이라고 불렀다. 동산(東山) 황매사(黃梅寺)에 탑을 세웠는데, 제자인 홍인이 그곳에서 선풍을 크게 일으켰으므로, 도신을 동산법문(東山法門)의 초조(初祖)로 일컫는다. 당 대종(唐代宗)이 대의 선사(大醫禪師)라는 시호(諡號)를 내렸다. 탑명(塔銘)은 자운(慈雲)이다. 《續高僧傳 卷26》《佛祖統紀 卷29》

169 중서(中書)……비명(碑銘) : 도신(道信)에 대한 비명을 말한다. 수(隋)나라 비장방(費長房)이 지은 《역대삼보기(歷代法寶記)》〈도신(道信)〉맨 마지막에 "중서령 두정륜이 비문을 지었다.[中書令杜正倫撰碑文]"라는 말이 나온다. 두정륜(杜正倫)은 당 고종(唐高宗) 현경(顯慶) 2년(657)에 중서령(中書令)에 임명되었다.

우리 지증 대사에 이르렀으니, 필만(畢萬)의 후손이 크게 번창할 것이라는 말이 이에 증험되었다.[170]

대사의 속세의 인연을 상고해 보건대, 왕도(王都) 사람으로 김씨(金氏) 성의 자손인데, 호는 도헌(道憲)이요, 자는 지선(智詵)이다. 부친은 찬괴(贊瑰)이고, 모친은 이씨(伊氏)이다. 장경(長慶) 갑진년(824, 헌덕왕16)에 세상에 태어나 중화(中和) 임인년(882, 헌강왕8)에 세상을 떠났으니, 승려 생활 43년에 향년이 59세였다.

그의 생김새를 보면, 신장이 7자가 넘었고 얼굴은 1자쯤 되었으며, 풍채가 호걸스럽고 언어가 호방하였으니, 참으로 위엄이 있으면서도 사납지 않은〔威而不猛〕사람[171]이라고 할 수 있었다. 잉태로부터 입멸에 이르기까지 기이한 자취와 비밀스러운 이야기들이 신출귀몰하듯 해서 붓으로 기록할 수 없을 정도인데, 이제 사람들의 귀를 놀라게 할 여섯 가지의 기이한 감응과 사람들의 마음을 깨우치게 할 여섯 가지의 정대한 조리(操履)를 간추려서 각각 나누어 드러내 보려 한다.

처음에 모친이 꿈을 꾸니, 한 거인(巨人)이 나타나 고하기를,

"나는 옛날 승견불(勝見佛)[172]의 말세에 승려가 되었는데, 성을 잘 냈

---

170 필만(畢萬)의……증험되었다 : 지증 대사(智證大師) 때에 와서 4조(祖) 도신(道信)의 선풍(禪風)이 신라에서 크게 진작되었다는 말이다. 춘추 시대에 필만이 진 헌공(晉獻公)을 섬기면서 큰 공을 세워 위(魏)에 봉해지자, 진나라 장복대부(掌卜大夫) 곽언(郭偃)이 "필만의 후손은 반드시 크게 번창할 것이다.〔畢萬之後必大〕"라고 예언한 고사가 전한다.《春秋左氏傳 閔公1年》필만의 후손인 위씨(魏氏)는 나중에 한씨(韓氏), 조씨(趙氏)와 함께 진나라를 3분하여 제후(諸侯)가 되고 급기야는 전국 칠웅(戰國七雄)의 하나로 국세를 크게 떨쳤다.

171 위엄이……사람 :《논어》〈술이(述而)〉에 "공자는 온화하면서도 엄숙하였고, 위엄이 있으면서도 사납지 않았고, 공손하면서도 자연스러웠다.〔溫而厲 威而不猛 恭而安〕"라는 말이 나온다.

172 승견불(勝見佛) : 과거 칠불(過去七佛) 중의 제1불(第一佛)로, 승관불(勝觀佛)이라고도

으므로 오래도록 용(龍)의 과보를 받게 되었습니다. 이제 그 업보가 끝나서 법손(法孫)이 될 예정이기 때문에 묘한 인연에 의탁하여 자비의 교화를 넓히고자 합니다."

하였다. 이 꿈을 꾸고는 임신하여 거의 400일이 지난 관불일(灌佛日)[173] 아침에 탄생하였다. 이는 망정(蟒亭)의 일[174]과 증험되고 상실(象室)의 꿈[175]과 부합되는 것으로서 가죽을 차고 다니는 자[176]로 하여금 더욱 경계하게 하고, 가사(袈裟)를 착용한 자로 하여금 정밀하게 닦게 하였으니, 탄생의 기이함이 그 첫째이다.

태어난 지 며칠이 되도록 젖을 빨지 않았으며 젖을 짜서 먹이면 울면서 토하려고 하였다. 그때 홀연히 도인(道人)이 문 앞을 지나가다가 충고하기를,

"아이가 울지 않게 하려면 훈채(葷菜)와 비린 고기를 참고서 끊어야한다."

한다. 범어(梵語) Vipaśyin을 음역한 비바시불(毘婆尸佛)로 더 잘 알려져 있다.

173 관불일(灌佛日) : 석가(釋迦)가 탄생한 4월 8일을 말한다. 석가가 탄생할 때 제석천(帝釋天)과 용왕(龍王)이 향탕(香湯)으로 목욕시켰다는 설화에서 유래하여, 불탄일(佛誕日)이 되면 불상에 향수를 끼얹는 의식을 행하게 되었는데, 이를 관불회(灌佛會)라고 하며 욕불(浴佛)이라고도 한다.

174 망정(蟒亭)의 일 : 후한(後漢) 안세고(安世高)가 전생(前生)에 함께 수도하다가 성을 잘 내어 공정(邛亭) 묘(廟)의 거대한 이무기[大蟒] 신(神)이 된 자를 위해 제도(濟度)하며 동사(東寺)를 지어 사람으로 환생시켰다는 이야기를 인용한 것이다. 《神僧傳 卷1 安世高傳》 지증 대사가 전생에 용이었다는 이야기와 결부시킨 것이다.

175 상실(象室)의 꿈 : 마야부인(摩耶夫人)의 꿈에 호명보살(護明菩薩)이 상아가 여섯 개인 흰 코끼리[六牙白象]를 타고 도솔천(兜率天)에서 내려와 오른쪽 옆구리로 들어오는 꿈을 꾸고 석가를 잉태했다는 꿈 이야기를 말한다. 《佛本行經 卷1 降胎品》

176 가죽을……자 : 화를 잘 내는 급한 성격의 소유자를 가리킨다. 춘추 시대 진(晉)나라 동안우(董安于)는 완만한 성격을 고치려고 허리에 활줄을 차고 다녔고, 전국 시대 서문표(西門豹)는 조급한 성격을 고치려고 허리에 무두질한 가죽을 차고 다녔다[佩韋]는 고사가 전한다. 《韓非子 觀行》

하였으므로, 모친이 그대로 따르니 마침내 아무 탈이 없었다. 그리하여 젖 먹이는 자로 하여금 더욱 조심하게 하고 고기를 먹는 자로 하여금 부끄러움을 느끼게 하였으니, 숙습(宿習)의 기이함이 그 둘째이다.

9세에 부친을 여의고는 너무 슬퍼한 나머지 거의 목숨을 잃을 정도로 몸이 상하였다. 이에 고인의 명복을 빌어 주는 승려가 가련하게 여겨 타이르기를,

"허깨비 같은 몸은 사라지기 쉽고, 장한 뜻은 성취하기 어렵다. 옛날 부처가 부모의 은혜를 갚을 적에 큰 방편을 사용한 일이 있으니, 그대는 힘쓸지어다."

하였는데, 이 말을 듣고는 깨달은 점이 있어서 호곡을 멈추었다. 그러고는 모친에게 아뢰어 불도에 귀의하겠다고 청하니, 모친이 그가 어린 것을 애처롭게 여기고 또 집안을 보전할 주인이 없는 것을 염려하여 결코 허락하지 않았다. 그러나 부처가 왕성(王城)을 몰래 빠져나간 옛일을 귀로 듣고는 도망쳐서 부석산(浮石山)으로 가서 수학하였다. 그런데 어느날 홀연히 가슴이 뛰며 마음이 불안해져서 자리를 여러 번 옮겼는데, 이윽고 의려(倚閭)[177]가 병들었다는 말을 듣게 되었다. 이에 급히 귀성하자 병도 따라서 나았으므로, 당시 사람들이 이 일을 완효서(阮孝緖)[178]의 고

---

177 의려(倚閭) : 자식의 안부를 걱정하며 기다리는 모친이라는 말이다. 전국 시대 제(齊)나라 왕손가(王孫賈)가 15세에 민왕(閔王)을 섬겼는데, 그 모친이 "네가 아침에 나가서 저녁에 돌아올 때면 내가 집 문에 기대어 너를 기다렸고, 네가 저녁에 나가서 돌아오지 않을 때면 내가 마을 문에 기대어 너를 기다렸다.〔女朝出而晚來 見吾倚門而望 女暮出而不還 則吾倚閭而望〕"라고 말한 고사에서 유래한 것이다. 《戰國策 齊策6》

178 완효서(阮孝緖) : 남조 양 무제(梁武帝) 때의 효자이다. 종산(鍾山)에서 공부하던 중에 괜히 가슴이 뛰어서 집에 돌아와 보니 모친이 병들어 있었는데, 모친의 병에 산삼이 특효라는 말을 듣고 산속을 돌아다니다가 사슴의 인도로 산삼을 발견하여 모친의 병을 낫게 했다고 한다.

사에 견주었다. 그런데 얼마 지나지 않아서 대사가 병에 전염되었는데 의원에게 보여도 아무런 효험이 없었고, 여러 곳에 점을 쳐 보아도 누구나 말하기를,

"큰 신령인 부처 아래에다 이름을 두어야 좋을 것이다."

하였다. 모친이 예전의 태몽을 떠올리고는 시험 삼아 방포(方袍 가사(袈裟))를 몸 위에 덮어 주고 울면서 맹세하여 말하기를,

"이 병이 낫기만 한다면 부처님의 자식으로 바치겠습니다."

하였는데, 이틀 밤을 자고 나자 병이 실제로 깨끗이 나았다. 이렇게 하여 위로는 염려하는 모친을 깨닫게 하고 끝내는 평소의 뜻을 이룸으로써, 지독(舐犢)하는 자[179]로 하여금 애정을 끊게 하고, 음사(飮蛇)한 자[180]로 하여금 의심을 풀게 하였으니, 효감(孝感)의 기이함이 그 셋째이다.

17세에 구족계(具足戒)를 받게 되어 비로소 계단(戒壇)에 나아갔다. 소매 속에 빛이 반짝이는 것을 감지하고 이를 탐색하여 하나의 구슬을 얻었으니, 이것이 어찌 의식적으로 구해서 된 것[有心而求][181]이겠는가. 발이 없어도 저절로 이른 것[無脛而至][182]이니, 이는 참으로 《육도경(六度

---

179 지독(舐犢)하는 자 : 송아지를 핥아 주는 자라는 뜻으로, 자식을 끔찍이 사랑하는 어버이를 뜻하는 말이다. 양표(楊彪)의 아들 양수(楊修)가 조조(曹操)에게 죽음을 당하였는데, 그 뒤에 조조가 양표에게 왜 그토록 야위었느냐고 묻자, 양표가 "늙은 소가 송아지를 핥아 주는 애정을 아직도 지니고 있어서 그렇다.〔猶懷老牛舐犢之愛〕"라고 대답한 고사에서 유래한 것이다. 《後漢書 卷54 楊震列傳 楊彪》

180 음사(飮蛇)한 자 : 뱀 그림자가 비친 술을 마신 자라는 뜻으로, 공연히 오해하여 의심하는 사람을 말한다. 진(晉)나라 악광(樂廣)이 친구와 술을 마실 적에 그 친구가 술잔 속에 비친 활 그림자를 뱀으로 오인하고는 마음속으로 의심한 나머지 병이 들었다가 나중에 그 사실을 알고는 병이 절로 나았다는 고사가 전한다. 《晉書 卷43 樂廣列傳》

181 의식적으로……것 : 황제(黃帝)가 적수(赤水)에서 노닐고 돌아오는 도중에 현주(玄珠)를 잃어버렸는데, 아무도 찾지 못하다가 무심(無心)한 상망(象罔)이 찾았다는 이야기가 《장자》〈천지(天地)〉에 나온다.

182 발이……것 : 한(漢)나라 공융(孔融)의 〈논성효장서(論誠孝章序)〉에 "주옥은 발이 없

經)》에서 설명한 그대로이다. 그리하여 배고파 울부짖는 자로 하여금 스스로 배부르게 하고, 취해서 누워 있는 자로 하여금 깨어날 수 있게 하였으니, 여심(勵心)의 기이함이 그 넷째이다.

하안거(夏安居)를 끝내고 다른 곳으로 가려고 할 즈음에 밤에 꿈을 꾸니 변길보살(遍吉菩薩)[183]이 이마를 어루만지며 귀에 대고 간절히 말하기를,

"고행(苦行)을 행하기 어렵겠지만, 행하면 반드시 이룰 것이다."

하였는데, 꿈을 깨고는 송연(悚然)해져서 아무 말 없이 이 말을 가슴속에 새겨 두었다. 그리고 이로부터 다시는 명주나 솜옷을 입지 않았고, 실로 기워야 할 때에도 반드시 삼이나 닥나무의 재료를 사용하였으며, 신발도 가죽으로 된 것은 신지 않았다. 그러니 더군다나 깃털 부채나 털담요와 같은 물건들을 사용했겠는가. 이렇게 해서 솜옷을 입는 자로 하여금 눈이 번쩍 뜨이게 하고 비단옷을 입는 자로 하여금 얼굴이 달아오르게 하였으니, 율신(律身)의 기이함이 그 다섯째이다.

젊은 시절부터 노성(老成)한 덕이 다분하였으며 게다가 또 계주(戒珠)가 빛났기 때문에 후생(後生)들이 다투어 따르면서 가르침을 청하였다. 그러나 대사는 이를 거절하면서 말하기를,

"사람의 큰 병통은 남의 스승 되기를 좋아하는 것이다. 억지로 혜택을 베풀려고 하면 혜택을 주지 못하는 법이다. 모범이 되어야 할 사람이 모범이 되지 못하는 데야 어떻게 하겠는가. 더군다나 바다에 떠 있는 지푸라기와 같아서 자기 자신도 건너갈 겨를이 없는 데야 더 말해 무

어도 저절로 오니, 이는 사람이 좋아하기 때문이다. 하물며 현자는 발이 있는 데야 더 말해 무엇 하겠는가.[珠玉無脛而自至 以人好之也 況賢者之有足乎]"라는 말이 나온다.

183 변길보살(遍吉菩薩) : 불교 4대 보살의 하나로, 자비의 화신인 보현보살(普賢菩薩)의 이칭이다.

엇 하겠는가. 그림자를 쫓아다니다가 으레 사람들의 비웃음을 사는 행태는 짓지 말아야 할 것이다."

하였다. 뒤에 산길을 가다가 나무하는 노인을 만났는데, 그가 앞길을 가로막으면서 말하기를,

"먼저 깨달은 사람이 늦게 깨닫는 자를 깨우쳐야 하는 법[先覺覺後覺]인데,[184] 어찌하여 꼭 빈껍데기인 몸을 아끼려 하시는가."

하기에, 그에게 응대하려고 하였으나 벌써 사라지고 보이지 않았다. 이 말을 듣고는 부끄러운 한편으로 깨달은 점이 있어서 가르침을 청하러 오는 자들을 막지 않으니, 계람산(雞藍山) 수석사(水石寺)에 사람들이 대숲처럼 빽빽이 들어차게 되었다. 그런데 또 얼마 뒤에는 다른 곳에 터를 잡아 건축을 하고는 말하기를,

"매이지 말아야 한다는 생각을 한다면 그것을 행동으로 옮기는 것이 중요하다."

하였다. 그리하여 책의 글자만 보는 사람들로 하여금 자신을 뒤돌아보게 하고, 살 곳을 경영하는 자들로 하여금 자신을 재점검하게 하였으니, 수훈(垂訓)의 기이함이 그 여섯째이다.

증(贈) 태사(太師) 경문대왕(景文大王)은 마음속으로 정교(鼎敎)[185]를 융회(融會)한 분으로서, 법륜(法輪)을 굴리는 대사를 무척 만나고 싶어

---

184 먼저……법인데 : 이윤(伊尹)이 은(殷)나라 탕왕(湯王)의 부름을 받고 나아갈 적에 자신의 포부를 토로하면서 "하늘이 사람을 이 세상에 낼 적에 먼저 안 사람이 늦게 아는 사람을 깨우치게 하고, 먼저 깨달은 자가 늦게 깨닫는 자를 깨우치게끔 하였다. 나는 하늘이 낸 사람들 가운데 먼저 깨달은 사람이다. 따라서 내가 이 도를 가지고 이 사람들을 깨우쳐야 할 것이니, 내가 깨우치지 않는다면 그 누가 하겠는가.[天之生此民也 使先知覺後知 使先覺覺後覺也 予天民之先覺者也 予將以斯道覺斯民也 非予覺之而誰也]"라고 말한 대목이 《맹자》〈만장 상(萬章上)〉에 나온다.

185 정교(鼎敎) : 유(儒)·불(佛)·도(道) 삼교(三敎)를 가리킨다.

하였다. 멀리서 대사를 깊이 사모하며 자기에게 나아오기를 바라는 마음에서 서한을 부쳐 보내기를,

"이윤(伊尹)[186]은 걸림 없이 나아와 자신을 보여 주었는데, 송섬(宋纖)[187]은 자신을 드러내려 하지 않았습니다. 유교를 불교에 견준다면 가까운 곳에서 시작하여 먼 곳으로 가는 종교라고 할 것입니다. 도성 주변의 산중에도 좋은 곳이 꽤나 있어서 새가 나무를 가려 앉듯 고를 수 있을 것이니, 봉황의 자태를 드러내는 일을 아끼지 말아 주십시오."

하였다. 그리고 근시(近侍) 중에서 적임자를 엄선하여 곡릉(鵠陵 원성왕(元聖王))의 후손인 김입언(金立言)을 사신으로 보냈는데, 일단 왕의 분부를 전하고 나서는 대사에 대한 제자의 예를 갖추었다. 이에 대사가 대답하기를,

"자신을 닦고 남을 교화하려면 조용한 곳을 놔두고서 어디로 가겠습니까. 새가 나무를 가려 앉듯 하라는 분부야말로 저를 위해서 제대로 말씀해 주신 것이라고 하겠습니다. 부디 도중(塗中)[188]에 편안히 거하

---

186 이윤(伊尹) : 은(殷)나라 탕왕(湯王)의 재상(宰相)이다. 《맹자》 〈만장 하(萬章下)〉에 "이윤은 '누구를 섬긴들 임금이 아니며 누구를 다스린들 백성이 아니랴.' 하면서 치세에도 나아갔고 난세에도 나아갔다.〔伊尹曰 何事非君 何使非民 治亦進 亂亦進〕"라는 말이 나온다.

187 송섬(宋纖) : 진(晉)나라의 은사(隱士)이다. 주천 태수(酒泉太守) 마급(馬岌)이 예의를 갖추어 방문했으나 끝까지 거절하고 얼굴을 보이지 않자, 마급이 "이름은 들을 수 있어도 몸은 볼 수 없고, 덕은 우러를 수 있어도 모습은 볼 수 없으니, 내가 지금에 와서야 선생이 사람 중의 용이라는 것을 알겠다.〔名可聞而身不可見 德可仰而形不可睹 吾而今而後知先生人中之龍也〕"라고 탄식한 고사가 전한다. 《晉書 卷94 隱逸列傳 宋纖》

188 도중(塗中) : 진흙탕 속이라는 뜻으로, 지금 거처하는 장소를 가리킨다. 초왕(楚王)이 장자(莊子)를 재상으로 초빙하자, 장자가 "나는 진흙탕 속에서 꼬리를 끌며 살아가련다.〔吾將曳尾於塗中〕"라면서 거절한 고사에서 유래한 것이다. 《莊子 秋水》

도록 허락해 주시고, 문상(汶上)[189]에 있는 일이 없게끔 해 주십시오."
하니, 상이 듣고는 더욱 진중(珍重)하게 여겼다. 이로부터 대사의 성예(聲
譽)는 날개가 없이도 사방으로 날아가고, 대중은 말이 없어도 변화하여
일신되었다.

함통(咸通) 5년(864, 경문왕4) 겨울에 단의장옹주(端儀長翁主)가 미망
인이라고 칭하면서 당래불(當來佛 미륵불(彌勒佛))에게 귀의하고는 대사
를 공경하여 천상에서 하계에 강생한 분이라고 일컬으며 상공(上供)을
후하게 이바지하였다. 그리고 읍사(邑司)[190] 관할의 현계산(賢溪山) 안락
사(安樂寺)에 아름다운 산수의 경치가 많다면서 대사에게 그곳의 원학
(猿鶴)의 주인이 되어 달라고 청하였다. 이에 대사가 그 문도(門徒)에게
고하기를,

  "산의 이름이 현인의 계곡〔賢溪〕이니, 그 땅이 바보의 골짜기〔愚谷〕[191]
  와는 다르다. 그리고 사원의 이름이 안락(安樂)이니, 승려가 주지(住
  持)할 곳이 아니겠는가."

하고는, 요청한 대로 그곳에 옮겨 거주하니 주변이 모두 교화되었다. 그
리하여 산을 좋아하는 자로 하여금 더욱 고요해지게 하고, 땅을 택하는

189 문상(汶上) : 문수(汶水) 물가라는 뜻으로, 장차 망명할 장소를 가리킨다. 계씨(季氏)가
     공자의 제자인 민자건(閔子騫)을 비(費) 땅의 수령으로 삼으려 하자, 민자건이 "다시 한
     번 나를 부르러 온다면, 나는 필시 노(魯)나라를 떠나 제(齊)나라의 문수 물가에 있게
     될 것이다.〔如有復我者 則吾必在汶上矣〕"라고 말한 고사에서 유래한 것이다.《論語 雍也》

190 읍사(邑司) : 당나라 때 공주(公主)에 관한 일을 담당하던 정부 기구이다.《舊唐書 卷42
     職官志 1》

191 바보의 골짜기 : 춘추 시대 제(齊)나라의 부로(父老)가 소를 길렀는데 소가 송아지를
     낳자 그 송아지를 팔아서 망아지를 사 왔다. 그러자 젊은 사람이 소는 망아지를 낳지
     못한다면서 마침내 그 망아지를 데리고 갔으므로, 이웃 사람들이 그를 우공(愚公)이
     라고 부르고 그가 살던 골짜기를 우공의 골짜기 즉 우곡(愚谷)이라고 불렀다는 고사
     가 한(漢)나라 유향(劉向)이 지은《설원(說苑)》〈정리(政理)〉에 나온다.

자로 하여금 신중히 생각하게 하였으니, 행장(行藏)의 정대함이 그 첫째
이다.

어느 날 문인(門人)에게 고하기를,

"고(故) 한찬(韓粲) 김공 억훈(金公嶷勳)은 나에게 도첩(度牒)을 주어
승려가 되게 하였으니, 공의 은혜를 불상(佛像)으로 보답하려 한다."

하고는, 장륙(丈六 1장(丈) 6척(尺))의 불상을 현금(玄金 철(鐵))으로 주조하
고 그 위에 황금을 입혀서 사원을 진호(鎭護)하고 저승길을 인도하는 데
에 쓰게 하였다. 그리하여 은혜를 베푸는 자로 하여금 날이 갈수록 돈
독하게 하고, 의리를 중히 여기는 자로 하여금 소문만 듣고도 신속히 호
응하게 하였으니, 지보(知報)의 정대함이 그 둘째이다.

함통 8년(867, 경문왕7) 정해(丁亥)에 단월(檀越 불교 신도)인 옹주(翁主)
가 여금(茹金) 등을 시켜 가람의 토지와 노비 문서를 건네주며 승려의
전사(傳舍)로 삼게 하고 영원히 바뀌는 일이 없게 하였다. 대사가 이 일
을 계기로 생각하기를, '왕녀도 법희(法喜)에 이바지하고자 해서 이와 같
이 희사(喜捨)하였는데, 불손(佛孫)이 선열(禪悅)을 맛보면서 어찌 그냥
있을 수 있겠는가. 나의 집안이 가난하지 않은데 친당(親黨)도 모두 죽고
없으니, 길 가는 행인의 손에 떨어지게 하기보다는 차라리 불문(佛門)의
제자의 배를 채워 주는 것이 낫겠다.'라고 하고는, 마침내 건부(乾符) 6년
(879, 헌강왕5)에 장(莊) 12구(區) 전(田) 500결(結)을 희사하여 사원에
소속되게 하였다. 누가 밥주머니라고 기롱하였던가.[192] 죽 먹는 일을 솥

---

192 누가 밥주머니라고 기롱하였던가 : 후한(後漢)의 예형(禰衡)이 "순욱 정도는 그래도 억
지로 데리고 얘기해 볼 수 있지만, 그 이외의 사람들은 나무나 진흙으로 만든 인형과
같아서 사람과 모습은 비슷해도 사람의 정기가 없으니, 모두 술독이나 밥주머니일 뿐
이다.[苟彧猶强可與語 過此以往 皆木梗泥偶 似人而無人氣 皆酒甕飯囊耳]"라고 조롱한 고
사가 있다.《抱朴子 彈禰》

에다 새길 수도 있을 것이다.[193] 이렇게 해서 민천(民天)[194]이 있게 된 덕분에 불토(佛土)를 기약할 수가 있게 되었다. 하지만 나의 토지라고 하더라도 왕의 땅에 속해 있기 때문에, 처음에 왕손인 한찬(韓粲) 김계종(金繼宗)과 집사 시랑(執事侍郎) 김팔원(金八元)과 김함희(金咸熙) 및 정법사 대통(政法司大統) 석현량(釋玄亮)에게 질의하였던 것인데, 구고(九皐)의 학 울음소리가 천리 밖에까지 울려 퍼지자,[195] 증(贈) 태부(太傅) 헌강대왕(憲康大王)이 이를 가상하게 여겨 윤허하고는, 그해 9월에 남천군 통승(南川郡統僧) 훈필(訓弼)로 하여금 별서(別墅)를 표시하고 정장(正場)을 구획하게 하였다. 이는 밖으로는 군신(君臣)이 땅을 보태도록 도와주고, 안으로는 부모가 천상에 태어나도록 이바지한 것으로서, 속명(續命)한 자[196]로 하여금 인(仁)에 감격하게 하고, 상가(賞歌)한 자[197]로 하여금 잘못을 뉘우치게 하였으니, 단사(檀捨 단월로서 회사한 것)의 정대함이 그

---

193 죽……것이다 : 공자(孔子)의 선조인 정고보(正考父)의 솥[鼎]에 "대부 때에는 고개를 수그리고, 하경(下卿) 때에는 등을 구부리고, 상경(上卿) 때에는 몸을 굽히고서, 길 한복판을 피해 담장을 따라 빨리 걸어간다면, 아무도 나를 감히 업신여기지 못하리라. 나는 이 솥에 미음을 끓이고 죽을 끓여 내 입에 풀칠을 하며 살아가리라.[一命而傴 再命而傴 三命而俯 循墻而走 亦莫余敢侮 饘於是 鬻於是 以餬余口]"라는 내용이 새겨져 있었다고 한다.《春秋左氏傳 昭公7年》

194 민천(民天) : 백성이 하늘로 삼는 것, 즉 식량이 되는 곡식을 말한다.《사기(史記)》 권97 〈역생육가열전(酈生陸賈列傳)〉의 "다스리는 자는 백성을 하늘로 삼고, 백성은 먹는 것을 하늘로 삼는다.[王者以民人爲天 而民人以食爲天]"라는 말에서 나온 것이다.

195 구고(九皐)의……퍼지자 : 지증 대사가 희사하려는 일이 임금에게까지 알려졌다는 말이다.《시경》〈학명(鶴鳴)〉에 "학이 저 아래 깊은 곳에서 우니, 그 소리가 위로 하늘에까지 들리도다.[鶴鳴于九皐 聲聞于天]"라는 말이 나온다.

196 속명(續命)한 자 : 목숨을 이은 자라는 뜻으로, 은혜를 받은 백성을 가리킨다. 남조 제(齊)의 유선명(劉善明)이 청주(靑州)에 기근이 들었을 때 곳간을 열어 향리의 백성들을 구휼(救恤)하자 백성들이 그의 집의 밭을 속명전(續命田)이라고 불렀던 고사에서 유래한 것이다.《南齊書 卷28 劉善明列傳》

셋째이다.

간혜지(乾慧地)[198]에 머물고 있는 심충(沈忠)이라는 자가 있었는데, 대사가 정혜(定慧)[199]의 칼날을 놀리는 것이 여유작작하고, 건곤(乾坤 천문 지리)의 감식안이 투철하며, 뜻은 담란(曇蘭 동진(東晉)의 승려)처럼 확고하고, 학술은 안름(安廩 남조 진(陳)의 승려)처럼 정밀하다는 말을 듣고는, 대사를 찾아와 극진한 예를 표하고 나서 아뢰기를,

 "제자의 사용하지 않는 땅이 희양산(曦陽山) 중턱에 있는데 봉암(鳳 巖)과 용곡(龍谷)의 형세를 지니고 있어서 그 절경이 사람의 눈을 놀 라게 하니, 부디 그곳에 선궁(禪宮)을 지어 주십시오."

하였다. 이에 대사가 차분히 대답하기를,

 "내가 몸을 나눌 수가 없으니, 그 땅을 어디에 쓰겠는가."

하였으나, 그의 요청이 워낙 간절한 데다가 무장한 기병이 선도하러 달려 나오는 산령(山靈)의 기이한 현상이 있었으므로, 석장(錫杖)을 짚고 나무꾼이 다니는 오솔길을 더듬어 올라가 지세를 살폈다. 산이 병풍처럼 사방을 둘러친 것을 보니, 봉황이 날개를 치며 구름 위로 솟구치는 형상이요, 물이 띠처럼 백겹으로 에워싼 것을 보니, 규룡(虯龍)이 허리를

197 상가(賞歌)한 자 : 가인(歌人)에게 지나치게 후한 상을 내린 자라는 뜻으로, 재물을 함부로 헛되게 쓰는 사람을 가리킨다. 전국 시대 조(趙)나라 열후(烈侯)가 음악을 좋아한 나머지 자기가 아끼는 가인 두 사람에게 각각 1만 묘(畝)의 전지(田地)를 내리려 하다가 상국(相國) 공중련(公仲連)에게 저지당한 고사에서 유래한 것이다. 《史記 卷43 趙世家》

198 간혜지(乾慧地) : 보살(菩薩)의 53수행(修行) 계위(階位) 중 십지(十地)의 제1지에 속하는 지위로서, 초발심(初發心)한 보살을 가리키는데, 지혜는 있어도 선정(禪定)의 힘이 미약하기 때문에 붙여진 이름이다. 견정지(見淨地)라고도 한다.

199 정혜(定慧) : 불가(佛家)에서는 탐진치(貪嗔癡)의 삼독(三毒)을 계정혜(戒定慧)의 삼학(三學)으로 극복할 수 있다고 한다. 계는 계율, 정은 선정, 혜는 이를 통해서 발휘되는 지혜를 뜻한다.

바위에 걸치고 똬리를 튼 형상이었다. 대사가 이를 보고는 놀라워하는
한편으로 탄식하면서 말하기를,

"이런 땅을 얻게 된 것이야말로 어찌 하늘의 뜻이 아니겠는가. 이곳에
승려가 살지 않는다면 필시 도적의 소굴이 되고 말 것이다."

하고는, 마침내 대중에 솔선하여 후환을 방비할 기초를 다지면서 기와
지붕을 올린 네 기둥을 세워 주위를 진압하고, 2구(軀)의 쇠 불상을 주
조하여 사원을 호위하게 하였다. 중화(中和) 신축년(881, 헌강왕7)에 왕이
전(前) 안륜사(安輪寺)의 승통(僧統) 준공(俊恭)과 숙정대(肅正臺)의 사
(史)인 배율문(裵聿文)을 보내 강역을 표시하여 정하게 하는 한편 사원
의 편액(扁額)을 내려 봉암(鳳巖)이라고 하였다. 대사가 그곳에 가서 교
화를 펼친 몇 년 사이에 산속의 백성 가운데 도적이 된 자가 처음에는
감히 법륜(法輪)에 거역하다가 끝내는 뽕나무 오디를 먹을 수 있게 되었
으니,[200] 선정(禪定)의 고요한 물을 깊이 떠서 마군(魔軍)의 산에 미리 물
을 댄 큰 힘 덕분이 아니겠는가. 팔을 끊은 자[201]로 하여금 그 의리를 표
시하게 하고, 용미도(龍尾道)를 파헤치려 한 자[202]로 하여금 광기를 제어

---

200 뽕나무……되었으니 : 대사의 감화를 받고 귀의했다는 말이다. 《시경》〈반수(泮水)〉에
"저 부엉이 퍼덕거리며 날아와서, 반궁(泮宮) 숲 속에 모여 앉도다. 우리 뽕나무 오디
를 먹고, 나에게 좋은 소리를 안겨 주도다.[翩彼飛鴞 集于泮林 食我桑黮 懷我好音]"라
는 말이 나온다.

201 팔을 끊은 자 : 마음속 깊이 스승에게 귀의한 제자를 뜻하는 말로, 여기서는 심충(沈
忠)을 가리킨다. 중국 선종(禪宗)의 2조(祖)가 된 혜가(慧可)가 처음에 소림사(少林寺)
로 달마(達磨)를 찾아가서 밤새도록 눈이 쌓인 뜰에 공손히 서서 도를 구했으나 달마
는 면벽만을 한 채 한마디 말도 건네지를 않았는데, 이에 혜가가 계도(戒刀)로 자신의
왼쪽 팔을 끊어 그 팔을 바치자 달마가 비로소 입실을 허락했다는 설중단비(雪中斷臂)
의 고사가 전한다. 《景德傳燈錄 卷3 菩提達磨》

202 용미도(龍尾道)를……자 : 반역을 도모한 자를 가리키는데, 여기서는 산중의 도적을
가리킨다. 당 현종(唐玄宗) 때 반란을 일으켰던 안녹산(安祿山)이 함원전(含元殿) 앞
의 용미도(龍尾道)를 파헤치려다가 그만둔 고사에서 유래한 것이다.

하게 하였으니, 개발(開發)의 정대함이 그 넷째이다.

　태부(太傅) 대왕(大王 헌강왕)이 중화(中華)의 풍속으로 폐풍(弊風)을 일소하고 지혜의 바다로 마른 땅을 적시면서 평소부터 영육(靈育)[203]의 이름을 흠모하고 법심(法深)[204]의 강론을 듣고자 갈망하였다. 이에 계족산(雞足山)[205]에 마음을 기울여 조서(詔書)를 보내 초빙하며 이르기를,

　　"밖으로 소연(小緣)을 돌보다 보니 일념(一念) 사이에 삼제(三際 한 해)를 넘기고 말았습니다. 안으로 대혜(大慧)를 닦을 수 있도록 부디 한 번 왕림해 주십시오."

하였다. 대사가 조서에서 언급한 "이 세상 어디서나 좋은 인연을 맺고 어느 누구와도 스스럼없이 어울린다."라는 말에 감동되어, 가슴속에 옥을 품고서〔懷玉〕[206] 산에서 나오니, 수많은 거마(車馬)가 길에 나와 대사를 영접하였다. 선원사(禪院寺)에서 휴식을 취하며 이틀 밤을 편안히 석장(錫杖)을 머물게 하고는 월지궁(月池宮)으로 인도한 뒤에 마음이란 것에 대해서 대사에게 물어보았다. 이때는 바야흐로 가느다란 등라(藤蘿) 덩굴에도 바람 한 점 일지 않고 궁정의 온실(溫室)의 나무에 바야흐로 밤이 깃들고 있었다. 그리고 때마침 황금빛 파장의 달그림자가 옥빛 연못의 한복판에 엄연히 드리워져 있었는데, 대사가 달그림자를 굽어보다가 고개를 들고 고하기를,

---

203　영육(靈育) : 북위(北魏)의 승려 현고(玄高)의 본명이다.

204　법심(法深) : 동진(東晉)의 승려 축잠(竺潛)의 자이다.

205　계족산(雞足山) : 부처가 《법화경(法華經)》 등 대승 경전(大乘經傳)을 설했다고 하여 불교의 성지로 꼽히는 영취산(靈鷲山)을 말하는데, 여기서는 대사가 주석(住錫)하고 있는 희양산(曦陽山)을 가리킨다.

206　가슴속에 옥을 품고서 : 《노자(老子)》 70장에 "성인은 겉에는 누더기 옷을 입고 있지만, 안에는 보배 구슬을 품고 있다.〔聖人被褐懷玉〕"라는 말이 나온다.

"이것이 바로 그것입니다. 다른 것은 말씀드릴 것이 없습니다."

하니, 상의 의혹이 해소되면서 흔연(欣然)히 계합하여 말하기를,

　"금선(金仙 부처)이 꽃을 들어 보이며 후세에 전한 염화시중(拈花示衆)
　의 풍류가 진정 이것과 일치할 것입니다."

하고는, 마침내 경배하며 망언사(忘言師)로 삼았다. 대사가 궁궐을 나설
즈음에 왕이 충직한 신하로 하여금 왕의 뜻을 전하게 하면서 조금만 더
머물러 있어 주기를 청하자 대사가 답하기를,

　"우대우(牛戴牛)²⁰⁷ 라고 말을 합니다만 값어치는 별로 나가지 않습니
　다. 새를 기르는 방법으로 새를 길러 준다면〔以鳥養鳥〕 그 은혜가 작지
　않을 것입니다.²⁰⁸ 여기에서 작별을 고하려고 하니, 만약 굽히게 한다
　면 부러지고 말 것입니다."

하였다. 상이 이 말을 듣고 안타까워하며 운어(韻語)로 탄식하며 말하
기를,

　"끌어당겨도 머물지 않으니, 불문(佛門)의 등후(鄧侯)²⁰⁹ 로다. 대사는

207　우대우(牛戴牛) : 소가 소 한 마리의 값이 나가는 귀한 쇠뿔을 머리에 이고 있다는 말
　　로. 대사에 대한 세상의 높은 평가를 비유한 말이다. 《주례》〈고공기(考工記) 궁인(弓
　　人)〉에 "쇠뿔의 길이가 2자 5치이고, 세 가지 색깔이 제대로 갖추어졌으면, 이를 우대
　　우라고 한다.〔角長二尺有五寸 三色不失理 謂之牛戴牛〕"라는 말이 나온다.

208　새를……것입니다 : 산승(山僧)은 산으로 돌아가서 살게 하는 것이 큰 은혜를 베푸는
　　일이라는 말이다. 원거(爰居)라는 해조(海鳥)가 노(魯)나라 교외에 날아와 앉자, 임금
　　이 그 새를 정중히 모셔다가 종묘에서 환영연을 베풀면서, 순(舜) 임금의 소악(韶樂)을
　　연주하고 진수성찬을 대접하니, 그 새는 눈이 부시고 근심과 슬픔이 교차하여 고기
　　한 점도 먹지 못하고 술 한 잔도 마시지 못한 채 3일 만에 죽고 말았다. 이에 대해서
　　"이는 자기를 기르는 방법으로 새를 기른 것이지, 새를 기르는 방법으로 새를 기른 것
　　이 아니다. 대저 새를 기르는 방법으로 새를 기르려면 깊은 숲에 살게 하고 넓은 고원
　　에서 노닐게 해야 한다.〔此以己養養鳥也 非以鳥養養鳥也 夫以鳥養養鳥者 宜栖之深林 遊
　　之壇陸〕"라고 비평한 내용이 《장자》〈지락(至樂)〉에 나온다.

209　등후(鄧侯) : 진나라 등유(鄧攸)를 가리킨다. 오군 태수(吳郡太守)로 선정을 베풀다가

지학(支鶴)[210]인데, 나는 조구(趙鷗)[211]가 아니로구나."

하고는, 십계(十戒)를 받은 제자인 선교성 부사(宣敎省副使) 풍서행(馮恕行)에게 명하여 대사를 호송해서 산으로 돌아가게 하였다. 그리하여 토끼를 기다리는 자로 하여금 그루터기를 떠나게 하고,[212] 물고기를 탐내는 자로 하여금 그물 짜는 것을 배우게 하였으니,[213] 출처(出處)의 정대함이 그 다섯째이다.

대사는 세상을 여행할 적에 멀거나 가까운 곳이나 평탄하거나 험한 곳을 막론하고 모두 걸어 다녔을 뿐 도보의 수고를 덜기 위해서 말이나 소의 신세를 진 적이 한번도 있지 않았다. 그러다가 산으로 돌아갈 무렵

떠날 즈음에 백성들이 그의 배가 출발하지 못하도록 한사코 막자 한밤중에 조각배를 타고 몰래 떠났는데, 백성들이 노래를 지어 부르기를 "둥둥 울리는 5경(更)의 북소리여, 닭 울음소리에 하늘이 밝아 오네. 등후는 끌어당겨도 머무르지 않고, 사령은 등을 떠밀어도 떠나지 않네.[絃如打五鼓 鷄鳴天欲曙 鄧侯拖不留 謝令推不去]"라고 했다 한다. 《晉書 卷90 良吏列傳 鄧攸》.

210 지학(支鶴) : 지둔(支遁)의 학이라는 뜻으로, 구속을 받지 않고 자유롭게 살아가는 사람을 비유하는 말이다. 《고승전(高僧傳)》권4〈지둔전(支遁傳)〉에 "학을 선물한 자가 있었다. 지둔이 학에게 말하기를 '너는 하늘 높이 솟구쳐 날아가야 하는데, 어떻게 사람들의 귀와 눈을 위한 노리개가 될 수 있겠느냐.'라고 하고는 마침내 날려 보내었다.[有餉鶴者 遁謂鶴曰 爾冲天之物 寧爲耳目之翫乎 遂放之]"라는 말이 나온다.

211 조구(趙鷗) : 조나라의 갈매기라는 뜻으로, 고승과 허물없이 친하게 지내는 임금을 비유하는 말이다. 천축(天竺)의 명승(名僧)인 불도징(佛圖澄)이 후조(後趙)의 황제인 석호(石虎)와 어울려 노닌다는 말을 듣고는, 지도림(支道林)이 "징공이 석호를 바닷가에서 어부와 함께 노니는 갈매기로 삼았구나.[澄以石虎爲海鷗鳥]"라고 평한 고사가 전한다. 《世說新語 言語》

212 토끼를……하고 : 한 농부가 밭을 갈고 있을 적에 토끼 한 마리가 달아나다가 나무 그루터기에 부딪혀서 목이 부러져 죽자, 이때부터 일손을 놓고는 그 그루터기만 지켜보며 토끼가 다시 오기를 기다렸으나 토끼는 끝내 다시 오지 않았다는 수주대토(守株待兎)의 고사가 《한비자》〈오두(五蠹)〉에 나온다.

213 물고기를……하였으니 : 한(漢)나라 동중서(董仲舒)의 대책문(對策文) 가운데 "연못을 내려다보며 물고기만 탐내기보다는, 뒤로 물러나서 그물을 짜는 것이 나을 것이다.[臨淵羨魚 不如退而結網]"라는 속담이 인용되어 있다. 《漢書 卷56 董仲舒傳》

에 얼음과 눈이 산을 넘고 물을 건너는 것을 방해하자 왕이 종려나무로 제작한 보여(步轝)를 하사하여 타고 가게 하였다. 그러자 대사가 사자에게 사례하며 말하기를,

"이것이 어쩌면 정대춘(井大春)이 말한 사람이 끄는 수레[214]라는 것이 아니겠는가. 돌아보면 영준(英俊)한 인물도 꼭 타야 할 물건이 아닌데, 하물며 머리를 깎은 승려의 경우이겠는가. 그러나 왕명이 일단 내려진 이상에는, 이를 받아들여서 고통을 구제할 도구로 삼도록 하겠다."

하였다. 그러고는 병 때문에 안락사(安樂寺)로 거처를 옮겼는데 석장(錫杖)을 짚고 일어서지 못할 정도가 된 뒤에야 비로소 그 보여를 사용하였다. 병을 병으로 알고서 근심하는 자로 하여금 공(空)의 도리를 요달(了達)하게 하고, 어진 이를 어진 이로 알고서 미련을 두는 자로 하여금 그 집착에서 떠나게 하였으니, 용사(用捨)의 정대함이 그 여섯째이다.

겨울의 마지막 달 기망(旣望)에서 이틀이 지난 날에 가부좌를 하고 대화를 나눌 즈음에 아무 일도 없다는 듯이 대사는 세상을 하직하였다. 아, 별은 하늘 위로 돌아가고 달은 큰 바닷속으로 떨어졌다. 하루 종일 부는 바람이 골짜기에서 울부짖으니 그 소리는 호계(虎溪)[215]의 물이 오열하는 듯하였고, 쌓인 눈이 소나무를 부러뜨리니 그 색깔은 곡수(鵠

---

214 정대춘(井大春)이……수레 : 대춘은 후한(後漢) 초의 은사(隱士)인 정단(井丹)의 자이다. 신양후(信陽侯) 음취(陰就)가 연(輦)을 타고 가려 할 적에, 정단이 웃으면서 "내가 듣건대 옛날 걸왕이 사람에게 수레를 끌게 했다던데, 어쩌면 이런 경우도 해당되지 않겠는가.〔吾聞桀駕人車 豈此耶〕"라고 하니, 좌중의 얼굴색이 모두 변하였는데, 결국 음취도 그 말을 듣고는 어쩔 수 없어서 연을 타지 못했다는 고사가 전한다. 음취는 광무제(光武帝) 유수(劉秀)의 황후인 음여화(陰麗華)의 동생이요, 명제(明帝)의 외삼촌이다. 《後漢書 卷83 逸民列傳 井丹》

215 호계(虎溪) : 동진(東晉)의 고승 혜원(慧遠)이 거처한 여산(廬山) 동림사(東林寺) 앞의 시냇물 이름이다.

樹)[216]와도 흡사하였다. 외물의 감응이 이와 같이 극진하였으니 사람의 비통함이 어떠했을지 헤아릴 수 있다. 이틀 밤을 묵고 나서 현계산(賢溪山)에 임시로 매장했다가 한 해가 지난 뒤에 희양산(曦陽山)으로 옮겨 장례를 행하였다.

태부(太傅) 왕(王 헌강왕)이 의원을 급히 보내 문병하게 하고, 역마(驛馬)를 내려보내 재(齋)를 올리게 하였으니, 공정하게 정사를 행하느라 겨를이 없는 가운데에서도 대사에 대해서 생전과 사후 모두 극진하게 예우하였다. 그리고 특별히 보살계(菩薩戒)를 받은 제자인 건공향 영(建功鄉令) 김입언(金立言)으로 하여금 여러 제자들을 위문하게 하고, 지증 선사(智證禪師)라는 시호와 적조(寂照)라는 탑호(塔號)를 내렸다. 이와 함께 비석 세우는 일을 허락하고, 대사의 행장(行狀)을 기록해 올리도록 하였다. 이에 문인(門人)인 성견(性蠲), 민휴(敏休), 양부(楊孚), 계휘(繼徽) 등이 모두 문재를 발휘하여 대사의 과거 행적을 간추려서 위에 바쳤다.

을사년(885, 헌강왕11)에 이르러 백성 가운데 유도(儒道)를 매개로 하여 제향(帝鄉)에 가서 급제자의 명단에 이름이 오르고 시어사(侍御史)의 직함을 띤 최치원이라는 자가 한후(漢后 당 희종(唐僖宗))의 조서(詔書)를 받들고 회왕(淮王 고변(高駢))의 예물을 지참하고서 귀국하였으니, 비록 봉황이 날아오는 상서에 견주기에는 부끄럽다고 하더라도 학(鶴)이 돌아온 것[217]과는 자못 유사한 점이 있다고 할 것이다. 이에 상이 충직한 신하이면서 불교 신자인 도죽양(陶竹陽)에게 명하여 문인이 작성한 대

---

216 곡수(鵠樹) : 석가(釋迦)가 입멸할 때 흰색으로 변했다는 사라쌍수(沙羅雙樹)를 가리키는데, 학수(鶴樹)라고도 한다.

217 학(鶴)이 돌아온 것 : 요동(遼東) 사람 정영위(丁令威)가 신선이 되고 나서 1천 년 만에 학으로 변해 다시 고향을 찾아와서는 요동 성문의 화표주(華表柱) 위에 내려앉았다는 전설을 인용한 것이다. 《搜神後記 卷1》

사의 행장을 전해 주게 하고, 수교(手敎)를 내려 이르기를,

"누더기를 걸친 동방의 성사(聖師)가 서방 정토로 떠나서 슬펐는데, 수의(繡衣)를 걸친 중국의 조사(詔使)가 동방으로 돌아와서 매우 기쁘다. 불후하게 할 일이 이제 인연이 닿아서 이르렀으니, 아낌없이 외손(外孫)의 글[218]을 지어 대사의 자비에 보답하도록 하라."

하였다.

신이 동전(東箭)과 같은 훌륭한 재질을 지니지는 못했지만 남관(南冠)을 쓰고 돌아올 수 있어서 다행이었는데,[219] 바야흐로 운부(運斧)의 생각을 하고 있던 차에 느닷없이 호궁(號弓)의 변고를 당하고 말았다.[220] 더군다나 또 나라에서는 불서(佛書)를 중히 여기고 집안에서는 승사(僧史)를 간직하고 있는 터에 불법(佛法)의 비갈이 서로 바라다 보이는 가운데에서도 선종(禪宗)의 비석이 가장 많았다. 그래서 절묘하다는 작품을 두

---

218 외손(外孫)의 글 : 좋은 글이라는 말이다. 외손은 딸의 자식[女子]이니 호(好)라는 글자가 된다. 409쪽 주115 참조.

219 신이……다행이었는데 : 고운이 우수한 인재는 못 되지만 그래도 당나라에 가서 인정을 받고 돌아오게 되어 다행이라는 말의 겸사이다. 동전(東箭)은 동남죽전(東南竹箭)의 준말로, 재질이 뛰어난 사람을 가리키는 말이다. 《이아》〈석지(釋地)〉의 "동남의 아름다운 것으로는 회계의 죽전이 있다.〔東南之美者 有會稽之竹箭焉〕"라는 말에서 나온 것이다. 또 춘추 시대 초(楚)나라 악관(樂官)인 종의(鍾儀)가 진(晉)나라에 잡혀가서도 고국을 잊지 못한 나머지 초나라 모자인 남관(南冠)을 쓰고서 초나라 음악을 연주하였는데, 끝내는 그곳에서 군자라는 호평을 받고 석방되어 돌아왔던 고사가 《춘추좌씨전》 성공(成公) 9년에 나온다.

220 바야흐로……말았다 : 그동안 쌓아 온 실력을 조정에서 마음껏 발휘해 보려고 하였는데, 자신을 알아주던 헌강왕이 갑자기 세상을 떠나고 말았다는 말이다. 운부(運斧)는 도끼를 휘두른다는 뜻으로, 탁월한 재질을 자유자재로 구사하는 것을 가리킨다. 초(楚)나라 장석(匠石)이 상대방의 코끝에다 하얀 흙을 얇게 발라 놓고는 도끼를 바람소리가 나게 휘둘러 그 흙만 떼어 내고 상대방은 다치지 않게 했다는 이야기에서 비롯된 것이다. 《莊子 徐无鬼》 호궁(號弓)은 활을 안고 호곡한다는 뜻으로, 임금의 죽음을 가리킨다. 402쪽 주85 참조.

루 열람하고 나머지 빠뜨린 글들을 시험 삼아 찾아보아도 무거무래(無去
無來)의 언설을 다투어 쏟아 내어 말[斗]로 헤아릴 정도요, 불생불멸의
담론을 걸핏하면 논하여 수레에 실을 정도가 되었을 뿐 노사(魯史 춘추
(春秋))의 신의(新意)는 전혀 없이 간혹 주공(周公)의 구장(舊章)을 쓰고
있는 것만을 확인할 수 있었다.

이로써 돌이 말하지 못하는 것을 알았고,[221] 도가 멀기만 하다는 것을
더욱 징험하였다. 오직 한스러운 것은 대사가 일찍 세상을 떠났고 신이
늦게 돌아왔다는 것이다. 애체(靉靆)라는 글자에 대한 전생의 인연을 누
가 고해 주겠는가.[222] 소요(逍遙)에서 강의한 진결(眞訣)을 들을 수가 없
었다.[223] 매양 손을 다칠까 걱정만 하였을 뿐 주먹을 펴는 숙연(宿緣)이
있음을 깨닫지는 못하였다.[224] 때를 탄식하노니 이슬이 가고 서리가 내려

---

221 돌이……알았고 : 비석이 말할 수 있었다면 불평을 토로했을 것이라는 말이다.《춘추
     좌씨전》소공(昭公) 8년에, "돌은 말하지 못하는 물건이지만, 혹시 신이 붙으면 말할
     수도 있는 일이다.[石不能言 或憑焉]"라는 말이 나온다.

222 애체(靉靆)라는……주겠는가 :《법화경(法華經)》을 암송하는 사미(沙彌)가 애체라는
     두 글자를 항상 잊어버리곤 하였는데, 이는 그가 전생에 암송하던《법화경》의 책자 중
     에 애체라는 두 글자가 좀이 슬어서 안 보였기 때문이라는 사실을 승려가 꿈속에 나
     타나 알려 주었다는 이야기가《홍찬법화전(弘贊法華傳)》권6〈송지(誦持)〉의 실명(失
     名)한 석모(釋某)의 전에 나온다.

223 소요(逍遙)에서……없었다 : 지증 대사가 헌강왕 앞에서 설한 법문을 들을 수가 없었
     다는 말이다. 소요는 장안(長安)의 소요원(逍遙園)을 가리킨다.《속고승전(續高僧傳)》
     권5〈석승민전(釋僧旻傳)〉에 "축도생이 장안에 들어오자 후진(後秦)의 임금인 요흥이
     소요원에서 접견하고는 도융의 의리에 대해서 논란을 벌이게 하였는데, 왕복하며 반
     복해서 말한 것이 절실하지 않은 것이 없었으며, 대중 모두가 그의 풍신을 보고는 그
     의 영걸스러움에 심복하였다.[竺道生入長安 姚興於逍遙園見之 使難道融義 往復百翻言
     無不切 衆皆觀其風神 服其英秀]"라는 말이 나온다.

224 매양……못하였다 : 고운이 지증 대사와 깊은 인연이 있다는 것은 미처 깨닫지 못한
     채, 솜씨가 서툴러서 멋진 글을 짓지 못할까 망설이기만 했다는 말이다.《노자(老子)》
     74장에 "뛰어난 목수 대신 나무를 깎는다면, 손을 다치지 않을 사람이 드물 것이다.[夫
     代大匠斲者 希有不傷其手矣]"라는 말이 나온다. 또 어떤 장자(長者) 한 사람이 태어나면

수심 어린 귀밑머리가 어느새 쓸쓸해지고, 도를 얘기하려니 하늘이 높고 땅이 두터워 겨우 몽당붓을 잡고서 머뭇거릴 따름이다. 장차 한만(汗漫)의 유람[225]을 함께 즐길 수 있어야만 비로소 공동(崆峒)[226]의 아름다운 행적을 서술할 수가 있을 것이다.

문인(門人) 영상(英爽)이 와서 수신(受辛)[227]을 재촉했지만 금구(金口)[228]의 고사를 떠올리며 철석같은 마음을 더욱 굳게 하였다. 그러나 뼈를 깎는 것을 참는 것보다도 더 인내하였지만, 요구하는 것은 몸에 새기는 것보다도 더 심하였다. 그리하여 등불 아래 그림자와 더불어 8년의 세월을 보내는 동안 반복하여 되뇌이면서 언어를 다듬었다. 여섯 가지 기이함[六異]과 여섯 가지 정대함[六是]으로 글을 지은 것만은 부끄러울 것이 없어 남은 용기를 팔 정도로 자신이 있다.[229] 그 이유는 실로 대사가

서부터 왼쪽 주먹을 펴지 못하는 아들을 데리고 천축(天竺)의 24조(祖)인 사자 존자(師子尊者)를 찾아와서 하소연하자, 존자가 찬찬히 살펴보다가 "내 구슬을 돌려다오."라고 말하니, 그 아들이 주먹을 펴고 구슬을 돌려주었는데, 이는 존자가 전생에 승려의 신분으로 서해(西海) 용왕재(龍王齋)에 참석했을 때 동자에게 맡겨 둔 구슬이었다는 이야기가 《연등회요(聯燈會要)》 권2 〈이십사조사자존자(二十四祖師子尊者)〉에 나온다.

225 한만(汗漫)의 유람 : 속세를 초월한 신선의 유람을 말한다. 옛날 진(秦)나라 노오(盧敖)가 북해(北海)에서 노닐다가 선인(仙人)인 약사(若士)를 만나 함께 벗으로 노닐자고 청하자, 약사가 "나는 구해(九垓) 밖에서 한만과 만날 약속이 되어 있으니 오래 머물러 있을 수가 없다."라고 하고는 곧바로 구름 속으로 들어가 보이지 않았다는 이야기가 전한다. 구해는 구천(九天)을 말한다. 《淮南子 道應訓》

226 공동(崆峒) : 황제(黃帝)가 스승으로 섬겼다는 공동산(崆峒山)의 광성자(廣成子)를 가리키는 말인데, 여기서는 지증 대사를 의미한다.

227 수신(受辛) : 사(辭)를 파자(破字)한 것이다. 409쪽 주115 참조.

228 금구(金口) : 금인(金人)의 입이라는 말로, 신중하게 발언하는 것을 뜻한다. 공자(孔子)가 주(周)나라 태묘(太廟)에 갔을 적에 입을 세 겹으로 봉한[三緘其口] 금인을 보았는데, 그 등 뒤에 새긴 명문(銘文)을 보니 "옛날에 말조심을 하던 사람이다. 경계하여 많은 말을 하지 말지어다. 말이 많으면 실패가 또한 많으니라.[古之愼言人也 戒之哉 無多言 多言多敗]"라고 써 있더라는 고사가 전한다. 《孔子家語 觀周》

안으로 육마(六魔)[230]를 소탕하고 밖으로 육폐(六蔽)[231]를 제거하여 행동을 취하면 육도(六度)[232]를 포괄하고 가만히 있으면 육통(六通)[233]을 증득하였기 때문이다. 하지만 글을 짓는 일이 꽃의 꿀을 채취하는 것과 같아서 그 글의 초고를 없애 버리고 쉽사리 마무리하기가 어려웠다. 그래서 결국에는 잡목이 송백(松柏) 속에 함께 뒤섞인 것처럼 되었는가 하면, 겨와 쭉정이가 앞에 있는 것처럼 되어 부끄럽기만 하다.[234] 자취가 난전(蘭殿)에서 노닌 것을 뒤따랐으니, 누가 월지(月池)에서의 대면을 우러러보지 않겠는가.[235] 백량(柏梁)의 작품을 본받아 게(偈)를 지으면서[236] 해

229   남은……있다 : 자세한 내용은 406쪽 주103 참조.

230   육마(六魔) : 육경(六境) 즉 색(色)·성(聲)·향(香)·미(味)·촉(觸)·법(法)을 가리킨다. 안(眼)·이(耳)·비(鼻)·설(舌)·신(身)·의(意)의 육근(六根)을 오염시킨다는 의미에서 그렇게 부르는데, 육적(六賊) 혹은 육진(六塵)이라고도 한다.

231   육폐(六蔽) : 청정심(淸淨心)을 은폐하며 육도(六度)를 방해하는 6종의 악심(惡心)으로, 간탐심(慳貪心), 파계심(破戒心), 진에심(瞋恚心), 해태심(懈怠心), 산란심(散亂心), 우치심(愚癡心)을 가리킨다.

232   육도(六度) : 생사의 차안에서 열반의 피안으로 건너가는 여섯 개의 법문이라는 뜻으로, 육바라밀(六波羅蜜)이라고도 하는데, 보시(布施), 지계(持戒), 인욕(忍辱), 정진(精進), 정려(靜慮), 지혜(智慧)로 되어 있다.

233   육통(六通) : 부처와 보살이 정혜(定慧)의 힘에 의해 시현하는 6종의 무애자재(無礙自在)한 묘용(妙用)으로, 육신통(六神通)이라고도 하는데, 신족통(神足通), 천이통(天耳通), 타심통(他心通), 숙명통(宿命通), 천안통(天眼通), 누진통(漏盡通)으로 되어 있다.

234   겨와……하다 : 진(晉)나라 왕탄지(王坦之)와 범계(范啓)가 서로 앞을 양보하면서 걸어가다가 뒤에 처지게 된 왕탄지가 "곡식을 까불며 바람에 날리면 겨와 쭉정이가 앞에 있게 마련이다.[簸之颺之 糠粃在前]"라고 한마디 하자, 범계가 "조리질하며 물에 흔들면 모래와 자갈이 뒤에 있게 마련이다.[淘之汰之 沙礫在後]"라고 응수했던 고사를 인용한 것이다. 《世說新語 排調》

235   자취가……않겠는가 : 역대의 제왕이 고승들과 궁전에서 만나 불법(佛法)에 대해서 문답을 나눈 것처럼 헌강왕이 지증 대사를 월지궁(月池宮)으로 인도하여 마음에 대해서 질의하고 답변을 들은 것 또한 후세에 길이 전해질 것이라는 말이다. 난전(蘭殿)은 제왕의 화려한 궁전을 뜻하는 말이다.

236   백량(柏梁)의……지으면서 : 이른바 백량체(柏梁體)로 명(銘)을 지었다는 말이다. 한 무

뜨는 고장의 고상한 이야기로 널리 전해지기를 나름대로 기대해 본다.
명(銘)은 다음과 같다.

공자(孔子)는 인에 의지하고 덕에 의거하였으며[237]　　麟聖依仁乃據德

노자(老子)는 백을 알면서도 흑을 잘 지켰다네[238]　　鹿仙知白能守黑

두 종교만이 천하의 법도로 일컬어졌으므로　　二教徒稱天下式

석가(釋迦)의 가르침은 경쟁하기 어려웠다네　　螺髻眞人難矻力

그래서 십만 리 밖에서 서역의 거울이 되었다가　　十萬里外鏡西域

일천 년 후에야 동국의 촛불이 되었다오　　一千年後燭東國

계림은 땅이 오산[239]의 옆에 있는지라　　鷄林地在鼇山側

예로부터 도교와 유교에 기특한 자가 많았다네　　仙儒自古多奇特

어여쁘게도 희중[240]이 직분에 충실하여　　可憐羲仲不曠職

다시 불일을 맞아 공색을 분변하였다오　　更迎佛日辨空色

종교의 문이 이로부터 단계별로 나뉘고　　教門從此分階域

제(漢武帝)가 장안(長安)에 백량대(柏梁臺)를 세우고 그 위에서 신하들과 연음(宴飲)을 하며 구(句)마다 압운(押韻)을 하는 칠언시(七言詩)를 읊었다. 그래서 각 구에 압운을 한 칠언시를 후대에 백량체라고 부르게 되었다. 《三輔黃圖 卷5 臺榭》

237　공자(孔子)는……의거하였으며 : 《논어》〈술이(述而)〉에 "도에 뜻을 두고, 덕에 의거하고, 인에 의지하고, 예에 노닐어야 한다.〔志於道 據於德 依於仁 游於藝〕"라는 공자의 말이 나온다.

238　노자(老子)는……지켰다네 : 《노자》28장에 "수컷의 강함을 알면서도 암컷의 약함을 지킬 줄 알면 모든 시내가 모여드는 천하의 계곡이 되고, 분명하게 알면서도 모르는 것처럼 자신을 지키면 천하의 법도가 된다.〔知其雄 守其雌 爲天下谿 知其白 守其黑 爲天下式〕"라는 말이 나온다.

239　오산(鼇山) : 자라가 등 위에 받치고 있는 산이라는 뜻으로, 동해에 있다는 삼신산(三神山)을 가리킨다.

240　희중(羲仲) : 해 뜨는 동쪽 바닷가에서 봄 농사를 관장한 요(堯) 임금의 신하 이름인데, 여기서는 신라의 임금을 비유하는 말로 쓰였다. 410쪽 주121 참조.

말의 물길이 특색 있게 각자 퍼져 나갔다네   言路因之理溝洫

몸은 토굴[241]에 의지해도 마음은 쉬기 어려운 법   身依兎窟心難息

발이 양기[242]를 밟으니 눈이 또 현혹될 수밖에   足躡羊岐眼還惑

불법의 바다로 순항할지 그 누가 헤아리랴   法海安流眞叵測

마음과 눈으로 통해야만 진극을 안으리라   心傳眼訣苞眞極

증득 속의 증득은 상망[243]의 얻음과 비슷하고   得之得類象罔得

침묵 속의 침묵은 한선[244]의 침묵과 다르다오   默之默異寒蟬默

북산의 도의(道義)와 남악의 홍척(洪陟)이여   北山義與南岳陟

홍곡의 날개 드리우고 대붕의 날개 펼쳤도다   垂鵠翅與展鵬翼

해외에서 제때에 돌아와서 도를 한껏 떨쳤나니   海外時來道難抑

멀리 뻗는 선의 물줄기 막힘이 없었어라   遠派禪河無擁塞

삼대 밭 속의 쑥은 절로 곧게 자라는 법[245]   蓬托麻中能自直

구슬이 옷 속에 있는데 옆 사람에게 빌리리오   珠探衣內休傍貸

담연하여라 현계산의 선지식이여   湛若賢溪善知識

육이(六異)와 육시(六是)의 인연이 허식이 아니도다   十二因緣非虛飾

무엇하러 사막을 건너고 산맥을 넘을 것이며   何用攀緪兼拊杖

---

241 토굴(兎窟) : 토끼가 위험한 상황을 감안하여 미리 세 개의 굴을 뚫어 놓는다는 교토삼굴(狡兎三窟)의 준말로, 만약의 사태에 대비하여 퇴로를 미리 확보해 놓는 것을 비유하는 표현이다.

242 양기(羊岐) : 양을 찾으러 나갔다가 만난 갈림길이라는 말이다. 도망친 양을 잡으려고 쫓아 가다가 '갈림길 속에 또 갈림길이 있어서[岐路之中 又有岐焉]' 끝내는 양을 잃어버리고 말았다는 망양지탄(亡羊之歎)의 고사에서 나온 것이다. 《列子 說符》

243 상망(象罔) : 무심(無心)을 뜻한다. 428쪽 주181 참조.

244 한선(寒蟬) : 추운 가을날 울지 못하는 매미를 말하는데, 흔히 말해야 할 때 말하지 못하는 사람을 비유할 때 쓰는 표현이다.

245 삼대……법 : 《순자》〈권학(勸學)〉에 "꾸불꾸불 자라는 쑥도 삼대 밭 속에서 크면 붙들어 주지 않아도 곧게 된다.[蓬生麻中 不扶而直]"라는 말이 나온다.

무엇하러 붓끝을 빨며 먹물을 먹일 것인가	何用砥筆及含墨
남들은 혹 멀리 유학하여 고생하며 돌아왔지만	彼或遠學來匍匐
나는 가만히 앉아 마적을 항복받을 수 있었다오	我能靜坐降魔賊
의념(意念)의 나무를 잘못 심어 기르지 말 것이요	莫把意樹誤栽植
정욕의 밭을 잘못 가꿔 거두지 말 것이다	莫把情田枉稼穡
항하(恒河)의 모래에 만억을 논하지 말 것이요	莫把恒沙論萬億
외로운 구름에 남북을 정하지 말 것이다	莫把孤雲定南北
덕의 향기는 사방 멀리 치자꽃처럼 번져 가고	德馨四遠聞薝蔔
지혜의 교화는 일방의 사직을 안정시켰도다	慧化一方安社稷
천화를 직접 받들면서 누더기 옷자락 휘날렸고	面奉天花飄縷杝
수월에 마음을 비유하며 선풍(禪風)을 드날렸어라	心憑水月呈禪杝
부잣집 이을 후계자 누가 가시밭길에 들어서랴	家嗣佳錦誰入棘
유자(儒者)의 눈먼 지팡이로 더듬는 것이 부끄럽네	腐儒玄杖慙摘埴
자취가 보당에 빛나니 그 이름 새길 만한데	跡耀寶幢名可勒
재주는 금송에 뒤져서 글을 짜내기 어렵도다	才輸錦頌文難織
선열에 굶주려서 실컷 맛보고 싶은 이는	嚣腹欲飫禪悅食
이 산중에 와서 전각을 한번 볼지어다	來向山中看篆刻

화엄 불국사의 석가여래상을 수놓은 당번에 대한 찬[246] 병서

華嚴佛國寺繡釋迦如來像幡贊 並序

듣건대 불법(佛法)의 배에 태워 허공을 날아서 고통의 바다 저 너머로 멀리 벗어나게 하고, 자비의 수레에 불설(佛說)을 싣고서 불타는 사바세계를 높이 빠져나오게 한다고 하였다. 이론으로 따지면 그 묘문(妙門)을 볼 수 없으나, 잘 인도하면 실로 저승길에 도움을 받을 수가 있다. 더구나 살아서 착한 명망을 세우고, 죽어서 좋은 인연에 의탁하는 경우에야 더 말할 나위가 있겠는가. 움직일 때마다 성취될 것이요, 가는 곳마다 이롭지 않음이 없을 것이다.

고(故) 전주 대도독(全州大都督) 김공(金公)은 소호(小昊)의 후예요, 태상(太常)의 손자이다. 수레의 휘장을 걷고 풍속을 살피는 데에 능력이 많아서 일찌감치 동호부(銅虎符)를 나누어 가졌으며,[247] 임금이 좌불안

---

246 화엄(華嚴)……찬(讚) : 원래의 대본에는 이 제목 아래에 〈화엄 불국사의 석가여래상을 수놓은 당번에 대한 찬〔華嚴佛國寺繡釋迦如來像贊〕〉이라는 이 제목의 내용과 〈대화엄종 불국사의 아미타불상에 대한 찬〔大華嚴宗佛國寺阿彌陀佛像讚〕〉이라는 제목의 서로 다른 내용 두 개가 불완전하게 한데 뒤섞여 있다. 그래서 두 개의 제목으로 나누어 원문을 다시 수정해서 번역하였는데, 수정본은 《최영성, 譯註 崔致遠全集2, 아세아문화사, 1999》에 수록된 대본을 채택하였다.

석하면서 인재를 절실히 구하는 이때에 조만간 금초관(金貂冠)[248]을 쓰게 되리라 기대를 받고 있었다. 그런데 큰 강〔巨川〕을 건너기도 전에 좋은 재목이 먼저 부러질 줄이야 어찌 생각이나 했으리오.[249]

부인은 덕이 난혜(蘭蕙)처럼 향기롭고, 예(禮)가 빈번(蘋蘩)을 제물로 바치는 것처럼 정결하였다. 그런데 느닷없이 하늘과 같은 부군을 잃었으므로 자신도 마치 땅속에 묻힌 것과 같은 심경이 되었다. 불 꺼진 재와 같은 마음을 부여안고서 절조를 맹서하였고, 구름과 같은 머리털을 잘라 비구니로 용모를 바꾸었으며, 정재(淨財)를 희사하여 명복을 빌게 하였다.

그러고는 중화(中和) 6년(886, 정강왕1) 병오 5월 10일에, 삼가 석가모니(釋迦牟尼) 불상을 수놓은 당번(幢幡) 1정(幀)을 받들어 소판(蘇判)을 위해 봉안하며 장엄하게 의식을 마쳤다. 이는 바로 삼귀(三歸)[250]의 뜻을 면려하며 오색(五色)의 문채를 이룬 것으로서, 마름질하여 곱게 물들인 천 위에 바느질로 솜씨 있게 수놓은 것이다. 노을빛이 상서로운 바탕 위

247 수레의……가졌으며 : 관찰사로서 한 지방을 잘 규찰하며 통솔하였다는 말이다. 동한(東漢)의 가종(賈琮)이 기주 자사(冀州刺史)로 부임할 때 관례를 뒤엎고 수레의 휘장을 걷어 올리게 하면서 "지방 장관은 멀리 보고 널리 들어야 하는데, 어찌 거꾸로 수레의 휘장을 드리운 채 자신의 귀와 눈을 가려서야 되겠는가."라고 말했던 고사가 전한다. 《後漢書 卷31 賈琮列傳》 동호부(銅虎符)는 한대(漢代)에 구리로 범 모양처럼 만든 군대 출동용 부절(符節)인데, 보통 지방 장관의 관인(官印)을 뜻한다.

248 금초관(金貂冠) : 황금당(黃金璫)과 초미(貂尾)로 장식한 관(冠)으로, 높은 품계의 관원을 비유하는 말이다.

249 큰 강을……했으리오 : 재상으로서 임금의 지우(知遇)를 받고 대업을 이루기도 전에 아까운 인재가 그만 뜻밖에도 세상을 떠나고 말았다는 뜻이다. 은(殷)나라 고종(高宗)이 현상(賢相) 부열(傅說)을 얻고 나서 "만일 큰 강을 건너게 되면 내가 그대를 배와 노로 삼을 것이요, 만일 큰 가뭄을 만나게 되면 그대를 단비로 삼을 것이다.〔若濟巨川 用汝作舟楫 若歲大旱 用汝作霖雨〕"라고 말한 내용이 《서경》〈열명 상(說命上)〉에 나온다.

250 삼귀(三歸) : 불교의 삼보(三寶)인 불(佛)·법(法)·승(僧)에 귀의하는 것이다.

에 펼쳐지고, 구름이 영취산(靈鷲山)의 부처를 옹위하고 있으니, 높이 허공에 걸어 놓으면 실로 그 공덕이 찬연히 빛난다. 이를 통해 우러러 하늘에 태어나는 즐거움을 돕고, 애오라지 물처럼 세월이 흘러가는 슬픔을 달랠 수 있을 것이다. 다음과 같이 찬(讚)한다.

외연하도다 성스러운 모습이여	巍然聖相
찬연하도다 신묘한 공덕이여	粲爾神功
복은 저승길을 듬뿍 적셔 주고	福潤冥路
빛은 범왕(梵王)의 집에 부유하도다	光浮梵宮
무지개가 바다의 태양에 번득이는 듯	虹翻海日
봉황이 하늘의 바람에 춤을 추는 듯	鳳舞天風
칠흑 같이 어두운 한밤중에도	杳杳玄夜
푸른 하늘 향해 힘차게 나부끼리	飄飄碧空
한 올 한 올 한 맺힌 바느질	絲蘿結恨
솜씨 다 바쳐서 수놓았나니	組繡呈工
머나먼 도솔천 저 위에까지	兜率天上
그 정성 감응하여 통하리로다	精誠感通

대화엄종 불국사의 아미타불상에 대한 찬 병서
大華嚴宗佛國寺阿彌陀佛像讚 幷序

옛날 요오 상인(姚塢上人)은 마음이 한없이 게으르다[心倦無垠]면서 이를 부처님 앞에서 바로잡는다[以質所天]고 하였으며,[251] 광잠 대사(匡岑大師)는 우러러 구제받기를 생각한다[仰思攸濟]면서 모두 서방 정토에 마음을 두었다[斂心西境]고 하였다.[252] 이는 모두 법문(法門)에 충분히 참여하여 미리 돌아갈 길을 닦은 것으로서, 먼저 대비하여 환란을 당하지 않도록 대중과 함께 하려고 한 것이었다.

그런 까닭에 제사(諸寺)의 승려들이 섬산(剡山)에 머물던 지둔(支遁)의 아름다운 자취를 이으려 하고, 여산(廬山)에 거하던 혜원(慧遠)의 이름난 모임을 세우려고 하면서, 불상을 신묘하게 그려 모시고는 물정(物情)을 널리 이끌어 들이고자 하였다. 그리하여 불국사 강당의 서쪽 벽에 무량수불(無量壽佛)의 화상(畫像)을 경건히 그리게 되었는데, 그 성상(聖像)을 그리는 일이 일단 마무리되자, 부유(腐儒)인 나에게 글을 지어 주기를 청하였다. 이에 내가 마음의 향을 사르고 합장을 하며 우러러 다음과 같이 고하였다.

---

251 요오 상인(姚塢上人)은……하였으며: 요오 상인은 동진(東晉)의 고승 지둔(支遁)을 가리킨다. 그가 요오산(姚塢山)에 거했기 때문인데, 이 사실이 《고승전(高僧傳)》권4 〈지둔전(支遁傳)〉에 나온다. 그의 말로 인용한 구절은 지둔이 지은 〈아미타불상찬(阿彌陀佛像讚)〉에서 고운이 발췌한 것인데,《광홍명집(廣弘明集)》권15에 나온다.

252 광잠 대사(匡岑大師)는……하였다: 광잠 대사는 동진의 고승 혜원(慧遠)을 가리킨다. 광잠 즉 광산(匡山)은 그가 거했던 여산(廬山)의 별칭이다. 그의 말로 인용한 구절은 그가 여산 동림사(東林寺)에서 아미타불에 귀의하여 극락왕생을 기원하는 백련사(白蓮社)를 결성하고 나서 유유민(劉遺民)에게 부탁하여 지은 서문(誓文)을 고운이 발췌한 것인데,《고승전》권6 〈혜원전(慧遠傳)〉에 나온다.

부처의 덕에 대해서는 그 본색(本色)이 경(經)에 드러나 있는 외에 또 지도림(支道林 지둔)이 유양(游揚)한 말이 있으며, 승려의 서원에 대해서는《고승전(高僧傳)》의 〈흥복(興福)〉이 있는 외에 또 유유민(劉遺民)이 윤색한 말이 있는데, 이는 책을 펼쳐 보면 모두 훤히 알 수 있는 일이다. 하지만 나는 부끄럽게도 흑두충(黑頭蟲)인 데다 잡색조(雜色鳥)가 못 되니 어떻게 하겠는가. 억지로 멋지게 지은 글을 본받으려니 단지 부처의 위광만 손상시킬 따름이다. 지금 모방해 보려 한 것이 부끄러울 뿐이니, 한선(寒蟬)처럼 침묵을 지키는 이들이 실로 우러러보이기만 한다.

고(故) 단월(檀越 시주(施主)) 김 승상(金丞相)이 동악(東岳)의 기슭에 사원을 건립하였는데, 아침 해가 떠오르면 그 찬란한 빛이 이 높은 산에 먼저 비친다. 그리하여 마침내는 이 사원에 거하는 이들로 하여금 자신을 수행하는 힘이 날로 더해지게 하고 중생을 제도하는 염원이 날로 깊어지게 하여, 실제로 동림사(東林寺)의 백련사(白蓮社)처럼 되게 하고 서방 정토에 함께 왕생할 수 있는 기대를 갖게 하였다. 이 복된 땅을 돌아보면서 다음과 같이 찬송한다.

동해 동쪽 산에 안주한 사원	東海東山有住寺
화엄 불국사가 그 이름이라네	華嚴佛國爲名字
주인인 종곤이 친히 수치하고서	主人宗袞親修置
네 글자로 표제한 깊은 뜻이 있어라	標題四語有深義
화엄에 눈길 돌리면 보이나니 연장[253]이요	華嚴寓目瞻蓮藏

---

253 연장(蓮藏) : 불교의 연화장세계(蓮華藏世界)를 가리킨다. 비로자나불(毘盧遮那佛)이 보살행(菩薩行)을 닦으며 발원해서 성취한 청정 장엄(淸淨莊嚴) 세계를 말하는데,《신역 화엄경(新譯華嚴經)》권8 〈화장세계품(華藏世界品)〉에 상세히 기록되어 있다.

불국에 마음 달리면 이어지나니 안양[254]이라　　　佛國馳心係安養

악마의 산에 독한 봉우리 평정케 하고　　　欲使魔山平毒嶂

고통의 바다에 거센 물결 잠재운다오　　　終令苦海無驚浪

어여쁘라 비구는 즐겁게 보시(布施)하고　　　可愛芯蒭所說施

미쁘도다 단월은 마음속으로 서원(誓願)하네　　　能遵檀越奉心期

불상을 그려 동방에서 서방 정토 생각하며　　　東居西想寫形儀

서산에 해 지듯 스러질 이 몸을 관찰한다오　　　觀身落景指岹嶬

각기 자기 나라에서 복리를 일으키나니　　　各於其國興福利

아축여래[255] 역시 기이하기도 하시지　　　阿閦如來亦奇異

부처의 말씀이야 방위를 굳이 분별하랴마는　　　金言未必辨方位

구경에는 마음 가리키는 그곳이 있으렷다　　　究竟指心令有地

빈 거울 마주 대하듯 일어나는 망념이여　　　妄生妄兮空對空

이 세상 수행은 마지막 죽을 때 조심해야지　　　浮世修行在愼終

안도하고 부처님 모습 우러르게 되었으니　　　旣能安堵仰睟容

그 누가 깜깜하게 영험이 없다 말하리오　　　誰謂面墻無感通

존경스러운 지둔(支遁)과 혜원(慧遠)이여　　　景行支公與遠公

생사 간에 모두 이 불국 안에 거하도다　　　存歿皆居佛國中

254　안양(安養) : 안양국(安養國)의 준말로, 아미타불(阿彌陀佛)이 교주로 있는 서방 정토
　　　즉 극락세계를 가리킨다. 중생이 안심하고 양신(養身)할 수 있다는 뜻에서 붙여진 이
　　　름이라고 한다.

255　아축여래(阿閦如來) : 동방의 묘락국(妙樂國)에서 설법하고 있다는 현재불(現在佛)의
　　　이름이다.

순응 화상에 대한 찬
順應和尙贊

동방을 호위하는 우리 대사는	東護大師
남방을 순행한 동자[256]라고 할까	南行童子
몸은 한 조각 구름이라면	身一片雲
뜻은 일천 리 강물이었소	志千里水
부낭을 길이 생각하다가	浮囊永思
뗏목을 버리고 돌아왔나니[257]	捨筏歸止
피안과 차안을 설명하면서	彼岸此岸
지와 지 아닌 것으로 했다오[258]	喻指非指

---

256 남방을 순행한 동자 : 《화엄경(華嚴經)》〈입법계품(入法界品)〉에 나오는 구도 보살(求道菩薩) 선재동자(善財童子)를 가리킨다. 처음에 문수보살(文殊菩薩)을 찾아갔다가 다시 깨달음을 얻기 위해 남쪽으로 여행하여 110성(城)의 53선지식(善知識)을 찾아다니며 법문을 구한 결과 마침내 미진수(微塵數)의 삼매문(三昧門)에 들어섰다고 한다.

257 부낭(浮囊)을……돌아왔나니 : 바다 건너 중국에 들어가서 구도하다가 진리를 체득하고 귀국했다는 말이다. 부낭은 물을 건널 때 사용하는 공기 주머니로, 여기서는 배를 타고 중국에 건너가는 것을 비유하는 말로 쓰였다. 뗏목은 일단 물을 건너고 나면 더 이상 소용이 없는 물건으로, 여기서는 진리를 설명하는 여러 가지 방편적 가르침이라는 뜻으로 쓰였다.

258 피안과……했다오 : 피안과 차안이라는 말만 존재할 뿐, 보다 높은 차원에 올라서면 피안이 곧 차안이요 차안이 곧 피안이 될 수 있다고 설명했다는 말이다. 《장자》〈제물론(齊物論)〉에 "손가락을 가지고 손가락이 손가락이 아님을 설명하는 것은, 손가락 아닌 것을 가지고 손가락이 손가락이 아님을 설명하는 것만 같지 않고, 말을 가지고 말이 말 아님을 설명하는 것은, 말이 아닌 것을 가지고 말이 말이 아님을 설명하는 것만 같지 않으니, 하늘과 땅은 하나의 손가락이요, 만물은 하나의 말이다.〔以指喩指之非指 不若以非指喩指之非指也 以馬喩馬之非馬 不若以非馬喩馬之非馬也 天地一指也 萬物一馬也〕"라는 말이 나온다.

천생의 업으로 선을 배웠으면서도	天業受禪
각현과 같은 풍모를 보였는가 하면[259]	猶如覺賢
우두의 조사(祖師)들을 제향하면서	牛頭垂祐
상망이 현주(玄珠)를 찾듯 하였어라[260]	象罔撢玄
산문(山門)에 승지(勝地)를 가려	巖扃選勝
해안에 원종(圓宗)[261]을 제창했나니	海岸提圓
땅은 주저를 높게 해 주고	地崇洲渚
하늘은 임천을 내려 주었네	天授林泉
사람의 입으로 이야기되는 화성[262]이요	化城口談
이심전심의 배움의 전당이라	學藪心傳
가을 달빛 아래 그림자를 짝하고	影侔秋月
봄 아지랑이 속에 감개를 억누르네	感隔春煙
-원문 빠짐-	□□□□
불 속에서 연꽃 봉오리 피어오르리라	綻火中蓮

---

259 천생의……하면 : 선승(禪僧)이면서도 교학(教學)을 무시하지 않았다는 말이다. 각현(覺賢)은 동진(東晉) 때 북인도(北印度)에서 중국으로 건너온 저명한 역경승(譯經僧)이다. 원명은 불타발다라(佛馱跋陀羅)이며, 불현(佛賢)이라고도 한다.

260 우두(牛頭)의……하였어라 : 중국 선종(禪宗) 4조(祖) 도신(道信)의 제자인 우두법융(牛頭法融)의 법맥을 이어, 화두(話頭) 참구(參究)를 위주로 하는 조사선(祖師禪)과는 달리, 무심(無心)을 종지로 한 선풍(禪風)을 떨쳤다는 말이다. 상망(象罔)에 대해서는 428쪽 주181 참조.

261 원종(圓宗) : 교의(教義)가 원만(圓滿)한 대승(大乘)의 종파라는 뜻인데, 보통 화엄종(華嚴宗)과 천태종(天台宗)이 스스로 원종 혹은 원교(圓教)라고 칭한다.

262 화성(化城) : 신통력으로 세운 으리으리한 환화(幻化)의 성이라는 뜻으로, 순응이 창건한 해인사(海印寺)를 비유한 말이다. 화성(化城)은 《법화경(法華經)》에서 나온 말로 보통 사원을 뜻한다. 391쪽 주47 참조.

이정 화상에 대한 찬
利貞和尙贊

한 조각 구름이요 한 마리 학처럼	片雲獨鶴
암학에서 홀로 그림자와 짝하다가	儷影嚴壑
연화장세계(蓮華藏世界)의 사원을 처음 세워	草創蓮刹
혼돈에 구멍이 뚫리게 하였나니[263]	混沌逢鑿
서원이 막힘없이 시원하게 통해	願霈無礙
인간과 천상이 모두 의지하는도다	人天有托

---

263 연화장세계(蓮華藏世界)의……하였나니 : 혼돈(混沌)에 구멍을 뚫듯 가야산(伽倻山)에
  토목 공사를 일으켜, 화엄(華嚴)의 연화장세계가 펼쳐지는 해인사(海印寺)를 세웠다는
  말이다. 해인사는 이정과 순응이 애장왕(哀莊王)의 귀의를 받아 창건하였다. 남해의
  임금인 숙(儵)과 북해의 임금인 홀(忽)이 중앙의 임금인 혼돈의 덕에 감화된 나머지,
  그 은혜에 보답하려고 눈·귀·코·입의 일곱 구멍을 하루에 하나씩 뚫어 주었다는 이
  야기가 《장자》〈응제왕(應帝王)〉에 나온다.

발

跋

선생이 저술한 제질(諸帙)이 당나라에는 〈예문지(藝文志)〉에 실려 있고, 동방에는 〈예문고(藝文考)〉에 실려 있다. 그리고 거기에 실려 있지 않은 글들이 또 수만 언(言)이나 된다. 그 내용을 보면 대개 임금을 깨우치고 정맥(正脈)을 일으키고 이단을 배척한 진전(眞詮)이다. 그런데 아득한 천년의 세월 속에 날이 갈수록 점점 흩어져 없어지고 있으니, 이것이 바로 급급하게 책을 만들어 간행해야 할 이유라고 하겠다.

아, 단군(檀君)과 기자(箕子)의 세상이 멀어짐에 따라 도의(道義)의 설이 아득해졌는데, 선생이 일어나서 비로소 경학(經學)에 힘을 기울였다. 처음 성묘(聖廟)에 종향(從享)하려고 할 적에 동방의 사람들이 모두 처음 보는 것이었던 까닭에 그 설을 모르고서 그 일을 따지기에 이르렀으며, 심지어는 당시의 임금까지도 경설(經說)에 따라 종향의 일을 거행할 줄은 알지 못한 채 조업(祖業)을 은밀하게 찬조(贊助)한 공이 있다고만 말하였으니, 다른 사람에 대해서야 또 무슨 말을 할 수 있겠는가.

오늘날 자손이 된 도리로서는 단지 잔편(殘編)을 수집하여 사방에 널리 보급하도록 노력해야 할 것이요, 그렇게 함으로써 우리 선조의 깊은 학문과 정대한 의논을 좋은 독자들이 알 수 있도록 해야 할 것이다. 이에 족조(族祖) 최국술(崔國述) 씨가 편집하고 간행하게 되었는데, 나도 이 일에 참여하여 들은 바가 있기 때문에 여기에 삼가 적게 되었다.

병인년(1926) 입추절(立秋節)에 후손 최재교(崔在敎)는 삼가 쓰다.

원문 제목 찾아보기

* 원문의 제목으로 찾아보기 편리하도록 원문 제목을 가나다순으로 배열하고 번역문의 해당 쪽수와 번역 대본인 한국문집총간 1집 소재 《고운집》의 해당 쪽수를 병기하여 첨부하였다. 번역문의 쪽수는 아라비아 숫자로, 한국문집총간의 쪽수는 한자로 표기하였다.

지은이 최치원(崔致遠)

신라 하대의 학자·문장가로, 본관은 경주(慶州), 자는 해운(海雲), 호는 고운(孤雲)이다. 경주 사량부(또는 본피부) 출신이다. 857년(헌안왕1)에 태어나 868년(경문왕8) 12세의 나이로 당나라에 유학하여 7년 만인 874년에 빈공과에 합격하였다. 그 뒤 고변(高騈)의 종사관으로서 문한의 임무를 담당하였다. 29세 때 신라에 돌아와 시독(侍讀)에 임명되었다. 그러나 신라 신분 체제의 한계와 국정의 문란함을 깨닫고 외지로 나가 태산군·천령군·부성군 등지의 태수를 역임하였다. 894년에는 시무책 10여 조를 진성여왕에게 올려 문란한 정치를 바로잡고자 하였으나 끝내는 승 현준(賢俊) 및 정현사(定玄師)와 도우(道友)를 맺고 가야산에 은거하였다. 언제 세상을 떠났는지는 알려지지 않았으나 908년(효공왕12) 말까지 생존했던 것으로 추정된다. 고려 현종 때 내사령(內史令)에 추증되고 문창후(文昌侯)에 추시(追諡)되어 문묘에 배향되었다. 저술로는 《계원필경집(桂苑筆耕集)》, 《금체시(今體詩)》, 《잡시부(雜詩賦)》, 《중산복궤집(中山覆簣集)》 등의 시문집과 사서(史書)인 《제왕연대력(帝王年代曆)》, 불교관계 글인 《부석존자전(浮石尊者傳)》, 《석순응전(釋順應傳)》, 《석이정전(釋利貞傳)》 등이 있었다. 오늘날에는 《계원필경》, 《법장화상전》, 《사산비명》만이 전한다.

옮긴이 이상현(李相鉉)

1949년 전주에서 태어났다. 서울대학교 종교학과를 졸업하고, 동국대학교 불교대학원 석사 과정을 마쳤으며, 민족문화추진회 국역연수원 상임연구부를 졸업하였다. 한국고전번역원 수석연구위원을 역임하였으며, 고전번역교육원에서 《제자선독》을 강의하고 있다. 저서로 《역사의 고향》, 논문으로 〈추사의 불교관〉 등이 있다. 조선왕조실록 번역에 참여하였으며, 문집 번역서로 《목은집》, 《택당집》, 《계곡집》, 《포저집》, 《간이집》, 《가정집》, 《도은집》, 《계원필경집》, 《고운집》, 《고산유고》, 《원감국사집》, 《대각국사집》, 《죽석관유집》, 《침굉집》, 《기암집》, 《부휴당대사집》, 《사명당대사집》, 《녹문집》 등이 있다.

고운집

최치원 지음 | 이상현 옮김

초판 1쇄 발행 2009년 10월 15일
초판 2쇄 발행 2015년 12월 30일

발행인 이명학 | 발행처 한국고전번역원
등록 2008. 3. 12. 제300-2008-22호
주소 (03000) 서울시 종로구 비봉길 1
전화 02-6263-0464 | 팩스 02-6339-0724 | 홈페이지 www.itkc.or.kr

번역 이상현 | 연구총괄 조순희 | 연구기획 최유진

책임편집 강옥순 | 편집진행 정영미
편집교정 김상순·박성희 | 제작 김형석
디자인 씨오디 | 인쇄 ㈜삼우아트

ⓒ한국고전번역원, 2015
Institute for the Translation of Korean Classics

값 20,000원
ISBN 978-89-7977-883-0 94810
* 이 책은 2015년도 교육부 고전번역사업비로 출간한 것임.